서정주

徐 廷 柱

서정주

徐 廷 柱

글누림 작가총서

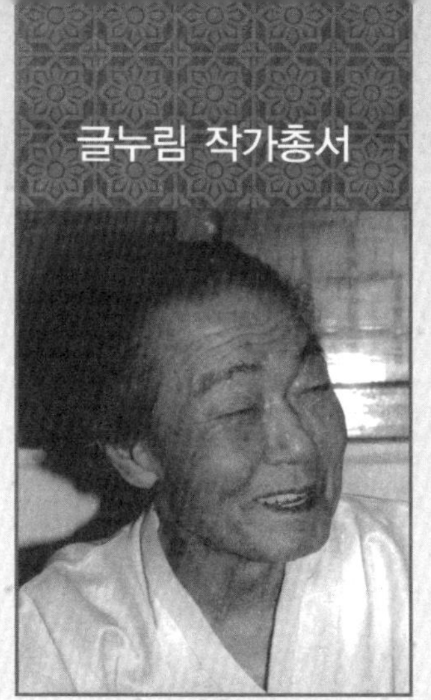

서정주

미당, 영원한 소년의 만족없는 탐구의 시

윤재웅 엮음

뭉클림의 시학

만년의 미당 곁에 가까이 있었다. 마치 운명처럼 그런 순간이 왔다. 2000년 10월 10일 미당의 남현동 자택인 봉산산방의 안주인 방옥숙 여사가 임종했다. 여든 여섯의 미당은 30년 창작산실에서 덩그러니 혼자 있었다. 선생님이 혼자시라니! 문상도 못 간 채 곁에서 모시게 되었다. 심심하시지 않게 말벗해드리는 일. 그게 미당과 나의 마지막 세상인연이었다.

미당은 음식을 좀처럼 들지 않았다. 세상과 인연 끊는 옛어른들의 우아한 이별의식이란 걸 뒤늦게야 알았다. 맥주나 조금. 그리고 어쩌다가 티스푼으로 떠먹는 홍시. 부인 사별한 지 꼭 두 달 반이 되는 12월 24일 밤 11시 7분, 서서히 소진되어 가던 생명의 불꽃이 마침내 꺼졌다. 흰 눈이 천산만야를 덮어버릴 기세로 내렸다. 내리는 눈발 속에서, 한국문학의 한 세기가 저물고 있었다. 모든 게 운명 같았다.

"아버지, 괜찮으세요?", "선생님, 괜찮으십니까?"

이 지상에 그가 남긴 마지막 말은 자신의 시 속에 있는 어떤 주술 같은 구절이었다.

"괜찬타……"

그 무엇인가가 '뭉클리어' 온다는 느낌. 미당의 시에서 처음 배운 우리말의 오묘한 느낌.

"하지만 가기 싫네 또 몸 가지곤/ 가도 가도 안 끝나는 머나먼 여행/ 뭉클리어 밀리는 머나먼 여행"(「旅愁」)

파란만장한 그의 생애와……, 고난의 우리 역사와……, 말 못하게 서럽고 억울한 그 모든 사연들을 다 덮어주겠노라고 하늘은 저리도 이 땅을 크게 껴안는데……, 이 모든 시간들이 하나로 뭉쳐서 가슴으로 무작정 밀고 들어오니 이런 느낌은 사람의 언어로 번역이 안 되는 거다…….

그가 소년 시절 동아일보에 투고하여 처음으로 발표된 「그 어머니의 부탁」 게재일이 12월 24일이었다. 위대한 시인의 탄생과 죽음은 하늘이 좌우한다는 걸, 하늘이 내 가슴 속에 '뭉클리어' 밀려들어온다는 걸 느끼고 있었다.

그 뒤로 십년 간 많은 일들이 있었다. 미당은 돌아가고 나서도 돌팔매질을 당했고, 한편으론 기림의 대상이 되기도 했다. 나 자신, 많은 돌팔매질을 돌파해 나왔다. 질마재마을의 미당시문학관 개관에 투신했고, 중앙일보와 공동으로 미당문학제를 만들었으며, 남현동 자택 복원사업에도 깊숙이 관여했다. 연구실에 앉아 논문 쓰는 일 못지않게 외부 일을 많이 하게 된 것이다.

그러는 사이, 지난 10년 간 미당에 대한 연구는 지속적으로 증가했다. 미당 담론의 양적 팽창이 질적 심화를 담보하지는 못 하지만, 그런 가운데에서도 신진 연구자들은 새로운 담론을 활발하게 생산하고 있다.

문학의 제도, 시대 분위기, 대가에 대한 탐구 정신 등이 복합적으로 작
동했을 수 있다. 지금 이렇게, 학술적으로 정리하는 기획 역시 이런 분
위기를 반영한다.

　최근 10년 안팎의 논문들을 골랐다. 작가론 분야에서는 '신라정신'과
관련되는 연구들이 많은 편이었고, '반근대주의 담론'과 '일제 파시즘에
동조하는 미적 기획'이 충돌하는 양상이 두드러졌다. 작품론은 개별 텍
스트 분석 및 개별 시집 분석에 주목한 경우를 위주로 골랐다. 올해가
『화사집』 발간 70주년인 만큼 여기와 관련된 몇몇 논의들이 선별되었
다. 좋은 논문들을 한 자리에 모아서 읽어보면 그만큼 효과가 있을 것
이다.
　연구 논문 목록은 완벽하지 않다. 미당 혹은 서정주로 검색되지 않
는 자료들 특히 잡지류에 수록된 평문들은 일부 누락되었을 수 있다.
여러 연구자들의 보완을 기다린다.
　이제 명실상부한 『미당 서정주 문학전집』 발간을 준비해야 한다. 서
정주에 관한 모든 연구의 기본이 여기에서부터 출발한다. 서지를 모으
고 정리하는 일이야말로 우리 문화계의 수준을 보여주는 지표가 될 것
이다.

2011년 8월

윤재웅

차 례

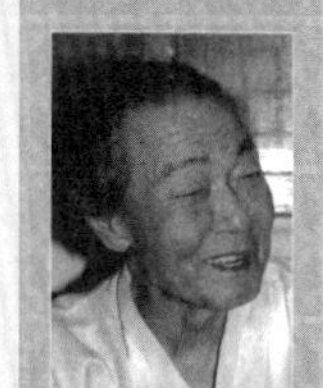

제 1 부
서정주의 삶과 문학

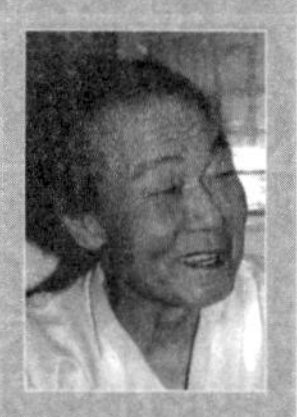

시인의 길, 벼락과 해일의 길

1. 머리말

　미당 서정주. 1915년생이다. 한일병합(1910)과 3.1 독립운동(1919) 사이에 태어났다. 역사의 악조건 속에서 태어나 '불치의 슬픔'[1]을 간직하며 살아야 했던 식민지 지식인 청년. 그러나 그는 역설적이게도 당대의 조선문화와 역대의 중국문화, 그리고 최신 일본문화와 서양문화가 소용돌이쳐 융합하는 시대에 문학적으로 성장한 인물이기도 하다.

---

* 윤재웅 / 동국대학교 사범대학 국어교육과 교수

1) 이 이미지는 청년 서정주가 스스로 이름붙인 대표적인 '자기 본질'이다. 신춘문예 당선(1936) 이후 봄부터 여름 동안 해인사에 머물 무렵, 소쩍새들의 울음의 소나기에서부터 얻은 직관적 감성으로서 '不治의 슬픔의 大河'라고 표현하고 있다. 서정주, 「천지유정」, 『서정주 문학전집』 3권, 일지사, 1972, 186면 참조.

전통과 근대, 민족정신과 식민지배체제라는 극단과 극단이 부딪치는 시대, 다양한 혼종의 문화들이 뒤범벅이 되는 시대가 서정주의 주요한 문학적 연대기 속에 자리한다는 관점은 서정주를 바라보는 지금까지의 관례화 된 '틀'을 새롭게 만들어볼 수도 있다. 예컨대 그가 시인으로서 크게 성장할 수 있었던 문화적 토대가 '문학적 명당론'[2]이나 '파국의 대변란기'라고 바라보는 관점이 그것이다. 일종의 문화사적 고찰이랄 수 있겠다.

심미적 형상성에 기반 한 일방적인 추앙이나 민족주의 윤리론을 앞세운 배타적인 폄훼가 제각각 지속되는 상황은 바람직하지 않다. 일정 정도의 거리두기와 균형감은 그래서 필요하다.

미당 사후 10년이 지났다. 시간이 지날수록 올망졸망한 미당담론들은 휘발해버리고 남는 것은 결국 풍성한 미당텍스트뿐이다. 그리고 매혹적인 2차 텍스트들. 우리 문화 저력의 잣대가 되는 그런 텍스트들이 문학사나 문화사의 투쟁 속에서 살아남을 것이다.

창작 제재로서의 역사 현장이나 개인 삶의 대응문제를 다룰 경우, 그는 한국의 어느 시인도 경험하지 못했던 폭넓은 시공간대를 다루었다는 점에서 일단 주목해야 한다. 제재 자체의 다양성과 풍요로움을 보여줌으로써 한국어와 한국문화를 심화시키고 확장시키는 데 기여한 점을 부정할 수 없다. 그는 창작 기간만 해도 70년 가까이 되는 장수시인[3]이었

---

2) 서정주, 「明堂에 태어난 걸 祝賀합시다」, 『서정주 문학전집』 4권, 일지사, 1972. 292~294면.

3) 서정주의 등단 작품은 「벽」(동아일보 신춘문예, 1936.1.3)이다. 그러나 그는 등단 전에도 여러 번의 독자 투고를 통해 신문지상에 이름을 자주 올렸는데 그 최초의 작품이 「그 어머니의 부탁」(동아일보, 1933.12.24)이다. 마지막 발표작품은 「2000

으며, 미학적 관심사로서의 시공간은 민족사의 발원에서부터 후손들의 새로운 미래, 그리고 세계 전역의 문물에 이르기까지 광범위했다.

이러한 미학적 광폭성의 기원을 설명하는 방식 가운데 하나로서, '시인 탄생'과 '융합 리터러시' 문제를 다루어볼 수 있다. 이 글은 그의 초기 대표작인 「自畵像」을 중심으로 이 문제에 접근하고자 한다. 「自畵像」은 그의 시력 전체를 풀어나가는 '화두시'로 활용될 것이다.

2. 시인의 탄생

스믈세햇동안 나를 키운건 八割이 바람이다.
세상은 가도가도 부끄럽기만하드라.
어떤이는 내 눈에서 罪人을 읽고가고
어떤이는 내 입에서 天痴를 읽고가나
나는 아무것도 뉘우치진 않을란다.

찰란히 티워오는 어느아침에도
이마우에 언친 詩의 이슬에는
몇방울의 피가 언제나 서껴있어
볓이거나 그늘이거나 혓바닥 느러트린
병든 숫개만양 헐덕어리며 나는 왔다.

* 此一篇昭和十二年丁丑歲中秋作. 作者時年二十三也.

　『화사집』(1941)의 첫머리를 장식하는 「自畵像」의 인용부분은 서정주의 본질을 가장 잘 보여주는 경우다. '죄인'과 '천치'의 비난을 무릅쓰고서도 그가 가고자 했던 길. 결코 뉘우치지 않는 그 길이 바로 '시인'의 길이다. 「자화상」은 이런 맥락에서 한국 현대문학 최초의 본격적인 시인탄생을 선언한 작품이다.

　시인은 누구인가. '죄인'과 '천치'의 은유 속에 그 정체성의 씨앗이 숨어 있다. 윤리적 과오와 사회적 미숙성을 감내하고서라도 예술의 길을 가겠다는 비장한 직관이 사실상 시 전체를 지배하고 있다. 서정주 이전에 이런 사례가 없었다는 점에서, 시인의 소명과 직분에 대한 본격적인 미적 형상화를 우리 현대시문학사에서 처음 모색했다는 평가가 가능하다.

　그러나 '처음'이 언제나 미덕이 되지는 않는다. 그가 비록 극단과 극단 사이에 끼인 불안한 실존의 균형을 가장 강렬한 목소리로 노래한 최초의 현대시인이었으며, 예술가로서의 이런 아이덴티티를 지속시켜 나간 최초의 장수시인이었다고 해도 마치 '이슬' 속에 '피'가 섞여 있듯이 또 다른 이미지들이 뒤엉켜 있기 때문이다.

　가령, '투혼을 바치는 최초의 예술가 시인'이라는 시적 직관 속에는 청년시절에 탐독한 도스토예프스키의 저 불안한 캐릭터들—죄인과 천치의 이미지들이 고스란히 투영되어 있지 않은가. 그리하여 차후에 만나게 되는 역사의 모순과 부조리에 대응하는 논리 자체가 봉쇄되어 버린다는 주장이 가능하게 되는 것이다.

　뿐만 아니다. 사회현상이나 역사에 대한 소극적 대응태도는 '체념의 형이상학'으로 발전하게 되며, 그것은 또한 무속전통의 문화적 상동성을 흡인하여 미당 특유의 미학으로 발전하는 요인이 되기도 한다. 예컨대 초월적 에너지에 대한 수긍과 현세기복의 무속이념이 서정주의 내면에 서는 체제순응으로 대치되며 정치적으로는 보수우파의 길을 선택하게 하는 것이다. 물론 그것은 미학적으로는 전통의 창조적 계승으로 포장 되기도 한다. 서정주가 전통을 승계하여 현대시의 미학으로 다시 고안 한 '영원주의'가 직면한 과제가 바로 이런 경우다. 이러한 문제적 의식 이 문제적 개인을 만들고 마침내 우리 문학사의 '문제적 아버지'4)로까지 자리하게 한다. 파블로 피카소가 세상을 떠났을 때, 얼마나 많은 화가들 이 '아버지의 부음'을 기뻐(?)했던가! 다음을 보자.

1973년 4월 8일 남프랑스의 한 별장에서 피카소가 사망했다. 향년 92 세. 현대미술의 한 세기가 저무는 순간이었다. 뉴욕의 한 화가는 "오늘 내 아버지가 죽었다."고 외쳤다. 불행하게도, 최고의 지위에 올라보지 못 한 많은 화가들이 아버지(?)의 죽음을 기뻐했다.

천재적 개성은 사람들을 황홀하게 했지만 그의 경쟁자들에겐 절망과 저주의 대상이었다. 미국의 추상표현주의의 대가 잭슨 플록(1912~1956)은 "나쁜 놈, 단 한 가지도 건드리지 않은 게 없어!"라며 투덜거렸다.

선구적 창의에 대한 질투와 절망은 겪어본 사람만이 절감하는 법이 다. 영화 〈아마데우스〉에 나오는 궁정악장 살리에르의 번민은 이런 주 제를 잘 보여준다. 한 사람의 뛰어난 예술적 재능 때문에 절망하는 수 많은 재능들의 질투 심리. 살리에르 콤플렉스라 부른다.

'피카소와 그 아들들'도 예외가 아닌 듯하다. 아버지의 막강한 권위

---

4) 이 용어는 소설가 김영하가 새로 연재를 시작하는 『씨네 21』이라는 영화잡지에 미당을 위한 '조사' 형식의 에세이에서 처음 사용했다. (2001.2.1)

앞에선 어떤 찬란한 재능도 빛이 나지 않는다. 모두 그늘일 뿐이다. 아버지의 축복이자 저주. 동시대 화가들에게 던져진 운명의 아이러니다.

같은 맥락에서, 한국 근현대문학의 아버지를 찾는다면 가장 근접한 경우가 미당 서정주이다. 15권의 시집을 통해 그가 보여주었던 우리 언어의 형상력은 탁월하고 특별했다. 『화사집』(1941)부터 『80소년 떠돌이의 시』(1997)까지의 시의 생애 동안, 서정주는 끊임없이 변화하는 예술적 창의와 도달하기 어려운 한국어의 심미적 정점들을 보여주었다. 만족 없는 탐구, 한국어의 절경에 대한 새로운 경험의 제공만으로도 그는 선도자였다. 만해, 소월, 지용, 영랑 등의 선배들과 확연히 달랐다.

미당은 '병든 수캐' 의식부터 노처의 손톱 발톱 깎아주는 '도로아미타불'의 각성에 이르기까지 생로병사의 연대기를 풍성하게 보여주는 장수 시인이었다. 우리 일상어를 가슴에 사무치는 노래의 경지로 끌어올리거나 성스러움과 속됨의 경지를 자유롭게 넘나들면서 사고와 표현의 자유를 확장하기도 했다. 이게 다 무엇인가?

모국어의 제국에 바친 한 시인의 공헌이다. 우리 아버지가 언어의 들판에 나가 힘들게 일 한 노동의 수확으로 오늘의 우리는 배부르고 등따숩다. 문화적으로 풍성하고 행복하다. 이 공헌은 부정할 수 없으며 거세되어서도 안 된다. 우리 문화의 기품과 격조, 혈족 정체성과 존재의 보편성, 현실과 초월의 경계를 넘나드는 소프트파워가 대대손손 문화유전자로 '농울처' 전승된다.[5]

위의 관점이 아니더라도 서정주는 20세기 이후 한국문학의 '아버지'로

---

5) 윤재웅, 「한국문학과 미당」, 『서정시학』, 2010년 가을호, 218~219면 참조.

존재할 가능성이 여전히 높다. 서정주가 이룩한 전방위적인 미학적 성취를 한 특별한 문학적 개인이 넘어서기 쉽지 않기 때문이다. 서정주가 비록 문제적이었다 해도, 시인들의 '아버지'로서 종신했다는 점은 그의 예술적 성취에 대한 질투와 수긍의 마음이 복잡하게 반영된 경우가 아닐까 한다.

하지만 이러한 '아버지론'과 다른 시각도 있다. 그가 '문화영웅'의 운명과 '정치적 희생양'의 업보를 동시에 가지고 있다는 관점이 그것이다. 위에서 잠깐 언급한 '문제적 아버지'론이다. 이런 점에서 스물세 살 때의 시인탄생 선언은 매우 시사적이다.

모순과 역설이 '시의 이슬' 속에, 그 구조적 모순과 역설 속에 매혹적으로 자리하고 있는 것이다. 영롱함과 끈적끈적함, 물빛 투명함과 타오르는 붉은색, '생의 초월로서의 이슬'과 '몸의 감옥으로서의 피'가 공존하는 삶의 방식의 발견. 그 발견자는 바로 '시인'이다. 그러므로 서정주적 문법에 따르면 '시인'은 모순의 통합자이며 역설의 실현자이다. 헐떡거리며 살아가는 불완전한 삶의 방식 속에 그리스 비극의 비장하고 숭고한 생철학이 뿌리내리고 있는 것이다.

어떤 점에서 보면 젊은 날의 서정주에게 제 눈을 찔러 스스로에게 형벌을 가하고 길 떠나는 오이디푸스의 이미지가 중첩되어 있고, 강렬한 초인을 꿈꾸는 짜라투스트라의 이미지도 겹쳐져 있다. '침몰의 바다'에서 떠올라 동서남북, 사방팔방으로 '가라!'(「바다」)고 외치는 비장한 목소리는 오이디푸스의 그것이요, '윙윙그리는 불벌의 떼를/ 꿀과 함께 가슴으로 먹는'(「正午의 언덕에서」) 이미지는 짜라투스트라에 가깝다. 청년 서정주의 자의식이 문학의 보편적 원형에 근접하고 있다는 관점에서 바라볼 필요가 있는 것이다.

그러므로 '정치적 희생양'의 이미지를 덧씌우거나, '문화영웅'의 이미지를 일방적으로 포장하는 방식은 이제 균형감 있게 조정할 필요가 있다. '동시공존의 원칙'을 존중하되 합의가 가능한 논점을 공유하는 것이 중요하다. 예컨대 2005년 5월 대통령 직속기구로 발족된 친일반민족진상규명위원회에 의하여 그는 최근에 친일반민족행위자로 규정된 바 있다. 국가는 법적 권력으로 말한다. 서정주는 친일파다! 서정주는 반민족행위자다! 과연 그런가?[6]

서정주라는 이름의 가장 간명하고 강렬한 정체성은 '시인'이다. '시인'

---

6) 서정주의 친일 이력에 대한 논란은 임종국(1966)에 의해 처음 제기되었으며, 미당 자신도 그의 자전기록(1969, 1972)을 통해 당시의 상황을 비교적 자세하게 언급한 바 있다. 1980년대에 들어 『친일문학작품선집』(1986)의 간행으로 인해 보다 광범위하게 알려졌다. 그가 80년대 이후 친일청산담론으로부터 자유롭지 못했음은 주지의 사실이다. 게다가 박정희 대통령 서거 이후 일어난 일련의 권력쟁투 과정에서 그가 보여준 신군부에 대한 옹호 태도는 그의 친일 이력에 대한 '이해'보다는 '심판'의 심리를 확산시키는 데 기여했다. (12대 대통령 선거인단선거(1981.2.11)를 앞두고 민정당 대통령 후보 전두환을 위한 텔레비전 지원연설(1981.2.1)이 대표적이다.) 그리하여 서정주의 만년은 '한국문학의 거장'과 '반민족적 기회주의 지식인의 전형' 사이를 오가게 된다. 그의 사후 불거진 '미당 논쟁'은 미당 개인에 대한 뜨거운 관심일 수도 있었지만, 사실상 '한국근현대사의 모순과 부조리 척결이라는 거대담론의 상징적인 사례' 혹은 '미학적 분리주의에 입각한 문학 옹호'의 성격이 강했다. 이 두 입장은 역사적 연원으로 보면 해방공간의 좌우익 대결이며, 민주화와 산업화, 진보와 보수로 대별되는 60년 이상 지속되어 온 우리 사회의 이념적 갈등을 일정 부분 반영하고 있다고 보아도 무방하다. 이런 점에서 서정주는 문학적 논쟁의 상징이기보다는 정치적 논쟁의 현재진행형 상징이다. 상반되는 양진영의 논리는 서정주가 '한국문학의 아버지'이기는 하지만 '문제적 아버지'였다는 점을 인정하기는 해도, 방점을 '문제적'에 두어야 하느냐 '아버지'에 두어야 하느냐로 여전히 평행선을 달리는 실정이다. 이상은 윤재웅, 「서정주의 줄포공립보통학교 학적기록에 대한 고찰」, 『한국시학연구』 27호, 2010.4.15. 195~196면 참조.

만이 그의 아이덴티티이고 브랜드이며, 실제로 서정주는 '시인'으로서의 각성과 실천을 그 누구보다 잘 보여주었다. 이것이 바로 이 글이 주장하는 '합의가 가능한 논점의 공유'다.

일제에 의해 강점당하던 시절의 시편들 대부분은 조선어의 토속적 정기와 식민지 지식인 청년의 번민과 열망이 뒤엉켜 있다. 조선어로 시를 쓴다는 자체가 벌써 문화투쟁의 선봉에 서는 것이다. 무장독립투쟁이 하드파워라면 조선어 시는 소프트파워로 볼 수 있다. 그가 조선일보 폐간 기념시로 쓴 「행진곡」은 많은 조선민중들에게 나라 잃은 설움의 감성을 자극해서 무언의 에너지를 솟아오르게 한 소프트파워의 전형이다.

> 잔치는 끝났드라. 마지막 앉어서 국밥들을 마시고
> 빠알간 불 사루고,
> 재를 남기고,
>
> 포장을 걷으면 저무는 하늘.
> 이러서서 主人에게 인사를 하자
>
> 결국은 조끔ㅅ식 醉해가지고
> 우리 모두다 도라가는 사람들.
>
> 목아지여
> 목아지여
> 목아지여
> 목아지여
>
> 멀리 서 있는 바다ㅅ물에선

亂打하여 떨어지는 나의 鐘ㅅ소리

이 한 편의 시가 그를 두 달 반가량 경찰서 유치장에 가두어 놓았다. 당시 전라도 일원을 돌며 민족 연극공연을 하던 일원들이 이 시를 읽고 민족의 비애와 울분이 분출하는 감명을 받았다고 진술했다. 일본 경찰은 이 시 속에 민족운동고취사상이 있다고 판단했다. 서정주는 사상범으로서 일제에 의해 탄압받았다.

이런 기록은 규명위원회에서 고려하지 않는다. 미당, 당대에는 일본 경찰로부터 '죄인'이 되고, 사후에는 후손들에게 '죄인'이 된다. 아버지는 아버지이되 그래서 '문제적' 아버지가 된다.

서정주는 정녕 누구인가? '시인'이야말로 서정주의 본질이며 최상위 개념 아닌가? 시인은 죽어서도 언제나 시로 말한다. "벼락과 해일만이 길일지라도"(「꽃밭의 독백」), 꽃의 문을 열어 달라 소리치며, "볕이거나 그늘이거나 혓바닥 느러트린/ 병든 숫개만양 헐덕어리며 나는 왔다"(「自畵像」)고 말한다. 이런 방식으로 자기를 표현하는 사람은 결국 스스로를 이렇게 노래한다. '나는 시인이다.', '오직 시인일 뿐'.7)

시인은 피가 섞여 있는 이슬을 이마 위에 얹어 놓은 채 벼락과 해일 속을 걸어간다. 모순을 통합하고, 역설을 실현하며, 대변란기의 파국적 상황에서도 문학적 명당을 바라보는 태도. 이것이 시인 서정주의 본질이라고 할 수 있다.

---

7) 윤재웅, 「나는 시인이다, 오직 시인일 뿐」, 『출판저널』, 2010.2.1. 78면 참조.

3. 융합 리터러시

시인 서정주 본질의 또 다른 특성은 융합 리터러시다. 그의 시에서는 종교가 두루 포용되고 사상과 미학이 녹아서 뒤섞인다. 당음(唐音, 당나라시)과 한글시, 일본문학과 프랑스문학과 러시아문학들이 스며 있다. 유년시절 귀로 들은 영웅서사들과 풍성한 민속경험들 역시 후기 시의 변화를 유도하는 데 적절하게 활용된다.[8]

이 모든 융합 리터러시의 표본이 초기시 「자화상」에 고스란히 드러난다. 이 작품은 불치의 슬픔에 빠진 청년의 충격적인 지기고백과 방황, 그리고 용감무쌍한 기개를 잘 보여주고 있다는 점에서 독창적이다. 뿐만 아니라, 우리말 리터러시의 새로운 지평을 열었다는 점에서도 주목할 만하다. 민중의 생활언어가 얼마나 기품 있는 예술언어로 탈바꿈할 수 있는가 하는 점에 주목해 보면 탁월한 전범이 된다. 김소월(1925), 한용운(1926)이 보여준 한글 리터러시의 미학적 심화가 서정주에 의해 계승된다고 보아도 무방하다.

---

8) 『질마재신화』(1975) 이후는 이야기체 시형식이 많이 나타난다. 내러티브에 대한 강렬한 충동이 되살아난 경우인데, 한국 서정시가 도달할 수 있는 일정한 경지를 체험한 시인이 새로운 형식적 실험을 시도한 경우로 해석할 수 있다. 그가 청년시절에 일본의 신조사판 세계문학전집을 읽으며 이미 소설가의 꿈을 키운 바 있고, 그보다 훨씬 이전에 기억력이 각별한 외할머니로부터 전해들은 수많은 구비전승과 고전소설들이 영향을 미쳤으리라고 추정할 수 있다. 후기시들의 특성은 자전 구축의 질료로서의 기억이나 여행기록을 시적 양식으로 바꾸는 시도인데, 『西으로 가는 달처럼』(1980), 『鶴이 울고 간 날들의 詩』(1982), 『안 잊히는 일들』(1983), 『팔할이 바람』(1988), 『山詩』(1991) 등이 대표적이다.

스물세햇동안 나를 키운건 八割이 바람이다.

이 구절이 수많은 한국어 사용자들의 '자기 성찰'의 원형 이미지로 발전한다는 점을 스물 세 살의 서정주는 미처 알지 못했을 것이다. 실제로 이 구절은 간난신고를 겪은 모든 성취자들이 즐겨 원용하기도 한다.

'고난과 성장과 성취'의 서사가 압축되어 있는 이 구절 속에서도 가장 빛나는 이미지는 '바람'이다. 바람의 함축은 서정주의 삶과 문학을 가장 잘 대변한다. 그것은 고난과 장애인 동시에 자유이자 생명이며 만족 없는 탐구정신이면서 전진하는 이미지이기도 하다. 동물적 욕구, 본능적인 성 충동, 강렬한 희구의 이미지도 이 속에 있다. 한 곳에 안주하기를 거부하는 시인의 생래적 기질과 예술적 욕망을 표현하기도 한다.

가스통 바슐라르가 '공기의 드라마'라고 부른 '바람'은 사람의 몸 안으로 들어와 뜨거운 숨결로 전화되기도 한다. 바람과 생명과의 유비관계에서 제일 친근한 이미지는 숨, 혹은 숨결이라는 생체현상이다.

살아 있는 바람, 그것은 공기의 생리학적 측면에서 보면 곧 호흡이다. '숨쉬기'는 공기가 몸의 안과 밖을 오갈 때만 가능하다. 우리 몸에서 살아 있는 바람의 이미지는 바로 '숨'이며9), 그것은 한국인들이 생명을 지

---

9) 생명체와 숨결의 상관관계에 대한 인간의 인식의 역사는 매우 오래되었다. 그 유서 깊은 전통을 체계적으로 밝히는 일은 쉬운 일이 아니다. 그러나 인식의 방편으로서의 언어와 그것의 발전, 변화, 파생 과정을 지켜보게 되면 어느 정도 가능해진다. 상호간의 관계에 대한 언어학적 관심은 예컨대 라틴어와 그 후손언어의 파생과정을 살피는 것만으로도 충분하다. 천문학자이자 행성전문가인 칼 세이건과 그의 아내이자 고생물학자인 앤 드루얀은 그들의 공저에서 산소(마시기, 즉 숨쉬기)가 생명체의 본원적 속성임을 라틴어의 변천과정을 통해 다음과 같이 적절하게 보이고 있다.

칭하는 그들 특유의 언어로 '목숨'을 사용하고 있는 문화적 맥락을 고려
해 보면, 실존의 가장 직접적이고 명징한 징표다.

이 호흡으로서의 바람에 대한 인식을 서정주는 자신의 생명테제와 연
관시켜 일찌감치 보여주고 있다는 점을 주목할 필요가 있다. 미당 시에
자주 등장하는 '숨결'이 바로 그것이다. 「화사」 속의 "가쁜 숨결"은 바람
의 상상력이 몸 안에서 전화된 형태이다. 또한,

이 싸늘한 바위ㅅ속에서
날이 날마닥 드리쉬고 내쉬이는
푸른 숨ㅅ결은
아, 아직도 내것이로다.

─「石窟庵觀世音의 노래」 부분

옴기는 발길마닥
구름이 일고

"라틴어에서는 「숨을 쉰다」를 spire라고 말한다. 현대 영어의 inspire(영감을 주
다, 생기를 불어넣다)는 그 어원에서 「속으로 숨을 내쉬다」이다. 마찬가지로
aspire(갈망하다)는 「를 향해 숨을 쉰다」, conspire(음모를 꾸미다)는 「와 함께 숨을
쉬다」, perspire(땀을 흘리다)는 「을 통해 숨을 쉬다」, transpire(발산하다)는 「너머
로 숨을 쉰다」, respire(호흡하다, 한숨돌리다)는 「다시 숨쉬다」, expire(종료하다,
죽다)는 「숨을 쉬지 않는다」를 각기 의미하고 있다. 「Dum spiro, spero」라는 라틴
어 격언은 「숨이 붙어 있는 한, 희망을 버리지 않는다」라는 의미인데, 이런 표현
은 인간이 자신들의 천성의 여러 가지 면을 「호흡」과 관련지어 생각해 왔다는
사실을 가르쳐 준다. sprit(정신, 영혼)이라는 단어도, 알코올이나 연금술에서 말하
는 암모니아를 가리키는 경우나, spiritual(영적, 교회의), spirited(생기발랄한)과 같
은 파생어까지 포함해서, 모두 같은 라틴어에 그 기원을 두고 있다." 칼 세이건 ·
앤 드루얀/ 김동광 · 과학세대 옮김, 『잃어버린 조상의 그림자』, 고려원 미디어,
1995, 142면 참조.

내뿜는 숨ㅅ결에
날개 돋아 나

—「西歸로간다」 부분

에서 보이는 숨결들 역시 바람의 역동성과 몸생명 사이의 연관성을
보여주는 대표적인 이미지다.10)

「무슨 꽃으로 문지르는 가슴이기에 나는 이리도 살고 싶은가」에 오
면 부활과 재생의 민담 속에 바람으로서의 숨결의 이미지가 아름답게
묘사되기도 한다. 한국어의 또 다른 기묘한 절경이다. 비 개인 하늘이
푸른 이유, 푸른 꽃을 문지르면 푸른 숨이 돌아오는 이유, 소녀들의 숨
쉬는 소리가 똑똑히 들리는 이유, 무슨 꽃으로 문지르는 가슴이기에 나
는 이리도 살고 싶은가의 이유, 이 모든 이유들이 사실은 '존재의 간구'
와 연관되어 있으며 거기에 '푸른 숨'이 개입하고 있는 것이다.

그러나 내가 가시에 찔려 앞어헐때는, 네名의少女는 내곁에 와 서는
것이었다. 내가 찔레ㅅ가시나 새금팔에 베혀 앞어헐때는, 어머니와같은
손까락으로 나를 나시우러 오는것이었다.

손까락 끝에 나의 어린 피ㅅ방울을 적시우며, 한名의少女가 걱정을하
면 세名의少女도 걱정을허며, 그 노오란 꽃송이로 문지르고는, 하연 꽃
송이로 문지르고는, 빠알간 꽃송이로 문지르고는 하든 나의像처기는 어
찌면 그리도 잘 낫든것이었든가.

---

10) 윤재웅, 『미당 서정주』, 1998, 태학사, 136~137면 참조.

정해 정해 정도령아
원이 왔다 門열어라.
붉은꽃을 문지르면
붉은피가 도라오고.
푸른꽃을 문지르면
푸른숨이 도라오고.

少女여. 비가 개인날은 하늘이 왜 이리도 푸른가. 어데서 쉬는 숨ㅅ
소리기에 이리도 똑똑히 들리이는가.
무슨 꽃으로 문지르는 가슴이기에 나는 이리도 살고싶은가.

–「무슨 꽃으로 문지르는 가슴이기에 나는 이리도 살고 싶은가」 부분

그러므로 서정주의 전 생애를 통틀어서 '바람'이라는 모국어야말로 가
장 서정주적인 한글 리터러시의 심화 사례로 보아도 무방하다. 안주하
거나 정체하지 않는 역동적인 이미지. 만족하지 않고 지속적으로 탐구
하는 예술정신. 이런 복합적이고 융합적인 이미지들이 '바람'이라는 한
글 리터러시 속에 깊숙이 자리하고 있는 것이다.

그러나 한편으로『화사집』은 매우 아이러니컬한 시집이기도 하다. 수
록된 24편 전반을 조명해 보면 한글 리터러시와 한자 리터러시가 강력
하게 충돌하고 있으며, 불치의 슬픔과 충동적 광기, 토속적인 질마재 황
토 언덕과 종로 네 거리, 이백과 보들레르, 막달라 마리아와 관세음보살
이 혼란스럽게 뒤섞여 있다.

특히「자화상」에는 이슬과 피가 뒤섞여 있어서 헐떡거리며 달려갈
수밖에 없는 시인의 숙명이 끝 부분에 잘 나타나 있다. '此一篇昭和十二
年丁丑歲中秋作. 作者時年二十三也.'이라는 날짜 표기방식을 주목해보

자. 어려서 서당에 다닌 문화체험이 한글시 제일 뒤편에 드러난 경우다. 정확하게 말하면 중·일 리터러시가 혼재되어 있다. '쇼오와(昭和)'는 일본 천왕의 연호로서 당대의 공식적인 연대표기법이다. 식민지 지식인 청년의 체제순응적 태도로 볼 수도 있고 자기모멸적 반응으로 해석할 수도 있다. 살아 숨쉬는 당대의 생활언어들로 텍스트를 구성하고 왜 마지막에는 한자 기호를 각인해 놓았을까? 이런 의문은 이 시집 전편을 읽어보면 쉽게 답이 나온다. 그것은 바로 과잉된 한자 리터러시 문제와 관련이 깊다.

『화사집』은 「문둥이」 한 편을 제외하고는 모든 시편들 속에 한자 어휘가 의욕적으로, 다소 과도하게 드러난다. 여기에 관련한 논의는 고를 달리하여 따로 다룰 예정이다. 「復活」의 '순아'가 '유나(臾娜)'로 바뀌는 사정11)도 전반적으로 이런 맥락에서 다룰 필요가 있다. 한문교양의 댄디즘이 드러난 경우인데 이런 한자 과잉 리터러시는 「自畵像」에 나타나는 민중의 생활언어와는 또 다른 국면으로서 이후 시집들에서는 점차 희박해진다.

그러나 이런 징표들은 역설적으로 서정주의 교양체험을 가늠하는 데 유익한 질료들이고, 특히 역사의 '끼인 세대'라는 관점을 입증하는 데 유

---

11) 『화사집』의 말미에 수록되어 있는 「復活」에 나타나는 소녀 이름의 경우, 처음 발표(조선일보, 1939.7.19)에는 '순아'라고 표기하다가, 『화사집』(1941.2.10)에는 '유나(臾娜)'로 바뀐다. 세 번째 시집인 『서정주시선』(1956.11.30)에 재수록될 때는 다시 '순아'로 바뀌는데, 이로 미루어 보면 한글 '순아'를 한자로 멋지게(?) 표현하려는 욕구가 있었던 것으로 짐작할 수 있다. '유나(臾娜)'는 '수나(叟娜)'의 오식일 가능성이 높다. 그의 두 번 째 시집인 『귀촉도』(1948.4.1)의 발문을 쓴 김동리에 의하면 '수나(叟那)'로 되어 있다. 나(那)에 계집 여(女)변이 누락되어 있다.

용하다. 예컨대, 10살 때부터 "하냥아 사끼마시다. 모모노하낭아 사끼마
시다.(꽃이 피었습니다. 복사꽃이 피었습니다.)"[12]를 읊어대던 소년. 12살 때는
일본인 여교사인 요시무라 아야꾀吉村綾子]로부터 일본어 글쓰기와 동
요짓기에 칭찬을 받았던 시골 소년. 칭찬에 감격해 더 좋은 글을 쓰려고
분투노력했던 식민지 소년. 그럼에도 불구하고 한문학 전통 및 조선어의
향토성과 미묘한 울림을 주체적으로 내면화시켜 나갔던 소년. 이른 나이
부터 3개 언어의 자연스러운 습득이 가능했던 '역사의 독특한 틈바구니'
에 끼인 소년. 이 소년의 의식 속에서 뒤범벅이 된 한문과 일본어와 조
선어가 후일 새롭고 개성적인 문학을 향한 열망으로 변해 폭발하는 상
황은 시인 서정주 생애의 중요한 원형을 규명하는 일과 관련이 깊다.[13]

　요컨대 문화의 뒤섞임과 뒤범벅이가 '잡종강세'라는 새로운 문화품종
을 만들어내는 데 기여한다면, 그 대표적인 사례가 서정주라고 말할 수
있는 근거를 제공하게 된다. 서정주는 어려서 9살 때까지 서당에서 「통
감」을 배웠으며[14], 줄포학교를 거쳐 중앙고보에 진학해서 비록 퇴학을

---

12) 서정주, 「내 마음의 편력」, 『서정주 문학전집』 3권, 81면 참조.
13) 윤재웅, 「서정주의 줄포공립보통학교 학적기록에 대한 고찰」, 『한국시학연구』
　　27호, 213~214면 참조.
14) 그의 줄포공립보통학교 학적부를 보면 입학전 경력란에 '통감(通鑑) 일(一)'이 기
　　록되어 있다. 이는 중국 송나라 때 사마광이 편찬한 『자치통감(資治通鑑)』(1084)
　　을 말하지만, 여기서는 당시 아동용 교육교재로 재편한 『통감절요(通鑑節要)』를
　　뜻한다. 이 책은 송나라의 강지가 354권에 이르는 방대한 분량의 자치통감을
　　줄여 50권 정도로 재편집한 것으로서 조선시대 모든 선비들의 필독서였다. 뿐
　　만 아니라 서당에서 학동들에게 역사와 한문을 가르치기 위해서 채택된 대표적
　　인 교재이기도 했다. 서정주가 신식교육 받기 전에 이미 서당교육을 받았다는
　　뜻이다. 서정주가 보통학교에 진학하기 전에 서당교육을 받았다는 점은 그의
　　생애를 연구하는 데 있어서 매우 중요하다. 당시 조선 전역에는 조선식 사립학
　　교인 서당과 일본식 교육기관인 보통학교가 엇비슷하게 병존하고 있었다. 1922

당했어도 활달한 일본어 실력으로 세계문학전집을 독파하는 등 여러 언어로 구성된 문학에 일찍부터 침윤해 있었다. 이런 전기적 이력들이 융합 리터러시를 창안하는 데 도움이 되는 것은 물론이다.

창의적인 융합능력의 또 다른 흥미로운 사례 중의 하나는 '때거울'이다. 그가 회갑 기념으로 출간한 고향마을에 관한 시집 『질마재신화』(1975)에는 외할머니에 관한 추억의 시편들이 약간 있다. 「외할머니의 뒤안 툇마루」가 그중 하나다.

　　외할머니네 집 뒤안에는 장판지 두 장만큼한 먹오딧빛 툇마루가 깔
　려 있습니다. 이 툇마루는 외할머니의 손때와 그네 딸들의 손때로 날이

년 무렵 전국 서당의 학생수는 280,862명, 보통학교의 학생수는 237,949명이었다. 학령기의 아동들 중에는 서당을 거쳐 보통학교에 입학하는 경우도 흔했는데, 경제적으로 여유가 있거나 교육열이 남다른 집안의 남자아동들이 여기에 해당되었다. (중략) 당대 서당의 보편적인 학과목으로 미루어 보아 어린 서정주는 『천자문(千字文)』, 『동몽선습(童蒙先習)』, 『추구(推句)』, 『소학(小學)』, 『명심보감(明心寶鑑)』, 『당률(唐律)』, 『통감(通鑑)』 등을 익혔으리라 추정된다. 비록 어린 나이지만 상당한 교양의 온축이 있었다고 보아도 무방하다. 그가 비록 보통학교 학력뿐이 없다 해도, 대시인으로 성장할 수 있었던 주요한 동인 중의 하나가 바로 한문에 자연스럽게 접근할 수 있었던 교육환경 덕분이었다. 서정주가 줄포학교(5년)와 중앙고보(2년) 중퇴학력만으로 많은 한적(漢籍)들을 쉽게 접했다고 보기는 어렵다. 그는 비록 중등교육을 제대로 이수하지 못했지만, 방황기에 일본 신조사판 세계문학전집을 독파한 바 있고(보통학교에서 익힌 일본어가 활달했기 때문에 가능했다.) 석전 박한영 대종사의 문하에 들어 잠시 머리를 깎고서 『능엄경』한 질을 한문 원전으로 읽은 경험도 있다. 특히 한적에 대한 이런 독서 경험은 후일 삼국사기나 삼국유사에 대한 탐독으로 이어져서 '신라정신'의 미적 이상을 추구하는 계기가 되기도 한다. 아무튼 어릴 적 서당교육의 두터운 훈습이 바탕이 된 것이다. 요컨대 당시 기준으로 보면, 서정주는 이미 어린 나이에 전통 교육의 탄탄한 기초 위에서 현대식 교육을 받았던 셈이다. 이상은 윤재웅, 앞의 글, 207~209면 참조.

날마닥 칠해져 온 것이라 하니 내 어머니의 처녀 때의 손때도 꽤나 많이는 묻어 있을 것입니다마는, 그러나 그것은 하도나 많이 문질러서 인제는 이미 때가 아니라, 한 개의 거울로 번질번질 닦이어져 어린 내 얼굴을 들이비칩니다.

그래, 나는 어머니한테 꾸지람을 되게 들어 따로 어디 갈 곳이 없이 된 날은, 이 외할머니네 때거울 툇마루를 찾아와, 외할머니가 장독대 옆 뽕나무에서 따다 주는 오디 열매를 약으로 먹어 숨을 바로 합니다. 외할머니의 얼굴과 내 얼굴이 나란히 비치어 있는 이 툇마루에까지는 어머니도 그네 꾸지람을 가지고 올 수 없기 때문입니다.

여기 보이는 '때거울 툇마루' 스토리는 천진과 영감, 전복적 상상력과 판타지, 가사노동의 숭고함, 근친으로서의 인자한 외할머니의 무한 권력에 대한 귀의, 심리적 갈등과 상처의 해결 방안으로서의 신성한 공간에 대한 무의식의 동경 등이 반영되어 있는, 한국문화의 독특한 개성과 창의성이 드러나는 '원천 이야기'다.

이것은 유소년 시절의 보편적 경험으로서의 꾸지람이 심리적으로 어떻게 극복되는지에 대한 아름다운 보고서일 수도 있고, '먹오딧빛'의 가치 전도를 통해 '때가 거울로 바뀌는' 즉 세속의 한복판에서 이미 신성의 기미를 보는 시적 영감의 산물일 수도 있으며, 그 바탕에 있는 여성 가사 노동의 숭고함에 대한 예찬('하도 많이 문질러서 인제는 이미 때가 아니라, 한 개의 거울로 번질번질 닦이어져')으로 읽을 수도 있다. 또한 '뒤안' 공간의 윤리적·심미적 재발견을 통해 노인 문제를 새롭게 바라볼 수 있는 아이디어를 제공하기도 한다.[15]

---

15) 윤재웅, 「문학관과 디지털스토리텔링―미당시문학관을 중심으로」, 『내러티브』13

　이 모든 2차 담론들을 가능케 하는 원천이야기의 가장 큰 특성은 '때'와 '거울'을 융합시키는 기발하고 충격적인 은유의 상상력이다. 그리하여 독자들은 자신들의 스키마 속에 새로운 문화어의 목록을 늘려나가는 기쁨을 누리게 된다. 이런 사례들은 서정주 텍스트에 너무나 풍성하다. 융합의 리터러시가 서정주의 본질이 될 수 있는 이유가 여기에 있다.

4. 시인의 길, 벼락과 해일의 길

　다시 '시인의 길'로 되돌아가보자. 서정주의 아이덴티티와 브랜드는 '시인'이며 또 다른 특성으로서 '융합의 리터러시'를 주목했다. '시인'은 '모순의 통합자'이거나 '역설의 실현자'로서 '문화영웅'과 '정치적 희생양'의 이미지를 동시에 구현한다고 했다.

　마지막 특성의 하나로 손꼽을 수 있는 것은 이제 그의 삶을 전관했던 '만족 없는 탐구'의 정신이다. 이 정신은 서정주 시의 지속을 가능하게 했던 중요한 생활윤리이자 심미적 태도이기도 하다. 15권의 시집들이 저마다 독특한 개성과 새로운 미적 기획을 보여주었다는 평가는 과장이 아니다. 『안 잊히는 일들』(1983)과 『팔할이 바람』(1988)의 유사성을 제외한다면 나머지 시집들은 '절대자아'16)의 독창성을 잘 구현하고 있다. 그

집, 2009.6.30, 41~42면 참조.

16) 미당 서정주 문학의 중요한 미덕 가운데 하나다. 미당 스스로가 자신의 예술적 독창성을 이렇게 불렀다. 아류를 거부하는 정신, 자신의 심미적 아이덴티티마저도 지속적으로 갱생하려는 정신이 바로 '절대자아'다. 또한 누구로부터도 자유롭고 자기 스스로를 책임질 수 있는, 누구도 흉내낼 수 없고 같은 자리에 감히 오를 수도 없는 독창적인 개성. 이것이 '절대자아'다. 미당과의 만년 대화에서 그

런 점에서 서정주는 '아버지'의 창의적 개성을 후대의 예술가들에게 잘 보여준 사례다.

미당(未堂)이라는 호는 '아직 덜 된 사람'이라는 겸사지만, 역설적으로 '늘 새롭게 발전하려는 사람', 혹은 '영원히 소년이려는 마음' 등으로 풀이할 수 있다. 미당은 그 이름답게 꾸준하고 성실하게 노력하는 태도로 삶을 일관했다.

노년의 '세계의 산 이름 외우기'라는 정신체조도 같은 맥락에서 이해할 수 있다. 그가 외운 산 이름 1,628개의 목록은 원고지 200장 이상 분량에 꼬부랑 영어글씨로 높이와 함께 적혀 있다. 다 외우고 나서는 『山詩』(1991)를 간행했다. 그중에 세계의 명산들을 바라보는 노시인의 원숙한 스토리텔링이 압권인 경우가 종종 있는데, 다음을 보자.

> 나 〈씨트랄테페틀〉이란 이름은
> 그게 별들의 山이라는 뜻이라
> 언제나 밤이면 하늘의 별들이
> 수십만 개씩 내려와 함께 비쳐 주어서
> 세상의 일은 대강은 다 알아 말씀이거니와
>
> 이 멕시코의 목숨들을 두루 만드신 햇님이
> 맨처음 시험삼아 만들어 본 한 쌍 男女는
> 꼭 韓國에 많은 그 까치 비스름해서
> 가슴패기와 배로부터 그 윗부분뿐이었고,
> 몸놀림이나 소리까지도 까치같이 생겼었네.

가 매우 힘주어 강조했던 점을 기억한다.

이것들이 새끼를 낳아 볼 마음이 생기면
그 수컷이 그 혓바닥을 암컷의 입에다 넣고
쑤석쑤석거리면 되었지.

이때는 꽃은 아직 없었고,
꽃 노릇을 대신하고 노는 것은
草綠빛 도마뱀들이었었네.
그리고 타오르는 불빛의
제비들이 날아다녔네.

그러던 어느 날에
하늘의 구름 사이를 날아가던 큰 龍 한 마리가
빛나는 검은 나비이자 돌이기도 한 것 하나를
가슴에 안고 내려오면서,
마침 무슨 일로 땅 위에 와서 있던
이쁜 女神 〈치마르만〉에게
활을 네 번을 내리 쏘아댔는데,

그녀 머리를 향해 쏜 것은
그녀 머리 기운을 못 이겨 비끼어 가고,
그 다음 그녀 배를 향해 쏜 것은
또 그녀의 뱃기운을 못 이겨 비껴 가버리고,
세번째로 쏜 것은
그녀가 한 손으로 받아서 보기 좋게 꺾었고,
네번째로 그녀 사타구니를 향해 쏜 것은
그녀 사타구니의 넘치는 힘 때문에
벌린 두 다리 사이로 빠져나가 뻐리자,
비로소 그제서야

> 그 龍은 히벌럭이 웃으며
> 그녀에게 엉겨붙어 애기를 배게 해
> 그애가 생겨나자
> 그 이름을 〈날으는 뱀〉이라고 했었네.
> 왜 저 20세기 英國의 小說家
> D. H. 로렌스가 쓴
> 이 이름의 長篇小說도 있지 않은가?
>
> — 「멕시코의 靈峰 〈씨트랄테페틀〉이 어느 날 하신 이야기」 부분

세계문학의 보편적인 상징들이 살아 움직이는 장면이다. 신화와 문학이, 한국과 멕시코가, 매혹적이고 환상적인 이미지 속에서 뒤섞여짐으로써 한국문학의 명실상부한 확장에 기여하는 대목으로 평가할 수도 있다.

미당이 『화사집』 무렵부터 얼마나 먼 거리를 떠돌아 여기에 도달했는가의 문제는 이런 점에서 고려할 필요가 있다. 그리하여 만족 없이 탐구하는 삶과 문학의 태도가 창안해낸 '늙은 떠돌이'[17]의 이미지는 단순한 '장수시인' 이상의 성격을 가지게 된다. 결론적으로, 『山詩』에 실린 시편들은 단순히 '늙은 떠돌이'의 호사취미를 반영하지 않는다. 미당의 개성이 오랜 기간을 거치면서 성취한 이 캐릭터는 세계를 자기화하고 한국화하려는 문화사적 기획의 일환으로 볼 수 있다.

---

17) 미당이 『질마재신화』(1975)를 간행한 이후, 새로운 미학적 기획을 또 하게 되는데 그것이 바로 '떠돌이' 정신이다. 이것은 '만족 없는 탐구'의 구체적 기획이자 실천이기도 한데, 그는 이후로 세계기행을 시로 엮는가하면 우리 역사를 두루 훑어내는 '시로 쓰는 한국통사' 연작을 출간하기도 한다. 개인의 기억을 재현하되 내러티브 형식을 도입해 시도하는 경우 역시 '떠돌이' 의식의 소산으로 보아도 무방하다. 마지막 시집들 역시 『늙은 떠돌이의 시』(1993), 『80소년 떠돌이의 시』(1997)다.

 '만족 없는 탐구'가 도달한 이런 경지의 원출발점을 찾아보는 게 마지막 과제다. 『화사집』에 수록된 「바다」를 다시 보자.

귀기우려도 있는것은 역시 바다와 나뿐.
밀려왔다 밀려가는 무수한 물결우에 무수한 밤이 왕래하나
길은 항시 어데나 있고, 길은 결국 아무데도 없다.

아― 반딧불만한 등불 하나도 없이
우름에 젖은얼굴을 온전한 어둠속에 숨기어가지고…… 너는,
무언의 해심(海心)에 홀로 타오르는
한낫 꽃같은 심장으로 침몰하라.

아― 스스로히 푸르른 정열에 넘처
둥그란 하눌을 이고 웅얼거리는 바다,
바다의깊이우에
네구멍 뚫린 피리를 불고…… 청년아.
애비를 잊어버려
에미를 잊어버려
형제와 친척과 동모를 잊어버려,
마지막 네 게집을 잊어버려,

아라스카로 가라 아니 아라비아로 가라
아니 아메리카로 가라 아니 아프리카로
가라 아니 침몰하라. 침몰하라. 침몰하라!
오― 어지러운 심장의 무게우에 풀닢처럼 훗날리는 머리칼을 달고
이리도 괴로운나는 어찌 끝끝내 바다에 그득해야 하는가.
눈뜨라. 사랑하는 눈을뜨라…… 청년아,

36 서정주

산 바다의 어느 동서남북으로도
밤과 피에젖은 국토가있다.

아라스카로 가라!
아라비아로 가라!
아메리카로 가라!
아푸리카로 가라!

급전(急轉). 짧은 문장 안에 완벽하게 살아 있는 극적 반전.
'길은 항시 어데나 있고, 길은 결국 아무데도 없다.'
'어데나'와 '아무데', '있고'와 '없다'의 관계는 가장 강렬한 극적 대치구
도 속에 등장한다. 이토록 인상적인, 존재론적인, 운명의 깊이를 겁게
드리우고 있는 대비의 수사는 흔치 않다. '길은 항시 어데나 있고, 길은
결국 아무데도 없다.' 이것이 바로 '역설의 실현자'가 감내해야 할 '피와
이슬이 섞여 있는' '시인의 길' 아니던가.
젊은 시인은 주체할 수 없는 '불치(不治)의 슬픔' 때문에 점점 더 감정
이 고조되어 간다. 운명적 직관은 스스로를 침몰하라고 외치고 있지만
목소리는 후반으로 갈수록 상승한다. 그리하여 정신분열증적 증상이 시
전체를 압도해 나간다.

아라스카로 가라!
아라비아로 가라!
아메리카로 가라!
아푸리카로 가라!

침몰의 이미지, 상승하는 감정은 밤과 피에 젖은 국토를 떠나서 어느새 전진하는 목소리로 바뀌고 있다. 그런데 전진은 직선의 추상이 아니라 파동과 같은 물결 모양의 이미지다. 양성 모음들의 주술적 리듬은 단순한 반복 효과에서 오는 것이 아니라 변화를 통해서 거듭 살아난다.

그러니까 이 시는 침몰의 도상 기호에만 머물지 않고 저 스스로 살아 앞으로 나아가는 주술적 힘을 가지고 있다. 침몰하는 바다, 괴로움이 가득한 바다, 눈 감은 바다, 사방이 온통 밤과 피로 뒤덮인 국토의 동서남북은 근본적으로 고해(苦海)의 표상들이며, 이 표상을 벗어나고자 하는 자기최면은 불교수행의 상징적 기표인 용맹정진을 닮았다.

번뇌와 싸우는 젊은 구도자의 영상이, 죽음의 충동과 싸우는 바람의 전사(戰士) 이미지가 저 침몰의 바다에서부터 솟아오르고 있는 것이다. 일찍이 김동리가 '뇌락불기(磊落不羈)의 인격과 자유분방(自由奔放)한 시혼(詩魂)'18)으로 규정한 '외우(畏友) 서정주형(徐廷柱兄)'의 본모습이다.

그러므로 전진하는 이 운동 에너지는 도피나 망명이 아니다. 타나토스의 심연으로부터 용감하게 솟아올라, 바람처럼 폭풍처럼 내달리고자 하는 본능적인 삶의 충동, 즉 에로스의 준엄한 자기명령인 것이다.

에로스의 준엄한 자기명령으로서의 '시인의 길'이 드러나는 또 다른 매혹적인 사례는 「꽃밭의 獨白」(1961)이다. '娑蘇 斷章'이라는 부제가 붙어 있고, 제일 아래 각주처럼 '娑蘇는 新羅始祖 朴赫居世의 어머니. 處女로 孕胎하여, 山으로 神仙修行을 간 일이 있는데, 이 글은 그 떠나기 전, 그의 집 꽃밭에서의 獨白'이라는 설명이 있다.

---

18) 김동리, 「跋辭」, 『귀촉도』, 1948.4.1. 65면.

노래가 낫기는 그중 나아도
구름까지 갔다간 되돌아오고,
네 발굽을 쳐 달려간 말은
바닷가에 가 멎어버렸다.
활로 잡은 山돼지, 매(鷹)로 잡은 山새들에도
이제는 벌써 입맛을 잃었다.
꽃아. 아침마다 開闢하는 꽃아.
네가 좋기는 제일 좋아도,
물낯바닥에 얼굴이나 비춰는
헤엄도 모르는 아이와 같이
나는 네 닫힌 門에 기대섰을 뿐이다.
門 열어라 꽃아. 門 열어라 꽃아.
벼락과 海溢만이 길일지라도
門 열어라 꽃아. 門 열어라 꽃아.

부정한 임신 때문에 기존의 질서로부터 배척된 여인은 영원한 삶을 위한 수행을 한다. 위의 시는 산으로 수행가기 직전 그의 집 꽃밭을 배경으로 쓴 것이다. 사소는 꽃에서 우주 만다라를 꿈꾼다. 그것은 '가신 이들의 헐덕이든 숨결'(「꽃」, 1948)도 아니고, 순환하는 연기론적 질서의 고귀한 상징(「국화 옆에서」, 1956)도 아니다. 여기서의 꽃은, 형이상학적 이상의 객관적 상관물에 가깝다.

꽃은 불멸의 이상과 영원의 신화로 다가온다. 여인의 목소리를 통하여 시인이 간구하고자 하는 세계는 바로 이러한 영원불멸의 형이상학이다. 그러나 시인의 길은 평탄하지가 않다. 꽃으로 가는 도정은 "벼락과 해일" 속을 뚫고 나가는 것만큼이나 지난하다. '길은 항시 어데나 있고,

길은 결국 아무데도 없다.'는 자각 가운데서도 '타나토스의 심연으로부터 용감하게 솟아올라, 바람처럼 폭풍처럼 내달리고자 하는 본능적인 삶의 충동, 즉 에로스의 준엄한 자기명령'으로 발전하는 그 전진하는 목소리가 바로 '시인의 길'이 가지는 예술적·윤리적 매혹이다.

서정주가 그의 「自畵像」에서 창안한 '시인의 길'은 그의 삶에서 보면 '만족 없는 탐구'의 길이요 '절대자아'의 길이다. 동시에 그의 문학에서는 '항시 어데나 있고, 결국 아무데도 없는' 모순과 역설의 길이며, 고난과 장애와 막강한 운동에너지가 뒤엉켜 있는 '벼락과 해일'의 길이다. 결론적으로, 인간은 영원히 전진해야 하며 지속적으로 갱생해야 한다고 서정주는 노래한다. 이것이 시력 70년에 이르는 서정주 문학의 큰 획이다.

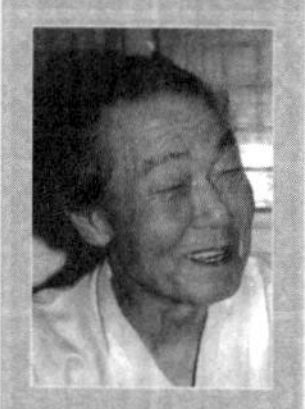

제 2 부

서정주, 시의 이슬
– 시낯바닥에 얼굴을 비추다

사향의 질곡과 박하의 윤리
— 미당 서정주의 「花蛇」론

I. 서언

미당 서정주(1915~2000)의 「花蛇」(『詩人部落』 2호 1936.12)는 한국시문학사가 주목하는 명작이다. 미당의 첫 시집 『花蛇集』(1941)의 표제작이기도 한 이 작품은 미당의 67년 시력이 구축한 전체 업적에서도 발군의 수작으로 평가되고 있다. 발표 직후부터 주목의 대상이 된 이래 오늘에 이르기까지 연속 여러 연구와 비평에서 언급되는 것은 「화사」가 이 땅

* 김승종 / 안양과학대학 교양과 교수
  이 논문은 『우리어문연구』 33집(우리어문학회, 2009.)에 발표된 「사향의 질곡과 박하의 윤리 – 미당 서정주의 「花蛇」론」를 재수록한 것임.

에 미당 시의 출현을 알리는 초기의 대표작일 뿐만 아니라 미당의 전체 시 개괄에서 한 기준으로 주목되고, 「화사」에서 구현된 미학이 이후 한국 현대시의 전개에 영향을 끼쳤고 오늘에도 여전하기 때문일 것이다.

시는 설명을 제공하여 독자의 이해를 촉진하려하지 않고 형상을 제시하여 독자의 해석을 유도하려하는 양식이다. 「화사」는 그동안 여러 차례 분석되어 그 구조와 의의가 밝혀졌다고도 할 수 있겠으나, 시의 그 특성 때문에 아직도 해석의 여지가 남아 있다고 하겠다. 뿐만 아니라 선행 연구를 총괄해보지 않았으나, 「화사」를 단일 대상으로 탐구한 논고는 수편에 불과하며 대개 미당의 초기 시를 일괄 고찰하거나 특정 동기로 미당의 시편들에 접근하는 과정에서 일례로 살펴보거나 참조하고 있다. 이러한 경향이 우리의 연구와 비평에서 주류를 형성하고 있다는 지적은 새삼스러우며 별 이의도 없으나 일찍부터 제기된 대로, 개별 작품의 개성과 특징이 일반화 과정에서 간과 축소되거나 일부만 부각되는 우려를 불식하기 어렵다. 부분에 국한되어 전체 개관에 실패하는 단일 고찰의 한계 또한 자명하지만, 「화사」 또한 그러한 사정에서 다시 논의해볼 필요가 있어 보인다.[1]

---

1) 본고에서 참조되는 「화사」 관련 기존 논고들은 『미당연구』(동국대학교 한국문학연구소 편, 민음사, 1994)에 수록되어 있다. 『미당연구』는 미당 팔순 기념의 일환으로 발간되었다. 기왕의 주요 미당 시 연구의 집성이면서 그 이후 연구의 지표라고 할 만 하다. 편집자는 "이 책에서는 우선 미당 시에 대한 종래의 해석과 평가에서 중요한 범례의 구실을 했거나 혹은 미당 연구의 중요한 논제를 제기했다고 판단되는 글들을 가려 싣는 데 역점을 두었다. ……아무쪼록 이 책이 미당 시의 애독자들이나 연구자들에게 유익한 길잡이 역할을 하게 되길 기대한다."고 하였다. 이 책자가 「화사」와 미당 시들의 고찰에서 간과할 수 없는 주요 텍스트인 것은 인정되겠지만, 본고의 참조는 이 책자에 국한되어 있어 한계가 있다. 하지만 1994년 이후의 논고들은 이 책자에 수록된 논고들의 주요 논지를 계승 정련

「화사」의 새 해석에서 일부 기존 견해를 수용하면서도 크게 세 가지 새로운 논의가 가능하다. 첫째, 1연 1행을 위시, 몇몇 주요 시어와 시행들을 다르게 해석할 수 있다는 것이다. 이러한 해석들은 해당 국면에만 국한되지 않고 작품 전체 해석에 변화를 준다. 둘째, 화자의 내면과 심리의 전개를 다르게 정리할 수 있고, 셋째, 결구를 중심으로 작품의 의미구조를 기존과 다르게 정합하면서 전체 의의를 다르게 정리할 수 있다는 것이다. 본고의 해석에 일리 있다면 「화사」는 그 범주가 확대되면서 미당의 초기 시뿐만 아니라 미당 시의 전체 전개과정 고찰에서 새로운 주목을 받을 수도 있을 것이다.

II. 본론

「화사」의 전문은 다음과 같다.

  麝香 薄荷의 뒤안길이다.
  아름다운 배암...
  을마나 크다란 슬픔으로 태여났기에, 저리도 징그라운 몸둥아리냐

  꽃다님 같다.
  너의할아버지가 이브를 꼬여내든 達辯의 혓바닥이
  소리잃은채 낼룽거리는 붉은 아가리로

확대하거나 기존 논고가 다루지 못한 부분을 계발하고 있다고 간주되며, 기존 견해와 상치되는 이견을 제기한 논고가 제출되었다는 소식을 전문하지 못하였다.

푸른 하늘이다. ……물어뜯어라. 원통히무러뜯어,

다라나거라. 저놈의 대가리!

돌 팔매를 쏘면서, 쏘면서, 麝香 芳草ㅅ길
저놈의 뒤를 따르는 것은
우리 할아버지의안해가 이브라서 그러는게 아니라
石油 먹은듯…… 石油 먹은 듯……가쁜 숨결이야

바늘에 꼬여 두를까부다. 꽃다님보단도 아름다운 빛……

크레오파투라의 피먹은양 붉게 타오르는 고흔 입설이다…… 슴여라!
배암.

우리순네는 스물난 색시, 고양이같이 고흔 입설…… 슴여라! 배암.

-『詩人部落』 2호 1936.12.

1. '麝香 薄荷'의 뒤안길' – 뱀

「화사」 해석에서 가장 중요한 연은 제1연일 것으로 보인다. 우선 보기에는 평범한 시작으로, 후술 전개의 단순한 첫머리같이 보이지만, 이미 전체 갈등을 함축하고 있다. 미리 말해 이 작품은 두괄방식 전개를 한다.

麝香 薄荷의 뒤안길이다.
아름다운 배암……
을마나 크다란 슬픔으로 태여났기에, 저리도 징그라운 몸둥아리냐 기존 해석들은 1행 '麝香 薄荷의 뒤안길'을 뱀이 등장한 장소로 보고 있다.[2] 즉 화자가 사향과 박하가 있거나 사향과 박하의 속성을 가진 뒤 안길에서 뱀과 조우하였다는 것이다. 이러한 해석은 그 직후 2행에서 뱀이 등장하기에 자연스럽다고 할 수 있다. 먼저 배경으로 장소가 제시 되고 화자가 주목하는 대상이 부각되는 순서는 상례이다. 또 그 대상에 관련된 화자의 상념이 진술되는 3행이 후속되고 있어, 1연의 서술은 평 범한 진행으로 보인다. 더욱이 4연의 1, 2행, '돌 팔매를 쏘면서, 쏘면서, '麝香 芳草ㅅ길/ 저놈의 뒤를 따르는 것은'에서 보듯, 화자가 자신의 뱀 을 따르는 행위가 이루어지는 장소로 다시 '麝香 芳草ㅅ길'을 제시하고 있어 보여, '麝香 薄荷의 뒤안길'을 뱀이 기어가고 있는 공간으로 여기 는 견해는 별 이견 없이 확정된 듯하다.

그러나, '麝香 薄荷의 뒤안길'을 뱀 은유의 산물, 즉 뱀을 형상화한 그 보조관념이라고 해석해야 할 것이다. 먼저, '麝香 薄荷의 뒤안길이다./ 아름다운 배암……'에서 생략을 음미하면, '麝香 薄荷의 뒤안길'이 '아름 다운 배암'의 보조관념이며, 도치 구문이라는 진단이 가능하다. 생략에 주의하지 않는다고 하더라도 얼마든지 도치 구문으로 볼 수 있을 것이 다. 도치를 풀어 보통 구문으로 바꾸어본다.

　　'아름다운 배암…/ 麝香 薄荷의 뒤안길이다.'

---

2) "따라서 뱀도 아름다운 화사가 되고, 뱀이 등장하는 배경도 <麝香 薄荷의 뒤안 길> 혹은 <麝香 방초ㅅ길>로 체계화되어 있다." 송욱, 「서정주론」, 『미당연구』 (동국대학교 한국문학연구소 편, 민음사, 1994), 18면. "더구나 그 뱀은 인간의 관 능을 황홀하게 자극하는 <麝香 薄荷의 뒤안길>을 서성거린다." 천이두, 「지옥과 열반」, 같은 책, 53면.

이럴 경우 이 시행들에 은유가 적용되어 있다는 사실이 명료하게 드러난다. 뱀은 '뒤안길'이며, 그것도 '사향 박하의 뒤안길'이라는 것이다.3) 작중에서 화자는 처음부터 뱀을 주목하고 있었던 것이다. 미당이 이 두 행을 만약 위처럼 보통 구문으로 제시하였다면 범상한 형식의 은유가 되고 말아 심미 효과가 약화되었을 것이다. 도치하면 독자의 메시지 인식을 지연시키며 각성의 미학, 즉 낯설게하기 효과가 발생하는데, 미당은 이에 유의한 듯하다.

이러한 해석에서 반드시 검토하여야 할 관련 부분은 4연의 1, 2행, '돌 팔매를 쏘면서, 쏘면서, 麝香 芳草ㅅ길/ 저놈의 뒤를 따르는 것은'이다. 여기 '麝香 芳草ㅅ길'도, 1연 1행이래 장소라는 선입견을 버리고 읽는다면 이 역시 얼마든지 뱀 환유의 보조관념으로 자연스럽게 수용할 수 있다. 미당은 1연 1행 '麝香 薄荷의 뒤안길'이 뱀의 보조관념이라는 사실을 부각하기 위하여, 혹은 그것이 뱀이 등장한 공간으로 오해될까 봐, 또는 재고를 유도하려고 4연 1행에서 '麝香 芳草ㅅ길'을 다시 제시한 것으로 추정된다. '麝香 芳草ㅅ길'이 뱀이 기어가고 있으며 화자가 따르고 있는 공간이라면, 물론 그 강조의 취지라고 할 수 있지만, 1연 1

---

3) 미당은 「국화 옆에서」 3연에서도 '뒤안길'을 보조관념으로 활용한다. "그립고 아쉬움에 가슴 조이던/ 머언 먼 젊음의 뒤안길에서/ 인제는 돌아와 거울 앞에 선/ 내 누님같이 생긴 꽃이여". '뒤안길'은 '꽃(국화)' 직유에 동원된 보조관념의 일부('누님'의 '젊음'을 은유하는 보조관념이면서)이다. 「국화 옆에서」의 '뒤안길'과 「화사」의 '뒤안길'은 비유의 환경과 원관념이 서로 다르지만, 다시 말해 '뒤안길'을 비유 문맥에서 보조관념들로 활용되고 있어 주목된다. 그리고 「대낮」 2연, "햇슈 먹은 듯 취해 나자빠진/ 능구랭이같은 등어릿길로,/ 님은 다라나며 나를 부르고"에서 '능구랭이'를 '등어릿길' 직유의 보조관념으로 활용하고 있다. 「대낮」에서는 「화사」에서와 달리 뱀이 보조관념이지만, 「화사」와 같이 '길'과 뱀을 하나로 엮는 상상이 같아 역시 주목된다.

행에 이어 굳이 반복할 필요가 없는 시어라고 할 수 있다. 그 이후부터 초점은 뱀과 뱀에 관련된 화자의 생각과 행위이지 화자가 어디에서 뱀을 따르느냐가 아닐 것이기 때문이다. 또 집의 좁은 뒤 공간인 뒤안길에서 뱀에게 '돌 팔매'를 하면서 '가쁜 숨결'로 '따르는 것'도 어색하고, '가쁜 숨결'의 내포가 일단 단순해진다. '뒤안길'을 공간으로 해석한다고 하더라도 '가쁜 숨결'은 그저 숨찬 상태의 결과가 아니겠지만, 달려서 숨이 가쁘다는 뜻도 어쩔 수 없이 부각될 수밖에 없고,[4] '우리 할아버지의안해가 이브라서 그러는게 아니라'라는 변명도 무색해진다.

게다가 4연 2행의 첫 어구 '저놈'은 1연에서 명시된 '배암'을 지칭할 수도 있지만, 직전 시행에서 그 대상을 찾는 것이 자연스러운데, 직전 시행에서 그것은 '麝香 芳草ㅅ길' 밖에 없다. 이런 사정에서도 '麝香 芳草ㅅ길'은 뱀이라야 자연스럽다고 하겠다. 또 이럴 경우 4연 1, 2행은 더욱 빛난다. '麝香 芳草ㅅ길', 즉 뱀은 길까지 함축하는 중층이 되어 마치 뱀 위에 있으면서도 뱀을 따르는 듯한 환상을 주며, 아이러니에 빠진 화자의 처지가 잘 부각되기도 한다.

이러한 해석이 여전히 미진하다고 한다면 '뒤안길'의 수식, '麝香 薄荷'의 검토에서 보완될 수 있다. 꿀풀과의 일종인 박하는 시골집의 뒤안길에서 혹 재배할 수 있지만, 사향은 희귀하여 시골 어느 집 뒤안길에 두기 어려운 약재이다. 사향은 사향노루의 성기에 딸린 향낭에 있는 사향선(麝香腺)을 건조시켜 만든 자갈색의 축축한 분말로 조제와 구득이 어

---

4) "젊음의 맹목적인 충동, 그것이 그를 움직이고 있다. 가쁜 숨결 때문에 그는 뱀의 뒤를 따르고 뱀의 뒤를 따라 달림으로 해서 숨결은 가빠진다." 남진우, 「남녀양성의 신화」, 앞의 책, 208면.

려운 최음제인 것이다. 따라서 '麝香 薄荷' 는 작중 실제 사물이라기보다는 화자의 연상의 산물, 다시 말해 뱀의 보조관념인 '뒤안길' 의 보조관념으로 보아야 사정에 더 어울린다고 하겠다.

2. 두 태도와 네 정서 – 접근과 회피

이상의 검토에 기초하여 기존 해석과는 달리 적극 고려하여야 하는 것은 사향과 박하가 후각을 자극하는 방향제로서 유사성의 관계이기도 하지만, 동류의 일체가 될 수 없다는 사실이다. 언급한 대로 사향은 최음제이지만, 박하는 그 잎이 향기로워 향료로 쓰이며, 각성제로 널리 쓰인다. 최음제와 각성제는 용도가 다르다. 전자는 인간의 이성을 마비시키고 후자는 인간의 이성을 회복시킨다. 또 사향은 후각을, 박하는 후각보다 미각을 자극하며, 사향은 동물성이고 박하는 식물성이기도 하다. 용도와 기본 속성에 걸쳐 양자는 서로 다른 개성을 가진 차이성의 관계인 것이다.[5] 따라서 화자가 '뒤안길', 즉 뱀을 보고, 서로 그 성격이 대조되는 사향과 박하를 연상하고 있다는 사실은 이 작품 해석에서 크게 주목되어야만 한다.

화자는 일정한 태도로 뱀을 보지 않고 있다. 처음부터 상반되는 두 태도로 보고 있는 것이다. 즉 화자는 뱀에게서 한편으로는 교태에 미혹되어 접근하려 하며, 동시에 한편으로는 파탄의 위험을 각성하며 회피

---

5) "사향과 박하는 두 가지가 다 관능적인 쾌락과 육체적인 욕망을 암시하며……" 김재홍, 「미당 서정주」, 앞의 책, 168면. "사향과 박하, 둘 다 관능적이고 호사스러운 향기를 내뿜는 것으로 이 내음은 성적 자극을 촉발하는 매개 역할을 한다." 남진우, 앞의 글, 205면.

하려 하는 갈등을 겪고 있는 것이다.6) 물론 이러한 모순 된 양가의 태
도는 여기서 그치지 않는다. 기존 해석대로, 이 시는 양가의 모순 미학
을 지배 질서로 하며, 그 갈등과 착종이 현시되어 있다. 하지만 이러한
특성은 3연 '다라나거라. 저놈의 대가리!'와 4연 4행 '石油 먹은듯……
石油 먹은 듯……가쁜 숨결이야'에서야 나타나기 시작하는 것이 아니라,
1연 1행에 이미 그 골자가 함축되어 있다고 해야 할 것이다. 화자는 처
음부터 자신의 문제와 문제의 성격을 노출시켰다고 하겠다.

뒤안은 집 뒤 자그마하고 후미진 공간으로 여러 용도가 있지만 마당
에 두기 적합하지 않아 저어되는 소소한 생활 용구를 비치하거나 가족
의 시선에서 잠시 떨어져 홀로 머무를 수도 있는 사적 공간이기도 하다.
한마디로 작고 은밀한 패쇄성 장소이다. 뱀을 성과 관련시켜 이러한 뒤
안으로 은유한 것도 주목되지만, '뒤안길'이라 하여 길까지 추가해 꿈틀
꿈틀 기어가는 뱀의 동작까지 환기시키는 미당의 역량은 탁월하다고 하
겠다. 나아가, 다시 '뒤안길'—뱀—에 사향과 박하를 끌어들여 그 '뒤안
길'—뱀—을 화자가 어떻게 바라보는지 그 내면까지 한꺼번에 시사하여
고도의 함축을 내포한 언어경제까지 성취하고 있다. 다시 말해, 화자의
내면은 기존 해석들처럼 강력한 매혹과 범접의 욕망을 느끼고만 있는
상태만이 아니라, 이와 더불어 동시에, 대등한 수준의 강렬한 혐오와 파
탄의 중지를 의식하며 벌써 갈등을 겪고 있는 상태이다.

이어서 주목해야 할 것은 1연 2, 3행이 1행의 두 팽팽한 심리와 의식
의 부연이라는 것이다. 2행 '아름다운 배암...'은 1행 '麝香 薄荷의 뒤안

---

6) "내레이터에게 뱀은 단적으로 말해서 관능적 욕망의 대상이다." 천이두, 앞의 글,
   53면.

길'의 원관념이면서도, '사향'에 함축된 찬탄이고, 3행 '얼마나 크다란 슬픔으로 태여났기에, 저리도 징그라운 몸둥아리냐' 는 '박하'에 관련된 토로이다.7) 동시에 3행에는 화자의 다른 정서들이 표출되고 있기도 하다. '얼마나 크다란 슬픔으로 태여났기에'라 하여 연민하면서, '징그라운 몸둥아리냐'라 하여 공포를 느끼고 있다. 이 정서들 역시 서로 상반되는 이질성 대립으로 양가 갈등을 내포하고 있다. 연민과 공포는 아리스토텔레스가 『시학』에서 검토한 대로, 각각 접근과 회피를 불러일으키는 정서들이다. 3행의 연민과 공포는 미혹과 각성처럼, 각각 접근과 회피를 촉진하여, 화자의 갈등을 더욱 고조시키고 있다. 화자의 뱀에 대한 정서는 네 가지로, 미혹, 각성, 연민, 공포이고, 이들은 동시다발로 복잡하게 얽혀 갈등을 고조시키고 있다.8) 미혹과 연민은 접근을, 각성과 공포는 회피로 수렴되고, 서로를 반대 방향으로 끌어당기며, 화자는 그 중심에서 요동하며 갈팡질팡하고 있다. 1연은 작품 전체의 한 부분이면서 이 작품의 구조를 이미 먼저 형성하고 있는 중심 단락이라고 할 수 있다.

3. 연속되는 도치 구문

꽃다님 같다.
너의할아버지가 이브를 꼬여내든 達辯의 혓바닥이
소리잃은채 낼룽거리는 붉은 아가리로

---

7) "그러나 다음 구절에서 돌연한 반전을 겪게 된다. <얼마나 크다란 슬픔으로 태여났기에, 저리도 징그라운 몸둥아리냐>라는 구절은 앞 구절 <아름다운 배암>과 근본적인 상치를 이룬다." 김재홍, 앞의 글 168면.
8) "「화사」라는 시는 뱀에 대한 화자의 이원적 감정—매혹과 혐오, 찬탄과 저주의 혼합으로 이루어졌음을 알 수 있다." 남진우, 앞의 글, 211면.

　　푸른 하눌이다. ……물어뜯어라. 원통히무러뜯어,

　제2연 1행 '꽃다님 같다'는 우선 1연에서 제시된 뱀을 원관념으로 하며, 그 원관념이 생략된 직유 시행으로 볼 수 있을 것이다.9) 이 경우 1행은 2, 3, 4행과 분리되며, 2, 3, 4행은 주어가 생략되었으며 목적어가 문중에 문장으로 삽입 된 채 어색한 대로나마 한 의미마디를 이룬다. 생략된 주어는 '너의할아버지'와 '소리잃은채 낼룽거리는 붉은 아가리로'에서 알 수 있듯 '너(뱀)'이며, 생략되어도 무방하다. 목적어는 '소리잃은채 낼룽거리는 붉은 아가리로'와 '……물어뜯어라. 원통히무러뜯어' 사이에 삽입되어 있는 '푸른 하눌이다'의 '푸른 하눌'이며, 3, 4행은 그 자체 일종의 도치성 문맥이기도 하다. 보통 문맥으로 정리하면, '푸른 하눌이다' '소리잃은채 낼룽거리는 붉은 아가리로' '……물어뜯어라. 원통히무러뜯어'이다.

　그런데, 1, 2행을 도치 구문으로 파악할 수도 있다. 1행 '꽃다님 같다'에서 생략된 주어이자 원관념을 2행 '너의할아버지가 이브를 꼬여내든 達辯의 혓바닥이'이라 하여도 가능한 것이다. 즉 1, 2행, '꽃다님 같다./ 너의할아버지가 이브를 꼬여내든 達辯의 혓바닥이'를, '너의할아버지가 이브를 꼬여내든 達辯의 혓바닥이/ 꽃다님 같다.'를 도치한 구문으로 파악하면 맥락이 더 자연스럽다. 이럴 경우 1행과 2, 3, 4행의 분리와 2, 3, 4행의 어색한 의미가 제어되며, 2연의 구조와 독립성이 강화되기도 한다. 즉 1, 2행 한 문장에 이어, 3행 '소리잃은채 낼룽거리는 붉은 아가리

---

9) "제1연에서 <아름다운 배암……>으로 표현된 뱀은 제2연에서 <꽃다님 같다>는 비유를 부여받고……" 황동규, 「탈의 완성과 해체」, 앞의 책, 133면.

로'는 4행의 '……물어뜯어라. 원통히무러뜯어'와 한 문장을 이루며, 역시 주어가 생략되어 있고 목적어는 그 사이에 삽입되어 있는 문장이 대행하고 있는 명령문이다. 생략된 주어는 역시 '너(뱀)'이며, 생략되어도 더욱 무방하고, 목적어 역시 '푸른 하눌이다'의 '푸른 하눌'이다. 이렇게 3, 4행을 한 의미단위로 해석할 경우, '붉은 아가리'가 강조되어 주목된다. 2연 1행을 1연의 뱀을 형상화하는 보조관념으로 본다면, '소리잃은 채 낼룽거리는'은 윗 시행 '達辯의 혓바닥이'의 서술어부이면서 '붉은 아가리'의 수식어부의 일부가 되는데 '붉은 아가리'를 수식하더라도 그 원래 주어 '達辯의 혓바닥이'와의 관련이 우선이라서 '붉은 아가리'와 간접 관련되지만, 1, 2행을 도치 구문으로 보며 3, 4행을 한 단위로 보면, '소리잃은채 낼룽거리는'은 '붉은 아가리'를 직접 수식하는 기능을 발휘하면서 '붉은 아가리'의 의미를 더 강화하고 그 이미지를 더욱 선명하게 한다. 따라서 전자보다 후자 해석이 더 바람직하다고 하겠다.

2연은 두 방식으로도 해석이 가능한 애매하면서도 타당한 문맥으로 구성되어 있다. 우선 보기에는 일탈의 구문들로서 상호호응이 불명하여 비약이 개입된 상태로 보이지만 독자에게 집중을 유도하고 다시 읽는 과정에서 관련 미적 수사가 해명되며 그 의미 맥락이 정연하게 해명되는 진술이다.

1, 2행에서 화자는 뱀의 '혓바닥'을 탐미의 시선으로 수용하고, 3, 4행에서 '붉은 아가리'를 부각시키며 뱀의 입장에 동화된 태도로 즉 연민의 정서로 '푸른 하눌'을 가리키며 물어뜯으라고 권면하고 있다. 혓바닥을 '이브를 꼬여내든'이라고 수식하여 뱀을 비난하는 입장에 서 있다고도 할 수 있겠으나,[10] 4연 2, 3행, '저놈의 뒤를 따르는 것은/ 우리 할아버

지의안해가 이브라서 그러는게 아니라'에서 표명된 입장과 같은 입장으로 보인다. 즉 화자는 뱀을 『성경』「창세기」의 그 대목과 관련짓기는 하지만 비난하지는 않고 있다. 다만 뱀의 몸이 징그럽다고 하며 그 징그러운 몸을 조상 뱀의 죄와 인간의 저주에 연결하고 있는 것이다. 화자는 1연 3행에서 '얼마나 크다란 슬픔으로 태여났기에'라며 연민의 정서를 가졌으며, 뿐만 아니라 여기 '……물어뜯어라 원통히무러 뜯어'의 어조에서 감지되듯 뱀의 천형에 깊이 공감하며 모종 지지하는 태도까지 지니고 있다.11)

기존 해석대로, '붉은 아가리'와 '푸른 하늘'은 2연의 중심 이미지이며 역시 서로 대조로 제시되어 있고, 2연의 핵심 의미를 형성하고 있다. '붉은 아가리'는 저주 받은 뱀의 정체의 핵심이면서 뱀 전체의 제유이고, '푸른 하늘'은 일종의 상징이며 그 내포는 '붉은 아가리'와의 대조를 전제로 고려하면, 천형의 운명에 얽매이게 한 어떤 원천이라고 할 수 있겠다. 신이라고 해도 좋고 광명이나 순수, 금기와 도덕의 세계라고 해도 좋을 것이다. 다음 3연은 2행에 대한 일종의 반전이면서도 복잡한 심경의 반어로 해석된다.

---

10) "〈을마나 커다란 슬픔으로 태여났기에 저리도 징그라운 몸둥아리냐〉라고 저주하면서도……" 천이두, 「지옥과 열반」, 같은 책, 53면. "시인은 드디어 뱀에게 적대적인 감정이 폭발한 듯하다. 비록 그러는게 아니라며 부정하고 있긴 하지만 오랜 선조로부터 물려받은 원한 관계는 예외 없이 되풀이된다." 남진우, 앞의 글, 207면.
11) 같은 시기의 작품 「문둥이」의 화자가 '문둥이'를 바라보는 태도와 유사하다. "해와 하늘 빛이/ 문둥이는 서러워 // 보리밭에 달 뜨면/ 애기 하나 먹고 // 꽃처럼 붉은 우름을 밤새 우렀다."

4. 복잡한 반어와 두 성 욕망

다라나거라. 저놈의 대가리!

화자는 갑자기 '저놈의 대가리'라고 뱀을 비난하면서 '다라나거라'고 윽박지른다. 자신에게서 멀어지라는 것이다. 2연에서와는 달리 화자는 뱀과 거리를 두고 있다. 화자는 뱀을 연민하다가 공포의 일환인 배타로 태도를 바꾼 것이다. 이런 경계 의사 표출은 2연과의 관계에서는 돌연한 반전이지만, 앞에서 살펴보았듯 1연 1행의 '박하'와 3행 '저리도 징그라운 몸둥아리냐'로 해서 이미 예고되어 있었다. 박하 계열 태도와 정서의 후속인 것이다. 따라서 '다라나거라'는 일단 말 그대로 해석해야 할 것이다.

하지만 이 태도가 박하 계열의 비난과 배타의 정서로 거리 두기만을 하고 있다고 보기는 어렵다. 다음 4연은 3연에 대한 반전이며, 4연과의 관련에서 3연에 숨겨진 이면 태도를 조명할 수 있게 된다. 미리 말해 3연은 형태 그대로 독립된 한 연이며 말 그대로 해석해야 하지만 4연과의 관련에서 또 하나의 의도가 부각된다.

돌 팔매를 쏘면서, 쏘면서, 麝香 芳草ㅅ길
저놈의 뒤를 따르는 것은
우리 할아버지의안해가 이브라서 그러는게 아니라
石油 먹은듯……石油 먹은 듯……가쁜 숨결이야

4연 1, 2행은 우선 보기에는 3연의 부연이면서도 3연과는 다른 의도가 함축되어 있는 중첩 시행들이다. 후속 3, 4행의 3연에 대한 반전을 반전답게 하기 위해 배치한 책략의 시행이며; 그 미학은 지연이다. 먼저 3연의 배격 일갈에 이어, '麝香 芳草ㅅ길', 즉 뱀을 3연에 이어 연속 '저 놈'이라고 호칭하면서 상해를 입히려고 화자는 돌팔매를 하고 있다. 하지만 3행에서 독자들은 그 이유가 1연 이래 박하 계열이 아닐 것이라는 시사를 받고 화자의 의도에 심상치 않은 호기심을 가지게 된다. 이 호기심은 4행에서 작은 경악으로 바뀐다. 화자는 '石油 먹은듯…… 石油 먹은 듯……가쁜 숨결이야'라고 그 이유를 고백하고 있는 것이다. '가쁜 숨결'은 그 보조관념 '石油'-불-로 하여 맹렬하게 휘발하는 불꽃이 주목을 끄는 가운데, 3연 이래 화자의 태도와 행위에 박하 계열만이 아니라 사향 계열이 혼잡되어 있었고 여기서 분출되고 있다는 사실을 즉각 환기시켜 준다. 여기서 '麝香 薄荷의 뒤안길'이라 하지 않고 '麝香 芳草 ㅅ길'이라 하여 '薄荷'를 '芳草'에 은닉한 이유도 해명된다.

　화자는 한편 뱀의 매력에 고혹되어 흥분한 상태였다. 나아가 흥분의 성격도 심상치 않다. 1행에서 돌팔매질을 하면서도 어울리지 않게 따른다고 한 이유가 해명되기도 한다. 화자는 화자의 말 그대로 뱀을 '따르는 것'이었던 것이다. 그리고 그 행위는 보행이지 주행이 아닐 것이며, 이 보행은 '石油 먹은 듯…… 石油 먹은 듯……가쁜 숨결'과도 별 상관이 없다. 다시 말해 화자는 어떤 심경으로 숨이 가쁜 상태인 것이다. 이런 성격의 아이러니가 또 하나의 실정인데도 화자는 3연에서, '다라나거라. 저놈의 대가리!'라고 하였고, 1, 2행에서는 '돌팔매'까지 '저놈'이라면서 시도한 것이다. 모두 반어이다. 하지만 중요한 것은 앞에서도 검토하였듯 반어만은 아니라는 사실이다. 축어진술이기도 한 것이다. 박하 계열 태도와 정서는 3연은 물론 4연과 심지어는 다음 5연에서도 3연을 중심으로 한 배타의 기운이 사라지지 않고 있다. 사향 관련 태도와 박하 관련 태도의 갈등은 분리되면서도 분리되지 않는 깊고 어지러운 착종 상태라고 할 수 있다. '다라나거라 저 놈의 대가리!' 등은 반어이면서도 반어가 아닌 복잡한 시어인 것이며, 4연의 '따르는 것' 등과의 관계 역시 단순한 대립 관계가 아니다.12) 이러한 사정에서도 왜 '다라나거라. 저놈의 대가리!'를 4연과 구별해 놓았는 지도 해명된다.

바늘에 꼬여 두를까부다. 꽃다님보단도 아름다운 빛……

이 5연에서 2연에 대한 3연 이래 반전이 완성되는데, 그 여진이 사라

---

12) "그런가 하면 둘째로 이런 심리적 역동성은 〈다라나거라/뒤를 따르다〉의 갈등구조를 보여준다. 왜냐하면 화자가 뱀을 보고 달아나라고 하는 것은 뱀의 뒤를 따르지 않으려는 심리 상태를 전제로 하기 때문이다. 뱀이 달아나면 그만이다. 달아나라고 해 놓고는 다시 그 놈의 뒤를 따르는 것은 아이러니컬하다. 이런 심적 구조를 괄호 치고 현상 자체만을 놓고 보아도 〈다라나라/따르다〉의 대립은 갈등을 내포한다. 이런 갈등은, 말하자면 화자가 뱀을 싫어하면서 동시에 뱀에게 다가가려는 태도는 〈가쁜 숨결〉 때문이다." 이승훈, 「서정주의 초기시에 나타난 미적 특성」, 앞의 책, 464면. 이 갈등의 이유로 '가쁜 숨결'을 지적하였는데, 앞에서 검토하였듯 '가쁜 숨결'은 사향 계열 현상으로, '따르다'의 이유이며 '다라나라'와는 간접되어 있어 둘의 갈등의 이유로 보기 어려워 주의를 요구한다. 한편, "리처즈는 아리스토텔레스의 비극론에 나오는 연민과 공포를 새롭게 해석하면서 그것을 구심적 방향과 원심적 방향으로 공간화한 적이 있다. 이 시행에 나오는 〈다라나라/따르다〉의 구조는 원심적이며 동시에 구심적인 그런 반어적 구조로 해석된다. 화자는 뱀에 대해 공포를 느끼면서 동시에 연민을 느낀다."(상동)고 하였는데, '다라나라'에는 공포만 있는 건 아니며, '따르다'에는 연민이 아니라 미혹이 함유되어 있다고 해야 할 것이다. 앞에서 검토하였듯 화자에게서 연민의 정서가 검출되는 부분은 2연 3, 4행, '소리잃은채 낼룽거리는 붉은 아가리로/ 푸른 하눌이다……물어뜯어라. 원통히무러뜯어'이다.

지기 전에 '바늘에 꼬여 두를까부다.'라는 화자의 욕망이 새로운 충격을 준다. 이 욕망은 단순히 뱀이 '꽃다님보단도 아름다운 빛……'이라서[13] 그런 게 아닐 것이다. 4연 4행 '가쁜 숨결'에 직접 연결되며 그것을 가능하게 한 욕망이다. '꽃다님보단도 아름다운 빛……'은 그 관련 주변 부연에 불과하다. 다시 말해, 여기서 4연 4행 '石油 먹은듯…… 石油 먹은듯…… 가쁜 숨결'의 정체가 드러난다. 5연의 '바늘에 꼬여 두를까부다'에서 노출된 욕망의 모습은 환유이며, 성합을 형상화한 그 보조관념으로 해석된다. 환유가 아니라 할지라도 바늘에 꿰인 원형의 뱀은 여성의 성기를 암시하고, 바늘에 꿰인 뱀을 두른 화자의 직립 몸은 남성의 발기한 성기를 암시하고 있다. 화자는 자신을 성기로 의식하며, 그 뱀과 하나가 되기를 소망하고 있다. 게다가 화자의 이 욕망에는 사디즘이 착색되어 있다. 뱀을 굵은 바늘에 꿴다면 상해를 입은 뱀은 고통으로 사납게 꿈틀거릴 것이다. 화자는 그러기를 바라고 있는 것이다. 성애에서 뱀이 환락뿐만 아니라 고통으로 괴로워하기를 바라는 가학욕망의 표출이다. 뿐만 아니라 메저키즘도 발현되어 있다. 둘러지는 부위가 자신의 몸의 어느 부분인지 명시하지 않았지만 목, 허리, 사타구니일 것이며, 이 셋은 모두 예민한 성감대인데, 숨차도록 그곳에서 사납게 조여 달라는 뜻도 함축되어 있다. 두 성적 욕망에는 역시 대조의 미학이 개입되어 있다. 다시 말해 여기서 왜 화자가 '石油 먹은듯…… 石油 먹은듯…… 가쁜 숨결이야' 라고 토로하였는지, 그 심리의 실체를 제대로 이해할 수 있게 된다.

---

13) "화자가 뱀을 바늘에 꼬여 두르고 싶은 것은 뱀이 〈꽃다님보단도 아름다운 빛〉으로 느껴지기 때문이다." 이승훈, 앞의 글, 464면.

　　그리고 간과하지 말아야 할 것은 화자가 집요하게 뱀의 입 부위에 관심을 가진다는 사실이다. 여기서 '꽃다님보단도 아름다운 빛'이라고 찬탄하였는데, 그 대상은 뱀 전체로 확대되겠지만, 2연에서처럼 '혓바닥' '붉은 아가리'가 초점일 것이다. 2연에서 화자는 뱀의 '혓바닥'을 '꽃다님 같다'고 하였으나, 여기서는 '꽃다님보단도 아름다운 빛'이라며 더욱 찬탄하고 있다. 다음 6연에서도 화자는 뱀의 '입설'에 관심을 가진다. 일관된 집착이다.

　　　　크레오파투라의 피먹은양 붉게 타오르는 고흔 입설이다…… 슴여라! 배
　　암.

　　'크레오파투라의 피'로 뱀의 '붉게 타오르는 고흔 입설'을 다시 부각하고 있다. 뱀의 입("혓바닥', '붉은 아가리', '입설)은 5연 '바늘에 꼬여 두를까 부다' 에 관련된 욕망과 심리가 집중되며 직결되는 부분이라고 하겠다. 그리고 2연에서도 이미 발설하였듯이 연민의 대상이었지만 죄악과 저주의 근원이며, 3연에서는 '다라나거라. 저놈의 대가리!'라고 하여 입이 있는 머리를 부각시키기도 했었다. 따라서 고혹과 파탄을 시사하는 '크레오파투라의 피'는 두 양면성을 함축한 적절한 직유이며, 사항과 박하 두 계열이 착복(錯複)된 화자의 모순된 태도와 정서가 농축되어 있기도 하다. 5연 이래 어조가 어느 정도 자제되고 있어 보이지만 화자의 내면에서는 치열한 갈등이 극도에 도달한 상태이다. 화자의 내면에서 타오르는 붉고 거센 불은 폭발 직전이다. 더 이상 감내하기 어려운 모순과 콤플렉스의 정점에서, 화자는 우선 어느 한 쪽을 선택할 수밖에 없다.

5. '순네'와 결단

그 짧지만 치열한 결단은 '크레오파투라의 피먹은양붉게 타오르는 고흔 입설이다' 진술 직후의 생략, 즉 '……'의 시간에 이루어졌다고 할 수 있다. 그리고 그 직후의 '습여라! 배암'은 바로 그 아슬아슬한 결단의 언급이다. '습여라!'의 향처가 땅으로 해석되고 있지만,[14] 사라져라!를 환유한 보조관념으로 해석하여야 할 것이다. 즉, 풀 섶 같은 어디 숨을 곳으로, 물 스며들 듯이, 사라지라는 것이다. 화자는 미혹과 각성의 착종이 정점에 오른 순간, 전자를 포기하였다. 끈질긴 사향과 박하의 갈등에서 박하 쪽에 선 것이다. 하지만 화자는 뱀을 자기 의지로 쫓지는 못하였다. 게다가 '습여라!'는 단호한 의지에서 증오로 표발된 명령처럼 보이지만,[15] 한편 유감이 팽만한 애원이라고 하겠다. 화자는 뱀에게 명령, 아니 비명으로 호소하고 있는 것이다. 사향 계열 정서가 얽혀 있고 불식하기 어려웠기 때문일 것이다. 그러나 그 여운이 이면에 지속되고 있다고 해서 3연의 '다라나거라'와 마찬가지로, 단순한 반어로 보아서는 안 될 것이다. '습여라!'는 '다라나거라'의 후속이며, 화자는 이미 5연 '바늘에 꼬여 두를까부다. 꽃다님보단도 아름다운 빛……'에서 충동을 표출하는 동시에 모종 제어를 준비하고 있었다고 해석된다. 그 욕망이 원망(願

---

14) "……뱀에게 땅으로 스미라고 명령하는 행위… 화자가 뱀을 보고 〈습여라〉고 말하는 것은 뱀을 물로 인식하기 때문이다." 이승훈, 앞의 글, 465면. "습여라! 배암은 뱀의 심상이 촉발하는 리비도의 절정이다. ……심리학적으로 땅 속은 어머니의 자궁으로 유추되고…", 윤정선, 「괴물론」, 『시운동 1984』, 청하 (남진우, 「남녀양성의 신화」, 앞의 책, 202면에서 재인용)
15) "뱀에게 땅으로 스미라고 말하는 것은 뱀을 증오하는 태도가 아닌가?" 이승훈, 앞의 글, 465면.

望)에 불과하다는 것에서 이미 자신의 그 욕망이 빛을 파탄도 의식하고 그 제어를 준비하고 있다고 볼 수 있기 때문이다. 그리고 이러한 제어는 다시 말해 1연 1행에서 사향과 더불어 박하를 거론한 데서부터 이미 예고되었다고 할 수 있다.

다음 7연은 「화사」의 종결 연이다. 화자는 6연에서처럼 뱀에게 또 사라지라고 하고 있지만, 1연 이래 문맥에서 전혀 시사되지 않았던 존재 '순네'가 출현하여 새로운 파문이 고조된다. 종국에 와서 새로운 문제가 제기된 것이다.

우리순네는 스물난 색시, 고양이같이 고흔 입설……슴여라! 배암.

'순네'의 출현에서 독자는 화자의 '石油 먹은듯…… 石油 먹은 듯…… 가쁜 숨결'에 관련된 리비도가 수간(獸姦) 관련 변태심리의 현상이라기보다는, 뱀과 '순네'의 상호 투사에 관련되어 있다는 사실을 알게 된다. 반전이라 하지 않을 수 없다.

7연은 6연과 구조가 같다고 할 수 있을 것이다. 6연과 마찬가지로 '입설'과 '슴여라! 배암'이 중심을 이루고 있는 가운데, 6연의 클레오파트라가 투영된 뱀을 '순네'가 대체하고 있어 보이기 때문이다. 그리하여 '순네'를 뱀 환유의 원관념으로 보거나 뱀과 동일시하는 견해가 있어 왔으며,16) 또, 다른 취지에서 화자가 뱀이 스며들기를 바라는 곳이 '순네'의

---

16) "화사를 스무 살 난 색시 순네를 보고 느낀 작자의 정욕으로 살펴보면 크다란 슬픔으로 태어난 것이고, 징그럽고 원통하고 석유 먹은 듯 석유 먹은 듯 가쁜 숨결이다. 이 밖에 꽃다님 같다 바늘에 꼬여 두를까부다 크레오파트라의 피먹

입이란 견해도 있다.[17)]

　그러나 7연은 6연과 틀은 비슷하지만 내용은 물론 서로 그 구조가 다
르다. 외면은 그렇게 보이지만 그 이면은 그렇지 않다고 하겠다. 화자에
게 있어 '순네'는 뱀과 유사하면서도 다른 존재라고 할 수 있다.

　첫째, 작중에서도 '순네'는 뱀과 개성이 다르다. 화자는 '우리순네는
스물난 색시'라고 하지 않고, '우리순네는 스물난 색시, 고양이같이 고흔
입설……'이라 하였다. 만약 전자라면 '순네'는 뱀의 대체이며 동시에 동
일시될 수도 있을 것이지만, 후자는 6연의 뱀과 7연의 '순네'의 개성뿐
만 아니라, 화자의 의식과 태도도 다르다는 사실을 시사한다. 화자가 진
술한대로 화자가 상기하는 '순네'는 스무 살 처녀이며, 그 '순네'의 '입설'

은양 붉게 타오르는 고흔 입설과 같은 이미지는 이 뱀을 스무 살 난 색시의 고
양이같이 고흔 입설로 연결시키는 수단이 될 뿐이다. 뿐만 아니라 이 시가 노리
는 목적은 다만 뱀의 징그러운 몸뚱어리를 색시의 고운 입술로 변화시키는 것
에 지나지 않는다." 송욱, 앞의 글, 18면. "내레이터에게 뱀은 단적으로 말해서
관능적 욕망의 대상이다. 이 사실은 그 뱀을 〈우리순네〉(내레이터가 갈망하고
있는 여성)와 동일시하고 있는 사실로도 알 수 있다. 〈크레오파투라의 피먹은양
붉게 타오르는〉 뱀의 입술을 보면서, 〈고양이같이고흔〉 〈우리순네〉의 입술을
연상하는 사실이 그것을 잘 말해 준다. ……악마의 사자인 뱀(혹은 순네)" 천이
두, 앞의 글, 53면. "이 시의 전개로 봐서 6연과 7연의 〈고흔 입설〉이 동일한 입
술임은 틀림없는 사실이다. 〈크레오파투라의 피먹은양 붉게 타오르는〉 입술은
스무 살 난 색시 순네의 〈고흔 입설〉의 수식, 어찌 보면 좀 지나치게 장황한 수
식인 셈이다." 남진우, 앞의 글, 203면.
17) "뱀은 ……보다 심층적인 데에서는 남녀 양성, 兩性具有androgyne의 모습을 가지
고 있다. ……클레오파트라의 피 먹은 양 붉게 타오르는 입술은 배암의 입술(붉
은 아가리)이자 동시에 스무 살 난 순네의 입술이다. 뱀과 그 뱀이 스미는 입술
의 주인공 순네는 하나이다. 뱀은 순네의 입술=여자 성기 속으로 스며드는 남
성인 동시에 남성인 나에게 쫓기는 순네=여성이기도 하다. ……시의 마지막 두
연은 남과 여로 분리되어 있던 뱀이 다시 하나로, 즉 완전한 성적 결합을 성취
하는 순간이다." 남진우, 앞의 글, 204, 208~209면.

에서 '고양이'를 연상하고 있다. 이 보조관념은 6연 뱀의 입술의 보조관념인 '크레오파투라의 피'와 함축이 다르다. 반복되지만 '크레오파투라의 피'는 고혹과 파탄이고, '고양이'는 고혹의 성격은 있다고 하겠지만, 파탄과는 거리가 있다. 그 미태에 매혹되어 가까이 하고 싶지만 가까이 가면 멀어지며, 앙증스럽지만 배타하는 존재로 추정된다.[18] 따라서 '입설'은 뱀과 '순네'를 하나의 계통으로 엮는 매개이면서도, 6연 7연에서 그 내포는 각기 다르다. 이 작품의 구조에서 '입설'은 한 주요한 의장(意匠)이며, 이중 역할을 담당하고 있는 것이다. 2연 이래 화자가 왜 '입설'에 관심을 가졌는지 그 이유가 해명되기도 한다. 둘째, 앞 연들의 시행에서 보았듯 화자는 뱀의 미태에 끌렸으나 그 의식에는 뱀의 죄와 저주와 더불어 연민과 공포도 섞여 있었는데, 이는 뱀 자체와 관련 정서이며, '순네'와는 잘 어울리지 않는다. '순네'가 만약 뱀의 성격과 운명 전부에 관계된다면 역시 여기서 '고양이같이 고흔 입설'이라고 묘사하지 않았을 것이다. 다르게 묘사하였거나, 다른 부연이 더 있었을 것이다. 셋째, 6, 7, 두 연에 병렬되어 있는 '슴여라! 배암'은 제1연 1행이래 박하 계열 의식의 산물이며, 3연 '다라나거라'와 뜻과 성격이 같은 다른 표현이라고 할 수 있다.

넷째, '슴여라! 배암'은 6연에서는 그 앞 '크레오파투라의 피먹은양붉게 타오르는 고흔 입설이다'와 연속 관계이지만, 7연에서는 그 앞 '우리

---

18) '순네'는 「대낮」의 '님'과 비슷하다. "따서 먹으면 자는 듯이 죽는다는/ 붉은 꽃밭 새이 길이 있어 // 햇슈 먹은 듯 취해 나자빠진/ 능구렝이같은 등어릿길로,/ 님은 다라나며 나를 부르고…… // 강한 향기로 흐르는 코피/ 두손에 받으며 나는 쫓느니 // 밤처럼 고요한 끌른 대낮에/ 우리 둘이는 웬몸이 달어……"

순네는 스물난 색시, 고양이같이 고흔 입설'과 연속 관계가 아니다. 즉 6연에서는 뱀에 상관된 채 또 뱀을 직접 호명하며 뱀을 배타하고 있지만, 7연에서는 '순네'와는 상관되지 않은 채, 6연에 이어 계속 뱀만을 배타하고 있기 때문이다. 새삼스럽지만 '슴여라! 배암' 자체에서도 '슴여라!'의 대상은 '배암'이기도 하다.

이러한 사정을 음미해보면, 한편, 7연에서 화자가 뱀을 배타하는 이유 중 하나로 '순네'가 관련되어 있다는 사실을 미묘하게나마 감지할 수 있게 된다. 화자가 뱀에게 '다라나거라' '슴여라!', 즉 사라지라고 하는 것에는 '스물난 색시, 고양이같이 고흔 입설'을 가진 '순네'를 자신의 성적 욕망으로부터 보호하려는 의도가 함축되어 있어 보이기 때문이다. 즉 화자는 '순네'에게서 성적 욕망을 느끼고 있다는 사실을 '순네'의 '입설'을 부각시켜 시사하고, 그 욕망을 집요하게 환기시키기도 하는 뱀에게 사라지라고 하고 있는 것이다. 이 역시 모순 된 태도이고 전부는 아니겠지만 이것이 화자의 최종 태도이며 출구이다.

이미 시사되었지만 점검해두어야 할 것은 '순네'가 과연 언제부터 화자의 의식에 나타났는가 하는 것이다. 작중 화자의 진술에서는 물론 7연 초두에서이지만, 화자의 의식에 비추어진 건 아마도 화자가 제1연 제1행을 진술하기 직전부터라고 추정된다. 뱀을 보고 '麝香 薄荷의 뒤안길이다'라는 상념을 환기하고 있는 상태가 그 근거이다. 하지만 '순네'의 존재는 희미하였다고 하겠다. 2연에서는 뱀이 더욱 주목되고 의식의 전면에 떠올라서 퇴축된 상태로, 3연에서는 다시 희미하게 비쳐진 상태로, 4연에서는 의식의 일부로, 5, 6연에서는 의식의 상당 부분으로, 7연에서는 의식의 전면에 떠올라 자각된 상태로 추정된다. 그리고 6연의 생략

(……)의 시간에 강화되어, 드디어, '슴여라! 배암'이란 결단을 촉구한 것으로 추정된다. 다시 말해, 화자는 '순네'와 뱀을 동일시하고 있지 않고, 일부 유사성을 가진 인접 관계의 존재로 의식하고 있다고 판단된다.

'슴여라! 배암'은 「화사」의 결구이다. 화자의 문제와 갈등의 전개를 고려하면 평가를 떠나 충분히 양해할 수 있는 결단이다. 단호와 미련이 뒤섞인 어조의 그 결단은 화자가 자신의 중층 갈등을 봉합하는 가장 훌륭한 절충으로 보인다. 화자에게 뱀은, 미혹(성욕)과 각성(윤리)을 불러일으키며 화자가 성적으로 이끌렸던 한 여성을 선후를 따지기 어려울 정도로 거의 동시에 연상시켰고, 연민과 공포의 정서마저 불러일으켰으며, 강력한 성적 욕망을 명멸케 하는 가운데, '순네'이면서도 '순네'가 아니었다. 하지만, 이와 더불어 화자는 자신의 욕망에 몰각된 상태가 아니었다. 도저한 욕망에 충동되면서도 대척되는 의식과 심리의 지점에서 이 상태를 동시에 인지하고 있었다. 시작의 '박하'를 비롯해 이후 관련 태도와 정서, 그리고 무엇보다도 갈등의 봉합이자 결말인 '슴여라! 배암'이란 외침이 이 사실을 입증한다. 또 그 과정이 결코 단순하지 않아 이 결말을 교훈성 도덕주의로 정리할 수 없다. 화자의 내면 외면에서 미혹과 윤리의 갈등은 병렬되는 가운데 서로 삼투되기도 하였으며, 고조된 혼조를 거듭하여 그 추이가 결코 단순하지 않았다. 동시다발 진퇴유곡의 기로에서 화자는 자연스럽고도 현명한 결단을 내린 것이다. 화자는 결코 자신의 의지로 뱀과 '순네'를 쫓아버리거나 욕망의 발산을 허용하며 뱀과 '순네'에게 접촉하거나 할 수 없었다. 한 마디로 갈등의 진실과 그 이치에 따른 것이다. 만약 화자가 전자를 선택하였다면 긴장이 해이해진 교훈담이 되었을 것이며, 만약 후자를 선택하였다면 이 역시 다소 천박한 엽기성 에로물이 되었을 것이다. '습여라! 배암'은 이 작품의 시작과 중간을 시작과 중간답게 해주면서도 자신을 포함 전체를 완성시키는 필연의 끝이며, 이성의 산물이었다고 할 수 있다.

III. 결론

해석 과정에서 이미 제기된 대로, 이 작품의 구조와 질서는 기존 해석과 달라질 수밖에 없다. 무엇보다도 제1연 1, 2행, '麝香 薄荷의 뒤안길이다./ 아름다운 배암……'이 은유의 도치 구문이며, '麝香 薄荷의 뒤안길'을 '아름다운 배암'의 형상화에 동원된 보조관념으로 해석할 수 있었기 때문이다. 이러한 도치 구문은 2연 1, 2행에서도 반복된다고 할 수 있으며, 생략, 구문의 애매성, 연첩되는 이질성 대조, 극적 반전, 시어 의미의 복합성 등과 더불어 이 작품의 미학으로 주목된다. 화자는 처음부터 뱀을 갈등의 태도로 바라보았고, 이러한 두 태도는 후속 시행들에서 혹은 개별로 혹은 착복으로 연속 변주되고 있었다. 그래서 후술 일부 시행과 시어도 그 의미와 기능이 연속 다르게 해석되었으며, 특히 화자의 최종 태도, '습여라! 배암'도 다르게 구명될 수 있었다. '습여라!'는 '사라져라!'를 환유한 보조관념이며, 이 작품의 전개에서 가장 정채로운 부분이다. 따라서 「화사」는 탐미성 성적 욕망에의 카오스적 몰입과 그 표출이라거나, 매혹과 혐오의 갈등에 기인한 거듭된 혼란과 모순으로 종결되는 구조라기보다는, 대조되는 두 태도와 의식, 착종과 혼란이 긴장과 반전의 구성으로 정교하게 연속되는 가운데 미묘한 채나마 자제

와 중지의 윤리가 부각되는 의미구조라고 할 수 있다.19) 이 작품의 압

---

19) 송욱은, 「花蛇」는 지성과 윤리가 결여된 채 강력하지만 소박한 육욕의 표백에 불
과하다고 유감스러워 하였다. "이 시인의 초기 작품, 특히 「花蛇」를 보면, 그가
강렬한 肉慾울 솔직하게 노래한 것을 알 수 있다.…… 커다란 슬픔으로 태어났
기에 징그러운 몸둥아리를 하고 있는 하늘을 물어뜯을 만큼 원통한 이 뱀에게
〈숨여라〉 하고 한 마디만 던지고 만족하는 사실은 이 시인이 매우 소박한 감정
을 가지고 있다는 것을 말해 준다. ……이렇게 강력하게 시작하여 결론을 맺지
못하는 정열…… 그런데 이러한 결함은 어디서 나오는 것일까? 이것을 생각하기
전에 우리는 육체 및 정열을 제약하는 요소로서 지성과 윤리를 살펴보아야 한
다. 이 시인의 서구적 표현이 완전히 성공하지 못한 것은 강력한 육체적인 정열
을 들여다보고 처리할 수 있는 명결하고도 투명한 지성, 다시 말하자면 샤를 보
들레르에서 볼 수 있는 영혼의 黑鬪와 지성의 투명함을 동적으로 결정할 수 있
는 미학이 없다는 점이다.…… 또는 그가 자기의 예술에 윤리를 대치시켜 얼마
나 심각한 참회를 노래하였는가,"(앞의 글, 18~19면) 수차 점검된 대로 이 시는
'肉慾'—사향—뿐만 아니라 처음부터 이를 성찰하는 지성과 윤리—박하—가 등
장하였고, 곡절 끝에 결국 후자가 전자를 앞선다. 검토한 대로 '숨여라'는 소박하
지도 않았고 화자의 관련 태도와 그 과정도 결코 단순하지 않았다. 그리고 보들
레르의 그 시와는 달리 「화사」는 죄악을 참회하는 시가 아니라, 미수의 욕망을
대상으로 그 복잡한 갈등을 치열하게 노래한 시이다. 송욱의 이러한 견해는 이
후 비평가들에게 영향을 끼치며 오늘에도 지속되고 있다. 김화영도 "……〈가쁜
숨결〉로 폭발 직전에 이른 관능을 이렇게 극적으로 압축시켜 놓은 시도 그리 많
지는 않을 것이다. 그러나 이 고도로 긴장된 시적 공간의 형성과는 대조적으로
이 시인이 장차 보여주게 되는 결함의 징조 또한 이 시는 이미 내포하고 있는
듯하다. 이는 시인 송욱이 이미 적절하게 지적한 바 있는 점이다. ……사실 극도
로 압축된 힘을 너무나 싱겁게 빼버리고 마는 이 용두사미 격의 구조는 경험을
시적 구조 속에 통합하는 미적 거리의 결핍을 말해 주는 것 같다. ……『화사집』
이후 시인 서정주의 변화 발전은 앞에서도 지적한 대로 동물적인 힘과 육체의
핵심인 피를 어떻게 다스려 나가는가 하는 고된 싸움의 과정이다."(「한국인의 미
의식, 미당 서정주의 시에 대하여」, 같은 책, 235~236면)고 하였다. 하지만 다시
말해 '숨여라' 는 갑작스런 해결이나 반전이 아니다. '숨여라'는 독자로 하여금
그 위 시행들과 행간에 시사된 박하 계열의 태도를 되돌아 파악하게 하며, 사향
계열과의 갈등의 최고조에서 촉발된 자연스럽고 정제된 선택이라고 할 수 있다.
'순네'를 떠올리며 자신의 성적 욕망 통제에 관련된 '숨여라'야 말로 지성과 윤리
의식이 고도로 축약되어 있는 그 결정(結晶)이라고 하겠다. 그리고, '동물적인 힘
과 육체의 핵심인 피를 어떻게 다스려 나가는가 하는 고된 싸움의 과정'은 『화

권은 자제와 중지의 윤리가 아니라 뱀과 '순네'가 서로 투영된 채 화자
가 겪는 유례 드문 성적 욕망과 갈등이지만, 이 파란은 그러한 종결에
수렴되기에, 「화사」의 해석에서 종결의 의미와 의의가 초점이 되어야
할 것이다.

한편 「화사」의 시행 행문은 정확하였다. 우선 보기에 일탈과 비약이
있어 혼란해보였다. 정교한 복선과 아이러니를 동반한 복잡한 반전, 연

사집』 이후의 과정이 아니라 「화사」에 이미 그 원초가 그려져 있었다고 해야 할
것이다. 「화사」는 미당 시의 전체에서 주요 화두라 할 그 '싸움'의 '첫 전장'이었
으며, 이후 관련 고찰에서 기본이 되는 한 선행 작품이기도 한 것이다. 따라서
"그리고 이와 같은 정서적 여유는 『화사집』 시절의 출구 없는 격정과는 사뭇 다
르다. 위의 〈오— 우리들의 그리움을 위하여서는/ 푸른 銀河ㅅ물이 있어야 하
네〉는 「화사」의 〈우리순네는 스물난 색시, 고양이같이 고흔 입설……슴여라! 배
암〉과는 얼마나 다른가. 사랑과 관련하여 견우의 노래의 주된 정조를 그리움이
라 한다면, 이는 『화사집』 시절의 질정할 수 없는 욕정과는 현저히 다른 감정이
다."(최두석, 「서정주론」, 같은 책, 267면)와 같은 대조에서 「화사」만큼은 재고되
어야 할 것이다. "『화사집』의 세계에서의 강렬한 관능과 육체의 질주가 퇴폐의
진정성을 보여주는 저돌적인 감수성이었다면, 그 이후의 동양적 일원성으로의
귀의 역시 다른 맥락에서 치열한 시적 열정과 과감성의 소산이다."(이광호, 「영
원의 시간, 봉인된 시간」, 같은 책, 363면)도 마찬가지이다. 또, "특히 「花蛇」가
표상하듯 관능과 정신의 갈등을 노래한다는 것이 정설로 되어 있다"(이승훈, 앞
의 글, 473면), "「화사」를 비롯한 일군의 시들은 성적 욕망에 맹목적으로 이끌린
양상을 나타내는 각종 동작과 질주의 동사들로 점철되어 있다. 이러한 성에 대
한 몰입은 뱀의 뒤를 따라가면서 〈하늘을 물어뜯어라〉, 땅 속으로 〈슴여라〉 외
치는 화자의 발언에 암시되어 있듯이 문화가 통하지 않는 본능의 어두운 세계로
투신하기를 원하는 일탈의 욕망을 포함한다."(황종연, 「신들린 시, 떠도는 삶」,
앞의 책, 310면)도 재고가 요구되며, "『동천』의 시편들 속에서 인간적 번민과 정
념에서 자유를 얻은 정신적 삶의 자취를 찾기란 사실 그리 어려운 일이 아니다.
널리 알려진 시집 표제의 작품은 육체적 인간의 본원적인 충동과 욕망을 끌어안
으면서 그것을 순화하고자 노력했던 미당이 어느 순간엔가 도달한 숭고한 정신
의 표정을 암시하는 것이다."(상동)도 마찬가지이다. 다시 말해 「화사」는 이미 「동
천」을 예고하는 작품이라고 할 수 있다.

속되는 여운과 지연되는 해명, 게다가 주목한 대로 도치와 생략과 삽입 구문이 어우러져 있었기 때문이다. 화자는 자신의 욕망과 복잡한 상태를 잘 자각하고 있었다고 할 수 있고, 자기표현에도 논리라고 할 수 있는 일정한 조리가 있었다. 혼란의 와중에서나마 질서가 있었던 것이다.[20] 맹룡과강(猛龍過江) 같은 청춘의 성 관련 욕구를 정신의 힘으로 제

---

20) 한편 황동규는 앞에서 인용한 논고에서 미당의 전체 시를 작중 화자와 시인과의 질적인 거리를 기준으로 1955년『徐廷柱詩選』이전과 이후로 대략 나누었다. 그 이전에는 화자와 시인이 거의 일치하지 않는 시가 많고 그 이후는 거의 일치하는 시가 많다는 것이다. 이후 시기에는 는 별 이견이 없을 듯하지만, 이전 시기는 다른 견해들["……배암이란 것은 시인과 동일시하여도 좋은 감정이입과 의인법을 통하여 형성된 심상임을 알 수 있다."(김인환, 「서정주의 시적 역정」, 앞의 책, 103면). "그리고 그런 가뿐 숨결이야말로 피의 이율배반 속에 몸부림치는 젊은 서정주의 일그러진 초상을 탁월하게 반영하고 있는 것이다."(천이두, 앞의 글, 54면). "이렇게 본다면, 이 시는 꽃뱀의 모순성, 양면성, 원죄성을 통하여 인간의 모습, 특히 젊은 날 시인의 자화상을 그려보고자 했던 것이 아닌가 생각된다."(김재홍, 앞의 글, 168면)]과 맞서고 있어, 언젠간 검증이 요구되는 문젯거리라고 하겠다. 황동규는 전자 시기의 작중 화자는 따라서 탈(시인에 의해 창조된 허구적 인물)이며, 그 본격 적용이『화사집』에서 이루어졌다면서, 「화사」를 주목하고 있다. "『花蛇集』은 토속적인 삶과 모더니즘이 만나는 장소 이외에 또 하나의 중요한 역할을 담당하고 있다. 탈mask의 수법이 본격적으로 쓰이는 장소이기도 한 것이다. ……「화사」를 비롯한 많은 시편에서 특징적으로 발견할 수 있는 수법이다." (황동규, 앞의 글, 133면) 특히 '바눌에 꼬여 두를까부다. 꽃 다님보단도 아름다운 빛……'을 예시하고, 시행과는 달리 시인 미당은 실제로는 뱀을 싫어하였다면서, 미당의 1975년 7월 16일자 일기의 한 대목을 인용하고 있다.["내 첫 시집 속의 시편 화사를 본 이 가운데는 내가 뱀을 땅꾼만큼이나 좋아하는 줄 여기는 이도 있긴 있는 모양이지만 그건 정반대다. 나는 뱀을 꿈에만 보아도 소리 치고 질려 깨어나는 버릇으로 한동안 괴로워하다가 40대 이후부터는 이것을 生時에 영 보지도 생각지도 않기로 해 그걸 실행해서 그 덕으로 꿈에도 그게 안 나타나게 해왔었는데……"(앞의 글, 133~134면에서 재인용)]. 일리 있는 근거이며 일리 있는 견해이지만, 특정 작품 화자와 시인과의 일치 여부는 여러 참조를 동원한 다단한 검토가 요구되며, 아무래도 확정은 어려울 듯하다. 작품 외부 시인의 정보가 작품 내부 화자의 신상과 같건 다르건 화자와 시

어한 고투의 기록인 「화사」에서 화자는 위태롭게나마 이드의 쾌락원칙을 에고의 현실원칙으로 제어하였다. 그 과정과 결단은 결코 쉽지 않았고 상투적이지 않았으며, 갈등의 여운은 착잡하고 길다. 다시 말해 미당의 「화사」는 청춘의 성 관련 착복 콤플렉스를 심도 있게 조명한 작품으로서, 노출이 저어되어 왔거나 파지가 미진하였던 인간 보편 관련 내면의 형상화이고, 그 통찰을 가능하게 해주면서 인간의 자기인식에 기여하는 한 전범이라고 평가된다.

인의 일치 여부 판단에서 확실한 근거가 될 수 없을 것이다. 주지되어 있듯 작품은 시인 삶의 단순한 표백이 아니다. 작품이 허구를 전제로 어떤 미학과 상상을 추구한다하더라도 시인의 어떤 의식과 지향과 무관 할 수 없을 것이지만, 영감과 서정의 시간은 짧으며, 창작의 정서가 아무리 생생하다고 하더라도 작품은 결국 자기 미학을 따라가는 경향도 있다. 게다가 창작의식과 정서는 상황에 따라 마음의 상태에 따라 혹은 새로운 각성과 현실과의 조정에 따라서 다를 것이며, 일관된 정향을 담지하기 어렵고, 있다고 하다라도 확실히 규정하기도 힘들 것이다. 그러나 황동규의 문제제기의 대체에 따르면서, 「화사」에만 국한해볼 경우, 작중 화자는 탈이라기보다는 시인 쪽에 수렴되는 어떤 존재로 보인다. 즉 탈로서의 성격이 있기는 하지만, 약화된 상태로 보인다. 또 이러한 「화사」의 화자는 1955년 이후는 물론 그 이전 시의 화자들과도 유사하다고 여겨진다.

서정주의 「멈둘레꽃」 분석

1. 서론

이 글은 한국의 대표적인 시인 중 한 명이자 생전에 열다섯 권의 시집을 발간한 미당 서정주(1915년~2000년)의 초기 시 「멈둘레꽃」를 대상으로 시의 구조와 개작 과정을 분석하여 그 안에 내재된 의미를 파악하려는 시도이다.[1] 「자화상」, 「화사」, 「동천」, 「국화 옆에서」 등 그동안

---

* 김종훈 / 상명대학교 한국어문학과 교수

1) 서정주는 (1)『花蛇集』(남만서고, 1941), (2)『歸蜀道』(선문사, 1948), (3)『徐廷柱 詩選』(정음사, 1956), (4)『新羅抄』(정음사, 1961), (5)『冬天』(민중서관, 1968), (6)『질마재 神話』(일지사, 1975), (7)『떠돌이의 詩』(민음사, 1976), (8)『西으로 가는 달처럼……』(문학사상사, 1980), (9)『鶴이 울고 간 날들의 시』(소설문학사, 1982), (10)『안 잊히는 일들』(현대문학사, 1983), (11)『노래』(정음사, 1984), (12)『팔할이 바람』(혜원출판사, 1988』, (13)『山詩』(민음사, 1991), (14)『늙은 떠돌이의 시』(민음사, 1993), (15)

서정주의 대표시로 언급되었던 시편들을 차치하고, 상대적으로 덜 조명 받았던 「멈둘레꽃」을 대상으로 한 까닭은 크게 두 가지 이유에서 비롯한다.

첫째는 이 시에 대한 직·간접적인 언급 때문이다. 서정주는 노년에 자선(自選) 시집을 발간하면서 '머리말'에 "내 나이 80에, 다시 한 번, 내가 일생 동안에 써 온 15권의 시집 가운데서 200여 편을 골라 '민들레꽃'이란 이름으로 이 한권의 시선집을 내기로 했다."고 적은 바 있다.[2] 여기에서 '민들레꽃'은 발표 당시의 「멈둘레꽃」을 가리키는데, 그가 시단의 평가보다는 이 시편에 조금 더 애정을 가졌다는 것을 자선 시집 제목의 호명으로 미루어 짐작할 수 있다. 이 애정의 근거 중 한 단면은 유종호의 언급에서 확인된다. 그는 「멈둘레꽃」을 "「문둥이」와 「麥夏」를 아우른 듯한" 시편이라고 평하며 그 비중을 높게 보았다.[3] 「문둥이」가 첫 시집에서 수록되었고 「麥夏」가 둘째 시집에 수록되었다는 사실을 상기하면, 초기 시편들을 관류하는 특징을 「멈둘레꽃」이 지니고 있다고 그가 파악

『80소년 떠돌이의 시』(시와 시학사, 1997) 등 15권의 시집을 출간했다. 『미당시전집1』(민음사, 1994)의 연보에는 13시집까지 소개되었으나 여기에서는 그 후에 나온 시집 2권을 보탰다. 그러나 1994년 서정주는 자선 시선집에서 "내 나이 80에, 다시 한 번, 내가 일생 동안에 써 온 15권의 시집 가운데서"(『민들레꽃』, 정우사, 1994)라는 언급을 한 적이 있다. 이 글은 1994년까지 발간된 그의 시집을 14권으로 보고 있으나, 그는 15권으로 보고 있는 것이다. 그의 의견을 따르면 그 이후에 나온 시집까지를 포함하여 16권의 시집이 발간된 셈이다. 이 글은 그의 육성에도 불구하고 서정주 연구의 정전으로 인식되는 『미당시전집1』과 미당시문학관 홈페이지의 발간 시집 목록(http://www.seojungju.com/pds/start.asp)에 소개된 시집 발간 횟수와 년도가 일치한다는 점에 주목하여 그 의견을 따랐다.
2) 서정주, 『민들레꽃』, 정우사, 1994, 5면.
3) 유종호, 「시적이라는 것」, 유종호, 최동호 편저, 『시를 어떻게 볼 것인가』, 현대문학, 1995, 26~28면 참조.

한 것이다.

유종호는 이어서 「멈둘레꽃」이 텍스트 분석 대상으로서 적절하다고 판단하는 근거를 제시한다. "의미론적 연관에서 어떤 불투명성이 따르고 있으며" 이것이 "이 작품에 〈시적인 것〉을 첨가"하고 있지만, 또 "이 불투명성이 불확정성의 매력으로 남아 있지만 그것이 지나치면 작품의 취약성으로 마무리될 것"이 대략적인 그의 평이다.4) 이처럼 유종호는 가정형으로 말을 마무리하며 이 시의 가치가 높고 낮음에 대한 판단을 유보하고 있다. 그의 논지를 따르면 작품의 가치를 높이는 것이 적절한 '불확정성'이라면, 낮추는 것은 과도한 '불투명성'이다. 좋은 의미에서의 '불확정성'은 일반 언어의 명확한 의사소통의 특성을 기반으로 하여 의미를 다층적으로 생성하는 문학 언어의 '애매성'을 염두에 둔 발언이다. 이때의 '애매성'은 두루 통용되는 보편성을 기반으로 할 때 생겨난다. 반면 나쁜 의미에서의 '불투명성'은 명확한 의사소통이나 보편성을 기반으로 하지 않기 때문에 배타적인 특수성의 영역 안에 놓인다. 이때의 시들은 텍스트가 계속해서 의미를 생성하기 때문이 아니라 명확함, 보편성의 영역에서 이탈했기 때문에 이해하기 힘들어진다. 유종호의 시각에서는 불확정성과 불투명성의 경계에 놓인 시가 「멈둘레꽃」이다. 연구자의 시각에 따라 시에 대한 가치평가가 논쟁적이 될 수 있는 시가 또한 「멈둘레꽃」인 것이다.

둘째는 「멈둘레꽃」의 분석이 서정주 시를 개괄적으로 진단한 평의 논거를, 수치뿐만이 아니라 접근 방식의 측면에서 풍부하게 할 수 있다

---

4) 유종호, 앞의 글, 28면.

고 보기 때문이다. 이때 이 글이 기반을 두고 있는 기존의 연구 사항은 최현식이 제기했던 서정주 시 텍스트 판본과 관련된 혼란과 그에 따른 '판본 연구의 필요성', 황현산이 제기했던 '시와 삶의 연관성'이다. 먼저 최현식은 그의 글에서 미당 서정주가 한국의 대표 시인이고 그에 걸맞게 420편이 넘는 미당론이 제출되었으나, 수많은 오류가 시집, 시선집, 전집 등에 나타나고, 그로 인해 시의 정본뿐만 아니라 연구의 정확성을 의심하지 않을 수 없다는 문제점을 제기했다.5) 그가 제기한 문제점은 '원전비평'과 '판본비교'로 요약할 수 있는데, 그 예로 그는 시집 발간 연도마저 제대로 기입하지 못하는 서정주의 여러 시전집과 시선집의 현황을 제시한다. 그에 따르면 지금까지 미당 시들의 정본으로 인식되어 오는 『미당시전집』(민음사, 1994)의 모태 역할을 하며, 1983년부터 1991년에 걸쳐 발간된 『미당서정주시전집』도 여러 부정확한 사실들을 내포하고 있다. 이어서 그는 「자화상」과 「부활」의 구체적인 혼란상을 예로 들고 있다. 이들 시는 판본에 따라 연과 행, 특정 시어와 관련하여 커다란 편차를 드러내는데 그는 각각의 문제점을 짚어본 뒤 여러 논거로 진본의 형태를 상상하며 시 분석을 마친다.

최현식의 판본과 관련한 문제 제기는 유종호가 유보한 「멈둘레꽃」에 대한 가치 평가를 재개하도록 돕는다. 특정 시집 판본을 대상으로 한 분석에서 헤아리기 힘들었던 의미들은 판본 비교를 통한 분석에서 선명해질 수 있다. 이 글이 「멈둘레꽃」을 대상으로 판본 비교를 하려는 까닭도 중단된 해석을 조금 더 개진하려는 데에 있다. 이처럼 최현식이

---

5) 최현식, 「서정주 시 텍스트의 몇 가지 문제」, 『서정주 시의 근대와 반근대』, 소명출판, 2003, 313~315면.

전개한 논의는 이 글의 논의를 추동한다. 하지만 그의 논의 전개 방식이 이 글과 일치한다고 보기는 힘들다. 그는 대상 텍스트의 정본을 확정하기 위해 옳은 것과 그른 것을 가르며 논의를 전개하였다. 이 글은 각 판본이 지닌 차이의 원인을 추정하는 데에 초점을 맞춘다. 최현식과 이 글이 취하고 있는 논의의 차이는 텍스트의 선택과 무관하지 않다. 우연보다는 필연이 더 개입되어 있는 듯한 「멈둘레꽃」의 판본 차이는 수정한 시인의 의도가 개입되어 있다는 것을 환기하며 연구자가 그 차이의 근거를 추적하도록 유도하고 있기 때문이다. 판본의 차이에 서정주의 의도가 개입되어 있고 그 의도가 서정주의 시작 전개 방법의 한 단면을 드러낸다는 가설을 세웠을 때, 서정주의 시적 이력의 방향성을 탐지하는 데에는 서정주의 시와 삶을 연관시켰던 황현산의 언급이 도움을 주고 있다.

서정주 연구는 시와 삶의 이력이 갈등을 일으키고 있다는 점에서 여느 시인의 시 연구와 방향을 달리한다. 문학 연구에서 전기적인 연구는 대개 작품 이해의 폭을 넓고 깊게 하는 데 보족적인 역할을 담당한다. 하지만 서정주의 경우 체제 편향적인 삶의 이력 때문에 전기적인 생애는 작품의 가치 평가와 충돌을 빚어왔다. 정치적 삶을 배제하고 시를 평가해야 한다는 그에 대한 옹호의 말도, 실제 삶뿐만 아니라 시도 발군이라고 하기 어렵다는 비판의 말도, 시와 삶이 별개라는 인식에서 비롯한 것들이다.6) 황현산은 이 시 연구의 예외적인 상태를 정상적인 상태로 돌려놓으려 했다. 그는 『花蛇集』에서 보이는 서정주의 초기시에

---

6) 구모룡, 「초월 미학과 무책임의 사상」, 『포에지』, 2000. 겨울, 20~32면.

사투리라고 볼 만한 것이 없었다고 우선 지적한다. 그에 따르면 초기시 『花蛇集』의 「바다」의 경우 "현대의 철자법에 들어맞지 않는 철자들은 적지 않지만 사투리라고 딱히 꼬집어서 말할 수 있는 낱말은 없다", 하지만 "『동천』을 뒤이은 『질마재 신화』에 이르러 서정주의 시는 가위 방언의 시대를 열며, 이후의 시집들, 특히 『안 잊히는 일들』이나 『팔할이 바람』 같은 자전시집과 여러 산문시에 방언적 정서는 시적 서정을 대신한다."[7] 또한 그는 「국화 옆에서」에 대해서는 임우기의 분석을 토대로 시에 표준어 '이제는'이 아니라 사투리 '인제는'이 쓰인 결과 "인습적 감정의지 아래 논리와 시비를 건너 뛸 수 있는 힘까지 거기에 덧붙여" 주는 효과를 발휘한다고 말하기도 하였다.[8] 그는 다른 지면에서 간명한 결론을 내린다. "미당의 시 세계는 책임없이 아름답다".[9]

'무책임한 아름다움'은 요약하자면 정서적인 친연성의 영역 내에서는 옳고 그름을 따지는 일이 중요하지 않으며 그 안에 서정주의 시가 있다는 것이다. 여기에서 사투리와 표준어가 지닌 특성은 각각 감정과 이성, 무책임과 책임, 특수성과 보편성에 대응된다. 두루 통용되는 표준어가 보편성을 대변하는 것이라면, 사투리는 한 지역에서만 통용되는 친연성과 그 이외의 지역에 대한 배타성을 동시에 지녀 특수성에 대응한다. 황현산에 의하면 서정주의 시는 시간이 지날수록 '무책임함'이 더해지며 보편성에서 특수성으로 나아간다. 방언의 확장에서 제기되었던 그 특수성, 무책임성을 이 글은 「멈둘레꽃」의 판본 변화에서도 확인할 수 있다

---

7) 황현산, 「시적 허용과 정치적 허용」, 『포에지』, 2000. 겨울, 7~19면.
8) 황현산, 위의 글, 11면. 임우기의 언급도 황현산의 이 글에서 재인용했다.
9) 황현산, 「서정주의 시세계」, 『말과 시간의 깊이』, 문학과지성사, 2002, 476면.

고 보고 있다. 서정주 자신이 암시했던 「멈둘레꽃」의 가치, 유종호가 환기했던 '적절한 불확정성'과 '과도한 불투명성', 최현식이 제기했던 판본 문제의 중요성, 황현산이 언급했던 '책임 없는 아름다움' 등을 종합적으로 고려하며 이 글은 「멈둘레꽃」을 분석하려고 한다.

2. 판본 비교

　서정주의 시집은 성향에 따라, 초기는 1시집 『花蛇集』부터 2시집 『歸蜀道』, 중기는 3시집 『徐廷柱 詩選』부터 5시집 『冬天』, 후기는 6시집 『질마재 神話』이후부터로 나뉜다. 영원성과 현실성이 길항하는 그의 시편에는 각각의 특성들이 함께 들어 있으나, 주로 나타나는 성향을 기준으로 요약하자면 「自畵像」(『花蛇集』)의 현실성에서 「冬天」의 영원성을 거쳐 『질마재 神話』의 부족 설화로 그의 시 세계가 전개되었다고 할 수 있을 것이다.10)

　「멈둘레꽃」은 1948년에 발간한 2시집 『歸蜀道』에 실려 있다. 이 시집의 출간 시기는 1시집 『花蛇集』(1941년)보다 7년 늦다. 하지만 「멈둘레꽃」은 시집에 실리기 전 잡지 『三千里』에 「문둘레꽃」이란 제목으로 발표된 적이 있다. 이때가 첫 시집 발간 시점에서 두 달이 지난 1941년 4월이다. 이 시가 1시집 발간 시기와 비슷한 때에 창작되었다는 점과 2시집에 수록되었다는 점은, 비록 그 사이에 광복과 같은 격변의 시기가 놓

---

10) 이성우, 「서정주 시의 영원성과 현실성 연구」, 고려대대학원 석사논문, 2000, 8
　　～13면 참조.

여 있음에도 불구하고 이 시를 초기 시편을 '아우르'면서 동시에 가교 역할을 하고 있다고 보이게 한다. 이후 「멈둘레꽃」은 시선집과 시전집에 두루 실리는데, 형태와 내용의 차이를 드러내는 판본을 대상으로 출전과 시제목을 제시하면 다음과 같다.

1. 「문둘레꽃」, 『삼천리』 13권 4호, 1941년 4월 1일.
2. 「멈둘레꽃」, 『歸蜀途』, 선문사, 1948년.
3. 「밈드레꽃」, 『서정주시선』, 정음사, 1956년.
4. 「민들레꽃」, 『서정주전집』, 일지사, 1972년.
5. 「멈둘레꽃」, 『미당서정주시전집』, 민음사, 1983년. (『미당시전집1』, 1994년)

「멈둘레꽃」은 네 번 정도 이전의 판본과 형태상 큰 차이를 보인다. 이 밖에도 「멈둘레꽃」이 수록된 많은 시선집이 있으나, 독자들에게 널리 읽히게 하기 위해 표준어로 제시한 판본을 제외하면 이들은 대개 『미당서정주시전집』의 표기를 따른 것이다.

「멈둘레꽃」의 세부적인 형태상의 차이를 짚어보기 전에 먼저 확인해야 할 것은 각 판본별 특징이다. 이 특징은 「멈둘레꽃」 한 편에만 한정되는 것이 아니라 각 시집에 수록된 모든 시편에 통용된다. 먼저 비록 시집이 아니지만 1판본의 경우, 1933년 제정된 맞춤법 통일안이 통용되지 않았기 때문인지 띄어쓰기나 표기가 자의적으로 쓰였다. 1판본의 시에 띄어쓰기 규정을 따르지 않은 형태가 제시되어 있더라도, 이 점을 염두에 두면 실험적이거나 다른 의도가 개입했다고 판단해서는 안 될 것이다.

　4판본은 창작 시기의 역순으로 시를 묶은 편집 방침 외에도 시집의 표기가 모두 표준어에 맞춰 수록되었다는 특징이 있다.[11] 유종호가 서정주를 '부족 방언의 마술사'라고 호명한 까닭을 이 전집에서는 감지할 수 없는 것이다. 편집 방침에 따라 바뀐 표기를 염두에 두지 않고, 황현산이 지적했던 서정주 후기 시의 특징인 방언 사용과 배타적인 특수성이 이 시집에는 사라지고 보편성이 확보되었다고 판단해서도 안 될 것이다.

　정본으로 인식되고 있는 5판본은 최초 발간 시집의 표기를 따르고 있다는 특징이 있다. 최초 발간 시집이 방언을 쓰고 있으면 이 전집에도 방언이 쓰이고 있는 것이다. 이와 같은 결정을 서정주가 했는지 편집자가 했는지는 확인하기 어렵다. 어쨌든 이상 언급했던 판본별 특성은 개별 시편의 차이에서 생겨나는 의미를 파악할 때 고려해야 할 대전제들이다.

> 바보야 하이얀 문둘레가 피였다
> 네눈섭을 적시우는 룡천의 하눌밑에
> 히히 바보야 히히 우슴다
> 사람들은 모두다 남사당派와같이
> 허리띠에 피가묻은 고이안에서
> 들키면 큰일나는 숨들을 쉬고
> 그어디 보리밭에 자빠졌다가
> 눈도 코도 相思夢도 다없어진후
> 燒酒와같이, 燒酒와같이

---

11) 최현식, 앞의 글, 314~315면.

나도 또한 나라나서 공충에 푸를리라.

– 서정주, 「문둘레꽃」, 『삼천리』 13권 4호, 1941년 4월.

위의 인용시는 최초 발표 지면 1판본에 수록된 형태이다. 시 제목은 「문둘레꽃」이다. 1판본의 특징은 무엇보다도 한 연으로 전체시가 이뤄졌다는 점이다. 연 구분 없이 단연으로 된 이 시의 연 형태는 이후 드러나는 연의 구분에 서정주의 의식이 개입되어 있다는 것을 일러준다. 비중은 앞의 특징보다는 적지만 더불어 주목할 점은 마침표가 제일 마지막 10행 끝에만 찍혀 있다는 것이다. 뒤의 판본에서 "공중"으로 제시되는 10행의 "공충" 표기는 특별한 뜻을 지니고 있지 않아 오식으로 보인다. 이를 기준으로 2. 3. 4. 5. 판본의 차이를 표로 제시하면 다음과 같다. 1판본 항목에 제시된 행 표시가 이후 판본의 기준이 된다.

	1. 『삼천리』 13권 4호, 1941년 4월.	2. 『歸蜀途』, 선문사, 1948년. 5. 『미당서정주시전집』, 민음사, 1983년. (『미당시전집1』, 1994년)	3. 『서정주시선』, 정음사, 1956년.	4. 『서정주전집』, 일지사, 1972년.
제목	「문둘레꽃」	「멈둘레꽃」	「밈드레꽃」	「민들레꽃」
표기	1행 : '하이얀', '문둘레', '피였다' 2행 : '눈섭', '룡천' 3행 : '우숩다' 4행 : '남사당派와같이' 5행 : '허리띠', '고이' 10행 : '나라나서', '공충'	'하이얀', '멈둘레', '피였다' '눈섭', '용천' '우숩다' '남사당派와같이' '허리띠', '고이' '나라나서', '공중'	'하이연', '밈드레', '피었다' '눈섭', '용천' '웃읍다' '남사당派와같이' '허리띠', '고이' '날아나서', '공중'	'하이얀', '민들레', '피었다' '눈썹', '문둥病' '우습다' '남사당패같이' '허리띠', '고의' '날아나서', '공중'

띄어쓰기	2행 : '네눈섭', '하눌밑에' 4행 : '모두다' 5행 : '고이안에서' 8행 : '다없어진후'	'네 눈섭', '하눌밑에' '모두다' '고이안에서' '다 없어진후'	'네 눈섭', '하눌밑에' '모두다' '고이안에서' '다 없어진후'	'네 눈썹', '하늘 밑에' '모두 다' '고의 안에서' '다 없어진 후'
연구분	전체 1연	총 4연 3행과 4행 사이 6행과 7행 사이 8행과 9행 사이	총 3연 3행과 4행 사이 6행과 7행 사이	3판본과 동일
구두점	9행 : '燒酒와같이, 燒酒와같이' 10행에만 마침표	1행 마침표 3행 마침표 9행 쉼표 없음 10행 마침표	1행 마침표 3행 마침표 9행 쉼표 없음 10행 마침표 없음	1행 마침표 3행 : '히히 바보야, 히히 우습다.' 6행 마지막 쉼표 9행 쉼표 없음 10행 마침표

2판본의 특징은 시 제목이 「멈둘레꽃」으로 바뀌었고 연이 구분되었다는 점이다. 총 10행으로 이뤄진 시는 4연으로 나뉘었다. 연이 갈리면서 마침표도 1판본보다 많이 등장하는데, 1연에 두 개가 첨가되어 있다. 그러나 마지막 3연과 4연이 나뉘어 있는지 결합되어 있는지는 판단하기 어려운 면이 있다. 2판본은 공교롭게도 "눈도 코도 相思夢도 다 없어진 후"와 "燒酒와같이 燒酒와같이" 사이에서 43쪽과 44쪽이 나뉘기 때문이다. 다만 한 연이면서 쪽이 분리된 다른 작품과 견줘 연이 구분되었다고 추측할 수는 있다. 한 연이면서 쪽이 분리된 작품을 보자면 둘째 쪽이 1.8cm의 여백을 가지는 반면, 「멈둘레꽃」은 2.3cm의 여백을 가지기 때문이다.

3판본의 시 제목은 '밈드레꽃'이다. 이는 이때부터 방언이 본격적으로 활용되기 시작했다는 것을 증명하는 예이기도 한데, 1과 2판본에는 "하이얀"였던 구절이 "하이연"으로 바뀐 것도 같은 맥락에서 이해할 수 있다. 또한 3판본에는 2판본의 마지막에 있던 마침표가 사라졌다는 특징이 있다. 그러나 무엇보다 두드러지는 것은 이전의 나뉜 것으로 추정되는 3연과 4연이 여기에서는 한 연으로 처리되었다는 점이다. 1판본에서 한 연으로 이뤄진 행들이 2판본에서는 네 부분으로 나뉘었다가, 3판본에 이르러 8행과 9행이 합쳐지며 세 부분으로 변형되는데, 이곳은 단순히 형태상으로 분리/비분리의 차이를 보이는 것이 아니라 의미상으로 고려해야 할 여러 문제들을 제기한다.

4판본은 앞에서도 말했듯이 표준어 규정을 참조했다는 특징이 있다. 3판본 1연 1행의 "하이연"이 다시 "하이얀"으로, "눈섭"이 "눈썹"으로, "고이"가 "고의"로, 제목도 '문들레꽃', '멈둘레꽃', '밈드레꽃'을 거쳐 '민들레꽃'으로 바뀌었다. 의미상 휴지부인 곳에는 어김없이 쉼표가 찍혀 있고, 종결 어미 뒤에 어김없이 마침표가 찍혀 있는 것도 같은 맥락에서 이해할 수 있다.12) 다양한 변화가 보이지만 4판본의 가장 큰 특징은 "용천"이 "문둥病"으로 바뀌었다는 점이다. 이것이 표준어를 따른 것인지, 아니면 시인의 주관적인 판단으로 고친 것인지는 분명하지 않다. 어쨌든 4판본에만 일시적으로 드러나는 "문둥病" 표기에는 여러 가지 해석의 다양성을 내장한다고 할 수 있다. 이와 더불어 주목할 점은 2판본을 기준으로

---

12) 4판본의 형태는 다른 판본과 많이 다르기 때문에 시의 전문을 제시한다. "바보야 하이얀 민들레가 피었다./ 네 눈썹을 적시우는 문둥病의 하늘 밑에/ 히히 바보야, 히히 우숩다. // 사람들은 모두 다 남사당패같이/ 허리띠에 피가 묻은 고의 안에서/ 들키면 큰일나는 숨들을 쉬고, // 그어디 보리밭에 자빠졌다가/ 눈도 코도 相思夢도 다 없어진 후/ 燒酒와같이 燒酒와같이/ 나도 또한 날아나서 공중에 푸를리라."

했을 때, 3연과 4연이 아직 같은 연으로 처리되고 있다는 것이다.

5판본의 특징은 표준어로 제시된 4판본과는 상이하게, 최초 발간 시집의 표기를 따른다는 점이다. 이에 따라 시의 제목도 '멈둘레꽃'으로 회귀하였고, 시의 표기도 2와 같아졌다. 그런데 만약 시인이 5판본을 발간하면서 부분적인 수정 과정 없이 편집자에게 전집 발간의 임무를 위임했다면, 2판본의 3연과 4연이 논란의 여지없이 분리된 것으로 판명난다. 2판본에서는 쪽이 바뀌면서 총 3연인지 4연인지 정확하게 판단하기 어려웠으나, 5판본에서는 명확하게 연이 구분되었기 때문이다. 하지만 전집을 발간하는 데 생존 중인 시인이 작업에 참여하지 않는다는 점은 그것이 비록 사실이라 하더라도 이를 정상적인 발간 과정이라고 이해하기는 어렵다. 이 글은 이런 관점에서 5판본의 4연 구성을 근거로 2판본이 4연으로 구성되었다고 하지 않을 것이다. 또한 같은 관점에서 2행 "용천"의 표기도 4판본의 "문둥病"에서 변한 것으로 간주한다.

이외에도 주목할 만한 판본의 시는 1994년 발간한 시선집 『민들레꽃』(정우사, 1994년)에 수록된 시와, 같은 해 발간된 『미당자서전2』(민음사, 1994년)에 인용된 시이다. 1994년에는 5판본을 기초로 한 『미당시전집1』도 발간되었다. 정우사 판은 제목이 '민들레꽃'이다. 서론에서 언급했듯이 시집 제목을 최종적으로 선택한 주체는 시인 자신이다. 시의 형태는 표준어가 기준이 된 4판본을 기본으로 하되, "하눌" "우숩다" 등에서 5판본을 따른다는 특징이 있다. 민음사판 『미당자서전2』에는 그가 「멈둘레꽃」을 인용하며 쓰인 동기를 밝히고 있다는 점에서 주목을 요한다. 인용시는 연 구분은 3, 4판본을, 표기는 3연 "없어진 후"가 띄어쓰기된 것을 제외하고는 2, 5판본을 따랐다. 같은 해 발간된 시에도 이렇게 연 구분에 혼선이 나타나고 있다.

　이상으로 각 판본의 특징을 살펴보았다. 눈에 띄는 점은 다음과 같다. 제목의 표기가 다양하게 변하고, '용천'이 '문둥病'으로 한 때 쓰였고, 2판본을 기준으로 3연과 4연이 분리되거나 합쳐졌다. 이 모든 변화 현상을 서정주 자신이 야기했다고 말하기는 어렵다. 우선 4판본은 표준어 규정을, 5판본은 최초 발간 시집의 표기를 따른다는 대전제를 무시할 수 없으며, 이와 더불어 형태 제시의 모든 권한을 편집자가 지녔을 가능성도 간과할 수 없다. 하지만 전집을 발간하면서 표기와 관련된 모든 점을 편집자에게 위임한다는 것은 그 자체로 무책임한 일이며, 그와 같은 추정이 아무리 설득력이 있다고 하더라도 이를 당연한 사실로 받아들이기에는 한계가 있다. 이 글은 전집 편집자의 개입 가능성을 참조 사항으로 상정하고, 대전제를 제외한 판본 차이의 책임이 서정주에게 있다고 판단한다.

3. '멈둘레꽃'과 화자와 구조

　「멈둘레꽃」, 정확하게 말해 「문들레꽃」을 발표한 1941년에 서정주는 만주에 있었다. 그는 자서전에서 만주 유랑길의 조선인 곡마단을 보았을 때, 그 중 못난 짓을 하는 이가 자신과 닮아 오싹한 느낌이 들었다고 회상하며 이 시를 썼다고 말한 바 있다.[13] 더 낳은 삶을 살고자 갔던 만주에서의 체험은 결국 실패로 끝난다. "일본인의 한 용역인 셈"이

---

13) 서정주, 『미당자서전2』, 민음사, 1994, 75면.

라는 자각과 추위 등은 그에게 귀향을 선택하게 한다. 그는 "다시 만주에서도 밀려난 자가 되어 낙향해 올" 수밖에 없었던 것이다.14) 한때는 희망의 상징이었으나 이제는 불안과 공포를 상징하는 만주는 그의 시에서 생활과 생명을 유지하고자 떠도는 곳으로 표상화되고 있다. '조선인 곡마단'도, '민들레'의 의미도 이와 같은 맥락과 함께 한다. 그의 창작 동기를 따르면 '멈둘레꽃'은 유랑하는 조선인을 표상하고, 시에 등장하는 '남사당派'도 곧이곧대로 당대에 타지를 떠돌던 곡마단을 뜻한다. 그리고 못난 짓 하는 이와 자신과의 동일시는 남사당패와 자신을 포함한 유랑하는 조선인 모두를 같은 범주로 묶게 한다.

'멈둘레꽃'에 유랑의 의미가 첨가되어 있다는 점은 이 시 제목의 표기가 계속 변화하는 것과 간접적으로 관련이 있어 보인다. '문둘레꽃'에서 '멈둘레꽃'으로, '멈둘레꽃'에서 '밈드레꽃'으로, '밈드레꽃'에서 '민들레꽃'으로, 다시 '멈둘레꽃'으로 바뀌는 다양한 표기 중 '민들레꽃'을 제외하고는 모두 방언에 속한다.15) 그러나 이 방언이 지역의 특색을 강조하는 배타적 특수성을 지니기 위해 쓰였다고 보기는 힘들다. 서정주는 「멈둘레꽃」이 수록된 『歸蜀途』에 민들레를 소재로 삼은 두 편의 시 「고향에 살자」와 「무슨꽃으로 문지르는 가슴이기에 나는 이리도 살고 싶은가」를 실었는데, 앞의 시에서는 민들레를 '멈둘레꽃'으로 두 번째 시에서는 '머슴 둘레'로 표현하였다. 한 시집에 동일한 대상을 두고 다른 표현이 나타날 때, 이를 지역적 특색의 강조로 판단하기는 어려운 것이다. 이와 같은 경우, 개별 시에 꼭 그 표현이 쓰여야만 하는 까닭을 살피거나 아

---

14) 서정주, 앞의 책, 88~89면.
15) 김태정, 『우리 꽃 백가지』, 현암사, 1990, 2면.

니면 표현의 다양성 자체가 의미를 지니고 있지는 않은지 고려하는 등 여러 다른 가정들이 요구된다. 민들레는 실제로 한반도 전역에 대단히 척박한 땅이라도 핀다. 고향뿐 아니라 어디를 가더라도 목격할 수 있는 민들레의 모습은, 어떠한 방언 표현이라도 그것이 지닌 배타성을 앗아가는 데 기여한다. 오히려 그 다양한 표현들은 다양한 지역에서 기어이 자라는 민들레의 강인함을 환기한다. 어디에서 살 수 있는 민들레의 속성은 어디에서도 사는 유랑의 의미와 겹치고, 그 다양한 표기는 어디에서든 생존을 유지하려는 의지, 즉 강인한 생명력과 겹친다.

같은 시집에 수록된 두 편을 각각 분석하면 '민들레'가 특정한 고향을 환기하는 것처럼 보인다. 「고향에 살자」는 "멈둘레 꽃 피는/ 고향에 살지."의 구절은 단적인 예이다.16) 질경이처럼 고향에 붙어 있는 화자가 고향을 떠난 "게집애"의 부재를 인식하며 드러내는 저 아쉬움은, '고향'과 '화자 자신'과 '민들레'가 같은 범주에 속했다고 판단하는 데 기여한다. 같은 시집에 수록된 「무슨꽃으로 문지르는 가슴이기에 나는 이리도 살고 싶은가」의 에피세트는 "빈 가지에 바구니만 매여두고 내 少女, 어디 갔느뇨"이다. 자살을 했건 고향을 등졌건 "소녀"는 떠났다. 시의 첫 행 "아조 할 수 없이 되면 고향을 생각한다"라는 구절을 염두에 두면 '나'도 역시 고향을 떠나 있다. 여기에서도 고향은 화자와 소녀가 함께 있던 예전의 장소와 시절을 뜻하고 "머슴둘레"는 함께 있던 그 고향을

---

16) 민음사 판 『미당서정주시전집』에 수록된 「고향에 살자」 전문은 다음과 같다. "게집애야 게집애야/ 고향에 살지. // 멈둘레 꽃 피는/ 고향에 살지. // 질갱이 풀 뜯어/ 신 삼어 신ㅅ고, // 시누 대밭 머리에서/ 먼 山 바래고, // 서러워도 서러워도/ 고향에 살지."

대변하고 있는 것이다.[17]

　하지만 민들레의 뜻이 지닌 '강인한 생명력'은 "고향"을 '특정한 고향'과 연결시키는 것을 막는다. 시에는 "몇포기의 씨커운 멈둘레꽃이 피여있는 낭떠러지 아래 풀밭에 서서"라는 구절이 나오는데, 여기에서 확인할 수 있듯이, '고향'은 실향민에게 자신과 분리된 이상향으로 머물러 있는 것이 아니라, "낭떠러지 아래 풀밭에" 선 민들레와 같이 자신과 유사한 처지가 매개가 되어 나타난다. 그에게 민들레의 강인한 생명력이 없다면, 고향도 없는 것이다. 생존을 위협 받는 실향민의 처지에 고향의 민들레는, 아니 민들레의 고향은 살아갈 수 있도록 추동하는 동일시의 대상으로 자리 잡는다. 그의 시에 나타난 민들레가 '고향'을 대변한다고 하더라도 배타적 특수성이 아닌 보편성을 띠는 까닭이 여기에 있다. 나라 잃고 유랑하는 자에게 고향은 정착의 욕망을 대변하는 대상이자 생존을 유지시키는 매개이다. 따라서 '민들레'는 첫 시집 『花蛇集』부터 견지해 온 '생명' 의식을 고스란히 담고 있는 상징이라고 할 수 있다.

　「멈둘레꽃」을 발화하는 화자가 누구인가라는 문제가 이와 관련하여 제기된다. '민들레'와의 동일시를 염두에 두면 화자는 당대 고향 잃은 떠돌이의 대변자라고 할 수 있다. 하지만 그가 자서전에 밝힌 창작 동기와

---

17) 민음사 판 『미당서정주시전집』에 수록된 「무슨꽃으로 문지르는 가슴이기에 나는 이리도 살고 싶은가」 중 민들레와 관련 있는 부분은 다음과 같다. "그러나 나에게는 잡히지아니하는것이였다. 발자취소리를 아조 숨기고 가도, 나에게는 붓잡히지아니하는것이였다./ 淡淡히도 오래가는 내음새를 풍기우며, 머슴둘레 꽃포기가 발길에 채일뿐, 쌍극한 찔레 덤풀이 앞을 가리울뿐 나보단은 더빨리 다라나는것이였다. 나의 부르는 소리가 크면 클스록 더멀 더멀리 다라나는 것이였다./ 〈중략〉/ 몇포기의 씨커운 멈둘레꽃이 피여있는 낭떠러지 아래 풀밭에 서서, 나는 단하나의 精靈이되야 내少女들을 불러 이르킨다."

시의 본문을 고려하면 "남사당패"나 '곡마단의 일원'이 화자라 할 수 있을 것이다. 이 밖에 참조할 사항은 「멈둘레꽃」과 그의 다른 시와의 관계에서 유추되는 것이다. 이때에 화자는 '문둥이'가 적절해 보인다.

해와 하늘 빛이
문둥이는 서러워

보리밭에 달 뜨면
애기 하나 먹고

꽃처럼 붉은 우름을 밤새 우렀다

– 「문둥이」[18)

黃土 담 넘어 돌개울이 타
罪 있을듯 보리 누른 더위–
날카론 왜낫[鎌] 시렁우에 거러노코
오매는 몰래 어듸로 갔나

바윗속 山되야지 식 식 어리며
피 흘리고 간 두럭길 두럭길에
붉은옷 닙은 문둥이가 우러

땅에 누어서 배암같은 게집은
땀흘려 땀흘려

---

18) 「멈둘레꽃」 등 본문에 인용되는 시는 2장 판본과 관련하여 인용한 시 외에는 모두 『미당서정주시전집』(민음사, 1983)을 참조한 것이다.

어지러운 나─ㄹ 업드리었다.

―「麥夏」

　앞서 언급했듯 유종호는 2시집 「歸蜀道」에 실린 「멈둘레꽃」을 분석하면서 1시집 『花蛇集』에 실린 「문둥이」와 「麥夏」를 아우른 듯한 시편이라고 평했다. 정확한 그의 표현은 "해와 하늘빛이 서럽다는 「문둥이」와 〈땅에 누워서 배암같은 계집〉을 노래한 「麥夏」를 아우른 듯한 시편이다"이다.19) 이 밖에 '아우른'의 논거는 그의 글에 제시되지 않았다. 따라서 참조할 사항은 앞의 두 수식어이다. 「麥夏」의 경우, '땅에 누워서'가 단서가 된다. 「멈둘레꽃」에도 "보리밭에 자빠졌다가"라는 구절이 있기 때문이다. 하지만 「문둥이」의 경우는 애매하다. 문면에 제시한 '해와 하늘빛이 서럽다'와 유사한 구절이 「멈둘레꽃」에 없기 때문이다.

　「문둥이」에서 '해와 하늘빛이 서러운 사람'은 문둥이이다. 그는 병에서 회복되기 위해 마치 설화의 문둥이처럼 보리밭에서 아기를 살해하고 잡아먹고 있다. 문둥이도 사람이기 때문에 아기를 잡아먹는 장면에서 흐느끼는 '붉은 울음'에는 그의 처참한 생의 의지가 담겨 있다고 할 수 있다. 한편 「麥夏」에서 '배암 같은 계집'은 나를 엎드리게 하며 비밀스러운 성애 장면을 연출한다. 더운 여름에 "오매"의 외출과 피를 머금은 ('붉은옷 닙은') 문둥이의 울음이 배경이 되는 동안 땅에 누운 계집이 '나'를 엎드리게 한 것이다. 하지만 「멈둘레꽃」에는 문둥이도 계집도 아이도 없다. 세 편의 시에 모두 있는 시어는 "보리"이다. 「문둥이」에서는 "보리밭에 달 뜨면"으로, 「麥夏」에서는 "罪 있을듯 보리 누른 더위―"로,

---

19) 유종호, 앞의 글, 28면.

「멈둘레꽃」에서는 "그어디 보리밭에 자빠졌다가"로, '보리'는 시에 나타난다. 따라서 세 편을 '아우른 듯한' 느낌에 대한 추측을 "보리"에서 시작하는 것이 적절해 보인다. 이 '보리'는 「멈둘레꽃」의 화자를 '문둥이'로 설정하게 하는 단서이기도 하다.

다른 두 시에서 등장하는 보리밭은 문둥이가 "애기 하나 먹는"(「문둥이」) 장소이며, 따라서 "피흘리고 붉은옷 닙은"(「麥夏」) 장소이다. 나병이라는 원죄를 갖고 태어난 문둥이에게 보리밭은 원죄를 갚기 위한 기원(祈願)의 장소이다. 그러나 그 기원은 어린아이의 목숨을 앗아가는 살인을 통해서 이루어진다. 기원의 수단은 정상인의 경우에는 기도나 절이다. 그러나 문둥이에게 그것은 살인이다. 살인을 통한 목표 달성은 근본적으로 추구하는 대상도 정상인과 다르다는 것을 의미한다. 정상인에게 기원의 내용은 정상 상태'에서의' 도약이겠으나, 문둥이에게 그것은 정상 상태'로의' 도약이다. 정상인에게 보리밭은 생산을 위해서인지, 쾌락을 위해서인지는 불분명하지만 '살아있음'을 몸으로 확인하는 장소이다. 그 장소는 그들에게 선택적이다. 그러나 문둥이의 '보리밭'은 설움과 절망의 장소이며 정상적으로 '살고 싶다'는 욕망을 극명하게 표출하는 운명적인 장소이다.

> 사람들은 모두다 남사당派와같이
> 허리띠에 피가묻은 고이안에서
> 들키면 큰일나는 숨들을 쉬고
>
> 그어디 보리밭에 자빠졌다가
> 눈도 코도 相思夢도 다 없어진후   -「멈둘레꽃」2, 3연

그러나 아직 문둥이가 「멈둘레꽃」의 화자라고 확정하기는 어려운 면이 있다. 앞의 두 시에는 문둥이가 아기의 피를 몸에 묻히고 보리밭에 있는데, 「멈둘레꽃」에서 피가 묻은 "고이"를 입고 보리밭에 자빠지는 주체는 "사람들"이기 때문이다. 보리밭에서 살인할 필요가 없는 정상인이 피가 묻은 "고이"를 입고 있을 이유는 없다. 정상인이 엎드리거나 자빠지며 피를 묻히기 위해서는 처녀와의 성애 행위를 상정해야 한다. 하지만 보리밭에서 성행위를 하는 '사람들' 모두의 한 쪽 대상을 처녀로 상정하는 것은 무리가 따른다.

지금까지의 논의를 참조하자면 빨간 피가 묻은 옷을 입을 사람은 '문둥이'가 적절하지만 문장 구조상 옷을 입고 있는 주체는 "사람들"로 상정되어 있다. 여기에서 상상을 토대로 한 비약이 이뤄지고 있는 것으로 보인다. 5판본 「멈둘레꽃」의 2연에서 화자는, 사람들의 성행위를 몰래 엿보고 있거나 그 낌새를 멀찍이서 알아차리는 위치에 있다. 그 구체적인 모습은 상상을 통해서 그려질 수밖에 없는 것이다. "사람들은" 6행의 서술어 "숨을 쉬고"의 주체이다. 하지만 서술어 앞에 있는 수식어 "들키면 큰일나는"에는 화자의 추측과 판단이 들어 있다. 그와 마찬가지로 5행의 "허리띠에 피가묻은 고이안에서"의 구절도 추측의 주체는 화자이다. 그런데 "사람들"의 은밀한 행위를 자세히 볼 기회가 없었기 때문에, 이 추측은 화자인 문둥이의 보리밭 체험에서 비롯된 것으로 판단하는 것이 적절할 듯하다.

따라서 이 구절의 문법적 주어는 남사당패와 같은 "사람들"이지만 성행위를 하고픈 욕망의 주체를 염두에 둘 때 의미상 주어는 '문둥이'이라 할 수 있다. 빨간 피가 묻은 고이를 입고 있는 주체는 사람들이면서 문

둥이인 것이다. 즉 화자는 자신의 피 묻은 옷을, 상상을 통하여 성행위
를 하고 있는 정상인에게 입히고 있다. 그것은 절망과 설움을 삶이라는
희망에 쏟아 붇는 기원의 형상이며, 정상인이 되고 싶다는 욕망의 발현
인 것이다. 이상의 논의를 간단히 요약하면 다음과 같다. '멈둘레꽃'의
여러 표기는 특정한 고향이 아니라 강인한 생명력을 바탕으로 한 보편
적인 고향을 뜻하는 한편, 시의 화자는 여러 판본의 가능성을 타진한
결과 문둥이일 가능성이 높다.

    1) 바보야 하이얀 멈둘레가 피였다.
    2) 네 눈섭을 적시우는 용천의 하눌밑에
    3) 히히 바보야 히히 우습다.

    4) 사람들은 모두다 남사당派와같이
    5) 허리띠에 피가묻은 고이안에서
    6) 들키면 큰일나는 숨들을 쉬고

    7) 그어디 보리밭에 자빠졌다가
    8) 눈도 코도 相思夢도 다 없어진후

    9) 燒酒와같이 燒酒와같이
    10) 나도 또한 나라나서 공중에 푸를리라. (번호:인용자)

- 「멈둘레꽃」 전문

　　이제 위의 분석을 토대로 5판본 「멈둘레꽃」의 전체적인 구조를 파악
하고자 한다. 가장 최근의 전집의 표기를 따르면 「멈둘레꽃」은 4연 10

행, 3문장으로 구성되어 있으며 그 중 두 문장은 1연에 속해 있다. 낭독 내지는 묵독한다면 의도적으로 끊어 읽어야 할 부분은 마침표(또는 쉼표)가 있는 곳과 행과 연이 바뀔 때 정도로 생각할 수 있다. 위의 작품에서 마침표는 1), 3), 10) 다음에 있고, 연의 구분은 3), 6), 8) 다음에 있다. 두 부분이 겹친다면 휴지부를 더욱 오래 두어야 할 것이다. 시에서 두 가지 조건을 만족하는 곳은 3)과 4) 사이이다. 따라서 인위적으로라도 이곳을 가장 길게 끊어 읽어야 할 것이다. 이 부분은 연의 구분 없이 발표한 『삼천리』본 이후 처음으로 연 구분할 당시에도 나뉜 곳이다. 그 긴 휴지부에는 어떤 중요한 의미가 담겨 있는 것이다.

1연에는 두 문장이 들어있다. 이를 합치면 1연은 자기 비하의 뜻이 강한 "바보야"로 시작되어 자신이 "우습다"로 마무리된다. 즉 자조적인 태도가 두드러지는 것이다. 후회할 짓을 했는지 원래 자신에게 어떤 하자가 있기 때문에 그런지는 불분명하다. 어쨌든 화자는 지금 "눈섭을 적시우는 용천의 하눌밑에"서 "멈둘레"를 보고 있다.

"용천"은 대략 세 가지의 뜻으로 파악할 수 있다. 고유어로 '용천'은 "문둥병·지랄병 따위의 몹쓸 병"을 뜻하고, 한자어로 '용천'(湧泉)은 '물이 솟아나오는 샘'을 뜻한다.[20] 그 밖에도 만주 유랑 시절에 이 시가 쓰였다는 점을 감안하면, 중국 지명 '용천'을 지칭하는 뜻으로 쓰일 수도 있다. 이 세 가지 가능성은 각각 다른 논거의 지지를 받는다. "용천"을 수식하는 어휘의 기본형 '적시우다'는 '물이 솟아나오는 샘'을 직접 지지

---

20) 이희승, 『국어대사전』, 민중서림, 1988. '용천'과 인접하면서 본문과 관련하여 몇 가지 주목을 요하는 단어들이 등장한다. '용천뱅이'는 '나병환자'를, '용천하다'는 '매우 꺼림직하다'를 의미한다.

한다. 이는 시의 구조 분석에 따른 결과이다. '용천'이 '문둥病'으로 바뀐 적이 있다는 사실은 '문둥병 등의 몹쓸 병'의 해석을 지지한다. 이는 시와 시 사이의 컨텍스트 분석에 따른 결과이다. 세 번째 지명 '용천'이라는 가능성은 창작 동기를 고려한 외재 분석에 따른 결과이다. 세 번째는 직접 명시된 흔적을 찾을 수 없기 때문에 가능성이 가장 희박하다고 할 수 있다. 이 글은 첫 번째와 두 번째 가능성이 모두 고려되었다고 보고 있는데, 우선 첫째 가능성에 초점을 맞춰 시를 읽고자 한다.

'물이 솟아나는 샘'이라는 뜻의 "용천"은 눈썹 근처에서 솟아나기 때문에 눈가를 "적시울" 수 있을 것이다. 그렇다면 "용천"을 눈물이 흐르고 있는 '눈'이라는 것으로 추측할 수 있다. 하지만 왜 하필이면 '솟아나는'이란 뜻의 "용천"을 썼으며 "하눌밑"이라 표현했는가라는 문제가 남는다. 여기에서 그의 눈과 하늘이 정면으로 대면하고 있다는 구도가 설정된다. 고개를 젖혀서 하늘을 바라보면 '눈물이 솟는다'는 의미와 어울리겠지만 그 대신 그는 키 작은 "멈둘레"는 볼 수 없게 된다. 키 작은 "멈둘레"와 하늘을 동시에 바라볼 수 있기 위해서는 누운 자세가 가장 적절하다. 눈물을 흘리며 화자는 누워 있다. 마지막 부분에 논의되겠지만 날고 싶은 욕망을 불러일으키기에도 하늘을 바로 쳐다볼 수 있는 누운 자세가 시적 화자가 취한 자세로 어울린다. 그는 누운 자세에서 민들레를 본다. 그리고 울고 있는 자신을 우습다고 여긴다.

1)의 서술어 "피였다"는 1)이 자신 밖에 현존하는 대상을 인식하는 단계이며, 3)의 서술어 "우습다"는 화자가 자신의 처지를 자조(自嘲)하는 단계라는 것을 일러준다. 4) 이후의 부분은 화자의 회상과 상상이 일궈낸 세계일 것이다. 마침표를 기준으로 정리하면 진술은 '1) 현존대상의 관

찰→2)~3) 현재 자신의 처지 비관→4)~10) 회상이나 소망의 상상'으로 전개되고 있다. 따라서 끊어 읽기의 기준이 두 번 겹쳐서 가장 길게 쉬어야 할 3)과 4) 사이, 즉 1연과 2연 사이는 현재에서 회상/상상으로, 자조(自嘲)에서 소망으로 이어지는 과정에서 파생된 휴지부인 것이다.

한편 1연을 제외한 나머지 부분은 2~4연까지로, 표면적으로, 즉 마침표를 기준으로 보면 문장 하나로 이뤄져 있다. 그러나 이를 한 문장으로 보았을 때 문장은 비문이 된다. 이때 4)~10)까지의 전체주어는 "사람들은"이며 서술어는 "푸를리라"이다. 1인칭의 소망과 의지가 깃든 어말어미와 3인칭 주어와의 호응은 자연스럽지 못하다. 문맥상으로 보아도 "푸를리라"의 주어는 10)의 "나도"이다. 직유를 사용한 9)의 "燒酒"가 다름 아닌 '나'의 욕망의 발현물이기 때문에 10)과 연결된다고 한다면, 4)의 "사람들은"이 영향을 미치는 행은 8)까지이다. 즉 "사람들은"은 2연과 3연에 한정하여 주어로 볼 수 있는 것이다.

그러나 3연, 즉 7), 8)과 같은 경우는 4연의 "나도"가 의미상 주어라고 해도 무리가 없다. 만약 3연의 주어가 "사람들은"이라면 2연과 3연의 연 구분의 의미가 모호해지면서 많은 행을 숨 가쁘게 읽어 내려가야 한다. 이때 성행위를 하는 공간이 보리밭이 되고, 8)은 성행위시 황홀경을 느끼는 사람들의 감정을 표현한 행이 된다. 그러나 3연의 주어가 "나도"라면 보리밭에 "자빠졌다가"의 주체는 화자 자신이 된다. 이때 2연의 "사람들"은 먼저 보리밭에 누웠던 이들이 된다. 즉 '나'는 보리밭에서 성행위를 하는 "사람들"을 은밀히 본 뒤, 그러지 못한 자신의 처지를 비관하고 또한 그들을 부러워하며 그들이 떠난 보리밭에 혼자 누워 보고 있다. 짝이 없으므로 '나'는 남사당패와 같은 "사람들"보다도 열등하다. 그가 정상인이 아니라는 점을 여기에서 또한 유추할 수 있다. 혼자 누워 보는 행위는 그들을 일순간이나 닮고자 하는 부러움의 표현이다. 이때 8) "눈도 코도 相思夢도 없어진후"는 다음에 이어지는 9)와 10)의 소주를 마신 심적 상태, 괴로운 현실에서 벗어나고픈 욕망 등을 염두에 두자면, 보리밭에서 그들이 느꼈던 황홀경에 홀로라도 닿고자 하는 욕망 등을 나타낸다.

4연에서 화자는 날고 싶어 한다. 여기에서 날고 싶어 하는 욕망이 "또한"이라는 시어 때문에 3중의 의미를 가진다. "또한"이 "소주와 같이"와 호응을 이룬다고 생각한다면 '소주는 나는 성질을 갖고 있다는 뜻'이 되어 소주자체의 증발성이나 소주를 마시면 붕 떠있는 것과 같은 사람의 심적 상태를 나타내는 것이 된다. 그리고 "또한"이 4)의 자신을 제외한 "사람들"과 호응을 이룬다면 '바보'(심적이든 육체적이든)가 아닌 정상인의 세계에 편입하고픈 욕망을 나타내며, "나라나서"는 정상인이 성행위 때 느끼는 "눈도 코도 相思夢"도 없어지는 황홀경을 느끼고 싶다는 의미가 될 것이다. 마지막으로 "또는"이 제목인 '멈둘레꽃'과 호응을 이룬다면, 1)의 "피였다"가 환기하는 초여름, 이때에 많이 보이는 민들레 홑씨처럼 자유롭게 떠다니고 싶다는 의미가 된다. 이 세 가지 의미 중 어느 것을 부정하기는 어렵다. "또한"이라는 단어가 지닌 세 가지 의미는 감상의 폭을 넓혀주고 있다. 따라서 명확한 구문 구조와 지시성을 기반으로 의미 생성의 폭을 넓혀 주는 이 구절의 의미 생성 구조를 좋은 뜻에서의 '불확정성'의 효과로 이해할 수 있을 것이다.

위 세 가지 감상의 방법에서 어떠한 길을 택하더라도 이 시의 구조는 '현재→상상→현재에서 소망'으로 이루어진다. 위와 같은 세 단계의 구조는 우리 시에서 그리 특이한 모습이라고 할 수 없다. 그러나 이와 같은 구조를 띤 시들이 대개 현실의 처지에 대한 도덕적인 반성이나 자신을 둘러싼 세계에 대해 비판의 색채를 보여주는 반면, 「멈둘레꽃」은 자아의 흥분 상태로 귀결되며 또한 강렬한 생의 의지를 펼쳐낸다는 차이는 있을 것이다.

「멈둘레꽃」의 구조 분석에서 되짚은 의미는 판본 변화에 따라 변화하는 의미를 파악하는 데 토대가 된다. 판본 변화에서 발생하는 의미의 차이는 주로 이 글에서 주목하는 "용천"의 표기와 3연과 2, 4연의 호응 관계를 중심으로 나타난다. 먼저, "용천"에 주목하자면 두 가지가 논의될 수 있을 것이다. 판본 변화 과정에서 "용천"의 표기가 변화된 곳은 4. 『서정주전집』(일지사, 1972)이다. 여기에서 "용천"의 표기는 탈락되었고 그 대신 그 자리에 "문둥病"이 들어섰다. 그러나 다시 5. 『미당서정주시전집』(민음사, 1983)과 『민들레꽃』(정우사, 1994)에서 "문둥病"은 다시 "용천"으로 바뀐다. 첫 번째 "용천"에서 "문둥病"으로의 변화는, 시의 화자와 관련된 문제에서 화자가 '문둥이'라는 논지를 강화시키는 역할을 한다. '보리'가 등장하는 다른 작품들을 참조할 필요도 없이, 시적 화자는 문둥이가 되는 것이다. 한편 "문둥病"을 '문둥이의 비유'가 아니라 지시적 의미 그대로 '일반적인 질병'을 뜻하는 것으로 수용하면, 2연의 "사람들"은 몹쓸 병의 감염 가능성에 노출된 채 살아가는 정상인을 가리킨다. 이때 그들은 화자가 부러워하는 대상이 아니라 화자와 함께 위험을 안고 사는 이들이 된다.

이와 더불어 4로의 변화는 화자의 자세와 관련된 문제, 즉 "용천"을 '물이 솟는 샘'으로 상정하여 화자가 누워있다는 가설을 약화시키는 역할을 하기도 한다. 세 가지 가능성을 내포했던 "용천"이 "문둥病"으로 변화함에 따라 지명이나 '물이 솟는 샘'의 해석은 배제의 대상이 되고 '문둥이' 또는 '나병'만이 남게 되는 것이다. '물이 솟는 샘'의 해석은 시의 구체적인 정황을 마련한다는 장점이 있었다. 그것은 '나병환자' 또는 '나병'이라는 견해만으로는 설명이 불가능했던 누워 있는 자세까지도 풀이할 수 있게 했다. 서정주도 이 점을 고려했는지 5 이후에서는 다시 "용천"으로 표기를 바꾼다.

'용천'으로의 회귀로 인해 '물이 솟는 샘'의 의미가 복구되었다. 그리고 '문둥이' 또는 '나병'의 뜻도 여전히 고수되고 있는데, 한자/한글 표기의 선택이 이를 증명한다. "문둥病"을 쓴 4를 제외한, 1에서 5 이후까지 "용천"은 줄곧 한글로 표기되어 있다. "燒酒"라든가, "相思夢"이 한자어로 표기한 것에 견준다면 이 점은 주목할 만한 것이다. 만약, "용천"이 '湧泉'이라는 한자로 표기되었다면 화자가 누구인가라는 문제가 앞의 경우와는 반대쪽으로 귀결되고 만다. 이때에는 오직 '물이 솟는 샘'의 뜻만이 남게 되는데, 의미의 확장 가능성이 막히게 되는 것은 앞의 경우와 마찬가지이다. '문둥'이나 '湧泉' 대신 '용천'을 선택한 것으로 서정주는 이중 해석의 가능성을 마련한 것이다. 하지만 이 과정을 '적절한 불확정성'의 확보라고 말하기는 어렵다. 이미 시인에 의해 답이 마련된 문제는 이미 답을 알고 있는 시인과, 판본 하나를 대상으로는 모든 의미를 해석하지 못하는 독자와의 위계를 설정한다. '용천'의 문제는 '문둥이' 또는 '나병'과 '물이 솟는 샘'이라는 답을 제시하는 것으로 풀이의 임무를 다하게 되며, 이는 배타적인 특수성의 강화로 이어진다.

판본 문제와 관련하여 두 번째 주목할 것은 3연과 4연의 결합 여부이다. 3연과 4연의 진술과 행위 주체가 "나도"인 것은 당연하지만, 2연과 3연의 의미상 연결은 불확실하다는 것으로 이 문제를 요약할 수 있다. 3, 4연의 결합이 당연하다고 한 이유는 3.『서정주시선』(정음사, 1956) 판본에서 3, 4연이 붙어서 함께 3연으로 처리되고 있고, 그 외에 주목할 판본인 『미당자서전』의 인용에도 그러한 형태가 유지되기 때문이다. 이때 2연과 3연의 호응은 불가능하게 된다. 그러나 "용천"의 문제에서처럼, 서정주가 스스로 나중에 다시 분리시켰음을 주지해야 할 필요가 있을 것이다. 그것은 3연이 2연과 호응할 수 있도록 길을 열어 놓은 것과 같다. 이 역시 호응 관계를 명확하게 확정짓는 것을 포기하고 애매한 지점으로 개작했다는 점에서 '배타적 특수성의 강화'라고 할 수 있다. 적절한 불확정성이나 시의 애매성은 명확한 의미를 토대로 발생하는 다의적 성격이기 때문이다.

판본 변화와 관련한 사항을 요약하자면, 서정주는 '湧泉'이나 '문둥病'이 아니라 '용천'을 최종적으로 선택함으로써, 또 3, 4연의 결합이 아니라 3, 4연의 분리를 선택했다. 명확한 표현을 토대로 의미가 생성하고 확장하는 '불확정성' 대신 전제된 여러 가능성 안에서 의미를 헤아릴 수 있으나 더 이상 의미를 생성하지는 않는 '불투명성'을 그는 선택한 것이다. 즉 구조 해석과 개작 과정을 모두 고려했을 때, 이 글의 「멈둘레꽃」 해석은 보편성에서 특수성으로, 이성적 공감이 아니라 심리적 친연성으로 전개되었다는 그의 시에 관한 연구 경향과 궤를 같이 한다.

4. 결론

이상의 논의에서 서정주의 초기 시 중 한 편인 「멈둘레꽃」의 의미를 살펴보았다. 「멈둘레꽃」은 모티프와 주제 면에서 제 1시집 『花蛇集』과 2시집 『歸蜀道』를 잇는 가교 역할을 하고 있는 시이다. 또한 「멈둘레꽃」은 '문둥이'를 소재로 한 서정주의 초기 시편들의 '강인한 생명력'을 노출하는 시편이다. 그의 초기 시에 나타난 '생명' 의식은 여기에 고스란히 담겨 있다고 할 수 있다.

시가 지닌 '불확정성'의 영역을 개척하고자 구조적인 분석과 아울러 전기적인 사실의 참조, 그리고 판본의 문제를 고려하였다. 구조적인 분석에서 문제가 되는 것은 '용천'의 뜻과 표기, 그리고 1연과 2연 사이의 의미 분석이었다. '용천' 표기에는 판본 문제를 고려했을 때 '문둥이' 또는 '나병'과 '물이 솟는 샘' '지명' 등의 뜻이 모두 담겨 있다. 그리고 가장 길게 끊어 읽어야 할 1연과 2연 사이에는 자조에서 소망으로, 회상에서 상상으로 이어지는 문둥이의 욕망이 내재했다.

2연부터 4연까지는 앞에 등장한 "사람들"과 뒤에 등장한 "나"가 의미상 서술어와 호응 관계를 이루고 있다. 이러한 과정에서 "나"가 정상인인 "사람들"이 되고 싶은 강렬한 생의 의지와 욕망이 드러났다. 이 '나'는, 다른 시집에 수록되었으나 거의 같은 시기에 창작된 「문둥이」나 「麥夏」를 참조했을 때 나병환자가 유력하다. '나'를 '문둥이'로 확정하는 데 근거가 된 '보리밭'은 시에서는 생존의 욕망을 극명하게 표출하는 장소이다. 「멈둘레꽃」의 여러 판본은 '용천'에 두 가지 뜻을 다 담으려 했고, 또한 3연의 행위 주체를 2연의 "사람들"과 4연의 "나도" 모두로 상정하려

했던 서정주의 의도를 드러낸다.

　구조 해석과 개작 과정을 모두 고려했을 때, 이 글의 「멈둘레꽃」 해석은 보편성에서 특수성으로, 이성적 공감이 아니라 심리적 친연성으로 전개되었다는 그의 시에 관한 연구 경향의 논거 중 하나가 된다. 기존의 이와 같은 방향의 연구가 주로 표준어와 사투리의 연관 관계에 주목한 것이라면, 이 글은 시어의 표기와 연 구분 등의 변화 과정에 주목한 것이다.

『화사집』에 나타난 '도시'의 담론연구

1. 머리말

  예술가는 세계를 내면화하면서 동시에 세계를 창조한다. 현실과 환상의 경계를 넘나드는 유장한 언어의 질서는 예술가들의 고유한 영역이며, 세계 안에서 자신의 존재를 증명하는 수단이기도 하다. "세계 안에서 살고자 한다면 세계를 창조해야만 한다─속된 공간의 균질성과 상대성의 혼돈 가운데서는 어떤 세계도 탄생할 수 없는 것이다."[1]라는 엘리아데의 잠언은 창조의 고통을 정확히 표현하고 있다. 특히 미당은 자신의 정신적 모태마저 끊어져버린, 1930년대 식민지 조국의 위악(僞惡)을

---

* 박성현 / 서울교육대학교 강사
1) 엘리아데, 『성과 속』, 한길사, 1998, 56면.

온몸으로 체험하고 있었다는 점에서 현실을 저항할 수 있는 독자적인 '세계'의 창조가 얼마나 절실했는지를 쉽게 짐작할 수 있다.

그런데 미당이 창조하려고 한 것은 일원론적 세계가 아닌 이원론적 세계라는 것이 우리가 주목할 부분이다. 이것은 김우창의 지적처럼, 관능과 리얼리즘, 육체와 정신, 개인과 사회가 변증법적 구조로 내재되어 있는 세계이며,2) 이때 화자의 내면은 심각하게 요동치는 불안과 갈등으로 표출된다.3) 이는 우리가 『화사집』의 도처에서 발견하는 의식의 양면성, 곧 원초적 생명 에너지 — 에로티시즘 — 와 비장한 원죄의식이 '속된 공간의 균질성과 상대성의 혼돈'을 극복하려는 처절한 자기 성찰의 결과라는 것을 조심스럽게 도출할 수 있는 준거가 된다.

1930년대 한국 시문학은 미당의 출현으로 새로운 전환기를 맞는다. 이른바 근대의 위악을 성과 속의 이율배반으로 극복하려는 『화사집』은 '혼돈과 창조', '질서와 무의식', '금욕과 도덕적 원죄의식' 등 양가성 (ambivalence), 혹은 이율배반을 시작(詩作)으로 끌어들인 보기 드문 성과를 보이고 있다. 과연 한국 시문학에서 미당만큼 언어의 연금술을 발휘한 시인은 드물다. 최현식이 적절히 지적한 것처럼, 미당은 "시어가 가져올 인지의 충격을 주도면밀하게 계산하여 말을 선택·가공하며, 또한 근현대시사에서 문제가 될 만한 새로운 시의 광맥을 끊임없이 찾아나선 시인은 그리 흔하지 않다."4) 미당이 『화사집』에서 표현한 언어의 독창성

---

2) 김우창, 「한국시와 형이상」, 『세대』, 1968년 7월호 참조.
3) 이승훈, 「서정주의 초기시에 나타난 미적 특성」, 『미당연구』, 민음사, 1994, 459면. 이승훈은 이 갈등 구조를 다시 화자의 심리적 갈등, 심리적 지향성, 이러한 지향이 시·공간에 투사되는 양상으로 나누고 있다.
4) 최현식, 『서정주 시의 근대와 반근대』, 소명, 2003, 13면.

과 창의성은 그의 치열한 실험정신과 자기 갱신의 욕구와 함께 맞물리면서 한국 시문학의 뚜렷한 상징으로 승화된다.[5]

그런데 우리가 좀더 깊게 다루어야 할 것은 『화사집』에 나타나는 '성과 속', '윤리와 위악(僞惡)', '자기 갱신과 부정'의 이율배반이 "어떠한 현실적 준거를 통해서 담론화 과정을 거치는가?"라는 문제이다. 이 문제는 『화사집』의 주체의 태도와 연관된다. 이 문제에 대해 우리는 '다공성(多孔性)'과 '자본주의 물신성'이라는 개념을 통해 접근할 것이다.

우선 자본주의의 물신성이란 간단히 말해서 '상품이 인간을 지배한다.'는 것이다. 자본주의 물신성에서 인간－주체는 자신이 만든 것으로부터 소외된다. 인간 관계는 상품－화폐의 관계에 철저히 종속되며, 그때 인간적 가치는 왜곡된다. 신－인간의 관계는 상품－인간의 관계로 전락한 것이며, 이 둘의 관계는 사회의 모든 현상에 걸쳐 중첩된다; "상품에 물신적 성격으로 부여되는 특성은 상품 생산 사회 그 자체에도 달라붙어 있다."[6] 이런 관점에서 현대시에 나타난 자본주의 물신성을 분석하는 것은, 어떤 의미에서는 인간－주체에 대한 문제제기이며, 자본주의적 관계에 의해 잔인하게 변형된 인간－주체의 원형을 탐구하는 것이다.

둘째, '다공성(多孔性)'은 『화사집』에 나타난 성과 속, 영원과 순간, 윤리와 에로티시즘 등의 양가성을 설명하는 데 유용한 개념이다. 그램 질로크에 따르면, 다공성은 현상 사이의 명확한 경계 없음, 하나의 사물

---

5) 이광호는 미당 시의 가치를 이렇게 말하고 있다. 미당의 시적 여정은 "한 시적 영혼의 가열찬 자기계발을 보여주는 것이면서, 근대적 자기정체성을 향해 역사를 포복해간 한국 현대시사의 고행을 상징적으로 그려주고 있다." 이광호, 「영원의 시간, 봉인된 시간－서정주 중기시의 「영원성 문제」, 『작가세계』, 1994년 봄, 115면.
6) 발터 벤야민, 『아케이드 프로젝트Ⅱ』, 새물결, 2006, 1538면.

안으로 다른 사물이 침투하는 것, 새로운 것과 낡은 것, 공적인 것과 사적인 것, 성스러운 것과 세속적인 것의 혼융을 지칭한다.[7] 다시 말해 다공성은 공간적 경계와 구별 없음이고, 순간적으로 솟아나며, 또한 감춰져 있는 것을 드러낸다.[8] 『화사집』의 이율배반은 우선 공적인 것과 사적인 것이 혼재된 상태로 전개되고 있고, 시간의 찰나성이 영원성으로 승화되는 과정이며, 이것을 통해 시에 감춰진 자본주의 물신성을 드러낸다. 그것은 일종의 대항–담론의 형성에 관한 연구에 해당한다. 자본주의 물신성에 대항해서, 그리고 다공성에 대해서 시인은 인간–주체의 문제를 끊임없이 제기하고, 나름대로 그 대항담론을 제시한다. 그것이 바로 미당이 창조하는 세계의 내적 질서이다.

인간–주체는 사회적 관계를 통해서 형성된다.[9] 현대의 사회적 관계는 자본주의 경제 시스템의 상부구조이며, 인간–주체는 그 토대 위에서 만들어진다. 예컨대, 미당과 백석, 유치환은 자본주의가 만든 물신적 인간–주체에 대항해 원시적 신화–주체를 정립한다. 백석이 쏟아낸 북

---

7) 그램 질로크, 노명우 역, 『발터 벤야민과 메트로폴리스』, 효형출판, 2005, 55~56면 참조.

8) 수잔 벽 모스는 벤야민의 연구서 『발터 벤야민과 아케이드 프로젝트』에서 "영원히 진리인 것은 역사라는 일시적이고 물질적인 이미지로 포착될 수밖에 없다."고 쓰고 있다. 이 말은 모든 경험에는 시간성이 있다는 뜻으로, 이는 하이데거가 말하는 '존재의 역사성'과 같은 추상이 아닌 구체적인 역사에서 포착되는 생생한 이미지이다. 수잔 벽 모스, 김정아 역, 『발터 벤야민과 아케이드 프로젝트』, 문학동네, 2004, 36면 참조

9) 대항–담론의 구체성은 근대 자본주의의 계기적이고 도구적인 시간관념을 거부하고, 탈계기적, 탈도구적 시간관념을 적극적으로 구축하려는 의지 가운데 녹아 있다. 『화사집』의 시간의식이 '순간의 우연성'에 기댄 정지의 변증법에 해당한다면, 이후의 시편들은 신화를 수용함으로써 영원과 초극의 시간관을 표상하고 있다. 최현식, 앞의 책, 182~219면 참조

방의 언어와 공간, 미당의 에로틱한 미적 수사, 유치환의 초극 등이 그
것이다. 이 세 시인이 구축한 시적 세계는 나름대로의 미학적 의미를
가지고 있지만, 그 이면에는 봉건주의에서 자본주의로 재편되는 경제적
메커니즘을 수용하고 있다는 것은 명백하다.

2. 1930년대 서울의 다공성(多孔性)

　1930년대 메트로폴리스로써의 서울은 우선 '강철의 거리'로 인식된다.
'강철의 거리'란 경성의 곳곳이 웅장한 위용을 드러내며 세워지던 철근
콘크리트 건물의 모습을 놀랍고 신기하게 바라보는 근대인의 표정을 함
축하고 있다; "철근 콩그리ー트, 煉瓦 등의 고층건물이 날 보아라 자랑
하면서 그 위대한 형체를 하로하로 싸하올려, 서울 시내에는 도처에 '강
철의 거리'를 이루고 잇는데, (중략) 서울의 거리거리에는 갑작히 雲宵에
솟는 근대식 대건물이 **명랑하게 가득 드러설 모양이라고.**"10) '강철의 거
리'와 '명랑하게'라는 단어가 가진 인식론적 거리는 제로에 가깝다. 메트
로폴리스의 휘황찬란한 건물 자체는 이미 '신기'의 대상이 아니라 '즐거
움'의 대상이 된다. 다시 말해 주체의 내면은 '명랑한 강철의 거리'를 통
해 형성되는 것이며, 그의 시선은 그것을 통해 행복을 경험한다.

　초가을 都會의 하늘은 더 높다. 피뢰침은 일제히 하늘을 흉보느라고
　손짓을 하것만 총총한 전선 사이로 올려다 보이는 것은 마치 거미줄 사

---

10) 『삼천리』, 1934년 11월호. 강조는 필자.

이로 화려한 정원을 바라보는 거와 같다. 멀리 北岳이 '스핑그스' 모양으로 뾰족하니 보인다. 그러나 이 자리에서 보는 마음엔 오층 삘딩의 위세를 눌르지 못한다. 자연은 도회를 기피하는가? 도회는 자연을 소박한 妄動兒인가?[11]

도시를 "자연을 소박한 망동아"라고 표현한 대목이 흥미롭다. 북악산조차도 오층 빌딩의 위세를 누르지 못하는 것은, 이미 '강철의 도시' 서울이 자연의 질서를 정복하고(여기서 자연의 질서는 봉건 제도의 은유이다.), 그 위세를 펼치고 있다는 말과 동일하다. 서울의 갑작스런 도시화의 충격은 사뭇 진지하며, 그 시선은 과거 연암이 연경의 풍물을 소개할 때와 유사하다. 1930년대 작가들은 이러한 문화적 충격을 작품의 소재로 삼기도 했다. 전차, 자동차, 수많은 자전거, 높은 집, 간판, 각양각색의 군중들이 1930년대의 도시를 그린 문학작품에서 문명과 현대성의 상징으로 예찬되었던 것이다. 게다가 "잡지사 기자들은 서울의 모습, 종로 한복판을 취재하거나 화신백화점을 들어가 본 경험을 쓰는 것이 주요 일거리이기도 했"[12]다니, 신기의 도시 풍경이 얼마나 사람들의 이목을 집중시켰는지 짐작할 수 있다.

이 같은 신기에 대한 사람들의 열광은 네온사인이 현대인의 신경이라고 표현하는 데서 찾아볼 수 있다; "初夏의 거리를 꾸미는 청, 황, 녹 橙 상의 광채를 방사하는 '네온사인'. 이것은 일홈부터가 현대적인 것과 가티 '네온사인'은 실로 현대도시를 장식하는 가징 진보적인 조명품이다.

---

11) 최영수, 「장소가 씌우는 일기」, 『사해공론』, 1936년 11월호. 강조는 필자.
12) 김진송, 『현대성의 형성:서울에 딴스홀을 許하노라』, 현실문화연구, 1999, 257면.

얼핏보면 非常히 자극적인 듯하나 자세히 보면 볼사록 어데까지 맑고 찬 네온사인은 정히 현대인의 신경을 상징한 것이다.”13) 분명 네온사인은 근대 도시의 몽환상을 반영하고 있다. 최영수는 “이 진열장 앞을 오기만 하면 이 유행균의 무서운 유혹에 황홀하여 걸음 것기를 잊고 정신이 몽롱화하며 다 각각 자기의 유행세계를 설계하려 든다.”14)고까지 언급한다. 네온사인의 황홀감은 미당 시의 「화사」의 한 구절과 얼마나 유사한가. “바눌에 꼬여 두를까부다. 꽃다님보단도 아름다운 빛……/ 크레오파투라의 피먹은양 붉게 타오르는고흔 입설이다…… 슴여라! 배암.”(「화사」 부분) 히브리 민족의 창세 신화에 등장하는 하와와 뱀의 설화는 네온사인 앞에서 황홀감에 젖어든 근대인의 초상이다.

그러나 서울의 이면은 질서정연하게 구획되기보다는 과거와 현재, 미래가 혼융된 무질서 그 자체이다. 유광렬은 1930년대 서울(京城)의 모습을 다음과 같이 쓰고 있다.

최근의 경성은 한마디로 하면 자본주의 도시인 경성으로 변하여가는 것이다. 모든 봉건 유물은 쫓기고 자본주의의 제요소가 번화스럽게 등장한다. 고아한 조선식 건물은 하나씩 둘씩 헐리고 2, 3층 4, 5층의 벽돌집, 돌집이 서게 된다. 서울의 거리에는 날마다 건축하는 빛이요, 아스팔트 깐 길이 나날이 늘어가고, 이 길 위에는 자동차, 자전차, 오토바이 등이 현대 도시의 소음을 지르며 지나간다. 이 반면에 자본주의 그것이 낳아 놓은 대량의 빈민도 늘어간다. 이 빈민들은 경성의 한복판에서는 생존경쟁에 밀리어 문밖이나 현저동 돌사닥다리 산 언덕에 3, 4간

---

13) 「하기과학상식」, 『신민』, 1931년 7월호.
14) 최영수, 「만추가두풍경」, 『여성』, 1937년 11월호.

의 구식집을 수천 호씩이나 짓고 모여 산다.[15]

‘모든 봉건 유물은 쫓기고 자본주의의 제요소가 번화스럽게 등장’하는 1930년대의 서울은 가히 충격적이다. 화려한 제막이 불쑥불쑥 올려지듯 변하는 서울, 그러나 그 이면에는 ‘대량의 빈민’이라는 그늘이 있다. 이처럼 1930년대의 서울은 빛과 어둠, 성과 속, 새로운 것과 낡은 것, 봉건주의와 자본주의, 도시와 농촌 등 과거와 현재, 미래가 혼융되어 있다. 서울에서 일어나는 대부분의 현상들은 시간과 공간의 명확한 경계가 없다. 하나의 현상 안으로 다른 현상이 침투하거나, 겹쳐서 일어나며, 그것은 불균형의 긴장을 형성한다. “부화와 걸인, 환락과 비참, 구와 신. 이 모든 불균형을 4십만 시민 위에 ‘씩씩’하게 배열하며 경성은 자라간다.”[16]

당시 사회는 산업시설이 제대로 갖춰지지 못한 상태에서 오직 자본주의적 소비 문화가 범람하는 시대였다. 김기림은 “고도로 발달된 생산의 근대적 기술은 오직 전설이나 일화로밖에는 우리에게 알려져 있지 못하였다. 그와 반대로 소비의 면에서는 모든 근대적 자극이 거의 남김없이 일상생활의 전면에 뻗어 들어온다.”고 술회한 바 있다.[17] ‘생산—도시’가

---

15) 유광렬, 「대경성의 점경」, 『사해공론』, 1935년 10월호.
16) 유광렬, 위의 글.
17) 1930년대 서울의 이미지를 소비—도시로 파악하는 문인들의 내면은 우리의 주제와 관련하여 매우 중요한 시사점을 던져주고 있다. 화신백화점의 화려한 네온사인은 이미 사람들의 사유를 소비로 변형했으며, 이로 인해 그 이면에 존재하는 계급관계와 생산관계를 은폐된다. 이와 관련하여 수잔 벅 모스는 다음과 같이 말한다. “도시의 화려함과 사치는 역사상 새로울 것이 없지만, 이것이 세속적·대중적으로 이용된 것은 새로운 점이었다. 근대 도시의 광채는 대로와 공

아닌 '소비―도시'로서의 서울은 백화점의 '환등상'이라는 화려한 외양을 통해 자본주의의 물신적 성격과 계급관계를 은폐한다. 사람들은 현상에 압도되어, 자신들의 삶을 '소비'에 맞추고, '소비'를 통해 행복을 추구하게 마련이다. 박태원은 이 같은 소비―도시의 허위의식을 '덧없음' 혹은 '허무'로 간주한다. 그러나 그의 태도는 이중적이다. 행복마저 소비의 한 형태가 되었다는 점을 비꼬면서도, 부러움을 감추지 못하고 있다.

> 젊은 내외가 너덧 살 되어 보이는 아이를 데리고 그곳에 가 승강기를 기다리고 있었다. 이제 그들은 식당으로 가서 그들의 오찬을 즐길 것이다. 흘낏 구보를 본 그들 내외의 눈에는 자기네들의 행복을 자랑하고 싶어하는 마음이 엿보였는지도 모른다. 구보는 그들을 업신여겨볼까 하다가, 문득 생각을 고쳐 그들을 행복하여주려 하였다. 사실, 4, 5년 이상 같이 살아왔으면서도, 오히려 새로운 기쁨을 가져 이렇게 거리로 나온 젊은 부부는 구보에게 좀 다른 의미로서의 부러움을 느끼게 하였는지도 모른다. 그들은 분명히 가정을 가졌고 그리고 그들은 그곳에서 당연히 그들의 행복을 찾을 게다."18)

서울은 온갖 더럽고 추한 것, 소위 '진보의 찌꺼기'를 산출하는 곳이

원을 거닐거나 백화점, 박물관, 전람회, 유적지를 방문한 모든 사람이 경험할 수 있었다. 파리는 "거울도시(looking-glass city)"로서 군중을 압도하는 동시에 기만했다. '빛의 도시' 파리는―처음에는 가스등으로, 다음에는 전기로, 다음에는 네온 불빛으로―100년 만에 밤의 어둠을 몰아냈다. '거울도시'―군중이 스펙터클이 되는 도시―파리는 사람들의 이미지를 생산자가 아닌 소비자로 반영했으며, 그러면서 거울 이면에 존재하는 계급관계와 생산관계를 은폐했다."(수잔 벅모스, 앞의 책, 115면.)
18) 박태원, 『소설가 구보씨의 일일』, 문학과지성사, 2005 중에서

기도 하다; "집집의 쓰레기나 변소에서 매월 수천 차의 똥오줌과 쓰레기를 산출한다. 그러나 이 똥오줌이나 쓰레기 못지않게 더러운 화류병자, 고히중독자, 타락자, 정신병자도 산출하고 남이 보면 얼굴을 찡그리는 걸인도 산출한다. 청계천변, 광희문 밖, 애오개 산지 일대, 남대문 밖, 노동자거리, 지하실에는 수천의 걸인이 있다. 이 걸인은 모든 것을 조소하며 모든 것을 저주한다. 화려한 도시의 腫物(부스럼)이요 사회 진보의 찌꺼기이다."[19] 이러한 풍경은 『소설가 구보씨의 일일』에서 '모두가 정신병자'라는 과격한 결론을 내린다.

갑자기 구보는 온갖 사람을 모두 정신병자라 관찰하고 싶은 강렬한 충동을 느꼈다. 실로 다수의 정신병 환자가 그 안에 있었다. 의상분일증, 언어도착증, 과대망상증, 추외언어증, 여자음란증, 지리멸렬증, 질투망상증, 남자음란증, 병적기행증, 병적허언사편증, 병적부덕증, 병적낭비증……

그러다가, 문득 구보는 그러한 것에 흥미를 느끼려는 자기가, 오직 그런 것에 흥미를 갖는다는 것만으로 이미 한 개의 환자에 틀림없다, 깨닫고, 그리고 유쾌하게 웃었다.[20]

---

19) 유광렬, 앞의 글.

20) 박태원, 앞의 책 중에서. 이 같은 서울의 풍경은 이상의 수필에 더욱 기괴하게 묘사되어 있다; "淸溪川 헤벌어진 수채 속으로 비행기에서 광고 삐라. 鄕國의 童孩는 거진 삐라같이 삐라를 주우려고 떼지었다 헤어졌다 지저분하게 흩날린다. 마꾸닝(회충약의 상품명-필자주) 蛔蟲驅除 그러나 한 童孩도 그것을 읽을 줄 모른다. 鄕國의 童孩는 죄다 蛔蟲이다. 그래서 겨우 수채구멍에서 노느라고 배 아픈 것을 잊어버린다. 童孩의 양친은 쓰레기라서 너희 童孩를 내어다버렸는지는 모르지만 빼빼 마른 송사리처럼 統制 없이 왱왱거리면서 잘도 논다. 이상, 「산책의 가을」, 『이상문학전집』 3권, 문학사상사, 1993, 38면.

시·공간적인 경계가 모호하며, 사회적으로 혼합되어 있는 서울을 두고 이태준이 '어색한 번역극을 구경하는 것 같다.'고 말한 내면의 풍경은 실로 '덧없음'이리라; "아직도 초가지붕은 간판 뒤에 숨어 있을지언정 서울에도 시대는 시대라 제법 세기말의 도시 풍경을 갖추려는 하는 것 같다. 그러나 至尊이 소위 모걸이니 모보이니 하는 분들로 구두를 끌르고 湯飯집 같은 데를 들어가는 것이나, 벗은 팔둑에 오페라 박스를 '사투꼬'집 테이블 같은 데 벗어 놓는 것은 암만하여도 초기 **번역극을 구경하는 것과 같이 어색한 감이 없지 않은 것이다.**"21)

> 덧없이 바래보든 壁에 지치어
> 불과 時計를 나란히 죽이고
>
> 어제도 내일도 오늘도 아닌
> 여긔도 저긔도 거긔도 아닌
>
> 꺼저드는 어둠속 반딧불처럼 까물거려
> 靜止한 〈나〉의
> 〈나〉의 서름은 벙어리처럼…….

– 서정주, 「壁」 부분

'불과 時計를 나란히 죽'인다는 화자의 내면은 지쳐 있고, 무엇보다 '덧없다.' 덧없는 서울의 모습은 화자로 하여금 분명, 어제와 오늘, 내일의 시간적 차이를 가늠할 수 없도록 만들며, 이곳과 저곳, 그곳의 공간

---

21) 이태준, 「喫茶와 악수」, 『별건곤』, 1929년 1월호. 강조는 필자.

적 경계마저 모호하게 만든다. 메트로폴리스의 화려한 수사는 화자를 '벙어리'로 만들어버리는 강한 허무주의가 내재되어 있다.[22]

3. 미당의 생명의식과 대항 담론

앞서 살펴보았듯, 1930년대 서울은 온갖 자본주의 쓰레기가 범람하는 그로테스크한 형상이다. 서울에는 미래의 장밋빛 환영과 과거의 파국이 동시에 투사되어 있다. 이러한 이중성의 한 극에는 초기 김기림의 강렬한 환호가 있고, 다른 한 극에는 이상의 편집증적 자아 분열이 있다. 그러면 미당은 이 두 극 사이에서 어떠한 태도를 취하고 있을까. 1936년 미당은 이른바 '생명파'로 불리는 『시인부락』에 참여한다. 그가 회고한 바에 따르면, 『시인부락』의 목적은 생명, 곧 '인간성'의 탐구이며, 이것을 집중적으로 표현하는 것이다.

> 1936년 11월에 간행된 『시인부락』지는 필자의 창간한 바로서 우리들의·중심 과제는 늘 '생명'의 탐구와 이것의 집중적 표현에 있었다. '인간성'−그것은 늘 우리들의 뇌리와 심중에서 떠날 수 없는 것이었다. 오장

---

22) 임재서는 「서정주 시에 나타난 세계 인식에 관한 연구」, 서울대 석사학위 논문, 1996)에서 미당의 시간의식에 내재된 탈근대적 계기를 주목하고 있다. 그는 『화사집』이 '능동적 허무주의'를 내면화하고 있다는 결론을 내리고 있는데, 이 능동적 허무주의는 세계가 가상으로만 존재하며 그 어떤 이념도 허무의 상태를 정당화할 수 없을 때 발생한다고 말하고 있다. 다시 말해 『화사집』은 과거와 현재, 미래라는 시간적 계기를 표상하는 대신, 순간의 우연성을 극대화하는 '정지의 변증법'을 수용하고 있다는 것이다. 세계의 허무에서 단숨에 벗어나려는 의지, 그것이 '능동적 허무주의'로 표현된 미당의 의지라 할 수 있다.

환의 저 모든 육성의 통곡이나, 부족한 대로 필자의 고열한 생명 상태
의 표백 등은, 모두 상실되어 가는 인간원형을 돌이키려는 의욕에서
였던 것이다. (중략) 하여간 우리가 잠복한 세계는 자연도 아니오 언어
기교도 아니오, 다만 '사람' 그것 속이었다.[23]

위의 회고에 따르면, 미당의 시는 "상실되어 가는 인간원형을 돌이키
려는 의욕"을 모태로 하고 있다. 소위 '생명파'가 말하는 인간원형은 오
장환의 '육성의 통곡'이 울리는 심층이며, 미당 자신이 추구하는 '고열한
생명 생태'이기도 하다. 그러나 '육성의 통곡'과 '고귀한 생명의 생태'라는
말은 무척 추상적으로 다가온다. 통곡과 생명이 구체적인 현실과 연결되
지 않기 때문에, 그것이 배태된 준거를 정확히 파악하기는 쉽지 않다.
하지만 미당과 오장환이 1930년대를 누구보다 치열하게 살았던 인텔리
라는 점을 감안한다면, 우리는 『시인부락』이 자본주의 위악(僞惡)에 대항
하는 일종의 저항−담론을 생산해내고자 했다는 데 동의할 것이다. 이제
문제가 미당이 말하는 '인간원형'의 심급을 형성한다.

1935년 11월 5일 『동아일보』 학예면 수상란에 실린 「續畢波羅樹抄」
에는 그의 실존적 단상을 읽을 수 있는 구절이 실려 있다. 예컨대, 니체
의 잠언−"존재의 전부를 긍정해도 살 수 없고, 전부를 부정해도 살 수
없다."라든지, "善이다. 美미다. 鬪爭이다. 扶助다. 一面的 可能의 學說,
−우리는 이것을 眞理라 할 수 없다.", "實在, 善인가, 實在, 惡인가, 靈
인가. 物인가. 善이요, 惡이요, 靈이요, 物, 아닌가.", "어디로 가든지 畢

---

23) 서정주, 「현대조선시약사」, 『현대조선명시선(서정주 편)』, 온문사, 1950, 266면.
강조는 필자.

竟 우리는 人間이다. 五官과 情과 慾을 가진……" 등이 그것이다.

미당은 인간 존재의 근원 물음에 고민하면서, 그에 대한 해답을 갈구한다. 그러면서 인간 존재를 일면으로 간주하는 것을 잘못된 진리라고 말하면서, 그것을 선과 악, 영과 물의 속성을 지닌 다면적 존재로 파악한다. 이른바 니체의 긍정의 세계관을 엿볼 수 있는 대목이다. 그렇기 때문에 "아름다운 배암……/ 을마나 크다란 슬픔으로 태여났기에, 저리도 징그라운 몸둥아리냐"(「화사」)라고, 미추(美醜)의 이율배반을 표현할 수 있었다. 인간—존재의 양면성에 대한 성찰은 미당이 『화사집』을 통해 인간의 성(性)과 욕(慾)을 동시에 표현(긍정)하는 원초적 세계관으로 작용하였던 것이다.[24]

> 麝香薄荷(사향 박하)의 뒤안길이다.
> 아름다운 배암……
> 을마나 크다란 슬픔으로 태어났기에
> 저리도 징그러운 몸뚱아리냐.
>
> 꽃대님 같다.
> 너의 할아버지가 이브를 꼬여 내던 達辨(달변)의 혓바닥이
> 소리 잃은 채 낼룽그리는 붉은 아가리로

---

24) 최현식은 『화사집』에 나타나는 에로티시즘이 "삶의 본능 충족, 다시 말해 현실의 결핍이나 소멸의 위협으로부터 존재를 보호하고 지속하려는 연속성에 대한 기대에서 연유한다."고 말하고 있다. 또한 그것이 육체적 에로티시즘과 예술적 충동, 그리고 인간 현실과 신의 세계의 결합을 예고하는 신성의 경험까지 그 권역으로 삼고 있다고 말한다(최현식, 앞의 책, 55면 참고). 이러한 미당의 에로티시즘은 인간의 원형 탐구에 대한 갈망이 인간적 가치를 긍정하는 동시에 수직으로 상승하려는 의지의 결과라는 점은 분명하다.

푸른 하늘이다. ……물어뜯어라, 원통히 물어뜯어,

달아나거라, 저놈의 대가리!

돌팔매를 쏘면서, 쏘면서, 麝香芳草(사향 방초)ㅅ 길
저놈의 뒤를 따르는 것은
우리 할아버지의 안해가 이브라서 그러는 게 아니라
石油(석유)먹은 듯…… 石油(석유)먹은 듯…… 가쁜 숨결이야.

바늘에 꼬여 두를까 부다. 꽃대님보다도 아름다운 빛……

클레오파트라의 피 먹은 양 붉게 타오르는
고운 입술이다. 스며라, 배암!

우리 순네는 스물난 색시, 고양이같이 고운 입설……스며라, 배암!

– 서정주, 「화사」 전문

　　앞서 말한 '상실되어 가는 인간의 원형'이 바로 문명의 옷을 벗어던
진, 자연 그대로의 모습이라는 것이 이 시에서 확인된다. 인간은 미추(美
醜)의 이율배반을 함축한 존재이며, 인간의 긍정은 이러한 이율배반을
인정하는 것부터 시작된다. '뱀'은 저주의 대상(醜)이면서 동시에 유혹의
대상(美)이다. 이 점은 '순네'에 대한 화자의 태도에도 투사되어 있다. 다
시 말해, 화자는 '뱀'이 저주와 유혹의 대상인 것처럼 '순네' 또한 저주와
찬미의 대상으로 등장한다. '뱀'의 이율배반은 '순네'의 이율배반과 동일
하다.25) 화자는 '뱀'을 긍정하면서 동시에 '순네'를 긍정하는 것이고, 이
러한 구조는 화자 '자신'에 대한 긍정과도 동일하다. 화자는 "아름다움

안에 추한 것, 추한 것 안에 아름다운 것, 또는 선 안에서 악을, 악에서 선을 보고 있"[26]으며, 이 같은 이율배반으로서의 실체, 곧 모순된 존재로서의 인간은 미당이 추구한 인간 원형의 실체라 할 수 있다.

이러한 '이율배반'은 시간의 자본주의적 경험에도 동일하게 적용된다. 앞서 말했듯, 자본주의적 시간은 근대인의 삶을 단편으로, 또한 예측 가능한 것으로 쪼개고, 균등하게 배분했으며, 자본주의적 시간 안에서 근대인은 절대자로서의 자신을 만나게 된다. 지구상의 모든 것이 동일한 시간 안에서 움직인다면, 시간 안에서 근대인은 '타자'를 경험할 수 있는 기회를 갖지 못한다. '그'는 것은 자신의 앞에 놓인 시간을 합리적으로 소비하는 것이 큰 문제가 되며, '타자'의 시간은 물자체의 속성을 갖게 된다. '그'는 시간을 자신의 내부로 투사하게 되며, 이때 '타자'는 '그'의 시간 속에서 동일한 주체가 되지 못하고 객체가 된다.

그러나 미당은 시간의 자본주의적 속성에 저항한다. 미당은 시간을 인간이 타자를 만나는 순간, 타자와 교감하는 순간으로 포착한다. 이와 관련하여 레비나스는 시간을 주체가 홀로 외롭게 경험하는 사실이 아니라 타자와의 관계 자체라고 말하고 있다.[27] 시간을 경험하는 것은 그 시간 속에 맡겨진 혼자만의 고독한 순간을 체험하는 것이 아니라, 그 시간이 쌓아올린 무수한 사람들의 시선과 고통, 습관과 환호를 마주하

---

25) 천이두, 「지옥과 열반」, 『미당연구』, 민음사, 1994, 53면 참조.

26) 김우창, 앞의 글 참조.

27) 이와 관련해 레비나스는 다음과 같이 언급한다; "얼굴과 얼굴을 마주한 상황은 진정한 시간의 실현이다. 미래로 향한 침식(浸蝕)은 홀로 있는 주체의 일이 아니라 상호 주관적인 관계이다. 시간의 조건은 인간들 사이의 관계 속에 그리고 역사 속에 있다." 레비나스, 『시간과 타자』, 문예출판사, 1996, 92~93면 참조.

는 것이다. 가령 저녁 무렵의 쓸쓸한 어둠 속에서, 설령 아무도 다녀가지 않은 벤치에 앉아 책을 읽는 순간에도 나는 책의 저자와, 벤치를 만든 목수의 손길, 그리고 나무를 가꾼 무수한 사람의 영혼과 마주한다. '내'가 시간을 경험한다는 것은 분명 타자와의 교감 속에 이루어지는 것이며, 이것은 시간의 타자성을 형성한다.

이때 '시간의 타자성'은 일회적이며 순간적인데, 자본주의적 시간이 형성하는 규칙성과 반복성과는 거리가 멀다. 상품화되고 계량화된 시간은 주기적으로 반복되며, 자기 동일성을 형성한다. 벤야민은 이러한 물신화된 시간을 '지옥의 가학적 열망'으로 표현한다.28) 벤야민에 따르면, 시간의 반복성은 지옥의 고대적·신화적 이미지의 일부이며, 이것은 상품 사회의 신형(novelty)과 관련이 깊다. 상품은 끊임없이 소비되고 생산되어 마치 새것의 무한 증식을 연상하게 하지만, 그것은 '새것 이미지'의 반복일 뿐이다. 미당은 상품의 덧없는 환영, 곧 시간의 반복성을 '시간의 타자성'으로 대체한다. 미당이 경험하는 시간의 타자성은 찰나가 영원으로 승화되는 순간이며, 또한 감정을 극도로 긴장시키는 것에서 나타난다. 에로티시즘은 바로 이러한 시간의 타자성이 구현되는 실체이다.29)

---

28) "언제나 똑같은 것"이 발생한다는 사실이 아니라(따라서 이것은 영겁회귀와는 상관없다), 지구라는 지나치게 커다란 머리통의 얼굴 위에서 변하지 않는 것은 바로 가장 새로운 것들이라는 사실, 그리고 이러한 "가장 새로운 것들"은 어디서나 똑같은 상태로 남아 있다는 사실이다. 이것이 지옥의 영원성과 쇄신을 향한 지옥의 가학적 열망을 구성한다. 수잔 벅 모스, 앞의 책, 134면, 재인용.
29) 이와 관련해 강영안의 다음과 같은 언급은 주목할 만하다; "레비나스에게 있어서 사랑은 언어와 더불어 타자와 관계할 수 있는 방식이다. (중략) 한편으로 사랑은 타자를 나의 욕구와 쾌락의 대상으로 소유하는 것이고, 다른 한편으로는

어찌하야 나는 사랑하는자의 피가 먹고싶습니까
「雲母石棺속에 막다아레에나!」

닭의벼슬은 心臟우에 피인꽃이라
구름이 왼통 젖어 흐르나
막다아레에나의 薔薇 꽃다발.

傲慢히 휘둘러본 닭아 네눈에
創生 初年의 林檎이 瀟酒한가.

임우 다다른 이 絶頂에서
사랑이 어떻게 兩立하느냐

해바래기 줄거리로 十字架를 엮어
죽이리로다. 고요히 침묵하는 내닭을죽여……

– 서정주, 「雄鷄(下)」 부분

인간의 피와 살을 탐닉하는 카니발리즘을 통해서 우리는 미당이 니체에 얼마나 열광했는지를 알 수 있다. 카니발리즘은 대개의 경우 의례적인 행위로, 인체의 특정 부분 또는 내장 부분을 먹으며, 그렇게 함으로써 먹은 사람의 영혼과 힘을 얻을 수 있다고 한다. 이는 인간이 타자와의 교감을 극대화하는 방식으로, 사랑하는 자의 피를 마심으로써 궁극

사랑하는 여인과의 관계를 통해 미래를 내다보는 것이다. 레비나스의 분석은 타자와의 관계가 사랑의 이중성을 통해 생산성으로 완성되며, 생산성을 통해 미래와 시간이 다시 새롭게 출현하는 과정을 보여준다." 강영안, 「엠마누엘 레비나스:타자성의 철학」, 『철학과 현실』, 1995년 여름호. 참조

적인 절정에 한발 더 다가갈 수 있다.

　그렇다면 시간의 타자성이 온전히 실현되는 때는 언제인가. 충분히 짐작할 수 있듯, 레비나스는 '에로스'에서 찾고 있다. 이때 에로스는 좁게는 타자와의 육체적 관계이며 넓게는 모든 사물과의 교감을 가리키는 말이다. 중요한 것은 에로스는 바로 여성적인 신비와 함께 출현한다는 점이다. 보통 남성적인 것은 신화에서조차 사물에 논리와 질서를 부여하고, 어둠에서 끌어내려 빛으로 인도하는 행위로 묘사되고 있다. 그러나 여성적인 것은 스스로 감추고 어떠한 지배로부터도 벗어나려는 몸부림으로, 그로 인해 상처 받을 가능성, 이해 불가능성을 가진 동시에 생산성까지 가지는 것으로 일컬어지고 있다. 레비나스가 이 감추어진 것, 신비로운 것을 찾으려는 것을 '에로스'의 과정으로 말할 때는, 바로 에로스가 남성적인 세계가 아니라 여성적인, 신비로운 세계의 문이라는 것을 보여준다. 그런 의미에서 '애무'는 있지 않은 것, 無보다 못한 것, 미래에 감추어진 것을 찾는 행위이며, '성애'는 한층 고조된 '애무'에 속한다.

　따서 먹으면 자는 듯이 죽는다는
　붉은 꽃밭새이 길이 있어

　핫슈 먹은 듯 취해 나자빠진
　능구렝이같은 등어릿길로,
　님은 다라나며 나를 부르고……

　强한 향기로 흐르는 코피
　두손에 받으며 나는 쫓느니

밤처럼 고요한 끌른 대낮에
우리 둘이는 웬몸이 달어……

― 서정주, 「대낮」 전문

이 시가 표현하는 것은 매우 간단한다. 화자는 밤처럼 고요한 대낮에 온 몸이 닳아 올라 여자의 뒤를 쫓는다. 그러나 이 상황은 결코 심각하지 않고 유머러스하게 전개된다. '强한 향기로 흐르는 코피'를 두 손에 받는다는 부분은 얼마나 희극적인가. 시 「雄鷄(下)」의 카니발리즘은 술, 춤, 도취, 광란마저 상상하게 하며, 미당이 추구했던 이율배반으로서의 인간 원형을 창조하려는 의욕을 읽을 수 있다. 그런데 '애무'나 '성애' 자체는 타자를 체험하는 과정일 뿐이지 그것이 실현되는 경우는 아니다; "애무는 주체의 존재방식이다."30)

해와 하늘 빛이
문둥이는 서러워

보리밭에 달 뜨면
애기 하나 먹고

꽃처럼 붉은 우름을 밤새 우렀다.

― 서정주, 「문둥이」 전문

성애는 타자를 받아들이는 과정이며, 이러한 타자성이 온전하게 실현

---

30) 레비나스, 앞의 책, 109면.

되는 때는 '성애' 후, '아이의 출산'이라는 사건을 통해서이다. 레비나스는 '아이의 출산'이라는 사건을 통해 타자성이 완전히 실현된다고 본다.31) 아이는 '타자가 된 나'이다. 다시 말해 '나'는 아버지가 됨으로써 '나'의 이기주의, '나'에게로의 영원한 회귀로부터 해방된다. 문둥이는 이러한 욕망, 곧 타자성의 온전한 실현은 '애기 하나 먹고'라는 표현에서 당당하게 밝히고 있다. 자아는 이제 타자와 타자의 미래 속에서 자신의 한계를 초월하게 된다. 다시 말해 에로스는 죽음의 절대적 폭력으로부터 벗어날 수 있는 '구원'이다.32) 미당의 『화사집』에 나타난 원시주의는 바로 '에로스'를 통해 죽음의 절대적 폭력으로부터 구원받으려는 태도이며, 에로스의 엑스터시를 통해 영원에 이르려는 의지라 할 수 있다.

　미당은 「봉산산방시화」에서 자신이 영원에 대해 사유하게 된 계기를 다음과 같이 밝히고 있다; "나는 내 나이 20이 되기 좀 전에 문학소년이 되면서부터 이내 그 영원성이라는 것에 무엇보다도 더 많이 마음을 기울여 온 것만은 사실이다. 그러나 이때 의식하기 시작하여 장년기에 이르도록 집착해 온 그것은, 말하자면 내가 쓰는 문학작품이 담아 지녀야겠다고 생각하는 그 영원성이었다. 영원히 사람들에게 매력이 되고 문젯거리가 될 수 있는 내용을 골라 써야 한다. 그러니 그러려면 한 시대

---

31) 강영안, 앞의 글 참조.
32) 첨언하면, 아버지가 된다는 것은 반드시 이성과의 결합 속에서 자신의 아이를 생산해낸다는 의미만을 내포하지 않는다. 에로스를 절대적 폭력인 죽음을 극복할 수 있는 유일한 대안으로, 그리고 타자와의 교감으로 정의한다면, '성애'만으로 국한시켜 에로스를 규정할 필요는 없다. 프로이트 또한 에로스를 광범위한 의미로 규정하고 있기 때문이다; "에로스는 살려는 의지이다." 죽음의 대극으로, 타자와의 교감으로, 에로스는 우리 삶 가운데 가장 중요한 어떤 것이다. 그리고 에로스는 가장 중요한 방법의 하나로 '성애'를 택하고 있음은 물론이다.

의 한계 안에서 소멸되고 말 그런 내용이 아니라 어느 때가 되거나 거듭거듭 문제가 되는 그런 내용만을 골라 써야 한다."33)

미당은 그 영원성의 구체적 시작(詩作)을 매우 소박하지만 대중적인 소재에서 찾고 있다; "남녀의 사랑을 비롯한 사람들 사이의 여러 사랑에서 파생되는 환희와 비애, 절망과 희망 이런 것들은 사람들이 살아 있는 한 언제나 문젯거리일 것이니 그런 걸 써야 한다."34) 그러나 미당은 '영원주의'를 단지 소재 차원으로 국한시키지는 않고, 역사적 자각으로 승화시키고 있다. 그는 「역사의식의 자각」이라는 글에서 "내 시정신의 현황에 대해서는…… 영원주의라는 말로써 제목할 수 있는 '역사의식의 자각' 그것이 중심이 되어 왔다."고 술회하고 있다. 역사의식의 자각이란, 그의 표현에 따르면 "인류사의 과거와 미래를 전체적으로 상대하는" 것이며, 동시에 "살아 있는 육신 안에 있는 것만이 전부가 아니고, 육신을 이미 떠난 마음의 대집단(말하자면 귀신들)이 어제 보고 오늘은 안 뵈는 大河와 가이 우리에게 연결되어 있어 그것이 현재의 우리의 사색과 언어와 행동의 원류라는 자각"이다.35)

요약하면, '인류사의 과거와 미래를 전체적으로 상대하는 것'으로써의 영원주의는 '사람들이 살아 있는 한 언제나 문제거리가 되는' 소재를 통해 그 구체성을 띠게 된다는 것이다. 그러나 미당의 영원주의는 한계를 수반할 수밖에 없다. 후기작 「질마재 신화」를 제외하고, 그가 추구한 영원주의는 역사적 실체가 모호하다는 점이다. 그의 영원주의는 "대부분

---

33) 서정주, 「봉산산방시화」, 『미당산문』, 민음사, 1993, 118면.
34) 서정주, 위의 글.
35) 서정주, 「의식의 자각」, 『문학』, 1964.9. 38면.

실체가 막연한 '먼' 과거로부터 흘러나오는 미적 가상(schein)으로 주어지고 있"[36]기 때문이다.

　　흰 무명옷 가라입고 난 마음
　　싸늘한 돌담에 기대어 서면
　　사뭇 숫스러워지는 생각, 高句麗에 사는듯
　　아스럼 눈감었든 내넋의 시골
　　별 생겨나듯 도라오는 사투리

　　등잔불 벌서 키어지는데……
　　오랫동안 나는 잘못 사렀구나
　　샤알·보오드레─르처럼 설스고 괴로운 서울女子를
　　아조 아조 인제는 잊어버려

　　仁旺山그늘 水帶洞 十四지
　　長水江 뻘밭에 소금 구어먹든
　　曾祖하라버짓적 흙으로 지은집
　　오매는 남보단 조개를 잘줍고
　　아버지는 등짐 서룬말 졌느니

　　여긔는 바로 十年전 옛날
　　초록 저고리 입었든 금女, 꽃각시 비녀하야 웃든 三月의
　　금女, 나와 둘이 있든곳.

─ 서정주, 「水帶洞詩」 부분

　　미당은 '十年전 옛날'에 살았던 자신의 과거를 추억하면서, 이 시를

---

36) 최현식, 앞의 책, 183면.

쓰고 있다. 인왕산 수대동 10번지라는 지명의 구체성에서 보이는 연민은 미당에게 그곳에서 보낸 시간이 얼마나 절실했는지를 잘 보여주는 대목이다. 이 같은 공간에 대한 연민과 추억은 '사람들이 살아있는 한 언제나 문젯거리'일 수밖에 없는 것으로, 위에서 제시한 미당의 시작(詩作)에도 어느 정도 부응한다. 그런데 '고구려'라는 시어가 가진 추상성이 이 시를 신화화하고 고구려는 '아스럼 눈감었든 내넋의 시골'로 표현되고 있을 뿐, 구체적인 시·공간의 실체를 갖지 못하고 있다.

그러나 이러한 비구체성은 오히려 영원의 무시간성의 표상으로 작용하기도 한다. 수대동 10번지라는 구체적 공간이 고구려라는 추상과 조우하는 그 순간, '수대동'은 미당의 꿈으로 바뀌고, 영원 속으로 삽입된다.

'수대동'의 비현실화는 자본주의의 경제적 매카니즘과 교묘하게 얽힌다. 자본주의에서 상품은 노동자의 손을 떠나는 순간, 교환가치라는 신화적 관계로 변신하며, 사용가치라는 본래의 노동 목적은 철저히 배제되고, 교환가치의 추상을 메우기 위해 소비-환상이 사용가치를 대신한다. 그런데 문제는 이 같은 양상이 '기호'에도 동일하게 나타난다는 것이다. 상품의 경우처럼 시니피에는 시니피앙으로부터 소외되고, 양자 사이에는 결코 메울 수 없는 간극이 벌어진다. 욕망-환상이 그 간극을 이어주는 거미줄일 뿐이다. 그러므로 상품의 물신화와 기호의 물신화는 동일하다. 상품이 테크놀로지의 발달로 대량복제가 가능해졌듯, 기호의 의미는 포화상태에 이르기 시작한다. 아우라가 사라진 영역에, 소비자의 은밀한 욕망이 채워진다. 기호는 이제 대량으로 복제 가능한 하나의 상품으로 전락한다.

많은 사람들이 지적하고 있듯, 자본주의 사회에서 시간은 계기적이고 도구적이다. (자본주의) 시간은 컨베어벨트처럼 일직선상에 놓이며, 일정한 간격으로 쪼개져, 상품 생산의 단위가 된다. 이때 시간은 물신화되며, 수량의 의미밖에 남지 않는다. 이것을 우리는 '시간의 상품화'라고 말할 수 있는바, 이성과 진보에 대한 신뢰 가운데, 인간을 주술적이고 종교적 세계에서 해방하고자 하는 기획('탈마법화')으로부터 출발했으나, 오히려 인간 자체를 도구화했다는 것은 널리 알려진 사실이다. 다시 말해 단편적인 시간의 연속은 인간을 파편화했으며, 통합 불가능한 개체로 분열시켰다. 이는 필연적으로 공동체의 해체를 가져온다. 미당의 '불안'은 바로 이러한 연장선에서 출발한다.

그러나 시간의 '상품화'는 상품화된 '시간'만을 의미한다. 베르그송이 지적한 바 있듯, 시간은 본질적으로 수량적이며 도구적인 것은 아니다; "실재적 지속은 우리가 언제나 시간이라 부르던 것이다. 그러나 이 시간은 분할될 수 없는 것으로서 지각되는 시간이다."[37] 그는 '지속'이라는 개념을 통해 이러한 시간관을 비판한다. 곧 시간이 아니라 순간이 우리에게 주어지는 것이며, 우리는 이 '순간'을 통해 시간을 만든다는 것이다. '순간'이 우리의 삶을 통해 끊임없이 만들어진다는 사실은, 동시에 '순간'이 영원히 반복된다는 말이기도 하다. 그것이 바로 '지속'이며, '영원'에 해당한다. 최현식이 적절히 지적한 바, '순간'에서는 시간의 계기적 흐름은 전혀 무효하며, 과거, 현재, 미래가 영원성으로 언제든지 전화될 가능성을 품고 있다.[38]

'순간'의 본질은 그것이 과거와 현재, 그리고 미래의 시간이 응축되어

---

37) 베르그송, 『사유와 운동』, 문예출판사, 1993, 180~181면.
38) 최현식, 앞의 책, 30면.

있다는 것이다. 남진우의 표현처럼 '순간'은 "응결과 파열이 하나의 몸을 이루는 시간의 한 지점"[39]이다. 때문에 '순간'은 그 자체로 충만한 시간이며, '영원'을 함축하고 있다. 미당이 『화사집』에서 쏟아낸 원시의 언어들이 '영원주의'와 연결될 수 있는 이유가 바로 여기에 있다. '순간'이 '영원'으로 존재론적 전환을 이룩하는 순간이 『화사집』이 1930년대의 대표적인 시집으로 탈바꿈하는 때이다. 다시 말해 '순간'은 '영원'으로 바뀌면서 파편화된 인간 군상을 통합되고 충만한 인간 개체로 구원한다.

4. 『화사집』의 불안의식과 극복의지

그렇다면 미당의 『화사집』이 표현하는 강렬한 원시주의의 내면을 형성하는 실체는 무엇인가. 앞서 우리는 『화사집』의 심연이 '순간'과 '영원'의 존재론적 전환을 나타내고 있다는 것을 살펴보았다. 자본주의가 획책하는 합리적인 시간관은 곧 계량화되고 도구화된 시간이며, 상품 생산의 준거가 된다. 미당은 『화사집』에서 자본주의 시간관에 저항하는 일종의 '대항-담론'을 내 놓는다; 바로 '순간'을 절대화함으로써 '영원'에 다다르는 것. 하지만 『화사집』의 '영원주의'는 구체적 현실을 드러내지 않고 시인의 무의식을 드러내고 있기 때문에 그 실체가 모호하다. 우리는 『화사집』과 자본주의의 경계를 살펴봄으로써 그 실체가 무엇인지 접근할 것이다.

자본주의는 상품의 대량 생산과 소비라는 구조에서만 자기 동일성을

---

39) 남진우, 『미적 근대성과 순간의 시학 연구』, 중앙대 박사논문, 2000. 23면.

확보할 수 있다. 상품 생산은 정확히 '노동자'의 대량 생산과 맞물린다. 상식적으로 봐도, 기계의 발달이 가속화되면 될수록, 그 기계를 다룰 줄 아는 인적 자원－노동자－의 안정적 확보가 절실하다. 게다가 1930년대 는 파시즘의 그늘이 전세계로 확산되면서 군국주의가 심화되는 시점이 다. 많은 사람이 지적한 '근대의 파국'이 눈앞에 점차 현실화되는 시기 에 한국의 지성은 러시아 허무주의 철학자 셰스토프(Shestov)에 기울기까 지 한다.

　이러한 시기에 미당은 1930년대에 만연한 '폭력'과 '허무'에 무방비한 상태로 서 있다. 그것과 싸울 것인가, 받아들일 것인가. 그러나 이러한 선택 앞에서 미당의 태도는 보다 적극적이면서도 모호하다. 프로 문학이 현실을 폭로하면서 적극적으로 개혁하고자 하는 의지를 형상화했다면, 미당은 현실을 받아들이되 '불안'의 심리적 현상으로 기운 것이다.

저놈은 대체 무슨 심술로 한밤중만 되면
차저와서는 꿍꿍 앓고 있는 것일까
우리 아버지와 어머니에게 또 나와 나의 안해될 사람에게도
분명히 저놈은 무슨 불평을 품고 있는 것이다.
무엇보다도 나의 시를, 그 다음에는 나의 표정을, 흐터진 머리털 한
가닥까지…… 낮에도 저놈은 엿보고 있었기에
멀리 멀리 유암(幽暗)의 그늘, 외임은 다만 수상한 주부(呪符).
피빛 저승의 무거운 물결이 그의 쭉지를 다 적시어도
감지 못하는 눈은 하늘로, 부흥……부흥……부흥아 너는
오래전부터 내 머리속 암아(暗夜)에 동그란 집을 짓고 사렸다

－ 서정주, 「부흥이」 전문

'부흥이'는 한밤중에 찾아와서는 밤새도록 '꿍꿍 앓고 있'으며, 이를 듣는 화자는 불안해한다. 화자는 낮부터 밤까지 자신만의 내밀한 공간을 침범하고, 감시하는 '부흥이'의 정체가 무엇인지 모르기 때문이다. 게다가 '부흥이'의 울음소리마저 원시의 축문처럼 아득히 먼 원시의 시간을 반복하고 있기 때문이다. 도대체 화자의 영혼에 파고든 '부흥이'의 정체는 무엇일까.

여기서 주의 깊게 살펴봐야 할 것이 두 가지 있다. 첫째는 '부흥이'가 아버지와 어머니, 아내로 구성되는 전통적인 가족 구조에 대해 '무슨 불평을 품고 있'다는 점이고, 둘째는 '부흥이'가 일종의 환상이라는 점이다. 마지막 행을 보면, '부흥이'의 정체가 실체가 아니라 환상이라는 것을 드러나고 있으며, 이것으로 미루어 '부흥이'가 가족에 대해 불만을 터트리고 있다는 시적 진술은 화자의 내적 진술로 역전된다. 다시 말해, '부흥이'는 애초에 존재하지 않는 '환상'이며, 다만 '주부(呪符)'처럼 들리는 것은 화자의 내면의 목소리라는 것이다.

자본주의는 상품 생산의 효율적인 구조를 구축하기 위해 사회를 해체한다. 노동자의 대량 생산이 상품 생산의 근본이며, 자본주의 초기 과정에서 예외 없이 반영되었다는 것을 미루어보면, 쉽게 짐작할 수 있는 대목이다. 화자는 해체되고 있는 전통적인 가족 구조를 연민의 시선으로 보고 있지만, 그 불가항력적인 폭력을 인정할 수밖에 없다. '부흥이'는 밤새도록 머릿속에서 울고 있고, 화자는 '불안'하게 그것을 받아들인다.

물론 불안이 인간의 근본 경험 가운데 하나라는 점은 철학적 사실 가운데 하나이지만,[40] 「부흥이」의 화자가 마주친 '불안'은 1930년대 식민지 한국 사회에서 기인한다는 것도 간과할 수 없다. 고향을 빼앗겨버린

지식인의 절망, 게다가 가속화되는 가족 해체로 인한 화자의 심리적 '불
안'은 자신이 처한 현실 앞에서 도피처를 찾게 된다. 자신의 동일성
(identity)은 여기서 균열되고 만다.41)

> 귀기우려도 있는것은 역시 바다와 나뿐.
> 밀려왔다 밀려가는 무수한 물결우에 무수한 밤이 往來하나
> 길은 恒時 어데나 있고, 길은 결국 아무데도 없다.
>
> 아― 반딧불만한 등불 하나도없이
> 우름에 젖은얼굴을 온전한 어둠속에 숨기어가지고…… 너는,
> 無言의 海心에 홀로 타오르는
> 한낫 꽃같은 心臟으로 沈沒하라.
>
> 아― 스스로히 푸르른 情熱에 넘처
> 둥그란 하눌을 이고 웅얼거리는 바다,
> 바다의깊이우에
> 네구멍 뚤린 피리를 불고…… 청년아.
> 애비를 잊어버려

---

40) 소광희, 『하이데거 「존재와 시간」 강의』, 문예출판사, 2003, 127~134면. 하이데
거는 "불안해함은 처해 있음으로서 세계―내―존재의 한 근본양식"임을 말하고
있다. 하이데거, 이기상 역, 『존재와 시간』, 까치, 1998, 257면.

41) 김준오는 자기 동일성의 문제에 대하여 다음과 같이 지적하고 있다. "주체로서
의 자아가 타인들 또는 외부세계와 조화를 이루고 있느냐 그렇지 않으면 대립·
갈등을 일으키고 있느냐, 그리고 어제의 '나'와 오늘의 '나'는 같은가 다른가, 도
대체 '진정한' 나는 무엇인가. (중략) 전자는 자아와 세계와의 일체감·결속감으로
서의 동일성의 문제로, 후자는 자아의 재발견이라는 개인적 동일성의 문제로
집약된다."(김준오, 『시론』, 삼지원, 1996, 355~356면) 우리가 주목하고 있는
'불안'은 자아와 세계와의 일체감과 결속감을 깨트리는 강력한 도구이기도 하다.

에미를 잊어버려
兄弟와 親戚과 동모를 잊어버려,
마지막 네 게집을 잊어버려,

아라스카로 가라 아니 아라비아로 가라 아니 아메리카로 가라 아니
아프리카로 가라 아니 沈沒하라. 沈沒하라. 沈沒하라!

오— 어지러운 心臟의 무게우에 풀닢처럼 훗날리는 머리칼을 달고
이리도 괴로운나는 어찌 끝끝내 바다에 그득해야 하는가.
눈뜨라. 사랑하는 눈을뜨라…… 청년아,
산 바다의 어느 東西南北으로도
밤과 피에젖은 國土가 있다.

— 서정주, 「바다」 전문

「바다」에서 화자의 시선이 멈춘 곳은 식민지 조국—'밤과 피에 젖은
국토'—이다. 그러나 그곳은 어둠이 내려 한치 앞도 내다볼 수 없으며,
화자가 딛고 선 땅마저 피에 젖어버린 식민지 조국이다. 이러한 현실은
화자의 불안을 더욱 추상화시키며, 화자로 하여금 자신의 모든 거점을
상실하도록 만든다. 이 시의 첫 연에 나타나는 아이러니—"길은 恒時 어
데나 있고, 길은 결국 아무데도 없다."—는 '관념의 열린 길과 현실의 막
힌 길'42)에 직면한 화자의 절망이기도 하다.

화자의 자기 동일성(identity)은 3연과 4연에서 나타나 있듯, 심각하게
동요하고 있다. 아버지와 어머니, 형제와, 친척, 친구와 사랑하는 여인마

---

42) 황현산, 「서정주, 농경사회의 모더니즘」, 『미당연구』, 민음사, 1994, 482면 참조

저 "잊어버려"라고 말하는 것은, 오히려 결코 "잊을 수 없음"을 역설하고 있을 뿐이다. 게다가 알라스카와 아라비아, 아메리카, 아프리카로 가려는 것 또한 조국에 대한 연민을 강화시킬 뿐이다. 그러므로 "沈没하라. 沈没하라. 沈没하라!"는 외침은 역설적으로 화자의 내면을 형성하고 있는 무의식적 에너지이며, 속악한 현실을 초극하려는 의지의 표상이다.

그런데 우리가 주목할 것은 화자의 심리적 동요다. 화자는 1939년 6월 이 쓴 「풀밭에 누어서」에서 초극의 의지와 현실의 절망 가운데 심각하게 요동치는 '불안'을 보여주고 있다; "내게 인제 단한가지 期待가 남은 것은 아는사람잇는 곳에서 하로바삐 떠나서, 안해야 너와나사이의 距離를 멀리하야, 낯선거리에 서보고싶은것이지(成功하시기만)…… 아무리 바래여도 인제 내마음은 서울에도 시골에도 조선에는 업을란다."[43] 여기서 화자의 탈향─의지는 '봉천', '외몽고', '상해' 등 매우 구체적으로 나타나고 있다.

그러나 그러한 열망이 강하면 강할수록, 고향의 궁핍함과 비참함을 만나게 된다. 미당은 같은 글에서 이러한 사정을 고백한다; "고향은 恒時 喪家와같드라. 父母와 兄弟들은 한결같이 얼골빛이 호박꽃처럼 누러트라. 그들이 이러한體重을 가슴에언고서 어찌 내가 金剛酒도아니먹고 外上술도아니먹고 酒酊이도 아니될수잇겟느냐!"[44] 탈향과 귀향 사이의 동요, 그것은 「바다」에서 표상되는 '길의 아니러니'와 '침몰하라'라는 죽음의 동사와도 그 맥을 같이 한다.

자기 자신이 가진 합리적 지식과 믿음이 산산이 부서지는 것을 목도

---

43) 서정주, 「풀밭에 누어서」, 『비판』, 1936.6.
44) 서정주, 위의 글.

하게 된다. 화자는 이를 내면화시켜 초극하려는 무의식적 에너지로 삼거나, 혹은 무기력하게 받아들이면서 자신을 정당화하는 두 가지 방향 가운데 하나를 택하게 된다. 후자는 나약한 주체의식으로, 전자는 프로문학이 지향하는 현실주의나 유치환이 표상한 바 있는 강렬한 원시주의로 나가게 된다.

그러나 「화사집」의 화자는 현실을 극복하려는 초극의 의지를 끝까지 밀고나가지 못하고 만다. 일제의 거대한 '폭력' 앞에서 인간의 실존이 무기력하게 전락하는 것을 매 순간 느끼기 때문이다. 「바다」의 강렬한 원시성은 「문둥이」에서 미약한 실존의식으로 바뀌게 된다.

'불안'에 직면한 인간은 단지 자기 자신만이 절대고독 속에 아무 위로도 못 받고 남겨진다는 심리적 동요상태에 빠지게 된다. 그러므로 '불안'은 동일성이 균열되는 시작점이며, 자기 긍정의 임계점이기도 하다. 이러한 과정 속에서 화자는 마침내 '무'(Nichts)와 마주치게 된다; "불안이 무를 드러낸다."

이처럼 서정주 시의 풍경과 인물들은 전통적 의미에서 자기 동일성의 고리가 끊어졌다. '전통'을 둘러싼 아우라의 벽은 붕괴되고, 전통은 상품의 형식으로 대중에게 소비된다. 이제 그것들은 이미 현실적 준거를 잃어버린 채로 떠돌아다니거나, 죽음의 이미지를 포함하게 된다.

해와 하늘빛이
문둥이는 서러워

보리밭에 달 뜨면

애기 하나 먹고

꽃처럼 붉은 울음을 밤새 울었다.

– 서정주, 「문둥이」 전문

그렇다면 '무'와의 대면에서 미당이 취한 태도는 무엇일까. 미당의 태도는 자기 부정에 가까운 '원죄의식'으로 나타나기도 한다. 그러나 '원죄의식'은 오히려 자신의 삶을 긍정하고, 정체성을 강화하는 쪽으로 나타나는 것도 사실이다. 미당이 「자화상」에서 마름이었던 아버지와 바다에 나갔다가 죽은 외할아버지, 가난한 어머니와 외할머니의 모습, 그리고 '죄'와 '천치(天痴)'를 안고 있는 어린 '나'를 솔직히 술회할 수 있었던 것은 환청과 불안을 극복하려는 미당의 내적 의지에 다름 아니다.

애비는 종이었다. 밤이 깊어도 오지 않았다.
파뿌리같이 늙은 할머니와 대추꽃이 한 주 서 있을 뿐이었다.
어매는 달을 두고 풋살구가 꼭 하나만 먹고 싶다 하였으나…… 흙으로 바람벽한 호롱불 밑에
손톱이 까만 에미의 아들.
갑오년이라든가 바다에 나가서는 돌아오지 않는다 하는 외할아버지의 숱많은 머리털과
그 커다란 눈이 나는 닮았다 한다.

스물 세햇 동안 나를 키운 것 팔할이 바람이다.
세상은 가도가도 부끄럽기만 하더라
어떤 이는 내 눈에서 죄인을 읽고 가고
어떤 이는 내 입에서 천치를 읽고 가나

제 2 부 서정주, 시의 이슬 – 시냇바닥에 얼굴을 비추다　137

나는 아무것도 뉘우치지 않을란다.

찬란히 티워오는 어느 아침에도
이마 위에 얹힌 시의 이슬에는
몇 방울의 피가 언제나 섞여 있어
볕이거나 그늘이거나 혓바닥 늘어뜨린
병든 숫캐마냥 헐떡거리며 나는 왔다.

– 서정주, 「자화상」 전문

  '애비는 종이었다.'라는 구절은 과거의 고백이기보다 혼란을 극복하려
는 자기 암시에 가깝다. 자신의 가계(家系)를 인정함으로써 과거와 단절
되고, 단절됨으로써 다시 지속되는 아이러니. '단절'에서 미당은 다시 자
신이 살아온 세월의 내적 에너지가 '바람'에 있다고 말하며, '지속'에서
'외할아버지의 숱많은 머리털과 그 커다란 눈이 나는 닮았다'고 말한다.
단절과 지속을 통해 미당은 자신의 삶이 오로지 자신의 의지에 있다는
것을 밝히고 있다. 그러므로 미당은 자신의 눈에 '죄'가 있음을, 그리고
자신의 입에 '천치'가 있음을 부인할 필요를 느끼지 못한다. 미당은 '아
무것도 뉘우치지 않을란다.'며 세상의 이목을 거부한다. 어떠한 도덕적
이데올로기도 인간의 원초적인 모습 앞에서는 아무것도 아니기 때문이
다. 죄와 천치가 드러나는 인간의 모습 그대로 살고 싶은 욕망, 미당은
「자화상」을 통해 긍정의 힘을 믿는다.

5. 맺음말

미당은 『화사집』을 통해, 인간의 원초적인 모습이 그대로 묻어나오는
세계를 창조하고자 했다. 『화사집』에는 '혼돈과 창조', '질서와 무의식',
'금욕과 도덕적 원죄의식' 등 양가성(ambivalence), 혹은 이율배반으로 가득
차 있다. 그런데 이러한 『화사집』의 이율배반은 1930년대 서울의 도시
화와 무관하지 않다. 당시 서울은 자본주의로 가속화되고 있었다. 서울
은 메트로폴리스의 속성과 봉건사회의 유물이 공존하는 다공적(多孔的)
도시였다. 그러나 일부 지식인들에게 서울은 '강철의 도시'가 가져온 '명
랑함'이나 '네온사인'의 '몽환'은 번역극을 보는 것처럼 어색하기만 했다.
왜냐하면 서울은 근대와 반근대가 대립하는 경계를 형성했으며, 더욱이
식민지 자본주의의 위악(僞惡)이 고스란히 드러나 있었기 때문이다.

미당은 시인부락에 참여하면서 '상실되어 가는 인간의 원형'을 복원하
려 했다. 잘 알려진 것처럼 인간의 원형은 '문명'의 옷을 벗어던진 자연
그대로의 모습이다. 이때 미당이 말한 '문명'이란 자본주의 위악(僞惡)을
내포하고 있다는 점은 명백하다. 미당은 인간 원형의 모습을 제시함으
로써, 자본주의에 저항하는 대항—담론을 생산하고 나아가 그것에 저항
하는 세계를 창조하려고 했다. 그러므로 『화사집』의 도처에 나타나는
이율배반과 에로티시즘, 불안의식, 이국 취향과 영원주의는 급속히 자본
주의화 되는 1930년대 서울의 위악(僞惡)을 극복하려는 내면 풍경이다.

신체적 상상력, 변형과 역설의 미학

—『질마재 신화』를 중심으로

1. 서론

서정주의 『질마재 신화』는 60여 년에 걸친 시력의 여정에서 주목할 만한 시적 작업을 보여준다. 『질마재 신화』는 시적 자아의 체험적인 일화의 서술형식을 지님으로써 초기시와는 확연하게 구분되는 상상력을 보여주는 시집이기도 하다. 『질마재 신화』에서 시적 상상력의 전개는 시인이 유년기에 체험한 경험적 삶의 사실이거나 전승된 이야기가 바탕이 되고 있는데 여기서 근간을 이루는 것은 기층민이 영위하는 삶의 세목[1]이라고 할 수 있다. 이러한 기층민의 대지적인 삶 속에는 가공되지

---

* 유지현 / 국립한경대학교 미디어문예창작학과 교수

않은 삶의 실제 양상이 그대로 노출되고 있으며 이러한 삶의 원형질을 시적 언어로 구성하고 전개하는 과정에서 신체성에 근거한 상상력이 작용하고 있음을 볼 수 있다. 서정주의『질마재 신화』는 신체적 상상력이 서정적 직관과 결합하여 개성적인 상상력의 특질을 드러내고 있다.[2]

신체에 관한 관심과 성찰은 이성중심주의적 사고의 틀에서 타자화시켜왔던 신체를 복원하려는 철학적 반성과 맥을 같이한다고 볼 수 있다. 영혼의 도구화된 대상이었던 신체에 대한 각성을 새롭게 일깨웠던 니체는 순수이성의 동일성으로 결정화되는 자아란 존재하지 않고, 이성이란 몸의 주인이 아니며 정신은 몸을 매개로 표현[3]됨을 주장하여 신체를

---

1) 유종호, 「소리지향과 산문지향」,『작가세계』, 1994 봄호. 353면.
2) 서정주의『질마재 신화』는 여러 각도에서 심도 깊은 논의가 이루어져왔으나 신체적 상상력을 통해 시적 특성을 규명한 논문은 많지 않다.
『질마재 신화』를 중심으로 후기시의 특성을 연구한 기존의 연구는 다음과 같다.
 · 조창환, 「산문시의 양상」,『현대시학』, 1975.2.
 · 김윤식, 「서정주의『질마재 신화』고」,『현대문학』, 1976.3.
 · 인선민, 「서정주의『질마재 신화』에 대한 연구」, 건국대 대학원 석사학위논문, 2000.
 · 이순옥, 「서정주의『질마재 신화』연구」, 영남대 대학원 석사학위논문, 1993.
 · 이남호, 「겨레의 말, 겨레의 마음」,『미당연구』, (민음사, 1994)
 · 김주연, 「신비주의 속의 여인들 ……詩? 詩-서정주 후기시 세계」,『작가세계』, 1994 봄.
 · 유종호, 「소리지향과 산문지향」,『작가세계』, 1994 봄.
 · 나희덕, 「서정주의『질마재 신화』연구」, 연세대 대학원 석사학위논문, 1999.
 · 유동완, 「서정주의『질마재 신화』의 원형 연구」, 원광대 대학원 석사학위논문, 2000.
 · 송승환, 「『질마재 신화』의 시간 의식연구」, 중앙대 대학원 석사학위논문,
 · 황숙희, 「서정주의『질마재 신화』연구」, 강원대 대학원 석사학위논문, 2001.
 · 이계윤, 「서정주의『질마재 신화』연구」, 고려대 대학원 석사학위논문, 2002.
 · 고은숙, 「서정주의『질마재 신화』에 나타난 그로테스크 연구」, 부산대 대학원 석사학위논문, 2004.

인식의 새로운 대상으로 간주하였다. 또한 메를로-퐁티는 『지각의 현상학』을 통해 모든 인식의 궁극적인 완성은 몸의 지각을 통해 이루어진다[4]고 밝혀 신체를 인식의 주체로 상정하였다. 이렇듯 근대철학의 타자로 소외되어왔던 신체는 인식의 주체로 부각되어 이성 중심주의로부터 벗어난 새로운 사유의 가능성을 열어준다고 할 수 있다.

동양철학 특히 유가철학에서는 신체와 마음이 별개의 것이 아닌 심신일여(心身一如)나 심물합일(心物合一)을 강조한 심신일원론이 적용되어 예술적인 측면에서도 몸에 충만한 기를 예술의 출발점으로 간주한다. 마음이 기를 통하여 몸으로 드러난다는 형신론(形神論)이나 생동적인 예술 형상으로써 인물의 내재정신을 표현하려는 기운생동론(氣韻生動論)은 이러한 심신일원론적 사고방식에 바탕을 둔 것이라고 할 수 있다.[5]

본고는 의식현상의 주체인 신체[6]와 신체 주체적인 감각 현상에 대한 내밀한 상상력을 중심으로 『질마재 신화』를 분석함으로써 시적 사유의 특질을 고찰하고자 한다. 상상력의 전개 양상에 따라, 신체적 욕망이나 힘이 소모적이거나 풍요한 양상으로 나타난 부분과 신체적 변형, 유한한 신체의 소멸의 범주로 나누어 분석하며 추출된 의미를 바탕으로 『질마재 신화』에 나타난 신체적 상상력의 특징과 의미를 밝혀내고자 한다.

---

3) 김성현, 『니체의 몸의 철학』, 지성의 샘, 1995, 172~179면.
4) 양해림, 「메를로-퐁티의 몸의 문화현상학」, 『몸의 현상학』, 철학과 현실사, 1992, 110면.
5) 조민환, 「유가미학에서 바라본 몸」, 『몸 또는 욕망의 사다리』, 한길사, 1999, 68~96면 참조.
6) 본고에서는 물리적이며 생물학적인 실체로서의 몸 뿐 아니라 정신의 구성적 바탕으로서의 특질을 가지는 유기체적 성격을 드러내기 위하여 신체라는 용어를 사용하고자 한다.

2. 본론

2-1 신체적 욕망의 소모성과 풍요성

신체는 모든 사회적 실천 행위들의 필수적인 매체이다.[7] 신체적 표현은 타인에게 전달됨으로써 사회적인 관계에 놓이게 되며[8] 타인에게 의미화되는 과정을 거치게 된다. 신체가 함축한 힘이나 욕망이 신체 주체의 내부로부터 여타의 사회적 관계에 영향을 미치기도 한다.

『질마재 신화』에서는 개인의 신체가 유발하는 부정적 욕망이 공동체 사회에 영향을 끼치거나 혹은 신체적 힘에서 연원한 풍요성이 다른 생물체나 사회적 관계에서 재현되기도 한다. 이는 신체성에 기반한 상상력의 특질을 드러내는 부분이라고 할 수 있다.

> 간통사건이 질마재 마을에 생기는 일은 물론 꿈에 떡 얻어먹기같이 드물었지만 이것이 어쩌다 주마염 터지듯이 터지는 날은 먼저 하늘은 아파야만 하였읍니다. 한정없는 땡삐떼에 쏘이는 것처럼 하늘은 웨-하니 쏘여 몸써리가 나야만 했던 건 사실입니다. 〈중략〉
> 마을 사람들은 아픈 하늘을 데불고 가축 오양깐으로 가서 家畜用의 여물을 날라 마을의 우물물에 모조리 뿌려 메꾸었읍니다. 그러고는 이 한해동안 우물물을 어느 것도 길어마시지 못하고, 山골에 들판에 따로따로 生水 구먹을 찾아서 갈증을 달래어 마실 물을 대어갔읍니다.
>
> −「姦通事件과 우물」, 1, 3행

---

7) 다비드 브르통, 홍성민 역, 『근대성과 육체의 정치학』, 동문선, 2003, 148면.
8) 나와 타인간의 상호신체성을 통해 유아론적으로 고립된 나의 독자성과 절대성이 근원적이 아니며 나와 타인간의 공동성이 근원적인 것임을 알려준다. 이거룡 외, 『몸 또는 욕망의 사다리』, 한길사, 1999, 161면.

이 시는 신체적 욕망과 그 욕망의 일탈적 행위인 간통사건을 소재로 하고 있다. 간통은 도덕적인 차원으로 단죄되는 것이 보통이지만 이 시에서는 신체적인 대응을 보인다. 간통사건의 발생과 그에 대한 마을사람들의 대응은 도덕적인 처벌이 아니라 신체적인 차원에서 전개된다. 간통사건이 발생하는 것은 '주마염 터지듯'한 통각(痛覺)으로 여겨지며 그 감각적 아픔은 마을 사람들 뿐 아니라 천상적 공간에까지 이르는 것으로 간주되어 '하늘이 아파'하는 것으로 표현된다. 일탈적 욕망이 자아낸 간통사건의 발생과 그에 대한 반응을 신체의 병리 증상[9]으로 드러낸 것이다. 이는 주로 통각을 중심으로 한 감각적 차원으로 제시되는데 하늘이 '땡삐떼'에 '쏘여 몸써리가 나야만 했'다는 표현은 손상당한 도덕률을 신체적 아픔으로 변환시켜 제시한 구체적인 예에 해당한다. 하늘은 전통사회에서 일종의 도덕률을 상징한다. 하늘은 지상과 분리된 정신적 공간으로 상정되어 숭배의 대상이거나 추상적인 공간성을 지닌 것으로 여겨졌으나 이 시에서는 신체감각을 지닌 존재로 간주되어 마을의 공동체 일원과 다르지 않은 위상을 보여주고 있다. 하늘이 상징하는 도덕률의 훼손을 신체의 아픔으로 감각화시킴으로써 동양적 인간관의 원형이라고 할 수 있는 천인무간(天人無間), 천인일체(天人一體)에 기초한 심신일원적 사고방식[10]을 보여준다고 할 수 있다.

간통사건이라는 일탈적 행위와 그에 대한 대응은 마시는 물의 오염과

---

9) 감정이란 심리적이거나 내면적인 사실이기보다는 오히려 우리의 육체적 태도로 표현된, 타인과 세계와의 관계의 변형임을 상기할 때 신체감각의 차원에서 '아픔'으로 표현된 감정의 실체를 파악할 수 있다. 메를로-퐁티, 권혁면 역, 『의미와 무의미』, 서광사, 1985, 82면 참조.
10) 조민환, 앞의 책, 68면 참조.

갈증이라는 신체적인 고통의 감내로 나타난다. 즉 공동체의 물을 자발적으로 오염시킴으로써 마을 구성원 모두에게 갈증의 고통을 부과하는 것이다. 갈증의 고통은 '生水' 즉 더럽혀지지 않는 물에 대한 갈망으로 이어지고 오염되지 않은 물을 찾기 위해서는 오염된 마을의 공간을 벗어나 '山골'이나 '들판'이라는 새로운 공간을 찾아가야 한다. 오염되지 않은 물에 대한 갈망은 곧 정화의 갈망이며 이는 간통사건이라는 신체적 이탈이 주는 감각적 통증과 오염으로부터 벗어나 본래 상태로 되돌아가고자 하는 희구를 담고 있다. 일탈된 신체의 욕망이 정화의 갈망으로 대치되는 것이다. 물의 오염과 목마름 그리고 정화의 갈망으로 이어지는 과정을 통해 도덕적 판단의 신체적 전이양상을 살펴볼 수 있다.

「姦通事件과 우물」이 신체적 일탈과 새로운 물의 탐색을 통한 부정적 욕망의 정화를 보여준다면 「小者 李 생원네 마누라님의 오줌 기운」은 풍요한 신체와 그로부터 발원한 풍요한 물의 이미지를 구현하고 있다.

小者 李 생원네 무우밭은요. 질마재 마을에서도 제일로 무성하고 밑둥거리가 굵다고 소문이 났었는데요. 그건 小者 李 생원네집 식구들 가운데서도 이 집 마누라님의 오줌기운이 아주 센 때문이라고 모두들 말했읍니다.

옛날에 新羅 적에 智度路大王은 연장이 너무 커서 짝이 없다가 겨울 늙은 나무 밑에 長鼓만한 똥을 눈 색시를 만나서 같이 살았는데, 여기 이 마누라님의 오줌 속에도 長鼓만큼 무우밭까지 鼓舞시키는 무슨 그런 신바람이 있었는지 모르지. 마을의 아이들이 길을 빨리 가려고 이 댁 무우밭을 밟아 질러가다가 이 댁 마누라님한테 들키는 때는 그 오줌의 힘이 얼마나 센가를 아이들도 할 수 없이 알게 되었읍니다. ―「네 이놈 게 있거라. 저 놈을 사타구니에 집어 넣고 더운 오줌을 대가리에다 몽

땅 깔기어 놀라!」 그러면 아이들은 꿩 새끼들같이 풍기어 달아나면서
그 오줌의 힘이 얼마나 더울까를 똑똑히 잘 알 밖에 없었읍니다.

- 「小者 李 생원네 마누라님의 오줌 기운」 전문

　이 시에서 '이생원네 마누라님'은 대지적 생산력을 고무시키는 신체적
힘을 지닌 존재로 등장한다. 농경사회의 생산력을 주관하는 '地母[11]'의
특성을 드러내는 '이생원네 마누라님'은 토지의 풍요한 생산력과 상징적
인 연관성을 지닌 인물이다. 그녀가 '地母'로서의 상징성을 지닌 이유는
'오줌기운' 때문이다. 인체를 일종의 소우주로 비유[12]할 때 땅을 향하여
내리부어지는 오줌은 대지에 내리는 비와 동일한 현상으로 간주되는 것
이다. 이러한 신체적 능력이 '長鼓만큼 무우밭까지 鼓舞시키는 무슨 그
런 신바람'으로 비유되어 농작물의 풍성한 결실과 직접 연결되는 것이
다. 그녀의 힘은 대지와 직접적으로 연계되어 풍요한 신체-풍요한 물
(오줌)-풍요한 농작물이라는 의미의 연계를 형성한다. 풍요한 물의 이미
지를 가진 오줌이 여타의 생물에게까지 스며들게 됨으로써 풍요함이라
는 의미가 완성된다. 또한 '무우밭까지 鼓舞시키는 무슨 그런 신바람'은
'이생원네 마누라님'에서 발원하여 '무'에까지 이르는 영향력을 묘사한
것이다. '마을에서도 제일로 무성하고 밑둥거리가 굵'은 무는 '이생원네
마누라님'의 신체성을 식물적으로 재현한 것이라고 할 수 있다. 왕성한

---

11) 토지의 풍요성과 여성성과 연관관계는 지모신 혹은 대지의 신이라는 상징성을
　　얻으며 농경사회의 특징이나 신화적인 의례와 상징성을 만들어냈다. M. 엘리아
　　데, 이재실 역, 『종교사 개론』, 까치, 1993, 229~251면 참조.
12) 인간은 소우주이며 우주(天)와 인간(人)은 상관성을 지니고 있으므로 인체는 천
　　지를 모방한 것으로 생각할 수 있다. 劉安, 이재호 역, 『淮南子』 精神訓, 세계사,
　　1992, 151~156면.

신체의 기운이 농작물에게까지 영향을 미치게 되는 과정을 보여줌으로써 신체적 상상력은 보다 구체적이고 명료한 표현을 얻게 된다.

'地母'와 상징적으로 동일시되는 '이생원네 마누라님'에게 대지에 침탈하여 생산물을 훼손하는 행위는 용납할 수 없는 일이다. 농작물을 훼손하는 아이들을 응징하는 수단 역시 풍요의 원천인 오줌의 힘을 통해서 이루어진다. 밭을 침범하는 아이들의 작고 재빠른 모습을 경작지에 침입하여 농작물을 훼손하는 '꿩새끼'로 비유한 것이며 이 '꿩새끼'같은 아이들을 통해 더운 오줌의 기운으로 감각화된 그녀의 신체적 능력이 다시 확인된다고 할 수 있다.

신체로부터 연원한 물이 「小者 李 생원네 마누라님의 오줌 기운」에서는 풍요한 농경적 물의 이미지를 지니고 있다면 「姦通事件과 우물」에서는 오염된 물로 나타남으로써 일탈적인 신체적 욕망을 정화하는 순수한 물에 대한 갈망을 담고 있다. 이생원 마누라의 '오줌'과 간통사건으로 오염된 '우물'은 모두 신체적 의미를 외향화시킨 것이다. '오줌'이 농경적 풍요를 담고 있다면 '우물'은 신체적 이탈에 따른 훼손의 의미를 담고 있다. 물은 넓게 확산되며 스며드는 특성을 지니므로 물의 이러한 특성을 빌어 신체성이 타인에게 영향을 끼치며 사회적 관계에 미칠 수 있는 파장을 외면화시켜 표현한 것이다.

2-2 신체의 변형과 현실의 경계 넘나들기

『질마재 신화』에서 신체는 타자와 관계를 맺는 실질적인 기반이다. 인간의 신체는 실존의 구체적 실현[13)]으로서 신체적 한계나 특성으로 말미암아 사회적 관계가 왜곡되거나 순조롭게 형성되지 못할 수도 있다. 신체적 한계나 특성으로 말미암아 고통을 받거나 좌절하는 상황에 놓이게 되는데 서정주는 신체적 변형이라는 상상력을 제시함으로 이를 넘어서는 계기를 마련한다. 신체를 통함으로써 내면정신의 추상적이고 복합적인 부분을 보다 실질적이고 확연하게 이해할 수 있다. 신체적 조건은 현실적 장애를 만드는 고통의 근원으로 작용하기도 하지만 보다 적극적인 차원에서 이를 넘어섬으로써 현실의 질곡을 허무는 토대가 되기도 한다.

　　㉠ 新婦는 초록 저고리 다홍치마로 겨우 귀밑머리만 풀리운 채 新郎하고 첫날밤을 아직 앉아 있는데, 新郎이 그만 오줌이 급해져서 냉큼 일어나 달려나가는 바람에 옷자락이 문 돌쩌귀에 걸렸읍니다. 그것을 또 新郎은 생각이 급해서 제 新婦가 음탕해서 그새를 못 참아서 뒤에서 손으로 잡아다리는 것이라고, 그렇게만 알고 뒤도 안 돌아보고 나가 버렸읍니다. 문 돌쩌귀에 걸린 옷자락이 찢어진 채로 오줌 누곤 못 쓰겠다며 달아나 버렸읍니다.

　　㉡ 그리고 나서 四十年인가 五十年이 지나간 뒤에 뜻밖에 딴 볼일이 생겨 이 新婦네 집 옆을 지나가다가 그래도 잠시 궁금해서 新婦방 문을 열고 들여다보니 신부는 귀밑머리만 풀린 첫날밤 모양 그대로 초록 저고리 다홍치마로 아직도 고스란히 앉아 있었읍니다. 안스런 생각이 들어 그 어깨를 가서 어루만지니 그때서야 매운재가 되어 폭삭 내려앉아 버렸읍니다. 초록재와 다홍재로 내려앉아 버렸읍니다.(부호는 필자가 부기한 것임)

-「新婦」 전문

---

13) 리차드 M. 자너, 최경호 역, 『신체의 현상학』, 인간사랑, 1993, 296면.

이 시는 신체적 접촉의 오해로 인한 사건의 전개를 보여준다. 이 시에서 신체적 접촉은 오해를 일으키는 중요한 원인을 제공하는 동시에 오해를 해소하는 계기로 작용한다.

㉠에서 신랑은 돌쩌귀에 걸린 옷자락을 자신을 잡아당기는 신부의 행동으로 오해한다. 이 행동은 신부의 음탕한 욕망으로 오인되어 신랑이 신부를 떠나는 사건의 발단을 형성한다. 불순한 욕망으로 해석된 이 옷깃과 '찢어진' 옷자락은 두 사람 간의 관계의 찢김을 의미한다. 신랑의 떠남으로 인한 '四十年인가 五十年'의 시간은 불순한 의도를 지닌 접촉이라는 오해를 심화시키는 시간이라고 할 수 있다. 신랑과 신부는 넘기 어려운 심리적 거리를 두고 관계의 파탄을 맞게 된다. 특히 신부의 입장에서 관계의 파탄은 심각한 현실적 제약을 초래하게 된다.

㉡부분에서 신부가 '四十年인가 五十年'의 시간 동안 여전히 '귀밑머리만 풀린 첫날밤 모양 그대로' 앉아 있었다는 점은 신부가 일체의 활동을 금한 채 오랜 시간을 견디었다는 사실을 알려준다. 신부가 첫날밤 모습 그대로 있었다는 점은 신랑이 떠나고 난 후 신부의 신체적 시간은 정지되었으며 그 후 오랜 시간을 걸쳐 고립되어왔다는 사실을 암시한다. 따라서 신부가 주체적 삶을 유지하기 어려운 시간이었음을 나타내준다. 유기체로서의 활동이 정지된 신체의 고립은 신랑의 부당한 오해와 떠남에 대한 대응의 의미를 지니고 있다. 신부의 고립은 신랑이 신방을 떠나 다른 공간을 떠도는 방랑의 궤적과 대조를 이루는 것이다.

신랑의 손길이 신부의 '어깨를 가서 어루만지'는 접촉은 최초의 신체적 접촉이자 마지막 접촉이라고 할 수 있다. 신랑의 손길이 닿는 순간 신부의 모습은 한줌의 재로 내려앉는다. '초록 저고리 다홍치마'로 상징

되는 신부의 젊고 아름다운 신체는 와해되어 재로 변화한다. 옷은 신체
가 확장된 형태라고 할 수 있다. 초록저고리 다홍치마는 젊고 고운 신
부의 신체를 암시하는 외형화되고 사회화된 표지[14]라고 할 수 있다. '초
록재'와 '다홍재'로의 변형은 신부라는 문화적이고 사회적인 표지를 마
지막까지 유지한 것으로 이해할 수 있다. 신부는 그의 신체가 재로 변
화한 후에야 비로소 자신을 속박하고 있는 불순한 신체적 행동과 그로
인해 버림받은 신부라는 굴레를 벗어날 수 있게 된다. 소진된 신체를
빌어 신부는 자신을 둘러싼 오해를 해소한다. 재로 허물어지는 신체의
와해는 자신의 결백을 증거하는 것이며 오랜 시간 동안 자신에게 주어
졌던 현실적 제약을 넘을 수 있는 계기가 됨을 이 시는 보여준다. 신체
가 유발한 오해를 신체의 변형을 빌어 해소함으로써 부정한 욕망과 정
숙한 여인이라는 경계와 대립을 넘어선다고 볼 수 있다.

「新婦」에서 신체적 변형을 통하여 음탕한 신부와 결백한 신부라는
오해의 장벽을 해체한다면 「海溢」은 이승과 저승의 경계를 넘나드는 상
상력을 보여준다.

　　바닷물이 넘쳐서 개울을 타고 올라와 삼대 울타리 틈으로 새어 옥수
　수밭 속을 지나서 마당에 홍건히 고이는 날이 우리 외할머니 집에는 있
　었읍니다. 이런 날 나는 망둥이 새우 새끼를 거기서 찾노라고 이빨 속
　까지 너무나 기쁜 종달새 새끼 서리가 다 되어 알발로 낄낄거리며 쫓아
　다녔읍니다만, 항시 누에가 실을 뽑듯이 나만 보면 옛날이야기만 무진

---

14) 의복은 몸과 하나가 되어 있는 것이며 사회적인 몸이라고 할 수 있다. 이거룡
　　외, 『몸 또는 욕망의 사다리』, 한길사, 1999, 279면 참조.

장 하시던 외할머니는, 이때에는 웬일인지 한마디 말도 않고 벌써 많이
늙은 얼굴이 엷은 노을빛처럼 불그레해져 바다쪽만 멍하니 넘어다보고
서 있었읍니다.

　그때에는 왜 그러시는지 나는 아직 미처 몰랐읍니다만, 그분이 돌아
가신 인제는 그 이유를 간신히 알긴 알 것 같습니다. 우리 외할아버지
는 배를 타고 먼바다로 고기잡이 다니시던 漁夫로, 내가 생겨나기 전 어
느 해 겨울의 모진 바람에 어느 바다에선지 휘말려 빠져 버리곤 영영
돌아오지 못한 채로 있는 것이라 하니, 아마 외할머니는 그 남편의 바
닷물이 자기집 안마당에 몰려 들어오는 것을 보고 그렇게 말도 못 하고
얼굴만 붉어져 있었던 것이겠지요.

－「海溢」 전문

　이 시에서 외할아버지와 외할머니의 신체는 공간적으로 바다/안마당,
이승/저승으로 분할되어 있다. 이 시에서 죽음이 가져오는 이별은 '어느
바다에선지' 할아버지가 할머니 곁으로 돌아올 수 없게 된 격리와 분할
로 인지된다. '먼바다'는 할아버지와 할머니의 분리를 유발하는 공간이
다. 돌아오지 않는 할아버지의 공간을 '먼바다'로 규정할 수 있다면 할
머니가 생을 영위하는 공간은 '안마당'으로 설명된다. 생의 이편과 저편
을 구분짓는 경계는 엄격한 것이며 이는 함부로 넘어설 수 없는 성질의
것이다. 인간의 신체는 이 점에서 극명한 한계를 드러낸다. 이승과 저승
의 분할은 신체를 지닌 인간에게 결정적인 생의 조건이라고 할 수 있다.
　「海溢」에서 이러한 분할은 신체의 변형을 통해 극복된다. '돌아오지
못'하는 '먼바다'의 할아버지는 바닷물을 통해 이승과 저승의 분할을 상
징하는 안마당과 먼바다의 경계를 넘어서서 할머니의 공간에 이르게 된
다. 즉 안마당에 넘쳐온 바닷물로 인해 바다에서 돌아오지 못했던 할아

버지가 할머니와 조우하는 것으로 인식된다. 이 시에서 바닷물은 할아버지의 신체의 상징적 변형이라고 할 수 있다. 이러한 신체적 변형은 경계의 넘어섬을 가능케 한다. 바닷물을 빌어 상상적 조우가 가능해지며 상징적 차원에서 이승과 저승의 경계는 무너진다.

시공간의 장벽을 넘어온 바닷물은 이승과 저승 그리고 안마당과 바다로 분할되어 격리되었던 두 사람의 틈을 메우고 서로에게 스며들어 영향을 주는 물이다. 삶과 죽음의 경계인 '울타리'를 넘어선 물은 분리되어 있던 두 사람이 융합하도록 하는 역할을 한다. 넘쳐나는 바닷물이 되어 아내의 '안마당'으로 되돌아온 남편은 시공간의 장벽을 뛰어넘어 생생한 존재성을 드러낸다. '말도 못하고 얼굴만 붉어져 있었던' 외할머니의 신체적 변화는 이러한 물이 주는 영향력에서 기인한다. 남편이 출렁거리는 바닷물로 변형되어 경계를 허물고 찾아왔음을 확인한 할머니의 붉어진 얼굴은 물을 매개로 하여 상호 작용하는 신체적 현상[15]을 보여준다. 반가움과 수줍음으로 붉어진 얼굴은 공간적 경계를 넘어선 남편과의 조우로 인한 정서적 반응을 신체화하여 드러낸 것이다.

알뫼라는 마을에서 시집와서 아무것도 없는 홀어미가 되어 버린 알뫼댁은 보름사리 그뜩한 바닷물 우에 보름달이 뜰 무렵이면 행실이 궂어져서 서방질을 한다는 소문이 퍼져, 마을 사람들은 그네에게서 외면을 하고 지냈읍니다만, 하늘에 달이 없는 그믐께에는 사정은 그와 아주 딴판이 되었읍니다.

---

15) 안면의 홍조가 피의 몰림에 의한 신체적 현상이라는 점을 감안하면 얼굴의 붉어짐 역시 피 즉 물에 의한 신체내적 변화 현상이라고 할 수 있다.

陰 스무날 무렵부터 다음 달 열흘까지 그네가 만든 개피떡 광주리를 안고 마을을 돌며 팔러 다닐 때에는 〈떡맛하고 떡맵시사 역시 알묏집네를 당할 사람이 없지〉 모두 다 흡족해서, 기름기로 번즈레한 그네 눈망울과 머리털과 손 끝을 보며 찬양하였읍니다. 손가락을 식칼로 잘라 흐르는 피로 죽어가는 남편의 목을 추기었다는 이 마을 제일의 烈女 할머니도 그건 그랬읍니다.

달 좋은 보름 동안은 外面당했다가도 달 안 좋은 보름동안은 또 그렇게 理解되는 것이었지요.

앞니가 분명 한 개 빠져서까지 그네는 달 안 좋은 보름 동안을 떡장사를 다녔는데, 그동안엔 어떻게나 이빨을 희게 잘 닦는 것인지, 앞니 한 개 없는 것도 아무 상관없이 달 좋은 보름 동안의 戀愛의 소문은 여전히 마을에 파다하였읍니다.

방 한 개 부엌 한 개의 그네 집을 마을 사람들은 속속들이 다 잘 알지만, 별다른 연장도 없었던 것인데, 무슨 딴손이 있어서 그 개피떡은 누구 눈에나 들도록 그리도 이쁘게 만든 것인지, 빠진 이빨 사이를 사내들이 못 볼 정도로 그 이빨들은 그렇게도 이쁘게 했던 것인지, 머리털이나 눈은 또 어떻게 늘 그렇게 깨끗하고 번즈레하게 이쁘게 해낸 것인지 참 묘한 일이었읍니다.

—「알묏집 개피떡」 전문

알묏집은 '아무것도 없는 홀어미'로서 결여의 삶을 살아갈 뿐 아니라 신체적으로도 결점을 지닌 여인이다. 곤고한 현실을 살아가는 그녀는 달의 주기에 따라 변화하는 신체성을 구현한다. 즉 '보름달이 뜰 무렵이면 행실이 궂어'지지만 '달 안 좋은 보름 동안'은 마을에서 당할 사람이 없을 정도의 맛깔스러운 개피떡을 만들어 낸다. 알묏집이 보름달이 뜰 무렵에 보여주는 모습은 '이빨들은 그렇게도 이쁘게 했던 것인지, 머리

털이나 눈은 또 어떻게 늘 그렇게 깨끗하고 번즈레하게 이뿌게' 한 것
으로 나타남으로써 현실의 결핍을 대리충족하는 현상을 보인다. 둥글어
지는 달과 더불어 알묏집은 신체의 변화를 보이며 자신의 욕망을 충족
시킬 수 있지만 다른 한편으로는 타인의 외면을 받게 된다. 반면에 그
믐 때는 대칭적인 구조를 보인다. 그믐 때의 점차 기울어가는 달 대신
지상에서 달 형태의 개피떡을 만들어 냄으로써 자신의 욕망을 충족시키
는 대신 보기 좋고 먹음직스러운 떡을 통해 타인의 미각의 충족을 가져
오고 이로써 칭송을 얻게 되는 것이다.16)

보름달이 뜰 무렵에 천상의 둥근 달과 조응하는 그녀는 신체적 변화
를 수반하여 여성으로서 자신의 신체적 욕망을 실현시킨다. 홀어미로서
여성성을 실현할 수 있는 기회를 봉쇄당한 알묏집은 일탈적인 방법으로
자신의 욕망을 추구해 나가는 것이라고 할 수 있다. '손가락을 식칼로
잘라 흐르는 피로 죽어가는 남편'을 구하고자 했던 '烈女 할머니'가 자
신의 신체적 손상을 감수하면서 열녀의 칭송을 받는데 반하여 알묏집은
'서방질을 한다'는 이유로 외면을 받는 처지이다. 열녀 할머니가 신체적
훼손을 감수하고 열녀의 행동을 취하였다면 알묏집은 당대의 통념을 벗
어나는 일탈적 행동을 보이지만 '빠진 이빨'까지도 알아차릴 수 없도록
'이뿌게' 보이도록 하는 신체적 보상을 획득한다. 따라서 열녀 할머니의
열녀담과 알묏집의 연애담은 대조를 이룬다. 열녀할머니는 신체적 훼손
—윤리의 신봉으로 연결되지만 알묏집은 신체적 보상—윤리의 훼손이
라는 점에서 상반되는 것이다. 신체적 손상과 보상이 주는 대조적 차이

---

16) 졸저, 『현대시의 공간 상상력과 실존의 언어』, 청동거울, 1999, 141~142면.

는 사회적 위상의 대조적 위치로 표면화된다.

이러한 두 사람의 대극적인 위치는 '이 마을 제일의 烈女 할머니도' 칭찬하지 않을 수 없는 개피떡을 통하여 극복된다. 개피떡은 알묏집의 손이 만들어낸 천상적 달의 지상적 구현물인 동시에, 손을 통하여 빚어 낸 정서적 감화력의 응결체라고 할 수 있다.[17] 그녀는 자신의 결핍을 보상하는 신체적 변형과 손의 기능적 작용을 통해 현실의 윤리적 경계를 해체한다. 그녀를 외면하였던 마을 사람들조차 '그네 눈망울과 머리털과 손끝을 보며 찬양'함으로써 그녀의 손끝에서 빚어 나온 개피떡은 마을의 구성원들에게 칭송받는 원인이 된다. 그녀는 일탈적인 방법으로 자신의 욕망을 충족시키는 동시에 타인의 시각과 미각을 만족시키는 손재주 즉 신체적 능력을 보유하고 있다고 할 수 있다. 알묏집은 '떡맛과 떡맵시'로 확인되는 절묘한 신체적 기능을 빌어 타인과의 불화와 대립이라는 경계를 넘어서게 된다. 손의 기능적 능력을 통해 엄격한 윤리가 지배하는 사회의 장벽을 넘어서는 것이며 먹는 것이 주는 신체적 충족을 통해 부정한 여인/정숙한 여인이라는 현실의 경계를 넘어선다. 알묏집이 신체를 통하여 현실적 결여를 보충하며 화해를 이끌어내는 방식은 보다 구체적이며 현실적이라고 할 수 있다.

---

17) 생존에 필수적인 요소인 의・식・주 가운데 의복과 주거지가 외향적인 성향을 지니는 것에 비하여 음식은 자연의 대상물을 신체와 동일시하고 안으로 흡수하고자 하며 몸의 일부이기를 원한다는 점에서 신체와 동화되고 스스로 변형되며 나아가 신체를 변형시킨다. 성광수 외, 『몸과 몸짓 문화의 리얼리티』, 소명출판, 2003, 230~231면 참조.
　따라서 신체와 동화되는 경향이 강한 음식을 공유함으로써 정서적 공감을 형성하기가 수월해진다. 개피떡을 통하여 정서적 친근감을 형성하는 양상 또한 이를 반영하고 있다.

신체적 변형은 사회적이고 윤리적인 경계를 해체하여 자신의 주체적인 삶을 확인하는 과정에서 매개적 기능을 한다고 볼 수 있다. 정신적이고 도덕적인 차원에서 설정된 현실의 경계를 신체적 작용을 통해 허물게 됨으로써 보다 실질적인 차원에서 삶의 정당성을 보장받게 되는 것이라고 할 수 있다.

2-3 신체의 소멸과 무시간적 존재로의 재생

신체의 한계는 인간이 궁극적으로 견디어야 하는 삶의 실존적 조건이다. 서정주는 삶을 제약하는 요소인 신체적 조건의 불리함을 딛고 소멸을 통해 보다 심원한 존재성을 획득하는 시적 상상력의 과정을 보여준다. 소멸을 통해 시공간의 한계를 벗어남[18]으로써 신체는 현재의 시간과 공간에 속박되지 않는 무시간적인 개방성을 획득하게 된다. 이러한 개방성은 단순한 탈신체적 작용이 아니라 신체적 한계에서 오는 비애와 고통을 배제하지 않는 데서 얻어진 것이며 소멸이라는 희생을 통해 획득된 것이라는 점에서 그 특징을 찾을 수 있다. 현재적 시공간의 속박을 벗어난 거듭남은 무시간의 자유로움을 획득한다는 점에서 서정주 시인이 추구해온 영원성[19]과 결부된다고 할 수 있다. 유한한 신체의 소멸

---

18) 몸은 한계의 장소이자 개별성의 장소이며 많은 사람들이 되찾기를 꿈꾸는 불분명한 상처이다. 사람들은 몸을 통해 결핍을 메우고자 노력한다. 다비드 르 브르통, 홍성민 역, 『근대성과 육체의 정치학』, 동문선, 2003, 205면.
19) 서정주는 자신의 산문을 통해, 자신의 生에 국한되지 않는 한정 없는 세대계승의 측면에서 영원성의 의미를 축조하였다고 밝히고 있다. 이러한 인식을 바탕으로 경험적인 현실시간을 초월한 영원성을 표현하였다고 볼 수 있다. 서정주, 「영생관」, 『미당산문』, 민음사, 1993, 36면 참조.

과 재생의 구조를 통하여 비가시적이고 추상적인 영원성을 구체적이고 감각적으로 드러내려는 시인의 의도를 읽을 수 있다.

　　內蘇寺 大雄寶殿 丹青은 사람의 힘으로도 새의 힘으로도 호랑이의 힘으로도 칠하다가 칠하다가 아무래도 힘이 모자라 다 못 칠하고 그대로 남겨놓은 것이다.

　　西壁 西쪽의 맨위 쯤 앉아 참선하고 있는 禪師, 禪師 옆 아무것도 칠하지 못하고 너무나 휑하니 비어둔 미완성의 공백을 가 보아라. 그것이 바로 그것이다.

　　이 大雄寶殿을 지어놓고 마지막으로 丹靑師를 찾고 있을 때, 어떤 헤어스럼제 姓名도 모르는 한 나그네가 西로부터 와서 이 丹青을 맡아 겉을 다 칠하고 寶殿 안으로 들어갔는데, 門 고리를 안으로 단단히 걸어 잠그며 말했었다.

　　〈내가 다 칠해 끝내고 나올 때까지는 누구도 절대로 들여다 보지 마라〉

　　그런데 일에 폐는 俗에서나 절간에서나 언제나 방정맞은 사람이 끼치는 것이라, 어느 방정맞은 중 하나가 그만 못 참아 어느 때 슬그머니 다가가서 뚫어진 窓구멍 사이로 그 속을 들여다보고 말았다.

　　나그네는 안 보이고 이쁜 새 한 마리가 天井을 파닥거리고 날아다니면서 부리에 문 붓으로 제 몸에서 나는 물감을 묻혀 곱게 곱게 丹青해 나가고 있었는데, 들여다보는 사람 기척에

　　〈아앙!〉

　　소리치며 떨어져 내려 마루바닥에 납작 四肢를 뻗고 늘어져보니, 그건 커어다란 한 마리 불호랑이었다.

　　〈대호 스님! 대호스님!, 어서 일어나시겨라우!〉

　　중들은 이곳 사투리로 그 호랑이를 同門 대우를 해서 불러댔지만 영 그만이어서, 할 수 없이 그럼 來生에나 蘇生하라고 이 절 이름을 來蘇寺

라고 했다.

　그러고는 그 丹靑하다가 미처 다 못한 그 空白을 향해 벌써 여러 百
年의 아침과 저녁마다 절하고 또 절하고 내려오고만 있는 것이다.

—「內蘇寺 大雄殿 丹靑」 전문

　단청은 건물의 옷을 입히는 과정이며 성소로서의 공간성을 완성하는
의미를 담고 있다. 단청을 하러 온 나그네는 '새'로, '호랑이'로 변화하며
단청을 칠하는데 이는 인간으로서의 신체적 한계를 인지하고 이를 넘어
서고자 하는 욕구를 반영한다고 볼 수 있다. 보전(寶殿) 내부가 자신의
신체를 희생하여 종교적 신성성을 완성하려는 성스러운 공간이라면 외
부는 속(俗)의 공간이라고 할 수 있다. '西로부터' 온 나그네는 자신의 몸
을 희생하여 단청을 칠하는데 이는 자신을 기꺼이 희생하는 일종의 제
의 행위[20]로 간주할 수 있다. 성스러운 공간을 들여다보려는 타자의 불
순한 욕망과 마주친 신체는 하강할수 밖에 없으며 단청은 미완의 것이
되고 만다. 신성한 공간을 완성하기 위한 자발적 희생과 그 희생의 과
정을 통해 건축물이 지닌 의미를 완성하고자 하는 뜻은 결국 달성되지
못하다고 할 수 있다. 신성한 공간을 함부로 넘어서는 시선은 불온[21]한

---

20) 건축 공희는 우주적 창조의 공희를 모방하여, 건축물이 지속성을 얻고자 한다면
　　생명과 영혼을 얻어야 하는데 이 영혼은 피의 희생을 바침으로써 가능해진다.
　　멀치아 엘리아데, 이동하 역, 『성과 속』, 학민사, 1983, 50~51면 참조
21) 불교에서 시각적인 인지는 부정적인 성격을 내포한다. 대부분의 불상이 눈을 반
　　쯤 감고 있거나 완전히 감고 있는 데서 알 수 있듯이 물리적인 두 눈이 본 것
　　은 환상이나 허상에 불과한 것이며 보다 강조되는 것은 감각의 눈이 아닌 마음
　　의 눈이라고 할 수 있다. 임철규, 『눈의 역사, 눈의 미학』, 한길사, 2004, 387~
　　388면 참조.

것이며 이 시선 앞에서 신체는 한계를 드러내게 되고 궁극적으로는 죽음으로 귀결된다. '內蘇寺'라는 절 이름에 담겨진 소생의 염원에는 인간 한계에 대한 통찰과 완성되지 못한 예술에 대한 아쉬움이 배어있다.

단청을 칠하지 못한 미완의 공백은 '여러 百年'의 시간 동안 절을 하는 대상이 된다. 성스러운 공간을 엿보고자 하는 욕망으로 인한 공백은 인간의 한계를 드러내는 동시에 한계를 딛고 완성된 존재성을 향하여 정진해야 한다는 암묵적인 과제를 안겨주는 공간이다. 완성된 존재를 향하여 부단한 수행을 강조하는 종교적 믿음을 염두에 둘 때 미완의 공백은 성찰의 대상이며 자기 갱신을 향하여 부단히 나아가지 않으면 안 된다는 필요성을 각인시키는 공간이다. 절하는 행위는 종교적이고 정신적인 지향을 신체적 움직임을 통해 표출한 것이라고 할 수 있다. 신체의 한계와 그로 인한 공백은 내세의 소생을 희구하는 내소사의 명칭과 더불어 과거시간에 국한되지 않는 시간적인 확장성을 지닌다. 도래할 '來生'의 '蘇生'시간과 보전(寶殿)의 공백이 완성되는 시간을 지향하는 종교적 신념은 '여러 百年의' 시간에 걸쳐 내려온 것이며 다가올 '여러 百年의' 시간에 걸쳐 지속성을 지닐 것이다. '여러 百年의 아침과 저녁'이라는 확장된 시간에 걸쳐 반복되는 '절'은 완성된 신성성에 대한 갈망을 확인시키는 신체적 행동이라고 할 수 있다.

아이를 낳지 못해 自進해서 남편에게 小室을 얻어주고, 언덕 위 솔밭 옆에 홀로 살던 한물 宅은 물이 많아서 붙여졌을 것인 한물이란 그네 親庭 마을의 이름과는 또 달리 무척은 차지고 단단하게 살찐 玉같이 생긴 여인이었습니다. 질마재 마을 女子들의 눈과 눈썹 이빨과 가르마 중에서는 그네 것이 그중 端正하게 이뿐 것이라 했고, 힘도 또 그중 실할 것이라 햇읍니다. 그래, 바람부는 날 그네가 그득한 옥수수 광우리를 머리에 이고 모시밭 사이 길을 지날 때, 모시 잎들이 바람에 그 흰 배때기를 뒤집어 보이며 파닥거리면 그것도 "한물宅 힘 때문이다"고 마을 사람들은 웃으며 우겼읍니다.

(중략)

그런데 그 웃음이 그만 마흔 몇 살쯤 하여 무슨 지독한 熱病이라던가로 세상을 뜨자, 마을에서는 또다른 소문하나가 퍼져서 시방까지도 아직도 이어 내려오고 있습니다. 그 한물宅이 한숨쉬는 소리를 누가 들었다는 것인데, 그건 사람들이 흔히 하는 어둔 밤도 궂은 날도 해어스럼도 아니고 아침 해가 마악 올라올락말락한 아주 밝고 밝은 어떤 새벽이었다고 합니다. 그리고 그것은 그네 집 한치 뒷산의 마침 이는 솔바람 소리에 아주 썩 잘 포개어져서만 비로소 제대로 사운거리더라고요.

그래 시방도 밝은 아침에 이는 솔바람 소리가 들리면 마을 사람들은 말해오고 있읍니다. 〈하아 저런! 한물宅이 일찌감치 일어나 한숨을 또 도맡아서 쉬는구나! 오늘 하루도 그렁저렁 웃기는 웃고 지낼라는 가부다〉고……

－「石女 한물宅의 한숨」 부분

한물댁은 결여의 몸을 지닌 여성이다. 그녀의 몸은 아이를 낳지 못하며 이로 인해 그녀는 가정을 떠나 홀로 박복한 삶을 산다. 여성의 신체적 특성의 하나는 자신의 몸을 통한 생명 잉태와 출산이라고 할 수 있다. 이러한 생명의 창조적 특성으로부터 소외된 한물댁은 결여의 삶을 영위할 수 밖에 없게 된다. 아이를 낳지 못하는 그녀의 몸은 돌과 연관된 비유로 표현된다. '차지고 단단하게 살찐 玉같'은 여인이라는 표현에는 옥처럼 곱지만 아이를 낳지 못한다는 신체적 한계를 함축하고 있다.

'端正하게 이뿐' 외모에도 불구하고 불우한 삶을 견디어야 하는 한물댁은 가족과 소외된 채 자신의 고통을 견디는 인고의 모습을 보인다.

한물댁이 아이를 낳지 못해 신산한 삶을 살아야 했던 것과는 대조적으로 그녀는 다른 사람들을 웃음 짓게 하거나 심지어 자연물에 이르기까지 그녀의 힘이 미치도록 하는 능력을 보인다. 이러한 그녀의 능력은 신체적 결함으로부터 오는 고통과 대조를 이루는 것이다. 그녀가 현실에서 겪었던 좌절은 다른 사람들에게 보다 큰 영향력을 지니는 것으로 보상된다. '옥'속에서 핀 꽃 같은 웃음과 다른 사람을 어쩔 수 없이 웃게 만드는 '莫强한 힘'은 그녀가 미치는 영향력을 보여주는 시적 표현이다. 현실의 좌절과 대비되는 인고의 웃음이라고 말할 수 있을 것인데 그녀는 자신의 불행을 웃음으로 바꾸어 냄으로써 불행한 운명을 극복한다.

불행한 죽음 뒤에도 그녀는 여전히 주변 사람들에게 영향을 끼친다. 솔바람 소리와 겹쳐진 한숨 소리는 마을 사람들에게 그녀의 존재를 상기하는 수단이 되며 '한숨을 또 도맡아서' 쉼으로써 웃음을 가져오는 존재로 인식된다. 한숨은 신체로부터 발원하는 바람이라고 할 수 있다. 솔바람 소리는 한물댁의 한숨소리를 증폭시키는 요소가 된다. 바람은 청각적이고 촉각적인 신체 감각을 통해 순간적으로 인지되는 특성을 지닌다. 바람은 한물댁과 '마을 사람들' 간의 간접화된 접촉의 수단이라고 할 수 있다. 한숨의 확장된 형태라고 할 수 있는 바람을 통해 마을 사람들은 한물댁의 신산한 삶을 상기하게 된다. 솔바람은 무겁고 어둡다기보다 '밝은 새벽'에 불어오는 것이므로 청아하고 신선한 감각을 전달한다. 솔바람과 합치되어 폭넓은 영향력을 보이는 한숨소리를 통해 고통 속에서도 남을 웃게 만들던 한물댁의 '莫强한 힘'은 사라지지 않고 현재화된다. 바람을 매개로 하여 그녀는 자신의 신체적 불행과 그 한계를 뛰어넘는 전이의 순간을 마련한 것이다. 한숨을 통해 그녀의 고통스러웠던 삶을 표면화시키는 동시에 그것을 전복시킬 수 있는 계기를 형성한다.

한물댁이 유발하는 웃음은 그녀가 자신의 신체적 한계를 수긍한 이후에 얻어지는 것이며 고통을 기반으로 하여 생의 긍정을 이루어낸 것이라고 할 수 있다. 그녀는 한스러운 일생을 마감한 후 바람을 매개로 하여 거듭나게 된다. 신체적 한계를 지닌 한물댁의 비애는 바람을 빌어 대치되고 보상될 수 있는 계기를 마련한다. 솔바람 소리라는 자연의 영원성에 힘입어 그녀의 존재는 끊임없이 상기되고 동시에 그녀가 지닌 영향력 또한 시공간의 한계를 넘어 확장된다고 할 수 있다. 신체는 소멸하지만 역설적으로 그녀의 신체적 결함으로부터 발원한 한숨소리는 자연현상을 빌어 지속적으로 되풀이되는 무한한 시간성을 획득한다.

땅 위에 살 자격이 있다는 뜻으로 〈在坤〉이라는 이름을 가진 앉은뱅이 사내가 있었읍니다. 성한 두 손으로 망석도 절고 광주리도 절었지만, 그것만으론 제 입 하나도 먹이질 못해, 질마재 마을 사람들은 할 수 없이 그에게 마을을 앉아 돌며 밥을 빌어먹고 살 권리 하나를 특별히 주었읍니다.

「在坤이가 만일에 제 목숨대로 다 살지를 못하게 된다면 우리 마을 人情은 바닥 난 것이니, 하늘의 罰을 변치 못할 것이다.」 마을 사람의 생각은 두루 이러하여서, 그의 세 끼니의 밥과 추위를 견딜 옷과 불을 뒤대어 돌보아 주어오고 있었읍니다.

그런데, 그것이 甲戌年이라던가 乙亥年의 새 무궁화 꽃이 피기 시작하는 어느 아침 끼니부터는 在坤이의 모양은 땅에서도 하늘에서도 一切

보이지 않고 되고, 한 마리의 거북이가 기어다니듯 하던 살았을 때의
그 무겁디 무거운 모습만이 산 채로 마을 사람들의 마음 속마다 남았읍
니다. 그래서 마을 사람들은 하늘이 줄 天罰을 걱정하고 있었읍니다.

　그러나, 해가 거듭 바뀌어도 天罰은 이 마을에 내리지 않고, 農事도
딴 마을만큼은 제대로 되어, 神仙道에 약간은 알음이 있다는 좋은 흰수
염의 趙先達 영감은 말씀하셨읍니다. 「在坤이는 생긴 게 꼭 거북이같이
안 생겼던가. 거북이도 鶴이나 마찬가지로 목숨이 한 千年은 된다고 하
네. 그러나 그 긴 목숨은 여기서 다 견디기는 너무나 답답하여서 날개
돋아나 하늘로 神仙살이를 하러 간 거여……」

　그래 「在坤이는 우리들이 미안해서 모가지에 연자맷돌을 단단히 매
어달고 아마 어디 깊은 바다에 잠겨 나오지 안는 거라」 마을 사람들도
「하여간 죽은 모양을 우리한테 보인 일이 없으니 趙先達 영감님 말씀이
마음的으로야 불가불 옳기야 옳다」고 하게는 되었읍니다. 그래서 그들
도 두루 그들의 마음속에 살아서만 있는 그 在坤이의 거북모양 양쪽 겨
드랑이에 두 개씩의 날개를 안 달아 줄 수는 없었읍니다.

─「神仙 在坤이」 전문

　이 시에서 '在坤'의 삶은 신체적 불구로 인하여 고단하기 그지없는 것
이다. '제 입 하나도 먹이질 못'하는 불충분한 노동력으로 인하여 그는
마을 사람들의 도움을 통해 생명력을 영위하지 않으면 안되는 형편이
다. 신체적 불구성으로 인하여 그가 누리는 삶의 영역은 제한될 수 밖
에 없다. 그는 생존 유지에 필요한 최소한의 '세 끼니의 밥과 추위를 견
딜 옷과 불'을 남의 힘에 의존하지 않을 수 없다. 그의 신체적 모습은
거북의 모습으로 형용된다. 이는 느릿느릿한 모습과 땅 위를 포복하는
행동방식에서 거북과 재곤이 형태적으로 연관된다는 점을 근거로 한 것
이다. 재곤의 이름에 담긴 그의 신체적 특징은 남의 도움을 통하지 않

고는 생존하기 어려운 그의 삶을 요약적으로 보여준다.

　재곤의 사라짐은 그가 홀로 삶을 영위하기 어렵다는 점에서 죽음에 처할 수도 있는 중대한 위기이다. 재곤이 처한 생존의 위기는 마을 사람들에게 공포를 불러일으키는 원인이 된다. 사람들의 공포는 재곤의 신체적 부자유와 그로 인한 삶의 방식이 개인적 차원이 아니라 공동체의 삶과 연관되어 있음을 보여주는 대목이다. 이러한 공포는 재곤의 우화(羽化)를 상정함으로써 해소된다. 재곤의 사라짐은 위기나 소멸이 아니라 신체적 갱신으로 비유된다. 이 비유를 통하여 신체적 부자유로 인하여 곤고했던 재곤의 삶은 시공간을 넘나드는 자유로운 삶의 형태로 상승한다. 그는 삶을 버림으로써 현재적 한계에서 벗어나 영원에 가까운 삶을 획득한다. '하늘로 神仙살이를 하러 간'으로 간주된 재곤은 지상적 곤고함을 벗어나 천상적 영원성을 획득한 것으로 간주된다. 신성성을 획득한 재곤의 삶은 신체적 곤고함에 대한 보상적 발상이 작용한 것이다. 재곤의 삶에 대한 상상화 과정에는 고단한 삶 가운데서 자신들의 결여를 채우고자 하는 자기 충족의 형식22)을 띠고 있다. 즉 재곤의 영원한 삶에 대한 믿음에는 현실 삶을 벗어난 영원성에 대한 마을 사람들의 선망이 어려 있다고 볼 수 있다. 마을사람이 지닌 영원한 삶에 대한 대리충족적 선망은 '두개씩의 날개를 달아주는' 신체적 갱신을 통해 완성된다.

　완성되지 못한 성소로서의 공간은 인간의 한계를 현시함으로써 완성을 향한 수행의 시간을 부여하며 이는 절이라는 신체적 행위로 구체화

---

22) 수잔 K. 랭거, 이승훈 역, 『예술이란 무엇인가』, 고려원, 1993, 236면.

된다. 또한 결여를 지니는 신체는 소멸을 통해 그 한계를 벗어나 보다 자유로운 시공간을 획득하게 된다. 이는 신체적 상상력이 경험적 현실의 고뇌를 포괄한 가운데 무한한 시공간으로 확장될 수 있는 가능성을 보여준다는 점에서 의미있다고 할 수 있다.

3. 결론 ─『질마재 신화』에 나타난 신체적 사유의 의미

서정주는 『질마재 신화』에서 신체성을 통한 시적 상상력의 특징적인 면모를 드러낸다. 『질마재 신화』에 등장하는 인물들은 삶의 기층을 형성하는 인물로서 이들의 삶에 드러나는 현실은 추상적인 도덕률이나 윤리의식에 기반을 두기보다 신체성을 토대로 한 실체적이고 구체적인 생활의 면모를 드러내고 있다. 따라서 기층민의 삶에서 고통받거나 생존의 위기에 처한 신체가 자주 등장한다. 기층민이 정체성을 형성하고 삶의 위기에 대응하는 가장 직접적이고 근본적인 방식은 신체성을 바탕으로 하는 것이며 이는 『질마재 신화』의 상상력의 원천을 이룬다.

서정주의 신체적 상상력은 근대적 사유의 맹점인 정신과 신체의 이원화된 분리양상을 지양하고 신체를 토대로 함으로써 인식의 새로운 확실성을 부여하는 한편 시적 사유의 추상성을 극복하고 실체성을 구현할 수 있는 계기를 얻는다고 할 수 있다. 관념으로서의 자연이나 이성적 사유의 추상성에 대항하는 상상력을 전개할 뿐 아니라 신체적 한계에서 연원한 삶의 경험적 진실을 들여다보려는 노력을 보여준다. 따라서 서정주는 신체성을 기반으로 하여 삶의 주체성을 회복하고 정당성을 확보할 뿐 아니라 궁극적으로는 고통과 장애에서 벗어나 영원성을 추구한다. 근대적 삶에 대한 반성과 해체로부터 연원한 신체적 상상력은 기층민의 삶에 내재한 생명력을 중시하는 시적 언어로 전개된다.

신체적 소멸을 통한 거듭남의 상상력은 무시간적인 영원성과 연관된다는 점에서 주목할 만하다. 영원성의 획득은 신체가 지닌 유한함을 인정함으로써 역설적인 전환의 계기를 얻는다. 신체적 변형을 통해 현실의 완강한 장애를 넘어설 뿐 아니라 한계를 지닌 신체의 소멸을 통해 존재가 갱신되며 사회적 관계 속에서 주체의 위상을 새롭게 할 수 있는 계기를 형성한다고 할 수 있다. 서정주의 신체적 사유의 특질은 유한한 신체를 기반으로 현실의 완강한 장애를 넘어서거나 신체의 소멸을 통해 역설적으로 영원성을 획득한다는 점에서 주목할 만하다.

『질마재 신화』에서 보여주는 신체적 상상력은 신체적 변형이나 소멸 그리고 재생의 상상력을 통해 경계의 해체와 무시간적 영원성의 의미를 추구하는 동시에 경험적 현실과의 의미있는 맥락을 포기하지 않았다는 점에서 특질을 찾을 수 있다. 서정주 시에 나타난 영원성에서 흔히 거론되는 현실적 삶의 배제라는 측면을 신체적 상상력을 통해 벗어난 것으로 판단할 수 있다. 기층민의 삶이 바탕이 된 신체적 사유를 통해 현실의 모순과 고통을 인지하면서 정신적 초월이 아닌 신체적 초월을 통해 영원성에 이르려 했던 시인의 의도를 확인할 수 있다. 『질마재 신화』는 신체적 상상력을 통해 인간의 실존적인 조건을 통찰하고 신체성을 온전히 인식함으로써 기층민이 지닌 생명력의 원형을 토대로 현실 초극이라는 시적 갱신의 길을 열어보였다고 할 수 있다.

서정주 「꽃밭의 獨白」 再論

—"娑蘇"와 "꽃"을 중심으로

「꽃밭의 獨白」

— 娑蘇[1] 斷章

노래가 낫기는 그중 나아도
구름까지 갔다간 되돌아오고,
네 발굽을 쳐 달려간 말은
바닷가에 가 멎어버렸다.
활로 잡은 山돼지, 매(鷹)로 잡은 山새들에도

---

* 이상숙 / 경원대학교 교육대학원 교수
   이 논문은 『한국시학연구』(한국시학회, 2002.)에 발표된 것으로, 「서정주 「꽃밭의
   독백」 재론—"사소"와 "꽃"을 중심으로」를 재수록한 것임.
1) 娑蘇는 新羅始祖 朴赫居世의 어머니. 處女로 孕胎하여, 山으로 神仙修行을 간 일이
   있는데, 이 글은 떠나기 전, 그의 집 꽃밭에서의 독백.

이제는 벌써 입맛을 잃었다.
꽃아, 아침마다 開闢하는 꽃아.
네가 좋기는 제일 좋아도,
물낯바닥에 얼굴이나 비취는
헤엄도 모르는 아이와 같이
나는 네 닫힌 門에 기대섰을 뿐이다.
門 열어라 꽃아. 門 열어라 꽃아.
벼락과 海溢만이 길일지라도
門 열어라 꽃아. 門 열어라 꽃아.

1. 新羅의 어머니 娑蘇

  이 시는 1958년 6월 『思潮』 창간호에 실렸으며, 未堂의 네 번째 시집 『新羅抄』(1960)에 수록되어 있다.[2] 『新羅抄』는 신라 정신을 통한 영원성의 탐구를 보여주었다는 것이 문학사가의 일반적인 평가이다. 그러나 신라정신이란 신라의 설화—설화의 형태로 남아있는 신라 역사—를 이르는 것이고 그 詩化란 서정주 식의 이야기화일 것이다. 설화란 시초 혹은 근원의 이야기이며 초시간적으로 또 초역사적으로 존재하는 영원의 이야기이기 때문이다. 설화란 한 민족, 혹은 국가, 부족의 생성과 성장은 물론 그 문화의 근원을 밝히고 증거해 주는 것으로 엄정한 역사적 사실과는 다른 초역사적인 '이야기'이다. 초역사적인 사실로서 설화가 가지는 포용성과 비현실성은 주로 한 민족, 국가, 부족이 존립하는 정당성과 자존의 문제와 밀접하게 연결되어 있다. 이는 주로 천손강림형(天

---

2) 이 논문에서는 1991년 民音社에서 나온 『未堂 徐廷柱 詩全集』을 1차 자료로 삼는다.

孫降臨)의 건국신화와 역대 왕들의 신이한 행적을 기린 전설들로 드러난
다. 주로 『三國遺事』에 남아있는 신라의 神, 王, 신라인들의 인간적이면
서도 비현실적인 이야기는 미당 시의 주요한 특징으로 자리잡는다. 예
부터 내려오는 이야기를 소재로 한 시편들은 『新羅抄』와 그 이후의 『冬
天』, 『徐廷柱 文學全集』, 『질마재 神話』 등에도 이어지는데, 그 주인공
은 주로 여인들이다. 이 시의 화자인 사소(娑蘇)나 선덕여왕(善德女王), 수
로부인, 한라산 산신녀(漢拏山 山神女) 등의 비범한 여인들은 물론 외할
머니와 어머니, 동네 아주머니, 동네의 당골무(巫) 등 평범한 여인들에
이르기까지 다양한 여성화자와 여성의 이야기가 미당 시에 등장한다.

　이 시의 해독에 중요한 열쇠이며, 시의 화자이기도 한 사소 역시 옛
이야기의 여성 주인공이다. 서정주의 첨언(添言)대로 사소 설화는 '新羅
始祖 朴赫居世의 어머니'로서 천손강림형 신화의 한 유형인데, 이 시에
서는 신선수행 전의, 聖母가 되기 전의 인간적인 고뇌를 가진 여성으로
보아야 할 것이다. 다른 논자들은 사소의 기록과 신화적 연구를 통해
사소를 神母로 간주하고 그의 독백 "門 열어라 꽃아"를 우주 창조의 지
배자로서의 주문이라고 해석하고 있다.

　최근의 일련의 글들에서 서정주 시에 나타난 여성성에 대한 깊이 있
는 탐구를 보여주는 신범순은 사소를 여신들의 신전에서 수행하는 무녀
로 보고 있다. 그의 고찰에 따르면, 미당이 「꽃밭의 獨白」에서는 산신수
련에 임하기 전의 사소를, 「娑蘇 두 번째의 편지 斷片」에서는 수행시절
의 사소를 노래하는데, 이 두 편을 통해 사소는 '꽃'과 '피'의 연금술을
행하는 신모, 무녀로서 해석된다고 하였다.3) 이러한 해석은 박용숙의
신화와 시원사상 연구 성과에 기대어 이루어진다. 신화와 시원에 대한

폭넓은 고찰은 바람직한 태도이며 '꽃'과 '피'의 해석에 유용하기는 하다. 하지만, 박혁거세가 있었던 우물을 여신들의 신전으로, 꽃의 연금술을 사소의 수행주제로 보는 것은 사소의 神仙, 神母로서의 면만을 부각시키는 한계를 가지게 된다.

신범순은 미당 시에 나타난 여인과 바다의 이미지를 분석하는 다른 글에서, 대지의 女神이자 聖母로서, 또 海尺之母로서의 사소가 바다를 측량하듯이 이 우주의 근원적인 창조력을 다스리기 위해 "門 열어라 꽃아"라는 주문을 외운다고 했다.4) 그러나 이 두 편의 글을 따라 읽으면 「꽃밭의 獨白」의 사소는 이미 연금술과 주문으로 주술적 힘을 발휘하는 神母가 되어버린 것이 되므로 서정주가 취한 인간적 고뇌와 한계로 번민하는 사소의 성격화와는 들어맞지 않게 된다.

문혜원은 사소를 서정주가 『新羅抄』에서 시화한 여성영웅의 하나로 보는데, "살의 세계(현세)에 살면서 영계의 문 앞에서 망설이기만 하"던 사소가 「娑蘇 두 번째의 편지 斷片」에서는 현실과 靈界를 넘나드는 영웅성을 갖추게 되었다고 본다.5) 이 해석 역시 사소의 인간성보다는 영웅성을 부각하고 있다.

娑蘇를 소재로 한 未堂의 다른 시를 통해 파악할 수 있는 사소의 인물형은 '지아비 없이 아이를 밴 처녀'(「꽃밭의 獨白」), '신선수행 중에 아버지에게 안부 편지를 전하는 딸'(「娑蘇 두 번째의 편지 斷片」), '지아비 없는 아이를 신선으로 길러 한 나라의 시조로 만든 어머니(「朴赫居世王의

---

3) 신범순, 「서정주 시에서 '深奧한 어머니'의 의미」, 『포에지』 2001년 봄호.
4) 신범순, 「미당시의 여인과 바다」, 『시안』, 2001년 봄호.
5) 문혜원, 「서정주의 시를 읽는 몇 가지 斷想」, 『포에지』, 2000년 겨울호.

慈堂 娑蘇仙女의 自己紹介」)'의 모습이다.『新羅抄』에 「꽃밭의 獨白」과 나
란히 실린 「娑蘇 두 번째의 편지 斷片」과 제 9시집『鶴이 울고 간 날들
의 詩』(1982) 에 실린 「朴赫居世王의 慈堂 娑蘇仙女의 自己紹介」를 보면
사소의 인간적인 면모가 나타난다. 미당이 사소에게 취한 것은 신모(神
母)나 신선(神仙)의 면모보다는 지극히 인간적인 '여성'의 면모였다.

2. 娑蘇 인물형에 대한 고찰

「娑蘇 두 번째의 편지 斷片」는 자신을 걱정하는 아버지에게 보낸 편
지이다. 이 시는 선행연구자들이 신선수행 중인 사소의 모습이 드러난
시로 보고 있다. 그러나 이 시의 화자로서 사소는 여전히 인간적인 고
뇌를 드러내고 있다.

「娑蘇 두 번째의 편지 斷片」
　ㅡ娑蘇의 매(鷹)는 娑蘇가 山에 간 지 이듬해의 가을날, 그 아버지에
게 두 번째의 편지를 그 발에 날라왔다. 이번 것은 새의 피가 아니라,
香풀의 진액을 이겨, 역시 손가락에 묻혀 적은 거였다. 피딱지의 두루마
리는, 아직도, 집에서 가지고 간 그것이었다.ㅡ이것은 그 편지의 前半部
한 조각만 남은 것이다.

　피가 잉잉거리던 病은 이제 다 낳았습니다.

올 봄에
매(鷹)는,

진갈매의 香水의 강물과 같은
한섬지기 남직한 이내(嵐)의 밭을 찾아내서

대여섯 달 가꾸어 지낸 오늘엔,
홍싸리의 수풀마냥. 피는 서걱이다가
翡翠의 별빛 불들을 켜고,
요즈막엔 다시 生金의 광맥을 하늘에 폅니다.

아버지.
아버지에게로도,
내 어린 것 弗居內에게로도, 숨은 弗居內의 애비에게로도,
또 먼 먼 즈믄해 뒤에 올 젊은 女人들에게로도,
生金 鑛脈을 하늘에 폅니다.

*娑蘇의 神仙修行시절의 두 번째의 편지.
진갈매―짙은 葛梅. 葛梅는 綠色.
이내(嵐)―山氣 蒸淸한 하늘의 特殊한 기운.
弗居內―朴赫居世

"피가 잉잉거리던 病"이란 수행 전의 현실 세계에서 겪은 고뇌 혹은
다스리지 못한 미망(迷妄)일 것이다. 그 고뇌와 미망의 근원은 역시 처녀
잉태(處女孕胎)이다. 신선수행은 하는 사소에게 인간적인 윤리나 법이 구
애될 것이 없다고 할 수 있으나 사소의 출가(出家)와 수행(修行), 신모(神
母)의 이야기는 언제나 '지아비 없는 아이를 잉태하고 낳아 기른' 사소이
야기에서 출발한다. 이 시의 네 번째 연과 다음에 소개할 「朴赫居世王의
慈堂 娑蘇仙女의 自己紹介」에서 또한 마찬가지이다. 신라의 신모로서

사소의 이야기를 시화하는 데에는 미당 특유의 이야기화 방식이 적용된다. 좀 더 면밀한 연구를 통해 확인되어야할 문제이지만, 정확한 역사적 고증 혹은 사료(使料)를 바탕으로한 역사적 재구(再構)로서의 시적 주인공이 아니라 전설이나 민담 혹은 전래민요처럼 특정한 화소(話素)가 부각되거나 그에서 출발하여 매우 구체적인 목소리를 갖춘 이야기의 주인공으로 성격화하는 것이 미당 시의 설화성, 이야기성의 주요한 특징이다.

사소는 출가한 이듬해에 아이를 낳고 "이내(嵐)"의 밭을 갈며 마음의 병을 다스리고 있다. 이미 이내의 밭을 가는 것과 "翡翠의 별빛 불들을 켜고,/ 요즈막엔 다시 生金의 광맥을 하늘에 펴"는 것이 현실적 인간이 할 수 있는 일은 아닐 것이다. 그러나 생금의 광맥은 사소의 아버지, 어린 아들, 아이의 아버지를 향해 펴는 것6)이고 오랜 세월 뒤에 올 젊은 여인을 향해 펴는 것이다. 아버지, 아들, 남편은 남성이 지닌 다층성의 대부분을 포괄하는 명칭이고 "또 먼 먼 즈믄해 뒤에 올 젊은 女人들"이란 신라건국 이후 천여 년이 지난 지금의 여인들까지를 포괄하는 명칭이다. 이 사람들은 모두 인간적인 고뇌와 한계에 몸부림치는 평범한 사람들이다. 누구의 아비이거나 아들이거나 혹은 처녀를 잉태시킨 지아비이거나, 지아비 없는 아이들 낳아 기르는 여인이거나, 이 외의 모든 인간적 고뇌를 상정해 볼 수 있다. "生金 鑛脈"이란 지층을 따라 길게 박

---

6) 윤재웅은 생금의 광맥을 펴는 주체를 인간과 선계를 넘나드는 매로 보고 있다. 그러나 필자는 시의 문맥을 고려하여 그 주체를 사소로 판단한다. 생금 광맥 부분에 대해서 윤재웅은 "속세와 선계를 두루 다 비칠 뿐만 아니라, 모든 시간을 비친다. 더구나 이 별빛은 생금의 불이다. 생기(生氣)가 없는 원광석 덩어리가 아닌, 살아있는 보석덩어리의 무한한 연장태가 바로 광맥인 것이다"라 해석한다. 윤재웅, 『미당 서정주』, 태학사, 1998, 100면.

흰 광맥처럼 밤하늘의 별들이 펼쳐져 있는 풍경일 것이다. 사소는 모든 평범한 남성과 여성들에게 자신이 하늘의 별처럼 남아 반짝이는 먼먼 태초의 이야기가 되기를 바라고 있었던 것이다. 애욕으로 '피가 끓어 잉잉거리던' 人間의 시간, 大地의 시간이 이제는 하늘에 우주에 별로 드러나고 있다는 것은 사소가 수행을 통해 처녀잉태하여 집 떠난 처녀가 그것을 초월한 우주의 어머니로서 신화(神化)되는 과정과 일치한다. 또 이는 작은 일화나 화소에서 출발하여 이야기의 주인공으로서 성격화되는 미당의 이야기화 방식과도 일치한다.

집나간 딸이 아비에게 보내는 편지 중, 매의 발에 채 묶여오지 못한 사소의 편지 후반부에는 어떠한 내용이 있을 것인가. 아마도 신선이 되는 수행의 어려움과 생금 광맥을 주재하는 우주의 어머니로서 태어나는 과정을 적지 않았을까 생각한다.

「朴赫居世王의 慈堂 娑蘇仙女의 自己紹介」

나 娑蘇는 몽땅 早熟하고 그리움 많은 처녀라, 시집도 가기 전에 애기를 배서 法에 따라 마을에서 쫓겨났지만, 國祖檀君 이래의 風流思想으로 神仙 중의 암神仙 ―仙女가 하나 되어 不老長生 八字 되기로 하고 慶尙道 仙桃山에 들어가 숨어 살았었도다. 山골에 널려 여무는 仙桃를 따 팔기도 하고, 매 사냥을 해먹고 살면서, 내 외아들 朴赫居世를 낳아 큼직한 신선으로 길러 냈도다.

「내 자식은 그만 알로 깐 것이다」고 소문을 퍼트린 건, 물론, 거짓부렁이라면 거짓부렁이었지만서두, 내 情과 슬기로써 느끼고 안 精神的 理解의 푼수에 비처 보자면, 그 애가 하늘의 알이라는 게 으째서 아닐꼬? 맞고도 또 잘 맞는 일이었을 뿐이로다.

이리 알고, 이걸 자식에게 잘 가르쳐 訓練시켜서 그로 新羅 맨 처음

의 王이 되게 하고, 그 덕으로 나는 이 나라의 國母 ―仙桃山 神母가 되
어, 永遠히 神仙의 무엇임을 아는 者들의 祭祀를 받게 되었나니, 그리하
여 해도 없는 그믐밤의 누구의 꿈 속으로까지도 늘 누비고 다니며, 이
나라의 하눌과 空氣가 살아서 남아 있는 날까지는 맑은 마음눈을 가진
사람들의 마음 속에 늘 항상 健在하려 하는도다. 萬歲!

「朴赫居世王의 慈堂 娑蘇仙女의 自己紹介」에는 사소의 인간성이 더
욱 구체적으로 나타나 있다. 박혁거세가 알에서 나온 천신의 자손이라
는 것도 아들을 크게 키워내기위한 어미의 "거짓부렁"이며, 덕분에 자신
은 신모로서 제사를 받으니 이 나라의 끝까지 사람들의 마음 속에 남아
있고 싶다는 것이 이 시의 내용이다. 이 시에서 이 나라란 다름아닌 新
羅일 것이며 사소는 스스로 신라의 어머니로서 존재하고 싶다는 바람을
가지고 있으며 천진하게 "萬歲"까지 외치고 있다.

인간에 法에 따라 쫓겨났지만 선도산에 숨어 살며 신선되기를 작정하
였고 외아들 또한 신선으로 훌륭히 키웠으며 "알로 깠다"는 거짓말로 자
식을 신라의 왕이 되게하였다. 거짓말로 아들을 왕으로 만든 어머니의
모습은 "내 情과 슬기로써 느끼고 안 精神的 理解의 푼수에 비"추어 보
았을 때 아무 문제될 것이 없으며 오히려 그러한 '精神的 理解'는 국모
(國母)・신모(神母)로써 추앙받을 만한 것이라고 자부하고 있다. 그렇다면
아들의 성공을 끔찍이 위하는 평범한 어머니와 사소를 다르게 하는 '정
신적 이해'란 무엇인가. 이 열쇠는 미당의 신라에 대한 관심과 공부의
수준에서 시사받을 수 있다.

미당은 『新羅研究』7) 「서장(序章) 新羅人」에서 다음과 같이 신라정신
을 이해하고 있다.

　　그들은 늘 獰猛하고 눈 맑은 매를 날리곤 곧잘 處女인 그들의 딸아이
들의 마음가지도 그뒤를 따르기를 勸告하였다. 하여 이런 猛禽의 慧眼
이 마침내 ?定하는 場所야말로 그들 男女의 究竟의 情神의 處所라고 생
각하였다.

　　(中略)

　　그들은 또 그들의 祖上이 하늘로부터내려왔음을 암과 아울러(이『암』
의 實際라는 것을 나는 여기선 번거러이 說明치 않겠으나) 또 그들의 왼
갖 道德과 藝術까지가 그곳에서 본떠져야할 것을 잘 알았다. 하여 倫理
는 制約이기 前에 限없는 理解요 사랑이고자 했고 藝術은 또바로 그것
이 神明의 일이었다.

　　위의 인용문을 통해 미당이 이해한 신라정신이란 '매를 따라 나가고
매가 정해준 대로 처소를 삼고 하늘의 뜻으로 수용하'는 것으로 이해할
수 있다. 매와 하늘의 뜻을 동일시하는 일화는 이 밖에도 몇 가지가 더
있다. 곡식과 교환한 솜을 자기 매가 도로 물어 가져오자 그것을 되돌
려주고 솜을 사간 이는 매가 물어간 것은 하늘의 뜻이라하여 그 솜을
그냥 그 자리에 두었다는 신라인들의 상품관념을 미당은 가장 대표적인
신라정신이라 칭송한다. 매란 신라인들에게 하늘의 뜻을 전하고 보여주
는 존재이고, 하늘과 땅, 신과 사람을 연결하는 매체였음을 알 수 있다.
신라인들은 매의 뜻을 따름으로써 하늘의 뜻을 받아들이는데 그 이유는
스스로 하늘신에서 나온 자손이라고 자부하기 때문이다. 이처럼 하늘의
뜻임을 의심치 않는 '究竟의 精神'이 곧 위의 시 가운데 "그 애가 하늘

---

7) 미당의 『新羅硏究』는 다른 서지 사항 없이 '徐廷柱 著'라는 표식만 있는 등사된
　　가제본 형태로 남아있다. 본고는 고려대학교 중앙도서관에 소장되어있는 판본을
　　근거로 『新羅硏究』가 미당의 저작이라는 판단아래 논의를 진행한다.

178　서정주

의 알이라는 게 으째서 아닐꼬? 맞고도 또 잘맞는 일이었을 뿐이"라는 확신의 근거가 되어주는 것이다.

미당은 엄밀히 사료의 해석하기보다, 여러 기록에 나타난 내용을 폭넓게 반영하여 사소의 인물형을 만들고 이야기를 형성했는데, 그 근거는 未堂이 참조한 사료와 시에 반영된 양상을 살펴보는 것으로 마련된다.

신라시조 박혁거세에 대한 기록을 전하는 여러 사료(使料) 중 그 어머니에 대해 드러나 있는 것은 『桓檀古記』, 『三國遺事』정도이다. 徐廷柱가 자서전 등에서 『三國史記』의 기록을 참조했다 하는데, 이는 좀 더 엄밀한 고찰이 있어야할 문제이다.8) 사소가 미당의 첨언대로 '處女로 孕胎하여, 山으로 神仙修行을 간' 기록은 『桓檀古記』9)에 있으며 「娑蘇 두 번째

---

8) 『三國史記』에 보이는 박혁거세의 기록의 일부를 소개해 본다. 『三國史記』에는 娑蘇에 대한 기록을 찾을 수 없다.

　「시조(始祖)의 성(性)은 박씨(朴氏)요, 휘(諱)는 혁거세(赫居世)다. 전한(前漢) 효선제(孝宣帝) 오봉(五鳳) 원년(元年) 갑자(甲子) 4월 병진일(정월 15일 이라고도 함)에 즉위하니 명칭은 거서간(居西干)이요 나이는 13세였다. 국호를 서나벌(徐那伐)이라 하였다. 이에 앞서 조선의 유민(遺民)이 산곡(山谷) 사이에 나누어 살아 여섯 촌락을 이루었으니 1은 알천(閼川) 양산촌(楊山村), 2는 돌산(突山) 고허촌(高墟村), 3은 취산(嘴山) 진지촌(珍支村:干珍村이라고도 함), 4는 무산(茂山) 대수촌(大樹村), 5는 금산(金山) 가리촌(加利村), 6은 명활산(明活山) 고야촌(高耶村)이다. 이것을 진한(辰韓)의 6부(六部)라고 하였다. 고허촌장 소별공(蘇伐公)이 양산(楊山) 기슭 나정(蘿井) 옆의 수풀 사이에서 말(馬)이 엎드리어 울고 있음을 바라보고 쫓아가니, 어느새 말은 보이지 않고 다만 큰 알(卵) 하나가 있어서 그 알을 짜개 보니, 어린아이가 들었으므로 거두어 기른바 나이 10여세가 되자 벌써 장대하여 숙성하니, 육부(六部) 사람들이 그가 신이(神異)하게 낳았다 해서 추존(推尊)하더니 이제 와서 임금으로 들이세웠다. 진한 사람이 호(瓠)를 박이라고 칭하므로 처음 그 알의 크기가 박(瓠)만 하였기 때문에 성을 박(朴)이라고 하였다는 것이요, 거서간(居西干)은 진한의 말로 왕이다(혹은 貴人을 칭한다).
9) 사로의 시왕(始王)은 선도산 성모의 아들이다. 옛날 부여제실의 딸 파소가 있었는

의 편지 斷片」과 「朴赫居世王의 慈堂 娑蘇仙女의 自己紹介」에 있는 '아
버지'와 '매'에 대한 내용은 『三國遺事』10)에 있다.

　서정주는 『新羅抄』에 시화된 신라설화의 전거를 주로 『三國遺事』에
의존하고 있는데, 娑蘇 역시 그러하다. 『桓檀古記』에 따르면, 박혁거세

데 남편 없이 아들을 뱄으므로, 사람들의 의심을 받아 눈수(嫩水)로부터 도망쳐
동옥저(東沃沮)에 이르렀다. 또 배를 타고 남하하여 진한(辰韓)의 나을촌(奈乙村)에
와 닿았다. 때에 소벌도리라는 자가 있었는데 그 소식을 듣고 가서 집에 데려다
거두어 길렀다. 나이 13세에 이르자 지혜는 빼어나고 숙성(夙成)하며 성덕이 있는
지라, 진한(辰韓) 6부의 사람들이 모두 존경하여 거세간(居世干)이 되니, 도읍을
서라벌(徐羅伐)에 세우고 나라를 진한(辰韓)으로 하고 또한 사로(斯盧)라고도 하였
다. 桓檀古記 高句麗國本紀
10) 신모는 본디 중국 제실(帝室)의 딸이었는데 이름은 사소(娑蘇)였다. 일찍이 신선
　의 술법을 배워 신라에 와서 오랫동안 머물며 돌아가지 않았다. 그래서 아버지인
　황제는 서신을 소리개 발에 매우 부쳐 보냈다.

　"소리개가 머무는 곳을 따라 집을 삼아라."
　사소는 서신을 보고 소리개를 놓아 보냈더니 소리개는 이 선도산으로 날아가
서 멈추었으므로 신모는 마침내 거기 가서 살며 지선(地仙)이 되었다. 그래서 산
이름을 서연산(西鳶山)이라고 했다.
　신모는 오랫동안 이 산에 웅거하여 나라를 진호하였는데 신령스럽고 이상한
일이 아주 많았다. 그러므로 나라가 건립된 이래로 늘 삼사(三祀)의 하나로 했고
그 차례도 여러 망제(望祭)의 위에 있었다.
　제54대 경명왕은 매 사냥을 좋아했는데 일찍이 여기 올라가 매를 놓았다가 잃
어버렸다. 때문에 신모에게 기도했다.
　"만약 매를 찾게 되면 마땅히 작(爵)을 봉해드리겠습니다."
　조금 후에 매가 날아와서 걸상 위에 앉았다. 이 때문에 신모를 대왕으로 봉했
다. 신모가 처음 진한(辰韓)에 오자 성자(聖子)를 낳아 동국의 첫 임금이 되었으니,
아마 혁거세왕과 알영(閼英)의 두 성인을 낳았을 것이다.
　그러므로 계룡, 계림, 백마(白馬) 등으로 일컬으니 닭은 서쪽에 속하기 때문이
다. 신모는 일찍이 제천(諸天)의 선녀에게 비단을 짜게 해서 붉은 색으로 물들여
조복을 만들어 그 남편에게 주었으므로 나랏사람들이 이로 말미암아 비로소 그
의 신비한 영검을 알았다. 『三國遺事』感通第七, 「仙桃聖母隨喜佛事」 일부.

의 어머니는 부여 제실의 딸 파소(婆蘇)인데 남편 없이 아이를 잉태하여 눈수(송화강 서쪽의 강)로 도망왔다고 한다. 미당은 이 부분에서 '남편 없이 아이를 배어 고국과 부모를 떠나는' 婆蘇의 話素를 취하고, 『三國遺事』에서는 '사소의 아버지', '매', '地神으로서의 仙桃聖母'의 화소를 취하고 있다. 이처럼 미당은 여러 문헌을 비교하여 역사적으로 정확한 것을 취하는 것이 아니라 두루 참조하여 이야기의 화소로서 자유로이 채용한다.

다시 『新羅硏究』를 참조하면 사소는 "밤 풍류(風流)"를 알아버려 세상에 더 배울 것이 없어 신선이 되러 떠난 계집애이다. 사소는 길쌈이며 꽃 가꾸기며, 들일이며 모든 것을 다 익히어 심신이 "길찰대로 길차" 있었다.

> 그래, 그 이상은 아무도 더 가르칠 수 없는 ─이계집아이의 검은 밤 풍류(風流)가 여울져 흐른 다음에 이 계집아이의 손끝 끝밭에 밝은 어느 아침에, 애비는 헐 수없이 그 곁에 끌리어가듯이 가 닥아서서 말을 하였다. 『인제는 아무껏도 아가, 더 가르칠 것 없다. 신선(神仙)이나되기 전에는……』 하여 계집아이는 이 날로 집을 나서서 그의 마음의 항아리에 아직도 모자라는 것을 더 채우기 위해서 또 먼 험한 山으로 갔다. (中略)여기서부터 이 女人의 목숨을 神仙이라 하였다.11)

위의 기록을 참조하면 사소는 계집아이가 여인이 되는 관문인 "밤 풍류(風流)"를 안 이후 더 이상은 현세에서 배울 것이 없어 아버지의 권유로 신선수행을 떠나 최초의 神仙이 된 여인이다. 이 이야기 중에는 처녀잉태하여 쫓겨간 화소는 보이지 않는다. 이처럼 미당시에서 婆蘇의

---

11) 서정주 저, 『新羅硏究』, 「第 五章 神仙」 그 외 서지사항 미상.

역사적 기록이란, 娑蘇라는 인물형의 착상에만 긴요할 뿐, 그 나머지 서사 및 이야기는 시인의 상상력으로 채워지고 있다. '누가 무엇을 한 이야기'에서 착상하여, 마음씨와 말투를 완벽히 구사하는 생생한 인물형으로 詩化하는 그의 천품이 이 시에도 적용되었다. 때문에 사소에 대한 사료적 사실과 논란은 어쩌면 미당 시 해석의 핵심에서 벗어난 것일 수 있다. 그러나 미당의 사소 소재의 시와 『新羅硏究』 등을 종합적으로 고려하고 그의 이야기화 형식에 주목하여 볼 때 사소는 처녀의 몸으로 잉태하여 신선이 되는 수행을 하고자 한, 그리하여 아들을 신라의 시조로 등극시킨 신라의 어머니, 신라의 여인이라는 가장 인간적인 설정으로 이해해야한다. 또 그러한 인간적 설정에서 벗어나 현생적 인류중심의 현실을 초월하려했고 그에 성공하여 신모(神母)가 된 '영원주의(永遠主義)'의 표상으로 이해해야한다. 그러한 기반 위에서 「꽃밭의 獨白」론은 시작되어야 한다.

3. 꽃, 하늘을 향해 열린 門 그리고 新羅의 우물

이 시는 화자인 娑蘇의 독백 형식으로 이루어져 있다. 처녀의 몸으로 잉태하여 남의 눈을 피해 산으로 神仙修行 갈 것을 결심하고, 집을 떠나기 전 꽃밭에서 娑蘇는 꽃에게 이처럼 말한다. 사소가 있는 세계 혹은 사소가 처한 상황은 '세상에서 가장 낮다는 노래로도 구름까지 밖에 못가고, 힘차게 달려갔던 말도 바다에 막혀 더 이상 가지 못하는' 유한한 세계이며 제한된 상황이다. 사소가 가지 못하고 극복하지 못하는 '구름 너머의 세계', '바다 너머의 세계는' 무엇인가. 구름과 바다란 지상에서 바라보는 수평, 수직의 끝이다. 사소는 수평, 수직의 끝이 폐쇄되어 다른 세계와 소통하거나 다른 세계로 갈 수 없는 상황에 처해 있는 것이다. 처녀의 몸으로 잉태한 것은 인간의 세계, 인간의 법으로는 용납될 수 없는 일로서 그 잉태만으로도 사소는 현실에서도 폐쇄된 상황에 처해 질 수 밖에 없다. 그 인간적 제재와 폐쇄에서 벗어나는 길이란 구름 너머 바다너머로 무한히 열려있는 세계로 가는 것 뿐이다. 신선의 세계, 영원의 세계가 그것이다.

노래란 예로부터 인간의 말이나 글보다 큰 힘을 갖는 것으로 간주되어 왔다. 보통 口碑傳承으로 존재하는 노래의 힘은 그 적층성이다. 노래란 구비문학으로 존재함으로 해서 오히려 시대를 초월한 생명력을 가지고 자체로 주술성까지 지니게 된다. 때문에 노래란 말보다 더 강력하고, 거짓이 깃들 수 없는 진실한 것으로 믿어졌다. 그 노래의 힘으로도 넘지 못하는 한계, 인간이상의 물리적 힘인 말의 질주로도 넘지 못하는 한계에 몸부림치던 사소는 그 세계를 떠날 결심을 할 수 밖에 없다. 사냥으로 잡은 야생의 살코기란 인간의 욕정과 욕망에 불 지피는, 피가 잉잉거리던 병(「娑蘇 두 번째의 편지 斷片」)을 앓게 하는 것이고 그것에 이미 입맛을 잃었다는 것은 이미 신선의 길에 뜻을 두고 있었다는 의미이다.

사소는 하늘과 바다로 갇혀있는 地上이라는 폐쇄 공간에서 꽃이 피어나는 것을 우주의 개벽이라고 말한다. 꽃이 핀다는 것은 꽃봉오리가 열리는 것이고 그것이 세계와 천지가 열리는 개벽이라면 꽃 봉오리 안에는 개벽으로 열리는 무한한 원시의 세계가 있다는 뜻이 된다. 꽃은 사소가 있는 인간의 세계·지상의 세계와 꽃 안의 세계 즉, 무한, 영원,

신선의 세계를 통하게 해주는 "좋기는 제일 좋은" 유일한 門이다.[12] 꽃의 문은 하늘을 향해 열리는 문이며, 그 門은 꽃만이 열어줄 수 있다. 그 문 자체가 꽃이기 때문이며 그 문이 열리는 것은 천지개벽과 같은 자연의 이치에 의한 것이기 때문이다. 인간적 고뇌와 번민으로 가득 찬 사소는 그 영원, 무한, 신선의 세계를 동경하면서도 그저 그 門에 기대고 있을 뿐이다. 마치, 물에서 자유로이 헤엄칠 줄 모르고 그저 얼굴이나 비추고 있는 아이처럼. 아이가 물에 얼굴을 비추듯이 사소는 꽃을 그저 들여다보고 있다. 마치 우물의 심연을 들여다보듯이.

꽃 즉, 하늘을 향해 열린 문으로 영원을 들여다보는 행위는, 우물을 통해 존재의 심연 혹은 우물로 이어진 무한 세계를 동경하는 것으로 해석할 수 있다. 娑蘇는 하늘을 향해 열린 문을 통해, 자신을 들여다 보며, 그 안으로 가고자 한다. [13] 사소의 아래와 같은 독백은 영원의 세계가 열리기를 바라는 주문이나 진언[14]이라는 것이 중론이다.

---

12) 유지현은 한계를 가지고 있는 '노래'와 '말'과는 달리 '꽃'이 무한 공간의 상징이며 일종의 문으로서 "꽃이 열어주는 문은 닫힌 공간을 열어 하늘을 향한다는 점에서 지상과 천상을 연결하는 수직적인 문에 가깝다"는 분석을 보여준 바 있다, 「徐廷柱 詩의 空間 想像力 硏究」, 고려대학교대학원 박사학위논문, 1998.2. 67~69면.

13) 김인환은 소설과 시의 화법을 비교하여 논하는 자리에서 이 시의 화법을 화자의 심리서술로 분석하고 있다. 심리 서술의 화자로서 사소의 신선 수행을 자신 안에 내재한 절대를 찾아 떠나는 여행으로 보았고, 그 절대의 세계는 사소에게 폐쇄되어 있어 "문 열어라 꽃아. 문 열어라 꽃아"라고 절규한다고 분석했다. 또, 김인환은 9행 10행을 헤엄을 모르는 아이가 물을 겁내어 수면에 얼굴이나 비치고 있듯이 사소가 절대 앞에서 비틀거리는 것으로, 13행의 벼락과 해일을 절대를 찾는 고행의 과정으로 보고 있다, 「소설과 시」, 『상상력과 원근법』, 文學과知性社, 1993, 100~101면.

14) 신범순과 여러 평자들의 의견.

꽃을 들여다보며 문열어달라는 주문을 외는 것을 우물을 들여다보는
행위와 겹쳐 해석하는 또 다른 이유는 박혁거세와 신라의 우물과의 연관
성 때문이다. 신라의 시조인 박혁거세와의 우물의 연관성은 여러 기록을
통해 쉽게 확인할 수 있다. 박혁거세와 그의 배필인 알영은 모두 우물가
에서 태어나거나 발견되었다. 『桓檀古記』「고구려본기」에는 박혁거세가
배를 타고 나을촌에 도착하여 사로국을 세웠다하고, 『三國史記』「신라본
기」에는 박혁거세가 나정(羅井) 옆에서 태어났다는 기록이 있는다. 사가
(史家)들은 『桓檀古記』의 나을촌이 『三國史記』의 나정(羅井)과 같다고 한
다. 이는 신라 사가(史家)들이 박혁거세를 신비한 인물로 만들기 위하여
그렇게 적은 것으로 추측된다. 나정(羅井)이란 신라의 우물이란 뜻이다.
고대 우리민족은 바다, 강, 우물이 지하로 모두 연결되어 있고 물을 천제
(天帝:해님)의 아들인 용왕(龍王)이 관장한다고 믿었는데, 박혁거세가 우물
(井) 옆에서 태어났다는 것은 박혁거세가 천손임을 암시하는 것이다. 또
박혁거세의 배필인 알영 또한 박혁거세가 태어난 날, 사량리의 알영 우
물가에서 태어났다는 『三國遺事』의 기록이 있다.15) 박혁거세와 알영은
모두 당시 신라인들이 신성시하던 우물가에서 태어났고 신라인들은 그
들을 왕과 왕비로 삼고 나라를 세워 그 이름을 서라벌이라 했다 한다. 사

---

15) 혁거세가 알에서 태어난 날, 사량리 알영 우물가에 계룡이 나타나 그 왼쪽 겨드
  랑이로 딸을 낳았다. 그 여자 아이는 미모가 수려하였으나 입술이 꼭 닭부리와
  같았다. 그래서 사람들이 그녀를 데리고 월성의 북천에서 목욕을 시키니 이상
  한 입부리가 떨어졌다. 촌장들은 궁궐을 남산 서쪽 기슭에 세우고 두 신성스런
  아이를 봉양하였다. 사내아이는 표주박처럼 생긴 알에서 태어났으므로 성을 박
  씨로 삼았다. 계집아이는 그녀가 태어난 우물 이름을 따서 알영이라고 불렀다.
  그들 나이 열세 살이 되었을 때 촌장들은 그들을 각각 왕과 왕비로 삼고 나라
  를 세웠다. 이름을 서라벌이라 일컬었다. 『三國遺事』.

소의 꽃이 문이며 그 문이 우물이라는 분석은 그 우물에 대고 하는 사소의 獨白, "門 열어라 꽃아"가 영원세계에 대한 희구인 동시에 개벽과도 같은 새로운 세상의 시작, 새로운 국가의 시작, 즉 신라 역사 창업에 대한 기원으로 이해될 수도 있다.

> 門 열어라 꽃아. 門 열어라 꽃아.
> 벼락과 海溢만이 길일지라도
> 門 열어라 꽃아. 門 열어라 꽃아.

벼락과 해일이란 原始의 天地가 하늘과 땅으로 나뉘는 開闢의 순간에 나타나리라 상상되는 대표적인 자연 현상이다. 하늘과 바다가 뒤섞여 용트림하는 순간에 일어나는 일로 엄청난 원시 에너지의 폭발이다.16) 꽃이 피는 것은 우주의 열림이라는 개벽이고17), 그 순간의 벼락과 해일이란 天地가 분간되고, 즉, 地上과 天上이 소통되며, 神孫이 地上에 태어나는 생명현상에 수반되는 자연의 役事이다. 수평이미지의 물이 수직이미지로 바뀌는 순간이 해일(海溢)이다. 실제로 미당의 시에 '일어서는 물', '서있는 물'의 이미지로서의 해일이 자주 등장한다. 장엄한 섬광과 소리로 지상에 내리꽂히는 벼락은 신의 소리로 받아들여졌다. 이런 엄청난 자연 현상이 연약한 꽃잎 안쪽에서 일어나고 있으며 그곳은 현

---

16) 엄경희는 '노래'와 '말', '山돼지와 山새'가 갖는 지상적 한계성과 '꽃'의 우주적 시공을 대비시키며 '벼락과 해일'을 입사의 진통으로 간주한다, 「서정주 시의 자아와 공간·시간 연구」, 이화여자대학교 대학원 박사논문, 1999.2. 77~79면.
17) 김은자는 개벽하는 꽃의 이미지를 영원한 생명의 희구로 보았다. 「未堂詩의 죽음과 날개」, 『시안』, 2001년 봄호.

세를 초월하는 영원의 공간으로서 꽃잎 혹은 꽃봉오리는 인간이 신으로, 현재와 영원으로 전환되는 유일한 통로이다. 우리 문학에서 꽃이 천상과 지상을 연결하고 삶과 죽음을 초월하는 매체가 되는 경우가 종종 있는데, 서사무가 바리데기는 그 대표적인 예이다.

　부모의 병을 고치기 위해 죽음을 넘어선 여행을 떠난 바리데기는 드디어 '하늘에서 피 살릴 물, 살 생길 물, 숨 터질 물을 병에 담아 옷고름에 매달고, 피 살릴 꽃, 살 살릴 꽃, 숨 살릴 꽃도 꺽어 품에다 품고, 야감나무 가지를 세 개 꺽어' 지상에 내려온다. 바리데기가 도착했을 때 부모는 이미 죽었으나, 바리데기는 죽은 부모의 시신에 '피 살릴 물을 그 위에 뿌리고 피 살릴 꽃을 흐트린 다음 야감나무 가지로 내리치니 뼈는 불그스름하게 물들었다. 이어서 살 살릴 물 살 살릴 꽃을 뿌리니 살이 점점 나왔다. 다음으로 숨 터질 꽃을 뿌리고 야감나무 가지로 살짝 치고 숨 터질 물을 부모님의 입에 흘려 넣으니' 부모가 살아났다. 바리데기의 세 가지 꽃은 죽은 목숨도 살려내는 幽明을 초월하는 주술성을 가지고 있으며, 미당의 시에도 이러한 삶과 죽음을 초월하는 꽃이 여러 차례 나온다.[18] 그 중 「門열어라 鄭道令아」와 「무슨 꽃으로 문지

---

18) 눈물로 적시고 또 적시여도
속절없이 식어가는 네 흰 가슴이
저 꽃으로 문지르면 더워 오리야

아홉밤 아홉낮을 빌고 빌어도
덧없이 스러지는 푸른 숨ㅅ결이
저꽃으로 문지르면 도라 오리야

〈中略〉

르는 가슴이기에 나는 이리도 살고 싶은가」 등은 대표적인데, 이 시들의 꽃은 대개 생명에 대한 열망과 鄭도령으로 상징되는 지도자에 대한 기원의 표상이다. 꽃으로 문질러 돌이킨 생명은 정도령에 의해 새 세계로 인도되고자 하는 희원으로 귀결된다. 죽음에 대한 탐구라 할 수 있는 『歸蜀道』에 실린 이 두 시는 모두 바리데기의 삼색 꽃 모티브를 가지고 있다.

꽃으로 문지르면 생명이 돌아오는 주술성은, 꽃의 신비한 효능 뿐 아니라 문지른다는 주술적 행위와도 관련이 있다. 이 시의 경우 꽃이 피어나기를 바라는 것, 즉 개벽은 우주, 仙界, 영원, 혹은 신라 역사의 시작을 기원하는 것이고 이는 박혁거세라는 우주의 상징이 생명으로 태어나기를 바라는 주술이 될 수 있을 것이다. 박혁거세는 소우주의 상징인 알에서 태어났다고 하고, 그의 다른 이름 弗去內는 기록에 따르면 '붉은 해'라고 한다. 임부가 출산할 때 산파가 그 배를 문지르며 생명의 탄생을 축원하듯, 사소는 자신의 아이가 '아비없이 잉태된' 지상의 한계를 떨쳐버리고 한 역사의 시조가 되기를 간절히 바라고 있는 것이다. 사소

門 열어라 門 열어라
鄭도령님아.
「門열어라 鄭道令아」부분

정해 정해 정도령아
원이 왔다 門 열어라
붉은 꽃을 문지르면
붉은피가 도라오고.
푸른 꽃을 문지르면
푸른숨이 도라오고.
―「무슨 꽃으로 문지르는 가슴이기에 나는 이리도 살고 싶은가」 부분

가 신선이 되려한 것도(「꽃밭의 獨白」, 「사소 두 번째 의 편지 斷片」), 박혁거
세가 알에서 태어났다는 거짓부렁을 유포한 것도(「朴赫居世王의 慈堂 娑
蘇仙女의 自己紹介」) 모두 아비없이 태어날 아들을 위한 어머니의 결단이
라 할 수 있다. 사소는 仙桃聖母 신화의 주인공이고, 신선수행을 한 신
선이며 또 신라 시조의 어머니로서 神母가 되었다. 하지만, 未堂의 시편
에서 사소는 인간적 고뇌에서 벗어나 영원에 회귀하기를 바라는 신라의
여인에서 출발했음을 알 수 있다. 이제 이 논문은 우주도 영원도 한 인
간의 설화로 서술하는 미당의 '이야기' 방식과 어조, 그 구조를 해명해
야하는 새로운 과제에 이른 듯하다.

서정주와 시적 자서전의 문제
─『안 잊히는 일들』과 『팔할이 바람』의 경우

Ⅰ. 서정주와 몇 겹의 자서전

서정적 자아 또는 1인칭 화자의 주관적인 내면고백. 서정시의 이런 장르적 속성은 그것이 어떤 장르보다 자전(自傳)의 성격과 효과를 내장하고 있음을 뚜렷하게 드러낸다. 시인이 소설가나 희곡 작가보다 도덕과 윤리에 엄정할 것을 요구받거나 시 속의 정서와 사건이 시인의 것으로 쉽사리 인정되는 것도 시는 곧 시인이라는 암묵적 명제가 작용한 결과

* 최현식 / 경상대학교 국어국문학과 교수
  이 글의 발표 당시 제목은 「시적 자서전과 서정주 시 교육의 문제」(『국어교육연구』48집, 국어교육학회(Since1969), 2011.)였다.

일 것이다. 그러나 모든 시는 드러내면서도 숨기는 담화의 형식이다. 특정 사실이든 정서든 미학적 표현과 효과를 높이기 위해 얼마만큼의 변형과 수정이 개입된다는 것은 공공연한 비밀이다. 시의 독해와 연구에서 시인과는 구별되는 가면(persona)적 존재로 시적 자아/화자가 상정되는 것도 텍스트의 자율성 이외에도 그것의 허구적 개연성을 존중하기 때문이다. 만약 시인과 시 텍스트가 거리낌 없이 일치한다면, 시란 사실의 토로와 확인에 불과할 것이며 시인들의 여러 형태에 걸친 자전적 글쓰기의 필요성과 효용가치 역시 거의 무의미할 것이다.

미당이 시 여기저기에 자전적 요소들을 울울(鬱鬱)하게 구조화했음은 주지의 사실이다. 미당은 이에 그치지 않고 「내 마음의 편력」과 「천지유정」으로 대변되는 자서전을 작성했으며,[1] 드디어는 '담시로 엮은 자서전'이란 명목 아래 『안 잊히는 일들』(현대문학사, 1984)과 『팔할이 바람』(혜원출판사, 1988)을 연거푸 상자했다. 두 시집은 낱낱의 기존의 시를 집성한 것이 아니라 전자는 『현대문학』에, 후자는 『일간스포츠』에 전작을 연재한 후 출판한 것이다. 두 시집이 자서전의 규범과 형식을 준수했음은 『팔할이 바람』의 서문에 적힌 "자유시형 담시(ballade)의 문장 형식으로 시험적으로 표현된 내 요약된 자서전으로서" "이 장시에서 나는 내 어렸을 때부터 70의 고희(古稀)에 이르기까지의 내 생애에서 잊혀지지 않는 사건들만을 다루었다"는 말에 분명하게 고지되어 있다.[2] 자전적

---

1) 이 둘을 합본한 것이 『서정주문학전집3 ─ 자전』(일지사, 1972)이다. 이후 미당은 「천지유정」을 따로 떼 내어 『나의 문학적 자서전』(민음사, 1975)으로 출간했으며, 그로부터 2년 뒤 「속·천지유정」 등을 수록한 '서정주 자전에세이' 『나의 문학, 나의 인생』(세종출판사, 1977)을 펴내었다.
2) 『안 잊히는 일들』의 '시인의 말'에서 미당은 "세월이 제 아무리 지나가도 영 잊혀

텍스트들이 다룬 미당의 연령 범위만을 놓고 본다면, 시적 자서전이 산문적 자서전을 압도하는 형국인 것이다.

물론 미당이 스스로 자서전으로 명명했다 해서 두 권의 시집이 자서전의 지위를 자동적으로 획득하지는 않는다. P. 르죈은 자서전을 다음과 같이 정의한 바 있는데, 이것은 자서전의 장르 규정에서 거의 '사전적' 권위를 갖는 것으로 평가된다. "한 실제 인물이 자기 자신의 존재를 소재로 하여 개인적인 삶, 특 자신의 인성(人性)의 역사를 중점적으로 이야기한, 산문으로 쓰인 과거 회상형의 이야기". 그러면서 그는 이 정의를 네 가지 상이한 범주에 속한 다음의 요소들과 관계된 것으로 파악한다. "1.언어적 형태: a)이야기 b) 산문으로 되어 있을 것. 2.다루어진 주제: 한 개인의 삶, 인성의 역사. 3.작가의 상황: 저자(그 이름이 실제 인물을 지칭함)와 화자의 동일성. 4. a) 화자와 주인공의 동일성 b) 이야기가 과거 회상형으로 쓰였을 것".3) 미당의 산문적 자서전은 각 범주의 조건들을 모두 만족시키지만, 시적 자서전은 시인 까닭에 '1b'를 만족시키지 못한다. 그러나 르죈에 따르면 '조건 3'과 '4a'를 충족한다면 장르의 이질성은 크게 문제되지 않는다. 왜냐하면 시적 자서전 혹은 자전적 시 역시 '자서전의 규약', 다시 말해 결국 표지에 기록되는 작가의 이름으로 직결되는 동일성의 문제(저자-화자-주인공의 동일성-인용자)를 확실하게 드러내는 경우

지지 않는 일들은 스스로가 시가 될 자격을 갖는 것이라는 생각으로 이 시집을 만들"었다고 적고 있다. 김재홍은 해설에서 이 시집을 "서정주가 자신의 생애사를 시로서 형상화한 문학적 초상화(literary portrait)에 속한다"고 보았는데, '담시로 엮은 자서전'으로 명명한 『팔할이 바람』과의 유사성 및 연관성을 생각하면 동일한 형식 명칭을 부여해도 무방할 듯하다.
3) P.뢰쥔, 윤진 역, 『자서전의 규약』, 문학과지성사, 1998, 17~19면

가 허다하기 때문이다. 실제로 미당의 시적 자서전은, 자기 시의 해설과 사건 및 경험의 자세한 서사를 제외하면, 산문적 자서전의 일부를 옮겨 시화(詩化)한 것이란 주장이 가능할 정도로 유사한 면이 많다.

단일 주체의 삶과 인성을 몇 겹의 자서전을 통해 재차 서술하다보면 동어반복, 그에 따른 문학적 긴장과 효과의 이완 문제 따위가 필연적으로 발생할 수밖에 없다. 그럼에도 미당은 왜 노년에 시적 자서전 쓰기에 집중했던 것일까? '자전적 공간'은 무엇보다 자기표현의 장, 그러니까 "자신을 투기하고 고백하기, 꿈을 꾸고 스스로를 정화하기, 그리고 허구의 이야기들을 통해 자신을 표현하기"4)가 수행되는 공간이다. 그러나 이 공간은 이런 자아의 표현만으로 완결, 완성되지 못한다. 왜냐하면 "자서전이 무언가 텍스트 외적인 것에 의해 정의 내려진다면, 그것은 실제 인물과의 (검증할 수 없는) 유사성에 의해서가 아니라 자서전이 만들어 내는 책읽기의 유형과 그것이 유포하는 믿음을 통해서일 것이"5)기 때문이다. 이 '믿음'은 무엇보다 '실제로 보여지는 효과'보다는 '진실에의 유사성'을 목표로 하며, 독자 역시 이야기들의 '정확성'과 '성실성'을 근거로 자서전의 진정성을 판단하게 된다. 여기서 우리는 '정확성'은 정보의 사실 여부와 관계된다면, '성실성'은 의미와 관계되는 기준임을 기억할 필요가 있다.

이를 참조하여 각각의 비중을 산정해본다면, 산문적 자서전은 정보의 정확성에, 시적 자서전에는 의미/정서의 성실성에 가중치가 보다 놓일 것이다. 미당이 '시적 자서전들'에서 '안 잊히는 일들'의 고백을 무엇보다

---

4) P.르죈, 앞의 책, 279면.
5) P.르죈, 위의 책 69면.

강조하는 까닭은 특정 경험과 사실 자체보다는 그것에 의해 가해진 정서적 충격과 강렬한 표현 충동 및 의미화 욕망에 사로잡혀 있기 때문일 것이다. 그러니까 미당은 생애의 반복적 서술이 가져올 약점을 무릅쓰면서라도, 물리적 시간과 간교한 현실에 의해 결코 변치 않는 '나'와 그것의 영원함을 주장하고 싶었던 것이다. 독자들은 이 자서전과 대화의 규약을 일단 허락한 후에야 비로소 미당의 '정확성'과 '성실성'을 판별할 권리를 갖게 되는 것이다.

사실 미당의 자서전은 시고 산문이고 할 것 없이 사실과 정보의 정확성에 이런저런 문제를 노정하고 있다. 이를테면 미당은 시의 창작과 시집의 출간 시점, '5.16 문학상'의 수상 시점 등 사실의 영역을 잘못 기억하고 기록하는 오류를 심심치 않게 범하고 있다. 문제는 이를 연구자든 출판사든 확인과 수정 없이 관행적으로 사용하여 문학사의 좌표와 가치를 잘못 설정하는 오류를 여전히 산출하고 있다는 것이다.6) 물론 몇몇 정보의 부정확성은 시집과 시의 의미 해석에 결정적 영향을 미치지는 않는다. 그것은 수정과 재고의 영역에 속한다는 점에서 차라리 후학들의 과제로 남겨진 것으로 보아야 한다.

그러나 미당의 자서전들이 갖는 '성실성'의 문제는 '정확성'보다 그 문제가 간단치 않다. 자기의 고백과 서술에는 저자의 욕망과 이데올로기가 투사되어 있는 만큼 그에 반응하는 독자의 해석과 공감 역시 다양하게 분기, 분열될 가능성이 농후하다. 이를테면 미당은 시로 번 자긍심과 명예를 현실 순응주의와 정치적 감각의 미숙으로 가장 크게 까먹은 시인

___

6) 최현식, 「서정주 시 텍스트의 몇 가지 문제」, 『서정주 시의 근대와 반근대』, 소명출판, 2003, 312~326면.

의 하나로 회자된다. 이후 보겠지만, 어떤 면에서는 미당은 자서전을 통해 이런 의혹과 질시를 스스로 생산하고 부풀린 면도 없잖다. 고백의 '성실성'이 오히려 '진정성'을 퇴락시킨 경우인데, 이것은 특히 친일 문제에서 두드러진다. 시적 자서전에서 자기존재의 정당성 확보와 인정투쟁 욕망이 보다 강하게 느껴지는 것은 낭만주의가 시에 부여한 권한, 곧 '시는 시인의 감정과 정신 상태에 대한 꾸밈없는 순수한 표현'이어야 한다는 '성실성'을 미당이 적극 활용했기 때문인지도 모른다.

이런 측면들은 미당의 시적 자서전이 "자신의 인생을 모두 감싸 안기 위해서는 어떤 식으로든 종합이 필요하며, 과거의 자신을 설명하기 위해서는 바로 지금의 자신을 설명해야만 한다"[7]는 의욕과 책무의 소산인 것처럼 읽힌다. 실제로 그가 선택한 '안 잊히는 일'들은 단순한 회상의 대상들이 아니다. 이것은 "형용수식의 미가 아니라 행동들의 조화의 패턴이라는 것을 내 나름대로 여러 모로 시험적으로 추구하여 이것들을 현대의 욕구불만자들에게 참고로 제시해볼 목적"[8] 아래 선택된 의미소들이다. 자기성찰인 동시에 독자를 향한 계몽적 담론을 의욕하고 있는 바, 그 배면에 타락한 현실의 초월과 영원한 삶에의 귀소가 자리 잡고 있음은 물론이다. 시적 자서전은 이 '시의 이슬'을 맺기까지의 시와 삶, 미와 정치, 언어와 이념의 불일치 및 그것의 극복 과정을 특히 정서적 감각의 밀도를 높이는 방법으로 담론화한 것으로 이해된다.

이처럼 자기 시의 본류와 맥락을 일관되게 서술, 전달하는 회상, 곧 되돌아보는 자의 시선과 목소리는 독자로 하여금 그것들에 대한 연역적

---

7) P.뢰죈, 앞의 책, 262면.
8) 서정주, 「自序」, 『팔할이 바람』, 혜원출판사, 1988.

추리와 성찰적 참여의 가능성을 보다 활성화한다. 독자 참여의 확장과 증대는 독자 일반의 미당 시 이해는 물론 특히 중고등학교 과정에서의 미당 시 교육에도 여러 모로 유용하다. 가령 최근의 7차 교육과정은 국어교육에 '문학과 삶'이라는 항목을 새롭게 설정하여 작품 이해와 수용에 일대 전환을 모색하고 있다. 시(문학) 교육은 단순히 시의 이해에 그치지 않고 인간과 세계 이해의 기초, 자아의 성찰과 삶의 의미에 대한 질문으로까지 나아가야 한다는 것도 그 중 하나이다. 이 과정은 거창하게는 전인적 교양의 습득과 공정한 시민의 육성을 목표하겠지만, 시 텍스트의 의미와 효과를 학습자의 삶의 맥락에서 발견하고 체험토록 유도한다는 점에 무엇보다 깊은 의미가 존재한다.[9]

이런 사실을 고려하면 미당의 자서전들은 미당의 시작품에 대한 파편적 이해에서 벗어나 미당의 사유와 표현, 그것에 얽힌 이념과 문화 등을 종합적으로 고려할 수 있는 기초자료로 적극 활용될 수 있다. 왜라는 질문을 은폐, 억제한 채 미당을 한편으로는 언어의 부족장으로 다른 한편으로는 친일과 순응주의의 정점으로 대립, 분열시키는 태도는 서로 반쪽의 진실과 허위만을 생산할 가능성이 크다. 오히려 그것의 내적 연관과 논리를 물음으로써 미당 시 전체를 통찰할 수 있는 종합의 노력이 필요한 시점이다.

이 글은 그 가능성을 미당의 시적 자서전에 대한 독해로부터 출발시

---

9) 『7차 국어과 교육과정』(교육인적자원부, 2000)의 문학교육 부분에 대한 소개와 비판적 성찰은 김명인, 「문학교육의 악순환과 선순환」, 윤영천 외, 『문학의 교육, 문학을 통한 교육』, 문학과지성사, 2009, 222~225면 및 하정일, 「'문학'교육과 문학'교육」 같은 책, 235~253면 참조.

켜보고자 한다. 그리고 보다 논점을 명료화하기 위해 관심의 대상을 『안 잊히는 일들』과 『팔할이 바람』의 유소년기와 청년기에 대한 회상과 술회에 제한하기로 한다. 물론 이는 논의의 편의성 고려와는 비교적 무관하다. 대략 일제 말까지 해당되는 이 시기에 미당이 '방랑'으로부터의 '귀향', 다시 말해 '존재의 운명에 합당한 무엇'(='영원성')에 투기하는 자아의 서사를 거의 완성했기 때문이다. 이것은 자서전의 핵심 서사 가운데 하나인 '타락의 연쇄'와 '갱생의 연쇄'에 관련된 시퀀스들이 유년기와 청년기에 벌써 거의 완수되었음을 의미한다. 미당은 이 시퀀스들을 조직하면서 다양한 측면의 성 충동 혹은 경험을 발설하는 한편 친일의 발단이 된 일제 말기의 행적에 대한 소회 역시 빼놓지 않고 있다. 본고는 미당의 입사식(initiation)과 긴밀히 연관된 이것들의 해석과 의미화에 특히 집중한다.10)

II. 자기 회상의 시선과 목소리, 그리고 기억

저자와 화자, 주인공의 동일성은 자서전의 기본적인 성립 요건에 해당한다. 정보의 '정확성'과 의미의 '성실성'은 주체에 대한 신뢰에 거의 의존할 수밖에 없다. 만약 두 조건이 거짓에 가깝다면 자기 삶에 대한

---

10) 시 교육의 일차적인 대상자들인 중고교생과 대학생들이 입사식의 직접적인 주체이자 대상임은 주지의 사실이다. 이런 점에서 미당의 자서전들은 이들에게는 '입사'의 고통과 쾌락을 미리 엿보게 하는 공용 텍스트일 수 있다. 거기서 주어질 공통감각의 체험과 습득은 시 자체는 물론 윤리의 본질에 대한 새로운 사유와 고민의 가능성을 상당히 제고(提高)할 지도 모른다.

가치충동은 일종의 사기극에 해당된다. 자서전 텍스트가 주로 '이야기(récit)'여야 하지만, 자서전 서술이 독자를 향해 던지는 메시지를 내포한 하나의 '담론(discours)'이어야 하는 것도 자아의 진실성 때문인 것이다. '자아의 글쓰기'는 '이야기', 곧 나-화자가 나-주인공으로부터 거리를 유지하며 자신의 삶을 서술하는 것과 '담론', 곧 나-주인공을 바라보는 나-화자의 주관성을 드러내는 장치의 관계 맺음[11]을 통해 글쓰기(저자)와 책읽기(독자)의 신뢰를 공고히 한다. 이런 의미에서 자서전이 회상의 형식을 띠는 것은 당연하다. '회상'이란 경험과 사건의 단순한 되돌아봄이 아니라 저것들에 어떤 일관성을 바라는 욕망에서 기록자의 노력이 가해진 기억에 해당한다. 이것은 자서전이 자기 삶에 대한 인식적 욕구보다는 가치적 권위와 정당성을 확보하기 위한 욕구, 다시 말해 가치충동에서 비롯된 것임을 암암리에 시사한다.[12]

『안 잊히는 일들』과 『팔할이 바람』은 자기 삶의 권위와 정당성을 확보하려는 가치충동의 산물이라는 점은 동일하지만, '이야기'와 '담론'화의 방식에는 일정한 차이가 존재한다. 동일한 사건과 경험을 서술하더라도, 『안 잊히는 일들』이 사실의 제시에 보다 집중한다면, 『팔할이 바람』은 나-화자의 감각적 주관성 묘사에 보다 주력하는 양상이랄까.[13] 먼저

---

11) P.르죈, 앞의 책, 17~19면.
12) L. 밍크, 「모든 사람은 자신의 연보 기록자」, G. 쥬네트 외, 『현대서술 이론의 흐름』, 솔, 1997, 224~225면.
13) 이를테면 『안 잊히는 일들』에는 사실 또는 정황을 밝히기 위한 주석이 첨가된 시가 수편 존재한다. 서시에 해당하는 「마당」에는 "이 詩 속의 〈아버지가 해다 말리는 山엣나무 향내음〉에는 내 아버지가 손수 땔나무를 한 것으로 되어 있으나 이건 사실이 아니고 다만 詩로 하자니 〈머슴이 어쩌고……〉하는 건 詩맛이 달아날 것만 같아 이리 해놓은 것뿐이다"라는 주석이 붙어 있다. 하지만 『팔할

구성의 차이를 보자. 전자는 '1.유년시절'에서 '13. 육십대 시편'까지 총13 장 92편의 구성을 취하면서 어느 연령대고 일정 편수를 배당하는 공정성을 일관되게 유지한다. 이에 반해 후자는 장의 구분 없이 52편의 시를 나열하는 방식으로 생애를 다시 구성하고 있다. 그러니까 『안 잊히는 일들』을 거의 절반 정도 축약한 형식인데, 특히 한국전쟁 이후의 삶에 대한 압축과 삭제가 두드러진다. 이 차이는 결국 '이야기'와 '담론'의 관계 맺음의 차이로 보아 무방하겠다.

그러나 '이야기'는 사실의 서술이란 점에서 크게 다를 것 없다. 따라서 두 시적 자서전의 차이는 나—화자의 주관성, 그러니까 삶에 대한 이미지의 일관성과 충만감, 완성과 종결 등을 드러내는 '담론'의 차이에서 빚어지는 것일 가능성이 크다. 두 시집에서 나—화자의 태도와 발화 방식의 차이가 주목되는 이유인데, 유사한 경험도 다음처럼 서로 다르게 회상된다.

> 일고여덟 살또래의 우리 書堂 패거리들이
> 여름달밤 그 마당의 모깃불가를 돌며
> 요렇게 병아리 소리로 唐音을 合唱해 읊조리는 것은
> 고것은 전연 고 意味 쪽이 아니라
> 순전히 고 뜻모를 소리들의 매력 때문이었읍니다.
>
> —「唐音(唐詩)」 부분(『안 잊히는 일들』, 18면)

미당의 '당음' 경험은 시로의 진입이 의미의 인지보다는 리듬과 소리

이 바람』에는 주석의 제시가 전혀 없다. '사실' 자체보다는 '정서'와 '감각'의 표현에 강조점을 두고 있음을 시사하는 대목이다.

의 유희 혹은 충동으로부터 시작된다는 범상한 진실을 명쾌하게 보여준
다.14) 평어체의 다른 시들과 달리 드물게 경어체를 취한 까닭도 그런
정서적 충격을 보편화하기 위한 전략으로 이해된다. 또한 생애 최대의
풍경을 이루는 유년기의 심미적 경험에 대한 윤색 없는 고백의 의지도
작용했을 것이다. 시의 말미에 "〈女子의 이쁜 눈썹〉 같은 거니 뭐니/ 고
런 생각일랑은 전혀 아니었읍니다."라고 적은 것도 이 때문일 것이다.
'〈여자의 이쁜 눈썹〉' 따위는 1950년대 후반 이후 평정심을 획득한 미당
이 '영원성'의 세계를 심미화하기 채용한 대표적인 이미지이다. 따라서
「唐音(唐詩)」의 미적 체험은 그것이 창작될 당시의 시점(현재)에서 가치
화된 것으로 보기 어렵다. 차라리 무의지적 기억의 지평, 그러니까 그
어떤 다른 날들과 관련 맺지 않은 채 오히려 시간으로부터 부각되어 돌
출하는 절대경험의 현현으로 보는 것이 보다 타당할 것이다.

> 물론 그 술과 안주를 자신 것은
> 내 아버지와 홍명술 선생님과
> 그 남의 소실색씨 뿐이었지만서두,
> 내 나이 일흔 세 살의 지금까지
> 이 때 이 일을 나는 잊지 못하네.

---

14) 유종호는 "모든 교육 중에서 가장 중요하고 견고하며 창조적이고 생산적인 교육
은 자기교육이"라고 말한 적이 있다. 미당의 '당음' 체험은 "제자리에 놓인 적정
한 말의 묘미를 음미하는 일"(유종호, 「왕도는 없다」, 윤영천 외, 『문학의 교육,
문학을 통한 교육』, 42면 및 47면)의 즐거움을 통해 시에 대한 자기교육은 물론
시의 창작으로 나아가는 창조적 진화의 모델로 모자람이 없을 것이다. 문학교
육에서 이해에 앞서 읽기 교육이 강조되어야 하는 한 이유 역시 설명해주는 장
면에 해당하기도 한다.

천자 한 권 배운 것과
이 때 이 각씨가 보이고 들려준 것들을
저울에 견주어 달아 보자면
아무래도 이 각씨의 천자 뒤풀이쪽이
그게 무게가 많이 더 나갈 것 같군.
묵직하게 무거운 무게가 아니라
쌍긋하게 향내나는 그 무게가 말이야.

― 「사내자식 길들이기 3」 부분(『팔할이 바람』, 25면)

서당에서 천자문을 뗀 후 치룬 '책갈이' 장면과 거기서 체험한 감격의 사태를 묘사하고 있다. 단연 대비되는 것은 "천자 한 권 배운 것"과 "각씨가 보이고 들려준 것들"이다. 각씨의 소리와 아름다움이 천자문의 의미를 압도한다는 점에서 「唐音(唐詩)」와 가족 관계를 형성한다. 그러나 두 시의 제목은 그것들이 지향하는 바를 뚜렷하게 차이 짓고 있다. '사내자식 길들이기'가 암시하듯이, '각씨'는 '당음'처럼 시적 경험의 기원이기도 하지만 성적 충동의 발단이기도 하다. 말하자면 그녀는 '여자의 이쁜 눈썹'의 의미를 노래와 육체의 아름다움을 통해 몸소 현시한 존재인 것이다. 일회적 미적 체험의 즐거움과 충격을 다룬 「唐音(唐詩)」과 확연히 대비되는 지점인 것이다.

물론 '각씨'의 가치화는 "내 나이 일흔 세 살의 지금까지"가 암시하듯이 영원성을 내면화한 노년의 화자에 의해 창출된 것이다. 어린 나이의 성적 충동이 짓궂지 않은 것도 이 때문이다. 과연 미당은 시의 후반부에서 '책갈이' 장면을 남녀노소가 함께 어울려 "산수자연과도 함께" 한 것으로 가치화하면서, 그때의 심정을 "이 마음은/ 하늘 끝 아스라한/ 영원에 닿"은 것으로 숭고화 하고 있다. 그러므로 화자의 이런 태도는 저자(미당)의 삶이 처음부터 '영원성'에 귀속되어 있었음을, 따라서 자신의 모든 행위, 특히 시는 "내 체내의 광맥을 통해"(『한국성사략』) '별'(영원성)이 완미하게 관류토록 유인하는 치료행위였음을 일찌감치 선언하는 것으로 이해될 수 있다.

문제는 '갱생의 연쇄'에 관한 시퀀스를 전면화함으로써 정보의 축을 담당하는 '이야기'가 주관적 의지에 따라 상당히 변형되거나 왜곡될 소지가 생겨난다는 것이다. 벤야민에 따르면, 정보나 보고가 아닌 다음에야 모든 '얘기'들은 사물의 순수한 실체만을 전달하지 않는다. '얘기'는 보고하는 사람의 삶 속에 일단 사물을 침잠시키고 나서는, 나중에 가서 그 사물을 그 사람으로부터 끌어내는데, 그래서 '얘기'에는 '얘기'하는 사람의 흔적이 남아 있게 마련이다. 자서전 역시 이런 원리와 규칙을 준수하며, 저자는 자기 나름의 가치와 교훈을 여러 방식을 통해 남기고 전달하고자 각고의 노력을 기울인다.

『팔할이 바람』에 보이는 능청맞은 '이야기꾼' 화자의 설정은, 벤야민의 말처럼, 자기 경험의 원료를 튼튼하고 유용하며 독특한 방법으로 가공함으로써 그것의 권위와 효과를 승압시키려는 의욕의 소산일 것이다. 그러나 미당의 '이야기꾼' 화자는 '영원성'을 절대가치로 설정함으로써 그 배경과 의미가 다른 개성적 경험들을 영원성 실현의 부속물로 단일화·단순화해버리곤 한다. 이런 의미에서 「사내자식 길들이기 3」은 유년기의 '객관적으로 커온 사실적 세계'15)를 초과하는 일종의 상상적·상

---

15) 변학수, 『문학적 기억의 탄생』, 열린책들, 2008, 185면.

징적 세계에 해당한다. 유년기에 적확히 각성되거나 성찰되기 어려운 미와 영원성, 성적 충동 따위를 성인의 눈으로 가치화하고 재구성한, 자기완결성에 대한 욕망의 산물인 것이다. 현재를 치유하고 보상하려는 성인의 욕망에 의해 과거, 그리고 거기에 연동된 의미의 성실성이 결정적으로 약화되는 지점이라 하겠다. 『팔할이 바람』이 "회고록이 아무리 열심히 진실을 말하려고 노력한다 해도 그것은 언제나 절반만 성실할 뿐이다"라는 A. 지드의 비판적 발언에 직접 연루되는 것도 이 때문이다.

> 떡갈나무 노가주 산초 냄새에
> 어무니 아부지 마포 적삼 냄새에
> 어린 동생 사타구니 꼬치 냄새에
> 더 또렷한 하눌의 별 왼몸으로 보았네.
>
> — 「마당」 부분(『안 잊히는 일들』, 13면)

> 방안에는 성탄절날 수녀같은 색시들이
> 대여섯 명, 그중에 한 색시가 말씀을 하네.
> 내 꼬치 모양이 특히 좋다고 굽어다보며
> "아흐 고 꼬치에 땀 방울이 이뻐"하고
> 음력 초사흘날 달눈썹 아래
> 초롱같은 두 눈에 불을 밝혀 속삭이네.
> 아아 나로 말하면, 이 나로 말하면
> 그 말씀과 그 눈 그 눈썹을
> 아조 잊어버릴 수는 영원히 없을거야.
>
> — 「사내자식 길들이기 1」 부분(『팔할이 바람』, 16면)

두 시집의 서시(序詩)에 해당하는 시들이다. 유년기의 이야기는 인간의 총체적 계획을 그려내는 소우주이며, 따라서 자서전의 제1권은 드라마의 제1막이면서 동시에 드라마 전체인 것이란 규정은 두 시에 모두 적용될 만하다.16) 인간의 삶과 죽음은 대개 가족과 공동체의 범위에서 시작되고 끝나게 마련이다. 이 친밀성의 관계를 통해 인간은 삶의 의미와 가치를 배우고 또 전수하며, 그 과정에서 자아의 정체성을 확립 또는 수정해 간다. 친밀성의 핵심을 「마당」은 가족에서, 「사내자식 길들이기 1」은 그것의 확장된 형태인 마을 공동체에서 찾고 있다. 세계 및 존재와의 관계맺음이 변화, 확장되는 만큼, 더 구체적으로는 회상의 범주가 변형되는 만큼 회상과 접점을 형성하는 '은폐기억'의 양상 역시 달라지고 있다. '은폐기억'이란 "기억 속에 나중의 느낌이나 생각이 들어가고 그 내용은 상징이나 은유적 관계로 만들어진 독특한 기억"17)을 말한다. 이 말을 참조하면 원래의 기억의 흔적은 다양한 심리적 정황에 영향을 입어 변형되었을 가능성이 큰 것일 가능성이 많다.

두 시를 비교하면 유년기 생활의 정황상 정보 혹은 기억의 정확성은 「마당」이 우세할 듯싶다. 분위기의 조작을 어느 정도 감안해도 가족의 저런 친밀성은 쉽게 체험 혹은 상상 가능한 것이다. 사실 「사내자식 길들이기 1」의 "수녀같은 색시들"과 "그 중에 한 색시"는 산문적 자서전에 따르면 동네의 부인들과 "라파엘의 후광을 쓴 성모의 눈썹 같은 그 부인"18)이다. 모성성의 심미성과 영원성을 예찬한 대목인 셈인데, 그 기원

---

16) P.뢰쾬, 앞의 책, 141면.
17) 임진수는 S.프로이트(2005)에서 이 말을 '덮개-기억'(Deckerinnerung/screen memory)으로 번역했다. 하지만 여기서는 덮다보다 은폐하다는 말이 독일어의 원개념에 보다 가깝다는 변학수의 의견(『문학적 기억의 탄생』, 99면)을 취하여 은폐기억으로 대체한다.

을 아예 '색시' 곧 젊은 처녀나 갓 결혼한 여성들로까지 소급함으로써 그 기원과 범주를 대폭 확장하고 있다.[19] 물론 미당의 의도는 산문적 자서전에서와 마찬가지로 자신의 시적 이념이자 결과물인 '영원' 체험의 기원을 생애 최초의 기억으로까지 송환하는 데 있다. 제1막(유년기)과 폐막(노년기)을 일관하는 삶의 서사로서의 영원성, 그렇게 구성되고 진행된 드라마 전체를 「사내자식 길들이기 1」이 요약적으로 제시하고 있는 것이다.

여기서 정작 중요한 것은 유년기 '영원성'의 기억이 구체적인 사실의 망각 혹은 조작을 불러들이고 있다는 사실이다. 요컨대 위의 두 시는 과거에 대한 '이야기'와 '담론'의 관계맺음이 현재의 욕망과 보상심리에 의해 전혀 달라질 수 있다는 것, 다시 말해 미당의 '현실 과거'가 현재의 욕망에 따라 차츰 경험이 배제된 '순수 과거'로 옮겨가고 있음을 잘 알려주고 있다.[20] 미당이 산문과 시를 오가면서 작성한 몇 겹의 자서전의 핵심은 어쩌면 '현실 과거'가 '순수 과거'로 이행 혹은 변형되어 가는 양상, 그리고 그것을 가능케 한 영원성의 심화 과정, 그것의 기원에 해당

---

18) 서정주, 「내 마음의 편력」, 『서정주문학전집 3』, 일지사, 1972, 10면.
19) 국어사전에서 '색시'는 1.새색시. 2.아직 결혼하지 아니한 젊은 여자. 3.술집 따위의 접대부를 이르는 말. 4. 예전에, 젊은 아내를 부르거나 이르던 말로 설명된다. '각시'는 1.아내를 달리 이르는 말. 2. 새색시로 풀이된다. 특히 '색시'의 경우는 '부인'과 교집합을 형성하지 않는 범위가 넓다. 이처럼 섹슈얼리티의 느낌은 부인보다는 색시와 각시 쪽이 훨씬 높다.
20) R.코젤렉 시간성 개념을 원용한 변학수의 설명(227면)에 따르면, '현실 과거'에서 '순수 과거'로 전환하는 것은 기억과 망각이라는 두 가지 과정을 동시에 수행하는 것이다. '순수 과거'로의 전환은 결국 경험 내용이 축소되는 것이므로, 그 과정이 진행될수록 '현실 과거'에 대한 증언은 누락되고 그 책임 소재가 모호해지며 모든 존재론적 맥락을 상실하고, 작가는 용서되고 그의 과거는 묻히게 된다.

하는 과거를 향한 태도와 시선의 문제일 지도 모른다. 왜냐하면 '현실 과거'는 자서전과 각종 기록, 주위의 회고와 구술을 통해 어느 정도 복원이 가능하며 잘못된 오류 역시 수정 가능하기 때문이다. 그러나 시의 자율성과 상상력의 자유, 그리고 예외적 개인 특유의 시적 이념을 들어 '순수 과거'로 거침없이 회귀하는 태도는 역사현실의 망각과 삭제를 자동화한다는 점에서 누구나 공유 가능한 인간성의 보편화라기보다는 그것을 무중력의 공간에 띄워버리는 추상화에 보다 가까울 것이다.

그런 점에서 미당의 시적 자서전은 너무나 인간적이기보다는 차라리 종교적인 성격마저 엿보인다. '영원성'의 절대화는 궁극적으로 '신적인 세계'로 존재를 투기하려는 시도이며, 유년기를 영원성의 성소(聖所)로 특화하는 태도 역시 '거룩한 시간' 혹은 코스모스(cosmos)의 경험을 현실화하려는 욕망21)에 다름 아니기 때문이다.22) 종교적 영원성과 같은 거룩한 시간은 일상의 세속적 시간과의 충실한 교섭 및 그에 대한 충분한 성찰 속에서야 비로소 그것의 절실함과 위대함을 획득한다. 미당의 시적 자서전은 이 세속적 시간의 역할을 쉽게 지나치거나 그 가치 인정에 인색한 것처럼 느껴진다. 그런 만큼 그를 둘러싼 세계를 향한 자의적 판단은 강화될 수밖에 없으며, 영원성에 몰입할수록 현실 순응의 계기가 더욱 확장될 수밖에 없다. 서정주의 세 권의 자서전에 게재된 차이들이 그에 대한 유의미한 증거를 제공하고 있다는 사실을 우리는 지금

---

21) 『팔할이 바람』에서는 '하눌의 별'이니 '성탄절날 수녀같은 색시' 하는 말들의 종교적 아우라는 "영원이 내는 소리"로 가득 찬 '자연'과 긴밀히 연관되어 있다. '영원성'의 세계에서 성(聖)과 속(俗)이 하나로 통합되어 있거나 상호교류 혹은 대체가 가능한 세계들임이 여기서도 드러난다.
22) M.엘리아데, 이동하 역, 『성과 속—종교의 본질』, 학민사, 1983, 52면.

까지 얼핏 엿보아 온 셈이다.

Ⅲ. 상실과 치유의 이야기―성(性)과 친일의 문제

동서고금을 막론하고 성장의 서사에는, 탕자의 귀환이라는 말이 시사하듯이, ①타락과 상실, 위기의 국면 ②갱생과 구원, 성취의 국면이 복잡하게 직조되어 있다. 자서전은 자기완결성의 구축을 목표로 한다는 점에서 '보다 만족스러운 상태'로의 이동을 전제하기 마련이다. 말하자면 자신의 삶에 대한 질문보다는 그것의 긍정적 가치화에 경도되는 글쓰기가 자서전의 암묵적 규약 가운데 하나인 것이다. 미당의 자아의 서사 역시 '타락의 연쇄'와 '갱생의 연쇄'가 얽히고설키는 가운데 점차 후자의 안정적 구조화가 전면화되는 방향으로 전개된다. 이 흐름은 당연히도 훈육과 계몽, 저항과 일탈의 체험으로 점철되는 소년기~청년기에 완연하며, 이 지점들의 통과를 완료함으로써 미당의 심미성과 영원성을 향한 지향 역시 새로운 전기를 맞게 되는 것이다.

우리는 이 시기를 일러 현실의 원리에 적응하는 한편 그것을 초극할 새로운 기획이 처음 입안되는 '입사식(initiation)'의 연대라 부를 수 있을 것이다. 입사식의 관점에서 본다면, 미당의 시적 자서전에서는 '성'과 '친일'의 문제가 특히 주목된다. 두 요소는 첫째, 육체와 영혼의 성장 혹은 변곡의 마디로 위치하며, 둘째, 시인되기와 그것의 재정립에서 결정적 역할을 수행한다는 점에서 진지한 검토를 요구한다. 특히 '친일' 문제에 대한 소회와 시간에 따른 관점의 변화는, 비유컨대 A. 바디우가

말한바 사건에 대한 충실성을 지키는 것, 즉 진리 과정에 대한 충실성 여부를 새삼 질문하게 한다.[23]

　1 최근의 성폭력 사태를 보면, 청소년들이 어른 못지않은 주인공으로 등장하곤 한다. 성적 욕망의 통제 능력 미비와 사회적 관습 등을 이유로 청소년들의 성에 대한 미결정성을 강조하지만, 그들의 육체가 이미 내뿜기 시작한 성적 능력을 마냥 도외시할 수는 없다. 사실 이들의 관심이 성의 제일 원리인 생식 능력의 확인에만 있다고 볼 수는 없다. 이들의 성 역시 "욕망하는 존재로서의 인간의 자아의식을 형성하는 의식적·무의식적 욕망과 금지의 복합물을 모두 의미"[24]하기는 마찬가지이다. 성적 욕망과 금지의 충돌 및 타협의 정도에 따라 성은 사회에 활기를 불어넣기도 하며 또 사회질서를 교란하기도 하는 이중적 속성을 지니고 있다. 성의 이중성에 관한 극단적 대비 혹은 대립은 카니발과 성폭력 사태를 견줘보면 어렵지 않게 확인된다.

　청소년기 미당의 성적 체험 혹은 충동은 타자나 공동체와의 충돌보다는 자아의 성장 및 사회화 과정으로 제시되고 있어, 성적 체험의 충격과 금지의 일탈에 따른 불안과 고통은 상당히 감쇄되어 있다. 물론 이것도 성인의 관점에서 성적 충동과 체험을 생물학적 필연성으로 또 영혼의 성숙과 완성에 필요한 통과제의의 일종으로 가치화한 결과임에는

---

23) 바디우는 이것을 '진리의 윤리학'이라 명명했다.(A. 바디우, 이종영 역, 『윤리학』, 동문선, 2001, 84~88면). 비유라는 전제를 달았듯이, 이 글의 관심은 미당의 친일에 대한 고백의 변화에 제기되는 충실성의 이탈 혹은 파기 문제에 가 있음을 미리 알려둔다.
24) P.브룩스, 이봉지 외 역, 『육체와 예술』, 문학과지성사, 2000, 30면.

변함이 없다.[25] 그렇다는 것은 내밀한 형식을 띠는 경우가 훨씬 많은 성적 충동과 체험을 자연스럽게 시제(詩題)로 채택하여 그 양상과 결과를 서슴없이 고백하는 태도에 잘 드러나 있다.[26]

들어가보니, 양철화로에는 짚화로불도
그래도 두 손은 잘 녹이여주는지라,
붓거니 권커니 두어 되는 마시다가
그 여자가 그만 나를 잡아당겨서
나도 그만 그 여자를 보듬고 딩굴어서
눈깜짝새 ××를 벼락치듯 했는데,
뒤에 알고보니 이 여편네 남편은
이 근방서도 무서운 그 털보 소장순지라,
그 뒤로는 이 집 앞을 지날 일이 생기면

---

25) 유년기를 다룬 「사내자식 길들이기 2」(『팔할이 바람』)에는 마을 공동체를 분란에 빠뜨리는 성적 사건, 곧 '간통'에 관련된 처벌과 해결 문제가 서술되고 있다. '간통' 사건이 발생하면 마을 사람들은 간음자들을 직접 단죄하기보다 풍물을 쳐대며 마을의 공동우물을 매우는 간접적인 처벌을 수행한다. 마을 사람들의 각성과 범죄 예방을 위해 공동책임을 묻는 방식인데, 이 처벌은 곧 갈등과 분열의 원만한 해결 방식이기도 한 것이다. 미당은 이 간통 사건을 직접 경험한 것이 아니라 어른들에게서 전해들은 이야기로 산문적 자서전에 기록하고 있다. 요컨대 삶의 전통과 지혜에 관련된 사항인 것이다. 마뜩찮은 성적 치부(恥部)가 유년기의 기억으로 선뜻 제시될 수 있는 이유가 여기 어디 존재할 것이다.

26) 『안 잊히는 일들』의 경우, 일본인 여선생에 대한 열 살 적 동경과 순정을 그린 「첫 질투」「첫 이별공부」, 청소년기 친구들과 어울리던 술집에서의 성적 경험을 그린 「중국인 우동집 갈보 금순이」「동정상실」이 여기에 속한다. 『팔할이 바람』의 경우, 이 경험들이 「줄포 2」, 「줄포 3」, 「고창고보, 기타」에 실려 있다. 여선생에 대한 순정을 제외하면 일탈과 충동 행위로서의 성적 체험이 두드러지는 편이다. 정상적 의미에서 미당의 첫사랑은 20대 초반에 처음 경험되는데 '임유라(任幽羅)'에 대한 구애, 아니 짝사랑은 결국 실패로 귀결된다. 이즈음의 감정을 담은 시가 「엽서―동리에게」(『화사집』)와 「ㅎ양」(『안 잊히는 일들』)이다.

마음써서 멀리멀리 논둑길 밭둑길로
돌아서 돌아서만 다녔었지.
그래서 그 두두룩한 함박눈만 내리면
수염 좋은 소장수가 나는 제일 겁이 났었지.

－「동정상실」부분(『안 잊히는 일들』, 38~39면)

'동정상실' 이야기는 여러모로 의미심장하다. 미당의 회고에 따르면 열여섯 살 적 그의 '동정'은 빼앗긴 것에 가깝다. 쉰이 넘어도 자식이 없던 털보 소장수 부부가 미당을 꾀어 자식을 생산하고자 한 결과였기 때문이다. 이전까지의 미당의 성적 체험은 술집에서의 엉덩이에 뿔난 식의 유희와 충동의 결과, 그러니까 또 다른 방식의 '사내 길들이기'에 지나지 않았다. 그를 통한 또래 집단의 결속은 성적 만족뿐만 아니라 남성 우위의 사회질서, 곧 가부장제적 권위를 획득해가는 과정이기도 했다. 그러나 미당의 삶에서 결정적인 성적 체험은 타자를 '빼앗는' 성이 아니라 타자에게 '빼앗긴' 성이었다. 왜냐하면 결과적으로 '빼앗긴 성'은 가정의 파탄이 아니라 가정의 연속과 보전을 향한 구원 행위였기 때문이다. 이것은 어린 남근의 권력 속에 침전된 그간의 죄의식은 물론 명백한 성적 야합에 대한 지탄을 상쇄하고도 남을 치유와 보상에 해당한다. 여기에는 미당 자신이 타자로부터 '생명의 지평에서 창조자'의 일부로 인정받고 있다는 것, 다시 말해 '입사식'의 문턱을 넘어서기 시작했다는 자아에 대한 담담한 인정 역시 숨어 있다.

이런 뜻밖의 전환은 '타락의 연쇄'가 '갱생의 연쇄'로 전환되는 길목에 위치하고 있다는 점에 또 다른 의미가 존재한다. 미당은 이 당시 가족과의 불화의 연속이었다. 미당 자신이 고백했듯이, 그의 부모는 "아들의

제2부 서정주, 시의 이슬 － 시냇바닥에 얼굴을 비추다　211

知識이라는것은 고등관도 面小使도 돈버리도"[27] 되는 그런 것이기를 바랐다. 하지만 이 당시 미당은 '광주학생사건'과 '사회주의병'에 휘말려 "만세만큼은 빠지지 않고 따라 부르고 있었"(『팔할이 바람』)다. '동정상실'은 이 일들로 인해 경성에서 고창으로 쫓겨 내려와 가출과 방황을 일삼던 시절의 불안과 울분의 와중에서 겪은 일이다. 그런데 문제는 동정의 상실이 뜻밖의 갱생을 성취했듯이, 이즈음의 이념의 상실과 폐기가 인간 본연의 생명력에 대한 고민과 발견, 그것을 열렬히 추구하는 시의 발견과 창조로 전이되어갔다는 것이다.[28]

'사회주의병'이란 가치하락의 명명이 지시하듯이, 미당은 청소년기 특유의 열정과 조급증의 발로로 사회주의를 수용한 측면이 크다. 1990년대 현실 경험이 시사하듯이, 이념적 열정은 세계에 대한 원근법적 이해와 전망을 예각화하지 않는 한 문화적 감수성에 쉽사리 떠밀려가기 십상이다. 1930년대의 미당 역시 '성'과 '이념'으로 대변되는 자신의 '타락의 연쇄'를 문학과 불교 등의 문화적 지평에 의지한 '갱생의 연쇄'를 통해 치유하고 넘어서고 있다.[29] 이에 대한 최초의 시적 결실이 '시인부락' 시기

---

27) 서정주, 「풀밭에 누어서」, 『비판』, 1939.6.
28) 이 과정에서 첫사랑의 실패와 방옥숙 여사와의 결혼이 성취된다는 것도 의미심장하다. 입사식 혹은 성장의 서사의 일부로서 성적 체험은 이미 완료된 것이나 마찬가지이기 때문이다. 실제로 이후 미당의 시에서는 삶의 의미 변수가 되는 성적 체험은 더 이상 등장하지 않는다. 이는 자서전에서도 마찬가지이다.
29) 이를테면 「노초산방」(『팔할이 바람』)에는 이즈음 고창에서의 독서 체험이 서술되고 있는데, 톨스토이, 위고, 투르게네프, 도스토예프스키, 보들레르, 니체, 굴구대학(掘口大學) 번역의 프랑스 시선 「월하의 일군」, 북원백추(北原白秋), 석천탁목(石川啄木), 주요한, 정지용, 김영랑, 신석정의 이름이 한꺼번에 등장한다. 청년기의 독서 체험을 뭉뚱그린 것일 가능성이 크지만 그 사실 여부가 필자의 가정에 크게 문제되지는 않을 듯싶다. 다만 미당 스스로가 정지용과 더불어 극

창작된 「화사」, 「문둥이」 등임은 주지의 사실이다. 미와 추, 죄와 벌, 죽음과 생명 등 대립적이고 이질적인 것들의 통합과 미학화를 통해 미당은 시라는 '생명의 창조자'로 거듭난 것이다. 이른바 질풍노도 시기의 성장의 서사는 이로써 완결된 것인데, 실제 삶에서든 시에서든 성적 욕망과 서사가 주요한 계기와 역할을 담당했음을 새삼 확인하게 된다.30) 그런 점에서 미당의 성년 이전의 '성'에 대한 이야기는 경험의 회상과 재현보다는 삶의 의미가 새롭게 각인되는 장소로서의 젊은 육체를 기리고 표현하기 위한 것이다. 미당은 사실 이것을 「화사」 등을 통해 벌써 수행했지만, 그때와는 비교가 안 되는 숱한 독자들을 대상으로, 노년의 완숙한 시선을 통해 그 가치와 의미를 다시금 밀어올리고 있는 셈이다.

　② 미당의 삶에서 '친일'은 천형이었다. 시와 문단 권력의 정점에 올랐지만, 그는 제국의 찬양과 승리를 위한 주술을 잘못 읊음으로써 부족방언의 마술사란 권위에 큰 오점을 남겼던 것이다. 무책임과 현실순응주의로 대변되는 미당의 정치적 무감각증(아니 때로는 그래서 더 정치적으

복의 대상으로 천명했던 임화류의 카프시나 일본 쪽 나프시에 대한 언급은 따로 보이지 않는다. 이는 미당의 보수주의적 이념 및 이 책이 출간된 무렵의 시대상황과 밀접한 관련이 있을 것이다.

30) 청소년기 성의 문제와 고민은, 누구나 경험했듯이, 성에 대한 생물학적 지식의 보급에 의해 완화되거나 해결되지 않는다. 동서의 어떤 문학과 영화들은 다양한 현실과 문화 환경 속에서 성의 문제를 간접 체험하고 성찰할 수 있는 기회들을 제공한다. 이것의 효과가 식상한 성 교육에 미치지 못한다고는 어느 누구도 단언할 수 없을 것이다. 한국 현대시의 경우, 특히 시인 자신의 성적 체험을 미당처럼 직설적으로 고백한 경우는 거의 없는 것으로 안다. 그런 점에서 미당의 '성' 이야기는 청소년기 성의 체험과 이후 행로의 한 방향을 예시하는 자료로서도 모자람이 없다.

로도 보이는)은 이미 친일의 시점에서 적극 발휘되었다는 후대의 연구와
보고는 미당 시를 국정교과서에서 추방하는 한편 그를 '민족의 죄인'의
대표격으로 끌어올렸다. 그런 까닭에 미당의 일제 말기 친일과 그 주변
의 기타 행적에 대한 자기 변론은 변명과 책임 회피로 각하되었다. 그
럴수록 미당의 언술 역시 더욱 치밀한 논리를 갖추어 갔는데, 이를테면
기껏 몇 달의 만주 경험을 일제에 대한 나름의 저항으로 가치화하는 태
도가 그렇다.31)

하지만 미당의 자서전에서의 '친일' 고백은 스스로를 사건에 대한 충
실성 문제, 다시 말해 '진리의 윤리학'을 의심케 하는 변수를 생산하고
있다. 자기완결성을 구축하기 위한 고백과 사죄가 오히려 그것을 무너
뜨리는 자충수로 되돌려지는 사태가 그것이다. 문학교육의 관점에 선다
면, 우리는 사실로서의 친일 못지않게 그것의 변론들에 게재된 윤리의
실종 과정을 더욱 세심하게 따져야 할지도 모른다. 미당의 '친일'에 대
한 최초의 공식적 고백과 사죄는 1960년대 말 「천지유정」의 한 항목으
로 집필된 '창피한 이야기들'에서 이뤄졌다. 친일의 시점과 경과를 1944
년 후반 이후로 잡음으로써 친일적 글쓰기의 행태를 축소시키는 장면
등 사실에 어긋나는 곳도 몇 군데 있지만, 그래도 비교적 정직하고 진
솔한 사과가 수행된다. 하지만 그로부터 20여 년 후 작성된 「종천순일
파?」에서는 '진리의 윤리학'이 여지없이 파탄 나고 있다. '친일'의 주인공

---

31) 미당의 만주 경험담은 1980년대 이후 적극적으로 회상되는 양상을 보인다. 특
   히 자신을 고용했던 일본인 상급자에 대한 분노와 복수 이야기가 전경화 되고
   있어 주목된다. 이에 대해서는 최현식, 「서정주와 만주」, 『미네르바』 2010년 여
   름호, 146~161면 참조.

은 동일하되, 그것을 이야기하는 화자의 태도와 언술이 천양지차에 가
까운 다음 장면들을 보라.

1) 그 페이퍼 나이프에는 우리나라 兵丁의 뼈로 된 것도 더러 있겠다
는 생각-그런 생각은 내 적대감정을 일으키기에는 충분한 것이었다.
그러나, 政治와 戰爭世界에 대한 내 無知와 부족한 인식이 빚어낸 이것,
解放되어 돌이켜보니 참 너무나 미안하게 되었다. 여기 깊이 사과해 둔
다.
　　나는 위에 말한 두 개의 日文詩와 한 편의 日文 從軍記 외에 또 한
편의 親日的인 우리말 詩를 每日申報에 썼다.
　　그것은 우리나라에서 뽑혀 간 學兵들의 모습이 더러운 개죽음이 아
니라 의젓하다고 한 것이다. 이것도 그때 내 생각으론 이밖엔 달리 말
할 길이 없어 그렇게 한 것이지만, 그것도 틀린 것이었던 건 물론이다.

- 「천지유정」 부분(『서정주문학전집』 3, 243면)

2) 몽고침략을 당하며 살던
　　　우리 고려인들의 이상이 어땠었는지는
　　　딱은 모르지만,
　　　나는 이조 사람들이 그들의 백자에다 하늘을 담아 배우듯이
　　　하늘의 그 무한포용을 배우고 살려 했을 뿐이다.
　　　지상이 풍겨 올리는 온갖 미추(美醜)를
　　　하늘이 '괜찮다'고 다 받아들이듯
　　　그렇게 체념하고 살기로 작정하고
　　　일본총독부 지시대로의 글도 좀 썼고,
　　　일본군 사령부의 군사훈련 때엔
　　　일본 군복으로 싸악 갈아입고
　　　종군기자로 끼어 따라다니기도 했던 것이다.

— 「종천순일파?」 부분(『팔할이 바람』, 124면)

정보의 정확성이 앞서는 산문과 정서의 충일성에 집중하는 시의 차이로 미당의 '친일' 담론의 변질을 이해할 수는 없다. 1)에 표명된 '친일'이란 사건에 대한 충실성을 전복하는 2)에서의 득의의 방법은 "'이것은 하늘이 이 겨레에게 주는 팔자다'"로 표현된 운명론, 곧 종천순일(從天順日)의 논리이다. 미당의 무책임성과 현실 회피를 지목할 때마다 거론되는 대표적 언설이다.

그러나 더욱 중요한 것은 운명론으로서 '종천순일'의 논리가 구성되고 주장되는 방법이다. 민족과 역사의 참칭이 그것인데, "겨레에게 주는 팔자"와 '고려'와 '조선' 사람들에 대한 상상적 동일시는 그래서 주목된다. 개인을 공동체의 지평에 위치시킴으로써 친일의 책임 소재가 불분명해진다면, 역사를 자기의 처지에 맞게끔 호출함으로써 현재의 책임이 회피되는 것이다. 이것들을 감싸는 "하늘의 그 무한포용"이란 말은, 비록 '체념'이란 어사를 거느리고 있다 해도, 어떤 측면에서는 현실의 삶에 절실한 지혜와 더 나은 미래를 투시하는 예지로까지 추앙된다는 느낌마저 없잖다. '경험 기억'을 죽여 '순수 기억'으로 옮아가는 기억과 망각의 동시성이 여기에도 충만한 것이다.

그러나 미당이 스스로를 구원하기 위해 떠올린 '순수 기억'은 '사건에 대한 충실성'을 배반하고 탈내는 문화(文禍)로서의 망각에 가깝다. 이런 까닭에 '종천순일'의 논리는 자기 단독의 보상과 치유에는 유효할지 몰라도, 원과거와 근과거에서 소환한 하위주체들을 또 다시 식민화하는 의사(pseudo) 식민 담론의 성격을 내포한다고 보아 거의 무방하다. 이 사태에 못지않게 자서전의 또 다른 규약 "그들(자서전의 저자=인용자)은 자기의 이데올로기로 이야기를 만들고 동시에 그 이데올로기를 말한다."[32]는 명제를 불행하게 수행한 예는 미당의 다른 글쓰기에 거의 존재하지 않는다. 자서전이 목표하는바 '진실에의 유사성'이 '의미의 불성실성'에 의해 좌초되는 불행한 형국을 미당은 끝내 초극하지 못한 셈이다.

　이것 역시 미당의 말을 빌린다면, 예외적 개성을 쉬 허락하지 않으려는 "하늘이 이 겨레에게 내린 팔자"인 것인가? 그렇다고 하기에는 미당의 자기 삶에 대한 가치충동이 지나치게 사적이었으며, 역사의 진실성에 대한 의지가 안쓰러울 만큼 희박했다. 교양 혹은 성장 서사의 한 범례로서 「종천순일파?」류의 미당의 청년기를 선뜻 내세우기 어렵다면, 그것이 일반적 의미의 '사회 내적으로 통합된 인간형'[33]의 창출과 제시에 실패하고 있기 때문이다. 2010년에 두루 쓰인 '미당 사후 10년'이란 말에는 이런저런 애(愛/哀)와 증(憎)의 염(念)은 차치하고라도, 이제 미당의 독해와 이해, 그리고 미당을 둘러싼 담화(談話)가 문학교육의 현장으로 거의 이월되었다는 사실이 내포되어 있다. 이 어리거나 젊은 '자기 형성적 주체'들은 '진리의 윤리학'을 스스로 내팽개친 미당에게서 발견과 성장의 면모보다는 완결성에의 허무한 집착과 자기 배반의 틈새를 먼저 읽을 지도 모른다. 시적 자서전의 몇몇 국면에서 미당 자신의 '이야기'는 행복할지 몰라도 타자와 관계하는 시인의 노회한 '담론'이 불행한 까닭이 여기에 존재한다.

---

32) P.뢰쾬, 앞의 책, 133면.
33) 유성호, 「발견으로서의 문학—성장 개념을 중심으로—」, 한국문학교육학회 편, 『문학교육학』 31호, 2010, 12면.

Ⅳ. 성장과 발견을 향한 미당 시 읽기와 교육

다시 강조하건대, 자서전이 글쓰기의 한 유형인 동시에 책읽기의 한 양태라면, 그리고 이를 통해 저자와 독자 간 계약의 효과가 발생한다면, 자서전이 만들어내는 책읽기의 유형과 그것이 유포하는 믿음이 무엇보다 중요하다. 이를 위해서는 정보의 정확성과 의미의 성실성이 전제되어야 한다. 나는 지금까지 미당의 두 권의 시적 자서전을 통해 두 요소의 충실한 이행을 검토하는 한편 그것을 통해 미당이 성취하고자 한, 삶과 시에 대한 가치충동의 면면을 분석해 왔다. 특히 미당의 성장사와 입사식의 문제, 그것과 미 혹은 시적 창조 및 시적 이념의 상관성에 주목함으로써 성장과 발견, 윤리의 문제가 개진되고 해결되는 방식을 입체화하고자 했다.

본고가 성장과 발견, 윤리의 문제에 주목했던 주요한 이유는 다음과 같다. 첫째, 회상과 기억에 의해 자아의 삶과 시가 가치화되는 방법과 양상을 통해 독자들의 미당 시에 대한 이해와 수용이 보다 확대될 수 있다는 것이다. 물론 이것은 '의도의 오류'와 관련된 비평적 해석과는 거리가 멀다. 그것이 창조될 무렵의 시공간을 내장하고 있는 시 텍스트와 노년의 시선으로 재가치화된 텍스트의 차이들을 탐구함으로써 미당의 시와 삶이 (재)구성되고 수정되는, 생애의 서사화 과정과 방법을 비교적 일목요연하게 드러낼 수 있다.

가령 우리는 미당의 시적 자서전을 통해 서정주가 '영원성'의 미학을 자기 삶의 이전과 이후로까지 확장하고 있으며, 자기 시의 전개 과정을 영원성의 실현 과정으로 세밀하게 구조화하고 있음을 보았다. 또한 미당은 이것의 객관성과 독자의 수용 가능성을 높이기 위해 이야기꾼 화자를 설정하는 한편 성(性)과 미의 유사성과 생명력 같은 본원적 문제를 서사의 핵심으로 취하였다. 물론 그 과정에서 정보와 감각이 윤색되거나 허구화되는 허점도 엿보인다.

그러나 시와 미를 향한 투기 과정의 집약적 제시와 표현은 독자들에게 미당의 삶과 시에 대한 정보의 획득 외에도, 긍정적이든 부정적이든 자기의 삶을 비춰볼 수 있는 거울로 작용하고 있다. 이것은 '친일'의 팻말을 목에 건 채 교육현장에서 비판받거나 추방되고 있는 미당 시가 그 이유만으로 배제되어서는 안 된다는 것을 증명하는 유효한 입점 가운데 하나이다.

미당의 어리고 젊은 시절의 타락의 연쇄와 갱생의 연쇄, 그것을 가치화하고자 하는 노년기의 노회한 언술은 독자대중 혹은 문학교육 대상자들에게 자기 삶을 성찰하는 한편 선(善)순환적 삶의 논리를 계발하는 데 여러모로 시사적이다. 이런 점에서 미당의 시적 자서전은 시 텍스트의 보조물이거나 산문 자서전의 시적 버전이 아니다. 자신의 삶을 설득, 이해시키는 동시에, 독자로 하여금 그것을 의심하고 비판케 하는 양면성의 독물(讀物)에 해당한다. 미당은 그러니까 시적 자서전을 통해 자아의 구원과 타자의 비판을 동시에 불러들인 것이다.

둘째, 미당은 벌써 경험된 사실이나 사건의 반전을 위해 자의적인 개입과 수정을 가함으로써 오히려 윤리성의 확보에 실패하게 된다. 이런 사태는 자기의 성찰과 재구성의 진정성과 성실성의 중요성을 다시 한 번 일깨우기에 충분한 것이다. 미당의 타락과 갱생 행위에서 결정적인 지점은 '친일'을 둘러싼 고백과 사과(산문), 이후 그에 반하는 자의적 해석과 집단 차원으로의 책임 전가 혹은 공동책임 부과(시)라 할 수 있다. 책임전가의 논리를 역사와 하위주체의 삶에서 발견, 현재화하는 태도는 사건에 대한 충실성을 근본적으로 호도하는 행위라는 점에서 대단히 비윤리적이다. 미당은 친일 행위는 일시적이었지만, 「종천순일파?」를 작성함으로써 오히려 식민성에 오랫동안 포획되어 있었음을 스스로 입증하는 꼴이 되고 말았다. 과도한 자기방어와 자아에 대한 가치충동이 대중적 저항과 비난을 불러오는 자책골을 쏘아버렸다는 말은 그래서 가능하다.

최근 학교제도 내 문학교육의 지향점 가운데 하나는 미래 지향의 민족의식과 건전한 국민 정서의 함양에 두어진다. 미래란 이미 완결·완성된 것이 아니라 구성되어 가는 것임을 고려하면, 우리의 사회현실과 개인의식 곳곳에 스며 있는 식민성, 나아가 소수자들을 향한 식민주의적 의식의 반성과 철폐의 노력은 더 없이 소중하다. 미당의 아름다운 언어는 이런 미래지향에 대한 뼈아프고도 깨진 거울로도 여전히 유효하다. 미와 현실은 일치하기보다 어긋나는 경우가 훨씬 많다는 것, 그러나 인간적 삶의 의미와 가치는 그럼에도 불구하고 미와 현실의 일치와 그것이 실현되는 '더 나은 삶'의 추구에 있다는 것을 계몽하고 또 표현하도록 이끄는 일은 '건전한 국민 정서 함양'의 중요한 국면일 것이다. 미당의 시적 자서전이 문학교육에 있어 대화와 성찰적 비판의 장에 호출되어도 좋을 또 하나의 이유인 것이다.

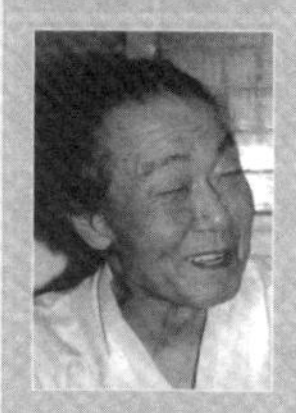

제 3 부
서정주, 시의 생애
– 벼락과 해일만이 길일지라도

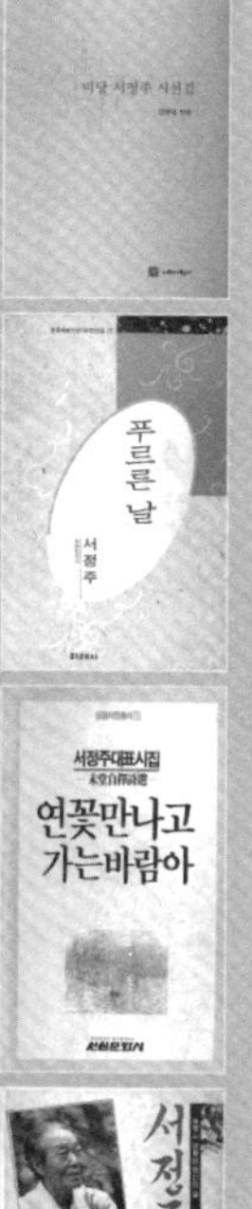

서정주의 생태사상과 그 시학적 양상

1. 서론

고은의 「미당 담론-자화상과 함께」[1]에서 발화된 21세기 벽두의 미당에 대한 논쟁은 학계와 언론에 큰 파문을 던졌으며 세기의 전환기에 유명을 달리한 미당의 업적을 다시 한 번 정리, 재조명할 계기를 마련해주었다.[2] 그러나 그 논쟁이 생산적이었다고 보기는 어렵다. 왜냐하면

---

* 김옥성 / 단국대학교 국어국문학과 교수
  이 논문은『한국문학이론과 비평』34(한국문학이론과비평학회, 2007.)에 발표된「서정주의 생태사상과 그 시학적 양상」을 재수록한 것임.
1) 고은, 「미당 담론-자화상과 함께」, 『창작과 비평』112, 2001, 여름.
2) 이 논쟁의 전말은 박순희가 일목요연하게 정리하고 있다. 박순희, 「미당 서정주 시 연구」, 성신여대 박사논문, 2005, 1~2면.

그것은 미당 생전에 꾸준히 진행되어온 상반된 평가를 집약적으로 반복해서 보여준 것 이상의 의의를 얻을 수 없기 때문이다. 결국 논쟁의 요지는 미당의 예술적인 과업은 우리 문학사에 빛날만한 것이나, 정치적인 처세는 부끄럽기 그지없는 것이라는 기존 논의의 연장선에서 크게 벗어나지 않았던 것이다.

우리 시문학사에서 미당의 예술적 성취는 대체로, 전통주의-반근대주의의 수장이라는 데에 의견 일치를 이루고 있다. 그리고 미당 시의 부정적인 측면은 근본적으로 현실의식의 부재에서 비롯된 것으로 규정되고 있다. 미당이 '오래된 미래'로서 신라정신을 수용하면서 근대에 대한 항의를 표출하여온 공과나, 현실의식의 부재로 인하여 정치적인 부도덕과 무책임한 초월의 함정에 걸려든 과실은 이미 정설로 굳어진 것이다. 그리고 그러한 규정은 후속 연구들에서 되풀이되며 재생산되고 있는 실정이다.

그렇다면 현금의 시점에서 우리가 미당에게서 새롭게 배울 수 있는 미학과 교훈은 무엇인가. 정체된 미당 담론의 새 활로는 단연 심층생태학적 차원에서 찾아져야할 것이다.

학제적인 학문으로서 생태학은 20세기 후반 지구적 담론의 황금부분으로 부상하였다. 그러한 현상은 문학 분과에서도 마찬가지였다. 냉전시대의 종식과 함께 생태학의 정신은 새로운 이데올로기로 수용되었으며, 근대라는 이름의 전차가 막무가내로 치달아온 전 지구적인 생태위기에 봉착한 시점에서 새로운 세기의 학문으로 각광을 받게 되었다.

국내의 현대시 연구에서도 예외는 아니었다. 한국 현대시의 생태론적 연구는 짧은 시간 동안 놀랄만한 성과가 축적되었다.[3] 그런데, 이 분야

의 연구는 결정적으로 산업화시대 이후 특히 1990년대 이후의 시편을
주된 대상으로 삼고 있다. 물론 최근의 연구 경향을 보면 비평과 학술
논문의 경계가 애매해진 것은 사실이지만, 엄밀한 의미에서 1990년대
이후의 시편들은 학술적인 연구보다는 비평의 대상에 적합하다.

우리가 한국 현대시의 생태론적 면모를 보다 진지한 차원에서 접근하
고자 할 때에는 산업화시대 이전으로 거슬러 올라가 생태론적 기반이
어떻게 다져져왔는가를 고찰할 필요가 있다. 그러한 과정을 통해서 산
업화시대 이후의 시학이 생태위기의식으로부터 급조된 것이 아니라 점
진적으로 축조된 생태론적 인식의 토대에서 생성된 것임이 드러나게 될
것이다.

그러나 이러한 접근의 방식에는, '과연 산업화 이전의 시대, 즉 생태
위기의식이 활성화되기 이전의 시편이 생태론적 연구의 대상이 될 수
있는가'하는 의문이 제기될 수 있다. 이와 같은 의문을 해결하기 위해서
는 생태론의 범주를 시대별로 나누어 생각해볼 필요가 있다.

첫째, 가장 좁은 의미의 생태론은 산업화시대 이후, 생태위기의식이
활성화된 이후의 담론을 의미한다. 일반적으로 그 기점은 카슨의 『침묵

---

3) 오성호, 「생태계의 위기와 시의 대응」, 『시와사회』2, 1993.8.; 정현기, 「풍요호로
   출발한 죽음의 항로―한국 현대 문학에 나타난 환경문제」, 『문학사상』241, 1992.
   11.; 홍용희, 「신생의 꿈과 언어」, 『시와 사상』, 1995. 겨울.; 송희복, 「서정시와 화
   엄경적 생명원리」, 『시와 사상』, 1995. 겨울.; 송희복, 「푸르른 울음, 생생한 초록
   의 광휘」, 『현대시』, 1996.5.; 임도한, 「한국 현대 생태시 연구」, 고려대 박사논문,
   1999.; 장정렬, 「한국 현대 생태주의 시 연구」, 한남대 박사논문, 1999. ; 정효구,
   『우주공동체와 문학의 길』, 시와시학사, 1994.; 정효구, 『한국현대시와 자연탐구』,
   새미, 1998.; 신덕룡 편, 『초록 생명의 길』, 시와사람사, 1997.; 신덕룡 편, 『초록
   생명의 길Ⅱ』, 시와사람사, 1997.; 김욱동, 『문학 생태학을 위하여』, 민음사, 2003
   b.; 김경복, 『생태시와 넋의 언어』, 새미, 2003.

의 봄』4)이 출판되고, 화이트의 「생태학적 위기의 역사적 기원」5)이 발표
된 1960년대로 잡을 수 있다. 카슨의 저서는 '환경문제'에 대한 대중적
인 관심을 폭발적으로 불러일으킨 계기가 되었으며, 화이트의 논문은
'생태학적 위기'의 가장 깊은 뿌리를 기독교에서 찾으면서 서구적 근대
에 대한 진지한 반성의 계기를 마련하였다. 이후 1970년대부터는 생태
론이 학문적으로 보편화되는 양상을 보인다.

둘째, 조금 더 넓은 의미의 생태론은 뉴튼과 데카르트 이후, 즉 근대
이후의 근대 비판과 관련된 생태학적 논의를 의미한다. 비록 생태위기
의식이 활성화되기 이전이지만 근대 이후 많은 사상가와 문인들이 근대
가 깨뜨려놓은 자연과 인간의 유대관계를 회복하려는 노력을 보여주었
다. 그러한 관점에서는 루소, 산타야나, 하이데거, 화이트헤드 등의 사상
가6)와 블레이크, 워즈워드, 괴테, 소로우 등의 문인들7)을 생태론자의 범
주에 넣을 수 있게 된다.

셋째, 가장 넓은 의미로 신화와 고대 종교, 동양의 전통 사상 등에서
발견되는 생태론적 사상이다. 이는 근대와는 관계없이, 자연과 인간의
유대관계를 추구하는 근본적으로 생태론적인 사상을 모두 포함한다.8)

---

4) R. Carson, *Silent Spring*, New York : Fawcett Crest Books, 1962.
5) L. White, Jr., "The Historical Roots of Our Ecologic Crisis", *Science* vol. 155, no.
   3767, 10. March 1967.
6) J. Barry, *Environment and Social Theory*, 허남혁·추선영 옮김, 『녹색사상사』, 이매
   진, 2004, 79~81면.; W. Fox, *Toward a Transpersonal Ecology*, 정인석 옮김, 『트랜스
   퍼스널 생태학』, 대운출판, 2002, 10면.
7) 김종서, 「과학과 종교, 그리고 환경」, 『종교와 과학』, 아카넷, 신장판, 2001, 218
   면.; K. Wilber, *A Brief History of Everything*, 조효남 옮김, 『모든 것의 역사』, 대원
   출판, 2004, 454면.
8) 가령, 박희병과 김욱동은 한국 전통사회의 텍스트와 문화에 담긴 생태론적 세계

생태위기가 근본적으로 근대의 대립적 세계관에 의해서 초래된 것이라는 점에서 둘째의 범주를 첫째의 연장선에서 바라보는 시선은 이미 보편화되어 있다. 많은 논자들이 생태론을 계몽담론과 함께 근대가 낳은 쌍생아로 파악할 만큼 생태론은 근대와 떼려야 뗄 수 없는 관계이다.[9] 따라서 둘째의 범주는 이제 당연히 생태론의 범주에 포함된다. 하지만 셋째 범주에 대해서는 논란의 여지가 충분히 남아있다. 근본적으로 셋째 범주는 첫째, 둘째와 달리 근대와의 변증을 거치지 않았기 때문이다. 그러나 셋째 범주의 생태사상이라 할지라도 근대인의 비판적인 지성에 의해 수용된 경우는 첫째, 둘째 범주의 연장선에서 생태담론에 포함하는 것이 일반화되어 있다.

첫째와 둘째의 범주가 이미 생태론적 연구 대상으로 공인되어 있음에도 불구하고 한국 현대시에 대한 생태론적 연구는 첫째 범주에 해당되는 1990년대에 지나치게 집중되어 있는 실정이다. 산업화와 그에 따른 생태위기 자체가 근대의 산물이기 때문에, 근대 자체에 대한 비판과 성찰에서 내밀하게 생성된 전대의 생태론을 방기하고, 최근의 성과만을 주목하는 연구는 본질적인 부분을 놓치게 될 수 있다. 따라서 한국 현

관을 밝히고 있다. 이러한 논의는 흔히 동서를 막론하고 근대 이전의 세계관은 근본적으로 생태론적이었기 때문에 전통사회의 텍스트와 문화를 생태론적 코드로 읽어내는 것은 무의미하다는 비판에 직면한다. 그러나 근대에 의하여 생태위기에 봉착한 오늘날의 시각에서 전통사회의 생태학적 세계관을 재조명하고 세계관 수정을 위한 자양분으로 삼으려는 의도는 결코 폄하될 수 없는 것이다. 박희병, 『한국의 생태사상』, 돌베개, 1999.; 김욱동, 『한국의 녹색문화』, 문예출판사, 2003a.

9) G. Myerson, *Ecology and the End of Postmodernity*, 김완구 옮김, 『생태학과 포스트모더니티의 종말』, 이제이북스, 2003, 8~10면.; K. Wilber, *op. cit.*, 453~456면.; 이진우, 『녹색 사유와 에코토피아』, 문예출판사, 1998, 216면.

대시의 생태론적 연구는 이제 둘째 범주로 대상을 확장시켜 산업화시대 이전 한국 근현대 시인들의 사상과 그 시학에 관심을 기울일 필요가 있다. 그렇게 될 때 한국 현대시의 생태론적 시학의 심층적인 차원과 그 총체적 면모를 확인할 수 있을 것이다.

화이트가 생태계 위기의 근본적인 기원을 기독교에 돌린 이후 서구의 심층생태론자들이나 시인들은 동양의 전통사상에서 풍부한 생태론적인 사유와 상상을 발굴, 수용하고 있다. 최근 불교는 가장 생태적인 동양의 전통으로 주목받고 있으며, 현대시 연구의 경우에도 불교적 관점에서 생태론적 사유와 상상을 탐구하는 경우가 늘고 있다.[10]

그러한 현상에 비추어 볼 때 불교정신을 계승한 서정주의 생태사상과 그 시학적 양상의 연구는 의미있는 일이다. 한국 현대시사에서 불교를 수용하면서 생태론적 시학의 토대를 다져놓은 시인들로는 한용운, 김달진, 조지훈, 서정주 등이 대표적이다. 현대시의 불교생태학적 미학을 선취하고 있는 이들 시인들의 생태사상과 그 시학에 대한 연구가 조속한 시일 내에 이루어질 필요가 있다. 이 글에서는 우선 가장 활발하게 생태론적 시학을 전개하였고, 전대와 산업화시대 이후를 잇는 매개적인 위치에 놓여있는 미당의 생태사상과 그 시학적 양상을[11] 살펴보고자 한다.

---

10) 가령, 스나이더의 경우도 유교의 인간중심주의를 비판하고 불교를 높이 평가하고 있다. G. Snyder, "Buddhism and the Possibilities of a Planetary Culture", in B. Devall and G. Sessions, *Deep Ecology : Living as if Nature Mattered*, Salt Lake City : Gibbs M. Smith, Inc., 1985, 251~253면.; 김욱동(2003b), 앞의 책, 49면.

11) 본고에서 '시학'은 시적 사유와 상상의 일관된 논리를 의미하는 개념이다. 이러한 개념으로 '시학'을 사용한 글로는 다음을 참고할 수 있다. 오세영, 「'영원' 탐구의 시학」, 『한국언어문화』23, 2003.; 신범순, 「반근대주의적 혼의 시학에 대한 고찰」, 『한국시학연구』4, 2001.5.; 김옥성, 『한국 현대시의 전통과 불교적 시학』,

2. 서정시와 심층생태론

널리 알려진 바와 같이 서정시는 주관적 인식론을 취하고 있으며[12], 자아와 세계의 동일성을 세계관의 본질로 한다.[13] 자아와 세계의 동일성은 주관적 인식론으로서 '자아의 세계화'('회감', '내면화')에 의하여 확보되는 것이므로 양자는 서로 겹쳐진다. 주관적 인식론이 방법이라면, 동일성은 본질에 관한 것이라는 점에서 차이가 있을 뿐이다.

근대사회 내에서 서정시의 동일성이 근대가 갖는 분열과 대립의 속성에 대한 가장 강력한 비판자의 역할을 담당해온 것은 주지의 사실이다. 그러나 20세기 후반 생태위기의식이 대두됨과 동시에 근대에 대한 비판의 최전방에는 생태론이 서게 되었다. 가령 윌버는 근대와 생태론의 대결을 '에고 진영(the Ego Camp) 대 에코 진영(the Eco Camp)의 전투'로 규정한다.[14]

앞서 살펴본 바와 같이 동서의 고대사상이나 동양의 전통 사상은 근본적으로 생태론적이지만, 보편적인 의미에서 받아들여질 수 있는 생태론은 첫째와 둘째 범주로서 근대 이후 근대에 대한 비판의식을 동반한 사상체계로 한정할 수 있다. 그렇게 볼 때 서구의 생태론은 루소[15]나

새미, 2006, 14~15면.

12) 모든 문학은 본질적으로 주관적이지만, 서정시는 가장 주관적이다. 가령, 서사문학에서는 비록 세계가 주관으로 이입해 들어오더라도 주관 내에서 객관화되지만, 서정시에서는 그 자체가 주관화된다. 오세영, 『문학과 그 이해』, 국학자료원, 2003, 372~378면.

13) 김준오, 『시론』, 삼지원, 4판, 2004, 35~36면.

14) K. Wilber, *op. cit.*, 452면.

15) J. Barry, *op. cit.*, 79~81면.

블레이크, 워즈워드, 괴테 등의 낭만주의 문학자들로부터16) 시작된다. 이들은 계몽주의와 근대의 기계적 자연관을 거스르고, 고대적이고 전통적인 자연관을 복원하면서 생태주의적 인식을 주장하였던 것이다.

오늘날 생태론은 매우 다양한 차원으로 세분화되었다. 환경개량론, 심층생태론, 사회생태론, 생태마르크시즘, 생태페미니즘 등이 그것이다. 다양한 생태담론 가운데 서정시와 가장 밀접한 관계를 갖는 분야는 심층생태론이다. 물론 심층생태론도 매우 넓은 스펙트럼을 지니는 것이 사실이지만, 그것이 다른 어떤 분야보다도 주관적이며, 미학적인 성격을 지닌다는 점은 부인하기 어렵다.17) 다양한 편차에도 불구하고 대부분의 심층생태학이 중요시하는 근본적인 성격은 다음 몇 가지로 요약해 볼 수 있다.

첫째, 심층생태론은 전일적인(holistic) 세계관에 토대를 두고 있다. 심층생태론에는 자연과학으로서 생태학적 인식과 신비주의적인 형이상학이나 종교적 인식이 맞물려있다.18) 심층생태론은 근대에 의해 추방된 신비주의적인 인식론을 복원하면서 전일론적 세계관으로의 "코페르니쿠스 혁명에 필적할 만큼 혁명적인 패러다임의 변화"19)를 추구하였다. 카프라에 의하면 심층생태학은 세계를 분리된 사물들의 단순한 집적이 아니

---

16) 김종서, 앞의 책, 218면.

17) 하지만, 보다 근본적이고 넓은 의미에서 생각해보면, 가타리가 말하듯이 다양한 생태론은 각각을 특징짓는 실천의 관점에서는 서로 변별되지만, 본질적으로는 공통되게 미학적-윤리적 범주에 해당하는 것이다. F. Guattari, *Les trois écologies*, 윤수종 옮김, 『세 가지 생태학』, 동문선, 2003, 57면.

18) F. Capra, *The Web of Life*, 김용정・김동광 옮김, 『생명의 그물』, 범양사, 2004, 23면.; B. Devall & G. Sessions, *op. cit.*, 79~108면.

19) F. Capra(2004), *op. cit.*, 18면.

라, 근본적으로 상호연결되어 있으며 상호의존적인 현상들의 연결망으로 본다. 그리하여 지구나 자연이 하나의 거대한 유기적 단일체로 인식된다. 따라서 심층생태학은 일종의 유기체론인 것이다.

둘째, 생명중심적 평등의 원리이다.[20] 표층생태학이 인간중심적이거나 혹은 인간을 그 중심에 놓은 관점의 생태학인 반면, 심층생태학은 인간을 자연으로부터 그리고 그 무엇으로부터도 분리시키지 않는다.[21] 따라서 모든 생명체는 상호연관된 전체의 평등한 구성원이며, 모든 구성원은 동등한 본질적 가치를 갖는다.[22] 그렇다고 해서 심층생태학이 생명체의 평등만을 주장하는 것은 아니다. 궁극적인 관점에서 심층생태학의 평등은 생명에 국한되는 것이 아니라, 생명의 토대가 되는 물질의 영역까지 포함하게 된다.[23]

셋째, 심층생태학에서 두드러지는 또 하나의 요소가 "자아실현(Self-realization)"이다. 이는 첫째와 둘째의 우주론에 자아를 위치시키는 방법론적인 차원으로서, 자아의 세계관 전환과 관련된다. 네스, 그리고 그를 잇는 드볼과 세션에게 자아실현은 전체(wholeness)로서의 자연에 자아를 정위시키는 과정이다. 자아실현을 통해 자아는 자연과의 상호연관 속에 존재하는 것으로 이해되며, 인간과 비인간, 자기와 타자 사이의 어떤 확고한 존재론적 구분도 없어진다. 결국 자아실현은 자신과 자연이 하나라는 인식에 도달하는 자기동일화(identification)의 과정인 셈이다. 이때의 자기동

---

20) B. Devall & G. Sessions, *op. cit.*, 67~69면.
21) F. Capra(2004), *op. cit.*, 23면.
22) J. R. DesJardins, *Environmental Ethics*, 김명식 옮김, 『환경윤리』, 자작나무, 1999, 353면.
23) W. Fox, *op. cit.*, 161~162면.

일화는 인간을 넘어 비인간적인 모든 타자를 포용하는 개념이다.[24]

심층생태론은 근대 과학의 객관주의적 인식론과 기계론적 세계관을 수정하는 과정에서 탄생된 것이다. 상대성 원리와 양자 역학의 이론이 제기되면서 근대 물리학의 기초였던 객관주의와 기계적 인과론은 회의되기 시작했다.[25] 이제 과학은 물리학 중심에서 생명과학 중심으로, 객관주의에서 주관주의로 이동하게 되었으며, 부분이 아니라 전체를 바라보기 시작하였다.[26]

그러한 과정에서 탄생한 심층생태론은 주관주의적인 인식론과 전일론적 세계관을 취한다. 그렇다고 해서 심층생태론이 객관적인 근대과학의 법칙을 전적으로 폐기처분하는 것은 아니다. 심층생태론은 과학의 객관적인 법칙에 주관을 적용하면서, 기계론적 세계관에서 전일론적 세계관으로의 전환을 추구한다. 심층생태론의 근본적인 의도는 바로 세계관의 전환인 것이다.

주관적 인식론, 그리고 통합적 세계관이라는 점에서 심층생태론은 서정성의 논리와 유사한 면을 보여준다. 물론, 서정성은 미학적 '순간'에 관련되며, 심층생태론은 자기동일화의 '과정'에 무게를 둔다는 데에서 결정적인 차이가 있지만, 양자의 지향점은 근본적으로 겹쳐진다. 심층생태론에서 말하는 자기동일성이나 전일성은 이미 서정 시인들이 생태위

---

24) Arne Naess, *Ecology, community and lifestyle*, D. Rothenberg, tr. and ed., Cambridge : Cambridge univ. press, 1995, 171~181면.; B. Devall & G. Sessions, *op. cit.*, 66~ 67면.
25) F. Capra, *The Tao of Physics*, 이성범·김용정 옮김, 『현대물리학과 동양사상』, 범양사, 3판, 1994, 67~98면.
26) F. Capra(2004), *op. cit.*, 17~57면.

기가 대두되기 오래 전부터 이야기하여 왔던 것이다. 한국 현대시사에서 그 대표적인 예의 하나를 우리는 미당의 사상과 시학에서 찾아볼 수 있다.

3. 신라정신과 생태사상

1) 신라정신

스스로 술회하는 바에 따르면, 미당은 한국전쟁을 거치면서 "민족정신의 가장 큰 본향으로 생각되는 신라사의 책들을" 정독하면서 "신라정신"을 배우기 시작했다.[27] 미당은 무수히 많은 산문에서 자신이 삼국사에서 배운 신라정신을 줄기차게 내세웠다. 그가 스스로 밝히는 신라정신이란 삼국유사나 삼국사기 등의 삼국사에서 배운 신라인의 정신이다. 그러나 그것은 비단 '신라인'에 국한된 것이 아니라, 고대 선조들의 정신 일반에 다름 아니다. 미당은 신라정신을 다음과 같이 요약한다.

> 간단히 그 重要點만 말하자면, 그것은 하늘을 命하는 者로서 두고 地上現實만을 重點的으로 현실로 삼는 儒敎的 世間觀과는 달리 宇宙全體—即 天地全體 不治의 等級 따로 없는 한 有機的 關聯體의 현실로서 자각해 살던 宇宙觀이 그것이고, 또 하나는 高麗의 宋學 以後의 史觀이 아무래도 當代爲主가 되었던 데 反해 亦是 等級 없는 영원을 그 歷史의 시간으로 삼았던 데 있다. 그러니, 말하지면 宋學 이후 지금토록 우리의 人格은 많이 當代의 現實을 표준으로 해 성립한 現實的 人格이지만, 新

---

27) 「내가 아는 永遠性」, 『미당 수상록』, 민음사, 1976.

> 羅 때의 그것은 그게 아니라 더 많이 宇宙人, 永遠人으로서의 人格 그것
> 이었던 것이다.
>
> —「新羅文化의 根本精神」, 『서정주문학전집』2, 일지사, 1972, 303면.

　　미당은 삼국사에서 발견한 신라인의 정신, 즉 신라정신을 "영원인"의 정신과, "우주인"의 정신으로 요약한다. "영원인"의 정신이란 "영혼은 영원히 살아서 미래의 민족정신 위에 거듭 거듭 재림한다"[28]는 믿음을 말한다. 그리고 "우주인"의 정신이란 "대우주의 일들을 한 有機體의 일로, 한 家庭의 일로 사람이 참견"[29]하는 삶의 정신을 말한다. 즉, 영원인의 정신은 영혼 불멸에 대한 믿음이며, 우주인의 정신은 우주가 하나의 유기체라는 신념이라고 할 수 있다.

　　미당은 신라정신에 무유불도(巫儒佛道)가 융합되어 있지만 그 근간은 불교라고 생각했다. 그러한 까닭에 신라정신을 종종 불교정신과 동일시한다. 미당은 자신이 파악한 불교정신을 "3世를 通한 現實觀"과 "衆生一家觀", 이 두 가지로 요약한다.[30] 전자는 시간적 개념, 후자는 공간적 개념이라는 점에서 차이가 있지만, 양자는 공히 우주만물이 하나의 유기체라는 우주적인 "血緣關係"에 대한 인식이다.[31] 3세를 관통하는 현실관이란 전생, 현생, 내생을 관류하는 영혼불멸의 사상으로 윤회사상, 인연사상인데, 그것은 결국 우주만물을 동일한 가족으로 묶어놓게 된다는 점에서 "중생일가관", "혈연관계"와 상통하는 것이다. 결국 미당이 삼국

---

28) 「新羅의 永遠人」, 『서정주문학전집』2, 316면.
29) 「新羅文化의 根本精神」, 『서정주문학전집』2, 304면.
30) 「佛教的 想像과 隱喻」, 『서정주문학전집』2, 268면.
31) 「釋迦牟尼에게서 배운 것」, 『미당 수상록』, 89~91면.

유사의 신라정신에서 배운 것은 우주 만유를 일가족으로 여기는 "생명의 사제자"로서 선조들의 생태정신이었다.

> 우리 눈앞에 남은 記錄이 안 보여 그렇지, 新羅 사람들은 길 가다 담장 머리에 피는 한 포기 풀꽃을 아껴 사랑하고 紀念해서도 이어 절간을 지어 간 건 아닐까. 生命의 司祭者로서의 人生의 멋, 아마 이 以上을 더 갈 수는 없을 것이다.
>
> —「新羅讚」, 『서정주문학전집』5, 315~316면.

미당은 신라인들에게 우주는 "魂身"이라는 비물질이 물질들 사이를 빈틈없이 메우고 있는 영역이라고 말한다. 그에 의하면 윤회전생하는 혼신들은 결국 우주를 일가족의 혈연관계로 묶어 놓게 된다. 미당은 그와 같은 생태학적 세계관을 가진 신라인들을 "생명의 사제자"라 하고, 신라인의 정신을 "자연주의 정신"[32]이라고 칭한다.

고대의 선조들에게 신라정신과 같은 신비주의적 인식은 종교이자 삶의 근본 원리였다. 미당은 그와 같은 신라정신을 고스란히 자신의 종교적 신념으로 수용하지는 않았다. 메이어호프가 말하듯이 종교적 신앙이 퇴조한 근대 이후에는 미학이 고대인의 종교적 역할을 대체하고 있다.[33] 근대인으로서 미당은 신라정신을 종교적 신념으로 복원하기보다는, 시적 사유와 상상을 위한 미학적 토대로서 창조적으로 수용한다.[34]

---

32) 「新羅의 永遠人」, 『서정주문학전집』2, 315면.

33) H. Meyerhoff, *Time in Literature*, 이종철 옮김, 『문학과 시간의 만남』, 자유사상사, 1994, 103~104면.

34) 지금까지 고대적 정신으로서 "신라정신"의 생태적 측면에 관한 연구는 종종 제기되어 왔다. 그러나 본격적으로 미당의 생태사상과 그 시학적 양상을 탐구하

　　그러나 미당의 신라정신 수용은 현실감각을 상실한 신비주의라는 무
수한 비판에 직면하게 된다. 그러한 비판의 대표적인 예를 김종길의 논
의에서 찾아볼 수 있다.

　　김종길은 "영매", "접신술가", "뭣점쟁이" 등과 같은 용어로 미당의 시
가 "신비주의"에 경도되는 양상을 경계하였도.[35] 그는 몰개성론의 입장

는 논의는 거의 찾아보기 어렵다. 더군다나 근대와의 변증의 과정에서 구축되
는 미당의 생태사상의 내밀한 측면을 주목한 논의는 전무한 실정이다.
　신라정신에 대한 주목할 만한 기존의 연구 성과로는 손진은과 진창영의 것이
대표적이다. 손진은은 신라정신 논의가 주로 "영원성"의 구명에 집중되어 있음
을 비판하고, 신라정신의 다른 한 차원으로서 "자연 친화성"을 밝혀냈다는 점에
서 큰 의의를 지닌다. 손진은, 「서정주 시와 '신라정신'의 문제」, 『서정주 시의
시간과 미학』, 새미, 2003.
　진창영은 신라정신의 생태론적 성격에 관한 논의를 전개한 바 있다. 이 논의
는 미당 산문에 나타난 신라정신의 샤머니즘적, 불교적, 노장적 성격에 주목하
고, 그와 관련하여 서정주, 김춘수, 정일근의 시를 살펴보고 있다. 이 논의는 선
도적인 의의를 지니기는 하지만, 본격적으로 미당의 생태사상과 시학을 고찰한
논의는 아니다. 진창영, 「현대시의 신라정신과 그 생태주의적 요소 고찰-서정
주, 김춘수, 정일근의 시를 중심으로」, 『어문학』74, 2001.
　본고는 이와 같은 논의들에서 한 걸음 더 나아가 미당이 근대 세계 속에다가
어떠한 방식으로 신라정신의 생태학적 세계관을 풀어놓고자 하는가에 주목할
것이다. 그리하여 신라정신과 근대가 어떻게 화해되어 생태론적 사상을 생성하
는가를 생각해볼 것이다.
35) 이는 미당과 김종길의 논쟁에서 제기된 것이다. 이 논쟁에서 근본적으로 김종길
　은 미당의 시가 신비주의에 경도되어 이성적 구조를 결여하게 되었다는 입장을
　취하며, 미당은 신비주의적 사유와 상상에도 얼마든지 이성적 구조를 찾아낼
　수 있다는 입장을 취한다. 두 논객이 지닌 근본적인 입장은 확실했으나 감정에
　치우쳐 문제의 핵심을 놓치는 양상을 보이기도 한다. 그러한 탓에 김종길이 스
　스로 천명한 바와 같이 "빗나간 논쟁의 한 모델 케이스"(「센스와 넌센스」)의 양
　상을 띠게 된다. 그러나 이 논쟁은 한국 근현대시사의 근대주의와 반근대주의,
　윌버식의 표현을 빌면, '에고주의'와 '에코주의'의 충돌을 집약적으로 보여준다는
　점에서 시사적인 의의가 매우 크다. 미당과 김종길의 논쟁은 다음과 같은 순서
　로 진행된다. 김종길, 「實驗과 才能-우리 詩의 現況과 그 問題點」, 『문학춘추』,

에서, 시인의 개인적인 신념에서라면 상관이 없지만 시에 있어서는 현실성과 이성적 구조를 확보해야한다고 보았다. 김종길은 본질적으로 근대주의자였기 때문에 미당에게 시의 합리적 구조를 요청한 것이었다.

하지만 미당은 개성론의 입장, 즉 시와 시인이 분리될 수 없다는 입장에 서있었다.[36] 미당이 자신의 미학을 옹호하기 위해서는 무엇보다도 먼저 김종길의 몰개성론을 비판해야 옳았다. 다시 말해, 왜 시의 미학과 시인의 신념이 분리되어야만 하는가를 우선적으로 반문했어야 했다. 그러나 미당은 차원의 어긋남을 간파하지 못하고 문제의 본질을 놓친 채, 자신의 신비주의를 변호하는 방향으로 김종길의 비판에 대한 반론을 제기하였다.

미당의 반론은 논리적인 것이 아니다. 하지만 행간의 논리를 숙고해 보면, 자신의 신비주의가 합리주의에 위배되는 것이 아님을 말하고자 하는 의도가 드러난다. 미당은 "물질불멸의 법칙"이나 "필연성"의 법칙 등을 통해 자신의 신비주의가 근대인의 합리주의적 상식으로 충분히 이해될 수 있음을 말해주려고 했다. 미당은 비록 근대의 과학을 신비주의로 환원하는 오류를 범하고 있지만, 자신의 신비주의가 근대인의 합리주의와 분리된 것이 아니라 그것을 포용하는 보다 넓은 합리주의임을

1964. 6.; 서정주, 「내 詩精神의 現況－김종길 씨의 「우리 시의 현황과 그 문제점」에 답하여」, 『문학춘추』, 1964.7.; 김종길, 「詩와 理性－서정주 사백의 「내 시정신의 현황」을 읽고」, 『문학춘추』, 1964.8. 서정주, 「批評家가 가져야 할 詩의 眼目－김종길씨의 「詩와 理性」을 읽고」, 『문학춘추』, 1964.9.; 김종길, 「센스와 넌센스」, 『문학춘추』, 1964.11.
36) 여기에서 개성론, 몰개성론의 개념은 김준오의 견해를 따른 것이다. 김준오, 앞의 책, 280~283면.

강변하고 있다. 그렇다면 구체적으로 어떠한 방식으로 미당이 근대 과학의 상식을 신비주의 논리의 강화에 동원하는지를 살펴보자.

2) 물질불멸의 법칙

미당은 신라정신에서 수용한 윤회론적 인식을 근대 과학의 "물질불멸의 법칙"으로 설명한다. 물질불멸의 법칙이란 라부아지에에 의해 확정된 질량보존의 법칙을 말한다.[37] 이는 화학반응이 일어나기 전부터 후까지, 화학변화의 전 과정을 통하여 원소의 질과 양이 불변한다는 사상으로 근대 과학의 기초 이론의 하나이다. 과학으로서 물질불멸의 법칙에서 물질은 가치론적으로 중립적인 타자이다. 하지만 미당은 과학의 법칙을 주관적이고 신비적으로 해석하여 자신의 논리를 강화하는 데에 활용한다.

> 몸도 죽는다 해도 그게 어디 별 구멍이라도 뚫고 가 없어질 수 있는 게 아니라, 결국은 피는 물로 구름으로, 살과 뼈는 흙으로―무엇보다도 가장 일을 많이 하는 흙으로 다시 살 것임에 틀림없는 것이다.
>
> ―「나의 健康座右銘」, 『서정주문학전집』5, 318~319면.

> 이 하늘과 땅 사이에는 우리가 아는한 따로 아주 도망갈 수 있는 좁쌀알만한 구멍도 없다. 하늘과 땅 사이는 한 사람의 死體가 分散하여 旅行하는 푼수로도 모두 가득히 充實한 터전일 뿐, 딴 아무 虛한 것도 있

---

37) 물질불멸의 법칙은 물질보존의 법칙, 물질불생불멸법 등으로도 일컬어진다. 그 의미와 과학사적 의의에 대해서는 다음을 참고할 수 있다. 김영식 외, 『과학사』, 전파과학사, 1995, 139~145면.

을 수는 없는 것이다.

— 「하늘과 땅 사이의 사람들과 動物들의 死體 이야기」, 『미당 수상록』, 121면.

미당의 사유체계에서 우주는 물질이 이합집산하는 순환으로 이루어진다. 물질이 순환하면서 사람도 만들고, 물과 흙을 이루기도 하고, 식물과 동물이 되기도 한다. 사람과 동물 등의 사체가 흩어져서 생성된 물질이 소멸하지 않고 우주를 순회한다는 것이다. 이와 같은 인식은 근대 과학으로서 "물질불멸의 법칙"에 위배되지 않는다.

하지만 미당의 인식론은 근대과학의 상식 수준에서 멈추지 않는다. 근대과학에서 자연으로 환원된 사체의 파편은 자기동일성을 확보하지 못한 타자적인 물질이다. 반면 미당은 사체가 해체되어 흩어진 물질들을 자아의 연속선에서 이해하고 있다. 나아가 자아신체의 파편이 우주를 순회하다가 타자의 신체를 구성하게 되어도, 그것 역시 자기동일성의 범주에서 벗어나지 않는다고 말한다. 가령 신체의 파편이 "물", "흙", "대추열매"의 일부가 되어도 그것은 자아의 연속으로 받아들여지는 것이다.

미당의 인식론에서 물질은 죽은 것이 아니라 "다시 살 것"들이다. 물질들은 흩어지고 다시 합해지면서 선대와 후대를 연결하고, 동시에 자아와 타자를 거미줄처럼 연결해 놓는다. 물질과 마음을 분리하는 근대과학의 입장에서 보면 터무니없는 생각이다. 근대과학에서는 물질을 공유한다고 해서 결코 선대와 후대 사이의 인격적인 동일성이 생성되지 않는다.

그렇다면 미당의 사상에서는 어찌하여 물질을 공유하는 선대와 후대

사이의 자기동일성이 확보되는 것일까. 그것은 미당이 물질과 마음을 분리하지 않기 때문이다.

> 魂뿐만이 아니라 그 物質不滅의 法則을 따라서 내 死後 내 육체의 깨지고 가루 된 조각들이 딴 것들과 합하고 또 헤어지며 巡廻하여 그치지 않을 걸 생각해 보는 것도 아울러 큰 재미가 있다.(중략) 물질만이 불멸인 것이 아니라, 물질을 부리는 이 마음 역시 불멸인 것을 아는 나이니, 이것이 영원을 갈 것과 궂은 날 밝은 날을 어느 뒷골목 어느 蓮꽃 사이 할 것 없이 방황해 다닐 일을 생각하면 매력이 그득히 느껴짐은 당연한 일이다.
>
> —「내 마음의 現況—金宗吉씨의「우리 詩의 現況과 그 問題點」에 答하여」,
> 『서정주문학전집』5, 285~286면.

미당은 종종 "영혼"과 "마음"을 혼용한다. 미당의 사상에서 양자는 서로 통하는 개념이지만 그가 이 두 개념을 전적으로 동일하게 사용하는 것은 아니다. 영혼은 첫째, 마음 혹은 인식의 주체라고 할 수 있다. 그리고 둘째는 자아의 외부에 실재하는 유령과 같은 개념이다. 미당은 후자에 대해서는 대체로 불가지론적인 입장을 취한다.[38] 따라서 미당이 말하는 영혼이나 혼은 대개 첫째 개념, 즉 마음을 가리킨다.

위의 인용문에서도 혼은 마음과 같은 개념으로 사용되고 있다. 여기에서 마음은 세상에 흩어진 물질들과 더불어 우주를 순회하는 존재이다. 이와 같은 마음은 주체의 내부에 한정되지 않는다. 그것은 흩어진 물질들의 이합집산을 따라 온 우주로 뻗어나가는 자기초월적인 것이다. 미당

---

38)『미당 산문』, 민음사, 1993, 123~124면.

의 인식론에서 선대들의 마음은 물질의 순회에 의해 후대의 마음으로 이어지고, 다시 그 다음 세대의 마음으로 흘러들어가는 것이다. 그리하여 시간적으로 선대와 후대는 동일성을 확보하고, 공간적으로 자아와 타자는 형제관계를 확보하게 되는 것이다. 이러한 자기동일성의 원리에 의해 확보되는 마음은 근대적인 개인의 마음이 아니라 우주적인 마음이다.

이와 같은 미당의 인식론은 신라정신을 고스란히 계승한 것이 아니라, 신라정신으로 근대를 해석하면서 내밀하게 근대와 고대가 변증을 일으키는 과정에서 생성된 것으로 볼 수 있다. 자아를 물질들의 이합집산 과정에서 생성되는 자기초월적인 것으로 바라보는 인식은 '근본적으로 생태학적인'[39] 화이트헤드의 과정철학과 매우 흡사하며, 물질과 마음을 연결하는 사유체계는 베이트슨의 '마음의 생태학'[40]에 매우 근사한 것이다. 주지하는 바와 같이 화이트헤드나 베이트슨은 독자적인 방식으로 근대 과학에 대한 반성의 차원에서 심층생태학의 생성과 발전에 크게 기여하였다.

3) 필연성의 법칙

다음으로 필연성에 대해서 살펴보자. 미당은 신라정신에서 수용한 연기론적 인식을 근대과학의 필연성의 법칙, 즉 인과의 법칙으로 설명한

---

39) D. R. Griffin, 「화이트헤드의 근본적으로 생태학적인 세계관」, M. E. Tucker and J. A. Grim, eds., *Worldview and Ecology*, 유기쁨 옮김, 『세계관과 생태학』, 민들레 책방, 2002.
40) G. Bateson, *Steps to an Ecology of Mind*, 박대식 옮김, 『마음의 생태학』, 책세상, 2006.

다. 근대 세계에서 인과의 법칙은 합리주의적 사고와 과학 법칙의 근본 토대를 이루는 것이다. 미당은 근대의 인과 법칙을 연기론적으로 해석하면서 자신의 신비주의로 환원하는 양상을 보인다.

> 물질의 去來와 相逢·別離에도, 必然性의 길밖에는 없는 것이니, 이 물질을 부르는 임자인 마음-즉 魂의 길에도 必然性 이외의 딴 길이 있을 걸 생각할 수 없는 것이라면, 이 金大城과 前生의 어머니와의 相逢도 必然일밖에…… 내가 내 육체를 가지고 高麗大學校 英文科 敎授室을 찾아가서 金宗吉씨를 만나는 길이 한 因緣의 必然이듯이, 金大城이가 그의 前生 어머니를 만나는 것도 한 因緣의 必然일밖에…….
>
> —「내 마음의 現況-金宗吉씨의 「우리 詩의 現況과 그 問題點」에 答하여」,
> 『서정주문학전집』5, 286면.

미당은 "필연"이라는 말을 앞세워 자신의 사상이 근본적으로 인과 법칙의 토대 위에 놓여있음을 강조하고자 하였다. 그리하여 신라정신을 수용한 자신의 시를 이성적 구조가 결여된 신비주의로 규정한 김종길의 논의에 대한 반격을 시도하였다. 그러나 사실 미당이 말하는 필연성은 근대의 인과법칙에 한정되는 것이 아니었다.

이 글에서 미당은 물질뿐만 아니라 마음(혼), 사람과 사람의 만남과 헤어짐이 모두 필연성의 지배를 받는다고 말하고 있다. 미당의 사유체계에서는 아무것도 필연성의 법칙을 빠져나갈 수 없는 셈이다. 그러나 여기에서 그가 말하는 필연성은 사실은 근대의 인과 법칙이 아니라 신라정신에서 물려받은 연기의 법칙이다. 주지하다시피 불교의 연기론은[41] 우주의 모든 현상과 변화가 직접적 원인으로서 인(因)과 간접적 원인으로서 연(緣)의 화합에 의해 일어난다는 것이다.42) 그러므로 우주에서 단독적으로 발생하는 현상이나 변화란 없다. 이에 비하여 근대의 기계적 인과론은 직접적이고 가시적인 인과관계만을 전제하는 것으로, 불가시적인 조건으로서 연을 상정하는 미당의 연기론적인 필연성과는 다르다. 하지만 미당은 양자의 차이를 알아채지 못하고 있었다.

> 日前에 어떤 物理學에 精通한 친구 하나를 만났더니 말하기를 "요새 에너지의 어떤 部分的 結合과 離散에선 必然性을 볼 수 없다고 하네, 이 사람!"하여서 잠시 깜짝 놀란 일이 있거니와, 이런 변덕은 원래 主人이 아닌 物質이니 그런 것이지, 마음의 必然性 그거야 어디 差違를 計出할 나위나 있는 것인가?
>
> － 「내 마음의 現況－金宗吉씨의 「우리 詩의 現況과 그 問題點」에 答하여」,
> 『서정주문학전집』5, 286면.

미당은 물리학에 정통한 친구로부터 "요새 에너지의 어떤 部分的 結合과 離散에선 必然性을 볼 수 없다"는 말을 듣고 크게 놀라면서 물질의 필연성은 몰라도 "마음의 필연성"은 불변의 진리라고 말한다. 미당은 자각하지 못했지만, 여기에서 물리학에 정통한 친구가 말하는 필연성은 이미 효력이 약화된 근대의 기계적 인과론인 반면 미당이 말하는 "마음의 필연성"은 연기론적 필연성이다. 널리 알려진 바와 같이 상대성 이론

---

41) 불전에서는 연기론에 대하여 "이것이 있으므로 저것이 있고, 이것이 일어나므로 저것이 일어난다(此有故彼有, 此生(起) 故彼生(起)"(『잡아함경』권12.) 라고 말하고 있다. 이는 피차의 인과적 상대관계에서만 사물이 생기하고 존재할 수 있다는 것이다. 方立天, 『佛教哲學』,유영희 옮김, 『불교철학개론』, 민족사, 1992, 191면.
42) 송현주, 「불교의 역사」, 한국종교연구회 편, 『세계종교사입문』, 청년사, 1996, 141면.

과 양자 역학 등 현대 과학이 등장하면서 근대 과학의 기계적 인과론에 의문이 제기되었고, 그것은 확률적 인과율이나 카오스적인 질서의 저항에 직면하게 되었다. 나아가 현대 과학은 근대 과학이 추구한 우주에 대한 순수하게 객관적인 진술은 불가능하며, 주관이 참여하게 될 수밖에 없음을 인정하고 있다.[43] 카프라는 그와 같은 현대 과학의 성과가 동양 신비주의의 정신과 유사하다고 말한다.

사실 미당이 말하고 싶었던 점은 바로 카프라의 의견에 가까운 것이었다.[44] 즉, 신라정신이라는 신비주의에서 근현대 과학과 공존하면서, 동시에 근대를 뛰어 넘을 수 있는 사상을 얼마든지 추출해 낼 수 있다는 점을 말하고 싶었던 셈이다. 그리하여 미당은 연기론으로 근대의 기계적 인과론을 감싸면서, 그것을 넘어서는 신비주의적 인과론을 전개한 것이다.

4) "중생일가관"과 트랜스퍼스널 생태사상

미당이 "물질불멸의 법칙", "필연성"과 같은 개념들을 동원하면서 자신의 신비주의를 합리화하려는 의도는 궁극적으로 근대와 고대를 화해시키려는 데에서 찾을 수 있을 것이다. 미당은 신라인들에게서 배운 고대의 정신이 결코 근대와 철저하게 단절되어있다고 생각하지 않았다. 그리하여, 근대 세계의 기초 법칙을 신비주의적으로 해석해내었던 것이다.

---

43) F. Capra(1994), *op. cit.*, 69~98면.
44) 미당은 실제로 카프라의 견해에 많은 공감을 표현한 바 있다. 다음 글들을 참고할 수 있다. 서정주·김춘수, 「시인의 새해담론」, 『현대시학』, 1992.1.; 서정주, 「跋辭」, F. Capra(1994), *op. cit.*, 393~394면.

신비화된 물질불멸의 법칙과 필연성의 법칙으로 이루어진 미당의 사유체계에서 우주는 하나의 "유기적 관련체"[45]이며, 우주의 만물은 상호 평등하며, 자아는 우주 전체와 하나이다. 왜냐하면 필연성의 법칙이 우주를 하나의 신비주의적—인과론적인 유기체로 묶어놓고 있으며, 신비화된 물질불멸의 법칙이 만물을 평등한 존재로 승격시키면서 동시에 자아를 우주 전체의 과정 속에 안치시키고 있기 때문이다. 미당의 이와 같은 생태론적인 사상은 우주 만유를 하나의 긴밀한 가족관계로 엮어놓는다는 점에서 그가 불교에서 읽어낸 "중생일가관"이라는 말로 요약할 수 있다. 물론 미당의 "중생일가관"은 근대와 불교적 신비주의의 내밀한 변증 과정에서 탄생한 것이다. 때문에 미당에게 그것은 합리적 이성으로 충분히 이해가 가능한 것이다.

서구의 심층생태론은 근대 과학에 대한 수정과 비판의 과정을 통해 대두된 현대 과학 혹은 신과학의 성과에 고대적인 신비를 수용하는 양상을 보여준다. 근대 과학이 추방한 종교와 신비를 수용한다는 점에서 심층생태론은 한편으로는 탈근대적이라고 볼 수 있지만, 다른 한편으로는 과학의 성과로 종교와 신비를 해석하는 점에서 근대의 강화로 볼 수도 있다.[46]

서구의 심층생태론자들이 근대과학의 성과에 기반하여 신비주의를 수용하는 반면, 미당의 사상은 윤회론이나 연기론과 같은 주관주의적—신비주의적 세계관으로 근대 과학을 해석한다는 점에서 서로 상반된 태

---

45) 『서정주문학전집』2, 303면.
46) G. Myerson, *op. cit.*, 8~10면.; K. Wilber, *op. cit.*, 453~456면.; 이진우, 앞의 책, 216면.

도를 취한다고 할 수 있다. 그러나 비록 접근의 경로는 다르지만, 결국은 우주가 하나의 유기체라는 동일한 결론에 접근하여 들어간다는 점에서 미당의 사상은 심층생태론의 차원에서 이해될 필요가 있다.

폭스는 확장된 자기감각을 세계에 실현하는 자기동일화(identification)를 근본으로 하는 점에서 심층생태론을 트랜스퍼스널(transpersonal) 생태론으로 규정한다.[47) 폭스의 트랜스퍼스널 생태론은 심층생태론의 근본정신의 토대에서 트랜스퍼스널 심리학의 자기초월정신을 수용하면서 체계화된 것이다. 폭스는 트랜스퍼스널 심리학의 정신적인 위계를 부정하고 자기초월과 확장만을 수용한다. 그 때문에 폭스의 심층생태론에서는 수평적인 자기초월과 큰 자아의 확보가 특히 강조된다.[48)

그는 자기초월로서 자기동일화의 기반을 개인적(personal), 존재론적(ontological), 우주론적(cosmological) 기반의 세 가지로 파악하고, 뒤의 두 가지가 트랜스퍼스널 생태론의 자기동일화 기반이라고 한다. 그에 의하면 존재론적인 기반에 선 자기동일화란 모든 것이 존재하고 있다는 사실 그 자체에 대한 깊은 인식을 통해서 만물과의 공통성을 경험하는 것이다.[49) 우주론적인 기반에 선 자기동일화는 자아와 모든 존재가 하나의

---

47) 이때의 '트랜스퍼스널'에는 작은 자아와 큰 자아가 모두 포함된다는 점에 유의하여야 한다. 폭스의 트랜스퍼스널 생태론에서는 경험적 자아 즉 작은 자아를 버리고, 전적으로 큰 자아를 추구하는 것을 경계한다. 즉, 트랜스퍼스널 생태론은 작은 자아와 큰 자아의 균형을 전제로 한다. W. Fox, *op. cit.*, 269~272면.
48) 트랜스퍼스널 심리학은 고립된 자아의 초월, 영혼의 상승 등을 통한 인간해방에 중심을 두고 있다는 점에서 인간중심주의이다. 반면, 트랜스퍼스널 생태학은 위계화된 정신의 상승이 아니라 생명평등의 차원에서 자아와 우주의 동일화를 추구하는 점에서 결정적으로 구분된다.
49) W. Fox, *op. cit.*, 343면.

우주 과정의 다른 측면이라는 사실을 깊이 이해하면서 모든 존재와의 공통성을 경험하는 것이다.50)

미당의 생태사상이 궁극적으로 의도하는 바는 우주와 자아의 동일화이다. 지금까지 미당 사상의 핵심은 "영원성"으로 알려져 온 것이 사실이다. 그러나 그것은 미당 사상의 한 면만을 보여준 것일 뿐이다. 영원성은 시간적으로 자아를 우주의 영원성과 동일화하려는 의지이다. 지금까지 별다른 주목을 받지 못한 다른 한 면은 공간적으로 우주와 자아를 동일화하려는 의지의 소산으로서 "유기적 관련체"의 사상이다. 이 두 가지가 우주 만유를 "혈연관계"로 파악하는 "중생일가관"으로서 미당의 생태사상을 떠받치는 두 축인 것이다.

미당의 생태사상은 시간적 공간적으로 자아와 우주를 동화시키려는 의지가 중심이 되고 있는 것이다. 미당사상의 자기동일화는 근대적 개인으로서 작은 자아(self)를 초월하여 거대한 자아(Self)인 우주와의 동일화를 추구한다는 점에서 폭스가 말하는 우주론적 자기동일화를 선취한 것이다.

4. 생태론적 시학

1) 연기론적 상상력

미당 시의 상상력을 떠받치는 근본적인 토대는 인과론의 일종으로서 연기론이다. 이는 미당이 누차 언급한 "필연성"에 해당하는 개념이다.

---

50) *Ibid.*, 346면.

연기론은 전체를 부분의 논리로 환원하는 근대의 기계적 인과론이 아니라, 우주를 유기적인 전체로 파악하는 신과학이나 생태학의 탈근대적 인과론에 가까운 개념이다. 미당 시의 생태학적 상상력의 저변을 떠받치는 연기론적 상상력을 가장 잘 드러내고 있는 작품은 「국화 옆에서」이다.

> 한송이의 국화꽃을 피우기위해/ 봄부터 솥작새는/ 그렇게 울었나보다
> // 한송이의 국화꽃을 피우기위해/ 천둥은 먹구름속에서/ 또 그렇게 울
> 었나보다
>
> ─ 「菊花옆에서」, 『미당서정주시전집』, 민음사, 1984, 93면.

화자는 한 송이의 국화꽃을 피우기 위해서 소쩍새의 울음소리, 천둥소리, 무서리 등으로 표현되는 우주 전체가 협력한 것이라고 말하고 있다. 이는 우주─생태계의 상호의존성을 형상화하게 된다. 카프라는 생태계의 가장 근본적인 원리가 바로 상호의존성이라고 보았다.[51] 상호의존성의 개념에는 순환성과 항상성이 함축되어 있는데, 김종욱은 그러한 원리가 근본적으로 불교의 연기론과 일치한다고 말한다.[52] 그에 의하면 연기론은 "모든 것은 무수한 조건들이 서로 의존 화합하여 성립하는 것이므로, 전혀 새로운 것이 생겨나거나 완전히 사라져 없어지거나 하는 것이 아니라 끝없이 반복 순환하는 것이며, 더 늘어나거나 더 줄어듦 없이 그 관계의 그물망 전체는 언제나 평형을 이룬다"[53]는 생태계 원리를

---

51) F. Capra(2004), *op. cit.*, 390면.
52) 김종욱, 『불교생태철학』, 동국대 출판부, 2004, 20~24면.
53) 김종욱, 위의 책, 23면.

담고 있다. 미당 시학의 근저에는 「菊花옆에서」, 「꽃」, 「혁명」 등의 시 편에서 구체적으로 제시된 생태론적 질서로서 연기론적 사유와 상상이 단단한 토대를 다져놓고 있다.

널리 알려진 바와 같이 연기론은 불교이론의 핵심이자 초석으로서 가장 포괄적인 개념이라 할 수 있다.54) 따라서 불교의 모든 사상은 여기에서 가지를 뻗어 나간다고 볼 수 있다. 미당은 연기론으로부터 특히 윤회론을 부각시킨다. 미당 시의 윤회론은 연기론적 상호의존의 원리에서 자아의식을 강화하여, 자아의 우주-생태계에 대한 참여를 강조한 것이다.

> 내가 살다 마침내 네 속에 들어가면/ 바람은 우릴 안고 돌고 돌아서,/ 우리는 드디어 차돌이라도 되렷다./ 눈에도 잘 안 뜨일 나를 무늬해/ 山아 넌 마침내 차돌이라도 돼야 하렷다. // 그러면 차돌은 또 아양같이 자리해서/ 자잘한 細砂, 細砂, 細砂라도 돼야 하렷다./ 그 細砂의 細砂는 또 뻘건 흙이라도 돼야 하렷다.

-「無題」, 『미당서정주시전집』, 139면.

시적 주체는 자신이 죽어 산에 묻히면, 오랜 시간이 지난 후에 차돌이 되어 산과 하나가 되고, 다시 작은 모래가 되었다가 붉은 흙이 되고, 다시 풀이되는 과정을 상상하고 있다. 이러한 윤회론적인 상상력은 자아와 물질, 식물, 동물을 혈연관계로 묶어놓는다. 윤회론적인 자아의 우주-생태계의 참여에 의한 혈연관계로서의 에코토피아적인 비전은 시

---

54) 方立天, 前揭書, 193면.

적 주체가 추구하는 미학적인 만족과 행복의 근원이다. 그 때문에 미당의 생태론적인 상상력은 대부분 인간과 물질, 식물, 동물의 대칭적인 관계를 확보하는 데에 경주된다.

2) 대칭적 상상력

나카자와 신이치는 다양한 신화에서 인간과 동물의 동질성, 연관성을 발견하고 이를 대칭성의 원리(principal of symmetry)라고 규정한다.[55] 그에 의하면 대칭성의 원리에 기반한 신화적 사고가 대칭적 사고이다. 인간과 동물 사이에 같은 본질이 공유되어 있다고 보는 대칭적 사고에서는 동물에 대한 존중의 윤리가 탄생한다.[56] 그 윤리는 수렵사회에서 생태계를 유지하는 역할을 담당해왔다. 그러한 까닭에 나카자와는 신화의 대칭적 사고를 "에콜로지의 과학"이자 "에콜로지의 철학"으로 규정한다.[57]

미당 시의 대칭적 사고는 신화의 대칭적 사고보다는 불교의 대칭적 사고에 가깝다. 신화의 대칭적 사고가 공간 대칭인 반면, 불교의 대칭적 사고는 공간의 축을 시간의 축에 투영시킨 것이다. 불교의 대칭적 사고는 윤회론에 가장 잘 드러난다.[58] 불교의 윤회론적 인식은 가장 고차원적인 대칭적 사고이다. 시간적인 대칭성으로 인하여, 공간적으로 인간과

---

55) 中澤新一, 『對稱性人類學』, 김옥희 옮김, 『대칭성인류학』, 동아시아, 2005a, 35면.
56) 上揭書, 171~173면.
57) 中澤新一, 『熊から王へ』, 김옥희 옮김, 『곰에서 왕으로-국가, 그리고 야만의 탄생』, 동아시아, 2005b, 55~58면.
58) 中澤新一(2005a), 前揭書, 168~171면.

동물이 혈연관계를 확보하면서 다시 공간적인 대칭성을 획득하기 때문이다.

나카자와가 말하는 대칭적 사고는 수렵과 어로사회의 신화에 한정된 것이기 때문에 인간과 동물의 대칭성에 한정되어 있다. 이에 비해서 미당이 삼국사에서 발견한 대칭성의 원리는 동물뿐만 아니라 물질과 식물을 포괄하는 우주적인 대칭성의 원리이다.

> 둘째 窓 아래 당도했을 땐/ 피가 아니라 피가 아니라/ 흘러내리는 물줄기더니,/ 바다가 되었다.
>
> — 「旅愁」, 『미당서정주시전집』, 148면.

불교의 대칭적 사고를 계승한 미당시에서 우주 만유는 평등하다. 「여수」에서 자아의 피는 물질로 흩어져 물줄기가 되고 바다로 흘러들어간다. 그런데 미당은 윤회론적 대칭성의 원리에 의하여 우주를 순회하는 물질을 자아의 연속선에서 파악한다. 그러므로 미당 시에서는 물질 또한 생명을 가진 것으로서 인간과 대칭적 관계를 형성하게 된다. 가령, 「이조진사」에서 진사물감은 조선시대 진사라는 인물과 시간적으로 대칭을 이루고 있다.

그리고 식물과 동물이 인간과 대칭적인 관계를 형성하는 양상은 미당시 곳곳에서 쉽게 찾아볼 수 있다. 「고향난초」에서 아버지의 산소 앞에서 캐어온 난초 또한 시간적으로 아버지와 대칭 관계를 형성한다. 「어느날 까치」에서는 유년시절에 보았던 한 친척 여인네가 이를 잡는 행위의 유사성으로 인하여 관악산에서 날아온 까치와 시간적으로 대칭을 이루게 된다. 그리하여 미당 시에는 물질, 식물, 동물이 인간과 평등한 관계를 이루게 된다. 이는 오늘날의 심층생태론이 추구하는 생명중심적인 평등주의보다 더 넓고 심오한 생태론적 사유와 상상을 선취한 것이다.

3) 자아실현과 사랑

심층생태학자들은 오늘날 우리에게 필요한 것은 세계관의 전환이라고 주장한다. 생태학적 세계관으로의 전환을 위해 그들이 제시하는 것이 자아실현(Self-realization)이다. 심층생태학의 자아실현은 자연 혹은 우주와 자아를 일치시키는 인식론적 전환의 과정이다. 자아실현은 궁극적으로 자연, 우주와 자아의 자기동일화를 목표로 한다. 로덴버그는 이와 같은 자기동일화를 넓은 의미에서 "사랑"의 다른 이름이라고 말한다.[59] 자기동일화는 자기 자신의 연장선에서 자연에 대한 사랑을 동반하게 되기 때문이다.

그런데 이와 같은 자아실현과 자기동일성, 사랑은 불교에서 오래전부터 말해왔던 '동체대비(同體大悲)'에 대한 주석에 불과하다. 불교사상에서 동체대비는 우주가 상호의존의 관계라는 점에서 우주 만유는 한 몸이라는 '동체'의 개념과 상호의존의 관계이기 때문에 상호존중해야한다는 '대비'의 개념으로 이루어진다.[60] 미당은 오랫동안 우주-생태계에서 큰 자아를 실현할 것과 동체대비심을 발휘할 것을 자신의 다양한 에세이와

---

59) D. Rothenberg, "Introduction : Ecosophy T — from intuition to system", Arne Naess, *op. cit.*, 11면.
60) 김종욱, 앞의 책, 28면.; 고영섭, 『연기와 자비의 생태학』, 연기사, 2001, 68~78면.

작품에서 말해왔다.

> 그리하여 思想만이 바람이 되어/ 흐르는 내 兄弟의 앞잡이로서/ 철따
> 라 꽃나무에 기별을 하고,/ 옛 愛人의 窓가에 기별을 하고,/ 날과 달을
> 에워싸고 돌아다닌다./ 눈도 코도 김도 없는 바람이 되어/ 내 兄弟의 앞
> 을 서서 돌아다닌다.
>
> —「旅愁」, 『미당서정주시전집』, 148면.

미당의 시는 결코 초월을 이야기하지 않는다. 「善德女王의 말씀」에서
확인할 수 있듯이 시적 주체는 피가 있는 세계, 즉 우주적인 혈연관계
의 그물에서 벗어나려고 하지 않는다. 그것은 「여수」에서도 마찬가지이
다. 이 시는 피의 영역에서 출발하여 피가 정화되어 가장 순수한 상태
로 우주를 순환하는 자아에 대한 상상을 담고 있다. 그런데 물질성이
제거된 가장 순수한 자아로서 "사상만이 바람이 되어" 순환하는 자아 또
한 "형제"와 "애인"의 주변을 떠나지 못하고 맴돈다. 그것은 시적 주체의
세계관에서 자아가 우주의 부분들, 그리고 우주 전체와 동일화가 되어
있기 때문이다. 결국 자기동일성의 사랑이 자아를 형제와 애인으로 가
득 채워진 우주를 순환하게 만드는 것이다.

우리는 「인연설화조」, 「마른 여울목」, 「내가 돌이 되면」 등에서 사랑
하는 남녀가 몸을 바꿔가며 우주를 순회하는 모습을 확인할 수 있다.
그러한 상상력은 우주의 거대한 흐름 속에서 나는 너가 되고, 너는 내
가 되므로, 나와 너의 구분이 무의미해짐을 보여준다. 삼세를 관통하는
그와 같은 사랑에서, 오늘날의 우리는 자아와 자연의 동일성과 그에 기
반한 동체대비심을 읽어낼 수 있다.

　우리는 미당시를 무책임한 초월주의로 규정하는 비판에 쉽게 접할 수 있다.[61] 논자들은 초월의 개념을 구체적으로 정의하고 있지 않지만, 적어도 미당의 초월은 우주-생태계를 떠나려거나, 아니면 트랜스퍼스널 심리학에서와 같이 '위계화된 우주-생태계'[62]의 높은 영역으로의 상승을 시도하지 않는다. 시적 주체는 평원으로서의 우주-생태계 내에서 물질, 식물, 동물과 평등한 자리에서 가이아와 같은 지구 생명체로서 큰 자아를 실현하고자 할 뿐이다. 즉, 미당의 시적 세계는 현실의 범주를 사회에서 우주-생태계로 확장한 것이지 현실을 초월해버린 것으로 보기는 어렵다. 그렇기 때문에 미당의 시학은 초월주의라기보다는 생태주의로 규정하는 것이 옳다.

---

61) 가령, 구모룡의 글이 그 대표적인 예가 된다. 구모룡의 글은 초월주의와 저항의 차원에서 한국근대시의 불교적 상상력에 접근하고 있다. 그의 글은 한국근현대 시사에서 불교를 수용한 가장 대표적인 시인들로 손꼽히는 한용운, 조지훈, 서정주의 시를 대상으로 식민지 시대 불교적 상상력의 세 가지 대응 양상을 밝혀낸 매우 의미 있는 논문이다. 하지만, 미당론에 한정해서 살펴볼 경우, 미당의 불교적 상상력을 "현실 초월"로 규정하는 논의는 기존의 미당에 대한 비판론의 범주에서 벗어나지 못하고 있다. 왜냐하면, "현실"의 범주를 사회에 한정하고 있기 때문이다. 이와 달리, 본고는 현실의 범주를 사회에서 우주(자연)로 확장해서 미당의 시를 바라볼 필요가 있다고 생각한다. 그 경우 미당의 시는 "현실 초월"이 아니라 보다 넓은 현실로서의 우주를 향해 자아를 생태론적으로 확장하는 것이 된다. 구모룡, 「한국근대시와 불교적 상상력의 양면성」, 『한국시학연구』9, 2003, 15~20면.

62) 동시대 트랜스퍼스널 심리학의 "가장 위대한 사상가"로 꼽히는 윌버는 중세 신비주의를 계승하여 우주를 위계화된 것으로 파악하고 상승을 통한 자기초월을 권장한다. 윌버는 그와 같은 입장에서 에콜로기즘을 근대의 연장선에 선 평원주의로 비판한다. K. Wilber, *op. cit.*, 71~90면.

5. 시사적 의의와 한계

1) 불교적 생태사상과 시학

한국 근현대시사를 돌아보면, 근대에 대한 비판으로서 생태사상은 1920년대부터 본격적으로 대두된다. 불교 계열로 한정할 경우, 이 시기 우리는 불학자로서 한용운이 불교와 근대의 변증을 통하여 자신의 독자적인 사상을 체계화해나가는 양상을 볼 수 있다. 이 과정에서 만해가 제시하는 "절대평등"은 근대적 평등의 이념과 불교사상이 결합된 것이다. 만해사상의 본질을 압축해 놓은 이 "절대평등"은, 만물평등의 사상으로서 오늘날 심층생태론자들의 주장을 선취한 것이다.[63]

한용운의 뒤를 이어 김달진과 조지훈에 의하여 생태사상과 시학이 펼쳐진다. 김달진의 산문 「산거일기」나 「삶을 위한 명상」 등은 생태학적 직관으로 충만하며, 「샘물」, 「벌레」, 「고독한 동무」, 「산장의 밤」 등의 작품은 생태학적 우주론과 생명의식을 잘 보여준다. 이미 널리 알려진 바와 같이 조지훈의 시론과 시학은 생명사상에 기반하고 있다.[64] 조지

---

63) 한용운의 "절대평등"은 불교에서 배운 것이지만, 근대와의 변증을 거친 것이다. 그는 근대의 과도기적 사명으로 인간과 인간의 평등, 민족과 민족의 평등이 우선적으로 이루어져야한다고 본다. 그 다음 점차적으로 만물이 평등한 "절대평등"의 경지로 인간의 의식과 역사가 발전하여야 한다고 주장하였다. 만해의 생태사상은 비단 평등의 차원에만 국한된 것이 아니다. 만해의 사상은 우주를 인과론적인 유기체로 파악하였으며, 자아를 우주와 유기적으로 연결된 큰 자아로 파악하였다는 점에서, 심층생태론의 자아실현과 자아동일화의 개념을 선취하는 양상을 보여준다. 이상과 같은 사항은 다음 글들에서 확인할 수 있다. 한용운, 『朝鮮佛敎維新論』, 불교서관, 1913. ; 한용운, 「宇宙의 因果律」, 『불교』90, 1931. ; 한용운, 「禪과 自我」, 『불교』108, 1933.
64) 최승호는 「조지훈 서정시학 연구」, 「조지훈 시학에 있어서의 형이상학론적 관점」,

훈은 『시의 원리』뿐만 아니라 다양한 산문을 통해 불교적인 생태의식을 드러내고 있으며, 「풀잎단장」계열의 시편에는 그의 생태학적 우주론과 생태시학이 압축되어 있다. 김달진과 조지훈이 불교적인 생태사상에 관심을 가지기 시작한 시기는 일제 말기 선의 대중화 운동에 직간접적으로 관여하기 시작하면서부터이다. 비슷한 시기에 비슷한 조건에서 불교에 접하게 된 김달진과 조지훈의 생태사상과 시학은 많은 면에서 유사한 양상을 보여준다.65)

보다 자세한 사항은 후속 연구에 의해 규명되어야 할 터이지만, 조국의 근대화와 불교 개혁이라는 사명의식에 입각한 한용운이 근대 과학과 불교의 변증을 통한 생태의식을 생성한 것과 달리, 일제의 군국주의가 극에 달한 시대의 김달진과 조지훈은 근대에 괄호를 치고, 자연에 은거하면서 자연과 자아의 교감에 입각한 생태사상을 전개한다.

이에 반해 미당은 한국전쟁을 거치는 과정에서, "신라정신"에 관심을 가지게 되면서 거기에서 불교적인 생태사상을 흡수하게 된다. 한국전쟁은 미당에게 근대에 대하여 전면적으로 회의할 계기를 제공해준다. 전쟁이라는 구체적인 경험에 의해 미당에게 근대는 죽음의 형상으로 찾아왔다.66) 그 죽음은 자연과 인간, 물질과 마음의 분리에 따른 고립감에서

「조지훈 순수시론의 몇 가지 이론적 근거」, 「조지훈의 자연시에 구현된 형이상」, 「조지훈, '멋'의 미학과 생명사상」등의 논문에서 조지훈 시론과 시학의 근저에 자리잡은 생명사상을 밝혀왔다. 최승호, 『한국적 서정의 본질 탐구』, 다운샘, 1998.
65) 김달진과 조지훈의 시학의 상호 영향 관계에 대해서는 다음 논문을 참고할 수 있다. 김옥성, 「김달진 시의 선적 미의식과 불교적 세계관」, 『한국언어문화』28, 2005, 111~115면.
66) 『미당 산문』, 107~111면 및 357~360면. ; 『서정주문학전집』5, 283면.

파생되는 데카르트적 세계관의 근원적인 불안에 가까운 것이었다. 미당은 신라정신으로부터 자연과 인간, 물질과 마음을 '다시 묶는(religio)'[67] 생태론적인 인식을 추출해내었다. 그리하여, '당대의 현생과 자기 한 몸'만을 전부로 아는 근대의 세계관을, 영원을 살고 우주를 한 가족으로 여기는 "중생일가관"의 세계관으로 전환할 수 있었던 것이다.

미당은 불교의 연기론이나 윤회론으로 근대 과학의 법칙을 재해석하면서 자신의 사상이 근대의 합리주의에 위배되지 않음을 강조한다. 비록 환원론의 오류를 껴안고 있기는 하지만 근대 과학과 불교적 신비주의가 내밀하게 변증된 생태사상을 모색하였다는 점에서 큰 의의를 지닌다. 왜냐하면 탈근대적 비전으로 제시되는 심층생태론은 대부분 과학으로서 생태학과 신비주의의 절충을 시도하고 있기 때문이다.[68] 그러한 점들을 고려한다면 미당의 트랜스퍼스널한 생태사상에는 심층생태론을 선취한 선구적인 면이 있다.

자신이 받는 찬사만큼의 비판과 비난을 떠안고 있기는 하지만, 미당이 혹독한 도전에 직면하면서도 지켜낸 생태론적 사상과 시학은 그만큼 소중한 것이다. 산업화시대 이후에도 김지하의 생태사상이 신비주의라는 호된 질책에 직면한 사실을 우리는 아직도 선명하게 기억하고 있다. 사실 최근까지도 한국 문학계의 신비주의는 편견 속에서 현실도피적인

---

67) 종교(religion)의 어원은 라틴어로 재연결(religio)이다. 카프라는 심층생태학의 정신적 기반의 핵심을 인간과 전체 생명의 그물의 재연결이라고 표현한다. 카프라는 "religio"라는 라틴어를 사용하여 심층생태론의 종교적 측면을 강조하는 것이다. 즉, 심층생태학의 핵심부분에 종교성의 회복이 놓여있음을 말해주는 셈이다. F. Capra(2004), *op. cit.*, 388면.
68) *Ibid.*, 21~24면.; B. Devall and G. Sessions, *op. cit.*, 79~108면.

것, 부정적인 것으로 인식되고 있는 실정이다. 신라정신에 대한 무수한 비판자들의 견해를 살펴보면 미당의 시대에 신비주의에 대한 편견은 더욱 심한 것이었다. 그러한 어려운 여건을 견뎌내며 신비주의적인 사유와 상상으로 충만한 트랜스퍼스널의 생태사상을 끝까지 고수한 미당의 성과는 오늘날 생태론의 시각에서 볼 때 찬란히 빛나는 보배가 아닐 수 없다. 따라서 현금의 시점에서 미당의 문학사적 의의는 무엇보다도 한국 현대시사에 고대적 신비로 충만한 신비주의적—불교적인 생태사상과 시학을 하나의 안정되고 큰 조류로 정착시켰다는 데에서 찾을 수 있을 것이다.

2) 에코파시즘

생태주의는 근본적으로 만물이 서로 유기적으로 연결되어 있으며, 만물은 평등하다는 전일론(holism)에 입각해 있다. 생태주의뿐만 아니라 서정주의, 파시즘, 신비주의 등도 깊은 곳에서는 서로 일치하는 전일론에 토대를 두고 있다. 그 때문에 생태주의—서정주의—파시즘—신비주의 등은 상호간에 쉽게 결합하게 한다. 가령 "에코파시즘"[69]이나 "신비주의적 서정성"[70]과 같은 개념은 그 구체적인 예가 된다. 이미 널리 알려진 바와 같이 심층생태학은 과학으로서의 생태학과 신비주의가 결합된 양상을 보이며, 파시즘은 신비주의와 생태주의를 껴안은 형국이다.

---

69) J. Biehl and P. Staudenmaier, *Ecofascism : Lessons from the German Experience*, 김상영 옮김, 『에코파시즘』, 책으로만나는세상, 2003.
70) 김옥성, 앞의 책, 26~38면.

여기에서는 에코파시즘의 함정을 통해서 미당의 생태사상과 시학의 한계를 살펴보도록 하자. 생태주의 정신과 파시즘의 정신은 많은 면에서 차이를 보이지만, 전일론 혹은 일원론이라는 점에서 자석의 양극처럼 강하게 결합된다. 우리는 독일의 경험으로부터 그 구체적인 실례를 확인할 수 있다. 가령, '생태학'을 창안한 에른스트 헤켈은 생태론적 전체주의를 순수 독일주의 사회관과 결합시키면서, 나치정권 탄생의 토대를 닦아놓은 대표적인 이데올로그가 되었다.[71] 『에코파시즘』의 저자들이 보여주는 수많은 독일의 사례는 생태학이 그 탄생부터 자연신비주의와 야합하였으며, 파시즘에 이론적인 근거를 제공하였다는 사실을 입증해준다.

에코파시즘을 겨냥하는 비판의 화살은 오늘날의 심층생태학을 향해서도 날아가고 있다. 심층생태학의 전체주의적이고 탈인간중심적 성향이 파시즘적이라는 비판이다.[72] 심층생태학은 우주(자연)와 자아의 동일화라는 명목 아래에서 개체로서의 인간을 희생시킬 가능성을 떠안고 있는 것이다.

> 가난이야 한낱 襤褸에 지내지않는다/ 저 눈부신 햇빛속에 갈매빛의 등성이를 드러내고 서있는/ 여름 山같은/ 우리들의 타고난 살결 타고난 마음씨까지야 다 가릴 수 있으랴 // 靑山이 그 무릎아래 芝蘭을 기르듯/ 우리는 우리 새끼들을 기를수밖엔 없다
>
> ― 「無等을 보며」, 『미당서정주시전집』, 90면.

---

71) J. Biehl and P. Staudenmaier, *op. cit.*, 23~28면.
72) J. R. DesJardins, *op. cit.*, 359면.

이 시는 자연과 인간의 대칭적 상상력으로 이루어져있다. 시적 주체는 사람의 마음이란 녹음이 우거진 여름 무등산 같아서, 가난쯤은 별 것이 아니라고 말한다. 대칭적 상상력은 자연과 인생의 동일화를 통하여 현실의 고통과 상처를 위무하며 자아를 미학적 행복으로 이끌어준다.

하지만, 동시에 신비화된 자연의 논리를 사회의 논리에 적용함으로써, 경험 세계의 차이를 은폐하고 개인의 고통과 상처를 무시하게 될 수가 있다. 이와 같은 미당의 사상과 시학은 에코파시즘 미학의 울타리 안에 갇혀있는 것이다. 일찍이 동양고전에서 전일적인 세계관을 수용한 미당이 파쇼적인 대동아공영사상이나 독재 정권의 민족주의에 쉽게 포섭된 것은, 에코파시즘 논리의 연장선에서 이해할 수 있다.

미당과 마찬가지로 한용운, 김달진, 조지훈 등도 불교생태사상을 수용하였지만 이들은 파시즘의 논리에 휘말리지 않았다. 한용운의 경우는 미당처럼 근대를 신비주의로 환원하지 않고, 근대가 초래한 위계와 차이를 직시하였기 때문이다.[73] 만해에게 불교생태사상은 근대의 위계와 차이를 극복하고 나아가야할 이상을 제공해주었지만, 그것이 근대의 부조리를 은폐하지는 않았던 것이다. 반면, 김달진과 조지훈은 일제 말기에 은일을 택함으로써 심층생태학의 논리가 사회의 논리에 적용되는 것을 피할 수 있었다. 이와 달리 미당은 근대를 신비주의로 환원하고, 심층생태학적 논리로 사회의 논리에 접근하였기 때문에 에코파시즘의 덫

---

73) 한용운의 "절대평등" 사상은 만유의 평등을 본질로 하지만, 현상적인 위계와 불평등의 정황을 시인한다. 만해는 본질적으로는 만유가 평등하지만, 현상적으로는 불평등한 상황에 놓여있음을 분명하게 지적하고 있다. 한용운, 「朝鮮佛教維新論」, 『한용운전집』2, 신구문화사, 1974, 44면.

에 걸리게 된 셈이다.

21세기의 생태시인들은 미당의 사상과 시학에서 근본적으로 생태학적인 전통의 사유를 많은 부분 본받을 수 있을 것이다. 하지만 한편으로는 생태주의가 떠안고 있는 파시즘적인 논리를 경계하지 않으면 안될 것이다. 그것은 서정시의 논리뿐만 아니라 모든 유형의 생태론이 경계해야할 부분이다.

6. 결론

불교에 정신사적 계보를 대고 있는 시인들로 한용운, 김달진, 조지훈, 서정주 등이 있지만, 특히 한용운의 "절대평등"사상과 서정주의 "중생일가관"은 여러 면에서 유사한 점이 많다. 양자는 불교의 연기론적 세계관에 입각하여 세계를 유기적 전체로 파악하고, 자아와 우주의 구성원들을 평등한 관계로 인식하며, 나아가 자아와 우주 전체를 동일시한다. 하지만 이러한 사유체계가 전적으로 불교로 환원되는 것은 아니다. 만해와 미당은 불교와 근대의 내밀한 변증을 통하여 근대와 불교(신비주의)의 화해를 도모하면서 자신들의 고유한 생태론적 사상을 탄생시킨다.

하지만 만해와 미당 사이에는 건널 수 없는 간극이 놓여있다. 만해시대의 시대정신에는 근대화에 대한 강력한 요청이 놓여있었다. 그러한 까닭에 만해는 근대를 신비주의로 환원하지 않고 근대와 불교의 적절한 긴장을 유지할 수 있었다. 가령, 만해는 『조선불교유신론』에서 불교의 근대적 개혁을 요청하면서, 동시에 근대의 불교적 해석을 시도하는 균형잡힌 시선을 보여준다.

하지만 미당의 시대에는 사정이 달랐다. 미당은 이미 1930년대에 세계적으로 폭넓게 확산된 근대회의론에 접했으며, 결정적으로 한국전쟁을 계기로 근대에 대한 강력한 불신을 품게 된다. 그 때문에 미당에게는 무엇보다도 세계관의 전환이 문제되었다. 미당은 삼국사에서 '오래된 미래'로서 선조들의 세계관을 찾았고, 그것을 근대 미학의 영역으로 이끌어내어 자신의 고유한 사상과 시학 체계를 세운 것이다. 만해와 달리 미당은 불교적—신비주의적 세계관으로 근대를 주관적으로 해석하면서, 자신의 세계관이 결코 근대의 외부에 속하지 않는 것임을 주장한다. 비록 미당의 견해는 환원론적인 오류를 떠안고 있는 것이지만, 근대와 불교를 화해시키면서 자신의 독자적인 생태사상과 시학의 틀을 견고하게 확립하고, 산업화시대 이후 생태학적 시학에 든든한 기반을 제공하여주었다는 점에서 큰 의의를 지닌다.

생태위기의 근본적인 문제는 근대적 세계관의 구조적인 모순에서 비롯된다. 그 때문에 생태론을 생태위기의식이 표면화된 20세기 후반의 담론으로 제한할 수는 없다. 근대내부에서 일어난 근대 비판담론으로서 생태론은 근대의 탄생기에서 그 기원을 찾을 수 있다. 가령, 계몽에 대한 낭만주의적 반동이 그 예가 된다. 그 때문에 최근 서구 현대시의 생태학적 연구는 초기 낭만주의 시대로 거슬러 올라가는 경향이 강하게 대두되었다.

이에 반하여, 한국 현대시의 생태학적 연구는 여전히 1990년대 이후 시편에 그 대상이 편중되어있다는 인상을 지우기 어렵다. 현대시의 생태학적 연구가 비평의 수준에서 벗어나고, 문학사적 연속성의 시각을 확보하기 위해서는 산업화시대 이전의 시편들로 연구 대상을 확장할 필요가 있다. 그렇게 할 때, 한국 근현대시가 축적하여온 풍요로운 생태론적 사유와 상상의 다양한 국면이 총체적으로 조망될 수 있을 것이다.

그러한 점에서 미당 문학의 생태학적 조망은 큰 의의를 지닐 수 있다. 우선, 정체된 미당 담론이 새 활로를 찾는 데에 기여할 수 있을 것이다. 나아가, 전통(불교)과 산업화시대 이후의 생태시를 잇는 일종의 매개항으로서 미당 사상과 시학의 새로운 공과가 입증될 수 있을 것이다. 이는 미당 사상과 시학의 생태론적 국면이 보다 넓고 깊게 조망될 때에 가능한 일이다. 그러한 점에서 미당 문학의 생태학적 국면, 나아가 산업화시대 이전 시인들의 시적 세계의 생태학적 국면에 대한 연구는 이제 첫 걸음을 내딛는 단계이다. 미당 문학의 생태적 차원에 대한 보다 심도 있는 논구나, 한용운, 김달진, 조지훈 등의 생태 시학에 대한 체계적 탐구는 조속히 이루어져야할 과제로 우리 앞에 남아 있다.

자족적인 '시의 왕국'과 '국민시인'의 상관성
– 서정주 시에 나타난 현재의 순간성과 영원한 미래, 과거

1. 서론

1955년 『서정주시선』을 발간한 직후, 그저 재능 있는 일개 '시인'에 불과했던 미당의 문단적 지위는 '국민시인'으로서의 위치를 차지할 만큼 확고한 것이 되었다. 당시의 문단과 독자들은 전후의 상처를 어루만지는 미당의 시편에 전폭적인 지지를 아끼지 않았고 그의 시는 당대의 문학적 자장 안에서 확고한 정전의 지위를 획득하게 된다.[1] 이런 미당의

---

* 김춘식 / 동국대학교 국어국문학과 교수

[1] 서정주의 신라정신이나 영원성, 영통주의가 시작된 시점을 대충 이 시기 이후로 보는 경향이 있는데, 이것은 미당의 신라에 대한 미학화, 미적 기획이 하나의 자의식을 이룬 시점을 강조하는 견해이다. 그러나 실제로는 미당의 신라에 대한 의

문단적 지위는 "서정주는 정부다"2) 혹은 "부족 방언의 요술사"3), "그는
일개 시인이 아니라 한 〈政府〉"4) 등의 발언을 통해서 확인되는 바처럼
대략 70년대 말까지 지속된다.

　80년대에 등장한 민중문학의 비판에 직면하면서 미당의 이런 신화는
현저하게 약화되었지만, 미당의 사후(死後)에도 서정주의 정치적 행적과
그의 문학적 성취에 대한 찬반의 평가가 상반된 양 극단을 달리고 있는
점에서도 알 수 있듯이, 미당의 시는 한국문학의 성취에 대한 평가의
한 척도로 지속적인 연구의 대상이 되고 있다. 특히 최근 미당의 친일
행적과 친일문학 작품에 대한 비판과정에서 미당의 역사적인 과오는 새
롭게 쟁점적인 사안이 되었다. 그리고 미당의 친일이 자발적인 친일 혹
은 친일의 정신구조를 내면화하고 있다는 비판은 해방 이후 미당의 시
적 성취를 식민지 말기 '친일문학' 정신구조의 연속선에서 바라보아야
한다는 주장으로 확장된다.5)

식이나 영원성 지향은 이미 『귀촉도』를 발간하는 무렵부터 나타난다. 단, 미당의
영원성, 신라정신이 완성된 미적 형태와 기획을 보여준 시점을 좀 더 명확히 지
적한다면 그것은 1955년 「서정주 시선」이 발간될 무렵, 독자로부터 전폭적인 지
지를 받고부터이다. 즉, 서정주가 자신의 시적 기획을 통해 국민적 호응과 공감
대를 끌어내는 '국민시인'의 면모를 보이기 시작한 시점과 그의 미적 기획이 구체
성을 띠는 시점은 서로 겹쳐진다. (박현수, 「서정주와 미학적 기획으로서의 신라
정신」, 한국근대문학연구, 2006. 10. 87~89면 참조) 박현수는 미당의 중기 이후
시세계의 특징을 영통주의, 영원주의로 규정하며 그 시기를 대략 1950년 5월경
으로 본다. 그러나 이런 판단은 그의 시에 대한 분석보다는 자전적 서술에 따른
것이라는 점에서 실제 시 작품을 통해 대중독자에게 이런 면모가 알려지는 시점
은 『서정주시선』의 발간 이후로 보는 것이 옳을 듯하다.
2) 고은, 「서정주 시대의 보고」, 『문학과 지성』, 1973. 봄, 181면.
3) 유종호, 「소리지향과 산문지향」, 『미당연구』, 민음사, 1994, 360면.
4) 김윤식, 「전통과 藝의 의미」, 『미당연구』, 민음사, 1994, 115면.
5) 김재용, 「전도된 오리엔탈리즘으로서의 친일문학」, 『실천문학』, 2002. 여름.; 박수

이러한 주장은 일정한 가능성과 동시에 타당성도 지니고 있는 것이지만, 엄밀한 분석의 결과 도달한 결론으로 보기에는 지나치게 식민주의에 대한 선입견이나 강박관념에 기댄 흔적이 많다는 단점을 지닌다. 미당의 친일 행위가 해방 이후 미당의 시적 행보와 상관성을 지닌 것이기는 하지만 친일 행위자체가 해방 이후 미당의 시적 기원에 해당된다는 주장은 다소 성급한 감이 없지 않다.6) 이 점에 대해서는 본론에서 좀더 자세히 논의하고자 한다.

본고는 이 글에서 해방 이전의 미당의 친일, 그리고 '국민시'에 대한 인식을 살펴보면서, 해방 이후 미당이 '국민시인'으로서의 위치를 차지했을 때의 '국민시'의 개념과의 연속성과 차이를 살펴볼 것이다. 우선, 『화사집』으로 대표되는 초기시가 단순한 '개인의 고뇌와 도전'을 중심으로 한 '개체아'와 '개성'의 확신만이 아니라 보편의 부재에 대한 '절망'의 한 표현이었음을 지적하고 미당의 시가 '보편'에 대한 지속적 추구를 하나의 방향으로 하여 '영원주의'에 이르렀음을 보여주고자 한다. 즉, '보편'에 대한 시적 추구가 그가 말한 '시의 이성'이며 그것이 '국민시'의 개념, '시의 왕국'의 자족성을 지탱하는 핵심이었음을 밝히는 것이 본 논문의

연, 「일제말 친일시의 계보」, 『우리말글』 36, 우리말글학회, 2006.; 박수연, 「미당의 친일시―시적 영원성에 대하여」, 『탈식민주의를 넘어서』, 민족문학연구소, 2006.; 박수연, 「친일과 배타적 동양주의」, 『한국문학연구』 34, 동국대학교 한국문학연구소, 2007.; 오성호, 「시인의 길과 국민의 길―미당의 친일시에 대하여」, 『배달말』 32, 2003.

6) 김춘식, 「친일문학에 대한 '윤리'와 서정주 연구의 문제점―식민주의와 친일」, 『한국문학연구』 34, 동국대학교 한국문학연구소, 2007.; 손진은, 「문학교육과 제재 선정의 문제」, 『경주대학교 논문집』 17, 경주대학교, 2004.; 최현식, 『서정주 시의 근대와 반근대』, 소명출판, 2003. 135~136면.

주된 목적이다.

2. 국가주의와 식민지 체험

해방 이전의 미당 서정주와 해방 이후의 미당 서정주를 연속적인 관계로 보느냐, 단절적인 것으로 보느냐 하는 문제는 각각 다른 판단의 근거를 지니고 있는 것이 사실이다. 우선, 미당 서정주의 친일행적과 해방 이후의 영원성, 영통주의, 신라의 발견 등을 연속적인 관계로 보는 시각은 식민주의의 내면화가 해방 이후까지 지속되고 있다는 가정에 근거한 것이다. 식민지 말기의 인식으로부터 '새로운 국가', '국민', '시'를 상상할 수밖에 없었던 것이 해방 직후의 정황이었던 만큼, 결국 '식민주의의 체험'으로부터 해방 이후의 문학사가 출발했다는 전제를 통해 미당의 해방 이후 '시'에서 친일의 정신구조와의 연속성을 발견하려는 것이다.

또, 단절적인 시각은 식민지 상황에서의 해방은 새로운 '역사적 상황'에의 직면을 의미하는 만큼 해방 후 미당의 시는 새로운 상황에 대한 대응을 중심으로 이해해야 한다는 것이다. 미당의 친일문학이 식민지 말기 상황에 대한 일정한 대응 혹은 적응의 측면을 지니고 있었다는 점을 감안하면, 해방 이후 남한 시단에서 미당이 누린 영예 또한 또 다른 상황에 대한 '적응의 논리'가 만든 결과라고 할 수 있다는 것이다.7)

---

7) 한 개인의 정신구조 혹은 내면의 계기성과 연속성을 전제로 한다면 일제 말기의 친일행위와 식민지적인 상황인식이 해방 이후의 사상, 정신, 행적에도 일정한 연

이 두 주장은 각각 일정한 장점과 단점을 모두 지니고 있다. 실제로 해방 이전과의 연속성을 지닌 미당의 사유와 인식이 없다고 할 수도 없을 것이고 또 변화된 새로운 시대상황에의 적응 혹은 대응이라고 하는 측면도 중요한 것이 아닐 수 없다. 다만, 전자의 '연속성'은 미당뿐만 아니라 일제 말기를 거친 모든 사람에게 어느 정도는 공통적인 것이라는 점에서 서정주 개인의 경우에만 해당되는 것이 아니라 일종의 '시대적 상흔 혹은 기원'에 해당된다. 즉, 친일의 정신구조란 다른 한편으로는 한 시대의 에피스테메와 연관이 있다는 점에서 미당 서정주라는 한 시인의 시 세계가 내포한 원천적 결함 혹은 원죄라고 볼 수는 없는 것이다. 그것은 차라리 해방 이후 '대한민국'이라는 국가의 출발점에 존재하는 원죄, 혹은 상처 입은 역사의 기원과 같은 것이다. 따라서 이 연속성에 대한 인식은 단순한 망각이 아니라 새롭게 놓인 해방 이후의 상황에서 어떻게 새로운 방향을 찾는가 하는 문제와 관련해서만 그 긍정과 부정을 평가할 수 있는 것이다.

서정주 시의 '영원성'이 일본의 대동아공영권에서 파생된 동양주의,

속성을 지니고 나타날 수 있다는 것은 분명한 사실이다. 그러나 다른 한편으로는 동일한 패턴의 정신, 행적, 선택 등이 상황의 변화에 의해 그 역사적 의미가 달라질 수 있다는 점 또한 분명한 사실이다. 이 점에서 해방 이전과 이후의 정신구조가 연속적인 것이냐의 문제를 그에 대한 '의미해석' 혹은 평가의 문제에도 동일하게 적용하는 것은 타당하지 않다. 우선, 역사적 상황의 변화란 하나의 동일한 정신적 패턴이 지닌 의미의 해석 평가에 있어서 일정한 단절과 구별을 전제로 할 수밖에 없기 때문이다. 이 점에서 일제 말의 '국민시'와 해방 이후의 '국민시', '국민시인'은 그 개념의 유사성에도 불구하고 근본적으로 다른 콘텍스트에 놓인 용어이며 다른 의미해석이 필요한 개념이다. 즉, 일제 말기의 친일 혹은 과오를 '원죄'로 부여함으로써 해방 이후의 행적에 대한 공과를 정당하게 평가하지 않는 '편견'이 미당에 대한 객관적 연구의 걸림돌이 되기도 한다.

전체주의의 논리를 포함하고 있다거나 전체주의에 기초한 오리엔탈리즘을 내포한다는 지적은 이 점에서 일정부분 타당한 지적이지만 또한 다소 과장된 측면도 적지 않다. 김재용, 박수연 등에 의한 서정주의 친일문학의 자발적 성향에 대한 비판은 대동아공영권의 동양주의와 서정주의 동양적 영원성이 동일한 정신구조를 지니고 있음을 지적하는데, 이런 비판은 해방 이후 서정주 시의 전개 과정에 대한 평가에까지 동일하게 확장된다. 서정주 시의 시적 기원을 친일적 국민문학으로 규정함으로써 『서정주시선』, 『신라초』, 『질마재 신화』에 이르는 서정주 시의 여정을 '파시즘'을 내면화한 문학, 전체주의에 경도된 어용문학으로 비판하는 논리가 가능해진다.

박수연은 서정주가 근대 초극의 논리를 자신의 문학의 불가피한 내용으로 삼았기 때문에 "그의 친일문학은 단지 외적 강제에 따른 불가피한 생존논리에 의해 이루어진 것이 아니라 그의 시적 논리가 귀결시킨 필연적 행로"라고 비판한다.[8] 서정주의 친일은 단순한 선택적 행위가 아니라 내부적인 시적 논리가 도달한 한 지점이라는 지적은 식민지적인 자장 안에서의 정신구조의 한 형태로 친일문학을 바라본다는 점에서 단순한 행위 중심의 친일문학 논리에 비하면 훨씬 정치한 분석을 바탕으로 하고 있는 견해이다. 그러나 정신적, 시적 논리의 필연적 귀결이 서정주의 '친일'이었다는 이런 단정 속에, 친일적인 정신으로의 귀결이 이루질 수밖에 없었던 당시의 '조건이나 상황논리'에 대한 분석이 빠져 있는 점은 아쉬운 점이다. 즉, 서정주 등의 친일논리가 가능했던 본질적인

---

8) 박수연, 「친일과 배타적 동양주의」, 『한국문학연구』, 동국대한국문학연구소, 2008. 6, 208면.

국면, 즉 제한된 선택의 상황에 봉착한 주체의 고뇌와 내면적 논리에 대한 고찰 등은 비교적 소홀한 편으로 보인다. 특히, 해방 이전 서정주가 동양정신과 영원성에 관심을 보이고 있었다는 점이 해방 이후 『서정주 시선』에 나타난 영통주의, 신라정신 등의 미학적 탐구와 동일한 것이라는 주장은 다소 인상적인 판단일 뿐이다. 즉, 1950년경부터 시작된 신라에 대한 미당의 자의식적인 탐구는 '신라'를 미적인 것으로 만드는 본격적인 기획의 성격을 띠고 있었으며 이런 자의식은 단순한 '영원성에 대한 동경'과는 자의식의 밀도, 미적 감각 면에서 분명한 차이를 보여준다. '신라'를 중심에 놓고 영원성을 탐구함으로써 미당의 시는 비로소 추상적인 영원성에 구체적인 실체와 역사성을 부여하는 것이 가능해졌기 때문이다.

이 글에서 다루게 될 서정주 시에 대한 연구는 국민문학, 국민시인이라는 개념을 상상하고 내면화한 서정주 시인의 시적 행로를 점검하면서, 그 명암의 측면을 조명하고 재평가하기 위한 시도이다. 국민문학, 국민시의 이념은 이 점에서 친일의 논리이면서, 동시에 해방 이후에는 '국가 만들기' 기획이 필요로 했던 긴급한 요구였음을 상기할 필요가 있다.

친일문학의 기원에는, 존재하지 않는 '국가'에 대한 '상상'을 통해 식민주의에 투신했던 '식민지인의 도착과 비애'가 존재하며, 이러한 '국가주의'에 대한 상상과 동경은 해방 이후 독립된 조국의 건설이라는 이념적 목표 속에서 오히려 더욱 강화되어 나타난다. 따라서 일반론적인 관점으로 보면 해방 이전의 친일문학론과 해방 이후 국가주의, 국민문학의 논리가 일정한 연속관계를 지니고 있음은 부정하기 어려운 것으로 보인다. 실제로 총동원체제에 동원되었던 대다수 친일문학 작품의 형태나 논조가 해방 이후 문단에서도 '국가'의 교체만이 있을 뿐 그대로 유지된다는 점은 특별히 주목을 요하는 점이다.9)

특히, 친일문학에 참여했던 문인뿐만 아니라 일제에 협력하지 않은 문인들의 작품도 해방 이후 '국가주의'에 대한 상상이라는 측면에서는 대동소이하다는 점10)은 '친일'의 문제 보다는 '국가주의', '개인과 전체'에 대한 당대적 의식의 수준과 정신구조를 좀 더 세밀하게 살펴볼 필요성을 제기한다. 요컨대, 친일문학의 논리는 '국민문학', '국가와 개인'의 관계에 대한 시대적 요청의 문제와 결부시키면, 그 논리구조가 해방 이후 '애국의 논리'에 그대로 연장된다는 점에서 문제적이다. 그러나 이런 동일한 논리구조에도 불구하고 그 애국의 최종적 목표점이 '제국 일본인가', '해방된 조국인가'에 따라 이 둘의 의미는 근본적으로 다른 것이 된다.

서정주의 동양적 영원성은 이 점에서 해방 이후, "국민문학의 개념을 포함한 순수문학"의 논리로 발전한다는 점에서 해방 이전 '친일문학'의 논리와 일정한 관계 내에 있다는 점을 부정하기는 어렵다. 하지만, 이런 관계를 고려하더라도 해방 이후 서정주의 문학이 일제 말 친일문학과 완전한 상동성을 이루고 있으며 그 정신적 논리의 결과라는 주장은 해방 이전과 이후의 상황, 즉 국가의 '유무'라는 변화를 지나치게 가볍게 생각하는 단점이 있다.

서정주의 동양적 영원성이 '대동아 공연권' 논리 속에 쉽게 동일화 된

---

9) 윤대석 「일본의 그늘」, 『내일을 여는 작가』, 2002. 여름.; 이경훈, 「몸뻬와 야미, 총후(銃後)의 풍속」, 「내일을 여는 작가」, 2002. 여름.
10) 예를 들면 김사량, 안함광 등 월북작가들에게도 이 시기 '국가주의'에 대한 인식은 동일하게 강조되어 나타나는 점을 들 수 있다.

점을 지적할 수 있지만 그 전말의 과정은 좀 더 꼼꼼히 따져 볼 필요가 있는 것이다. 미당의 '영원성' 시학은 초창기부터 미당의 시적 논리로 존재하고 있었지만 그 뒤에 영원성에 대한 탐구와 전개 과정이 '동양론'이라는 시대적 흐름과 조우하게 된 것이다.[11] 물론 이 단계에서의 미당의 '영원성'은 '개인', '현재' 등 찰라적인 것과의 갈등을 극복하고 있지는 못했고 이 시기의 동양은 다소 막연한 '전통주의'의 경향을 지닌 것이었다. 이런 판단은 몇몇 선행연구를 통해 거론된 것으로 미당의 친일문학이 미당 시의 전개과정에서 과연 어떤 영향을 미쳤는가를 면밀하게 살펴보는데 있어서 비교적 객관적인 시선을 확보한 관점으로 여겨진다.[12]

　미당의 친일평론으로 꼽히는 「시의 이야기」에서 미당이 '동양론', '국민문학'의 개념을 내면으로 받아들인 점은 확실하지만, 해방 이후 이런 내면화된 의식은 좀 더 복잡한 양상을 지니고 전개된 것으로 보인다. 미당이 해방 이후 '국민시인'으로 자리 잡는 과정에서 이런 식민지 말기의 체험이 중요한 영향을 주었고 미당의 문학을 보수적이고 반동적인 것으로 이끌어 간 것은 사실이지만, 여기에는 1950년 전쟁 직후의 상황, 한국 근대사 전개의 일반성이라는 환경적 요건이 또한 가중되어 있음

---

11) "미당의 '전통' 혹은 '영원성'에 대한 관심과 자각을 「시의 이야기」 이후의 것으로 간주함으로써 생겨나는 소득은 미당 시의 보수성과 반동성, 그리고 순수의 논리에 가려진 정치성의 선명한 조감과 확인이다. 이것들이 미당 시의 이데올로기적 약점 가운데 하나라는 사실은 좀처럼 부인하기 힘들다./하지만 미당의 '전통'과 '영원성'에 대한 관심을 「시의 이야기」 이후로 제한하는 논리는 쉽사리 동의하기 힘들다. 그에 대한 미당의 자각은 1930년대 중·후반 '고전부흥론' 및 '동양문화론'과의 교섭을 한편으로 하면서도, '순수시'의 내밀한 진원지로서 '고향'의 재발견에 의해 결정적으로 일어난 것이다." 최현식, 『서정주 시의 근대와 반근대』, 소명출판, 2003. 136면.
12) 최현식, 『서정주 시의 근대와 반근대』, 소명출판, 2003. 136면 참조

또한 사실이다. 미당의 '국민문학'이 그의 초기시에서부터 일관되게 드러나는 '보편성'에 대한 추구와 열망이 도달한 한 지점임을 감안할 때, 미당의 '국민문학'은 해방 이후 '친일'이라는 정치적 맥락보다는 '국민의 보편적 감성에 대한 호소', '국민적 감정의 구체화'라는 미학적인 문제로 쉽게 전환될 수 있는 것이었다.

미당의 첫 시집 『화사집』은 미당의 개인적 고뇌와 번민이 극단적 호흡의 분출을 통해 씌어진 것이다. 이 점에서 보면 『귀촉도』 이후 서정주가 지향하던 시적 향방이 탈향에서 귀향으로, 서양에서 동양으로, 근대에서 전통으로 향하고 있었다는 점은 중요한 사실을 시사한다. 즉, 미당이 파편적 개인의 저항, 개인주의적 성향으로부터 보편주의와 전체주의, 운명주의로 선회하는 과정은 그의 '시적 형이상학'과 '상황인식'을 그대로 보여준다.

전체와 운명에 대한 개인의 패배, 투항으로 요약할 수 있는 이런 정신적 전환은 실제로 서정주가 '국민시인'으로 불리게 된 원인이고 또 일제 말기 '국민시' 개념을 거론하는 원인이라고 할 수 있다. 그리고 이런 변화 과정에 식민지 말기의 '동양론'이 함께 맞물리고 있는 것이다.

3. 「시의 이야기」와 식민지 말기 서정주의 현실인식

미당의 친일문학 작품인 「시의 이야기」가 미요시 다쓰시의 『국민시에 대하여』의 영향을 받은 것이라는 견해는 이미 여러 차례 지적된 바가 있다.13) 박수연은 「시의 이야기」가 내세운 동양주의와 해방 이후 미당의 동방적 전통론이 아무런 변화가 없다는 점을 지적함으로써 미당의 친일적 정신구조를 지적하는 반면, 최현식은 미당이 미요시 다쯔시와 상관성이 있다는 점을 밝힌 뒤, 그것이 전선총후의 개념보다는 동양주의, 문화주의적인 차원을 지향하고 있다고 평가한다.14)

실제로 미당의 '국민시'에 대한 생각은 '파시즘'이나 '총동원 체제'와 관련된 것이 아니라 미학적인 보편이나 시적 전체성에 대한 지향에 가까운 것이었다. 아래의 인용문처럼 「시의 이야기」에서 미당이 중요하게 생각한 것은 '국가', '국가주의' 보다는 '전체와 보편'이라는 새로운 지향점의 전면화이다.

> 우리는 항용 '독창(獨創)'이라든가 '개성'이라든가 하는 말을 애용해 왔다. 생명이 유동하는 순간순간에서 일(一) 의 자기의 언어, 자기의 색채, 자기의 음향만을 찾아 헤매었던 것이다. 그러나 아무와도 닮지 않은 독창이라든가 개성이란 어떤 것일까? 중심에서의 도피, 전통의 몰각, 윤리의 상실 등이 먼저 제래(齊來)되었다. 할 수 없는 무질서와 혼돈 속에서 작가들은 아무와도 닮지 않은 자기의 유령들을 만들어 놓고 또 오래지 않아서는 자기가 자기를 모방하여야 했던 것이다. (중략) 여기에서 우리는 다시 개성이라든가 독창이라든가 하는 말에 대치되는 말로서 '보편'이라든가 '일반성'이라든가 하는 말을 생각하지 않을 수 없다. 우리들이 늘 생각해 보고는 흔히는 암담해지고 마는 보편이란 말15)

---

13) 최현식, 「민족, 전통 그리고 미」, 『실천문학』, 2001. 여름.; 최현식, 『서정주 시의 근대와 반근대』, 소명출판, 2003.; 박수연, 「친일과 배타적 동양주의」, 『한국문학연구』 34, 2008.
14) 박수연, 「친일과 배타적 동양주의」, 『한국문학연구』 34, 2008. 207면.; 최현식, 『서정주 시의 근대와 반근대』, 소명출판, 2003. 132면.
15) 서정주, 「시의 이야기-주로 國民詩歌에 대하여」, 『매일신보』, 1942.7.13~17.

물론 '전체와 보편'이 '국가, 국민, 전통'으로 포섭된다는 점에서 이 두 개념군(국가, 국민과 전체, 보편)이 쉽게 나뉘어질 수 있는 성질은 아니지만, 적어도 이 시기 미당에게 '국가', '국민'은 여전히 내면화하기 어려운 일정한 거리를 지니고 있는 개념이었다. "생각해 보고는 암담해 지고 마는 보편"이라는 말은 '국가'와 자신의 거리이기도 하고 또 식민지인인 자신의 '운명'에 대한 까마득한 거리감, 비애이기도 하다.

그리고 이런 보편에 대한 막막한 절망감은 식민지 말기에 갑자기 나타난 것이라기보다는 미당의 초기시부터 눈에 띄는 주요 테마였다는 점을 상기할 필요가 있다. 전체 혹은 보편과 자아, 개성의 대립적인 갈등은 『화사집』의 주요한 테마였고 전체에 대한 개성의 항변은 사실은 그 전체의 부재, 보편의 부재에 대한 역설적 표현이기도 하다.

허윤회는 미당의 시가 한국시의 두 가지 결핍에 대한 답이었음을 말하는데, 문학의 의사소통적 기능에 대한 현실적 요청과 시의 형이상학 혹은 존재론적 깊이의 요청이라는 양자의 격차를 어떻게 좁힐 것인가 하는 점에 대해서 미당이 시를 통해 나름의 대답을 찾아내려고 했음을 지적한다.16) 즉 의사소통과 형이상학의 추구는 미당에게 '시의 이성'이

---

16) 허윤회, 「미당 서정주의 시사적 위상」, 『한국의 현대시와 시론』, 소명출판, 2007. 98~99면. "서정주의 입장에서는 이러한 갈등하는 현실에게 자신의 세계를 언어적으로 표현해야한다는 과제와 함께 그것이 현실로 환원될 수 없는 비본래적 언어, 순수한 언어라는 점을 끊임없이 상기시켜야만 했다. 이성과는 반대편에 본래적인 언어에 대한 탐색은 새로운 가치관의 모색을 수반하지 않을 수 없었는데 그것은 현실의 이성과는 다른 시적 이성, 혹은 문학적 이성을 의미한다. 그러나 그것은 당시에 존재하지 않는다는 것이 서정주의 판단이었다. 이는 본래적인 언어의 탐색과 표현이라는 문제와 함께 새로 구축해야할 미개척지의 영역일 뿐이다. 그리고 서정주가 탐색해서 도달한 지점이기도 하다."

라는 말을 통해 하나로 합쳐지는데 이 시의 이성은 '보편적 언어'이며 동시에 형이상학과 미적 충동을 만족시키는 것이다. '시적 이성'으로 표현된 미당의 '순수 언어'에 대한 추구는 이 점에서 부재하는 '보편'에 대한 동경과 같은 맥락을 이루는 것이다.

"최근에 국민시가라고 하여서 잡지나 신문 등에 발표되는 시는 나로 하여금 오랫동안 잃어버렸던 환멸을 자아내게 하였다. 취재야 아무데서나 하여도 좋은 것이다. 조국이 전란의 때에 전란을, 개선의 때에 개선을—시인은 또한 노래해서 좋은 것이다. (중략) 시는 무엇보다 언어의 문제인 것이다"[17]라는 미당의 이 시기 주장은 조국(일본)이라는 전제를 이미 추인한 것이어서 문제적이지만, 우선 그보다도 그의 '환멸'에 대한 언급이 주목을 요하는 부분이다. "시는 무엇보다 언어의 문제인 것이다"를 강하게 내세우는 그의 주장은 '국민시가'의 개념을 제재, 현실적 상황의 문제가 아니라 '언어의 문제' 즉, '보편적 미학'의 문제로 규정하기 때문에 가능한 것이다.

이런 주장은 "근대적인 욕망의 좌절에서 연유된 것"으로 현실에 대한 부정을 포기한 대신 유기적 형식의 세계 즉 새로운 '미적 우주'를 그 현실로부터 절연시키고자 하는 태도이다. 내용, 소재의 선택에 대한 방기 대신 '언어의 형식미'를 앞세운 논리는 곧, 민중적 보편 정서, 동방전통의 계승, 보편성의 지향을 '언어미학으로 구현하는 것'으로 확장된다. 문학의 의사소통적 측면을 현실의 요구와 무관한 '보편성'으로 기획하는 대신, 시적 형이상학과 존재론을 '미학'으로 구축하는 작업을 통해 그는

---

17) 서정주, 「시의 이야기—주로 國民시가에 대하여」, 『매일신보』, 1942.7.13~17.

한국시의 결핍된 조건을 넘어서는 시도를 하고 있는 것이다.

결국, 미당이 말하는 '환멸'이란, '언어미학'을 기본으로 한 순수문학의 지향이며, '개성'에 대한 부정은 '보편'의 모색을 의미한다. 이 두 지향의 결합은 '국민문학'의 개념을 현실 정세와는 무관한 개념으로 보편화시키면서 동시에 영원성 혹은 전통성이라는 보편성을 새로운 미적 규범으로 제시하는 태도를 구체화한 것이다.

그러나 미당이 『화사집』에서 보여준 개인의 전체에 대한 도전, 반항의 몸짓을 생각한다면 미당의 이런 선회는 쉽게 맥락이 잡히지 않는 돌연한 것처럼 보인다. 이 점이 미당의 보편, 전체에의 귀속을 '전체주의'에의 투항으로 해석하는 이유이다.

그러나 미당의 이런 선회는 돌연한 것이기보다는 이미 『화사집』 내부에 내포된 모순에서 기인하는 것으로, 미당의 당대 현실에 대한 인식이 개성, 교양의 무력화, 새로운 보편의 필요성 등으로 요약되고 그것이 '국가'의 결핍을 자각하는 형태로 확장되면서 나타난 결과이다.

"서정주 초기시의 대부분이 빛을 향한 상승 의지보다는 어둠 속으로의 추락욕망에 더 많이 경도 되어 있음"[18]은 이미 여러 선행연구에서 지적된 바가 있다. 그러나 이러한 추락의 욕망이 사실은 '보편'과 '운명'의 불확실성, 그리고 사방이 벽으로 막힌 폐쇄의식이나 방향상실의 의식으로부터 나타났다는 점의 문제성은 종종 간과되고는 한다. 즉, 미당의 개성, 자아의식이 보편에 대한 강한 부정이 아니라 역으로 보편에 대한 갈망이며 그것의 부재로 인한 자기확립의 의지를 나타낸 것이라는

---

18) 남진우, 「남녀 양성의 신화」, 『미당연구』, 민음사, 1994. 215면.

점에서, 『화사집』 시기의 시 역시 '불확실한 운명'에 대한 항변일 수는 있어도 전적인 보편의 부정이라고 보기는 어려운 것이다.

「자화상」에 나타난 타자로부터의 '자기규정' 즉 호명을 거부하는 몸짓이나 「문둥이」의 천형에 대한 슬픔, 분노, 「바다」, 「서풍부」, 등의 시에 나타난 자기정체성에 대한 불안과 자기분열 의식 등은 모두 역설적으로 보편에 대한 강한 열망을 보여준다. 즉, 자기 부정을 통한 갱신에의 열망이나 의지는 그가 스스로 찾고자 하는 어떤 '보편적인 절대'에 대한 결여를 그 내부에 품고 있는 것이다. "서서 우는 눈먼 사람/자는 관세음"(「서풍부」)[19]과 같은 구절에서 '자는 관세음'은 곧 '숨은 신', '은폐된 진리'를 암시하며 동시에 시인 자신의 혼란과 무명의 상태에 던져진 '자화상'을 상징한다.

이런 생각은 "밤과 피에 젖은 國土가 있다"(『바다』)[20]에서처럼 식민지 청년의 한계의식이나 수난의식으로 확장되기도 한다. 이처럼 『화사집』의 심연으로의 추락은 곧, 어떤 진리나 보편, 구원의 상실에 대한 결핍과 절망을 드러낸 것으로 역으로 청년 미당의 보편이나 절대적 구원에 대한 열망과 결핍감이 얼마나 컸던가를 잘 보여준다. 이 점은 선행연구의 대부분이 미당의 『화사집』을 후기의 영원성 혹은 보편 지향에 반대되는 반항적인 '자아'의 도전과 질주로 평가하는 것과는 그 해석을 달리하는 것이다. 즉, 미당의 초기시의 자아란 보편의 결핍 상태를 드러낸 것이며 그의 시가 영원성 혹은 보편에 대한 탐색으로 나아가는 것은 이미 당시의 시점에서도 어느 정도는 예측이 가능한 것이었다.

---

19) 서정주, 「西風賦」, 『문장』, 1940.10.
20) 서정주, 「바다」, 『사해공론』, 1938.10.

이러났으면…… 이러났으면
나도 또한 이 새벽을 젊은 나흰걸
이 풀섶 이 개고리 이 荒蕪地여
안즌뱅이 목우름을 누가 듯는가

(중략)

花郞이의 시름은 巴蜀으로 통한다고
가야琴 줄을 골라 시나위를 뜯던 무리
상기도 우는 솟작새 잇다
그 후즐근한 흰옷자락을 나풀거리며
너이는 어느 구석에서 웅크리고만 있는거냐

(중략)

抑庄의 中天井에 어른거리는 紋義
꼴뚝각시처럼 흔들리는 傳統이여.
이어인 地暗의 나일江변인가
소리 마저 빼앗긴 스핑스의 坐像−
이러났으면……이러났으면……오오 이러났으면……[21]

　인용한 작품은 화사집 발표 시들과 창작 시기가 비슷한 1937년에 발표된 작품으로 서정주 시인의 어떤 시집에도 포함되어 있지 않은 작품이다. 운명의 불확실성에서 오는 답답함, 미래적 전망의 부재에서 오는 괴로움을 미당은 '안즌뱅이'의 '목우름'으로 나타내는데, 이 울음은 폐쇄

---

21) 서정주, 「안즌뱅이의 노래」, 『자오선』, 1937. 1.

된 미래적 전망, 운명에 대한 슬픔의 표현이고, 또 동시에 "이러났으면……이러났으면……" 하는 강렬한 열망의 결과이다. 즉, 미당의 '추락 욕망'은 운명에 대한 저주이면서 동시에 삶에 대한 열렬한 열망과 의지의 부정적 표출이다.

「문둥이」, 「벽」 등의 시에 나타난 '붉은 우름', '벙어리처럼 우는 행위' 등도 이 점에서 가치와 전망이 부재하는 현실에 대한 거친 항변이자 절망적인 몸짓에 해당된다. 하지만 이런 절망적 포즈는 그것이 '절망적이면 절망적일수록' 가치에 대한 결핍, 동경, 그리고 보편지향적 의식을 역설적으로 더욱 강하게 드러내게 마련이다.

따라서 『화사집』[22], 『귀촉도』[23]의 시세계에서 보여준 미당의 '저주받은 시인'의 면모는 사실은 '보편의 부재, 결핍'에 대한 절망감을 표현한 것으로 열정적이고 반항적인 '미당의 포즈'는 오히려 역설적인 '보편에의 집착'이라고 할 수 있다. 이 점에서 '화랑', '전통' 등으로 상징되는 보편의 부재에 대한 의식이 삶에 대한 강한 열망, 미래적 전망에 대한 갈증으로 나타난 것은 『화사집』, 『귀촉도』 시기의 작품이 지닌 성격을 규정하는 중요한 특징이다.

이 시기 작품 중에 '징역'이라는 시어가 자주 나타나는데, 사방이 막힌 벽, 방향상실의 징후를 보여주는 여러 시 구절은 미당의 추락욕망 혹은 심연의 의식이 보편적 가치, 영원성의 부재 등에 그 기원을 두고 있음을 보여주는 단서이다. "카인의 쌔밝안 囚衣를 입고/ 내 이제 호올로 열손까락이 오도도 떤다"(「雄鷄 下」), "서녁에서 부러오는 바람 속에는/ 한바다

---

22) 서정주, 『화사집』, 남만서고, 1941.
23) 서정주, 『귀촉도』, 선문사, 1948.

의 정신ㅅ병과/ 징역시간과"(「西風賦」)24), "아-이 검붉은 懲役의 땅우에/ 洪水와 같이 몰려 오는 혁명은/ 오랜 하눌의 소망이리라"(「革命」) 등은 개체의 욕망이 좌절되는 조건으로 육체, 지상성이 영혼, 천상과 괴리되어 있는 현실과 운명적 천형을 지적하고 있고, 그런 절대적 가치의 부재는 식민지적인 굴레와 억압까지 내포한 것으로 나타난다.

위에 인용한 「안즌뱅이의 노래」라는 작품은, 미당의 시가 대부분 상징적이고 감각적이며 미적인 형상을 통해서 자신의 내면을 드러내고 있는 점에 비하면, 다분히 직설적인 언술로 되어 있어 시적 완성도가 떨어지지만, 그 의미의 전달은 오히려 명징한 편이다. "소리 마저 빼앗긴 스핑스의 坐像"이라는 자아의 초상 위에, '화랑'과 '전통'을 중첩시키고 있는 이 작품은 미당의 영원성, 보편에의 지향이 이미 초기시에서부터 시작되고 있음을 보여준다. 위악의 가면 혹은 추락에의 욕망은 역설적으로 "존재의 구원과 강한 초월에의 욕망을 내부에 포함하고 있기 때문에 생기는 절망의 결과"라는 점에 비추어 보면, 미당의 시는 하늘, 영혼, 영원성, 전통의 언어와 육체성, 땅, 죽음, 울음의 언어 사이에 놓인 간극을 해소하려는 일관된 시적 모색의 결과에 해당된다. 그리고 최종적으로는 '영원성, 영혼의 언어'로 '육체와 땅의 언어'를 포괄해 가는 자신의 시학을 '보편적인 것, 순수한 것'으로 만들어 가는 작업에 스스로 골몰한 것이다.

이 점에서 시적 형이상학과 존재론으로, 시의 의사소통, 현실적 요구를 해소하려고 한 미당의 시적 여정은 그가 말한 '시적 이성'25)의 실천

---

24) 서정주, 「西風賦」, 『문장』, 1940.10.
25) 미당 서정주는 시적 이성에 대하여 다음과 같이 말한 바 있다. "원래 詩의 知性

적 과정에 해당된다. 개인의 형이상학을 보편적 이상으로서의 '전통', '영원성', '국가'라는 신성한 것으로 상승시키려는 욕망은 이 점에서 '순수시'와 '보편적 이성', '전체'를 하나로 통합하려는 의지에 다름이 아닌 것이다.

감각적인 것의 순간성을 지속적인 민족 정서로 구축하는 작업은 '국민시' 혹은 '국민시인'의 창출을 위해서는 필연적으로 거쳐야 하는 과정에 해당된다. 일제 말기 친일시와 「시의 이야기」에 관련된 '국민시가'의 개념은 일제 말기에 등장하는 '국민문학'의 개념과는 따라서 일정한 거리를 지니고 있으며 더 나아가서는 그 내적 의미로만 보면 전혀 무관한 것이라고도 할 수 있다. 서정주의 국민시가가 '보편성'의 문제에 집중된 것이라면 일제 말기의 '국민문학'은 '총동원체제'와 관련된 '전체주의' 즉 '전선총후'의 이념을 담고 있는 것이라는 점에서 서로 구별된다.

이 일반 理論 學問의 지성과 다른 점은, 일반 이론 학문이 純理的 槪念을 두뇌로써 선택하고 결합해 왔던 데 대해, 詩의 그것은, 머리에서만 머무는 것이 아니라 가슴의 감동을 거쳐 독자에게 감동을 줄 수 있는 것으로 전달한 데에 있다. 그러니, 詩 는 지성을 주로 하는 경우라 하더라도 意味理解만을 전하면 되는 것은 아니다. 포올 발레리가 純粹詩論에서 詩의 감동 전달을 강조해 말한 것도 西歐 유럽 詩 의 그리스 이래의 그런 전통적 관례를 머리에 두고 말하고 있는 것이다. 그렇게 해서 지성은 일반 理論學問의 지성보다 한술 더 떠 왔고, 이 한술로 詩가 詩 노릇을 해 온 것인데, 이제 이 한술을 내던져 버린다면 詩는 불가불 死滅해 버리지 않을 수 없는 것이다"(서정주, 「머리로 하는 시와 가슴으로 하는 시」, 『한국의 현대시』, 일지사, 1969. 269~270면.) 즉, 미당에게 시적 이성은 시의 형식, 존재론적 언어를 통해 '이해와 감동'을 동시에 주는 데 있다고 본 것이다. 즉, 시적 소통은 바로 정신, 마음, 감각과 정서가 하나로 합쳐진 상태에서 이루어지며 이 점에서 시적 지성은 일반 학문의 지성보다 '한술 더 뜬다'는 것이다.

그리움으로 여기 섰노라
湖水와 같은 그리움으로,

이 싸늘한 돌과 돌 새이
얼크러지는 칙넌출 밑에
푸른 숨결은 내것이로다.

세월이 아조 나를 못쓰는 띠끌로서
허공에, 허공에, 돌리기까지는
부푸러오르는 가슴속에 波濤와
이 사랑은 내것이로다.

오고 가는 바람 속에 지새는 나달이여.
땅 속에 파무친 찬란헌 서라벌.
땅 속에 파무친 꽃같은 男女들이여.

오―생겨났으면, 생겨났으면
나보단도 더 나를 사랑하는 이
千年을, 千年을, 사랑하는 이
새로 해ㅅ볕에 생겨났으면

(중략)

허나 나는 여기 섰노라.
앉어 게시는 釋迦의 곁에
허리에 쬐그만 香囊을 차고

이 싸늘한 바위ㅅ속에서

날이 날마닥 드리쉬고 내쉬이는
푸른 숨ㅅ결은
아, 아직도 내것이로다.26)

석굴관세음의 탈을 쓴 화자(시인)의 발화 위에, 시인의 직접적인 언술
을 중첩시킨 이 시는, "푸른 숨ㅅ결은/ 아, 아직도 내것이로다"라는 육체
성에 대한 긍정과 "오―생겨났으면/ 나보단도 더 나를 사랑하는 이/ 千
年을, 千年을, 사랑하는 이"라는 절대성과 영원성에 대한 갈망의 구도를
잘 보여주고 있는 작품이다. "땅 속에 파무친 찬란헌 서라벌"에서 보듯
이, 이 시의 영원성, 형이상학, 절대성, 전통은 '신라정신'으로 호명되는
데, 그 신라정신의 부재는 나의 그리움의 원천이며, 푸른 숨결이 아직
내 것인 이유다. 즉, 육체성, 개체의 의지는 '절대적인 정신' 혹은 '형이
상학'이 구현되기 이전에만 의미를 지니는 것이며, 기다림, 갈망은 영원
성, 전체성과의 상관성 속에서만 의미를 지니는 것이다. 즉, 미학, 종교,
윤리, 형이상학, 영원성, 국가, 영혼, 보편을 매개로 육체, 생명, 현실, 개
성, 감각, 당대를 포섭해 나가는 것은 그의 시가 지닌 중요한 특징이다.
　영원, 보편의 부재와 그것에 대한 기다림이라는 구도는 현실적 고난
에 대한 인내가 미래적 전망을 만든다는 의식으로 확장되는데, 사방이
벽으로 막힌 암담한 의식으로 시작된 미당의 시가 '고통과 수난의 모티
프'를 미래적인 출구 또는 문(門)을 향한 필연적 조건으로 그려내는 지점
에 도착한 것은 이 점을 잘 보여주는 예이다. "우리들의 사랑을 위하여
서는/ 이별이, 이별이 있어야 하네"(「牽牛의 노래」)27), "거북이여 느릿 느

---

26) 서정주, 「石窟觀世音의 노래」, 『미당 시전집 Ⅰ』, 민음사, 1994. 72~73면.

릿 물ㅅ살을 저어/ 숨 고르게 조용히 갈고 가거라"(「거북이에게」), "아무 病도 없으면 가시내야. 슬픈일좀 슬픈일좀 있어야겠다."(「봄」)28), "아—어찌 참을 것이냐!/ 슬픈이는 모다 巴蜀으로 갔어도, 윙윙그리는 불벌의 떼를/ 꿀과 함께 나는 가슴으로 먹었노라"(「正午의언덕에서」) 등은 미당의 심연에 육박하는 고통, 피의 노래가 사실은 부재하는 보편에 대한 추구의 몸짓임을 보여주는 예들이다. 심연의 고통은 영원을 향한 상승의 한 과정이며, 통과의례가 되는 것이다.

미당이 「시의 이야기」에서 보여준 '개성'에 대한 부정은 이 점에서 그의 과거에 대한 전면적인 부정이라기보다는 논리의 확장 혹은 전개의 한 형태라고 할 수 있다. 교양, 개성 등은 더 큰 절대에 복속될 수밖에 없으며 '시적 언어'의 절대성은 이 점에서 더욱 공고한 것이 된다.

최근의 한 연구에서 허윤회는 식민지 말기 미당의 의식을 "시적인 것, 보편적인 것, 객관적인 것, 영원한 것"의 네 가지로 정리하여 요약한다.29) 이러한 주장은 식민지 말기의 미당의 객관적 현실에 대한 인식이나 판단을 적절하게 지적해 준다는 점에서 시사적이다. '시적인 것과 영원한 것'이 보편적인 것, 객관적인 것으로 인식된 당대의 현실과 만남으로써 그의 시는 현실의 가치와 절연된 '전체주의 문학'의 성격을 지니게 된다.

시적인 것과 영원한 것이 그가 생각한 '보편적, 객관적인 정세'를 승

---

27) 서정주, 「牽牛의 노래」, 『신문학』, 1946.6.
28) 서정주, 「봄」, 『인문평론』, 1939. 1.
29) 허윤회, 「1940년대 전반기의 서정주—그의 친일이 의미하는 것」, 『한국문학연구』 34, 한국문학연구소, 2008.

인함으로서, 시는 현실의 부정보다는 과거를 통해 호명된 더 먼 미래적 가치에 몰입하게 되는 것이다. 서정주의 친일문학 작품 중 하나인 「보도행」에서 "X형 제일 많이 고쳐야 할 것을 가지고 있는 것은 역시 우리들 교양인이요, 또한 우리의 연배들임에 틀림이 없습니다"[30]라는 말은 이 점에서 무척 시사적이다. 이 발언 앞에는 "내게는 그들의 대답하는 말을 듣고, 그들의 각오의 빛을 얼굴 위에서 보는 것만도 여간 힘이 드는 공부가 아니었습니다."라는 진술이 있는데, 현실에 대한 추인을 통한 전체에의 복속과 그런 인정 뒤에 오는 힘듦 사이의 간극은 '보편과 객관'에 대한 인정과 미래적 가치의 부재에 대한 체념의 거리이고, 동시에 시의 현실적 요구와 존재론적 깊이 사이의 균열을 예고한다.

　미당의 시가 보편성에의 추구를 보여주면서도 시의 현실적 요구로부터 점차 벗어나 '순수문학'으로 고정되는 것은 이미 '객관, 보편'으로 놓인 현실의 압력을 시가 정면으로 돌파할 수 없음을 인식한 결과인 것이다. 식민지 말기의 체험은 이 점에서 미당에게 폭압적 현실을 을 외면하고 회피하면서 시적인 영원을 현실 바깥의 '왕국'으로 건설하는 한 결정적인 계기가 된 것으로 보인다.

4. 상황으로서의 현실과 시의 왕국

　해방 이후 그리고 6·25 전쟁 뒤의 미당의 시적 변모는 '국민시인', '국민적 상처에 대한 치유로서의 시' 등으로 요약된다. 상황적인 면에서

---

30) 김규동, 김병걸 편, 『친일문학작품선집』 2, 실천문학사, 1986. 313면.

전후의 상처가 남긴 고통에 대해 미당의 시가 일상에 대한 대긍정과 삶의 원리, 생명의 긍정을 보여준 것은 문학사적인 차원에서도 큰 의미를 지닌 것으로 평가된다.

"『徐廷柱詩選』 무렵의 「上里果園」이나 「無等을 보며」를 비롯하여 「鶴」, 「光化門」 등이 차지한 민중의 갈채는 서정주로 하여금 가위 국민 시인으로 자처해도 무방할 만한 것이었다. 생각하기 나름으로는 그는 민중 앞에 군림하여 민중의 스승으로 행복한 안착에 도취해 버릴 수도 있었을 것이다."[31]와 같은 평가는 전후 시단에서 시인 서정주의 의미가 어느 정도였는지를 축약해서 보여주는 평가이다.

송욱이 1950년대에 한국시가 진정한 현대시의 깊이를 획득하려면 심연을 체험해 봐야 한다[32]고 언급함으로써 미당의 시적 긍정과 초월을 비판하기도 했지만 50년대적인 상황에서 미당의 시가 훼손된 국토, 국가, 국민의 회복 그리고 치유의 가능성을 보여주는 것으로 받아들여진 것은 이미 하나의 대세였다. 이 시기 미당의 시는 상처를 극복하기 위한 현실의 긍정으로 요약되는데, 이런 현실 긍정은 다른 한편으로는 역사적 폭압과 상처를 피할 수 없는 숙명으로 받아들인다는 한계를 이미 포함한 것이기도 하다.

이 점은 앞 장에서 밝힌 것처럼, 눈앞에 펼쳐진 역사적 상황, 현실을 객관적인 것, 보편적인 조건으로 인식하고 승인해 온 그의 의식적 편향을 그대로 반복한 것이다. 이 점이 미당의 시가 현실의 국가가 아니라 시적인 보편, 영원을 통한 새로운 '국가' 즉, 신라의 발견으로 나아가게

---

31) 천이두, 「지옥과 열반」, 『미당연구』, 민음사, 80면.
32) 남진우, 「남녀 양성의 신화」, 『미당연구』, 민음사, 1994. 220면.

된 동기이다.

"장돌방이 팔만이와 복동이가 사는 골목./ 내 늙도록 이 골목을 사랑하고/ 이 골목에서 살다 가리라"(「골목」), "가난이야 한낱 남루에 지나지 않는다"(「無等을 보며」)처럼, 일상에 대한 따뜻한 긍정의 시선과 함께 객관적 정세로 파악된 '현실의 고통'을 인내하려는 태도는 50년대 이후 국민적 정서에 강한 호소로 다가올 여지가 충분한 것이었고 이 점에서 미당의 시적 성취는 분명히 놀라운 것이었다. 이 시기 서정주 시의 특징은 "6·25 전쟁이라는 동족상잔의 비극을 거치고 나서 이러한 자비심은 민족적인 단위로 확대된다."[33]라는 평가를 그대로 인용해도 큰 무리가 없을 것이다.

"전쟁이라는 상황은 인간의 보편적인 가치 질서가 철저히 짓밟히는 공간이었으며, 역설적으로 영생에 대한 인간적인 갈망이 더해지는 공간"[34]이라는 사실에서 미당의 영원성이 심화되는 원인을 발견하는 선행 연구 또한 전후 미당의 영원성과 국민시인의 면모가 지닌 상관성을 설명하기 위한 좋은 예이다. 민족적인 단위로 확장된 자비심은 미당의 시에서 '지아비', '지어미', '누이'처럼 가족 관계 혹은 친근한 이름의 호명으로 나타나는데, 이런 인물에 대한 형상화는 초기시에서부터 이미 보이지만 전후의 상황에서 그 파장력은 훨씬 강하게 나타난다.

"이승의 어두움을 썩은 뼈와 살과 물로 나타내고 노동자와 사환, 좀도둑, 거지 안잠자기, 창부를 동원해서 일체감을 토로하는, 이러한 감성의 폭은 기실 우리 시인에게는 아주 희귀한 예"[35]라는 평가처럼, 미당의 시

---

33) 김인환, 「서정주의 시적 여정」, 『미당연구』, 민음사, 1994. 109면.
34) 이광호, 「영원의 시간, 봉인된 시간」, 『미당연구』, 민음사, 1994. 376면.

는 상상적인 공동체로서의 민중의 결속을 이끌어내는데 탁월한 측면이 있었고 이런 그의 시적 작업은 『서정주시선』 이후 『신라초』, 『동천』, 『질마재 신화』에 이르기까지 성공적인 과정을 거쳤다고 판단된다.

특히, 『신라초』에서 『질마재 신화』에 이르는 시세계에 대해 "그가 전통설화를 소재로 한 시를 쓴 것은 민족적 원형을 재구성하여 그 초시간적인 투시를 통해 동일성과 연속성의 감각을 되살리려는 것이다. 서정주의 영원성에 대한 집착은 극심한 체험의 모순을 극복하고 자아의 연속성과 동일성을 회복하려는 정신적 투쟁과 연관된다. (중략) 문학은 성공하거나 실패할 수 있는 것이 아니라, 어떠한 방식으로 이 세계 속에 그 존재의미를 부여받느냐는 문제만이 남을 뿐이다"36) 라고 평가한 선행연구의 주장은 상당부분 적절한 것이라고 할 수 있다. 즉, 전후 문단에서 70년대에 이르기까지 미당의 시는 극심한 체험의 고통과 모순을 극복하고 민족적인 동일성과 연속성 속에 자아를 위치시키는 데 성공했다고 보아도 큰 무리는 없을 듯하다. 그리고 이런 성취 뒤 끝에 '국민시인', '시의 정부'로서의 미당의 후광이 따라온 것이다.

앞에서 소개한 "문학은 성공하거나 실패할 수 있는 것이 아니라, 어떠한 방식으로 이 세계 속에 그 존재의미를 부여받느냐는 문제만이 남을 뿐이다."라는 의미심장한 평가는 이 점에서 새롭게 음미될 필요가 있다. 70년대까지 이르는 과정에서 미당의 성취가 "민족적 원형의 재구성을 통한 동일성 회복"에 기여했다는 평가는, 다른 한편으로는, 반대로 80년대 이후 한국 사회가 놓인 새로운 사회적 모순과 인식의 새로운 전개를

---

35) 김인환, 「서정주의 시적 여정」, 『미당연구』, 민음사, 1994. 115면.
36) 이광호, 앞의 책, 378면.

그의 시가 포용하기에는 무리가 있었다는 뜻이기도 하다.

즉, 고통에 대한 치유로서의 '민족적 동일성 회복'의 신화가 '전체의 개인에 대한 억압'이라는 문제 앞에서는 지나치게 안일하거나 '국가의 억압'을 용인하는 파시즘적 동일성에 기여한다는 판단은, 식민지 시기와 마찬가지로 '국가'라는 전체의 정당성 문제에 대해서 침묵한 미당의 시가 놓인 한계라고 할 수 있다.

"민중이 부정하는 것은 기존의 사회 상태일 뿐이고, 인생 또는 생명에 대해서는 무조건 강력하게 긍정하고 있으며, 어떠한 사회 상태에 대해 부정하는 것도 결국은 그 생명에 대한 긍정에서 자연스럽게 도출되는 것이다. 그렇다면 서정주가 제시하는 이상적인 사회의 질서도 결국은 민중과 함께 투쟁하지 않고서는 달성할 수 없는 것이다."37)와 같은 견해는 미당의 민중성, 토속성이 그 생명력에 대한 긍정에 기반을 두면서도 정작 그 생명을 위협하는 현실 조건에 대해서는 운명 혹은 순환적 시간에 대한 긍정을 통해 갈등과 고통을 무화하고 순환하는 방식을 택한 점을 비판한다. 즉, 생명에 대한 긍정은 현실 사회에 대한 모순과 비판의 원동력으로 작용할 때 그 본래적 가치를 얻을 수 있다는 것이다.

결국, '국민시인'으로서의 서정주가 직면한 새로운 국면은, '시적인 것'의 영토 속에 건설한 '전통과 영원의 세계'가 "현실의 모순을 어떻게 시적으로 타개할 수 있는가" 하는 시적 윤리의 문제였다고 할 수 있다. 민족, 국가의 가치에 대한 결핍이 현실적 조건으로 인식되던 70년대까지의 상황에 비추어 보면, '국민시인'의 위치는 긍정적인 의미를 지닌 것

---

37) 김인환, 앞의 책, 112면.

이지만, 80년대 이후의 상황처럼 민족 구성원의 동일성 부여가 '민주', '자유', '시민' 등 상상이 아닌 현실적 대화와 소통의 차원에서 새롭게 구축되어야 할 시점에 이르렀을 때, '국민시인'이란 또 다른 '억압적 이데올로기'로 부정될 소지가 마련된다. 특히, 과거적인 것과 미래적인 전망만으로 구축된 미당의 '영원성', '전통'은 '현실의 제 모순'에 대한 침묵을 포함한다는 점에서 이런 비판에 좀 더 쉽게 노출될 여지가 있는 것이다.

미당에 대한 긍정과 비판은 이 점에서 한국의 근대문학사 전체를 관통해온 미당의 시가 지닐 수밖에 없는 필연적인 한계였다고 평가될 여지도 충분하다. 한국의 근대사가 많은 모순과 굴곡을 거쳐 온 것처럼 미당의 시는 70년대에 이르기까지 그런 현실에 대한 시적인 대응으로서 파란만장한 굴곡을 거쳐 왔다고 할 수 있다. 이 점에서 그의 성취는 놀라운 것이지만 동시에 시대적인 한계를 내포하는 것 또한 자연스러운 일이다.38) 특히, 80년대 이후의 상황에서 미당의 시는 그 성과 자체가 새로운 상황, 새로운 시대적 욕구에 대한 권위적 억압으로 변질되고 있었다는 점에서, 80년대 이후 한국 시의 '지평전환'은 더 이상 서정주가

---

38) 미당의 시대적 한계는 미당이 '동시대성'을 파악하는데 다른 한편으로는 뛰어난 시인이었다는 사실과 관련시켜 생각해 볼 여지가 있다. '기대 지평'이라는 용어를 사용한다면 해방 이전의 '독자'의 기대지평과 전후 시기 독자의 기대지평, 70년대적 기대지평, 그리고 80년대적 기대지평 사이에는 일정한 간극이 존재한다. 미당은 70년대 후반까지 이런 독자들의 기대지평을 잘 읽어 냈을 뿐만 아니라 실제로 그러한 기대지평을 선도하고 이끌어 나간 시인이다. 즉, 지평 전환을 선도하고 동시에 이끌어 나간 그의 시적 여정이 그를 '국민시인'이라는 위치에 자리매김한 것인데 이런 지평전환의 연속이 어떤 한계에 도달했던 시점이 바로 80년대라고 할 수 있다. 그러나 미당이 80년대 상황에서 지평전환에 실패한 이유, 동시대적인 상황을 인식하는 과정에서 오류를 범한 점에 대해서는 별도의 연구가 필요할 것이다.

구축한 '시의 왕국'을 뛰어난 성취로만 인식하기는 어렵게 만들었다.

여기서 또한 1950년대 이후 '신라의 발견'이 오로지 미당 혼자만의 열망은 아니었음을 지적할 필요가 있을 것이다. 조지훈의 다음과 같은 발언은 미당의 '신라'가 다른 한편으로는 신라를 바라보는 여러 시각 중에 하나였음을 보여주는 좋은 예라고 할 수 있다.

> 나는 정주의 지금 찾아가고 있는 세계에 대해서 요즘 흔한 불평에 동조하진 않는다. 다만 정주가 표방하는바 신라는 정주의 신라요, 그것은 신라정신의 원시적 바탕의 작은 일면에 불과하다는 것과 그것이 신라의 현대적 부흥이념과는 엄청나게 괴리되어 있다고 관점을 달리할 뿐이다. 다만 정주는 자기의 신라를 캐고 조성하는 시를 꾸준히 쓰면 족하다. 아직 논리적 구조가 미숙한 사상, 체득할 뿐 제시할 수 없는 세계를 거창한 사상으로 내세우지 말았으면 좋겠다[39]

전통주의자인 조지훈이 신라의 가치에 대해서는 동조하지만 그것이 현대가 필요로 하는 그런 '신라'는 아니라는 말 속에는 미당이 세우고자 한 '천년왕국' 신라가 미당의 시적 이념, 즉 영원성이나 과거적인 것의 미래적 가치화에 치우친 면을 비판하는 관점이 담겨 있다.

그러나 미당의 신라가 현실과 괴리되어 있다는 이 지적에는 역으로 '신라'를 현대적 이념으로 만들고자 하는 조지훈의 '민족주의적인 시각', '민족적 동일성'에 대한 신념이 더 강하게 나타난다. 즉, 미당이 '전통을 사적인 것으로 만들었다'는 지적만큼이나 조지훈의 전통에 대한 가치화

---

39) 조지훈, 「한국시의 동향—1959년 시단 총평」, 『사상계』, 1960.1.

도 '새로운 전통의 창조'를 목표로 하고 있다는 점에서는 동일한 비판을 받을 소지가 있는 것이다. 전통을 소환하는 이념 속에 깃든 민족 이데 올로기, 동일성의 신화가 국가적 통합을 위해 기여한다는 사실은, 그 자 체에 대한 긍정, 부정의 판단을 떠나서, (이런 주장이 흔히 그 목적과 기원을 종종 은폐한다는 점에서) 어떤 논자의 것이든 모두 동일하게 밝혀져야 할 필요가 있는 것이다.

다시 말하면, 미당의 시의 왕국, 영원성, 신라의 발견은 1950년대 이 후 한국 시에 대한 혹은 전통에 대한 공통된 시대의 '기대지평'에 부응 한 것이었고 그런 점에서 '국민시', 혹은 '국민시인'이라는 명칭이 부여될 정도의 시적 주류를 형성할 수 있었던 것이다.

5. 결론 – 순간으로서의 현실과 영속적인 과거, 미래

'국민시인' 혹은 '시의 정부'라는 미당 서정주의 호칭은 해방 이후 미 당의 시적 영향력의 크기를 나타내는 말이면서 동시에 미당의 시적 기 원과 그가 한국시에서 차지하는 상징적인 의미를 모두 함축하고 있다.

초기 미당의 개인적 고뇌와 자기분열 의식이 해방 이후 '국민시인'으 로 호명될 만큼의 보편성, 영원성으로 상승하는 과정에는 식민지 말기 미당 서정주의 의식과 체험, 의지, 판단이 크게 작용하고 있는데, 특히, 「시의 이야기」와 친일행적이 보여주는 '순수, 보편, 객관적 현실'에 대한 그의 생각은, 이후의 국가, 현실에 대한 시적 양면성의 한 전형에 해당 된다.

외부의 압도적인 현실과 억압을 '객관적인 것'으로 받아들임과 동시에 '보편성'과 '개인적 감각, 시적 형이상학' 사이의 괴리를 극복하기 어려웠던 그에게 '현실'이란 "견뎌내야만 하는" 긴 역사 속의 잠시 어려운 '한 순간'이었고, 따라서 그의 시적 순수는 열악한 '현실'이 아닌 오직 '과거와 미래'에만 존재하는 것으로 인식된다. 특히, 식민지 체험과 전쟁체험은 이런 미당의 '순수시 이념'을 역으로 강화시키는 중요한 대타항이었고, 그가 자신의 '순수시이념'과 '민족적 이상세계'라는 '보편 가치'를 쉽사리 하나로 통합시켜버릴 수 있었던 근거였다.

현실의 혼탁함이나 미완, 결핍에 비한다면, 과거와 미래는 현실의 결핍을 보상하는 하나의 이상으로 그의 앞에 현현한다. 이 점에서 미당에게 '전통'은 과거이면서 동시에 아직 "도래하지 않은" 시적 이상의 구체적 현현에 해당된다. 이처럼 미당이 영원성을 통해 '과거'와 '미래'를 동일성으로 묶을 수 있었던 것은, 그의 '순수시'가 현실을 배제한 '자족적 공간' 속에 '시의 왕국'을 세움으로써 새로운 '시의 모델'을 만들 수 있었던 것과 같은 맥락에서 가능했던 것이다.

'훼손된 현실 세계, 사방이 막힌 출구 없는 막막한 세계의 고통'은, 서정주 시인에게 현실을 하나의 객관적 정세로 인정하고 포기함으로써, 오히려 새로운 미적 가치와 보편에의 영역으로 나아가는 출구로 작용한다. 현실을 괄호로 묶어서 '미적 순수'로부터 분리시키는 이런 의식이 미당에게는 '현재와 부정적 세계'를, 시의 영역에서 추방하는 근거가 되고 결국은 '순수'와 '비순수'를 나누는 하나의 방법으로 기능하게 되는 것이다. 즉, 미당에게는 '시의 정부'와 '국민시인', '국가'를 잇는 매개로서 현실이 배제된 '순수시'의 이념이 있었고 그 이념은 현재를 초월한 '과거와 미래', '미적인 것과 윤리적인 것의 결합'으로 그에게 인식된다.

이 점에서 미당의 '전통'은 '결핍된 현실'에 대한 '보상' 혹은 '대리충족물'이었으며, '과거적인 것'을, '미래적인 것', '영원한 것'으로 다시 귀환시키고자한 한 문제적 개인의 '이상주의', '시적 도약'이 만들어 낸 한 상상적 결과물이라고 할 수 있다. 따라서 이런 시적 도약은 이미 앞에서 말한 바처럼 시대적 지평 속에서 이루어진 모든 시적 대응이 지닌 '한계와 가능성'이라는 자장 안에서 새롭게 재평가되어야 할 필요가 있는 것이다.

서정주 시의 여성인물 설화 수용 양상

Ⅰ. 서론

설화는 '말'에 의해 구술로 이루어지는 서사이며, 이런 설화는 그 자체 끊임없는 구술의 과정을 거치면서 새로운 서사를 낳기도 한다. 그런데 설화는 자체의 유동적인 서사로만 존재하는 것이 아니라, '글'로 된 기록 문화와 교섭하는 것은 물론이고, 오늘날에는 라디오, TV, 컴퓨터 등 각종 전파매체와 연결되어 새로운 문화 양태를 이루고 있다. 옹(Walter J. Ong)은 전자의 말로 전승되는 구술성을 '일차적인 구술성(primary orality)'이

* 박경수 / 부산외국어대학교 한국어문학부 교수.
　이 논문은『배달말』제47호(2010. 12)에 발표된 것으로, 당시의 제목「구비설화 의 현대시 수용 양상 연구 － 서정주 시의 여성인물 설화 수용을 중심으로」를 위 와 같이 변경하여 재수록한 것임.

라 하고, 기록문화와 오늘날의 새로운 전파매체와 연결되어 나타나는 구술성을 '이차적인 구술성(secondary orality)'이라 했다.[1]

이 글에서 갖는 관심의 한 가지는 구비전승의 설화가 기록문화와 연결된 이차적인 구술성, 특히 기록문화 중에서도 현대시와의 교섭을 통해 드러나는 구술성이다. 그런데 이때의 구술성은 구비설화가 현대시의 형성에 영향을 주는 원형적 자질이나 요소에 관심을 두는 것으로, 현대시가 구비설화를 수용하면서 창조적 변화를 어떻게 이룩하느냐에 대해서는 마땅한 해명을 할 수 없는 한계를 가진다. 현대시가 어떤 구비설화를 수용하면서 문화적 동일성을 통시적 차원에서 마련하느냐 하는 점도 관심의 대상이지만, 현대시가 구비설화의 수용을 바탕으로 창의성을 어떻게 발휘하여 새로운 창조적 모델을 만들어내는가 하는 점에 더욱 관심을 두게 된다. 말하자면 이 글은 현대시의 구비설화 수용에 따른 구술성과 시인의 창의성에 모두 관심을 가지며 논의를 전개하고자 한다.

시인이 구비전승의 설화에 관심을 갖는 까닭은 시적 전통을 단순히 소재적 전통으로부터 발견하는 일만이 아니다. 구비전승은 "우리의 혼 속에 발견되는 시공을 초월한 상징 형식이요, 자기동일적인 맥(혼)인 것"[2]이기 때문에, 구비전승이 가진 보편적인 정서와 자기동일적인 맥(혼)과 접맥함으로써 보편적인 정서와 혼을 재인식하고 나아가 자기동일성의 개성적인 세계를 창조할 수 있다. 근대 이후 이런 구비전승의 설화에 관심을 두면서 개성적인 시 세계를 가꾸고자 했던 시인을 들자면,

---

1) 월터 J. 옹 저, 이기우·임명진 역, 『구술문화와 문자문화』, 문예출판사, 1995, 22면.
2) 박철희, 「서정주와 민간전승」, 박철희 편, 『서정주』, 서강대학교 출판부, 1998, 재판, 184면.

김소월, 김영랑, 백석, 조지훈, 서정주, 전봉건, 김춘수, 박재삼 등 여러 시인들을 떠올릴 수 있을 것이다. 그런데 이들 중에서 구비전승의 세계에 가장 집요하면서도 지속적으로 관심을 가지면서 자신의 개성적인 시 세계를 구축해왔던 시인은 서정주일 것이다. 그의 첫 시집 『화사집』을 비롯하여 『귀촉도』, 『서정주시선』, 『신라초』, 『동천』, 『질마재 신화』, 『떠돌이의 시』, 『서으로 가는 달처럼』, 『학들이 울고 간 날들의 시』 등 그의 전 생애 동안 발간된 시집들에 실린 시 작품들에서 신화, 전설, 민담 등 설화와 접맥된 작품들을 우리는 쉽사리 찾을 수 있다. 그리고 그의 많은 시 작품들이 서구와 동양, 한국의 신화와 전설, 그리고 고향마을 질마재의 이야기 등에 연결된 폭넓은 설화의 세계와 만나게 한다.

이 글에서 필자는 서정주의 시에서 구비전승의 설화 수용에 관심을 가지되, 특히 여성인물 설화를 수용한 시 작품들을 집중 논의하고자 한다. 그것은 서정주의 시에서 여성인물이 시인의 무의식에 잠재된 아니마(anima)로 시인의 상상력을 자극하고 매개하는 중요한 요소로 시의 중심 이미지로 형상화되고 있기 때문이다. 따라서 여성인물 설화를 수용한 시 작품들은 서정주의 시 의식과 상상력의 특징을 구명하는 데 매우 중요한 의미를 지니게 된다.

그런데 서정주의 시에서 여성인물 설화를 수용한 작품은 한두 작품이 아니다. 여성인물 설화와 관련되어 시에 형상화된 인물은 이브(Eve), 양귀비(楊貴妃), 사소부인(娑蘇夫人), 선덕여왕(善德女王), 수로부인(水路夫人), 진성여왕(眞聖女王), 천관녀(千官女), 춘향(春香), 논개(論介), 직녀(織女), 세오녀(細烏女), 제주도 설문대 할망, 외할머니, 이생원(李生員)네 마누라 등 신화적 인물에서부터 역사적 인물, 일상의 평범한 세속적 인물에까지 다양하다. 이들 중 설화 수용의 여러 양상을 보여주면서 동시에 시인의 시 의식과 상상력의 특징을 잘 파악해볼 수 있는 몇 작품에 한정하여 논의를 전개하고자 한다.

서정주의 시 「화사(花蛇)」는 시인의 첫 시집에 수록된 작품으로, 『구약성서』의 창세기편에 나오는 아담과 이브, 즉 서양의 신화적 여성인물을 내면화하면서 시인의 초기 여성의식과 시 의식의 주요한 측면을 드러낸다는 점에서 관심을 갖는다. 다음 서정주 시의 설화 수용을 논의할 때 조명을 가장 많이 받은 작품들이 설화, 판소리, 소설로 이어지는 일련의 춘향 서사와 상호텍스트성(inter-textuality)을 가지는 「추천사(鞦韆詞)」, 「다시 밝은 날에」, 「춘향유문(春香遺文)」일 것이다.3) 춘향 서사와 관련한 이들 일련의 시작품들이 춘향 서사와 어떻게 다른 시적 변용을 이루며 춘향 서사 일반의 구술성과 차별화되는지를 주목하고자 한다. 말하자면 춘향 설화 수용의 시편이 춘향 서사 일반과 차별화되는 텍스트의 특수성과 창의성에 관심을 가지지만, 신화적 여성인물로부터 역사적 여성인물을 거쳐 허구적 여성인물인 춘향과의 시적 교감이 시 텍스트에서 어떻게 이루어지는지 유의해서 논의하고자 한다. 여기에 역사적 실존과 설화의 허구성이 결합된 논개 설화를 수용한 시 「논개의 풍류역학」도 설화 수용의 또 다른 측면을 읽어낼 수 있는 작품이란 점에서 논의의 대상에 포함시킨다.

다음으로 선덕여왕 설화를 수용한 일련의 시작품들인 「선덕여왕(善德

---

3) 서정주의 시에서 춘향 서사를 수용한 시작품으로 「통곡」(『해동공론』, 1946.12)과 「춘향옥중가(3)」(『대조』, 1947.11)이 더 있으나, 이 글에서는 시집에 수록된 작품만 대상으로 논의하기로 한다.

女王)의 말씀」, 「우리 데이트는」, 「지귀(志鬼)와 선덕여왕(善德女王)의 염사(艶史)」를 주목하고자 한다. 이들 시작품들은 시인이 시집 『신라초』에서 『삼국유사』나 『삼국사기』의 설화를 집중 탐구하며 창작했던 작품들로 시인의 변화된 시 세계를 읽어낼 수 있는 작품들이다. 특히 선덕여왕 설화 수용 시편은 설화를 매개로 이상적 사랑과 영원을 지향하는 시인의 새로운 시적 비전을 보여준다고 말할 수 있다.

마지막으로 시집 『질마재 신화』와 『떠돌이의 시』에서 고향마을 질마재의 설화를 수용한 일련의 시 「소자(小者) 이(李) 생원네 마누라님의 오줌 기운」, 「알묏집 개피떡」, 「석녀(石女) 한물댁(宅)의 한숨」, 「당산(堂山) 나무 밑 여자들」, 「단골 암무당의 밥과 얼굴」 등을 주목하고자 한다. 이들 시작품들은 구비설화의 구술성을 작품의 서술 화법으로 채용하고 있다는 점에서, 시작품의 서술적 대상들인 여성인물들이 기존 설화의 여성인물들과 달리 토속적 세계에 존재하는 일상적 인물이지만, 일상적 존재를 넘어서 신통력을 지닌 주술적 인물이라는 점에서 시인의 또 다른 시적 지향을 읽을 수 있는 작품들이다.

그런데 설화를 수용한 현대시는 해당 설화를 시적 상상력을 펼치기 위해 중요한 참조의 틀(frame)로 삼는다. 이때 설화 수용의 시는 원텍스트로서의 설화가 지닌 의미를 반복하는 경우도 있지만, 인유에 의하든 상징에 의하든 새로운 시 텍스트의 문맥에서 그 의미는 흔히 확대, 변형, 재생산된다. 문제는 이렇게 시 텍스트에서 재생산된 의미이다. 시인은 설화를 자신의 의도와 세계관에 따라 참조할 것인데, 결과적으로 시 텍스트는 원텍스트와 달리 다양한 의미 생성이 가능하다. 여기에 시 텍스트의 장르적 성격이나 텍스트가 생산되는 시점과 공간상의 문제가 개입되는 것은 물론이다. 서정주의 시에서 여성인물 설화를 수용한 시 작품들을 검토하면서 주목하고자 하는 바가 바로 새로운 텍스트에서 생산되는 의미인 것이다.

II. 서정주 시의 여성인물 설화의 수용 양상

1. 이브(Eve)의 신화와 「화사」; 주체의 성적 욕망과 아니마의 상징

서정주의 첫 시집 『화사집』(1941)에 수록된 시 작품들은 시인의 청년기에 겪은 좌절과 방황, 그리고 치열한 욕망을 노래했던 작품들이다. 그리고 그것은 내면에 잠재된 무의식을 용트림하듯이 언어로 토해냄으로써 주체의 존재성과 생명의식에 대해 치열하게 고뇌하는 인간상을 보여준다. 그런데 주체의 존재성과 생명의식의 확인 과정은 주체의 무의식적 욕망을 직접적으로 드러내지 않고 타자로부터 주체를 발견하거나 주체를 타자화하는 간접화의 방식을 취하는 것으로 파악된다.

시 「자화상」에서 "애비는 종이었다"는 이런 점에서 주체의 내면에 깊숙이 감추어두고 차마 말하지 못했던 무의식의 자연적 발로인 것이다. 자기 통제를 벗어난 이런 충격적인 발언은 사실 아버지에 대한 부끄러움이 아니라 시인 자신의 존재에 대한 것이다. 물론 주체의 부끄러움은 근원적으로 타자인 아버지와의 상상적인 동일시로부터 촉발되지만, "밤이기퍼도 오지 않았다."는 아버지의 부재에 대한 원망을 동반함으로써 다분히 외디푸스적 원죄의식4)이 도사리고 있음을 보게 된다.

타자로부터 발견된 주체의 존재성, 즉 부끄러움의 원죄의식은 시 「화사」에서도 잘 드러난다.

> 麝香 薄荷의 뒤안길이다.
> 아름다운 베암……
> 얼마나 크다란 슬픔으로 태여났기에, 저리도 징그라운 몸둥아리냐
>
> 꽃다님 같다.
>
> 너의 할아버지가 이브를 꼬여내든 達辯의 혓바닥이
> 소리 잃은 채 낼룽거리는 붉은 아가리로
> 푸른 하눌이다. ……물어뜯어라. 원통히 무러뜯어,
>
> 다라나거라. 저놈의 대가리!
>
> 돌팔매를 쏘면서, 쏘면서, 麝香 芳草ㅅ길
> 저놈의 뒤를 따르는 것은
> 우리 할아버지의 안해가 이브라서 그러는 게 아니라
> 石油 먹은 듯…… 石油 먹은 듯…… 가쁜 숨결이야.
>
> 바눌에 꼬여 두를까부다. 꽃다님보단도 아름다운 빛……
>
> 크레오파투라의 피 먹은 양 붉게 타오르는
> 고흔 입설이다……슴여라, 베암.
>
> 우리 순네는 스믈 난 색시, 고양이같이 고흔 입설…… 슴여라, 베암.

– 「화사」 전문[5]

---

4) 김동근, 「서정주 시의 담론 원리와 상상력」, 『국어국문학』 제128호, 국어국문학
   회, 2001, 162면 참조.

위의 시는 『구약성서』의 창세기편 제3장 23절과 24절에 나오는 아담 (Adam)과 이브(Eve)의 신화를 시적 상상의 바탕으로 끌어들이고 있다. 여 기서 아담과 이브는 신화에서 말하듯 모든 인류의 조상이면서 모든 남 성과 여성의 상징으로 시적 자아의 무의식에 잠재된 아니무스(animus)와 아니마(anima)라고 말할 수 있다. 그런데 시적 자아의 아니무스와 아니마 로서의 아담과 이브는 곧 "우리 할아버지"와 "우리 할아버지의 아내"와 동일시됨으로써 타자를 통한 주체의 동일성 인식을 이끄는 구실을 한 다. 말하자면 시적 자아의 성적 정체성 인식을 매개하는 담화를 아담과 이브의 신화로부터 마련하고 있는 것이다.

그런데 이 시에서 유의해서 보아야 할 점이 아담과 이브는 더 이상 에덴동산의 존재가 아니라는 것이다. 아담과 이브는 에덴동산에서 추방 된 "麝香 薄荷의 뒤안길"에 있다. 이 사향 박하의 뒤안길은 끊임없이 사 탄이 유혹하는 동시에 사탄의 유혹에 이끌리는 공간이다. 사탄의 달콤한 유혹은 아담과 이브로 하여금 부끄러움의 죄의식에 빠지게 하면서도 성 적 쾌감의 달콤함에 더 관능적인 집착을 하도록 한다. 따라서 이브를 유 혹했던 사탄, 즉 뱀은 물리치고 싶지만 결코 물리칠 수 없는 존재로 욕 망의 심연에 자리를 잡고 있다. "을마나 크다란 슬픔으로 태여났기에, 저 리도 징그라운 몸둥아리냐"고 저주하면서 돌팔매질을 하지만, "꽃다님보 단도 아름다운 빛"의 꽃뱀은 시적 자아의 잠재된 성적 욕망인 리비도

---

5) 시 「화사」는 『시인부락』 제2집(1936.12)에 먼저 발표되었다. 시 작품의 인용은 시 집 『화사집』에 수록된 것으로 했다. 다만 원문대로 표기를 하되 띄어쓰기만 현대 한글맞춤법에 따라 했다. 이하 본문에서 인용하는 시는 모두 이와 같은 방식으로 표기했다.

(libido)를 뜨겁게 달구면서 자신을 쫓아오게 만든다. 이처럼 꽃뱀, 즉 '화사'는 징그러움과 아름다움의 양가성을 지닌 아이러니의 존재로 죄의식과 관능적 쾌감을 시적 자아에게 동시에 불러일으킨다.

에덴동산에서 이브를 꼬여 관능적 쾌감에 빠지게 한 뱀은 그 외형적 모습에서 남성 성기와 동일시되어 남성성을 가진 존재로 볼 수 있지만, 이 시에서 화사의 양가성은 남녀 양성이 결합된 이미지로 나타난다.[6] "너의 할아버지가 이브를 꼬여내던" 뱀은 분명 남성성을 가진 존재이지만, "바눌에 꼬여 두를까보다"고 시적 자아를 유혹하면서 관능적 욕망을 자극하는 "꽃다님같은" 뱀은 여성성을 발산시킨다. 그러면서 화사는 곧 '클레오파트라'와 '우리 순네'의 이미지와 차례로 겹쳐지면서 동일시된다. "達辯의 혓바닥"으로 이브를 꼬였던 화사가 어느새 "피 먹은 양 붉게 타오르는/ 고흔 입설"을 가진 '클레오파트라'와 "고양이같이 고흔 입설"을 가진 '우리 순네'로 변신한 셈이다. 여기서 시적 자아도 화사를 저주하고 혐오하며 돌팔매질을 했던 행위를 멈추고, "슴여라! 베암"하며 화사의 유혹을 도리어 요구한다. 시적 자아가 저주하고 혐오했던 화사가 '클레오파트라'와 '우리 순네'에 대한 성적 욕망을 자극할 뿐만 아니라 시적 자아로부터 부름을 받고 관능적 몸짓을 요구받는 것이다. 화사에 대한 시적 자아의 이러한 심리적 착종은 근원적으로 징그러운 몸과 아름다운 빛을 가진 화사의 양가성으로부터 촉발된 것이다.[7]

---

6) 남진우, 「남녀 양성의 신화」, 김우창 외, 『미당연구』, 민음사, 1994, 203~204면 참조.
7) 최현식은 이런 점에서 "'나'의 매혹과 거절, 순응과 거부 등 지극히 분열적인 심리 양태는 한편으로는 대상('화사')의 양가성에 의해 촉발되는 것이다."라고 적절히 지적한 바 있다. 최현식, 『서정주 시의 근대와 반근대』, 소명출판, 2003, 57면.

　화사는 사실 시적 자아의 내면에 감추어진 양가적 욕망을 대신하고 있다고 말할 수 있다. 시적 자아의 양가적 욕망은 '이브→우리 할아버지의 아내→우리 순네'로 이어지는 착하고 순한 여성을 향한 아니마의 심리와 함께 "피 먹은 양 붉게 타오르는 고흔 입설" 또는 "고양이같이 고흔 입설"을 가진 '클레오파트라→우리 순네'로 이어지는 매혹적 관능의 여성을 향한 아니마의 심리이다. 착하면서도 매혹적인, 고우면서도 관능적인 여성에 대한 시적 자아의 성적 욕망과 충동이 화사를 통해 대리 발산되는 것이다. 따라서 "슴여라! 베암"의 명령적 어조는 직접적으로 화사를 대상으로 한 것이지만, 사실은 시적 자아를 향한 내면적 요구를 간접적으로 표명한 것이다.

　이 시는 타자인 아버지로부터 성찰된 주체의 죄의식을 낙원 추방의 이브 신화를 수용하면서 재성찰하고자 한다. 낙원에서 추방된 이브는 이미 사탄의 유혹에 넘어갔다. 신화적 신성성은 상실되고 관능적 유혹에 이끌린 원죄의 여성이 되었다. 그런데 이 이브는 다름 아닌 "우리 할아버지의 아내"로서 시적 자아와 정신적으로 연결되면서 주체의 성적 정체성을 인식하는 계기적 대상이 된다. 그것은 시적 자아가 이브의 편에서 뱀에 대한 혐오와 저주의 돌팔매질을 하는 행위를 통해 분명히 드러난다. "우리 할아버지의 아내"인 이브는 여기서 시적 자아의 여성성을 대신하는 존재이면서 무의식에 자리 잡은 이상적 여성으로서의 아니마일 수 있다. 말하자면 이브는 시적 자아의 성적 욕망이 타자화된 여성 이미지인 것이다. 그런데 이브가 사탄의 유혹에 넘어갔듯이, 시적 자아도 결국은 화사의 관능적 아름다움에 유혹되어 무의식에 잠재했던 강렬한 성적 욕망을 분출시킬 대상을 찾게 된다. 그 성적 욕망의 대상들이 매혹적인 관능을 지닌 '클레오파트라'였고 또한 '우리 순네'였다. 이들 여성들은 시적 자아의 또 다른 아니마이며, 역사와 현실의 공간에서 이브를 대신하는, 아니 이브가 현신한 여성의 이미지이며 상징인 것이다.

2. 춘향 서사와 「추천사」 등;
   주체의 운명적 아이러니와 영원한 사랑의 언술

서정주의 시 「화사」는 성경의 창세기편 신화를 시적 자아의 성적 정체성 인식과 내면의 무의식적 욕망 표출이란 담화의 시적 상징체계로 활용했다. 그런데 성경의 창세기편 아담의 신화는 오랫동안 서구인의 정신과 의식을 지배했던 신화라는 점에서 청년시절 시인이 저 서구의 정신세계로부터 정신적 자양분을 흡수하고자 했음을 직접적으로 드러내는 것이다. 국권을 상실한 시기에 민족적 정체성의 획득이 심각한 압박과 통제 속에 놓여 있던 상황에서 시인은 자연스럽게 서구의 정신세계에 대한 탐구를 통해 문학 지향의 방향을 찾고자 한 것이다.

시인은 일제 강점기 말기로 오면서 서구의 정신세계를 지향했던 태도에서 서서히 벗어나기 시작한다. 이브를 대신한 신화적 인물로 '고을나(高乙那)의 딸'(시 「고을나(高乙那)의 딸」)을 만나기도 하고, 고향마을 질마재여인들의 '야화(夜話)'에 관심을 두기도 했다.8) 그러나 이는 일시적이었고, 그의 문학 지향이 본격적으로 선회하기 시작한 시기는 해방 이후라고 말할 수 있다.

---

8) 서정주는 시 「고을나(高乙那)의 딸」을 『조광』(1939.5)에 발표했으며, 「질마재 근동(近洞) 야화(夜話)」란 제목 아래 산문 3편을 『매일신보』(1942.5.13~21)에 연재한 바 있다.

　서정주는 『서정주시선』(1956)에 담긴 시작품들을 쓰면서 관능적인 아름다움보다 인고의 세월을 이겨낸 정신적 완숙함과 차분하면서도 청초한 아름다움을 갖춘 여성을 찾는다. 그 한 여성이 시 「목화(木花)」, 「누님의 집」, 「국화 옆에서」 등에 등장하는 '누님'이라 할 수 있다. '누님'은 시 「화사」에서 '이브→우리 할아버지의 아내→우리 순네'로 이어진 착하고 고운 아니마의 여성 이미지와 유사하다. 시인의 내면에 잠재되어 있었던 이상적 여성으로서의 아니마인 셈이다. 그러나 '누님'은 주체의 성적 대상자로 등장하지 않으며, 주체의 삶을 오히려 반성하게 하는 존재이다. 최현식은 이런 '누님'이 "실제 경험의 대상이라기보다는 성숙한 자아를 표상하기 위해 고안된 허구의 존재"이며 "'영원성'을 존재와 삶의 원리로 완전히 내면화한 성숙한 자아의 분신"이라고 했다.[9] 충분히 동의할 수 있는 해석이다.

　그런데 시인은 이즈음 시적 자아의 내면에 잠재된 또 다른 아니마라고 할 수 있는 여성을 찾는다. 이 여성이 바로 '춘향'이다. 춘향은, 잘 알다시피, 춘향 설화와 판소리, 소설 등의 고전을 통해 우리에게는 익숙한, 사랑과 정절을 상징하는 대표적 여성인물이다. 기생인 춘향이 이몽룡과의 신분적 차이에도 불구하고 당대의 질서와 관행을 어기면서 마침내 사랑을 성취한다는 점에서 춘향은 대단히 의지적인 여인이다. 삶의 고난을 겪기는 '누님'도 마찬가지지만, '누님'은 자연의 운명적 질서에 순응함으로써 기다림과 인내를 삶의 미덕으로 가꾸었던 전통적 여인상을 대변한다. 이에 비해 춘향은 당대의 질서와 관행에 저항해야만 자신이

---

9) 최현식, 앞의 책, 148~149면.

꿈꾸었던 사랑을 성취할 수 있다.

'누님'과 춘향은 서로가 존재하는 시공이 현저하게 다르다는 점에서도 비교된다. '누님'이 경험적 현실의 시공에서 만날 수 있는 실재적 존재로 창안된 인물이라면, 춘향은 과거 속에 아니 이야기의 허구적 시공 속에 존재하는 허구적 인물이다. 그리고 '누님'이 시적 자아의 내면을 성찰하기 위한 계기적 존재로 대상화되는 인물이라면, 춘향은 스스로 주체가되어 내면의 욕망을 자신의 목소리로 말한다. 시 「추천사」를 보자.

> 香丹아 그넷줄을 밀어라
> 머언 바다로
> 배를 내어 밀듯이,
> 香丹아
>
> 이 다수굿이 흔들리는 수양버들 나무와
> 배갯모에 뇌이듯한 풀꽃뎀이로부터,
> 자잘한 나비새끼 꾀꼬리들로부터
> 아조 내어밀듯이, 香丹아
>
> 珊瑚도 섬도 없는 저 하눌로
> 나를 밀어 올려다오
> 彩色한 구름같이 나를 밀어 올려다오
> 이 울렁이는 가슴을 밀어 올려다오!
>
> 西으로 가는 달 같이는
> 나는 아무래도 갈수가 없다.

바람이 波濤를 밀어 올리듯이
그렇게 나를 밀어 올려다오
香丹아.

―「추천사(鞦韆詞)」 전문

위의 시에서 춘향이 그네를 타는 상황은 춘향 서사와 다르다. 춘향 서사에서 춘향이 그네를 뛰는 행위는 이몽룡을 만나는 중요한 계기가 된다. 그런데 이 시에서는 춘향이 이몽룡을 멀리 떠나보낸 후, 이몽룡에 대한 그리움을 견디지 못하여 시름을 이겨내고자 그네를 타는 상황으로 바뀌어 있다. 시적 상황이 이처럼 춘향 서사의 서술적 상황과 달라졌다. 이뿐만이 아니다. 춘향 서사의 이야기에서는 그네를 뛰는 춘향은 이도령의 시선에 의해 포착되는 수동적 존재이지만, 이 시에서 춘향은 그네를 뛰는 주체이면서 자신이 화자가 되어 적극적인 의사를 표명하고 있다. 말하자면 춘향은 대화와 행위의 능동적 주체로서 연행(performance)의 중심에 있는 것이다.

춘향은 향단이에게 그네를 밀어 올려 달라고 한다. 왜 그런가? 지금 여기의 시공에 사랑하는 대상인 이도령이 없기 때문이다. 임은 멀리 떠나고 독수공방의 현실에 춘향이 놓여 있다. "이 다수굿이 흔들리는 수양버들 나무와/ 배갯모에 뇌이듯한 풀꽃뎀이" 그리고 "자잘한 나비새끼 꾀꼬리들"이 있는 지상의 세계는 한 때 임과 사랑을 나누었던 행복한 공간의 환유적 이미지들이다. 그런데 그 행복했던 공간에 이도령은 없고 춘향 혼자 지내야 한다. 행복의 공간에 있었던 사물들이 곁에 보일 때마다 춘향은 도리어 괴롭다. 행복했던 시공 속에 임이 없기 때문이며,

그래서 그 고통스런 현재의 시공을 벗어나고자 한다. 그러나 멀리 떠난 임을 볼 수 없으니, 마치 목말이라도 타고 멀리 떠나가는 임을 보고 싶어 하듯이 하늘 높이 오르고자 한다. 이 상승에의 욕망, 그것은 춘향의 임을 향한 영원한 사랑을 실현하고 싶은 욕망이다.

춘향은 이 상승의 공간에서 어떤 막힘도 없는 시계(視界)를 원한다. "珊瑚도 섬도 없는 저 하눌"이라야 막힘없이 언제나 임을 바라볼 수 있기 때문이다. 춘향의 이런 기대와 희망은 "채색(彩色)한 구름같이 나를 밀어 올려다오/ 이 울렁이는 가슴을 밀어 올려다오!"라고 했듯이, 장밋빛 꿈을 가지게 하고 마음을 설레게 만든다. 그러나 그네는 춘향의 상승에의 욕망을 실현시켜 주지 못한다. 상승한 그네는 다시 하강하기 마련이다. 춘향은 그네의 상승과 하강에 따라 흔들릴 수밖에 없고, 그에 따라 기대와 좌절, 행복과 고통, 사랑과 이별을 운명적으로 겪을 수밖에 없다. "西으로 가는 달 같이는/ 나는 아무래도 갈수가 없다."라는 춘향의 한계 고백은 그래서 애처롭다. 지상적 존재인 춘향의 운명적 아이러니인 것이다.

시 「다시 밝은 날에 ─ 춘향의 말·2」에서 춘향의 말은 계속된다. 이제 춘향의 말을 듣는 청자는 '신령님'으로 바뀌었다. 초월적인 존재에게 춘향은 임과의 재회를 소원해 본다.

신령님…….

그러나 그의 모습으로 어느 날 당신이 내게 오셨을 때
나는 미친 회오리바람이 되었습니다.

쏟아져 내리는 벼랑의 폭포,
쏟아져 내리는 소나기비가 되었습니다.

그러나 신령님…….

바닷물이 작은 여울을 마시듯이
당신은 다시 그를 데려가고
그 휘―ㄴ한 내 마음에
마지막 타는 저녁노을을 두셨습니다.
그리고는 또 기인 밤을 두셨습니다.

-「다시 밝은 날에-춘향의 말·2」 부분

이 시에서 춘향은 초월적 존재인 '신령님'의 현신에 의해서만 임을 만날 수 있다. 춘향의 서사에서처럼 운명을 거부하는 의지적인 모습은 드러나지 않고 있다. 춘향은 "그의 모습으로 어느 날 당신이 내게 오셨을 때" 춘향은 '미친 회오리바람'이 되고, '벼랑의 폭포'가 되고 '소나기비'가 된다고 했다. 초월적 존재인 '신령님'이 사랑하는 임으로 현신하여 극적인 만남을 하는 순간, 춘향이 느끼는 극적인 행복감과 황홀감을 '미친 회오리바람'과 '폭포'와 '소나기비'의 이미지로 표현한 것이다. 그러나 임과의 만남에서 느끼는 사랑의 행복감과 황홀경의 감정은 순간적인 것이고 영원할 수 없다. 신령님이 다시 그를 데려갔기 때문이다. 아니 운명적으로 임과 이별해야 했기 때문이다. "그 휘―ㄴ한 내 마음에/ 마지막 타는 저녁노을을 두셨습니다."란 구절은 임과 이별한 춘향의 심정을 인상적으로 보여준다. 마음 한 곳이 뚫린 듯한 허허로움에 타는 듯한 그리움, 그리고 다시 만날 기약조차 없는 세월의 아득함이 그대로 드러난다.

그러면 영원한 사랑을 이루려는 춘향의 욕망은 좌절되는 것인가. 아니다. 지상의 이승적 존재로 살아서 영원한 사랑을 이룰 수 없다면, 죽어서라도 저승에서 이승의 한을 풀고 영원한 사랑을 이룰 수 있는 것이다. 시 「춘향유문－춘향의 말·3」은 바로 이런 점에서 영원한 사랑을 성취하고 싶은 춘향의 유언을 들을 수 있다.

저승이 어딘지는 똑똑히 모르지만,
춘향의 사랑보단 오히려 더 먼
딴 나라는 아마 아닐 것입니다.

천 길 땅 밑을 검은 물로 흐르거나
도솔천의 하늘을 구름으로 날드래도
그건 결국 도련님 곁 아니예요?

더구나 그 구름이 쏘내기 되야 퍼부을 때
춘향은 틀림없이 거기 있을 거예요!

－「춘향유문–춘향의 말·3」 부분

위의 시는 제목을 '춘향유문'이라 했다. 춘향이 남긴 유서 형식의 시는 그만큼 죽음의 순간에 남기게 되는 비장한 마음을 담고 있다. 그런데 알다시피 춘향의 죽음이나 유서는 춘향 설화를 비롯한 춘향 서사에는 없는 일이다. 춘향과 이몽룡의 사랑이 춘향 서사에서는 행복한 결말로 끝나지만, 시인은 이승에서 끝나는 사랑이 아니라 저승에서도 계속되는 영원한 사랑을 상상했다. 이 시의 화자인 춘향은 저승이 "천 길 땅 밑"이거나 "도솔천의 하늘"이거나 어디에서든 '도련님 곁'에 있을 것이라고 말한다. 그런데 이 영원한 사랑은 물, 구름, 소나기로의 변신과 그 무한한 순환에 의해서 가능하다. 땅 밑의 물은 구름이 되고, 구름은 다시 소나기가 되어 지상에 내리는, 자연의 순환원리는 바로 불교의 철학이자 정신인 윤회사상과 인연설에 맞닿아 있음은 물론이다. 춘향은 여기서 시인이 '영원의 지향'을 추구한 신라정신을 구현하는 시적 환유의 이미지로도 이해될 수도 있다. 신라적인 정신태의 "그 하나는 「영통(靈通)」이나 「혼교(魂交)」라는 말로써 전해져 오는 그것이고, 다른 하나는 불교(佛敎)의 삼세인연(三世因緣)과 윤회전생(輪廻轉生)이다."10)라고 시인이 말한 바가 있기 때문이다.

　그런데 춘향의 영원한 사랑을 위한 바람은 지상을 떠나고 싶은 '그네'의 상승 욕망으로도 이루어지지 못하고, 초월적 존재인 '신령님'에 대한 귀의로도 실현되지 못한다. 춘향의 몸이 지상의 이승적 존재에 묶여 있기 때문이다. 영원한 사랑의 실현은 오직 한 가지 방법에 의해서만 가능하다. 이승적 존재인 몸에서 벗어나는 일이다. 춘향은 이승적 존재인 몸에서 벗어남으로써 영혼의 자유를 얻는다. 아니 그토록 힘들게 성취했던 사랑의 행복감을 영원히 지속시키는 자유를 실현하는 것이다. 이것이 춘향의 영원한 사랑법이다. 그러나 이는 이승에서는 불가능을 전제로 한다는 점에서, 춘향의 유언에는 비장한 만큼 허무감이 내재되어 있다고 말할 수 있다.

---

10) 서정주, 『서정주문학전집』4, 일지사, 1972, 283면.

3. 논개 설화와 「논개의 풍류역학」;
   풍류로 초극한 죽음과 세속화의 양면성

서정주는 '영원한 사랑'을 실현하는 주체로 '춘향'에 특별한 관심을 가질 때, 또 한 사람의 여성인물인 '논개'에게도 관심을 가졌다. 시인이 춘향의 연작시를 쓴 시기가 1947~1948년인데, 춘향의 연작시가 끝난 4개월 후에 시 「논개」를 『민족공론』(1948.9)에 발표했다. 별로 시차가 없는 시기에 시인은 춘향과 논개를 시를 통해 만난 셈이다. 그런데 시집에 수록될 때는 서로 다른 시집에 실렸다. 전자의 춘향 연작시는 『서정주 시선』(1956)에 실렸지만, 후자의 「논개」는 「논개의 풍류역학」으로 제목이 고쳐져서 시집 『학이 울고 간 날들의 시』(1982)에 수록되었다.

춘향과 논개는 설화 속에서 기생이었다는 점에서 공통된다. 그러나 춘향이 설화 속에만 존재하는 허구적 인물이라면, 논개는 역사에 실존했던 실재적 인물이라는 점에서 차이를 가진다. 또한 춘향은 고난과 역경을 이기고 사랑을 성취한 인물이지만, 논개는 임진왜란이 한창이던 1593년 제2차 진주성(晉州城) 전투에서 꽃다운 나이로 의로운 죽음을 택하여 생을 마감한 인물이다. 그런데 두 인물이 허구적 인물이냐 실재적 인물이냐의 차이는 중요하지 않다. 두 인물에 대한 이야기는 그 자체로 전승력을 가지면서 다양하게 구술되어 왔고, 또한 판소리, 가사, 민요, 시, 소설, 희곡 등 많은 문학예술 작품에서 재창조되어 왔다.[11]

---

11) 논개 사적 관련 문헌자료의 역사적 검토, 논개 설화와 이를 수용한 시, 소설, 희곡 등에 관한 문학적 검토를 종합한 결과를 경성대학교 향토문화연구소에서 『논개사적연구』(부산: 신지서원, 1996)로 펴냈다. 이 자리에서 필자는 논개 설화를 수용한 민요, 가사, 시조, 시 작품들에 대한 전반적인 논의를 한 바 있다. 박경수, 「논개 인유시의 양상과 의미」, 위의 책, 325~361면.

이미 서론에서도 전제했지만, 구술되는 설화와 문자로 재창조되는 시에서 두 인물의 형상화는 많은 차이를 보인다. 서정주의 시에서 춘향은 춘향 서사의 일반과 달리 영원한 사랑을 추구하는 인물로 형상화되었고, 그 영원한 사랑은 죽어서 유언으로나마 실현되기를 바란다. 그러면 논개 설화와 이를 수용한 시는 어떠한가? 춘향 설화를 비롯한 춘향 서사도 그렇지만, 논개 설화 자체도 구술의 맥락과 관점이 일정하지 않다.

논개 설화는 다양한 문헌 기록[12]과 구비전승의 조사 자료[13]로 전해지고 있다. 그런데 이들 논개 설화의 텍스트들은 논개의 출생과 신분, 그리고 죽음에 대해 크게 다른 시각의 내용을 보여주고 있다. 논개를 신분이 미천한 진주의 관기로 보는 이야기가 일반적이지만, 논개가 양반 가문의 후손으로 태어나 가세가 기울어지자 부득이 관기가 될 수밖에 없었다는 이야기도 전승되고 있다. 기생인 논개 이야기와 기생 아닌 논개 이야기의 대립은 논개의 죽음에 관해서도 그 이유와 의미를 달리 받아들이는 이야기로 전승되어 왔다. 논개가 왜장을 유혹하여 함께 죽은 일에 대해 자신의 절개도 지키고 나라를 위한 충절도 지켰다는 입장이 있는가 하면, 논개의 죽음이 연인의 원수를 갚고 나라를 위한 충절

---

12) 구전되는 논개 설화를 기록한 처음의 문헌은 유몽인(柳夢寅, 1559~1623)의 『어우야담(於于野談)』으로 알려져 있다. 이 이후 논개 이야기는 여러 문헌 설화집에 올려져 왔으며, 19세기 이후부터는 논개 이야기는 역사적 실기류의 기록들인 『호남절의록(湖南節義錄)』(1800), 『호남삼강록(湖南三綱錄)』(1839), 『일휴당실기(日休堂實記)』(1861), 장지연(張志淵, 1864~1920)의 『일사유사(逸士遺事)』(1910) 등으로 이어졌다.

13) 『한국구비문학대계』에 올려진 논개 관련 설화 6편을 포함한 21편의 자료를 조사, 정리하여 연구한 성과가 있다. 곽정식, 「의암 논개 전설의 연구」, 앞의 책(『논개 사적 연구』), 253~321면.

도 지켰다는 입장이 있다. 전자를 대표하는 이야기가 『어우야담』의 논개 이야기라면, 후자의 기생 아닌 논개 이야기는 『호남절의록』을 거쳐 『일사유사』의 문헌 설화로 이어졌다.14) 현대에 조사된 여러 논개 설화들도 각 편에 따라 전자의 화소를 따르기도 하고 후자의 화소를 보이기도 한다.

그러면 서정주의 시에서 논개 설화는 어떻게 수용되고, 또 어떤 인물로 형상화되고 있는가.15) 먼저 그의 시를 보기로 하자.

어린 계집아이 너무나 심심해서
한바탕 게걸스럽게 장난이듯이
철천의 웬숫놈 게다니로꾸쓰께 將軍하고도
晋州 南江 촉석루에 한 床도 잘 차리고,
그런 놈하고 같이 노래하며 뛰놀기도 잘 하고,
그것을 하다 보니 더 심심해져설랑
바위에서 끌안꼬 딩굴다가 퐁당!
南江 깊은 물에
强制情死도 해버렸나니,

---

14) 『일사유사』에서는 논개가 어려서 부모를 잃고 집은 가난하여 의지할 곳이 없어 결국 기적에 떨어져 기생이 되었으며, 장수현감인 황진의 사랑을 얻은 것으로 나타난다. 또한 황진이 진양성 전투에서 순절하자 논개도 따라서 죽고자 강가 바위에 섰는데, 왜장이 술에 취해 논개를 꾀어가려 하자 왜장의 허리를 안고 바위 아래 몸을 던져 죽었다고 기록되어 있다.
15) 서정주의 시 「논개의 풍류역학」을 포함한 논개 설화를 수용한 광복 이후 시기의 현대시 작품을 집중 논의한 바 있다. 박경수, 「구비문학과 문예창작―현대시에서의 민요 아리랑과 논개 이야기의 수용을 중심으로」, 『구비문학연구』 제23집, 한국구비문학회, 2006, 131~181면, 이 글에서는 이미 진행한 「논개의 풍류역학」에 관한 논의를 수정, 보완하며 다시 쓴 것임을 밝혀둔다.

범 냄새와 곰 냄새

마늘 냄새와 쑥 냄새

보리 이삭의 햇볕 냄새도 도도한

論介의 이 風流의 曲線의 力學—

아무리 어려운 일도, 죽엄까지도

모든 걸 까불며 놀듯이 잘 하는,

이빨 좋은 계집아이 배 먹듯 하는

論介의 이 風流의 맵시 있는 力學—

게눈 감추 듯한

東夷의 弓大人族의

물 찬 제비 같은 이 호수운 力學이여!

– 「논개의 풍류역학」 전문16)

위의 시는 작품의 끝에 이홍직(李弘稙)이 편찬한 『국사대사전』 상권에 있는 『호남삼강록』의 논개에 관한 기록을 바탕으로 쓴 작품임을 밝히고 있다. 기생인 논개가 왜장 모곡촌 육조(毛谷村 六助: 게다니 로꾸스께)17)를

---

16) 작품의 인용은 시집 『학이 울고 간 날들의 시』(소설문학사, 1982), 233~234면에 수록된 작품으로 했다.

17) 논개가 안고 죽은 왜장은 귀전통치(貴田統治)로도 불리는 모곡촌 육조(毛谷村 六助)로 통설화되어 있다. 그러나 배호길(裵鎬吉), 가등청정(加藤淸正)의 부대장인 석종노(石宗老)라고 주장한 바 있다. 배호길, 「진주 촉석루와 주논개」, 『한양』, 1965.3, 196면. 그런데 김문길은 일본측 자료에서 육조(六助)는 곧 육개(六介)로 임진왜란 때 전라도 양민의 코를 베어 가서 코무덤(千鼻靈社)을 만든 장본인으로 63세까지 살다 죽었다고 했다. 그리고 논개(論介)도 일본 장수들이 지어준 이름이라 했다. 김문길, 『임진왜란은 문화전쟁이다』(도서출판 혜안, 1995), 65~72면. 모곡촌 육조설이 현재까지 유력한 주장이지만, 논개가 안고 죽은 왜장이 누구인가에 여러 이설이 있는 것처럼 문학작품에서도 왜장의 이름은 한결 같지 않다.

풍류로 유혹하여 충절의 죽음을 했다는 이야기를 핵심적 요소로 수용한 작품이다. 그런데 설화로 전해지는 논개의 죽음이 진지하고 의미심장한 행위로 이해되는 것과는 달리, 이 시에서는 논개의 죽음이 풍류로 이끌어짐에 따라 진지하기보다 희화화되고 있는 측면이 있다.

이 시에서 논개는 충절의 여인이기 이전에 세속적인 인간상을 보여준다. "노래하고 뛰놀기도 잘 하고", "아무리 어려운 일도, 죽엄까지도/ 모든 걸 까불며 놀 듯이 잘 하는" "어린 계집아이"이다. 이런 점에서 이 시는 논개가 춤과 노래 또는 풍류로 흥을 돋우는 일을 하는 기생임을 전제로 시적 상상력을 펼치고 있다. 작품의 문맥을 잘 살피면 논개는 태생적으로 유흥을 좋아하고 풍류를 즐기는 여성이란 생각이 강하게 작용하고 있다. 따라서 논개가 왜장을 풍류로 유혹하여 남강에 뛰어 내리는 행위를 "한바탕 게걸스런 장난"에서 시작하여 "그것을 하다 보니 더 심심해져설랑/ 바위에서 끌안꼬 딩굴다가 퐁당!" 한 "强制情死"라는 표현하고 있다. 물론 "철천의 웬숫놈 게다니로꾸스께 장군(將軍)"이라 하고, "범 냄새와 곰 냄새/ 마늘 냄새와 쑥 냄새", "東夷의 弓大人族"과 같이 역사 인식과 연결된 민족 관념을 드러내는 표현을 부분적으로 쓰고 있다. 단군 이래 논개가 풍류를 즐기는 민족의 후예라는 점도 암시하려고 했다. 그렇지만 논개와 모곡촌 육조 사이의 관계 인식이 민족 대립에 의한 긴장 관계로 의미심장하게 와 닿지 않는다.

이 시는 논개의 죽음을 "曲線의 力學", "맵시 있는 力學", "호수운 力學"이라 했다. 논개가 왜장을 풍류로 유혹하여 죽음을 감행한 행위를 멋지고 고상한 행위로 미화하고자 했으리라. 그렇지만 논개의 풍류와 죽음이 시인이 의도했던 것처럼 서로 평형을 이루는, 역학의 아름다움으로 받아들여지지 않는다. "모든 걸 까불며 놀듯이 잘 하는"하는 풍류가 아무리 두렵고 어려운 죽음이라도 초극할 수 있는 것으로 받아들일 수도 있지만, 풍류를 앞세운 죽음은 자칫 그 진지함과 숭고함을 희석시킬 위험을 안게 되는 것이다. 논개는 죽음도 두려워하지 않고 왜장을 안고 초개같이 몸을 던졌다는 것이 설화의 일반 문맥이다. 이에 따라 논개의 행위는 충절로 칭송되고, 또 그 이야기는 후대로 회자되었다. 그런데 이 시에서는 논개를 풍류에 물든 '계집아이'로 세속화하고, 그녀의 비장한 죽음까지도 "한바탕 게걸스런 장난"에 의한 "强制情死"라 함으로써 논개의 죽음은 시인의 의도와 달리 희화화된 죽음으로 읽을 소지를 만들고 말았다.

4. 선덕여왕 설화와 「선덕여왕의 말씀」 등; 사랑의 진정성과 영원한 사랑의 화법

서정주는 해방기의 혼란을 겪은 후 6·25전쟁 전쟁의 소용돌이 속에서 신라의 혼신들과 만나는 일에 몰두하기 시작한다. 역사적 격랑 속에서 흔들림 없는 정신적 지주를 신라정신에서 찾고자 한 것이다.

> 1951년의 전주(全州) 피난과 1952~53년의 光州 피난 시절, 나는 내 마음 속의 어쩔 수 없는 요청으로 新羅에 관계되는 文獻을 反芻하고 貫珠 찍고 그 貫珠 찍은 것을 다시 카아드들을 만들어 베끼고 있는 일에 몰두하게 되었다.
>
> 그래서 그 貫珠 찍은 부분들에 들어 있던, 新羅의 魂身들은 내 마음 속에 붙어 들어오기 시작한 걸로 나는 안다. 영원과 무한을 허무 한 點 없는 靈魂의 大河라고 구체적으로 내게 일러준 힘으론 이 貫珠 部分 이

상의 것이 아직 내 생애엔 없었다. 특히 그 낱낱이 모두가 큰 祭祀를 받
기에 足한 『三國遺事』 속의 빛나는 叡智의 寓話들은 내 따분한 피난살
이의 詩精神을 安立하게 해 주었다.[18]

시인은 『삼국유사』, 『삼국사기』, 『수이전』 등 신라 관련 문헌을 통해
'예지의 우화'들을 읽고, 그것으로부터 '신라의 혼신'들을 만나면서 새로
운 시정신을 정립할 수 있게 되었다고 했다. 그리고 이 새로운 시정신
을 "영원과 무한을 허무 한 點 없는 靈魂의 大河"라고 표현했다. 영원과
무한의 정신세계의 탐구, 그것이 삼국유사의 설화로부터 찾게 된 이른
바 신라정신의 요체임을 밝히고 있다.

그러면 시인이 탐구한 『삼국유사』 등에 전하는 설화는 어떻게 시에
수용되고, 또 형상화되고 있는가? 이미 여러 논자가 서정주의 시집 『신
라초』(1961), 『동천』(1968), 『학이 울고 간 날들의 시』(1982)에 수록된 많은
작품들이 『삼국유사』 등 문헌에 전하는 설화를 바탕으로 창작되었음을
논의했다. 이 글에서는 시인이 시작품의 메타텍스트로 참고한 설화 중에
서도 여성인물 설화에 관심을 두는 만큼, 이와 관련된 몇 작품을 꼽자면,
선덕여왕·사소부인·수로부인 관련 설화를 수용한 일련의 시작품들을
대표적으로 들 수 있을 것이다.[19] 이들 설화 수용 시작품들은 비슷한 시
기에 발표되면서 유사한 시적 발상과 화법을 보여준다고 할 수 있는데.

---

18) 서정주, 「짝사랑의 역정」, 『서정주문학전집』4, 일지사, 1972, 152면.
19) 박혁거세의 어머니인 사소부인 관련 설화를 수용한 시작품들은 「꽃밭의 독백 -
   사소(娑蘇) 단장(斷章)」, 「사소(娑蘇)의 편지 1」, 「사소(娑蘇)의 두 번째 편지 단편
   (斷片)」이며, 수로부인 설화와 관련된 일련의 시작품들은 「노인헌화가」·「수로
   부인의 얼굴 -미인을 찬양하는 신라적 어법」, 「수로부인은 얼마나 이뻤는가」
   등이 있다.

이 글에서는 선덕여왕 관련 설화를 수용한 일련의 시작품들을 집중 논의하면서 여성인물 설화의 시적 수용과 그 변용 문제를 파악하는 것으로 한다.

선덕여왕 관련 설화를 시작품 형상화의 중요한 틀로 수용한 일련의 시작품들은 「선덕여왕(善德女王)의 말씀」, 「우리 데이트는」, 「지귀(志鬼)와 선덕여왕(善德女王)의 염사(艷史)」이다. 먼저 시 「선덕여왕의 말씀」을 보자.

피 예 있으니, 피 예 있으니,
너무들 인색치 말고
있는 사람은 病弱者한테 柴糧도 더러 노느고
홀어미 홀아비들도 더러 찾아 위로코,
瞻星臺 위엔 瞻星臺 위엔 그중 실한 사내를 놔라.

살(肉體)의 일로써 살의 일로써 미친 사내에게는
살 닿는 것 중 그중 빛나는 黃金 팔찌를 그 가슴 위에,
그래도 그 어지러운 불이 다 스러지지 않거든
다스리는 노래는 바다 넘어서 하늘 끝까지.

하지만 사랑이거든
그것이 참말로 사랑이거든
서라벌 千年의 知慧가 가꾼 國法보다도 國法의 불보다도
늘 항상 더 타고 있거라.

朕의 무덤은 푸른 嶺 위의 欲界 第二天.
피 예 있으니, 피 예 있으니, 어쩔 수 없이

구름 엉기고 비 터 잡는 데 — 그런 하늘 속.

내 못 떠난다.

— 「선덕여왕(善德女王)의 말씀」 부분

위의 시는 작품 아래에 "선덕여왕(善德女王)은 지귀(志鬼)라는 자의 여왕에 대한 짝사랑을 위로해, 그 누워자는 데 가까이 가, 가슴에 그의 팔찌를 벗어놓은 일이 있다."는 주를 붙여 놓고 있다. 선덕여왕을 짝사랑한 지귀설화는 박인량(朴寅亮)이 지은 『수이전(殊異傳)』에서 '심화요탑(心火繞塔)'이란 제목으로 전하는 이야기이다.[20] 작품의 주에서 밝혔듯이, 이 시는 '심화요탑'의 지귀설화를 핵심 화소로 수용하고 있다. 그런데 이 시는 지귀설화만 수용하고 있는 것이 아니다. 『삼국유사』 권1의 「선덕여왕 지기삼사(善德女王知幾三事)」조에 전하는 세 가지 설화에서 선덕여왕이 죽음을 예언하면서 도리천에 자신을 묻어달라고 한 이야기도 부분적으로 수용하고 있다. 이 시는 이런 선덕여왕 관련 여러 설화를 바탕으로 하되, 시의 화법을 선덕여왕 자신이 시적 화자가 되는 1인칭 화법으로, 자신의 내면을 직접적으로 말하는 방식을 취하고 있다. 이는 앞

---

20) 『수이전(殊異傳)』의 「심화요탑(心火繞塔)」 설화는 이후 『대동운부군옥(大東韻府群玉)』에 전재되었다. 이 설화의 줄거리는 다음과 같다. 신라 선덕여왕 때 지귀라는 청년이 선덕여왕의 아름다운 용모에 반하여 짝사랑하다 그만 미치고 말았다. 어느 날 선덕여왕이 행차를 하는데 지귀가 행차를 방해하다 붙들려 왔는데, 선덕여왕은 지귀를 절에까지 따라오게 했다. 선덕여왕의 기도가 끝나기를 기다리던 지귀는 그만 지쳐 잠이 들고 말았는데, 기도를 마친 선덕여왕이 와서 애처로운 모습에 팔찌를 가슴에 올려두고 왔다. 잠에서 깬 지귀는 팔찌를 보자 가슴에 불이 일어 자신을 태우고 탑까지 태웠다, 그후 지귀는 불귀신이 되어 백성들이 두려워했는데, 선덕여왕이 불귀신을 쫓는 주문을 백성들에게 지어 주었다.

서 검토한 춘향 연작시와 같은 화법이다.

　위 시의 첫 연에서 형상화된 선덕여왕은 희생과 자비의 선정을 펼치는 여왕의 모습이다. "피 예 있으니, 피 예 있으니"라고 하며 자신까지 희생하는 태도를 보일 뿐만 아니라 병약자, 홀아비와 홀어미 등 모든 병약하고 궁휼한 자들에게 땔감과 음식을 나누어주는 자비를 베풀라고 말한다. 여기서 '피'는 극진한 정성이며 희생적 사랑을 상징한다고 말할 수 있다. '피'는 그 섬뜩함에서 부정적인 이미지가 되기도 하지만, 보편적으로 생명이고 사랑이며 희생의 상징적 이미지가 되기 때문이다. 둘째 연부터는 지귀에 대한 선덕여왕의 마음 속 말을 하고 있다. 지귀의 사랑이 단순히 "살(肉體)의 일"에 지나지 않는 육욕이라면, "살 닿는 것 중 그중 빛나는 黃金 팔찌를 그 가슴 위에" 올려놓지만, 그래도 어지로운 불로 떠돈다면 "바다 넘어서 하늘 끝까지" 닿는 노래로 다스리겠다는 것이다. 셋째 연은 지귀의 사랑이 진정한 사랑이라면 신라 천년의 국법도 다스릴 수 없는 법, 그 타오르는 사랑의 불길을 그대로 두라고 말한다. 이 끊임없이 타오르는 사랑의 불길, 국법도 선덕여왕도 어느 누구도 제어할 수 없는 진정한 사랑, 그것이 영원한 사랑이며, 영원을 지향하는 신라정신과 상통하는 것임은 이미 여러 논자가 지적한 바이다.21)

　선덕여왕은 진정한 사랑 앞에 "내 못 떠난다"고 했다. 자신의 무덤을 "欲界 第二天"에 두라고 말하고 있다. 이 욕계(欲界) 제2천은 불교에서

---

21) 서정주의 설화를 수용한 시작품들에 관한 최근의 한 논의를 들자면, 「선덕여왕의 말씀」이나 「숙영이의 나비」 등에 나타난 사랑의 방식이 신라의 불교적 내세관, 곧 영원주의 사상과 영생의 원리를 형상화하고 있다고 지적한 바 있다. 배영애, 「영원주의와 '영통(靈通)'의 시학」, 김학동 외, 『서정주 연구』, 새문사, 2005, 86~90면.

유정(有情)한 중생들이 머무는 둘째 하늘로 도리천(忉利天)을 말한다고
한다. 선덕여왕은 이승을 완전히 벗어나지 못한 "구름 엉기고, 비 터 잡
는" 도리천에서 진정한 사랑을 받을 수 있다는 것이다. 이런 점에서 영
원한 사랑은 초월적인 사랑이 아니며, 신분의 차이를 벗어나 사랑의 진
정성을 이해하는 토대 위에서 실현되는 것이다. 이 시에서 선덕여왕의
인간주의적 면모를 발견하거나,22) 서정주의 신라정신이 "현세적 삶에
대한 긍정이며 사랑이고, 또한 인간 존중의 정신을 의미한다."23)고 말한
것은 매우 적절한 지적이다.

　지귀설화를 수용한 또 다른 시 「우리 데이트는 ―선덕여왕의 말씀 2」
는 선덕여왕과 지귀의 사랑을 좀 더 현실적이고 현세적인 차원에서 형
상화한 작품이다. 앞의 「선덕여왕의 말씀」과 같이 1인칭 화법으로 된
이 시는 설화의 수용 방식에서, 임문혁이 논의한 바에 따르면, '인물의
동일화'와 '변형'의 방식을 보여주는 것이다.24)

　　그대 좋은 낮잠의 상으로
　　나는 내 금팔찌나 한짝

----

22) 김시태, 「서정주 시의 역설적 의미」, 조연현 외, 『서정주연구』, 동화출판공사,
　　1975, 358면.
23) 김재홍, 「미당 서정주」, 김우창 외, 앞의 책(『미당연구』), 190면.
24) 임문혁, 『한국 현대시와 설화』, 계명문화사, 1996, 47면. 임문혁은 서정주의 시
　　에서 설화 수용 양상을 (1) 자기체험화(인물의 동일화, 행위의 동일화), (2) 비교·
　　대조, (3) 상징화, (4) 변형, (5) 인유, (6) 패러디, (7) 재구술 등으로 구분하여 파
　　악한 바 있다(47~76면). 그런데 실제 시작품에서 설화 수용은 어느 한 가지 양
　　상으로만 나타나는 경우는 드물고, 둘 이상의 양상이 복합적으로 나타나는 경
　　우가 많다. 시 「선덕여왕의 말씀」도 '변형' 중 발췌의 방법을 사용한 작품이라
　　했지만(64면), 발췌와 인물의 동일화가 함께 이루어진 작품이라 말할 수 있다.

그대 자는 가슴위에 벗어서 얹어놓고
그리곤 그대 깨어나거든
시원한 바다나 하나
우리 둘 사이에 두어야지

우리 데이트는 인제 이렇게 하지
햇볕도 아늑하고
영원도 잘 보이는 날

—「우리 데이트는—선덕여왕의 말씀 2」부분

이 시의 화자인 선덕여왕은 "시원한 바다나 하나" 지귀와의 사이에 두어야지라고 말하고 있다. 여기서 '바다'는 선덕여왕과 지귀 사이에 놓인, 건널 수 없는 신분 차별의 거리이거나 사랑의 장애로 보이지 않는다. '바다'라도 "시원한 바다"라고 했다. 지귀의 가슴에 타오르는 뜨거운 사랑의 불길, 그 불길은 지귀 자신을 태울 뿐만 아니라 세상을 두려움으로 몰아넣는 불귀신으로 만들었다. '바다'는 바로 이 주체할 수 없는 불길에 대응된다. 선덕여왕은 지귀의 타오르는 사랑의 불길을 '바다'로 차분히 가라앉힘으로써 지나치지 않는 사랑, 아니면 영원히 지속될 수 있는 사랑을 하기를 바라는 것이다. 그런 사랑도 "햇볕도 아늑하고/ 사랑도 잘 보이는 날"에 하자고 했다. 불길로 금방 타버리는 사랑이 아니라 은근하면서도 영원히 변하지 않는 사랑의 데이트를 하자는 것이다.

선덕여왕과 지귀의 사랑이 시 「선덕여왕의 말씀」에서는 이승이 아니라 저승에서 이루어지는 사랑이지만, 위의 시에서는 사랑의 시공을 이승의 현실로 전환시켜 현실적이고 실질적인 사랑의 화법을 말한 셈이다. 이 시를 두고 "신분적 차이가 주는 사회적 긴장과 종교적 맥락이 지니는 신성성을 무화시키고, '선덕여왕'과 '지귀'를 평범한 연인 이미지로 현대화시키고 있다."[25]고 한 것은 적절한 지적이다.

　시 「지귀와 선덕여왕의 염사」는 앞의 두 시작품들과 달리 1인칭 화법이 아니라 3인칭 화법으로 전환된다. 작품을 보자.

　　　늦게야 절깐에 오신 善德女王이
　　　이 志鬼의 이 大人氣質을 살며시 理解해서
　　　마음 속에 엔간히는 흐뭇해져 가지고
　　　그 팔에 낀 팔찌를 가만히 벗어
　　　그 志鬼의 잠든 가슴에 얹어 준 것도
　　　千 번이나 萬 번이나 잘 하신 일이지.

　　　그런데 잠에서 깨어난 고 志鬼가
　　　제 가슴에 놓인 고 女王의 팔찔 알아보고
　　　발끈 지랄하여 불이 터져 나자빠지다니!?
　　　「實力인 줄 알았더니 자발없는 것이라」고
　　　女王께선 오죽이나 섭섭했겠나?
　　　데이트꾼들 이것만큼은 注意해야 할 일이라고.

　　　　　　　　－「지귀(志鬼)와 선덕여왕(善德女王)의 염사(艶史)」 전문

　위의 시는 앞의 두 작품과 달리 서정적인 긴장감을 주었던 상징과 비유의 시적 장치는 사라지고, 산문 문체에 의한 일상적 화법을 보여준다.

---

25) 서지영, 「서정주 시의 산문성과 근대성」, 김학동 외, 앞의 책(『서정주 연구』), 618면.

원텍스트인 「심화요탑」의 지귀 설화가 지닌 구술성을 상당 부분 유지하고 있는 서술시(narrative poetry)이다. 다만 원텍스트와 크게 다른 점을 찾자면, 시의 화자는 원텍스트의 설화적 상황에 일종의 편집자적 논평(editorial comment)를 붙이고 있다는 점이다. 말하자면 원텍스트의 지귀 설화에 논평이 끼어든 형태로, '재구술'에 부분적으로 '자기체험화'가 이루어진 작품이라고 말할 수 있다.26) 소설의 경우 편집자적 논평이 끼어들면 서술의 시점은 3인칭 전지적 시점이 되듯이, 이 시도 3인칭 전지적 시점을 취한다. 그런데 시적 화자의 논평이 과거로 소급되는 것이 아니라 현재적 시점에서 이루어진다는 특징을 지닌다. 선덕여왕이 지귀의 가슴에 팔찌를 내려놓은 일이 지귀의 대인기질을 잘 이해한 행위였다거나, 지귀가 여왕의 팔찌를 보고 자신의 몸을 불태운 일을 두고 "實力인 줄 알았더니 자발없는 것이라"고 하며 자신을 제어하지 못한 무능력에 여왕이 섭섭해 했다는 말들은 과거의 설화적 상황을 시적 화자가 해석한 것이다. 그리고 마지막으로 "데이트꾼들 이것만큼은 注意해야 할 일이라고" 하며 교훈적인 언술까지 덧붙였다. 선덕여왕 관련 설화를 수용한 시가 이 작품에서 산문의 구술 텍스트로 변화되면서, 시는 그만큼 긴장감을 잃고 선덕여왕과 지귀의 사랑도 고귀함과 엄숙함을 상실하고 말았다고 말할 수 있다.

---

26) 시 「지귀와 선덕여왕의 염사」에서 이루어진 설화의 수용 방식은 임문혁이 말한 '재구술'과 '자기체험화' 중에서 인물의 동일화가 함께 이루어진 것이라 말할 수 있다. 임문혁, 앞의 책, 47면, 75면 참조.

5. 질마재의 여성 설화와 「소자 이 생원네 마누라님……」 등;
   여성의 육체성과 신성성의 서술시학

서정주는 고향마을 질마재에 전해지는 전설, 민담, 소문 등 다양한 이
야기를 이야기꾼의 입장이 되어 재구술하며 쓴 작품들을 시집 『질마재
신화(神話)』(1975)에 집중적으로 담아내고, 일부는 뒤이어 간행한 시집 『떠
돌이의 시』(1976)에 수록했다.

이들 질마재의 설화를 수용한 시작품들은 기존 시집에 발표된 설화
수용의 시작품들과 여러 가지 점에서 변별성을 가진다. 첫째, 시의 문체
적인 측면에서 설화를 수용한 기존 시작품들이 설화의 중요 화소를 상
징이나 비유적 문맥에서 수용하면서 서정적인 언술의 응집성을 보여주
었다고 한다면, 질마재 설화의 수용 시작품들은 구비전승의 설화가 갖
는 구술성을 시작품의 언술 구조로 그대로 채용하고 있다는 점에서 차
이를 가진다. 따라서 질마재 설화의 수용 시작품들은 압축적 묘사에 의
한 서정성을 떠나서 산문의 서술적 문맥을 형성하게 되는 것이다. 둘째,
시의 화자가 서정적 자아에서 서술적 자아로 바뀌면서, 시의 화제가 서
정적 자아의 주관이나 화제의 주인공 시점에서 형상화되었던 기존 시작
품들과 달리 서술적 자아는 가능한 작품에 개입하지 않으면서 화제의
객관적 전달과 화제 자체에 대한 흥미를 강조한다는 점이다. 셋째, 기존
작품들이 수용한 설화 속의 인물들이 대체로 신화적 인물이거나 역사적
인물로서 인물 자체가 육체적으로나 정신적으로나 선망의 대상들인 데
비해, 질마재 설화에 등장하는 인물들은 일상의 경험적 공간에서 존재
하는 평범한 인물들로 어떤 방식으로든 결핍이나 과잉을 보이는 비정상
적 인물이 많다는 점이다.27) 넷째로 주제적 측면에서 기존 시작품들이

주체의 관능적인 욕망을 투사하거나 진정한 사랑, 영원한 사랑 등의 주제를 추구했다고 한다면, 질마재 설화의 수용 시작품들은 관능적 욕망이나 사랑 자체를 이야깃거리로 삼을지라도 그것이 갖는 대중적 감응력이나 공감, 또는 신통력을 더욱 중시하고 있다는 점이다.

여기서 질마재 설화의 수용 시작품들이 갖는 특징들을 중심으로, 이 글의 주요 관심사인 여성인물 설화를 수용한 시작품들에 관한 논의로 돌아오자. 시집 『질마재 신화』와 『떠돌이의 시』에서 질마재의 여성인물 설화를 수용한 작품들로 「소자(小者) 이(李) 생원네 마누라님의 오줌 기운」, 「알뫼집 개피떡」, 「석녀(石女) 한물댁(宅)의 한숨」, 「당산(堂山)나무 밑 여자들」, 「단골 암무당의 밥과 얼굴」 등을 찾을 수 있다.

> 小者 李 생원네 무우밭은요. 질마재 마을에서도 제일로 무성하고 밑둥거리가 굵다고 소문이 났었는데요. 그건 이 小者 李 생원네 집 식구들 가운데서도 이 집 마누라님의 오줌기운이 아주 센 때문이라고 모두들 말했습니다.
>
> 옛날에 新羅 적에 智度路大王은 연장이 너무 커서 짝이 없다가 겨울 늙은 나무 밑에 長鼓만한 똥을 눈 색시를 만나서 같이 살았는데, 여기 이 마누라님의 오줌 속에도 長鼓만큼 무우밭까지 鼓舞시키는 무슨 그런 신바람도 있었는지 모르지. 마을의 아이들이 길을 빨리 가려고 이 댁 무우밭을 밟아 질러가다가 이 댁 마누라님한테 들키는 때는 그 오줌의 힘이 얼마나 센가를 아이들도 할 수 없이 알게 되었습니다. —「네 이놈 게 있거라. 저놈을 사타구니에 집어넣고 더운 오줌을 대가리에다 몽땅 깔기어 놀라!」 그러면 아이들은 꿩새끼들같이 풍기어 달아나면서 그 오

---

27) 최현식, 앞의 책, 242면에서 이 점을 먼저 지적한 바 있다.

줌의 힘이 얼마나 더울까를 똑똑히 잘 알밖에 없었습니다.

-「소자(小者) 이(李) 생원네 마누라님의 오줌 기운」 전문

위의 시는 우선 과거시제를 사용하고 있다. 과거에 전해 들었던 또는 과거에 시의 화자가 경험했던 이야기를 현재 시점에서 구술하고 있기 때문이다. 따라서 이런 서술 시점에서 시의 화자는 곧 서술자가 되며 서술되는 화제에 가능한 개입하지 않고 화제를 전달하는 데 치중하게 된다. 구비전승의 설화가 갖는 구술 방식이 그대로 이 작품의 구술 방식으로 채택된 셈이다. 물론 특정한 화제의 이야기를 한다는 것 자체가 화자인 이야기꾼의 화제에 대한 주관적인 선호의식이나 가치관이 작용된다고 말할 수 있다.

이 작품에서 시인, 곧 서술자가 이야기의 화제에 대해 갖는 관심은 '이 생원네 마누라의 오줌 기운'이며, 여기에는 '마누라님'이라 했듯이 화제의 주인공에 대해 '대단하다'거나 '놀랍다'거나 하는 의식이 작용하고 있다. 이는 '이 생원네 마누라님'의 이야기를 화제로 올릴 수 있는 중요한 이유가 된다. 그런데 '이 생원네 마누라님'의 오줌 기운을 남성적인 상징으로 볼 수도 있지만,[28] 여성 주체의 입장에서 보면 여성 본연의 육체성이며,[29] 여성성이 자유롭게 발산되는 것[30]으로 오히려 찬미의 대상이 된다고 말할 수 있다. 그렇다고 「화사」에서 처럼 관능적 욕망을

---

28) 문혜원, 「서정주 시의 주제적 특징」, 『현대시와 전통』, 태학사, 2003, 69면.
29) 윤지영, 「'여자' 모티프와 시적 화자와의 관계」, 김학동 외, 앞의 책(『서정주 연구』), 537면.
30) 이명희도 『질마재 신화』의 주인공들이 강인한 생명력과 여성성을 발현하고 있다고 보았다. 이명희, 『현대시와 신화적 상상력』, 새미, 2003, 79면.

제3부 서정주, 시의 생애 – 벼락과 해일만이 길일지라도   331

부추기는 육체성이 아니다. 그것은 이 시의 서두에서 "小者 李 생원네 무우밭은요. 질마재 마을에서도 제일로 무성하고 밑둥거리가 굵다고 소문이 났었는데요."라고 했듯이, '이 생원네 마누라님'의 오줌 기운은 생명의 근원적 힘이 되기도 하는 것이다. 말하자면, '이 생원네 마누라님'의 특별한 육체적 능력은 곧 생명력으로 "무우밭까지 鼓舞시키는", 자연에 대한 감응력까지 보여준다는 점에서 비범성과 신통력을 갖추었다. 이런 점에서 '이 생원네 마누라님'은 일상적 존재이면서 평범성을 넘어서고 있다.

시 「석녀 한물댁의 한숨」과 「단골 암무당의 밥과 얼굴」은 또 다른 차원에서 비범한 육체성을 갖춘 여성을 이야기하고 있다. 작품을 보자.

①

아이를 낳지 못해 自進해서 남편에게 小室을 얻어 주고, 언덕 위 솔밭 옆에 홀로 살던 한물宅은 물이 많아서 붙여졌을 것인 한물이란 그네 親庭 마을의 이름과는 또 달리 무척은 차지고 단단하게 살찐 玉 같이 생긴 女人이었습니다. 질마재 마을 女子들의 눈과 눈썹 이빨과 가르마 중에서는 그네 것이 그 중 端正하게 이뿐 것이라 했고, 힘도 또 그 중 아마 실할 것이라 했습니다. 그래, 바람부는 날 그네가 그득한 옥수수 광우리를 머리에 이고 모시밭 사이 길을 지날 때, 모시 잎들이 바람에 그 흰 배때기를 뒤집어 보이며 파닥거리면 그것도 「한물宅 힘 때문이다.」고 마을 사람들은 웃으며 우겼습니다.

……(중략)……

그래 시방도 밝은 아침에 이는 솔바람 소리가 들리면 마을 사람들은 말해 오고 있습니다. 「하아 저런! 한물宅이 일찌감치 일어나 한숨을 또 도맡아서 쉬시는구나! 오늘 하루도 그렁저렁 웃기는 웃고 지낼라는가보다.」고……

— 「석녀(石女) 한물댁(宅)의 한숨」 부분

②

　　질마재 마을의 단골 암무당은 두 손과 얼굴이 질마재 마을에선 제일 희고 부들부들 했는데요. 그것은 남들과는 다른 쌀로 밥을 지어 먹고 살았기 때문이라고 했습니다. 남들은 농사지은 쌀로 그냥 밥을 짓지만 단골 암무당은 귀신이 먹다 남은 쌀로만 다시 골라 밥을 지어 먹으니까 그렇게 된다구요.

　　……(중략)……

　　그러곤 자기도 역시 잠밥 먹은 귀신같이 방 안에서 평안하게 늘 실컷 자고 놀며 손발과 얼굴로 깨끗하게 깨끗하게 씻고 문지르기 때문이라고 했습니다.

— 「단골 암무당의 밥과 얼굴」에서

　　①의 시에서 서술적 대상인 '석녀(石女) 한물댁'은 결혼을 했지만 불임 여성이다. 여성으로서 생산성을 상실했다는 것은 중대한 결함으로 볼 수 있다. 그런데 이 작품은 성적 결핍을 장애로 문제 삼지 않는다. 이는 시 「알묏집 개피떡」에서 과부인 '알묏댁'의 서방질이 문제되지 않는 것과 같다. 알묏댁은 서방질을 한다는 소문이 퍼졌어도, 그 소문은 모든 사람들이 알묏댁의 떡맛과 떡 맵씨를 찬양함으로써 없었던 일로 되어 버린다. 이렇듯이 한물댁의 성적 결핍은 그녀의 다른 육체성이 대신 채워짐으로써 무화되어 버린다. 한물댁은 "차지고 단단하게 살찐 玉 같이 생긴 女人"이고 "눈과 눈썹 이빨과 가르마 중에서는 그네 것이 그 중 端正하게 이쁜 것이라 했고, 힘도 또 그 중 아마 실할 것"이라 했다. 어찌 보면

제 3 부 서정주, 시의 생애 – 벼락과 해일만이 길일지라도　333

한물댁의 단단하고 살찐 몸과 단정한 얼굴과 실한 힘을 특징으로 하는 육체성은 여성보다 남성의 성적 특징이다. 그러나 이 육체성을 달리 보면, 여성의 몸에 남성성을 구비함으로써 한물댁은 여성 일반과 차별화되는 성적 매력과 힘을 가진 존재가 될 수 있다. 그것은 마을 사람들뿐만 아니라 동물들조차 웃게 만드는 '한물댁 힘'으로 발산된다. 더욱이 이 한물댁의 특별한 힘은 그녀의 사후에도 자연과 교통한 '솔바람 소리'가 되어 마을 사람들의 마음을 감통시킴으로써 신성성을 획득하게 되고, 그녀 역시 주술적 존재의 신격으로 고양되는 것으로 나타난다.

②의 시에서 질마재 마을의 '단골 암무당'은 이미 주술적 능력을 가진 여성이다. 그런데 이 주술적 능력은 육체성과 상호 보족적인 것으로 이야기된다. 그녀가 "두 손과 얼굴이 질마재 마을에선 제일 희고 부들부들"한 여성이 될 수 있었던 까닭은 "귀신이 먹다 남은 쌀로만" 밥을 지을 수 있는 신통력을 가졌기 때문이며, 그런 귀신같은 밥 짓기의 능력은 또한 "방 안에서 평안하게 늘 실컷 자고 놀며 손발과 얼굴로 깨끗하게 깨끗하게 씻고 문지르기 때문"이라고 했다. 말하자면 몸 즉 육체의 능력이 밥 짓기의 능력이 되고, 밥 짓기의 능력이 다시 육체의 능력을 보증하게 된다. '단골 암무당'의 주술적 능력은 몸의 육체성과 밥의 생명성이 결합되어 완성되는 것이다.

이상에서 검토했듯이, 질마재의 여성인물 설화를 수용한 시작품들은 구비설화의 구술성을 시작품의 서술 문맥과 화법으로 채용함으로써 화제의 객관적 서술과 함께 화제에 대한 독자의 흥미와 관심을 불러일으키게 했다. 그러면서 이런 시작품들은 일상의 평범한 인물이면서도 어떤 방식으로든 결핍이나 과잉을 보이는 비정상적 여성 인물을 화제의 주인공으로 삼고 있다는 점, 그러나 그들의 결핍과 과잉이 작품 자체에서 관심의 대상이 되지 않고, 그것을 오히려 극복하고 초월하는 인물의 육체성과 신통력을 강조하고 있다는 점을 시의 중요한 특징으로 꼽을 수 있다.

Ⅲ. 결론

이 글은 현대시의 구비설화 수용 양상을 파악하기 위해, 서정주의 시를 대상으로 여성인물 설화가 시에 수용된 양상을 집중 검토한 것이다. 서정주의 시에서 여성인물은 시인의 시적 형상화에서 중심 이미지였다는 점에서, 여성인물 설화를 수용한 시작품의 논의는 시인의 시의식과 상상력의 특징을 파악하는 데 매우 중요하다. 이 글은 이를 전제로 이브 신화와 「화사」, 춘향 서사와 일련의 춘향 연작시, 논개 설화와 「논개의 풍류역학」, 선덕여왕 설화와 일련의 선덕여왕 관련 작품들, 그리고 질마재의 여성설화와 관련 시작품들을 고찰했다. 그 결과를 제시하면 다음과 같다.

첫째, 시 「화사」는 이브 신화를 시적 상상력을 펴기 위한 계기적 모티프와 상징으로 작품에 수용했다. 이 작품은 주체의 성적 욕망을 타자화된 여성 이미지로 표현했는데, 그것들이 '이브→클레오파트라→우리 순네'로 전환되었다. 그런데 이들 여성들은 주체의 무의식에 잠재된 착하고 순한 여성으로서의 아니마와 관능적이고 아름다운 여성으로서의 아니마를 모두 보여주는 양가성을 가진 아이러니의 존재였다.

둘째, 일련의 춘향 연작시는 춘향 서사의 일반과 다른 시적 상황을 설정하고, 춘향을 시적 화자이자 주인공으로 삼아 춘향의 내면의식을 토로하는 시적 의장을 보였다. 「추천사」와 「다시 밝은 날에」서는 영원한 사랑을 위한 춘향의 욕망이 '그네'를 통한 상승의지로도 이루어지지 못하고, 초월적 존재인 '신령님'에 대한 귀의로도 실현되지 못했다. 「춘향유문」에서 춘향은 이승적 존재인 몸에서 벗어나 윤회전생을 통해 영원한 사랑을 성취하고자 했다.

셋째, 논개 설화를 수용한 「논개의 풍류역학」에서는 논개의 죽음을 풍류로 이끌어진 고상한 행위로 묘사하려 했지만, 논개에 대한 희화화된 표현이 오히려 논개를 세속적 인물로 비하시키고, 그 죽음도 희화화된 죽음으로 읽혀질 소지를 만들었다.

넷째, 선덕여왕 관련 설화를 수용한 일련의 시작품들은 주로 '심화요탑'의 지귀 설화를 수용한 작품들로 시적 화자가 선덕여왕의 입장이 되어 내면심리를 형상화하고 있는 작품들이었다. 이 점에서 춘향 연작시의 경우와 유사하지만, 현실적이고 현재적인 시점에서 영원한 사랑의 의미를 구현하고자 했다. 그러나 뒤에 쓴 작품일수록 서정적 긴장감을 상실하고 산문화하여 영원한 사랑이 갖는 엄숙함도 결여하고 말았다.

다섯째, 질마재의 여성설화를 수용한 시작품들은 구비설화의 구술성을 작품의 서술 화법으로 채용함으로써 화제 자체에 대한 독자의 관심과 흥미를 모으고자 했다. 이들 시작품에서 서술적 대상인 여성들은 우선 경험적 세계에서 만날 수 있는 일상적 존재들이지만 편견의 대상이 되거나 비정상의 어떤 결함을 가진 여성들이다. 그러나 이들 여성들은 또 다른 육체성을 획득함으로써 신통력과 대중적 감화력을 갖게 된다.

말하자면 이들은 일상의 결함과 편견의 시선을 초월하는 신성성을 갖춤으로써 주술적 존재들로 격상되는 면모를 보여주었다.

이상 서정주의 시에서 여성인물 설화를 수용한 시작품들을 대체로 통시적 측면에서 계열화하여 설화의 시적 수용 양상을 고찰했다. 서정주 시의 설화 수용 문제는 물론 여기서 그칠 수 없다. 시인의 시 세계의 변화와 좀 더 밀착된 관계 속에서 설화 수용 양상을 살피는 일과 공시적 측면에서 시작품들을 계열화하여 설화 수용의 복합적인 면모를 밝힐 필요가 있다. 더 나아가서 현대시의 설화 수용에 관한 논의는 서정주와 전봉건, 박재삼, 김춘수 등 시인들의 시에서 설화 수용이 어떻게 이루어지는지 폭넓게 비교하는 논의로 확장되어야 바람직할 것이다.

서정주와 미학적 기획으로서의 신라정신

─ '사소 모티프'를 중심으로

1. 신라정신 탐구의 기원

서정주의 신라정신론은 우리 문학사상 독창적인 미학 중의 하나로 평가할 수 있다. 신라정신은 '영통주의(靈通主義)' 혹은 '영원주의(永遠主義)'를 핵심으로 하는 원시종교적 상상력을 내핵으로 하여 그의 중기 이후의 시세계를 지배하는 중요한 원리가 되었다. 그가 이것을 탐색한 시기는 흔히 한국전쟁 중인 1951년 이후로 알려져 있다. 그가 회고문에서 피난시절에 주로 신라연구가 시작된 것으로 기록하고 있기 때문이다. 다음과 같은 기록이 대표적이다.

─────────────

* 박현수 / 경북대학교 국어국문학과 교수

　　1951년의 전주 피난과 1952-53년의 광주 피난 시절, 나는 내 마음 속의 어쩔 수 없는 요청으로 신라에 관계되는 문헌을 반추하고 관주 찍고 그 관주 찍은 것을 다시 카아드들을 만들어 베끼고 있는 일에 골몰하게 되었다.[1)

　이것은 한국전쟁 중 전주, 광주 피난 시기에 신라정신에 대하여 관심을 가지게 되었다는 언급이다. 또 다른 글에서도 "나는 그냥 신라적인 정신태의 한 두어 가지가 근년(자세히 말하면 1952년 1.4후퇴 이래) 매력이 있어서 시험 삼아 본따 보고 있었을 뿐"[2)이라고 밝히고 있다. 이런 회고에 따르면 한국전쟁과 관련된 특수한 경험(정신병)이 신라정신에 대한 관심을 유도한 것이 된다. 이때 신라정신 탐구는 한국전쟁이 드러낸 야만적 상태로부터의 소극적 도피라는 의미를 지닌다. 자신의 개인적 문제 상황을 극복하기 위한 어쩔 수 없는 선택이 되는 셈이다.

　그러나 회고는 흔히 선택적 기억을 통해 사실의 강조점을 재배치함으로써 결과적으로 일종의 사실 왜곡을 가져오는 경향이 많다. 위의 회고도 그런 경향이 짙다. 회고가 아닌 글, 자신의 당시 상황을 서술한 글을 보면 서정주의 신라정신에 대한 관심은 이보다 훨씬 이전에, 그리고 더

---

1) 서정주, 「짝사랑의 역정」, 『서정주 문학 전집 4』, 일지사, 1972, 152면. 모두 5권으로 구성된 이 전집은 앞으로 『문학전집』으로 표기하며, 『미당 서정주 시전집』(민음사, 1983)는 『시전집』으로 표기함.
2) 서정주, 「내 시정신의 현황─김종길 씨의 「우리 시의 현황과 그 문제점」에 답하여」, 『문학춘추』, 1964.7. 269면. 이 글은 「내 마음의 현황」으로 개제되어 『문학전집 5』에 실린다. 이 '그냥', '시험삼아'라는 어휘를 '작가정신의 치열함'의 부족으로 보기도 하지만(김용희, 「서정주 시의 시어와 이데올로기」, 『한국시학연구』12, 한국시학회, 2005) 여러 산문을 검토할 때 이는 일종의 겸사에 불과하다고 할 수 있다.

욱 능동적이면서도 뚜렷한 지향을 가지고 시작되었음을 확인할 수 있다.

> 弟 自身에게는 매우 중대한 생각이 몇 가지 계속되고 있기는 합니다./
> 뭐라 할까 그 하나는 저 新羅라는 것인데요 그것을 요즘은 어떤 소학생
> 들도 모두 좋다고 하고 있지만, 弟도 벌서 상당히 오래 전부터 그렇게
> 생각이 되어서 그걸 우리의 현대에 再顯해 보고 시푼 지향이고, (중략)
> 내가 신라라는 것은 무엇이라고 똑똑히 벌서 수개월 전부터 '신라'라는
> 것이 가능한 분위기를 내 속에 모아보기 위하여 三國遺事와 三國史記
> 기타 신라에 관한 이야기가 한 쪼각이라도 남아 있다는 것은 손이 닿는
> 대로 모조리 주었다가 읽어보고 있는 중입니다만, 신라는 아직도 개념
> 이요, 아지랑이처럼 그 주위가 아물아물할 뿐, 어떠한 정체도 보이지 않
> 고, 아무 소리도 들리지 않은 채로 있을 뿐입니다.3)

1950년 5월에 발표된 이 글은 서한문 형식으로 당시 서정주의 심정을
솔직하게 적은 것으로 보인다. 여기에서 그가 "상당히 오래 전부터" '신
라'라는 것을 매우 중대하게 생각해오던 중, "수개월 전부터" 『삼국유사』
와 『삼국사기』 등의 관련 자료를 검토하고 있었음을 확인할 수 있다. 그
의 신라정신론은 한국전쟁 중에 준비된 것이 아니라 그 이전에 이미 발
아하고 있었던 것이다. 1950년 6월에 「선덕여왕찬」이 『문예』에 발표된
것도 이와 관련된다. 지금까지의 자료를 토대로 할 때, 그 시기가 그 이
전으로 내려갈 수는 없을 듯하다.4) 신라라는 구체적 대상과 그것의 탐

---

3) 서정주, 「모윤숙 선생에게」, 『혜성』 제1권 3호, 1950.5. 최현식의 『서정주 시의
　근대와 반근대』(소명출판, 2003)의 부록에 실린 「1935~1950년 서정주의 전집 미
　수록」 소재 산문 참조. 여기에서 서정주가 스스로의 호칭을 '弟'라 한 것은 모윤
　숙이 대여섯 살 연상이기 때문이다.
4) 김학동은 1942년 여름인가에 서정주가 신열을 앓으며 터득한 "형이상학적 성찰"에

색 목적이 의식적으로 확인되지 않은 경우를 기원으로 삼을 수는 없기 때문이다. 이 글에는 "현대에 재현해 보고 싶은 지향"이라는 목적의식이 분명하게 드러나고 있는데, 이것은 다음과 같은 설명으로 구체화된다.

> 하여간, 우리의 선인들이 일즉이 우리에게 보여준 일이 없는 '신라정신'의 집중적인 현대적 再顯이 절실히 필요한 줄은 弟도 알겠습니다. 시로 소설로 희곡으로 이것들은 현대적으로 재구성되여서, 저 歐美人들이 근대에 再活한 희랍정신과 같이 우리가 늘 의거할 한 典統으로 化해야 할 것만은 알겠습니다. 요컨대 이지러지지 않은 우리의 모습을 찾어봐야 되겠습니다.

신라정신의 추구는 단순한 복고취미를 위해서가 아니라, 서구사조에 의해 타자로 억압된 우리의 전통적인 사유를 현대적으로 재구성하여 "우리가 늘 의거할 전통(典統)"으로 확립하기 위해서이다. 아직 구체적으로 드러나지는 않지만 이 글에서 일단 신라정신은 르네상스 이후 서구 지성사의 한 기준이 되었던 희랍정신과 같은 위상을 지닌다. 신라정신을 이런 차원으로 설정하는 데서 우리 지성사로부터 자생적인 미학적 규준을 마련하고자 하는 그의 의도가 드러난다.

"이지러지지 않은 우리의 모습"이란 서구발 근대에 의해 타자로 억압되기 전의 우리 사유를 말한다. 그 모습이 과거에 존재한다는 점에서 복고주의적이라는 혐의를 받을 수 있다. 하지만 이것은 역사적 요소들의 단순한 재현이 아니라, 그의 말대로 "현대적 재구성"이라는 점에서

서 신라정신의 기원을 찾고 있다. 김학동, 「신라의 영원주의―서정주의 『신라초』를 중심으로」, 『어문학』 24, 한국어문학회, 1971.4.

역사의 심미화와는 거리가 있다. 신라정신은 정체성을 상실한 현대 예술에 새로운 활력을 제공해줄 일종의 미학적 원형이다. 예술에 있어서 정체성의 혼란이 오거나 지향성이 상실될 때 선도적인 예술가가 해야 할 일은 세세한 방법론의 구상이 아니라 미학적 나침반이 될 원형의 제시이다. "이지러지지 않은 우리의 모습"으로의 '신라정신'은 바로 근대 초극의 한 방식으로 제시된 미학적 원형이라 할 수 있다.

2. 신라정신의 원형과 샤머니즘

왜곡되지 않은 우리의 전통사유로서 신라정신이란 구체적으로 어떤 것일까. 서정주는 여러 글에서 신라정신에 대해서 '영통(靈通)'과 '혼교(魂交)'를 핵심으로 하는 '영통주의(靈通主義)' 혹은 '영원주의(永遠主義)'로 설명한다.[5] 이것은 내용 없는 공허한 관념이 아니라 주로 『삼국유사』라는 텍스트를 면밀하게 분석하고 독창적인 시점에서 고전을 새롭게 해석한 창의적 개념이라는 점에서 가치가 있다. 그의 텍스트 독해는 시적 상상력이 풍부하게 가미되어 있어 전통사유에 대한 우리의 시각을 새롭게 만들어 준다.

신라정신이 "이지러지지 않은 우리의 모습"으로서의 미학적 원형이라는 점을 그는 여러 논의를 가져와 역설한다. 그가 이 문제를 가장 논리

---

5) 영원주의에 대한 논의는 신범순, 「반근대주의적 혼의 시학에 대한 고찰—서정주를 중심으로」, 『한국시학연구』4, 한국시학회, 2001; 박현수, 「현대시와 마법성의 수사학」, 『현대시와 전통주의의 수사학』, 서울대학교출판부, 2004 참조.

적으로 풀어나가는 글을 두 편 꼽는다면 「한국 시정신의 전통」6), 「한국적 전통성의 근원」7)을 들 수 있다. 그리고 이 두 글은 강조점에 있어서 약간의 변화를 보이는데, 그것은 글의 초점이 다른 점도 있겠지만 아마도 3년이라는 시간 동안 이루어진 사색의 결과에서 오는 것으로 보인다.

최치원의 난랑비서문(鸞郎碑序文)을 비판적으로 고찰하는 데서부터 원형 문제의 실마리를 풀어나간다는 점에서 이 두 편의 논의는 동일하다. 우리의 고대 사상을 지시하는 유일한 기록이라 할 만한 그 글에 따르면 신라에는 '풍류(風流)'라고 하는 '현묘지도(玄妙之道)'가 있는데, 이것은 유교, 도교, 불교의 특성을 포함하고 있는 것이다. 서정주는 이 시점의 풍류도를 원형적인 고대 사상이라 보지 않는다. 자생적인 담론이 어느 정도 성숙하여 외래종교의 요소들과 습합된 이후의 사상이라는 판단이다.

차이는 바로 외래종교의 "이입 이전의 우리 민족 고유한 신앙이나 사상"의 성격에 대한 분석에서 발생한다. 「한국 시정신의 전통」에서는 현묘지도를 도교와 유사한 것으로 파악한다.

> 현묘지도라고 최치원이 말한 걸로 보면, 이것은 선교(仙敎)의 말투와 대단히 방불하다. 그렇다고 하면 유불교(儒佛敎)의 이입 이전에 중국으로부터 선교가 먼저 이입되었거나, 또는 도교와 방불한 고유한 국선(國仙)의 길이 있어, 이미 많은 사람들에 의해 수행되어 온 것이 아닐까?8)

---

6) 서정주, 「한국 시정신의 전통」, 『국어국문학보』 1호, 동국대, 1958. 이 글은 이후 『시문학개론』, 정음사, 1961, 『문학전집2』 등에 재수록되었다.
7) 서정주, 「한국적 전통성의 근원」, 『세대』, 1964.7.
8) 서정주, 「한국 시정신의 전통」, 『문학전집2』, 117~118면.

현묘지도는 선교와 상동성이 강하기 때문에 거의 동일한 것으로 묶고 여기에 유불교를 대립시키고 있다. "도교와 방불한 고유한 국선"을 이야기하면서도 이것과 나중에 습합하게 되는 종교로 유불교만 든다는 점에서 도교의 위치가 애매하다. 이것은 그가 이 글의 시작에 상대(上代)로부터 근조(近朝) 말기에 이르는 전래적 시정신의 전통을 두 가지로 나누는 데에서도 드러난다. 하나는 삼국시대, 특히 신라시대의 도교, 불교의 정신이고, 나머지 하나는 고려 이후 송학의 이입 후의 유교적 정신인데, 이 때 도교, 불교는 하나로 묶여 이번에는 유교와 대립되는 것이다. 물론 그의 신라정신의 핵심, 즉 영통주의나 영원주의는 이 도불교적 사유와 상통하는 측면이 있지만 스스로 그 경계에 대한 사유로 나아가지 않는 점이 여기에 드러난다.9)

「한국적 전통성의 근원」에 오면 풍류도의 사유가 하나의 맥락으로 정리되고 도교는 불교나 유교와 같이 외래종교의 위치로 돌아간다. 그는 삼교포함 이전 즉 외래 사상의 이입 이전의 사유에 대해서 집중적으로 조명한다. 그는 이 고유한 전통이야말로 "그 민족의 본질엔 가장 중요한 것"이란 점을 부각시킨다. 그렇다면 그 순수한 원형이란 무엇일까. 그는 다른 논의에서 보이지 않던 최남선의 소론을 가져와 그것이 샤머니즘이라고 설명한다. 물론 그는 이 개념이 서양인의 개괄적 설명에 불과한 것으로 보고 용어상의 적절성에 의문을 제기하기도 하지만, 샤머니즘은 "시간의 계속을 통한 음악적 주송(呪誦) 가창(歌唱)의 감정 격앙력을 빌어 관계있는 영(靈)과 교섭하는 고대 이래의 영통(靈通)의 한 방법"10)이라는

---

9) 이런 시각은 「신라정신의 근본정신」(『문학전집2』)에서도 반복된다.
10) 서정주, 「한국적 전통성의 근원」, 『세대』, 1964.7. 178면.

점에서 신라정신의 본질과 동일하다는 점은 인정한다. 신라정신은 샤머니즘의 한 계승이라는 점이 여기에서 확인된다.[11] 이에 따라 앞의 글에서 보이던 관계가 새롭게 정리되어 나타난다.

> 샤머니즘이니 무어니 할 게 아니라, '영통주의'라 하는 것이 가장 타당해보이는 우리 고대인들 사유와 감응은 후일 불교, 유교, 선교 등의 외래종교의 수입과 함께 이 속에 대폭적으로 흡수합류되고, 그 방식의 어떤 것들만이 유풍으로 남아 무속으로서 아직까지도 전달되어 오고 있다.[12]

샤머니즘이라는 우리 민족 고유의 영통주의가 존재하고 이후에 외래종교가 유입되어 사상의 흡수통합이 이루어졌다는 판단이다. 외래 종교의 유입은 당시에 알려진 역사적 사실(서정주는 이홍직의 『국사대사전』을 인용하고 있다.)과는 달리 선교가 가장 먼저 유입되고 불교, 유교가 그 뒤를 따르는 것으로 설정한다. 이것은 우리의 전통사상과 도교에 보이는 상사성을 완전하게 무시할 수 없기 때문이다.[13]

현묘지도와 샤머니즘의 연계는 서정주의 여러 논의들에 비추어볼 때 새로운 차원의 논의로 보일 정도로 낯선 감이 있다. 다른 곳에서는 『삼국유사』나 기타 역사서의 일화를 위주로 신라정신에 접근하면서 그 문맥의 한계 내에서 의미를 부여하는 것에 만족하고 있었기 때문이다. 샤

---

11) 샤머니즘과 현대시학과의 연계에 대해서는 신범순, 「샤머니즘의 근대적 계승과 시학적 양상」, 『시안』 18, 2002. 12, 참조.
12) 서정주, 위의 글, 179~180면.
13) 이 문제는 다음 장에서 다루겠지만 도교의 연원을 한국에서 찾는 논의로 해결된다.

머니즘을 적극 옹호하는 태도를 취하면서 신라정신이 결국 영통주의의 측면에서 그와 동궤에 놓인다고 주장하는 데에는 논리적 무장이 필요했을 것이다. 이런 논의에는 이론적 배후가 있을 것으로 짐작되는데, 아마도 가장 유력한 것이 서정주와 김동리에게 많은 영향을 끼친 범부 김정설일 것이다.14) 범부의 다음과 같은 지적이 그 증거가 된다.

> 무릇 무속은 샤마니즘계의 신앙유속(信仰流俗)으로서 신라의 풍류도(風流徒)의 중심사상이 바로 이것이고, 또 이 풍류도의 연원인 단군의 신도설교(神道說敎)도 다름아닌 이것이다. 그러므로 신라 시조 혁거세가 신덕(神德)이 있었던 것이 이 신앙의 권화(權化)라는 말이 차차웅(次次雄) 자충(慈充)은 바로 방언무야(方言巫也)라고 해석한 것을 보면 이야말로 사과반(思過半)인 것이다.15)

풍류도와 샤머니즘을 연계시키는 점이 미당의 논법과 같다. 또한 인용하지 않은 부분에 나타나는 것이지만 샤머니즘을 적극 옹호하면서 외래사조의 유입으로 이 정신이 쇠락하여 화랭이, 거러지, 풍각쟁이, 무당패 등으로 현재 부정적인 이미지를 지니게 된 것을 한탄하는 점에서도 미당과 범부의 시각은 공통점을 지닌다. 범부의 설에서 풍류도와 샤머니즘의 연계가 더 분명하고도 확정적으로 나타난다. 물론 무속을 "샤머니즘계의 신앙유속"으로 보며 범주의 차이를 두고 있지만 내용상 거의 차이가 없다. 범부는 자신 있게 샤머니즘을 신라의 풍류도에 연결시키

---

14) 서정주와 범부의 관계는 서정주, 「범부 김정설 선생의 일」, 『미당산문』, 민음사, 1993 참조.
15) 김정설, 「최제우론」, 『풍류정신』, 정음사, 1986, 89면.

고 한 걸음 나아가 단군의 신도에까지 연결시켜 사상사적 계보를 분명하게 보여준다. 이런 계보는 당시 서정주의 글에서는 분명하게 드러나지 않는다. 하지만 후일 발표된 그의 시 「박혁거세왕의 자당 사소선녀의 자기소개」에서 확인할 수 있다. 시집 『학이 울고 간 날들의 시』(1980)에 발표된 이 작품에는 풍류사상의 근원이 "국조 단군"("나 娑蘇는 ……國祖檀君 이래의 風流思想으로 神仙 중의 암神仙")임을 명시적으로 밝히고 있다. 이렇게 하여 '풍류도-선도-샤머니즘-단군'의 계보가 완성된다. 이 작품의 집필시기나 발표일자가 알려지지 않았지만 서정주의 이런 인식이 그의 후기시에까지 이어지고 있다는 점은 분명하게 확인된다. 이런 계보학적 시선이 1950, 60년대에 내재되어 있다가 어느 정도 자신감을 얻은 뒤 이 시집으로 표출된 것이라 할 수 있다. 이 시집은 내용으로 볼 때 1950년에 마련해둔 역사정리 카드의 시적 형상화라 부를 수 있다. 여러 정황으로 볼 때 그의 신라정신이 피상적인 단견에서 나온 것이 아님은 분명하다고 하겠다.

　서정주의 사상이 범부와 친연성이 있다는 사실은 그다지 중요하지 않을 것이다. 중요한 것은 서정주의 신라정신이 그 자신만의 개인적인 통찰로 이루어진 것이 아니라 범부와 같은 시각을 형성하고 있는 거대한 사상사적 흐름을 바탕으로 이루어졌다는 점이다. 서정주가 범부 대신에 최남선의 논의를 가져오는 것도 그 기반을 생각할 때 사상사적 차이가 없다. 범부나 최남선의 논의는 모두 우리 사상의 원형에 대한 입장에서는 동궤에 놓이기 때문이다. 이런 맥락을 염두에 두지 않고 서정주의 신라정신을 개인적 창조성의 측면에서 접근하는 것은 한계를 지닐 수밖에 없다.

3. 신라정신의 구현으로서 '사소 시편'

자생적 담론으로부터 추출한 미학적 원형으로서의 신라정신이 가장 완성도 높게 형상화된 작품으로 서정주의 '사소(娑蘇) 연작'을 들 수 있는데, 이를 '사소 시편'으로 부를 수 있을 것이다. 서정주는 사소 시편을 통하여 고대 종교의 새로운 버전인 '신라정신'에 대한 지향을 분명하게 한다. 그는 시에서뿐만 아니라 산문에서도 사소 모티프를 지속적으로 다루고 있는데, 신라정신의 원형 혹은 전형성으로 사소 모티프에서 찾고 있는 듯하다.

사소 모티프를 다루고 있는 사소 시편은 네 편이다. 기존에는 세 번째 작품이 빠진 채 나머지 세 편만이 주로 다루어져 왔다. 작품의 서지 사항을 정리하면 다음과 같다.

「꽃밭의 獨白-「娑蘇」斷章」, 『사조』, 1958.6.
　→ 『신라초』(1960) 수록
「두번째의 娑蘇의 편지-長詩 娑蘇의 斷章」, 『현대문학』, 1958.6.
　→ 개제 「娑蘇 두번째의 편지 斷片」, 『신라초』(1960) 수록
「娑蘇 두 번째의 편지」, 『사상계』, 1960.1.
　→ 개제 「娑蘇의 편지1」, 『서정주 문학전집1』(1972) 수록
「朴赫居世王의 慈堂 娑蘇仙女의 自己紹介」, 『문학사상』, 1980.7.
　→ 『학이 울고 간 날들의 시』(1980) 수록

이들 작품은 원 발표와 달리 시집이나 전집에 수록될 때 변화를 겪는다. 주로 제목이 바뀌었는데, 두 번째와 세 번째 작품은 원 발표본의 제

목에 '두 번째'라는 동일한 어휘가 들어가 같은 작품으로 오해하게 만들었다. 특히 두 번째 작품의 제목에는 '장시 사소의 단장'이라는 부제를 달아, 이 모티프를 장시 형태로 다루고자 하는 의도를 드러내고 있다. 세 번째 작품은 아마도 이런 계획의 일환으로 쓰인 것으로 보인다.[16] 이런 의도를 고려하여 시 작품의 순서를 개제한 제목으로 나열한다면 발표순과 달리 「꽃밭의 독백」→「사소의 편지1」→「사소 두 번째의 편지 단편」→「박혁거세왕의 자당 사소선녀의 자기소개」 순으로 정리될 것이다(『문학전집1』에도 이 순서대로 작품이 배열되어 있다).

사소 시편은 신라정신론을 시작품을 통해 실천적으로 보여준 작품이라는 점에서 의미를 지닌다. 서사시적 방식으로 연계시킨 이 작품들의 내용을 살펴보자. 첫 번째 작품 「꽃밭의 독백」은 사소 모티프 시 중 가장 유명한 작품이다.

> 꽃아. 아침마다 開闢하는 꽃아.
> 네가 좋기는 제일 좋아도,
> 물낯바닥에 얼굴이나 비취는
> 헤엄도 모르는 아이와 같이
> 나는 네 닫힌 門에 기대섰을 뿐이다.
> 門 열어라 꽃아. 門 열어라 꽃아.
> 벼락과 海溢만이 길일지라도
> 門 열어라 꽃아. 門 열어라 꽃아.
>
> － 「꽃밭의 독백－사소단장(娑蘇斷章)」(『시전집』) 부분

---

16) 이 작품의 고친 제목 「사소의 편지1」에 붙은 번호도 이런 의도의 표현이라 할 수 있다.

「꽃밭의 독백」은 작품 자체로 볼 때 사소 모티프와 관련성을 찾기 어렵다. 단순히 인간의 실존적 고뇌를 절실하게 표현한 작품으로 읽힌다. 이것은 부제('사소단장')를 참조한다고 해도 그리 달라질 것 같지 않다. 하지만 작품 말미에 달린 "娑蘇는 신라시조 박혁거세의 어머니. 처녀로 잉태하여, 산으로 신선수행을 간 일이 있는데, 이 글은 그 떠나기 전, 그의 집 꽃밭에서의 독백"이라는 설명을 참조하면, 결혼하지 않고 남의 아이를 잉태한 처녀가 자기 집을 떠나야만 하는 상황에서 꽃밭 앞에서 고뇌하는 정경을 그려볼 수 있다. 애초의 실존적 고뇌 위에 사랑과 추방이라는 상황에 놓인 처녀의 미묘한 감정이 겹치면서 시적 상황은 구체성을 얻는다. 다른 자리에서 서정주는 이 작품을 "꽃밭 앞에서 선, 사랑에 빠진 여심"이라는 말로 요약한다.[17] 막다른 상황에 놓인 이 처녀의 막막하면서도 능동적으로 상황을 타개하고자 하는 의지가 "문 열어라 꽃아"라는 표현 속에 담겨 있다.

「꽃밭의 독백」에 등장하는 이 '문'의 이미지가 세 번째 작품으로 이어진다. 특히 세 번째 작품은 잘 알려지지 않은 작품이면서 동시에 작품집에 수록될 때 가장 많은 변화를 보인 작품으로 주목할 가치가 있다.[18]

---

17) 이 표현은 소제목으로 사용하고 있으며 다음과 같은 설명을 달고 있다. "그의 사랑의 고민이란 이런 성질로 된 것이어서, 되돌아오고 마는 노래의 의식, 말로 달려가 바닷가에 가 막다르고 마는 의식 속에서도, 그걸로 막다른 데를 삼지 않고 또 꽃(自然) 속에 문을 열고 깊이깊이 들어가려는 것이다. 그리고, 또 그 속은 벼랑이건 해일이건 감수하려는 것이다." 설명에서 원 작품의 '벼락'을 '벼랑'으로 해석하고 있는데, '벼랑'이 '벼락' 즉 낙뢰의 오기인지 원래 의도가 벼랑을 '벼락'으로 표기한 것인지는 판단하기 어렵다. 서정주, 「사소의 사랑과 영생」, 『문학전집 5』, 124면.

門을 밀고서 房으로 들어가듯
門을 밀고서 新房을 들어가듯
門을 열고 나와서 여기 좀 보아.
門을 열고 나와서 여기 좀 보아.
매가 이끄는 마지막 곳에 와서
나는 이렇게 알읍니다.
'여기는 잊었던 내 살이라'고.

맑은 봄날을 종다리는 골라서
여기에 와 목젖을 맞대고,
소리개의 떼 金鑛脈 너머
숨을 바로 해 힘 기르는 곳
'여기는 잊었던 내 살들이라'고.

보아, 보아, 와 살며 보아,
門을 밀고서 房으로 들어가듯
門을 열고 나와서 여기 좀 보아.

예서부턴 핏줄이 綠金으로 뻗치는 것을!
사람과 짐승 맨 앞인 예서부터
핏줄은 이제 綠金으로 뻗치어서

---

18) 이 작품은 애초의 연 구분과 많이 달라졌으며, 사소한 어휘 표기의 수정 외에 1연
의 두 개의 "들어오듯"이 "들어가듯"으로, "생각하였습니다"가 "알읍니다"로 바뀌었
다. 또한 마지막 연은 원 발표작의 형태와 구절의 배치를 전혀 다르게 만들었다.
원 발표작의 마지막 연은 다음과 같다. "보아, 보아, 여기 좀 보아,/ 門을 밀고서
房으로 들어 가듯/ 門을 열고 나와서 여기 좀 보아,/ 짐승과 사람의 맨앞인 예서부
턴/ 핏줄은 인제 綠金으로 뻗히는 것을!/ 사람과 짐승의 맨 앞인 예서 부턴/ 핏줄
은 인제 綠金으로 뻗히여서/ 사람과 짐승의 맨뒤로 連하는 것을!"

사람과 짐승의 맨 뒤로 連하는 것을!

—서정주, 「사소의 편지1」(『문학전집1』) 전문

이 시는 집을 떠난 사소가 "선도산수행"에 들어가기 위해 선도산에 도착하여 그곳에서 받은 느낌을 표현한 작품이다.[19] 그 느낌은 처음 오는 그곳이 마치 자신이 오래도록 살아온 곳처럼 혹은 언젠가 살아본 듯한 친근함, 아우라 넘치는 공간에서 오는 신성함인데, 이것을 "잊었던 내 살들"이라는 표현에 담고 있다. 이 작품이 「꽃밭의 독백」과 연계되는 것은 이동행로의 정합성만이 아니다. '문'이라는 이미지를 이어받아 구체화하고 있다는 점에서 더 중요한 연계성을 지닌다. 앞의 작품에서 새로운 세계의 갈망을 '문'이라는 이미지를 통해 표출하였다면 이 작품에서는 화자 앞에 놓인 '여기'라는 새로운 세계에 대한 감탄과 그것의 수용을 표출하고 있다. 화자는 "문을 밀고서 신방을 들어가듯" 이 세계로 들어선다. 이 세계는 '신방(新房)'처럼 새롭고도 신성한 공간으로 그려지고, 화자는 이곳에 들어서는 것을 신방에 들어가는 숭고한 행위로 그리고 있다. "문을 열고 나와서 여기 좀 보아"라고 했을 때 이 문은 그 전의 세계와 지금의 세계 사이에 놓인 문이다. 이 구절을 통해 마치 「꽃밭의 독백」의 닫힌 문 앞에 있던 그 화자가 방금 문을 열고 이 시로 들어선 듯 천의무봉한 연계성이 잘 느껴진다.

세 번째 작품은 이 신성한 공간에서 자신의 세속적 욕망을 승화시키

---

19) 원작품의 말미에는 "婆蘇―신라시조박혁거세의 자당. 처녀로 始祖를 배시어서, 추방을 당해 선도산수행 끝에 神母가 되었다는 史實이 전해져온다."는 설명이 달려있다. 『서정주문학전집5』에는 바로 앞 작품 「꽃밭의 독백」에 설명이 달려 있어서인지 이 작품에서는 생략하고 있다.

는 사소의 노력을 보여주는 작품이다.

　　피가 잉잉거리던 病은 이제는 다 낳았읍니다.

　　올 봄에
　　매(鷹)는,
　　진갈매의 香水의 강물과 같은
　　한섬지기 남직한 이내(嵐)의 밭을 찾아내서 (……)

　　아버지.
　　아버지에게로도,
　　내 어린 것 弗居內에게로도, 숨은 弗居內의 애비에게로도,
　　또 먼 먼 즈믄해 뒤에 올 젊은 女人들에게로도,
　　生金 鑛脈을 하늘에 펍니다.

– 서정주, 「파소 두번째의 편지 단편」(『시전집』) 부분

　이 시는 이미 지적된 바처럼 "사소가 그의 부정한 임신에서 암시된 바 정욕을 수행으로 정화하고 이제 신성한 존재로 재생한다는 것과 이 거듭남이 영원한 신성성으로 승화해서 신라의 왕실로 계승"[20]된다는 내용으로 이루어져 있다.

　앞 작품의 "여기"는 이 작품에서 "한섬지기 남직한 이내의 밭"으로 표현되고 있다. '이내'는 서정주가 자세하게 풀이하고 있는 바와 같이 "산맥이 거듭 싸인 지대의 어느 특수한 곳에만 어리는 맑은 공기"(『문학전집』,

---

20) 오세영, 「영원과 현실 — 서정주론」, 『한국현대시인연구』, 월인, 2003, 337면.

125면)로서 신성한 기운의 상징이다. 사소는 이곳에서 세속적 욕망에 갈등하며 신선수행을 하다가 드디어 자신의 잉잉거리는 피를 잠재우는 경지에 도달한다. 그때 홍싸리 수풀마냥 서걱이던 피는 정화되어 "비취의 별빛 불들을 켜고,/ 요즈막엔 다시 생금(生金)의 광맥(鑛脈)을 하늘에" 펼치게 된다. 그리고 이 정신의 경지가 그 자신에서 그치는 것이 아니라 영원의 표준이 되어 계속 이어진다고 함으로써 신라정신의 핵심인 영통과 영원성을 표현하고 있다. "먼 먼 즈믄해 뒤에 올 젊은 여인들"은 사소와 '영통' 혹은 '혼교'이라는 신비한 경로로 그 경지를 이어받고 있는 존재들이다.

마지막 작품은 이런 사소 시편의 후일담으로 쓰인 것이라 할 수 있다. 앞의 작품들과 관련된 부분만 보면 다음과 같다.

> 나 娑蘇는 몽땅 早熟하고 그리움 많은 處女라, 시집도 가기 전에 애기를 배서 法에 따라 마을에서 쫓겨났지만, 國祖檀君 이래의 風流思想으로 神仙 중의 암神仙－仙女가 하나 되어 不老長生 八字가 되기로 하고 慶尙道 仙桃山에 들어가 숨어 살았었도다. 山골에 널려 여무는 仙桃를 따 팔기도 하고, 매 사냥을 해먹고 살면서, 내 외아들 朴赫居世를 낳아 큰직한 神仙으로 길러 냈도다.
>
> － 서정주, 「박혁거세왕의 자당 사소선녀의 자기소개」(『시전집』) 부분

장시로서의 사소 시편이 기획된 때로부터 20년이 지난 후에 쓰여진 이 작품은 사소를 화자로 내세워 사소의 전반적인 삶과 그 평가를 담고 있다. 인용된 부분은 사소의 전체적인 삶을 간략하게 산문적으로 기술한 것이다. 앞에서 살펴본 사소 시편은 마을에서 쫓겨나서 선녀가 되는 부

분만이 다루어져 있다. 원래의 의도가 작품으로 실현되었다면 사소 시편은 이 시의 내용에 따라 전개되었을 것이다. 앞의 시편에 이어 선도산에서 선도를 따서 팔거나 매 사냥을 해서 박혁거세를 키우는 이야기, 자식을 교육하고 훈련시킨 이야기, 그리고 슬기를 발휘하여 자신의 아들을 신라의 왕으로 만든 이야기 등이 주로 다루어 졌을 것이다.

어떤 이유에서 장시로 구성될 사소시편의 구상이 더 이상 진행되지 않았는지 알 수 없지만 역사 속에 잠자고 있던 이 사소 모티프는 서정주를 통해 신라정신의 핵심으로 다시 살아나게 되었다. 신라정신의 핵심 내용인 영통, 혼교, 영원성 등이 시 속에 자연스럽게 녹아들어 있다. 이런 측면에서 사소 시편을 바라볼 때 이것이 지속되지 못한 이유도 짐작하지 못할 바는 아니다. 바로 신라정신이라는 이념이 이들 작품에서 충분하게 표현되었기 때문일 것이다. 모티프의 구도상 이후의 이야기는 세속적인 처세담 중심으로 전개될 수밖에 없다. 앞으로 남은 것은 신라정신의 내용에 있어서 비본질적인 부분이기 때문에 그다지 시편의 지속을 고집하고 싶지 않았을 것이다. 그 대신 서정주는 신라정신을 연구하기 위해 지금까지 만들어둔 카드를 시로 만드는 방향을 선택한 듯하다. 시집 『학이 울다간 날들의 시』가 바로 그것이다.

4. 숨겨진 텍스트의 음영 – 사소(娑蘇)와 파소(婆蘇)

서정주의 '신라정신론'은 근거 없는 공상이 아니라 우리 역사서에 대한 꼼꼼한 검토를 바탕으로 한 미학적 기획이다. 그의 산문이나 시를 보면 『삼국사기』와 『삼국유사』, 『삼국사절요』 등의 역사서를 자세하게 읽고 관련 사항을 치밀하게 점검한 노력이 엿보인다. 그리고 이를 바탕으로 하여 창조적 독법으로 단순한 에피소드를 새로운 경지로 올려놓는다. 그 중 사소에 대한 이야기는 주로 『삼국유사』를 중심으로 이야기하지만, 『삼국사기』의 것은 비판적으로 받아들인다. 먼저 그가 사소 모티프를 가져온 원텍스트를 검토하기로 한다.

> (史臣이) 논하여 가로되 (중략) 송(宋)의 정화(政和) 연간에 우리 조정(고려－인용자)에서 상서 이자량(李資諒)을 송(宋)에 보내어 조공하게 하여 신(臣) 부식(富軾)이 문학(文翰)이라는 직책으로 수행하여 송의 우신관(佑神館)이란 곳에 가서 여신상(女仙像)을 모신 일당(一堂)을 본 일이 있었다. 그때 반관(館伴) 학사 왕보(王黼)가 말하되, "이것은 귀국의 신이니 공들은 아느냐" 하고, 드디어 말하기를 "옛적에 어느 제실(帝室)의 딸이 남편도 없이 아이를 배어 남에게 의심을 받게 되자 곧 바다를 건너 진한(辰韓)에 이르러 아들을 낳았는데, 그 아이는 해동의 첫 임금이 되고 제녀(帝女)는 지선(地仙)이 되어 길이 선도산(仙桃山)에 살았다 하는 바, 이것이 그 상이다"고 하였다. 신은 또 대송국(大宋國) 신사(信使) 왕양(王襄)의 「동신성모(東神聖母)를 제하는 글」 중에 "어진 인물을 배어 나라를 창건하다"는 구절이 있는 것을 보았는데 여기 동신(東神)이 곧 선도산 신성(神聖)임은 알 수 있으나, 그러나 그 신의 아들이 어느 때에 왕 노릇을 하였는지 알지 못 하겠다.[21]

인용문은 서정주가 "이 분(사소－인용자)에 대해서는 맨 처음으로 이 분의 일을 쓴"[22] 기록으로 평가하는 『삼국사기』에 실려 있다.[23] 여기에

---

21) 김부식, 이병도 역주, 『삼국사기(상)』, 을유문화사, 1983, 243~244면.

는 '사소'라는 이름으로 등장하지는 않지만 선도산의 신선으로 나온다는 점에서 동일인물로 보는 것이 타당할 것이다. 이 기록은 편년체의 역사적 서술 속에 나오는 것이 아니라 「신라본기」가 모두 끝난 후 그것을 총괄하여 평가하는 사론(史論)에 나온다. 여기에서 김부식이 그녀가 "선도산 신성"임을 인지하였음에도 "그러나 그 신의 아들이 어느 때에 왕노릇을 하였는지 알지 못 하겠다"고 덧붙인 것은 왕보의 이야기를 곧이곧대로 받아들이기 어렵다는 의미로, 해석적 저항을 보이는 구절이라 할 수 있다. 즉 이 구절은 객관적인 역사적 사실로서 수용하기 어렵다는 판단을 반영한 것이다. 서정주 역시 김부식이 왕보의 이야기를 "한쪽으로 의심하고 있는 것"24)으로 평가한다. 김부식의 이 의심이 자주적 역사 의식의 개입인지 아니면 괴력난신에 대한 거부인지는 확인할 수 없지만,25) 서정주가 이를 긍정적으로 평가하는 입장인 것은 틀림없다.

『삼국유사』에는 이 이야기가 다른 관점에서 반복되고 있다. 이 이야

---

22) 서정주, 「신라의 독수리」, 『문학전집 4』, 56면.
23) 선행 연구에는 사소의 이야기가 『삼국사기』에 언급되지 않고 있다고 하여 서정주의 신라 연구가 역사적 기록을 제대로 검토하지 않은 아마추어적 상상력의 소산으로 평가하기도 한다. 이것은 관련 부분이 『삼국사기』의 사론(史論)에 언급되고 있어 쉽게 찾지 못한 탓이다. 이상숙, 「서정주 「꽃밭의 독백」 재론」, 『한국시학연구』7, 한국시학회, 2002; 전봉관, 「서정주 시에서 "영원성"의 문제」, 『한성어문학』22, 한성대학교 한국어문학부, 2003.
24) 서정주, 「신라의 독수리」, 『문학전집 4』, 56면.
25) 성호 이익의 평가에서 확인되듯 아마도 가부장적 관점에서 볼 때 나타나는 불합리성 때문이 아닌가 한다. 이익은 『성호사설』에서 '선도산신'에 대해 다루면서 여성신이 시조로 기록된 것을 폄하하며, "이 사실은 우리나라에 있어서는 이미 믿을 수 없는 허황한 말로 되었는데 저 상국(上國)까지 전해져서 그를 높여 제사까지 지내게 되었으니 웃을 만한 일이 이와 같다"며 한 마디로 평가절하한 바 있다. 『성호사설』 제24권 「仙桃山神」조.

358 서정주

기는 '기이 제1편', '감통 제7편' 두 군데에 나온다. 전자는 박혁거세를 설
명하는 간단한 기록인데, 『삼국사기』에는 없는 이름인 '서술성모(西述聖
母)'26)가 나타나 있다.

> 신모(神母)는 본래 중국 제실(帝室)의 딸로 이름을 사소(娑蘇)라 하여
> 일찍이 신선의 술법을 배워 해동(海東)에 와서 살며 오랫동안 돌아가지
> 아니하였다. 아버지 황제가 편지를 소리개 발에 매어 부쳐 가로되 "소리
> 개가 머무는 곳에 집을 지으라" 하였다. 사소가 편지를 보고 소리개를
> 놓으니 이 산에 날아와 멈추므로 드디어 와서 거주하여 지선(地仙)이 되
> 었다. 그래서 산 이름을 서연산(西鳶山)이라고 하였다. (중략) 그가 처음
> 진한에 와서 성자를 낳아 동국의 처음 임금이 되었으니 필경 혁거세와
> 알영의 두 성군을 낳았을 것이다. (중략) 성모는 일찍이 제천(諸天)의 선
> 녀에게 비단을 짜게 해서 붉은빛으로 물들여 조복(朝服)을 만들어 남편
> 에게 주었으니 나라 사람들이 이 때문에 비로소 신비스러운 영검을 알
> 게 되었다.27)

『삼국유사』는 김부식의 기록을 거의 그대로 가져오지만 몇 가지 점에
서 차이를 지닌다. 처녀잉태의 기록 삭제28)와 중국제실의 확정적 표기가
그것이다. 후자보다 전자가 더 중요한 차이라 할 수 있다. '처녀잉태'라
는 화소를 생략해버리면 인용문의 마지막에 등장하는 조복을 만들어 입
힐 '남편'의 등장이 자연스럽다. 이럴 경우 「삼국유사」의 기록이 정합적

---

26) 일연, 『삼국유사』, '紀異第一', 「新羅始祖 赫居世王」.
27) 일연, 『삼국유사』, '感通第七', 「仙桃聖母隨喜佛事」.
28) 『삼국사기』의 기록을 그대로 옮겨놓은 이 이야기의 뒷부분에서도 "남편없이 아
    이를 배어(不夫而孕)"라는 구절이 생략되어 있다. 왕양 관련 부분은 그가 "우리
    조정에 와서(到我朝)"라는 내용이 첨가되어 있다.

인 데 반해 사소 연작에서는 파탄이 생긴다. 즉 「꽃밭의 獨白-'娑蘇' 斷章」의 설명, "사소는 신라시조 박혁거세의 어머니. 처녀로 잉태하여, 산으로 간 일이 있"다는 내용과 어긋나게 되는 것이다. 따라서 이 부분을 "『삼국유사』의 기록을 뒤집는 또 하나의 이설신화"29)라는 평가하는 것도 무리가 아니다. 물론 이런 지적은 『삼국사기』에 명시된 처녀잉태 기록을 염두에 두지 않을 때 가능한 것이기도 하다. 서정주는 이런 모순에 대해서는 언급하지 않는다. 그는 사소 연작에서 김부식으로부터 처녀잉태라는 화소는 받아들이면서 중국 여자라는 점은 부정한다. 이것이 『삼국유사』와 『삼국사기』의 기사를 독특하게 접근하는 서정주의 독법이다.

애초에 일연이 처녀잉태의 내용을 삭제한 것은 왕보의 이야기를 그대로 전하는 형식 속에 담긴 사대주의적 요소를 제거하고자 하는 의도에서 비롯된 것으로 보인다. 그러나 김부식의 기록 중 '어느 제실(帝室)'이라고 불분명하게 표현된 것을 일연이 "중국 제실"이라고 단정적으로 만든 부분은 오히려 자주의식의 퇴보라 할 수 있다.30) 서정주는 한 걸음 더 나아가서 일연이 김부식의 기록을 그대로 가져온 것 자체를 강하게 비판하고 있다. 그의 교수자격논문인 『신라연구』에 가장 강렬한 비판이 담겨 있다.

삼국사기의 저자 金富軾은 송나라의 신관에서 똑똑히 자기 눈으로

---

29) 이윤기, 「한국신화기행11-문 열어라 꽃아 문 열어라 꽃아」, 『문화일보』, 2001. 5.3.
30) 『삼국사기』와 『삼국유사』에는 저자(김부식-일연)의 역사의식을 나타내는 '사대적-자주적'이라는 이분법이 적용되지 않는 부분이 꽤 있다. 이 부분 역시 그 중 하나라 할 수 있다.

자국의 西鳶神母의 모셔진 상을 보고도 일개 반관학사 王黼의 입만을 그대로 믿어 "중국 계집애 애 배 쫓겨난 것"으로 생각했고 삼국유사의 저자 一然은 또 "서방질한 처녀"의 조건만 지워 김부식의 생각을 그대로 답습해버린 정도의 맘길력이다. (중략) 허나 사상의 종주국으로까지 자처군림하든 大宋으로서도 오히려 모셨던 자기 할머니의 얼굴을 일 반관학사 따위의 言勢에 의해서 남의 나라 사람으로 妄信해버린 富軾의 무기력의 표현은 그 뒷사람들이 되도록 빨리 지워버렸어야 할 것이, 一然 이후 오늘까지 그대로 남아서 우리의 옛모습 바로 그 자체가 접근해오는 것을 막아내게 한 것은 크게 유감이었다.31)

　여기에서 비판의 준거점은 민족주의의 혐의가 짙다. 서정주는 송나라 신관에 그려진 여신상을 서연신모라고 보고 그녀가 우리 조상이라고 확신한다. 그리고 우리의 조상인 서연신모가 당대 사상의 종주국인 송나라에서까지도 신성한 인물로 추존되고 있는 것으로 해석하였다. 이는 김부식과 정반대의 독법이다. 김부식은 "어느 황실"을 중국으로 상정하여 신모를 중국인으로 인식하게 하고, 진한을 중국인의 후손이 다스리는 나라로 만들었던 것이다. 서정주는 김부식의 관점을 철저하게 비판하며, 다른 글에서 왕보의 이야기를 그의 창작이나 중국 정부의 계획적

---

31) 서정주, '제5장 신선', 『신라연구』, 1960. 『신라연구』는 서정주의 교수자격 심사용 논문이다. 이 글은 논문이라기보다는 수필에 가까운 글이지만 신라에 대한 그간의 심사숙고를 잘 보여주는 자료로서 그의 '신라정신'의 이해에 기반이 되는 중심 텍스트라 할 수 있다. 현재 국립중앙도서관 소장본과 고려대학교 소장본 그 외 기타 대학도서관 소장본이 있는데, 국립중앙도서관 소장본은 뒷부분에 2쪽이 결락되어 관련 연구에 상당한 혼란을 주므로 유의해야 한다. 본고는 결락이 없는 것으로 판단되는 고려대학교 소장본을 기준으로 한다. 『신라연구』는 서장(신라인의 천지)과 종장(신라의 영원인) 포함 총 18장으로 구성되어 있다.

인 역사 왜곡으로 보기까지 한다.32) 또한 이 기록의 폐해가 후대에까지 영향을 미쳐 "우리의 옛모습 바로 그 자체가 접근해오는 것을 막아내게 한 것"을 크게 유감으로 생각하는 것도 사소한 지적으로 넘길 수는 없다. 그러나 그런 유추를 가능하게 해주는 근거는 관련 자료들 속에는 전혀 나오지 않는다. 그가 상정한 "우리의 옛 모습 그 자체"는 무엇이며, 어떤 근거에서 선도성모 즉 사소부인이 우리나라 사람임을 확신하며, 또 그녀의 처녀잉태를 믿고 있는 것일까.

새로운 해석의 근거를 포착하기 위해서는 그가 사용하는 용어 표기에 주목할 필요가 있다. 서정주는 선도성모의 이름 표기에 일관성을 지키지 않는다. 『삼국유사』에 나온 바대로 '사소(娑蘇)'로 표기하지 않고, '파소(婆蘇)'로 표기하는 경우도 종종 있다. 이런 표기는 식자공의 단순한 실수일까 아니면 어떤 지향성을 보이는 의도에서 나온 것일까. 이 문제에 접근하기 위해서 표기 현상들을 검토해볼 필요가 있다.

먼저 「꽃밭의 獨白-'娑蘇'斷章」(『사조』, 1958.6)을 살펴보면 처음 발표지인 『사조』에는 '사소단장'으로 되어 있고, 거기에 딸린 설명에도 '사소'라고 표기되어 있다. 그런데 이 작품이 시집 『신라초』에 실리면서 두 곳 모두 '파소'로 표기된다. 원 발표지의 '사소'가 시집에서 '파소'로 수정된 것이다.

두 번째 작품 「두번째의 婆蘇의 편지-장시 婆蘇의 단장」(『현대문학』,

---

32) "이 중국의 공주, 처녀 잉태로 쫓겨난 것 운운이 이 박물관 안내인(반관박사-인용자)의 창작이 아니라, 그들의 정부가 계획적으로 그 한 초상을 꾸며 놓고 그렇게 선전하고 있었다 하더라도 경우는 마찬가지다." 서정주, 「사소의 사랑과 영생」, 『문학전집5』, 129면.

1958.6)은 발표 시에도 '파소'로 되어 있다. 이후 같은 표기를 유지하며 『신라초』에는 「娑蘇 두번째의 편지」로 제목을 고쳐 싣는다. 이것은 원발표와 시집 수록의 표기가 동일한 경우이다. 『신라초』에 '파소'라는 표기를 일관성 있게 사용한 것으로 보아 여기에 서정주의 어떤 의도가 개입되었다고 할 수 있다.

세 번째 작품 「娑蘇 두 번째의 편지」(『사상계』, 1960.1)는 이들 작품과는 정반대로 되어 있다. 원발표지에는 '파소'로 되어 있지만, 『서정주 문학전집1』(1972)에 수록될 때에는 고친 제목 「娑蘇의 편지1」처럼 '사소'로 돌아가 있다.

『학이 울고 간 날들의 시』(1980)에 수록된 마지막 작품 「박혁거세왕의 자당 사소선녀의 자기소개」는 원발표지와 시집에서 동일하게 '사소'로 표기하고 있다. 『서정주 문학전집』(1972) 이후에 사소로 통일하여 표기하고 있다는 점을 고려하면 당연한 현상일 것이다.[33]

두 글자의 생김새가 닮았기 때문에 이것을 단순한 오식으로 볼 수도 있다. 그러나 문제는 『신라초』에 실린 작품은 사소가 전부 '파소'로 통일되어 있다는 점이다. 원래 발표지에 '사소'로 되어 있던 것도 이 시집에서는 '파소'로 수정되어 실려 있다. 그리고 「신라의 영원인」(1963.7)이라는 산문에도 '파소'로 표기되어 있다. 그 비슷한 시기에 발표된 작품에서는 사소라는 고유명사가 나올 만한 부분이 "박혁거세의 자당", "박혁거세왕의 어머니" 등으로 되어 있으며 사소도 파소도 나오지 않는다. 이런 표기 방식은 이에 주목한 사람이라면 누구나 의문을 가질 만하다.

---

33) 『신라초』(1960) 발간 이후에 발표된 「신라의 영원인」(『세대』, 1963.7)에서도 '파소'로 표기하고 있다.

이것을 최초로 지적한 사람은 아마 김학동이 아닐까 한다.

> 『삼국유사』의 「선도성모수희불사(仙桃聖母隨喜佛事)」조에는 〈名曰娑蘇〉라고 하였는데 이 시인의 시(詩)나 주(註)에서는 婆蘇로 되어 있는데 어째서 그랬는지 알 길이 없다.[34]

이런 지적을 미루어 볼 때, 서정주의 표기가 단순한 오식이나 오자가 아니며, 그 표기의 이면에는 어떤 의도가 있을 수 있음을 짐작할 수 있다. 신범순은 이런 의도의 해명에 도움을 줄 박용숙의 견해를 소개한다. 『환단고기』나 『신단실기』와 같은 기록이 이와 일치한다는 것이다.[35] 먼저 『환단고기』는 『삼국유사』나 『삼국사기』보다 더 자세하게 사소에 대해서 기록하고 있다.[36] 이것은 『삼국사기』와 『삼국유사』의 기록을 몇 가지 점에서 보충해준다. 첫째, "어느 제실"이 부여의 제실임을 밝혀주고, 다음으로 진한까지의 여정을 자세하게 밝히고 있으며, 마지막으로 난생신화라는 신화적 요소를 생략하여 사실적으로 기록하고 있다는 점이다. 이 기록은 오히려 『삼국사기』나 『삼국유사』보다 더 역사적 사실에 충실한 기록으로 보인다. 그리고 이름은 '파소'로 표기되어 있다. 하

---

34) 김학동, 앞의 글, 63면, 각주 17). 전봉관도 이와 비슷한 지적을 하고 있다. 전봉관, 앞의 글, 173면.

35) 신범순, 「미당시의 여인과 바다」, 『시안』, 2001, 봄, 34면; 박용숙, 『지중해 문명과 단군조선』, 집문당, 1996. 197~203면.

36) "사로의 시왕(始王)은 선도산의 성모의 아들이다. 옛날 부여제실(夫餘帝室)의 딸 파소가 있었는데 남편없이 아이를 뱄으므로 사람들의 의심을 받아 눈수(嫩水)로부터 도망쳐 동옥저에 이르렀다. 또 배를 타고 남하하여 진한의 나을촌에 와 닿았다. 때에 소벌도리라는 자가 있었는데 그 소식을 듣고 가서 집에 데려다 거두어 길렀다." 「太白逸史 高句麗國本記」, 『桓檀古記』.

지만 이 출전의 신빙성에 의문이 제기되고 있어 서정주의 '파소' 표기의 근거로 제시하기는 위험한 부분이 있다. 그보다 더 문제는 이 책을 서 정주가 볼 가능성이 거의 없었을 것으로 추정되어 사소연작과 이 기록 과의 연계성을 설정하기 힘들다는 사실이다. 따라서 서정주가 처녀 잉 태의 화소를 이 책에서 취하였다는 주장은 그리 설득력이 있어 보이지 않는다.37)

이에 반하여 『신단실기』는 일제하의 유명한 역사서였으므로 서정주와 같은 사람이 이를 접하고 그 영향을 받았을 가능성이 높다. 이 책은 대 종교 2대교주인 김교헌이 1914년에 저술한 것으로 『신단민사』와 더불어 "서부간도 민족학교와 항일 독립군들의 교재로서 널리 사용되었고 일반 대중에게는 민족사로서의 역할을 하였"으며, "항일 이론을 제공함으로써 독립운동을 추진하는 활력소로서 크게 공헌하였던 것"이다.38) 이런 『신 단실기』에는 사소와 관련하여 다음과 같이 기록되어 있다.

新羅始祖, 赫居世의 姓은 朴氏라 初에 夫餘帝室女 東神聖母, 婆蘇ㅣ 不 夫而孕하야 父母ㅣ 逐之어늘 乃入辰韓地하야 生赫居世하야 棄之陽山村, 蘿井林間이러니 人이 收養한더 英特夙成하야 有神德이러라39)

이 책 역시 『환단고기』의 기록과 거의 동일하며, 혁거세가 '신덕'이

---

37) 이상숙, 앞의 글, 205면. 이는 『삼국사기』의 관련 기사를 확인하지 못하였기 때 문일 것이다.

38) 서굉일, 「일제하 서북간도에서의 민족해방을 위한 역사교육」, 『한신논문집』 8집, 한신대학교출판부, 1991, 163면.

39) 김교헌, 『신단실기』 중 「단군세기 신라」조.

있다는 표현은 앞에서 다룬 범부의 표현("신라 시조 혁거세가 신덕이 있었
다."[40])에서도 반복된다는 점에서 주목을 요한다. 여기에서 그녀의 이름
이 '파소'인 점, 부여 황실 출신인 점, 처녀잉태한 점 등 중심적인 요소
들이 일치하고 있어 앞의 사서와 같은 계열의 기록이라 할 수 있다.[41]
이 중 『삼국유사』나 『삼국사기』에 없는 요소가 바로 앞의 두 개다. 그
리고 이 '파소', '부여' 등의 명사는 이들 사서에서는 함께 따라다닌다는
특징을 지닌다. 서정주가 사소 연작에 선별적으로 수용하고 있는 것도
이 두 화소이다. 즉 시집 『신라초』에서 이름을 파소라고 고집한 점, 산
문이나 사소연작에서 부여라고 구체적으로 밝히지는 않지만 동신성모가
우리의 조상임을 확신한 점이 그것이다. 이 두 가지가 모두 어떤 확신
에 근거하여 일관되게 주장된 점 때문에, 그가 우리 전통적 정신의 가
장 꼭짓점에 놓일 것을 주체화하기 위해서 "어떠한 실질적 자료나 논증
적 근거 없이 이렇게 강변하는 것"[42]이라고 단정을 내리기에 석연찮은
구석이 있다.

　민족사의 주체성을 강조하며 일제하 역사 인식에 지대한 영향을 끼친
『신단실기』와 같은 사서는 한두 개인이 개인적으로 서술한 것이 아니라
당대 역사 전문가들의 지적 네트워크에 의한 것이다. 당시 대종교의 역
사교육계는 신채호, 박은식, 서일, 이상룡, 유인식, 김교헌 등 민족의식
을 강조하는 권위 있는 역사가들이 맡고 있었다.[43] 서정주의 신라정신

---

40) 김정설, 「최제우론」, 앞의 책, 89면.
41) 『연려실기술』에 수록된 『여지승람』의 기록도 '파소'로 되어 있다.
42) 신범순, 앞의 글, 33면.
43) 천경화, 「대종교의 민족교육운동에 대한 연구-중국동북지방(만주)를 중심으로」,
　　『백산학보』 27, 1983.5. 111면; 서굉일, 앞의 글, 148면 참조. 참고로 신채호는

탐구에 영향을 미친 것으로 보이는 범부, 최남선 역시 역사와 민족의 인식에 있어서는 이들과 동일한 지반을 지니고 있었다.[44] 앞에서 살펴본 것처럼 범부가 '풍류도-선도-샤머니즘-단군'의 계보를 분명히 밝히는 것이나, 서정주가 사소를 "국조단군 이래의 풍류사상"(「박혁거세왕의 자당 사소선녀의 자기소개」)에 연원을 닿게 한 점은 그래서 문화사적 필연성을 지닌 것이라 할 수 있다. 서정주 주변에 이런 의식을 가장 강하게 지닌 이로서 범부가 한국을 도교의 종주국으로 보는 것 역시 이런 지적 기반이 없이는 나타나기 어려운 주장일 것이다.

그리고 '신선'이란 무엇인가를 알아 두어야 한다. 신선의 선도(仙道)는 한국에서 발생하였다. 중국 상대의 문헌에는 신선설이 없다. 삼십경(三十經) 중의 『노자』에도 없으며 춘추시대까지도 없었다. (중략)
이 같은 신선정조는 어떠한 시대에 갑자기 산출된 것이 아니라 벌써 3, 4천년 이전에 그 기지(基地)를 잡아 왔던 것이다. 그러므로 『포박자』에도 황제(黃帝)가 청구(靑邱)를 지나다가 풍산(風山)에 이르러서 자부진인(紫府眞人)에게 삼황내문(三皇內門)을 받았다는 내용이 있다. 그것은 유서가 있는 이야기리라![45]

화랑을 고구려의 선배제도의 계승으로 보고 그 기원이 단군 왕검에까지 소급된다고 하였다. 신채호, 『단재 신채호 전집(상)』, 형설출판사, 1977, 227면.
44) 이런 분위기 속에는 당대 최고 불교학자 권상로도 포함되어 있다. 서정주는 권상로를 통하여 신라에도 고유문자가 있었다고 믿고 있었다. "교양은 어느 정도냐고? 문자-이게 아직 고증되지 않아서, 이게 좀 문제지만 내 생각으론 문자도 이미 있었다.(이 점에 나는 退耕 權相老씨와 의견을 같이하는 자이다.)", 『문학전집5』, 123면.
45) 김정설, 「음양론」, 앞의 책, 145~147면.

　　도교와 풍류도의 유사성에 대한 서정주의 의문을 해결해주는 이런 주장은 고대사에서 우리 민족의 원형적 요소를 찾으려는 이들에게는 상식이 되다시피 한 것으로 그리 새삼스러울 것도 없다. 따라서 서정주가 사소를 파소로 표기하거나 사소가 우리 조상임을 확신한 점이 이와 같은 문화사적 네트워크에 기반을 둔 것으로 추정하는 것은 그리 부자연스럽지 않을 것이다. 그는 우리 민족의 문화사적 원형에 대한 탐구열이 축적한 문화사적 자양분을 충분하게 흡수하며 그들의 논의가 지니고 있는 이론적 함정을 슬기롭게 피하며 자신의 독창적인 미학을 완성한 시인이라 평가할 수 있다.

　　서정주가 나중에 파소를 다시 사소로 돌리는 것은 아마 사서의 신뢰성 문제에 대한 고민이 있었기 때문일 것이다. 김종길과의 마법성 논쟁을 거치면서 신라정신에 대한 자신감이 조심스러움으로 변한 것도 이에 영향을 미쳤으리라 생각한다. 애초에 「婆蘇 두 번째의 편지」로 발표된 시가, 『서정주 문학전집1』(1972)에 실릴 때에 「婆蘇의 편지1」로 바뀐 것이나, 『미당 서정주시전집』(1983)에서 모든 표기를 사소로 통일한 것 등이 구체적인 사례라 할 수 있다. 이는 오히려 신라정신의 원래 의도에 부합하는 것일 수도 있다. 서정주는 미학적 원형의 경계를 넘어서는 지점으로까지 신라정신이 확대되는 것을 스스로 꺼린 것으로 보인다. 이것은 어쩌면 현명한 선택이었는지 모른다.

　　서정주가 신라정신을 민족의 특수한 국면이 아니라 '영원주의'라는 보편적 특성을 강조한 것 역시 이런 맥락에서 이해될 수 있다. 『신단실기』와 같은 텍스트를 둘러싸고 있는 자민족 중심주의적 관점과 비판적인 거리를 유지하며 이를 잠재적인 기반으로 삼아 미학적으로 보편화시키는 데 열중한 점이 이전 시기의 민족주의적 원형 탐구에 편집적으로 매달리던 경향에서 일보 진전된 면모라 할 수 있다. 서정주에 와서 민족의 원형 탐구열은 미학적으로 승화되고 시적 실천으로 열매를 맺었다고 할 수 있다.

5. 신라정신의 문학사적 의의

서정주의 신라정신은 『신라초』(1960)와 『동천』(1968)에 본격적으로 점화되어 이후 그의 시세계를 지속적으로 장악하며 시의 새로운 차원을 개척하여 나갔다. 신라정신의 아나크로니즘이 "이상향적 아우라를 발생시키고 절대적 공간으로 심미화시켜 현실경험 세계를 상실하게 한다"[46]는 점을 비판할 수도 있지만, 그러나 서정주에게 있어서 신라정신은 현실과 유리된 것이 아니었다. 신라정신이 육화되어 하나의 시적 성과로 완전하게 드러난 『질마재신화』(1975)가 그 예라 할 수 있다. 신라정신에 대한 사유가 깊어지면서 서정주는 그것이 지금 이 순간에도 우리 삶 속에 자연스럽게 스며들어 있는 것임을 이 시집을 통해서 보여주고 있다. "『질마재신화』는 축소된 『삼국유사』의 계승"[47]이라는 지적은 현재진행형인 신라정신의 시적 성취를 지적하는 적절한 언급이라 할 수 있다.

미학적 기획으로서 서정주의 신라정신은 몇 가지 점에서 중요한 문학

---

46) 김용희, 앞의 글, 232면.
47) 김선영, 「미당산, 광활한 정신의 숲」, 『서정주 문학앨범』, 웅진출판, 1993, 32~33면. 손진은도 이 점을 지적하고 있다. 손진은, 「서정주 시와 '신라정신'의 문제」, 『어문학』 73, 한국어문학회, 2001.6, 416면.

사적 의미를 지닌다. 먼저 '영통주의(靈通主義)' 혹은 '영원주의(永遠主義)'를 핵심으로 하는 신라정신론은 자생 미학을 치열하게 탐색한 미학적 프로젝트라는 점에서 의미를 지닌다. 근대 초극의 미학적 대응으로 기획된 이것은 일회적인 시도로 끝나지 않고 한국전쟁 이전부터 지속적으로 추구되어 서정주 문학의 새로운 차원을 개척하는 실천적인 효과를 거두기도 하였다.

둘째, 신라정신이 서정주의 개인적 연구의 결과라기보다는 그의 사상적 지향과 맥을 같이 하는 정신사적 네트워크와 미적 거리를 조율하여 얻어낸 미학적 성취라는 점이 강조되어야 한다. 제3세계 지식인으로서 자생적 담론 속에서 미학적 원형을 탐구하는 것은 한 개인의 힘으로 성취될 수 없다. 본고에서는 그 저변에 범부와 최남선, 그리고 신채호와 같은 거대한 사상사적 흐름이 존재하고 있음을 상정하고 있다. 앞에서 살펴본 바처럼 서정주는 이 흐름들 위에서 자신의 지향을 현실화하고 논의의 완급을 조절하는 지혜를 발휘한다. 그리고 신라정신이 미학적 원형의 경계를 넘어서지 않도록 지적 제어를 가하고 있다는 점에서 긍정적으로 평가되어야 할 것이다.

셋째, 모더니즘 문학이 강조하는 인간적 유한성의 벽을 극복하며, 장대한 미학적 스케일로써 근대의 폐쇄적인 시공간을 초월하는 새로운 가능성을 보여주었다는 점이다. 이는 근대주의의 한계에 대한 비판이자 앞으로 우리 문학이 지향해야 될 미학적 돌파구를 제시하였다는 점에서 의미가 있다.

넷째, 서정주의 신라정신론은 김동리와 더불어 해방 이후 남한 문학에 있어서 문협정통파의 미학적 기조로 유지되어 서정시의 파급에 지대한 영향을 끼쳤다는 점에서 의미가 있다. 김동리와 서정주의 주장은 김동리의 백부인 김범부의 사상으로부터 절대적인 영향을 받았다는 점에서 유사성을 지닌다. 하지만 김동리의 논의가 거의 완결된 형태로 등장하였다는 점,48) 즉 일종의 김범부 사상의 이식이라는 점에서 경직되어 있는 반면, 서정주는 이것을 자기 나름대로 시행착오를 거쳐 모색하는 단계를 거치며 미학의 자율적 공간을 확보하였다는 점에서 차이를 지닌다. 그러나 동일한 내질을 지니는 이런 사유는 문협정통파의 사상적 근간이었음에는 차이가 없다.

물론 신라정신이 기대고 있는 거대한 흐름을 대동아공영권과 같은 일제 파시즘의 논리와 연계시키는 논의도 가능하다.49) 이는 전통사상에 시선을 두는 모든 이에게 가할 수 있는 손쉬운 공격이라는 점에서 단순하지만 형식의 유사성으로 인하여 설득력을 지니는 것이 사실이다. 그러나 그런 연계는 시간적 선후가 역전되었다는 결함 이외에도 일제의 제국주의적 정치노선의 외향성과 문화적 원형의 미학적 접근의 내향성

---

48) 김윤식은 김동리를 두고 "어째서 한 신진작가가 당초부터 불변하는 사상을 자기 것으로 확립할 수 있었을까. 이것만 해도 놀라운 일인데, 이 사상을 평생토록 한 치도 양보하거나 수정하지 않을 수조차 있었음이란 더욱 놀라운 사실이 아닐 수 없다."고 평가한다. 김윤식, 『한국근대문학사상연구2』, 아세아문화사, 1994, 59~60면. 김동리와 김범부의 사상사적 관계에 대해서는 다음 논의 참조 김주현, 「김동리의 사상적 계보 연구」, 『어문학』79, 한국어문학회, 2003.3; 김주현, 「김동리 문학사상의 연원으로서의 화랑」, 『어문학』77, 한국어문학회, 2002.9: 홍기돈, 「김동리의 소설 세계와 범부의 사상」, 『한민족문화연구』12, 한민족문화학회, 2003.6.
49) 김재용은 동양주의와 대동아공영권의 공명에서 서정주의 친일을 설명한다(김재용, 「전도된 오리엔탈리즘」, 『협력과 저항』, 소명출판, 2004). 그 점은 설득력이 있지만 이 논의를 가져와 신라정신을 폄하하는 것은 논리적 비약이 개입되어 있다. 이런 논리에 따르면 해방공간 이후에 구체화된 신라정신이 이미 실패한 동양주의의 재시도라는 것인데, 이는 서정주의 산문을 검토할 때 설득력이 없다.

을 동일화하는 오류를 범한다. 그것은 원칙적으로 전혀 다른 범주에 속한 문제라는 점이 기억되어야 한다. 이런 비난은 신라정신이 제국주의적 논리를 함유하고 있다는 사실이 인정되지 않는다면 설득력을 얻기 힘들 것이다.

그리고 특정 이념에 입각한 초국가적 연합체도 다양한 의도 하에 다양한 형태로 나타날 수 있다. 단지 현상적인 측면에서 국가 경계의 소멸이 전제되었다고 해서 일제의 대동아공영권의 논리와 같다고 보는 것은 단견이 아닐 수 없다. 오히려 그런 탈경계적 지향이 국수주의적 사유의 문제점을 해결하는 데에도 사용될 수 있기 때문이다. 쿠르티우스가 민족주의적 이데올로기의 왜곡된 애국심에 대신하여 초민족적, 초국가적 유럽정신을 주장한 것이 그 예가 될 것이다.[50]

또한 일본의 동양문화론과 우리의 그것이 보여주는 형식상의 유사성이 그 내용이나 의도의 유사성까지 보증해주는 것이 아님을 명심해야 할 것이다. 그런 단순한 시각으로는 조선 무속과 관련된 일제의 정책(1930년대의 신도정책과 심전개발 정책)이 가져온 의외의 결과, 즉 "식민정책의 문학적 전유"[51]가 일어난 사실을 설명하지 못할 것이다. 일제가 우리의 무속과 신도와의 유사성에 착안하여 무속조사사업을 통해 조선인에게 일선동조론을 각인시켜 내선일체를 이루고자 하였으나 결과적으로 무속이 우리의 고유 신앙이며 가장 한국적인 사유라는 사실을 우리 민

---

50) 윤혜준, 「유럽문학과 유럽연합—에른스트 로베르트 쿠르티우스의 중세라틴문학 연구의 현재적 의의」, 『서유럽연구』 3, 한국외국어대학교 외국학종합연구센터 EU연구소, 1997, 373면.
51) 박진숙, 「한국 근대문학에서의 샤머니즘과 '민족지'의 형성」, 『한국현대문학연구』 19, 한국현대문학회, 2006.6, 36면.

족에게 각인시켜준 결과를 낳았던 것이다.

이런 관점의 연장선상에서 신라정신론이 미학적 차원의 성격 규정이 아니라 "국민을 훈육하고 규율하는 원리, 곧 국민도덕의 전통적 근거"[52]로 추구되는 점에서 우려를 표하기도 한다. 하지만 예로 든 범부의 그런 논리는 특수한 청중, 즉 군인들을 상대로 행한 연설의 특수성이 간과되었다는 점에서 일반화의 오류가 있다고 보인다. 한 발 양보하여 그 내용을 그대로 인정한다고 하더라도 원칙적인 면에서 파시즘적 요소가 있다고 할 수 없다. 공동체가 추구할 하나의 이념적 지표 설정 자체를 파시즘의 핵심 요소라고 증명할 수 없는 한 그런 주장은 설득력을 얻기 힘들 것이다.

---

52) 최현식, 『서정주 시의 근대와 반근대』, 소명출판, 2003, 189면.

서정주 시에 나타난 보수 지향적 의식의 토대

1. 문제제기

한국의 많은 현대시인들 가운데서도 특히 미당 서정주의 문학을 평가
할 때면 그간 늘 그의 정치적 성향과 행보가 문제로 제기되어 왔다. 그
결과 미당에 대한 평가는 두 가지 극단적 양상을 보인다. 즉 그 하나는
미당의 문학과 정치적 행보를 별개로 보고 그의 문학작품들을 내재적으
로만 평가함으로써 그의 문학성을 옹호하거나 극찬하는 논의들[1]이며

---

* 엄경희 / 숭실대학교 국어국문학과 교수

1) 미당의 문학을 옹호했던 대표적인 논자로는 김재홍(「미당 서정주—대지적 삶과
   생명에의 비상」, 『미당연구』, 민음사, 1994.), 김현과 김윤식(『한국문학사』, 민음사,
   1973.), 남진우(「집으로 가는 먼 길—서정주의 「지화상」을 중심으로」, 『그리고 신은
   시인을 창조했다』, 문학동네, 2001.), 김화영(「미당 서정주의 시에 대하여」, 민음사,

다른 하나는 미당이 일제강점기에 친일시를 썼을 뿐 아니라 광복 후에도 독재정권을 찬양하고 권력지향적인 행보를 보였다는 점에서 그의 문학성도 비판받아야 마땅하다고 주장하는 논의들[2]이 그것이다. 물론 이 외에도 비교적 객관적인 견지에서 미당의 작품과 정치적 행보를 평가하려는 논의[3]도 있지만, 그런 시도들 역시 미당의 문학과 정치적 행보를 구별하여 정치적 행보를 비판하면서도 문학성은 인정하고 있다는 점에서 첫 번째 부류에 포함될 수 있다. 대립과 반복이라 해도 무방해 보이는 이러한 미당 논쟁은 여전히 진행 중이어서 좀처럼 합의에 이르지 못한 상태라 할 수 있다. 그에 따라 지금까지 진행된 미당 논쟁의 진척도는 "일제 때 시와 행동에서 미당보다 훨씬 더한 친일파도 있었으니 유독 미당이 문제가 되는 것은 그가 다른 친일파 시인들보다 뛰어난 시를 썼기 때문이다."[4]라는 김춘수의 평가를 넘어서지 못하고 있는 실정이다.

1984.), 유종호(「소리지향과 산문지향」, 『작가세계』, 1994년 봄호; 『서정적 진실을 찾아서』, 민음사, 2001; 「미당 시세계 마땅히 기려야」, 『중앙일보』, 2001.6.27 등.), 이남호(「겨레의 말, 겨레의 마음」, 『미당연구』, 민음사, 1994.) 천이두(「지옥과 열반」, 『미당연구』, 민음사, 1994.) 등을 들 수 있다.

2) 강준만(「미당 서정주를 이용하는 사람들」, 『한국문학의 위선과 기만』, 개마고원, 2001.), 고은(「미당 담론―「자화상」과 함께」, 『창작과 비평』, 2001, 여름), 김진석(「초월적 서정주의에 스민 파시즘적 탐미주의: 서정주 시에 대한 초월주의적 비평의 비판」, 『주례사 비평을 넘어서』(김영인 외), 한국출판마케팅연구소, 2002.), 김환희(『국화꽃의 비밀』, 새움, 2001.), 이명원(「기이한 예찬: 하늘의 무책임―서정주와 '시적 기만'의 멘탈리티」, 『파문』, 새움, 2003.), 한수영(「미당의 친일시와 해방 이후의 활동」, 『청산하지 못한 역사2』, 반민족문제연구소, 1994.) 등이 이에 해당한다.

3) 김우창(「한국 시와 형이상」, 『미당연구』, 민음사, 1994.)과 김지하(「미당과 동리에 대한 재해석」, 『사이버 시대와 시의 운명』, 북하우스, 2003.), 김춘수(「소묘(素描), 미당(未堂)의 삶과 시」, 『작가세계』, 2001년 봄호.)등이 이에 해당한다.

4) 김춘수, 앞의 글, 332면.

최근 이처럼 계류 중인 논쟁을 진척시키는 데 중요한 시사점을 던진 논문으로는 정형근의 논의를 들 수 있다. 정형근5)은 서정주 시에 대한 연구가 '역사 인식의 결여'라는 측면과 '미학적 성공'이라는 측면으로 양분된 채 합의점을 찾지 못하고 있다는 문제의식을 바탕으로 논의를 전개한다. 그는 이스트호프(Antony Easthope)의 판타지(phantasy) 개념을 원용하여 서정주 개인의 무의식적 욕망과 사회적인 이데올로기가 결부되는 방식을 추적한다. 그에 따르면 미당의 사회적 판타지는 초월적 에고의 회피(아버지와 신의 부재, 유교적 이데올로기의 거부 등)에서 신라담론을 바탕으로 세계와 자아의 봉합을 위한 부권회복으로, 이는 다시 1970년대 산업주의에 대한 대항 담론으로써 전통과 농촌 공동체의 회복으로 이행해 간다. 이러한 논의는 미당 시에 대한 기왕의 분열적인 평가를 통합적인 방향으로 진척시킬 수 있는 단초를 제공한다는 점에서 의미심장한 작업이라고 할 수 있다. 즉 이 논문은 지금까지 별개의 것으로 평가되어온 미당의 문학과 정치적 파행 사이의 상관관계를 설명할 수 있는 요인으로서 이데올로기에 주목하고 있는 것이다. 그러나 이 논의는 아쉽게도 당대의 지배이데올로기와 미당의 시의 관계에 초점을 맞추기보다는 미당이 개인적으로 관심을 보였던 국지적이고 파편적인 이데올로기에 초점을 맞추고 있다는 한계를 드러낸다. 지금까지 미당 논쟁을 답보상태에 머물게 만든 문제가 바로 그의 친일행위와 정치적 파행에 대한 적절한 평가가 이루어지지 않았다는 데 있다는 점을 감안하면, 미당이 역사적 현실과 이데올로기에 민감했다는 사실 여부가 아니라 당대의 지배

---

5) 정형근, 「서정주 시 연구: 판타지와 이데올로기의 문제를 중심으로」, 서강대학교 대학원 국어국문학박사학위논문, 2004.

이데올로기에 미당이 어떻게 반응했는가 하는 것이 더욱 중요한 문제일 것이다.

미당의 문학과 정치적 행보를 보수주의로 이끈 것이 당대의 지배 이데올로기였다면 그것은 정확히 어떤 이데올로기였을까? 지금까지 미당에 관한 숱한 비평과 논의가 진행되어왔지만, 이 문제에 대해서 진지하게 고민하지 못했던 것이 사실이다. 그것은 아마도 미당의 보수주의의 기원을 단순히 그의 권력지향적인 심리에서 찾거나 아니면 미당의 정치적 행보의 결과만으로 평가를 시도했기 때문이라 여겨진다.

이 논문은 이렇듯 공전하는 논쟁을 지양하여 미당의 보수주의적인 삶의 태도의 근본적인 토대를 밝히고 그 토대와 미당의 정치적 파행과의 상관관계를 살펴봄으로써 미당 문학에 대한 올바른 평가를 위한 기초를 제공하고자 한다. 다시 말해서 미당을 부정하거나 긍정하기보다는 그의 의식의 실상을 이해해보자는 것이 이 논문의 목적임을 밝혀둔다. 이와 같은 논의를 위해 그의 시의 핵심이 되는 '영원주의'와 현실 대응의 심리기제로서의 '체념' 그리고 이 둘을 매개하는 농경 이데올로기[6]에 주목하고자 한다.

---

[6] 이데올로기에 대한 정의는 다양하지만 크게 두 가지로 요약될 수 있다. 그 하나는 이데올로기를 통합 및 기능적 입장에서 바라봄으로써 "사회나 집단의 구성원의 공통 신념체계로서 …… 현실 해석을 통한 집합체의 선별 평가적 통합을 지향하는 관념체계"로 파악하는 입장이고, 다른 하나는 이데올로기를 일련의 '가지식(pseudo savoir)', '허위의식', '기만'으로 이해하는 입장이다. 특히 맑스주의가 이데올로기에 대해 후자의 입장을 취함에 따라 현대 이데올로기를 특징화하고 있다. 이 글에서는 전자의 정의에 합치된 의미로 이데올로기라는 용어를 사용한다. 이데올로기의 개념정의와 관련된 논의는 야콥 바리온·존 플라메나츠, 『이데올로기란 무엇인가?』, 종로서적, 1983, 13~25면 참조.

2. '영원주의'의 매개로서 농경 이데올로기

미당의 시세계는 다양한 변화를 보여주고 있음에도 그 근본적 지향은 자아와 세계의 통합을 기반으로 시간의 지속을 꾀하는 '영원주의'의 변주라고 할 수 있다. 미당의 영원성에 대한 집착[7]이 시작된 기점을 최현식은 미당의 '귀향' 시편의 출발점이라 할 수 있는 「水帶洞詩」로 규정하고 있다.[8] 서정주의 초기시가 대부분 단절된 시간의식을 표방하고 있는 것에 비한다면 「水帶洞詩」는 유대감의 지속이라는 매우 독특한 시간의식을 나타내고 있다.

> 흰 무명옷 가라입고 난 마음
> 싸늘한 돌담에 기대어 서면
> 사뭇 숫스러워지는 생각, 高句麗에 사는듯
> 아스럼 눈감었든 내넋의 시골
> 별 생겨나듯 도라오는 사투리.
> 등잔불 벌서 키어 지는데……
> 오랫동안 나는 잘못 사렀구나.
> 샤알·보오드레—르처럼 설ㅅ고 괴로운 서울女子를
> 아조 아조 인제는 잊어버려,

---

7) 서정주의 영원주의에 대한 가치부여는 논자에 따라 상반된 견해를 보여왔다. 미당의 영원주의가 역사의식을 망각한 자기 합리화의 방편이었다는 지적(이명원, 앞의 글 참조)과 양적인 단위로 인간을 통제하는 근대의 직선적 시간에 응전하는 연속성과 자기동일성의 회복이었다는 평가(최현식, 「서정주와 영원성의 시학」, 연세대학교 대학원 국어국문학과 박사학위 논문, 2002)가 그것이다.
8) 최현식, 앞의 글, 2002, 64~69면 참조.

仙旺山그늘 水帶洞 十四번지
長水江 뻘밭에 소금 구어먹든
曾祖하라버짓적 흙으로 지은집
오매는 남보단 조개를 잘줍고
아버지는 등짐 서룬말 졌느니

여긔는 바로 十年전 옛날
초록 저고리 입었든 금女, 꽃각시 비녀하야 웃든 三月의
금女, 나와 둘이 있든곳.

머잖어 봄은 다시 오리니
금女동생을 나는 얻으리
눈섭이 검은 금女 동생,
얻어선 새로 水帶洞 살리.

- 「水帶洞詩」 전문

　　'내넋의 시골'인 '水帶洞 十四번지'는 십년 전 시적 자아가 살던 과거
의 공간인데, 이 시에서 이 공간이 갖는 의미도 중요하지만 더 중요한
것은 고향을 떠올릴 때 갖게 되는 시적 자아의 태도이다. 1연의 '흰 무
명옷'의 이미지는 한국의 전통복식임과 동시에 깨끗함을 연상시킨다. 이
깨끗함은 시적 자아의 마음 자세를 가다듬는 행위와 연관되며 이는 다
시 2연의 '오랫동안 나는 잘못 사렀구나'라는 반성적 자아로 그 의미가
심화된다. '설스고 괴로운 서울女子를 / 아조 아조 인제는 잊어버'리는
행위가 마음을 깨끗이 하는 것이라고 할 때 고향으로의 회귀는 자기 정
화의 의미를 갖게 된다. '내넋의 시골'은 이와 같이 정화된 마음속에서

380　서정주

만 공간화 되는 것이다. 따라서 이 시에서 고향은 더럽혀지지 않은 이상적 시·공의 의미로 해석할 수 있을 것이다.

현재의 마음을 정화함으로써 시적 자아는 과거의 시간을 회복할 수 있는 것이며 이때 현재의 부조리함은 과거의 시간과 공간에 의해 전혀 다르게 재편성된다. '여긔는 바로 十年전 옛날'이라는 '과거의 현재화'에 의해 반성적 자아는 피폐한 자기의식에 생기를 불어넣는다. 이러한 마음의 회복은 '금女 동생을 나는 얻으리'와 같은 생명적 유대로 드러난다. 최현식은 이와 같은 「水帶洞詩」를 억압된 '영원성'으로의 귀환으로 판단하면서 "그는 세계의 변혁이 아니라 세계에 대한 자신의 태도를 바꿈으로써 진정한 자아를 발견함과 동시에 현재의 부정적 자아를 탈각하는 것이다."9)라고 설명한다.

「水帶洞詩」가 연속성과 항구성, 동일성 확보를 위한 시발점이라는 최현식의 견해는 매우 온당하다 할 수 있다. 주목할 것은 미당의 동일성 회복으로서의 영원주의가 귀향을 통해서 발화되고 있다는 점이다. 그는 고향으로 회귀함으로써 단절과 분열의 세계를 벗어나는 것이다. 다시 말해 자신의 육체적·정신적 본향인 농경적 세계로 진입함으로써 자신의 의식의 토대가 될 거점을 새롭게 정비하고 있는 것이다. 초기시 이후 미당의 영원주의는 불교나 영혼불멸을 기반으로 하는 魂交信仰의 논리와 접목10)됨으로써 관념적 도식을 드러내기도 하지만 그의 영원주의

---

9) 최현식, 앞의 글, 2002, 66면.
10) 「因緣說話調」「古調 貳」「숙영이의 나비」「내 그대를 사랑하는 마음은」「마른 여울목」「내가 돌이 되면」「나그네의 꽃다발」「小戀歌」「바위옷」 등이 그 예이다. 이 시들은 대부분 'A가 B되다'의 은유적 연쇄를 통해 시간의 순환구조를 드러내고 있다.

는 『질마재 神話』 이후 인간의 역사와 생활이라는 현실적 국면과 결합함으로써 관념의 껍질을 벗고 구체성을 확보하게 된다. 즉 미당의 영원주의가 논리로서가 아니라 역사와 생활의 실상에 적용되고 있는 것이다. 그것은 농경적 생활과 밀접한 관련을 가지고 드러난다. 즉 그의 영원주의의 밑바탕에는 농경 이데올로기가 작동하고 있는 것이다.

그렇다면 미당의 영원주의가 어떻게 농경 이데올로기로부터 매개될 수 있었는가? 한국의 농경 이데올로기는 ①역사성과 체계성과 세속성을 구비한 유교사상과 ②무속신앙, 그리고 ③계절의 순환성을 바탕으로 한 생활 국면이라는 세 가지 요소가 결부됨으로써 정착된 것이다. 한국에서 농경 이데올로기의 기원은 농경문화와 관료체제가 본격적으로 결부되기 시작한 삼국시대까지 거슬러 올라갈 것이지만, 구한말과 일제강점기를 거쳐 해방 이후 최근까지 농경문화를 견인한 농경 이데올로기가 확립된 시기는 대체로 16~17세기로 볼 수 있다.11) 이 시기에는 조선의 중앙집권적인 관료제 및 신분제와 그러한 제도의 이념적 기초를 제공한 조선의 유교이념 즉 성리학이 심화12)되었던 때이다. 특히 임진왜란과 병자호란을 거치면서 위기에 처한 지배세력은 오히려 민중에 대한 관리와 통제를 더욱 강화하고 체계화시켰다.13) 즉 국가적 위기 덕분에 유교이념은 약화되기보다는 오히려 강화되어 농업의 생산력 및 생산관계를 더욱 체계적으로 재생산하는 강압적인 농경 이데올로기의 핵심요소로서 농민들의 의식에 뿌리내렸던 것이다. 그에 따라 농민들은 이전보다 더

---

11) 신형식, 『한국전통문화와 역사의식』, 三知阮, 2001, 47~62면 참조.
12) 한국민중사연구회 편, 『한국민중사1』, 풀빛, 1986, 292~293면 참조.
13) 신형식, 앞의 책, 61면; 한국민중사연구회 편, 앞의 책, 326~332면.

욱 철저한 농경 이데올로기를 내면화하고 체질화할 수밖에 없었던 것이다.[14] 유교가 이러한 내면화 과정을 주도할 수 있었던 근본적인 이유는 무엇보다도 충효의 윤리를 강조함으로써 예로부터 영원히 순환하는 자연의 이치와 하늘의 섭리에 복종하고 순응하는 것이 지속적인 삶의 철칙이라고 믿어온 농민들의 원초적인 이데올로기와도 조화를 이룰 수 있었다는 데 있다.[15] 이때 중요한 것은 복종과 순응의 메커니즘이라 할 수 있다.

> 姦通事件이 질마재 마을에 생기는 일은 물론 꿈에 떡 얻어먹기같이 드물었지만 이것이 어쩌다가 走馬疼 터지듯이 터지는 날은 먼저 하늘은 아파야만 하였습니다. 한정없는 땡삐떼에 쏘이는 것처럼 하늘은 웨-하니 쏘여 몸써리가 나야만 했던 건 사실입니다.
> 「누구네 마누라허고 男丁네허고 붙었다네!」소문만 나는 날은 맨먼저 동네 나팔이란 나팔은 있는 대로 다 나와서 〈뚜왈랄랄 뚜왈랄랄〉 막 불어자치고, 꽹과리도, 징도, 小鼓도, 북도 모조리 그대로 가만 있진 못하고
>
> — 「姦通事件과 우물」 부분

미당의 원초적 공간 즉 고향을 배경으로 한 질마재 시편에는 인간의 자연적 본성을 드러내는 「小者 李 생원네 마누라님의 오줌 기운」, 「堂山 나무 밑 女子들」과 같은 시편만이 아니라 가부장적 유교이데올로기가

---

14) 이데올로기의 내면화과정은 루이 알튀세르, 김동수 옮김, 「이데올로기와 이데올로기적 국가장치」, 『아미엥에서의 주장』, 솔, 1991, 75~130면 참조.
15) "…… 그 누구도 유학의 가치를 쉽게 부정하지 못한다. 생활유학이 가장 강조하는 효제의 윤리는 사실 어떤 종교나 철학 혹은 어떤 정치체제와도 조화를 이룰 수 있"기 때문이다. 박원재 · 최진덕, 『군자의 나라』, 명진출판, 1999, 172면.

잠재되어 있는 「新婦」나 위에 인용한 「姦通事件과 우물」과 같은 작품 함께 놓여있다. 「姦通事件과 우물」은 마을 전체가 간통사건이라는 불미스러운 일에 휘말려 술렁대는 상황을 제시하고 있다. '走馬痰'터지듯 번지는 소문은 마을 전체의 질서를 무너뜨리고 혼란 상태에 빠지게 한다. 마치 신명나는 축제를 연상시키는 2연은 공동체 사회가 간통사건에 대해 어떻게 반응하는가를 실감나게 비유하고 있는 부분이다. 전통적 이념을 고수하는 농경 사회에서 간통사건은 보편의 질서를 뒤흔들어 놓는 불미스러운 사건으로 치부될 수밖에 없다. 정을 함께 나누던 이웃을 징계하고 내몰아야 마을은 예전처럼 질서를 잡을 수 있는 것이다. 질서는 곧 마을 공동체의 존속과 연결된다는 점에서 미당의 영원주의와 긴밀한 관련을 갖는다. 여기에는 순리에 대한 복종과 순응의 심리가 내재해 있다. 따라서 마을 사람들은 '몸써리' 나는 고통을 함께 감내해야만 하는 것이다. 이와 같은 민심을 시인은 천심과 자연스럽게 연결시키고 있다. 이때의 '천심'은 다름 아닌 가부장적 유교 이데올기(정절)라 할 수 있다. 시인의 내면에 잠재되어 있는 가부장적 유교이데올로기의 흔적은 미당의 외할머니(「외할머니네 마당에 올라온 海溢」)만이 아니라 부정함과 정결함을 동시에 지닌 알묏댁(「알뻣집 개피떡」)을 소재로 한 작품에서도 발견된다.

한편 농경 이데올로기의 한 부분이라 할 수 있는 샤머니즘적 세계 역시 미당의 영원주의의 주요한 매개 역할을 한다. 자연은 유교에서 말하듯이 인(仁)하지만은 않으며, 순환의 섭리를 벗어나지 않는 한도 내에서 홍수와 기근을 비롯한 재앙을 가져올 수 있고, 그러한 자연의 일부로서 살아가는 농민들 자신도 개인적·사회적으로 겪을 수 있는 욕망의 억압과 부조리 때문에 고통 받을 수 있다. 이러한 고통을 해소하기 위한 심

리적·문화적인 메커니즘이 바로 무속신앙과 그에 수반되는 각종 제의
였다. 미당의 시에서 이는 俗信의 형태로 자주 등장한다.

　　陰 七月 七夕 무렵의 밤이면, 하늘의 銀河와 北斗七星이 우리의 살에
직접 잘 배어들게 왼 食口 모두 나와 딩굴며 노루잠도 살풋이 부치기도
하는 이 마당 土房.봄부터 여름 가을 여기서 말리는 山과 들의 풋나무와
풀 향기는 여기 저리고, 보리 타작 콩타작 때 연거푸 연거푸 두들기고
메어 부친 도리깨질은 또 여기를 꽤나 매그럽겐 잘도 다져서, 그렇지 廣
寒樓의 石鏡 속의 春香이 낯바닥 못지않게 반드랍고 향기로운 이 마당
土房. 왜 아니야. 우리가 일년 내내 먹고 마시는 飮食들 중에서도 제일
맛좋은 풋고추 넣은 칼국수 같은 것은 으례 여기 모여 앉아 먹기 망정
인 이 하늘 온전히 두루 잘 비치는 房. 우리 瘧疾 난 食口가 따가운 여
름 햇살을 몽땅 받으려 홑이불에 감겨 오구라져 나자빠졌기도 하는, 일
테면 病院 入院室이기까지도 한 이 마당房. 不淨한 곳을 지내온 食口가
있으면, 여기 더럼이 타지 말라고 할머니들은 하얗고도 짠 소금을 여기
뿌리지만, 그건 그저 그만큼한 마음인 것이지 迷信이고 뭐고 그럴려는
것도 아니지요.

- 「마당房」 부분

　식구들이 모여 휴식과 노동을 하는 일상의 공간인 '마당房'은 '거울'의
이미지16)와 통합함으로써 土房의 재료가 되는 흙의 물질성을 벗어난다.

---

16) 김윤식은 서정주의 시 「외할머니의 뒤안 툇마루」를 분석하면서 이 시에 등장하
　　는 '먹오딧빛 툇마루'(거울)를 자신의 실상을 비추는 실존적 거울, 혹은 정신의
　　고향을 표상하는 개념이라고 설명한 바 있다. 이와 같은 미당의 거울 상징은 시
　　「마당房」에도 그대로 적용된다. '마당房'의 거울化는 미당에게 자기 뿌리의 실재
　　를 드러내기 위한 방편이기 때문이다. 김윤식, 「서정주의 「질마재 神話」考—거
　　울化의 두 樣相」, 『현대문학』, 1976.3, 254~255면.

실제 서민들의 삶은 매우 고된 노동의 고통을 안고 있다. 그러나 石鏡의 '반드랍고 향기로운' 감각성은 토속적이고도 범박한 사람들의 삶에 투명성을 부여함으로써 '노루잠', '도리깨질', '칼국수', '瘧疾' 등의 시어가 환기하는 질박한 농민들의 고통이나 한을 정갈함으로 걸러낸다. 즉 마당房은 '銀河와 햇빛이' 온전히 두루 잘 비치는' 하늘의 거울인 것이다. 이러한 '빛'의 공간은 '병원'의 의미론적 층위와 다시 결합하여 고된 삶에 시달린 사람들이 건강을 회복하는 재생의 의미를 갖게 된다. '여기 더럼이 타지 말라고 할머니들은 하얗고도 짠 소금'을 뿌린다. 이 집가심의 샤먼적 행위는 마당房이 일상의 공간이면서 동시에 聖所의 역할을 하고 있음을 암시한다. 따라서 마당房은 잡된 것, 불길한 것, 부정한 것들로부터 사람들을 보호해주는 액막이의 역할을 하고 있는 것이다. 여기에는 가난과 노동의 고달픔이라는 생활의 실상을 재생과 부활의 의미로 재편성하려 하는 미당의 영원주의가 깊이 개입되어 있다. 속신은 기근과 가난의 고통 속에서도 농민들의 삶을 지켜주는 정신적 의지처였던 것이다. 이는 곧 그들의 질긴 생명력으로 이어진다.

　　凶年의 봄 굶주림이 마을을 휩쓸어서 우리 食口들이 쑥버물이에 밀껍질 남은 것을 으깨 넣어 익혀 먹고 앉았는 저녁이면 할머님은 우리를 달래시느라고 입만 남은 입 속을 열어 웃어 보이시면서 우리들 보고 알아들으라고 그 분의 더 심했던 大凶年의 경험을 말씀하셨습니다.
　　(밀껍질이라도 아직은 좀 남았으니 富者 같구나. 乙巳年 무렵 어느 해 봄이던가, 나와 너의 할아버지는 이 쑥버물이에 아무것도 穀氣 넣을 게 없어서 못가리의 흙을 집어다 넣어 끄니를 에우기도 했었느니라. 그래도 우리는 씻나락까지는 먹어 치우지는 안했다. 새 가을 새 秋收를 기대

려 본 것이지…… 그런데 요샛것들은 기대릴 줄을 모른다. 씻나락도 먹
어 치우는 것들이 있으니, 그것들이 그리 살다 죽으면 鬼神도 그때는 씻
나락 까먹는 소리를 낼 것이고, 그런 鬼神 섬기는 새 것들이 나와 늘면
어찌될 것인고……)

-「大凶年」 전문

유년 시절에 겪었던 '봄 굶주림'에 대한 기억을 통해서 미당은 당시의
어려움을 이야기하기보다는 그 어려움을 견뎌낼 수 있었던 삶의 지혜를
강조하고 있다. 그 지혜로움을 간직한 사람이 바로 오랜 풍상을 겪어온
할머니이다. '입만 남은 입 속을 열어' 지금보다 더 극심했던 大凶年의
경험을 식구들에게 들려줌으로써 할머니는 현실의 어려움 속에서 고통
당하고 있는 사람들에게 힘과 용기를 북돋아 주는 것이다. 그런데 할머
니의 경험에는 현재뿐 아니라 미래의 삶까지도 끈질기게 일구어 갈 수
있는 지혜가 내포되어 있다는 점이 중요하다. '그래도 우리는 씻나락까
지는 먹어 치우지는 안했다. 새 가을 새 秋收를 기대려 본 것이지……'
라는 구절이 그 점을 잘 보여준다. 현재의 삶이 아무리 고달프다 해도
삶을 지속시킬 수 있는 근원적 토대만은 지니고 있어야 한다는 할머니
의 생활철학은 개인의 차원을 떠나 농민들의 보편적인 생존철학이라 할
수 있다.

미당에게 할머니는 '숨쉬는 걸 조금 때 가르쳐 준'(「할머니의 인상」)인물
이며, 외할머니는 '항시 누에가 실을 뽑듯이 나만 보면 옛날이야기만 무
진장'(「海溢」) 들려줘 미당의 어린 시절을 상상의 세계로 가득 채워주었
던 인물이다. 이들은 특정 부류의 인물들이 아니다. 변혁보다는 안정을
도모하면서, 그 속에서 생존의 전략을 찾는 소박한 村老들이었던 것이

다. 이러한 촌로들의 농경적 삶의 방식을 바탕으로 해서 미당의 '서민적 시각'이 싹트게 된 것이다. 여기서 무엇보다 중요한 삶의 원리는 사회의 개혁이나 변혁이 아니다. 주어진 상황을 받아들이고 그 상황을 지혜롭게 대처해 감으로써 삶(씻나락)을 遺傳시키는 것, 이것이 미당의 영원주의의 실상이다. 즉 미당의 영원주의라는 초월적 비전은 이와 같은 농경사회의 이념으로부터 매개된 것이라 할 수 있다.17) 이러한 태도가 소극적으로 보일지 모르지만 우리네 농경생활을 지속시켜 온 원동력이었던 것만은 틀림없다. 미당의 영원성에 대한 믿음은 고달프고 궁핍한 삶에 응전하는 대응방식으로부터 생겨난 것이다.

3. 현실 대응적 심리기제로서 '체념'

농경 이데올로기는 순환적이고 지속적인 자연과 하늘의 섭리에 대한 믿음과 적응, 인간세상의 하늘인 군왕에 대한 충성과 가부장에 대한 효를 강조하는 유교사상18), 자연의 변덕과 하늘의 분노를 위무하기 위한

---

17) 황현산은 미당이 그 정서의 뿌리를 농경사회에 두고 있음을 강조하면서 이 원초적 세계의 특질을 다음과 같이 설명한다. "흙과 햇빛과 바람과 비, 그리고 해일로 표현되는 가장 단순하면서도 광포한 자연으로 이룩된 이 세계는, 지극히 미미한 사건도 미증유의 추문이 되지만 습관적으로 잊혀지고 용서되는, 그래서 결국 아무 사건도 없는 한 사회의 권태와 고독에서 신성을 얻는다. (중략) 인간들은 그 원초적 자연과 동일한 모습으로 퇴화하고 화석화함으로써 영원의 형식을 취한다. 이 형식이야말로 평자들이 『질마재 神話』에서 자주 지적하고 싶어 하는 그 농경적 생명력의 실상일 것이다." 황현산, 「서정주, 농경 사회의 모더니즘」, 『미당연구』, 민음사, 1994, 476~477면.
18) 백성을 가장 귀한 존재로 강조하면서 인(仁)하지 않은 왕이나 제후의 명령을 거역

무속신앙과 제사의식으로 구성된 복종과 보상 이데올로기의 결합이이라 할 수 있다. 농민은 이처럼 농경 이데올로기의 절대성에 복종하고 순응하면서 '체념'[19]의 정서를 내면화할 수밖에 없었다. 농경 이데올로기가

할 수 있다는 귀민군경(貴民君輕)의 논리를 펼친 맹자(孟子)조차도 하늘의 섭리만큼은 거역할 수 없다는 견해를 가지고 있었다. 그에 비해 공자(孔子)는『논어』에서 "백성들을 (위정자의 방침에) 따르게 할 수는 있어도 이해시킬 수는 없다(民可使由 民可使知)"고 말함으로써 백성을 경시하는 태도를 보였다. 蕭公權, 崔明 옮김,『中國政治思想史』, 법문사, 1988, 139~142면 참조.

19) 체념의 메커니즘은 프로이트(Sigmund Freud)의 리비도이론에서 찾을 수 있다. 운명적으로 현실원칙과 갈등할 수밖에 없는 리비도의 쾌락원칙은 내적인(자아에 의한) 억압을 노이로제나 도착, 퇴행이나 고착 등을 통해서 해소하고자 한다. 그런데 "자아가 퇴행에 순응하지 않으면 갈등이 발생한다. 이때 리비도는 쾌락원칙의 요청과 일치하는 에너지의 배출구를 찾는다. 리비도는 자아로부터 멀리 떨어져야 한다." 왜냐하면 자아는 억압의 문지방 내지 검열관이기 때문이다. "그러나 그런 도피로(逃避路)는 리비도가 퇴행하면서 찾는 '발달의 길(성숙의 길)'에 고착함으로써만 확보될 수 있다. 그런데 이 고착은 자아가 리비도를 억압하면서 막고자했던 것이다. 리비도는 역류하면서 이 억압된 장소를 점거함으로써 자아와 자아의 법칙(억압과 검열)에서 벗어난다. 바로 그때 자아가 강제한 모든 것들(교육, 규범, 윤리 등)을 '포기'하기에 이른다." 현실과 욕망의 "갈등이라는 조건 아래서 리비도의 회피가 가능한 것은 바로 고착이라는 것이 있기 때문이다. 고착이라는 이 퇴행적인 리비도의 배출은 결국 억압을 우회하여 리비도를 방출 또는 만족시키게 되는데 그때는 반드시 '타협'이라는 조건을 준수해야한다. 억압된 리비도는 이처럼 무의식의 낡은 고착이라는 우회로(포기와 타협)를 지나야 비로소 현실적인 만족을 얻는 데 성공한다." 여기서 우리는 체념이 "발달의 길에 고착"함으로써 리비도의 불만을 해소하는 메커니즘이라는 것을 알 수 있다. 자아는 현실원칙을 극복하기 위해 끊임없이 노력하지만 트라우마처럼 워낙 강력한 장애 앞에서는 무기력할 수밖에 없는데, 자아는 본시 삶의 보존을 사명으로 삼기 때문에, 자살이나 살인과 같은 파멸적인 방편이 아닌 체념의 길을 택하는 것이다. 이때 체념은 피상적이고 비생산적으로 반복하는 퇴행의 의미를 넘어 자기보존의 생산성을 함의하게 된다. 프로이트, 정성호 번역센터 옮김,『정신분석입문(Vorlesungen Zur Einführung in die Psychoanalyse)』, 오늘, 1992, 360~361면. 그리고 억압에 관한 좀더 구체적인 논의는 프로이트, 윤희기 옮김,『무의식에 관하여』, 열린책들, 1997, 133~160면을, 자아에 관해서는 프로이트, 박찬부 옮김,『쾌락원칙을 넘어서』, 열린책들, 1997, 91~164면을 참조. 체념의 생산성에 대해서는

제공하는 체념의식은 최악의 경우에 일시적이고 국지적인 윤리적 파탄이나 소요사태로 치달을 수는 있겠지만[20], 근본적이고 대대적인 사회변혁과 정치적 혁명으로 발전하기 어렵다. 왜냐하면 농민계층은 본시 자연생활과 공동체의 구조를 스스로 생활화한 구체적인 보편자이고 그러한 자신을 규정하는 규범과 사명 속에서 오직 보편적인 것을 자기활동의 목적이자 기반으로 삼으니[21]만큼, 모든 보편적인 것들 가운데 가장 보편적인 하늘과 군왕을 거역하는 역천을 감행할 수는 없기 때문이다.

이때 체념은 인자함과 변덕스러움을 동시에 지닌 그러나 영원히 순환하는 압도적인 존재 앞에서 자기의 생명을 지키고 리비도를 만족시키기 위한 심리적인 우회로 내지 타협의 일환이다. 그리하여 자기를 규정하던 규범으로부터 일시적이고 국지적으로 탈피하는 탄식이나 한탄 같은 체념의식의 發話는 생존의 위협에 짓눌린 감정의 카타르시스 효과를 동반하면서 농경 이데올로기의 구심력을 회복시키는 기능을 하게 된다. 농경 이데올로기의 보수성은 이처럼 가장 보편적이고 영원한 존재인 하늘 즉 군왕이나 가부장의 위엄에 대한 복종과 감사, 그리고 때로는 변덕을 부리거나 가혹한 재앙을 내리기도 하는 하늘의 패도와 무관심에 대한 감사와 원망, 체념 사이에서 형성되는 일종의 심리적 토대라 할 수 있다. 그러니 어떤 인물이, 어떤 정권이, 어느 나라가 현실을 지배하고 유린하더라도 그것은 국지적인 변화일 뿐이다. 즉 하늘의 변덕은 혁명이나 전복이 아니라 순환과 변위를 통한 수정과 개량의 과정만 거칠

질 들뢰즈(Gilles Deleuze), 김상환 옮김, 『차이와 반복』, 민음사, 2004, 19면 참조.
20) 맹문재, 『한국 민중시문학사』, 도서출판 박이정, 2001, 70면.
21) 헤겔(G. W. F. Hegel), 임석진 옮김, 『법철학』, 지식산업사, 1994, 378면.

뿐인 영속적인 존재이기 때문이다. 그러한 철저한 복종과 체념, 은근과 끈기를 대가로 조선 후기와 일제강점기를 거친 한국의 농민들이 얻은 보상은 아마도 "농자천하지대본"이라는 허구적 이데올로기로 대변되는 슬로건을 제외하면 착취와 빈곤이 대부분일 것이다. 그럼에도 농민들은 저항과 변혁의 정신보다는 압도적이고 영원하지만 결코 인자하지만은 않은 하늘의 순리와 변덕에 대한 복종과 적응, 순응과 체념의 의식과 태도를 내면화함으로써 생존을 위협하는 최악의 사태가 발생하지 않는 한 꿋꿋이 토지를 지키려는 정착민들이라 할 수 있다.[22] 미당에게서 자주 발견되는 현실 대응적 심리기제로서의 체념 또한 이와 같은 농경 이데올로기의 영향과 한계로 볼 수 있다. 그의 현실체념의 논리는 일제강점이 극에 달한 시기에 쓴 「꽃」이라는 작품을 통해 그 징후를 보이기

---

[22] 물론 역사적으로 볼 때 착취와 빈곤에 못이긴 농민들이 봉기하는 경우도 있었고, 또 오늘날 혁명으로까지 회자되는 갑오농민전쟁이 발생하기도 했지만 그것은 농민들의 근대적인 저항의식이나 혁명의식의 발로라고 보기는 어렵다. 그것은 동학혁명으로도 불리는 이 전쟁에서 동학농민군의 대정부 요구사항이 조선의 왕조정치체제의 해체가 아닌 내정개혁과 반외세에 머물렀다는 사실(갑오농민전쟁의 성격에 관해서는 『동학혁명의 연구』(노태구 엮음), 백산서당, 1982와 신일철, 『동학사상의 이해』, 사회비평사, 1995 등을 참조.)을 통해 유추할 수 있다. 이 전쟁은 분명 조선의 관료체제와 농민의식의 개혁에 일조했지만, 조선왕조 자체의 붕괴나 몰락을 꾀하거나 새로운 국가체제의 건설을 지향한 것이 아니라 올바른 왕정(王政) 즉 전통적인 유교사상에 입각한 정치의 부활을 왕에게 건의했다는 점에서 혁명이라는 명칭을 부여받기 어려울 것이다. 또한 일제강점기에 전개된 농민운동도 대부분은 개량주의적인 농촌계몽운동 차원에서 진행(맹문재, 앞의 책, 2001, 68~69면 참조.)됨으로써 농경 이데올로기의 견인차 역할을 한 공자의 대민관(對民觀)을 탈피하지 못한 것으로 판단된다. 이러한 역사적 사실을 고려하면 아무리 고통스럽고 치명적인 현실 앞에서도 한국 농민들의 농경 이데올로기는 자연, 하늘, 군왕에 대한 체념과 수긍만을 허락할 뿐 전복과 혁명의 기치는 허락하지 않았다는 것을 알 수 있다. 그만큼 농경 이데올로기는 정치적 보수주의와 일맥상통한다는 점이 드러난다.

시작하며 그 이후에도 지속적으로 발견되는 현상이라 할 수 있다.

　　가신이들의 헐덕이든 숨결로
　　곱게 곱게 씻기운 꽃이 피였다.

　　흐트러진 머리털 그냥 그대로,
　　그 몸ㅅ짓 그 음성 그냥 그대로,
　　옛사람의 노래는 여기 있어라.

　　오- 그 기름묻은 머리ㅅ박 낱낱이 더워
　　땀 흘리고 간 옛사람들의
　　노래ㅅ소리는 하늘우에 있어라.

　　쉬여 가자 벗이여 쉬여서 가자
　　여기 새로 핀 크낙한 꽃 그늘에
　　벗이여 우리도 쉬여서 가자

　　맞나는 샘물마닥 목을추기며
　　이끼 낀 바위ㅅ돌에 택을 고이고
　　자칫하면 다시못볼 하눌을 보자.

　「꽃」은 해방 이후에 발표되었지만 창작된 시기는 1943년 가을이다. 시인은 시 「바다」(1938년 10월 『四海公論』에 발표)를 쓸 때 가졌던 청년다운 강인한 낭만성과는 매우 다른 태도로 현실을 바라보고 있다. 이 시는 '꽃'과 '옛사람의 노래'의 유비관계를 통해 현실의 위기감과 절망감을 드러내고 있다. '꽃'은 아름답지만, 그 생명은 순간적이다. 그런 의미에서 '여기 새로 핀 크낙한 꽃 그늘'은 시간적인 지속성을 획득할 수 없다. '자칫하면 다시 못볼 하눌을 보자'라는 표현은 '옛사람의 노래' 즉 이 시에서 꽃의 개화로 비유된 우리의 역사가 이제 단절될지도 모른다는 화자의 위기감을 드러낸다. '꽃'이 순간적으로 피었다가 지듯이 '헐덕이든 숨결로' '기름묻은 머리ㅅ박 낱낱이 더워 / 땀 흘리'며 어렵게 이어온 우리의 역사가 百尺竿頭의 상황에 처했음을 나타내는 것이다. 이때 화자는 '쉬여 가자 벗이여 쉬여서 가자'고 권유한다. 이러한 권유를 통해서 위기상황에 대응하는 미당의 심리적 태도를 짐작해볼 수 있다. 그는 현실의 위기와 직접적으로 맞서기보다는 그것을 수긍하는 우회적인 태도를 취하고 있는 것이다.

'쉬여서 가자'라는 구절만으로 미당의 현실 대응의 태도를 체념으로 단정 짓기에는 미약한 면이 없지 않다. 그러나 이 시를 쓸 당시 미당의 심경을 참조하면 그의 태도를 보다 분명하게 읽을 수 있다. 시인은 "이 「꽃」이라는 작품은 내 시작생활에 한 전기를 가져온 작품이다. (중략) 나는 아무렇게 우거지로 살다가 죽어도 된다는 체념을 마련했고, 이 너무 혹독한 환경 속에서는 그게 그대로 한 삶의 의지가 되었다. 쉬엄쉬엄 살다가 본의 아닌 죽음도 당해도 괜찮겠다는 생각이 들기 시작했다. 이런 것은 그대로 또 다른 하나의 용기와도 비슷한 것이 되었다."23)라고 말하고 있다. 이 시가 발표된 시기는 서정주가 최재서가 경영하던 『國民文學』에 「航空日에」라는 친일시를 처음으로 발표했던 때이기도 하다.24) 서정주의 말대로 일본의 "승리를 불가피한 것으로 예상"25)했을지

---

23) 서정주, 『나의 문학적 자서전』, 민음사, 1975, 103면.
24) 서정주, 앞의 책, 1975, 120~125면 참조.

라도 그의 현실 체념적 심리기제가 현실 순응의 논리와 맞물림을 부정
하긴 어려울 것이다.26)

　이와 같이 현실을 수긍하고 체념하는 태도는 현실에 대한 비판의식이
결여된 순응주의로 비난받을 소지를 지니지만 한편으로 자족이나 화해
등과 같은 삶의 태도로 이어질 수 있다는 점을 간과할 수 없다. 자족이
나 화해와 같은 태도 또한 삶을 지탱케 하는 중요한 방식이기 때문이다.
자신을 둘러싼 세계가 참혹하게 붕괴되어 어찌해볼 수 없을 때 미당은
비판이나 대결이 아니라 체념을 바탕으로 세상과의 화해적 논리를 시로
써 형상화한다. 그 대표적인 경우가 1·4 후퇴 직전에 쓴 「내리는 눈발
속에서는」27)이라는 시이다.

　　　괜, 찬, 타, ……
　　　괜, 찬, 타, ……
　　　괜, 찬, 타, ……

---

25) 서정주, 앞의 책, 1975, 121면.
26) 친일문학 행위에 대해 미당은 '從天順日派'를 운운하면서 "'이것은 하늘이 이 겨
　　레에게 주는 팔자다'하는 것을 어떻게 해서라도 익히며 살아가려 했던 것"이라
　　고 변명하고 있다. 이와 같은 발언에 깊이 숨어있는 것 또한 체념의 논리라 할
　　수 있다. 정형근은 이에 대해 "여기에서 우리는 서정주가 일제의 식민 지배를
　　거역할 수 없는 운명으로 받아들이고 있다는 사실과 어떤 굴욕과 복종보다도
　　살아간다는 그 자체를 중요시함을 알 수 있다"고 설명한 바 있다. 미당의 '종천
　　순일파론'은 서정주, 『미당시전집 3』, 민음사, 1994, 208~211면 참조. 정형근,
　　앞의 글, 2004, 115면.
27) 시인은 이 시를 썼던 당시 심경을 "이것이 그 1·4 後退 바로 얼마쯤 전에 서울
　　서 쓴 것이다. 눈 오는 거리를 麻浦 孔德洞의 내 소굴로 걸어가며 나는 모든 것
　　을 다 괜찮다고 느끼는 데 도달하게 되었고, 이 체념 속에 무한정 늘편히 나자
　　빠져버릴 수 있는 힘만이 겨우 생겨져 있었던 것이다."라고 고백하고 있다. 서
　　정주, 앞의 책, 1975, 237~238면.

괜, 찬, 타, ……
수부룩이 내려오는 눈발속에서는
까투리 매추래기 새끼들도 깃들이어 오는 소리. ……
괜 찬 타, ……괜 찬 타, ……괜 찬 타, ……괜 찬 타, ……
폭으은히 내려오는 눈발속에서는
낯이 붉은 處女아이들도 깃들이어 오는 소리. ……

울고
웃고
수구리고
새파라니 얼어서
運命들이 모두다 안끼어 드는 소리. ……

큰놈에겐 큰눈물 자죽, 작은놈에겐 작은 웃음 흔적,
큰이얘기 작은이얘기들이 오부록이 도란그리며 안끼어 오는 소리.
……

괜 찬 타, ……
괜 찬 타, ……
괜 찬 타, ……
괜 찬 타, ……

끊임없이 내리는 눈발속에서는
山도 山도 靑山도 안끼어 드는 소리. ……

시인은 내리는 눈발속에서 '울고 / 웃고 / 수구리고 / 새파라니 얼어'
있는 생명을 발견해냄과 동시에 그것을 '괜 찬 타'라는 내면의 목소리로 바꿔놓는다. 즉 '괜, 찬, 타, ……'의 반복은 내리는 눈발의 모습이며, 얼어있는 생명이 '안끼어 드는 소리'며, 동시에 시적 자아의 내면에서 스스로의 삶을 체념하고 위로하는 목소리이기도 하다. 따라서 '괜 찬 타'는 함축적 화자의 내부와 외부 세계의 얼어있는 '運命'을 하나로 통합하는 목소리라 할 수 있다. 이 목소리에 의해 시적 자아뿐 아니라 까투리나 매추래기 새끼들 같은 미물에서 거대한 靑山에 이르기까지 모든 얼어 있는 생명들의 삶은 온전한 것으로 전이된다. 따라서 이 목소리는 '폭으은히 내려오는 눈발속'으로 모든 존재와 모든 공간을 집결시킴으로써 지상의 눈물겨운 생존을 '괜 찬 타'는 삶의 자세에 의해 무마하고 해소하는 기능을 하고 있다. 시인은 '괜, 찬, 타'라는 이 체념의 목소리를 통해서 우리 모두의 '運命'과 세상이 하나로 화해됨을 표현하고 있는 것이다. 이와 같은 체념과 화해의 태도는 그가 삶을 살아가기 위해 순응했던 하나의 이치였다고 할 수 있다. 그래서 그는 현실에 대한 직선적 대응을 거부한다.

> 곧장 가자하면 갈 수없는 벼랑 길도
> 굽어서 돌아가기면 갈 수 있는 이치를
> 겨울 굽은 난초잎에서 새삼스레 배우는 날
> 無力이여 無力이여 안으로 굽기만 하는
> 내 왼갖 無力이여
> 하기는 이 이무기 힘도 대견키사 하여라.

-「曲」 전문

이 시는 '無力'의 역설을 통해서 곧장 질러가는 것만이 정당한 삶의

방법이 아님을 밝히고 있다. 우리는 '곧장 질러가고자 하는 자세가 옳다'
는 통념을 가지고 있다. 그러나 그런 통념에서 비롯된 자세는 삶의 순
리를 거부하고 위험을 초래할 수 있는 오직 한 가지 방식만 고집하는
무모한 아집일 수도 있다는 사실을 강조하고 있는 것이다. 삶은 때로
'갈 수 없는 벼랑 길'에도 도달해야 한다. 그렇다면 우회할 줄도 아는 여
유와 예지가 필요하다고 이 시는 말하는 것이다.

현실에 대한 직선적 대응을 거부하고 늘 우회적인 성향을 보여 왔던
미당의 현실 대응의 태도가 '체념'이라는 심리기제로부터 비롯된 것이라
면 그가 왜 다른 무엇도 아닌 체념이라는 심리기제를 삶의 의지로 삼을
수밖에 없었는가 하는 물음을 제기할 수 있을 것이다. 그 근본에는 그
가 어려서부터 체득해왔던 농경 이데올로기가 작동하고 있는 것으로 판
단된다. 체념은 농경 이데올로기의 작동 방식 가운데 하나이며 이는 현
재를 다음 세대로 이어갈 수 있게 하는 내적 끈기라 할 수 있다. 표면
적으로 현실을 수긍하는 심리적 태도를 현실 체념이라고 한다면 체념의
상태에서 현실을 가로질러 이상적 세계로 향해가는 초월적 비전을 생성
하기란 불가능한 것처럼 보인다. 그러나 미당에게 체념이라는 심리기제
는 현재의 시간을 파탄으로 이끌지 않고 보존·지속시킴으로써 영원의
형식에 도달할 수 있는 일종의 지혜인 것이다.

4. 결론

미당의 기존 연구들을 살펴보면, 미당의 문학과 정치적 행보에 대해

서 극단적으로 대립적인 두 가지 평가가 합의에 이르지 못하고 공전만 거듭하고 있는 실정이다. 그것은 미당의 문학과 정치적 행보 가운데 어느 한쪽만을 지나치게 부각하려는 평자들의 태도에도 원인이 있지만, 두 가지 사안을 매개하고 연관을 찾으려는 노력이 우선되지 않았다는 데 더욱 큰 원인이 있다. 요컨대 미학과 정치를 매개하는 확실한 요인을 발견하지 못했기 때문이다. 그에 따라 본 논문은 미당의 문학이나 정치적 행보에 대한 윤리적 가치평가가 아니라 두 사안의 상호관계에 초점을 맞추어 미당의 보수 지향적 의식의 토대를 밝는 데 목표를 두었다. 이와 같은 논의를 위해 그의 시의 근본 줄기를 형성하는 '영원주의'와 현실 대응의 심리기제로서의 '체념' 그리고 이 둘을 매개하는 농경 이데올로기를 살펴보았다.

서정주는 '영원주의'라는 시간의식을 의식적으로 지향하고 반복적으로 내면화한다. 초월적 비전의 일종인 영원주의를 매개하는 것은 그가 어려서부터 체득했던 농경 이데올로기라 할 수 있다. 한국의 농경 이데올로기는 원초적인 자연 즉 하늘의 섭리에 대한 순종과 적응을 모태로 하는 농경문화에 왕권정치와 충효사상을 핵심으로 하는 유교이념, 전통적인 무속신앙과 제사의식이 결합된 것으로 구한말과 일제강점기를 거쳐 해방 이후의 최근의 정치문화에까지 커다란 영향을 미침으로써 정치적 보수주의의 중요한 원동력이 되어왔다. 이와 같은 농경 이데올로기는 위로는 자연, 하늘, 군왕, 가부장을 섬기고 그들의 명령에 복종하면서 아래로는 가족과 마을 공동체의 생존과 전통의 계승을 가능케 하는 원동력이기도 했다.

이런 농경 이데올로기는 농민의 의식을 현실 적응과 체념에 경도되게 만들었기 때문에 역사적으로 농민들은 자신들을 억압하고 착취하는 지배계층이나 자연재해에 맞서서 저항하거나 혁명을 도모하기보다는 그것에 복종하거나 모든 것을 자연, 하늘, 군왕, 가부장에게 맡기는 체념의 태도를 체질화시켜왔다. 미당을 지배한 삶의 제일의 원칙은 '지속'이라 할 수 있으며 지속의 원칙을 보존하기 위한 복종과 순응, 체념 등의 방식을 그는 농경 이데올로기로부터 체득하고 있는 것이다. 한편 미당에게 현실 체념적 태도는 인자함과 변덕스러움을 동시에 지닌 그러나 영원히 순환하는 압도적인 존재 앞에서 자기의 생명을 지키고 리비도를 만족시키기 위한 심리적인 우회로 내지 타협의 일환으로 볼 수 있다. 하나의 이데올로기는 한 문화를 통합함과 동시에 그 문화에 속한 개인들의 감정과 태도를 규정하는 견인차라는 점에서 미당의 시를 통해서 표출되는 '체념'의 정서는 미당을 지배했던 이데올로기를 밝히는 단초가 된다는 점에서 매우 중요한 사안이 아닐 수 없다. 그의 체념적 심리기제는 복종과 순응을 기반으로 하는 농경 이데올로기의 발화법의 일종이라 할 수 있다. 이러한 미당의 체념적 정서가 중요한 이유는 보수주의적 태도로 현실에 응전하는 방식을 예시하기 때문이다.

농경 이데올로기의 보수성은 일제강점기를 거치면서 도입된 왜곡된 자본주의로 인해 영향력을 잃었다기보다는 해방 이후 최근까지도 정치적 보수주의의 원동력 역할을 담당해왔다. 미당의 작가의식과 정치의식을 규정하는 보수주의도 바로 이러한 농경 이데올로기의 보수주의라고 규정할 수 있다. 일제강점기의 친일시 쓰기에 대한 이른바 "종천순일파 (從天循日派)"론이나, 이승만, 박정희, 전두환으로 이어지는 독재정권 하에서 보였던 보수적인 정치적 행보는 미당의 의식의 저변에서 작동하는 농경 이데올로기의 발로라고 할 수 있다.

그러므로 시인이자 지식인이었던 미당의 보수적인 정치적 행보를 일반적인 농민들처럼 그저 생존이나 생계를 위한 것이라거나 탐미주의적인 권력욕의 발로로 이해하기보다는 그의 세계관, 인생관, 역사관, 정치관을 규정한 농경 이데올로기 자체의 성격에서 비롯된 결과로 보아야 할 것이다. 즉 미당의 작품에서 보이는 영원주의와 체념의식의 토대에 농경 이데올로기가 있다는 것, 그리고 그가 관료체제에 진입하여 정권에 부역하는 보수주의적인 행보를 멈추지 않은 것도 결국은 농경 이데올로기의 지평 안에 머물러 있었던 그의 역사의식과 정치의식의 한계 때문이었다고 할 수 있다.

지금까지 살펴본 미당의 보수 지향적 의식의 토대와 농경 이데올로기의 긴밀한 유착관계는 그의 전작품을 대상으로 보다 체계적으로 분석될 필요성이 있음을, 앞으로의 과제로 남긴다.

서정주 초기시의
'영웅적 자아'와 '자기애적 그리움'

1. 서론

서정주의 초기시[1]에서 『화사집』을 에로티시즘의 추구로, 『귀촉도』를 정신화 된 사랑의 추구로 파악하는 기존의 논의들은, 전자의 세계에서

---

* 이수정 / 서울대학교 전임대우강의교수

1) 본고는 서정주 초기시를 『화사집』, 『귀촉도』, 『서정주시선』까지로 본다. 이 시기의 시들이 다양한 경향을 보인다는 기존의 논의에는 동의하지만, 시인이 새로운 시적 주체와 새로운 시세계를 본격적으로 탐구해 들어간 것은 『신라초』 이후로 보아야 하기 때문이다. 또한 『질마재 신화』까지만을 연구대상으로 삼아, 『화사집』 만을 초기시로 보는 시기구분에 대한 연구사 초기의 견해는, 서정주가 타개한 지 10년이 지난 지금 『질마재 신화』 이후 창작된 그의 작품을 모두 포함하는 전체적인 연구의 시각에서 재정립됨으로써 극복되고 있다. 『서정주 시선』이 『화사집』과 『귀촉도』의 시들을 모두 수록하고 이후 쓰인 시들을 덧붙임으로써, 초기시를 정리하는 의미를 담고 있다는 점도 본고의 이런 구분의 근거가 된다.

후자의 세계로 나아간 서정주 초기시의 변화를 성숙, 걸러짐, 갈등 해결의 과정으로 평가하고 있다. 본고는 『귀촉도』 이후 본격화되는 서정주 시의 새로운 사랑의 양태로 언급되어 온 '그리움'에 주목하고자 한다. '에로티시즘'과 '그리움' 가운데 어느 것이 더 '성숙한', 혹은 높은 차원의 사랑이냐는 문제는 본고의 관심이 아니다. 본고는 다만 서정주 초기시에서 '사랑'이 '에로티시즘'과 '그리움'으로 나타나고 있으며, 두 경우 모두 에로스와 타나토스를 동시에 추구하고 있다는 점에 관심을 갖는 데에서 출발한다.

에로티시즘은 불연속적인 존재인 인간이 가지고 있는 존재의 연속성에 대한 향수가 표출되는 방식이다. 인간은 에로티시즘을 통해 폐쇄적 존재의 구조를 파괴하고자 한다.[2] 에로티시즘은 파괴적 위반과 폭력적 요소를 가지고 있기에 그것의 극단적인 추구는 '죽음'에 잇닿아 있다.[3] 서정주 초기시의 '에로티시즘'에 대해서는 많은 연구가 이루어졌으나, '그리움'에 대해서는 본격적인 논의가 이루어지지 않았고, 대부분 일상적 의미의 차원에서 '그리움'을 언급하는 데에서 그치고 있다. 본고는 서정주 초기시에 나타나는 '그리움'이 '죽음'의 개념을 동반하고 있는 것에 주목하여 그 특수성을 구명하고자 한다. 또한 그리움이 '미적'이고 '서정적'인 '감정'으로 여겨지는 원리를 구명하고, 그것의 한계와 가능성을 고찰해보고자 한다.

---

2) G.바타이유, 조한경 역, 『에로티즘』, 민음사, 1999, 12~18면.
3) 에로티시즘이 구체적인 존재의 형태를 파괴하려 든다는 점에서, 그리고 두 연인의 열정적 결합이 살해욕망이나 자살충동을 부를 수 있다는 점에서 그러하다. 바타이유는 생식은 불연속성을, 죽음은 연속성을 의미한다고 본다. G.바타이유, 위의 책, 18~25면.

그리움은 '보고 싶어 간절히 애타는 마음'이라는 사전적 의미를 가지고 있다. 그리움은 많은 경우 '동경(憧憬)'이라는 말로 사용 되는데, '동(憧)'은 '그리워하다'는 의미 외에 '왕래가 끊이지 않은 모양, 마음이 정하여 지지 않은 모양'이라는 의미를 갖고 있으며, '경(憬)'은 '그리워하다' 외에 '깨닫다, 멀리 가는 모양'이라는 뜻을 갖는다. 이를 취합하여 보면 동경은 어떤 먼 지향점을 향해 끊임없이 오가는 마음의 상태, 혹은 그 상태를 깨닫는 것을 의미하는 그 자체 '동사(動詞)'적인 단어이다. 그리워하는 주체와 그리움의 대상이 있고, 그리움은 그 사이에 다양한 '동사'들로 존재하는 포괄적인 단어이다. 그럼에도 '그리움'의 다양한 분광(分光)은 '대상의 실재성' 이라는 기준에 따라 크게 세 가지로 분류할 수 있다.

첫째, 실재하는 대상을 그리워하는 경우이다. 대상에 대한 강한 열망(yearning)이나, 숭배(adoration), 감탄(admiration)을 깨닫는 경우가 이에 속한다. 'yearn'은 대상을 열렬하게 지향하는 상태이고, 'adore'는 대상을 받들고 사모하는 상태이다. 'admire'는 대상을 존경하고 감탄하며 좋아하는 마음의 상태를 말한다.

둘째, 주체가 대상의 실재와 부재를 공감각하는 경우이다. 'longing'은 대상을 간절히 원해서 슬퍼지는 것을 의미한다. 대상이 실재하지만 주체에게 부재할 때, 이 간극의 거리는 주체에게 외로움과 슬픔을 유발한다.

셋째, 부재하는 대상을 그리워하는 경우이다. 'nostalgia'는 향수(鄕愁)라고 번역되듯이 고향이라는 구체적인 장소 혹은 유년이라는 '과거'의 장소-시간과 관련된 감정이다. 노스탤지어는 '되돌아갈 수 없음'을 전제하기에 상실감과 슬픔을 불러일으키기지만, 슬픔을 유발하는 상황이 '어쩔 수 없는 것'이라는 점에서 인정되고 받아들여진 갈등 없는 감정이다.

대부분 노스탤지어는 '행복했던 과거'에 대한 그리움이다.[4]

　그러나 위의 세 가지 경우 모두, 주체가 대상을 욕망하고 지향하면서도 대상과의 합일을 '비워둔다(blank)'는 공통점을 가지고 있다. '그리움'은 주체가 대상을 욕망하는 사랑의 한 양태이지만, 대상과의 실질적 합일을 배제한다는 점에서 변별된다. 대상과의 합일이라는 궁극의 목표를 배제하게 되면 '관계'는 그 역동성이 비활성화 되고 만다. 대상은 '관계'에서 능동적인 역할과 기능을 잃어버리고 다만 '주체의 지향점이'라는 추상적 기호로 전락하기 때문이다.

　한편, 그리움은 '미적'인 감정으로 여겨지는데, 이는 '미적 거리(aesthetic distance)[5]'의 개념으로 설명된다. 프린스턴 시학 사전에 다르면 '미적 거리'란 감상자가 실제적인 욕망이나 감정 혹은 물리적 인식으로부터 작품을 분리하여 미적으로 인식―경험하는 거리를 의미한다. 여기서 핵심은 '실제적 관심의 제거' 여부이다. 사과를 그린 그림을 허기를 채우고 싶은 실제적 욕망으로 바라본다면 이는 미적 인식―경험이 아니지만, 실제적 욕망을 제거하고 바라본다면 감상자는 그것을 미적으로 인식―체험하게

---

4) 한편 'miss'는 '놓치다, 못 미치다'라는 '실패'의 개념을 담고 있다. 대상의 부재를 전제하는 'miss'는 두 번째의 경우에 사용될 때, '실패―부재'로 인해 '서운하다, 허전하다'는 감정을 유발하지만, 세 번째의 경우에 사용될 때, 그 대상이 주었던 '행복감'을 환기하는 데에 초점이 맞춰진다.

5) 필자는 다른 글에서 미적 거리(aesthetic distance), 심리적 거리(psychic distance), 심미적 거리(artistic distance)를 구분하여 사용할 것을 제안한 바 있다. 미적 거리는 예술품에 대해 감상자가 갖는 심리적 거리이며, 심리적 거리는 창작을 촉발하게 하는 대상에 대해 예술가가 느끼는 심리적 거리이고, 심미적 거리는 창작자가 자신의 체험과 정서를 예술작품으로 형상화할 때 조절하는 심리적 거리의 정도이다. 시에서 '거리'의 개념에 대해서는 졸고 참조 졸고, 「'심리적 거리'와 설화 수용」, 현대문학연구23, 2007, 430~434면.

된다. '그리움'은 대상과의 실질적인 합일이라는 실제적인 욕망이 제거되어 있는 상태이므로 '그리움'의 구조 속에서 주체에게 대상은 미적으로 체험되는 것이다.

또한 그리움은 '서정적'인 감정으로 여겨진다. 이때 '서정적'이라는 용어는 일상적인 의미의 '서정'을 의미하는 것으로, 파토스가 없는 감정의 상태, 부드럽고 따스한 조화로운 감정을 의미한다. 경우에 따라 그리움은 슬픔이나 외로움을 동반하기도 하지만 일반적으로 그리움의 주체는 갈등이나 고통을 경험하지 않는다. 대상이 실재, 실재/부재, 부재하는 어떤 경우에도 주체가 궁극적으로 대상과의 합일을 배제하고 있기 때문이다. 그런데 대상과의 합일을 배제하는 것은 그리움의 핵심이면서, 대상과의 관계를 비활성화 한다는 점에서 문제적이다.

서정성이란 주체와 대상의 합일, 다시 말해 동일성 추구를 핵심으로 하며, 이는 '사랑'의 원리와 유사하다. 사랑의 한 양태인 그리움은 서정성의 이론으로 조명해 볼 수 있다. 박현수는 '자아와 세계의 동일성 추구'에 머물러 있는 서정성 논의를 면밀히 검토하고, 그것을 '독백주의적 서정성'과 '상호주체적 서정성'의 두 가지 층위로 구분한 바 있다.[6] 그는 독백주의적 서정성이 주체의 심리에 의해 객체를 파악하는 모순을 가지고 있으며, 때문에 주체와 객체는 '나―나'의 퇴행적 관계로 귀결된다는 점을 지적하였다. 이는 '대상의 죽음'이라고 부를 만한데, 서정주 시에 나타난 그리움이 자기애, 그리고 대상의 죽음과 어떻게 관련되는지 구명하는 데에 좋은 길잡이가 될 것이다. 박현수는 주체와 객체가 각자

6) 박현수, 「서정시 이론의 새로운 고찰―서정성의 층위를 중심으로」, 우리말글 제40집, 우리말글학회, 2007. 8, 259~297면.

주체이면서 서로에게 객체인, 주체-주체의 관계로서 서정성을 주장하며 이를 '상호주체적 서정성'이라 명명하고 있다.

한편, 그리움이 주체와 대상 '사이'에 존재하는 마음의 지향성이며 동사(動詞)적, 과정적 개념이라는 점에 주목하여 화이트헤드의 과정적 유기체론을 원용하여 볼 수 있다. 과정적 유기체론적 관점에서 볼 때, 모든 존재는 고정된 '실체(substance)[7]'가 아니며, 고립되어 존재하지 않는다. 화이트헤드는 실체의 개념을 단순정위(simple location)[8]라고 명명하고 이를 부정하면서, 현실적 존재(actual entity)[9]의 개념을 내세웠다. 그는 세계를 구성하는 모든 (현실적) 존재는 다른 (현실적) 존재들을 붙잡아(=파지 prehension) 성장하는(=합생 concrescence) 과정 그 자체로 존재(being is becoming)한다고 본다. 이를 그리움에 적용해보면 주체는 대상으로부터 영향을 받아 변화하는 존재로 개념이 수정된다. 고정불변의 강력한 주체가 고정불변의 기호로 존재하는 대상을 욕망하되 합일을 배제하는 경우, 그

---

7) 실체(substance)란 다른 어떤 존재와도 관련이 없는 것, 존재하기 위해 자기 스스로 이외의 어떤 것도 필요로 하지 않는 존재자를 의미한다. 이는 "제 1실체는 어떠한 주체에 대해서도 술어가 되지 않고 다른 어떤 주체 속에도 들어가지 않는다."는 아리스토텔레스의 정의에서 파생된 것이다. 화이트헤드, 『과정과 실재』, 민음사, 2003, 84면 참조.
8) 단순 정위란 고정된 실체로서 절대공간을 차지하고 있는 존재를 명명하는 것인데, 화이트헤드는 이런 단순정위를 부정한다. 화이트헤드, 『과학과 근대세계』, 서광사, 2003, 81면 참조.
9) 화이트헤드는 그 자신만의 개념을 만들어 썼다. actual entity는 현존재 등으로 번역되었지만, 최근에는 현실적 존재라고 번역되고 있다. 이 개념은 고정적 실체로서의 단순정위에 대립하는 것인데, 화이트헤드는 단순정위를 부정하였으므로, 그에게 세계를 구성하는 현실적인 존재들은 모두 끊임없이 움직이고 변화하는 과정으로서 존재가 된다. 그럼으로 이 용어는 현실적 존재라고 번역하는 것이 맞겠지만, 좀 더 일반적인 용어로 '과정적 존재'라 의역할 수 있다.

사이에 일어나는 그리움이란 주체가 일방적으로 보내는 무의미한 신호에 불과하다. 그러나 (현실적) 존재가 다른 존재의 영향을 받으며 새로이 존재를 구성한다고 할 때, 대상과의 합일을 배제하면서도 두 존재 사이의 관계는 활성화된다. 그리움은 주체 혼자만의 '감정'이 아니라 두 존재 사이에서 작용하는 '힘'이다.

2. 영웅적 자아와 압도된 대상

『화사집』에는 시적 주체의 극과 극을 오가는 두 개의 자아상(self-image)이 등장한다. 그 하나는 '죄인', '천치', '병든 숫개'(「자화상」), 일어나지 못하는 '앉은뱅이'(「안즌뱅이의 노래」), '문둥이'(「문둥이」), '벙어리'(「벽」) 등으로 나타나는 저주받은 시인의 이미지이고, 다른 하나는 '내 살결은 수피(樹皮)의 검은 빛, 황금(黃金) 태양(太陽)을 머리에 달고(「정오(正午)의 언덕에서」)', '감물 들인 빛으로 짙어만 가는 내 나체(裸體)의 샅샅이 수슬수슬 날개털 드리우고(「웅계(雄鷄)상(上)」)' 등으로 묘사되는 '고대 그리스의 인신주의(人神主義)적' 이미지이다. 또한 이 두 극단적인 자아상은 징그럽고 아름다운 '화사'처럼 하나로 결합되어 형상화되기도 한다.

먼저 『화사집』에 나타나는 저주받은 시인의 이미지가 보들레르의 영향임은 여러 선행 연구에서 밝혀진 바 있으며,[10] 서정주 스스로도 보들

---

10) 가장 정교하고 분명한 비교는 오세영과 황현산에 의해 이루어졌다. 오세영은 '뱀'의 여성성과 관능성의 이미지를 보들레르의 여러 시의 영향으로, 황현산은 「자화상」을 보들레르의 「축복」과 비교하고 있다. 오세영, 「화사」, 『한국 현대시 분석적 읽기』, 고려대학교출판부, 1998, 304~332면; 황현산, 「서정주, 농경 사회의 모

레르의 영향을 언급한 바 있다.

> 나는 보오들레르의 글을 처음 사귀던 때나, 지금이나, 그가 우리 世界
> 詩文學 속에서 가장 뼈저리게 자기를 詩에 犧牲한 사람이기 때문에 親
> 密感을 느껴 오고 있다. 나는 그가 한낱 美의 使徒인 점을 좋아하는 게
> 아니라, 그가 世界詩文學史 속의 여러 詩人들 중에서 제일 철저하게 人
> 間桎梏의 밑바닥을 떠메고 刑罰받던 詩人인 점을 좋아한다. 天刑의 質量
> 을 自進해서 가장 많이 짊어졌던 사람. 스스로 자기의 死刑執行人이고,
> 또 스스로 死刑囚였던 사람. 이 天痴라면 지독한 天痴. 이 犧牲祭物. 이
> 거지와 猶太人과 黑人毒婦와 이, 벼룩 등 寄生蟲類의 第一隣人—그 말하
> 지 않는 詩人의 情으로 人間桎梏의 第一親友가 되어 헤매던 이 사람을
> 좋아한다.11)

요약하면 보들레르가 보통 인간으로서 감당하기 어려운 질곡을 스스
로 짊어진 사람이었기에 그를 좋아하였다는 내용이다. 서정주는 보들레
르를 '희생제물'이라고 규정하고 있는데, 자진해서 자기희생의 최극단까
지 나아갔다는 진술을 통해 보들레르를 영웅적으로 묘사하고 있다.

서정주의 시적 주체는 자학이나 자기비하의 한 극점을 추구하고 있다
는 점에서 보들레르적이지만, 동시에 신적(神的) 자아를 추구하고 있다
는 점은 대조적이다. 지금까지 신적 자아 이미지는 서정주 시의 시적
주체가 자기비하적 자아의 추구로 인하여 손상된 자아를 복원하려고 도
입된 보상의 기제로 평가되어 왔다. 하지만 본고는 이 두 극단적 자아

더니즘」, 『미당연구』, 민음사, 1994, 475~493면 참조.
11) 서정주, 「내 詩와 精神에 影響을 주신 이들」, 『서정주문학전집』5, 일지사, 1972,
  269면.

상의 추구가 근본적으로 '영웅적 의식'이라는 같은 욕망에서 출발하고 있다고 파악한다.

서정주에게 문둥이 같은 '저주 받은 자아상'과 태양신 같은 자아상은 근본적으로 동일한 것이다. 한편, 문둥이 신과 태양신을 동일시하는 것은 신화에서도 그 원형이 발견되는데, 그 한 예로 멕시코 아즈텍의 창조 신화를 들 수 있다. 지라르는 자기희생 신화로 알려진 아즈텍 창조신화가 사실은 집단 폭력과 박해를 위장한 것으로 분석하고 있지만,[12] 본고는 이 신화에서 문둥이신이 태양신이 되는 것에 주목하고 있다. 불구덩이에 뛰어드는 문둥이신의 극단적인 자기희생은 서정주가 추구했던 '스스로 자기의 사형집행인이자 또 스스로 사형수였던 사람'의 원형이라 하겠다. 서정주 시의 저주 받은 자아상은 자존감의 결여나 마조히즘적 심리의 표출이 아니라, 오히려 그것을 통해 인간적인 한계를

---

12) 아즈텍 신화에서 신들은 대지와 인간을 창조하고 난 후, 자신들 가운데 누가 세상을 비출 태양신이 될 것인지 결정하기 위해 회의를 했다고 한다. 태양이 되기 위해서는 스스로를 불구덩이 속에 던져 희생해야 했기에 선뜻 나서는 신이 없었지만, 테쿠치테카틀이라는 오만한 신이 자원을 하였다. 그러나 다른 여러 신들이 희생제물이 될 대상으로 나나우아친을 지목하는데, 나나우아친은 '온 몸에 농포를 뒤집어 쓴 병약한 신-문둥이신'이었다. 겸손한 나나우아친은 다른 신들의 추천에 스스로를 기꺼이 희생하기로 하였다. 테쿠치테카틀과 나나우아친은 화장용 장작이 준비되는 동안 단식과 속죄의 시간을 갖는데 테쿠치테카틀이 화려한 봉납물을 바치며 기도하였고 최후의 날에도 화려한 옷을 걸치고 제단에 서지만 타오르는 불꽃에 겁을 먹고 뛰어드는 데 실패하였다. 그는 다시 시도 하였지만 네 번이나 실패하고 만다. 반면 나나우아친은 매우 초라한 모습으로 이를 지켜보고 있었는데, 다른 신들이 마침내 그에게 희생을 요구하자, 단숨에 불길 속으로 뛰어들었다고 한다. 이를 보고 부끄러움을 느낀 테쿠치테카틀 역시 따라서 불구덩이 속으로 뛰어들었다. 나나우아친은 태양신 토나티우로 부활하고, 테쿠치테카틀은 달의 신이 되었다고 한다. 김현, 『르네 지라르 혹은 폭력의 구조』, 나남, 1996, 66~67면 참조.

뚫고 신적인 경지에 접근하려는 영웅적 이미지이다. 자기희생은, 인간의 한계를 넘으려고 한다는 점에서 '고행'과 비슷하지만, 고행이 깨달음을 위한 수련의 의미를 갖는다면 서정주의 그것은 '영웅적 자아'를 구현하기 위한 자기애의 개념에 더 가깝다. 서정주 시의 주체는 처음부터 일관되게 위대한 신적 자아상을 추구하고 있는 것이다.

시약시야 나는 아름답구나

내 살결은 樹皮의 검은빛
黃金 太陽을 머리에 달고

沒藥 麝香의 薰薰한 이꽃자리
내 숫사슴의 춤추며 뛰여 가자

– 「正午의 언덕에서」 부분

서정주는 「내 詩와 精神에 影響을 주신 이들」에서 고대 그리스의 인신주의적 존재의식을 니체의 초인의식으로 이어놓으며, 나름의 서양 정신사를 기술하고 있다. 인용시의 태양신 이미지는 건강하고 눈부신 육체성으로 형상화되고 있으며, 니체의 '위대한 정오'에 갖는 최후의 의지로서 초인의식을 염두에 두고 있는 것으로 보인다. 그런데 이 시에서 자아는 무한히 확장되어 대상을 압도하는 '비대한 자아'가 되고 만다. 자아가 무한 욕망의 전율을 느끼며 도취해 있는 대상은 '시약시'가 아니라 '나' 자신인 것이다.

麝香 薄荷의 뒤안길이다.

아름다운 베암……

을마나 크다란 슬픔으로 태여났기에, 저리도 징그라운 몸둥아리냐

꽃다님 같다.

너의할아버지가 이브를 꼬여내든 達辯의 혓바닥이

소리잃은채 낼룽그리는 붉은 아가리로

푸른 하눌이다. ……물어뜯어라. 원통히무러뜯어.

다라나거라. 저놈의 대가리!

돌 팔매를 쏘면서, 쏘면서, 麝香 芳草ㅅ길

저놈의 뒤를 따르는 것은

우리 할아버지의안해가 이브라서 그러는게 아니라

石油 먹은듯…… 石油 먹은듯 가쁜 숨결이야

바눌에 꼬여 두를까부다. 꽃다님보단도 아름다운 빛……

크레오파투라의 피먹은양 붉게 타오르는 고흔 입설이다…… 슴여라!

베암.

우리순네는 스믈난 색시, 고양이같이 고흔 입설…… 슴여라! 베암.

—「화사」 전문

　「화사」에서 자아가 욕망을 느끼는 대상은 모호하게 처리되어 있다. 시는 전체적으로 '화사'에 대한 욕망을 숨 가쁘게 이야기하고 있으며 마지막 행에 가서야 '순네'가 등장하기 때문이다. 남진우는 뱀 자체가 갖는 상징으로서의 양성성에 주목하여 뱀을 순네와 동일시하는 분석을 치밀하게 해낸 바 있다.13) 화자가 뱀을 대상화하느냐, 화자 자신과 동일시

하느냐에 초점을 맞추어 의미의 중첩성을 분석하면 이 시는 두 가지 해석을 가능하게 한다. 첫째, 자아가 동일시 욕망을 느끼는 대상이 화사이고, '화사'가 욕망하는 대상이 '순네'라는 것이다.(자아=화사→순네) 둘째, 자아가 욕망을 느끼는 대상이 화사이고, 화사는 '순네'와 동일시된다는 것이다.(자아→화사=순네)

하지만 『화사집』에 나타난 자아상이 객체를 압도하고 있는 점을 비추어 볼 때, 이런 의미 구조의 모호함은, 해석자가 마지막 행에 갑작스럽게 출현한 '순네'에게 적당한 지위를 부여하기 위해 해석하다가 생겨난 것이라고 볼 수 있다. 욕망의 대상이 '순네' 라는 고정관념이, 시에 존재하지 않는 부분을 복원하여 해석하였기 때문이다. 이런 선입견 없이 시를 읽어보면, 시에 나타난 그대로 주체가 욕망하는 대상은 '순네'보다는 '화사'임을 알 수 있다.

「화사」에서 천형 받은 존재로 추구되는 영웅적 자아의 이미지는 어둡고 습한 뒤안길, 뱀, 징그러운 몸, 원죄와 벌로 형상화되어 있다. 한편 태양신 같은 건강하고 아름다운 육체성으로 추구되는 영웅적 자아의 이미지는 아름답고 매혹적인 육체이미지—꽃, 꽃다님, 사향 박하의 향, 클레오파트라의 붉고 고은 입술 등으로 형상화 되어 있다. 이 두 영웅적 자아상이 하나로 융합되어 있는 '화사'는 화사집에서 가장 영웅적이고 비대한 자아상이라고 할 수 있다. 이에 도취된 자아는 그것과의 동일성을 추구하는 데에 시의 대부분을 쏟아 붓고 있으며, 사랑의 대상인 순네는 마지막 행에 갑작스럽게 출현하였다가 사라지는 위축된 존재로 처

---

13) 남진우, 「남녀양성의 신화」, 『미당연구』, 민음사, 1998, 199~210면.

리되고 만다.

어찌하야 나는 사랑하는 자의 피가 먹고 싶습니까
雲母石棺속에 막다아레에나!

닭의벼슬은 心臟우에 피인꽃이라
구름이 왼통 젖어 흐르나
막다아레에나의 薔薇 꽃다발.

傲慢히 휘둘러본 닭아 네눈에
蒼生 初年의 林檎이 瀟洒한가.

임우 다다른 이 絶頂에서
사랑이 어떻게 兩立하느냐

해바래기 줄거리로 十字架를 엮어
죽이리로다. 고요히 침묵하는 내닭을죽여……

카인의 새빩안 囚衣를 입고
내 이제 호을로 열손까락이 오도도떤다.

愛鷄의生肝으로 매워오는 頭蓋骨에
맨드램이만한 벼슬이 하나 그윽히 솟아올라……

- 「雄鷄(下)」

　「雄鷄(下)」는 매우 난해한 시로 평가되는데, 그 난해함의 원인은 몇 가
지로 나누어 볼 수 있다. 첫째, 서정주가 기독교 신화의 여러 장면과 '陽

한 육체', '태양 지향', '죽음과 부활', '사랑' 등의 다양한 이미지·모티프를 폭력적으로 결합, 뒤섞어 놓았기 때문이다. 이 시는 인과관계나 자연스러운 상상력과 논리의 연상구조에서 벗어난 이미지들을 무리해서 연결하고 있다. 둘째, 젊은 날 서정주가 서구 신화와 철학에 정통하지 않았던 것도 어느 정도 난해함의 원인으로 지적할 수 있다. 시인이 차용하고 있는 고유명사들이 원래의 맥락에 대한 깊은 이해를 바탕으로 사용되었다기보다는 젊은 날의 파편적인 독서체험에서 비롯된 것이라는 혐의가 짙다. 셋째, 널리 보급된 1994년 민음사판 『미당 시전집』의 오자(誤字)까지[14] 난해함을 더하고 있다.

이 시의 막달레나와 창생 초년의 임금(林檎), 십자가, 카인은 모두 기독교 신화에서 차용한 것이다. 막달레나는 예수의 부활을 유일하게 목격한 사람이며, 창생 초년의 임금이란 창세기에 나오는 능금을, 카인은 자신의 친동생을 죽인 성서 속의 인물이다. 하지만 기독교 신화를 틀로 삼았다고 하기에는 그 차용된 내용들이 구조적 내적 일관성이 없다는 점이 문제이다. 그보다는 서정주가 기독교 신화에서 창조와 죽음과 부

---

14) '창생(蒼生) 초년(初年)의 임금(林檎)이 소쇄(瀟洒)한가'에서 '소쇄한가'가 1994년 민음사 판에서는 소주(瀟酒)한가로 표기되어 있다. 소쇄(瀟灑)하다는 말은 매우 깨끗하다는 의미이다. 쇄(灑)를 쇄(洒)로 표기하기도 하는데, 쇄(洒)자가 주(酒)자로 오식된 경우이다. 민음사판의 경우 이 외에도 많은 오자가 있어, 원본을 확인할 수 없다면 반드시 일지사판 『서정주 문학 전집』과 대조하여 보아야 한다. 그러나 일지사판은 한글 표기를 표준어로 바꾸었다는 보다 중요한 결함을 가지고 있다. 본고는 원본을 확인할 수 없는 경우, 민음사 판을 기준으로 하되 일지사판과 대조하여 사용하였다. (그러나 1983년 민음사판 『미당 서정주 시전집』에는 '소쇄(瀟洒)'로 바르게 표기되어 있다. 1994년 새로 책을 만들면서 오식된 것으로 보인다. 1983년 민음사판과 1994년 민음사판 가운데 선본을 가리는 작업은 추후의 과제로 남겨 놓는다.)

활, 질투, 살해 등 자신의 시에 필요한 모티프를 가져다가 콜라쥬하였다고 보는 편이 적절하다. 이런 틀의 파편성은 피, 심장, 꽃, 장미, 능금, 새빨간 수의, 생간, 맨드람이, 닭벼슬 등 붉은 색채이미지로 결을 살리며, 사랑과 살해, 식육이라는 내용을 감각화함으로써 어느 정도 보완되고 있다. 그렇다면 기독교 신화와 닭, 그리스적 육체성, 살해와 식육의 이야기가 결합되는 논리는 무엇인가.

수탉의 벼슬은 자존감을 상징하며, 수탉은 드높은 자존감을 가진 위대한 태양의 상징이다. '감물 들인 빛으로 짙어만 가는 내 나체의 삻삻이 수슬수슬 날개털 드리우(「雄鷄 上」)'는 수탉은 아침 태양을 가장 먼저 오열(嗚咽)[15]하여 부르는 존재이기 때문이다. 태양과의 동일시를 추구하는 시적 자아는 수탉과 '結義兄弟(「雄鷄 上」)'를 선언한다. 하지만 시적 자아는 동생을 질투하여 살해한 카인의 모티프를 사용하여 형제인 닭을 살해하는 내용이 충격적으로 제시하고 있다. 태양을 상징하는 해바라기 줄기로 수탉을 죽이고 그것의 생간을 꺼내 먹는 것은 매우 극단적인 동일화 욕망의 표출이다. 수탉은 십자가에 못 박힌 예수처럼 희생된 것으로 성스럽게 처리되며, 시적 자아는 그것을 식육함으로써 맨드라미 같은 벼슬─자존감을 부활시킨다. 마지막 행은 역시 위대한 자아에 대한 도취와 몰입으로 끝나고 있다.

이 시에서 시적 주체는 '왜 나는 사랑하는 자의 피가 먹고 싶습니까'라는 물음─한탄으로 시작하여 '임우 도달한 절정에서 사랑이 어떻게 양립하느냐'라는 답을 내놓는다. 사랑이란 '합일'과 '혼융'이지 '양립'이

---

15) 민음사판 전집에는 오열(嗚咽)이 명열(鳴咽)로 표기되어 있다.

아니라는 말이다. 「웅계(하)」는 대상을 살해하고 식육함으로써 합일을 이루는 폭력적인 사랑을 보여준다. 사랑하는 대상과 양립할 수 없으므로, 그것을 살해·식육함으로써 '동일성 확보−사랑의 완성'을 이루는 것이다. 자아가 무한으로 비대해지고, 사랑의 대상의 역할이 축소되어 유명무실해지는 상황에서 정상적인 사랑의 역학관계가 이루어지지 못하고 있다.

3. 자기애적 사랑 장치, '그리움'의 발명

사랑은 주체와 객체의 관계 역학이며, 궁극적으로 두 대상의 동일성을 발견하고 합일을 추구한다는 점에서 '서정성'과 그 원리가 같다. 박현수는 기존의 서정성 이론의 논의가, 서정성을 자아 내면의 심리 현상으로 설명하고 있는 것을 두고, 독백주의적 서정성 혹은 나르시스적 서정성이라고 비판한다. 주체만을 강조하고 객체를 수동적인 것으로 간주하여 주체의 연장(延長)에 불과한 상태로 만든다는 것이다.[16] 대상이 주체의 시선에 의해서 구성된다는 시각은 서정주 초기시에 나타나는 일방적·폭력적 사랑을 설명하는 데에도 적용될 수 있다.

> 눈물 아롱 아롱
> 피리 불고 가신님의 밟으신 길은
> 진달래 꽃비 오는 西域 三萬里.

16) 박현수, 앞의 논문, 270면.

흰옷깃 염여 염여 가옵신 님의
다시오진 못하는 巴蜀 三萬里.

신이나 삼어줄ㅅ걸 슲은 사연의
올올이 아로색인 육날 메투리.
은장도 푸른날로 이냥 베혀서
부즐없은 이머리털 엮어 드릴ㅅ걸.

초롱에 불빛, 지친 밤 하늘
구비 구비 은하ㅅ물 목이 젖은 새,
참아 아니 솟는가락 눈이 감겨서
제피에 취한 새가 귀촉도 운다.
그대 하늘 끝 호을로 가신 님아

-「歸蜀道」 전문

이 시에서 사랑하는 대상은 '다시 오진 못하는 파촉 삼만리'로 떠난 것으로 설정되어 있다. 중국 촉나라의 두우 설화[17]를 배경으로 하는 이 시는, 사실 설화의 틀을 수용·변용하였다기 보다는 설화 속에서 필요한 모티프만을 취하고 있다[18]. 그리고 그 모티프는, '소쩍새같은 게집의

---

17) 두우 설화의 내용은 다음과 같다. 촉나라 왕인 두우는 강가에 떠내려 온 시신을 건져내었는데, 시신이 살아나 스스로를 별령이라 칭하였다. 두우는 별령을 하늘이 내린 사람이라 여겨 가까이 하였는데, 별령이 오히려 두우를 쫓아내고 왕의 자리를 차지하였다고 한다. 이에 쫓겨난 두우는 울분을 삭이지 못하고 죽어서 두견새가 되었는데, 촉나라로 돌아가고 싶다고 '귀촉도(歸蜀道)'라고 울었다고 한다.

18) 시 속에서 님이 떠난 곳으로 여겨지는 '파촉'은 중국의 서쪽에 위치하는 '촉'나라를 일컫는 다른 명칭이다. 그런데 시인이 '파촉'과 '서역'을 대등하게 사용하고 있고, '진달래 꽃비'가 오는 곳으로 묘사하고 있는 점으로 보아 그곳을 불교적

제3부 서정주, 시의 생애 - 벼락과 해일만이 길일지라도 417

이얘기는 인제 죽거든 저승에서나' 하겠다고 선언했던 「엽서」의 상상력과 깊이 연관되어 있다. 그는 「엽서」에서 '파촉의 우름소리가 그래도 들리거든 부끄러운 귀를 깎어버리'겠다고 했는데, 여기서 파촉의 울음소리란, 소쩍새로 비유되는 '짝사랑 여인'에 대한 자신의 미련[19]에 다름 아니다.

여기서 소쩍새가 파촉과 연관되는 것은 첫째, 그것이 그 울음소리 때문에 귀촉도라고 불리며 귀촉도 설화와 연관되기 때문이며, 둘째, 소쩍새―여인에 대한 시적주체의 마음이 스스로를 서러움의 벽에 가두고 '죽음의 상태'에 이르게 하는 원인(「벽」)이기 때문이다. 소쩍새, 접동새, 자규 등으로 불리는 귀촉도의 울음소리는 '죽음'과 연관된 슬픔이나 정

공간, 부처님이 계신 곳, 서방정토라고 생각하고 썼음을 알 수 있다. '진달래 꽃비'는 불교 의례인 산화공덕을 떠올리게 하기 때문에 이에 대해서 논자들도 이견이 없다. 하지만 그렇다면, '번뇌와 윤회로부터 벗어나 법락이 무한한 곳'이라는 의미의 서역으로 떠난 님이 제피에 취해 울음을 울고 있다는 내용은 모순이된다. 또한 이 시는 파촉으로 떠난 님이 '촉나라로 돌아가고 싶다(귀촉도)'고 울고 있는 점이다. 촉나라로 떠난 님이 촉나라로 돌아가고 싶다고 우는 것은 말이되지 않는다. 이런 모순들을 종합하여 볼 때, 「귀촉도」에서 시인이 실제 두우설화를 수용 변용하거나, 의식적으로 불교적 색채를 드러냈다고 보기 힘들다. 설화에서 그 배경인 촉나라, 두우의 죽음, 그리고 귀촉도라는 모티프만을 가져와서 님과 나의 이별의 원인이 '님의 죽음'이며, 님이 나에게 돌아오고 싶어서 울고 있다는 상황을 이야기하고 있다고 보는 것이 타당하다.

19) 김동리는 서정주의 「엽서―동리에게」와 관련하여 '임 아무개'라는 연극배우에 대한 서정주의 짝사랑과 실연 사건을 회고한 바 있다. 김동리는 '그까짓 걸 깨끗이 못 잊겠거든 죽어'라고 욕을 퍼부었다고 회상하였으며, 서정주 역시 수필에서 '네가 그렇게 헐값이거든 어서 죽어라'는 동리의 말이 가슴을 울렸다고 회상한 바 있다. (김동리, 『김동리전집8』, 민음사, 1997, 107~112면., 서정주, 「(속)나의 방랑기」, 『나의 문학적 자서전』, 민음사, 1975, 69~70면.) 보들레르와 서울여자가 관련되는 양상에 관해서는 이수정의 논문 참조(이수정, 「서정주시에 있어서 '영원성 추구'의 시학」, 서울대학교 박사학위논문, 2006, 48~51면.)

한의 관습적 상징이다. 그러나 「엽서」에서의 단호한 의지에도 불구하고 자신을 괴롭고 서럽게 만드는 원인을 제거하는 일은 요원해 보인다. '파촉의 우름소리'가 '그래도 들려올 것'을 이미 상정하고 있기 때문이다.

그러나 시인은 「귀촉도」에서 '사랑의 실패-실연'을 '사랑'으로 재구성하기 위해, 그것에 세 가지 변형을 가한다. 첫째, 사랑의 단절, 즉 님과 나의 이별을 '죽음'이라는 불가항력적인 힘에 의해 이루어진 어쩔 수 없는 상황으로 변형하고 있다. 둘째, '님' 역시 이별을 무척 슬퍼하고 있으며 셋째, 그래서 울음을 우는 것은 '님'이라고 설정하고 있다. 그런데 이 시에서 '슬퍼하는 님'이나 '울음을 우는 님'은 시적 자아가 '상상적으로 구성한' 존재이다. 다시 말해, 설화 모티프를 통해 '나'를 서럽게 하던 '나의 마음'을 '님'으로 떼어낸 것이다. 이제 울음을 우는 것이 '님'으로 바뀌고, '님-나의 마음'은 자존감을 다치지 않고 '목매어 울'수 있게 된다.

귀촉도의 울음은 '파촉 삼만리'라는 죽음의 경계를 넘어서고, 밤하늘 은하ㅅ물에 목이 젖은 새의 우주적 상상력을 담고 있으며, 울음이 다하여 더 이상 울음이 나오지 않는 육체적 한계를 찢고 내는, 피에 젖은 울음이다. 이런 사랑은 화사류의 시에서 이루어지지 못했던 것이다. 죽음을 넘어서는 '위대한 사랑의 완성'이 역설적으로 사랑하는 대상의 '죽음'으로 가능해지는 것이다.

눈이 부시게 푸르른 날은
그리운 사람을 그리워 하자

저기 저기 저, 가을 꽃 자리

초록이 지쳐 단풍 드는데
눈이 나리면 어이 하리야
봄이 또오면 어이 하리야

내가 죽고서 네가 산다면!
네가 죽고서 내가 산다면?

눈이 부시게 푸르른 날은
그리운 사람을 그리워 하자

- 「푸르른 날」 전문

「푸르른 날」에서 '그리움'은 '죽음'을 통해 성립한다. 지금까지의 에로 티시즘이 붉은 색채 이미지로 나타난 데에 반하여 '그리움'은 푸른 색채 이미지로 나타난다. 붉은 색책 이미지는 '피'와 관련된 육체성을 동반하는데, 이 때 육체성이란 주체와 객체가 양립하고 있음을 의미한다. 그렇기에 붉은 색채 이미지는 대상이 존재하지만 사랑이 이루어지지 못하는 상태가 야기하는 '피—눈물'과 관련된 서러움의 이미지이기도 하다.[20]

그리움이 푸른 색채 이미지와 결합하는 것은 대상에 대한 마음의 지향성이 대상과의 합일이라는 궁극적인 목적을 배제하고 있기 때문에 사랑의 실체—육체성이 사라지는 데에서 원인을 찾을 수 있다. '내가 죽고서 네가 산다면! 네가 죽고서 내가 산다면?'과 같은 양립불가능성과 '죽

---

20) 물론 「귀촉도」에서 사랑하는 님의 죽음은 사랑을 가능하게 하는데, 이때 붉은 색채와 관련된 서러움은 '님'의 것으로 묘사된다. 반면 전반적으로 그것을 이야기하는 시적 자아의 심리상태는 깔끔히 세공된 음악성에서 나타나듯이 상당히 안정되어 있다.

음'을 전제로 한 새로운 사랑의 양태인 '그리움'이 등장한 것이다. 이제 '우리들의 사랑을 위하여서는 이별이, 이별이 있어야 하네(「견우(牽牛)의 노래」)'와 같은 역설이 새로운 '사랑시'의 주제가 된다. 그리움은 '사랑의 부재'로서 성립하는 '역설적 사랑'이다. 대상이 부재하기에 그리움을 느끼는 것이 아니라, '그리움'을 위해 대상을 제거하고 있으며, 그리움은 사랑의 실패에서 연유하는 것이 아니라 '사랑 장치'로서 '발명'된 것이다.

역설적 사랑으로서 그리움은, 서정주 시의 시적 주체가 영웅적 자아, 비대한 자아를 가지고 있다는 점에서 자연스럽게 연유한다. 자아는 대상과의 역동적이고 상호적인 관계에서 동일성을 찾는 것이 아니라 일방적인 방식으로 동일성에 접근하고 있는 것이다. 서정주 초기시에서 '사랑'은 비대한 자아의 자아도취와 상징적 욕망의 기호로 간신히 존재하는 대상으로 구성되어 있거나, 대상의 제거를 통해 성취하는 일방적 역설적 사랑 장치인 그리움으로 구성되어 있다.

그러나 일방적 역설적 그리움은 대상의 제거를 통해 이루어지므로, 당연히 대상과의 관계가 누락되어 있다. 이는 그리움을 비활성화시키고 일회적인 것으로 만들며, 그것의 긍정성을 무력하게 만든다. 고정불변의 절대적 위치를 차지하고 있는 자아의 자기 위안을 위한 환상적 사랑 장치이자 주관주의적·심리적 폐쇄회로로 전락하는 것이다.

아조 할수없이 되면 고향을 생각한다.
이제는 다시 도라올수없는 옛날의 모습들. 안개와같이 스러진 것들의
형상(形象)을 불러 이르킨다.
귀ㅅ가에 와서 아스라히 속삭이고는, 스처가는 소리들. 머언 유명(幽

明)에서처럼 그소리는 들려오는 것이나, 한마디도 그뜻을 알수는없다.

(중략)

소녀(少女)여. 내가 가는날은 도라 오련가. 내가 아조 가는날은 도라 오련가 막달라의 마리아처럼 두눈에는 반가운 눈물로 어리여서, 머리털로 내 손끝을 스치이련가.

(중략)

소녀(少女)여. 비가 개인날은 하늘이 왜 이리도 푸른가. 어데서 쉬는 숨ㅅ소리기에 이리도 똑똑히 들리이는가.
무슨 꽃으로 문지르는 가슴이기에 나는 이리도 살고 싶은가.

−「무슨 꽃으로 문지르는 가슴이기에 나는 이리도 살고 싶은가」 부분

완전한 절망의 상황에 맞닥뜨리게 되면 자아는 '고향'을 생각한다고 한다. 고향에 대한 그리움, 노스탤지어는 이 시에 행복했던 과거에 대한 그리움으로 고스란히 담겨 있다. 행복한 추억은 모두 '소녀'와 연관되어 있다. 소녀는 찔레와 머슴들레 꽃포기 같은 향긋한 내음과 '살폿한 웃음'으로 기억되고 있다. 소녀는 머언 고동 소리를 듣는 법을 알려주는 존재이고, 자아가 다가가기 위해서 부르면 달아나는 놀이를 하던, 행복하고 아쉽고 그리운 대상으로 여겨진다. 또한 소녀는 자아가 다쳤을 때 상냥하고 따스하게 다가와 상처를 낫게 해주고 자아를 위로해 준 존재이기도 하다. 이런 '소녀'는 지금은 존재하지 않는 그리움의 대상인데, 시적 자아는 추억 속에서 뿐만 아니라 현재에도 그 소녀를 붙잡으려는

욕망을 가지고 있다.

　서정주 시의 사랑은 비대한 자아를 유지하고 스스로 위로하기 위한 하나의 방편이지만, 조작된 허구적 사랑에 불과하다는 점을 시인이 알고 있다기에 일종의 낭만적 아이러니를 불러일으킨다. 낭만주의 시인들이 대상과의 합일을 노래하며 시인을 신적인 자리에 위치시키면서도, 실제로 인간적 한계를 느꼈던 것과 같다. 그래서 '그리움'을 노래하면서도 '아조 할 수 없이 되면' 그는 '고향을 생각'한다.

　「무슨 꽃으로 문지르는 가슴이기에 나는 이리도 살고 싶은가」에서 시적 자아는 과거와 현실을 오가는데, '소녀'를 추억해냄으로써 '소녀-고향-과거'를 현재에 되살려내려 노력하고 있다. 유년 시절, 자아는 소녀들처럼 하늘 상제님의 고동소리를 들을 수 있었다고 한다. 그가 기억하는 고향—유년은 '붉은 꽃을 문지르면 붉은 피가 도라오고, 푸른 꽃을 문지르면 푸른 숨이 도라오는' 유기체적 세계이다.

　시적 주체는 자신이 '사랑'의 완성을 위해 대상을 제거하고 육체성을 제거함으로써 만들어 놓은 푸르른 그리움의 가슴에 '꽃'을 문지르며 육체성을 되돌리고 싶어 한다. 객체의 죽음을 통해 만들어진 그리움의 '비활동성'이, 그것을 죽은 그리움으로 만들고 있기 때문이다. 신비로운 치유력을 가진 소녀들의 숨소리를 현실에서 실재하는 것처럼 추억하여 느끼기도 하는 시적 주체는 소녀들을 회상할 수 있을 뿐, 현실에서 불러일으키는 일은 불가능함을 깨닫고 눈물이 가득한 눈으로 '내가 아조 가는날은 도라 오련가?'라는 말로 표현하고 있다. 여전히 사랑은 양립 불가능한 것이기 때문이다.

언제든가 나는 한 송이의 모란꽃으로 피어 있었다.
한 예쁜 처녀가 옆에서 나와 마주 보고 살았다.

그 뒤 어느날
모란꽃잎은 떨어져 누워
메말라서 재가 되었다가
곧 흙하고 한세상이 되었다.
그래 이내 처녀도 죽어서
그 언저리의 흙 속에 묻혔다.
그것이 또 억수의 비가 와서
모란꽃이 사위어 된 흙 위의 재들을
강물로 쓸고 내려가던 때,
땅 속에 괴어 있던 처녀의 피도 따라서
강으로 흘렀다.

그래, 그 모란꽃 사윈 재가 강물에서
어느 물고기의 배로 들어가
그 血肉에 자리했을 때,
처녀의 피가 흘러가서 된 물살은
그 고기 가까이서 출렁이게 되고,
그 고기를,—그 좋아서 뛰던 고기를
어느 하늘가의 물새가 와 채어 먹은 뒤엔
처녀도 이내 햇볕을 따라 하늘로 날아올라서
그 새의 날개 곁을 스쳐다니는 구름이 되었다.

그러나 그 새는 그 뒤 또 어느날
사냥꾼이 쏜 화살에 맞아서,
구름이 아무리 하늘에 머물게 할래야

머물지 못하고 땅에 떨어지기에
어쩔 수 없이 구름은 또 소나기 마음을 내 소나기로 쏟아져서
그 죽은 샐 사 간 집 뜰에 퍼부었다.
그랬더니, 그 집 두 양주가 그 새고길 저녁상에서 먹어 消化하고
이어 한 영아(嬰兒)를 낳아 養育하고 있기에,
뜰에 내린 소나기도
거기 묻힌 모란씨를 불리어 움트게 하고
그 꽃대를 타고 올라오고 있었다.

그래 이 마당에
현생의 모란꽃이 제일 좋게 핀 날,
처녀와 모란꽃은 또 한 번 마주 보고 있다만,
허나 벌써 처녀는 모란꽃 속에 있고
前날의 모란꽃이 내가 되어 보고 있는 것이다.

-「因緣說話調」 전문

　　다소 긴 인용이지만 「인연설화조」는 시적 주체가 새로운 그리움, 대
상과의 관계가 활성화 되어 있는 긍정적 그리움을 보여주고 있다는 점
에서 상세히 살펴볼 필요가 있다. 이 시는, 꽃이 시들고, 그 시들어 마
른 재가 흙에 섞여 흙이 되고, 그것이 빗물에 흘러 강물에 섞여 그 강
물을 마시고 자란 물고기의 피와 살이 되고, 다시 그 물고기를 잡아먹
은 물새의 혈육을 이루고, 그 물새를 잡아먹은 사람의 혈육이 되고, 그
사람이 낳은 갓난아이의 혈육이 된다는 과정을 다소 지루할 만큼 나열
하고 있다. 그런데 중요한 것은 이 과정에서 '나'라는 '자아'가 지속된다
고 판단한다는 점이다. 이런 판단의 근거는 과학적·물리학적인 사유에

근거한 유기체론적 사유에 있다.[21] 한 존재를 구성하는 요소들이 그것으로 존재하기를 멈추면 각 요소들은 그 존재로부터 해방되어 다른 요소들과 결합하면서 지속된다. 그러므로 모든 존재들은 서로가 서로의 부분이고 구성요소라는 유기체론적 사유인 것이다.

또 한 가지 중요한 것은 '나'와 '너'의 '관계'의 지속이다. 사실 서로가 서로의 구성요소라고 파악하는 세계관에서 '나'와 '너'의 구분은 무의미한 것이다. 이 시를 불교의 무아론적인 관점에서 본다면, '나'와 '너'의 관계라는 것도 무의미해지겠지만, 존재가 변화하며 계속하는 것이라는 무아론적 과정 속에서 시적 주체는 '나'와 '너'를 검출하고 '나-너'의 관계가 지속되고 있음을 증명하는 데에 시의 전부를 들여 노력하고 있다. 그리움을 위해 대상을 제거하는 데에서 온 관계의 단절을 죽음 뒤에 다시 생을 연결함으로써 극복하고 있는 것이다. 죽음-생-죽음-생으로 이어지는 과정에서 대상은 죽었지만 현존하는 것으로 인식된다. 그리고 주체는 '나'와 '너'의 관계로 세계를 바라봄으로써 관계는 활성화되는 것이다. 이런 과정적, 유기체론적 세계에서 모든 존재는 서로가 서로를 그리워하며 서로의 일부가 되는 관계, 모두가 주체이면서 서로에게 객체가 되는 상호주체적인 그리움이 가능해지는 것이다. 새로운 주체, 새로운 세계관이기도 한 새로운 '사랑'의 양태인 '상호주체적 그리움'은 서정주의 중기시[22)에서 본격적으로 추구된다고 할 수 있다.

---

21) 프리초프 카프라는 뉴튼적 데카르트적 사유방식이 세계로부터 인간을 분리해 낸 과학의 패러다임이었다면, 그 이후의 새로운 과학의 패러다임으로 생태학을 제시한다. 그는 현대물리학과 유기체론적·생태론적 사유, 그리고 동양철학의 유사성을 지적한다. F. Capra, 이성범·김용정 역, 『현대물리학과 동양사상』, 범양사출판부, 1983, 67~98면.

4. 결론

본고는 서정주 초기시에 나타난 '저주 받은 자아상'와 '신적(神的)인 자아상'이 모두 인간적 한계를 돌파하려는 '영웅적 자아의식'이 발현된 두 가지 모습임을 밝혔다. 이는 기존 논의가 자기비하로 인해 손상된 자아에 대한 보상의 기제로 신적인 자아를 추구했다는 인과적인 입장을 반복하고 있는 데에서 벗어나 서정주 초기시를 새롭게 조망하는 실마리가 된다.

'영웅적 자아의식'은 서정주 초기시에 나타나는 '사랑'의 특성을 새롭게 해석하는 핵심어이다. 본고는 서정주 초기시에서 상반된 듯 보이는 '에로티시즘'과 '그리움'이 공통적으로 '거대한 자아'와 '압도된 대상'의 일방적 관계로 나타나는 특성이 있음을 구명하였다. '거대한 자아의식'은 '사랑'의 관계에서 대상보다는 자아에 몰입하는 경향을 보이며, 대상은 자아 욕망의 지향점에 불과한 기호로 전락한다.

'그리움'은 지금까지 상식적인 수준에서 언급되어 왔다. 본고는 '그리움'을 개념화하고, 서정주 시에서 '그리움'이 '거대한 자아의식'을 가진 시적 주체의 '자기애적인 사랑 장치'로서 발명된 것임을 밝힘으로써 서정주 시에 나타난 '그리움'의 특수성을 구명하였다는 의의가 있다.

두 존재가 혼융되고 융합되며, 동일성을 획득한 상태, 양립불가능한 상태를 사랑으로 파악하는 시적 주체가 그것을 성취하기 위해, '사랑'에서 대상을 제거함으로써 '그리움'이라는 역설적 사랑 장치를 고안해내었

---

22) 『신라초』이후 『떠돌이의 시』까지를 중기시로 본다.

음을 밝혔다. 그러나 일방적인 자아 심리의 투사 구조를 가지고 있는 '그리움'은 사랑의 환상장치에 불과하며 대상과의 '관계'의 부재로 인해 비활성화 되는 구조적 모순을 지닌다는 한계에 부딪히고 있다. 이런 이유로 시적 주체는, 새로운 '사랑'의 방식인 '상호주체적 그리움'으로 나아간다. 존재의 죽음을 생으로 연결시키는 과정적 유기체론적 세계에서 '죽음의 개념을 동반하는 그리움'에 대상은 다시 복원되고, 죽었음에도 현존하는 대상과의 '관계'가 활성화된다. 이런 '그리움—사랑'의 개념은 세계의 모든 존재들이 서로를 그리워하는 주체이자 대상인 것으로 인식하게 한다.

본고는, 『화사집』과 『귀촉도』를 상반된 경향을 담은 시집으로 파악하고 해명하고 있는 기존 논의에서 벗어나 『화사집』, 『귀촉도』, 『서정주 시선』에 수록된 시들을 세밀히 분석함으로써 '거대한 영웅적 자아의식'이라는 공통점을 추출하였으며, 결과적으로 서정주 초기시의 특성을 거시적인 관점에서 재정립하였다는 의의가 있다. 또한 상식적으로 언급되어온 그리움을 개념화하고, 서정주 시에 나타난 그리움의 특수성을 구명하였다는 의의가 있다.

제 4 부
부　록

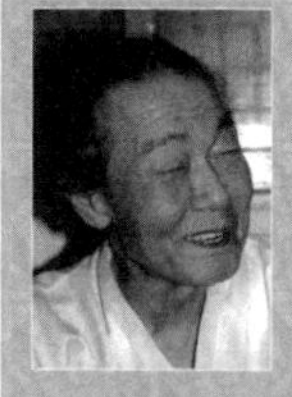

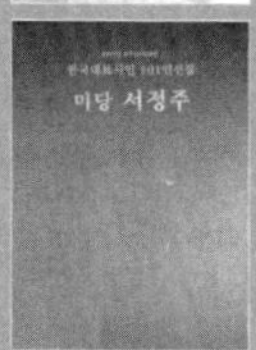

생애 연보

1915 5월 18일(음력) 전라북도 고창군 부안면 선운리 578번지에서 서광한과 김정현의
 장남으로 출생.

1922 1924년까지 마을 서당에서 한학 수업.

1924 부안군 줄포공립보통학교에 입학. 6년 과정을 5년 만에 수료.

1929 상경하여 중앙고등보통학교(현 중앙중고등학교)에 입학.

1930 봄에 장티푸스에 걸려 줄포로 낙향. 가을에 다시 상경했으나 11월 광주학생운
 동지지 시위 주모자 4명 중의 하나로 퇴학당하고 구속됨. 그러나 어리다는 이
 유로 기소 유예 되어 석방됨.

1931 고창고등보통학교에 2학년 편입하였으나 이내 권고자퇴 당함. 서울 상경.

1932 여름에 고창 월곡으로 낙향. 1933년 초가을까지 독서시대.

1933 일본의 박애주의자 하마다 다쓰오가 운영하는 마포 도화동 빈민촌에 입주. 선배
 인 미사 배상기의 안내로 박한영 대종사 문하생으로 입문하여, 동대문 밖 개운
 사 대원암 내 중앙불교전문강원에 입학. 다음 해 봄까지 공부.

1934 불경 공부를 그만두고 금강산 여행.

1935 교장인 박한영 대종사의 권고로 중앙불교전문학교에 입학. 한 해만 다니고 그
 만 둠.

1936 『동아일보』 신춘문예 당선(「벽」). 4월 가야산 해인사로 내려가 7월까지 지냄. 11월 『시인부락』 편집인겸 발행인(동인으로는 김동리, 김광균, 오장환 등).

1937 4, 5월 제주도 방랑. 6월 월곡리로 돌아옴.

1938 3월 27일 방옥숙과 결혼.

1940 1월 20일 고창읍 노동에서 장남 승해 출생. 가을, 만주로 가 양곡주식회사 간도 성 연길시 지점에 경리사원으로 입사. 겨울에 용정출장소로 전근.

1941 만주에서 귀국. 첫 시집 『화사집』 출간. 아내, 승해와 함께 상경 행촌동 문간방 에 새살림 차림. 동대문여학교 교사 부임. 2학기부터 용두동 소재 소학교인 동 광학교로 전근.

1942 봄에 동광학교 그만 두고 연희동 궁골로 이주하여 낡은 초가집에서 기거. 『춘추』 지에 고전소설 『옥루몽』 번역하며 연명함. 6월 20일(음력) 부친 사망. 그에 따른 유산 정리. 흑석동으로 이주.

1943 친일작품 발표 시작. 1944년까지 시, 소설, 수필, 르뽀 등 11편 발표.

1944 4월 초순부터 6월 하순까지 고창경찰서 유치장에 민족주의 정신을 고취시키는 연극 단원들의 사상적 배후 혐의로 구금. 『조선일보』 폐간기념시인 「행진곡」을 연극 단원들(김방수, 박형만 등)에게 읽어준 것이 이들에게 민족주의 사상을 고 취시킨 계기가 됨.

1945 정읍군청의 고원자리 확보. 일본인 지인 노리다케 가즈오의 공덕동집에 기거 시 작. 1970년 사당동(현 남현동) 예술인마을로 이주 전까지 여기에서 공덕동 시절 을 보냄.

1946 부산 남조선대학교(현 동아대학교) 전임강사. 1947년 여름까지.

1948 『귀촉도』 출간. 봄에 동아일보 사회부장으로 입사 후 문화부장으로 전임. 정부 수립과 동시에 문교부 초대예술과장 됨. 11개월 후 휴직.

1949 정부수립 후 한국문학가협회 창립과 동시에 시부 위원장으로 취임.

1951 전주 전시연합대학 강사겸 전주고등학교 교사.

1952 봄학기부터 1953년 가을학기 초까지 광주 조선대학교 부교수.

1953 환도와 함께 상경.

1954 예술원 회원. 서라벌 예술대학교 교수. 동국대학교 국문과 강사.

1955 염상섭, 김동리, 박목월 등과 함께 미국 아세아재단 자유문학상 수상.

1956 『서정주시선』 출간.

1957 2월 4일 서울 공덕동에서 차남 윤 출생.

1959 4월 1일 동국대학교 전임강사 부임.

1960 7월 7일 동국대학교 부교수로 직급 승진.

1961 『신라초』 출간.

1962 5월 22일 이 시집으로 5.16문예상(5월 문예상) 본상 수상. 전주 기전여고 교장
겸 선교사인 메리센트 하니카트(한국명 한미성)이 처음 영어 번역.

1963 춘천 성심여자대학교 국어 강사. 1968년까지.

1966 대한민국 예술원상 수상.

1968 『동천』 출간.

1970 3월 10일 사당 1동(현 남현동) 예술인마을로 이사. 이후 종신까지 30년간 기거함.

1972 『서정주 문학전집』(전 5권) 출간.

1974 고창 선운사 입구에 미당시비 건립.

1975 『질마재신화』 출간. 전국 대도시에서 회갑기념시화전 개최.

1976 『떠돌이의 시』 출간. 숙명여자대학에서 명예문학박사학위 받음.

1977 11월 한국문인협회장 취임. 세계일주 여행. 1978년 9월 귀국.

1979 동국대학교 교수 정년퇴임.

1980 『서으로 가는 달처럼』 출간. 중앙일보사 주관 문화대상본상 개인상 받음.

1982 『학이 울고 간 날들의 시』 출간.

1983 『안 잊히는 일들』 출간. 『미당 서정주 시전집』 출간.

1984 『노래』 출간. 범세계한국예술인회의 이사장 취임. 부인과 함께 2차 세계여행.
11월 고희 기념 강연회 및 시화전 개최

1988 『팔할이 바람』 출간. 세계의 산이름 암송 시작.

1990 9월 산이름 1,625개 모두 암송.

1991 『산시』 출간.

1993 『늙은 떠돌이의 시』 출간.

1994 시베리아 여행. 부인과 함께 바이칼 호수와 캄차카 반도를 다녀옴.

1997 『80소년 떠돌이의 시』 출간.

2000 10월 10일 부인 사망. 뒤이어 12월 24일 별세. 정부로부터 금관문화훈장 받음.

작품 연보

▌시집▌

『화사집』, 남만서고, 1941.2.10.

『귀촉도』, 선문사, 1948.4.1.

『서정주시선』, 정음사, 1956.11.30.

『신라초』, 정음사, 1961.12.25.

『동천』, 민중서관, 1968.11.15.

『질마재신화』, 일지사, 1975.5.20.

『떠돌이의 시』, 민음사, 1976.7.30.

『서으로 가는 달처럼』, 문학사상사, 1980.5.25.

『학이 울고 간 날들의 시』, 소설문학사, 1982.2.10.

『안 잊히는 일들』, 현대문학사, 1983.5.16.

『노래』, 정음문화사, 1984.3.20.

『팔할이 바람』, 혜원문화사, 1988.5.30.

『산시』, 민음사, 1991.1.30.

『늙은 떠돌이의 시』, 민음사, 1993.11.10.

『80소년 떠돌이의 시』, 시와시학사, 1997.11.1.

▌저서▌

『김좌진장군전』, 을유문화사, 1948.

『이승만박사전』, 삼팔사, 1949.

『시창작법』(공저), 선문사, 1949.

『현대조선명시선』, 온문사, 1950.

『작고시인선』, 정음사, 1950.

『시창작교실』, 인간사, 1956.

『시문학개론』, 정음사, 1959.

『시문학원론(시문학개론의 제목 수정)』, 정음사, 1969.

『한국의 현대시』, 일지사, 1969

『서정주문학전집』(전집류, 전5권), 일지사, 1972.

『서정주 시선』, 민음사. 1973.

『서정주 시선』(정음문고 44), 정음사, 1974.

『나의 문학적 자서전』, 민음사, 1975.

『서정주 육필시선』, 문학사상사, 1975.

『미당 수상록』, 민음사, 1976.

『도깨비 난 마을 이야기』, 백만사, 1977

『석사 장이소의 산책』, 삼중당, 1977.

『천지유정』, 동원각, 1977.

『한국명시선』, 현암사, 1977.

『소월시집』(증보판), 현암사, 1977.

『내 영원은 물빛 라일락』, 갑인출판사, 1977.

『하느님의 에누리』, 문음사, 1977(1981).

『나의 문학, 나의 인생』, 세종출판공사, 1977.

『아직도 우리에게 소중한 것』(시인 20인 에세이선), 청조사, 1977.

『현대작가론』, 형설출판사, 1979.

『서정주의 명시』, 한림출판사, 79.

『바람도 별도 잊을 수 없는 사람들』(공저), 도서출판 풀빛, 1979.

『떠돌며 머흘며 무엇을 보려느뇨』(2권), 동화출판공사, 1980.

『안 끝나는 노래』(시선집), 정음사, 1980.

『한 송이 국화꽃을 피우기 위해』, 민예사, 1980.

『현대시인론』, 형설출판사, 1981.

『아직도 우리에게 소중한 것』(공저), 청조사, 1981.

『시창작법』, 예지각, 1982.

『서정주』, 지식산업사, 1982.

『미당 서정주 시전집』(전집류), 민음사, 83.

『시문학원론』, 정음사, 1983.

『만해 한용운 한시선역』, 예지각, 1983

『육자배기 가락에 타는 진달래』, 예전사, 1985.

『젊은이여 무엇을 위해 사는가』(공저), 대우출판공사, 1985.

『시와 시인의 말』(공저), 창우사, 1986.

『국화 옆에서』(시선집), 혜원출판사, 1987.

『이런 나라를 아시나요』(고려원 시문학총서 21), 고려원, 1987.

『서정주의 명시』, 한림출판사, 1987.

『시인과 국화』, 갑인출판사, 1987.

『연꽃 만나고 가는 바람아』(신원시인총서 1), 신원문화사, 1989.

『서정주 시집』(범우문고 46), 범우사, 1990.

『서정주 시선』(한마당 77), 세명문화사, 1990.

『서정주 세계민화집』(5권), 민음사, 1991.

『음향시 화사집』(TAPE 포함), 민음사, 1991.

『푸르른 날』(한국대표시인 100인 선집 23), 미래사, 1991.

『눈이 부시게 푸르른 날은』, 열음사, 1991.

『피는 꽃』, 백록, 1991.

『화사집』, 민음사, 1991.

『미당 서정주시전집』(전집류, 전2권), 민음사, 1991.

『노자없는 나그네길』, 신원문화사, 1992.

『학생 국제 펜팔』(편저), 삼지사, 1992.

『서정주 문학앨범』(시선집), 웅진출판주식회사, 1993.

『우리나라 신선 선녀 이야기』(5권), 민음사, 1993.

『미당 산문』, 민음사, 1993.

『문학을 공부하는 젊은 친구들에게』, 민음사, 1993.

『영원의 미소』(석사 장이소의 산책, 1977 중판), 명문당, 1993.

『미당 시전집』(전집류, 전3권), 민음사, 1994.

『미당의 세계방랑기』(3권), 민예당, 1994.

『미당 자서전』(2권), 민음사, 1994.

『민들레꽃』, 정우사, 1994.

『우남 이승만전』, 한국출판협동조합, 1995.

『나와 나의 시쓰기』(공저), 토담, 1995.

『한 사발의 냉수』(한국대표에세이문고9), 자유문학사, 1995, 1998.

『국화 옆에서』(세계시인선 50), 민음사, 1997.

『견우의 노래』, 좋은날, 1997.

『인연』(작은 책 3:수필선집), 민족사, 1997.

『아 전라도 그 황토빛 이야기』(공저), 세훈, 1997.

『만해 한용운 한시선』(1983년 재판), 민음사, 1999.

『태교를 위한 수필』(공저, s/w 포함), 프리니엄북스, 2000.

『질마재로 돌아가다』(시선집), 미래문화사, 2001.

『미당 서정주 시선집』, 시와시학사, 2001.

『석전 박한영 한시집』(번역), 동국역경원, 2006.

▌번역시집 ▌

허세욱(중국어 역), 『서정주 시집』, 여명문화사업공업사, 1978.

데이비드 매켄(영어 역), 『계간문학시평 Quarterly Review of Literature』에 58편 수록, 1981.

김소운·시라카와 유타카·고노 에이지(일본어 역), 『조선 민들레꽃의 노래』, 동수사(冬樹社), 1982.

민희식(프랑스어 역), 『붉은 꽃』, 유로에디터사, 1982.

데이비드 매켄(영어 역), 『안 잊히는 일들』, 시사영어사, 1986.

시라카와 유타카·고노 에이지(일본어 역), 『신라풍류』, 각천서점(角川書店), 1986.

김화영(프랑스어 역), 『떠돌이의 시』, 셍제르맹 데 쁘레사, 1987.

김현창(스페인어 역), 『국화 옆에서』, 마드리드대학출판부, 1988.

조화선(독일어 역), 『석류꽃』, 부비어사, 1988.

데이비드 매켄(영어 역), 『서정주 시선』, 콜롬비아대학출판부, 1989

안선재(영어 역), 『서정주 초기시』(1941~1960), 유네스코, 파리, 1993.

김현창(스페인어 역), 『서정주 시편들』, 마드리드대학출판부, 1995.

김현창(스페인어 역), 『신라초』, 마드리드대학출판부, 1997.

안선재(영어 역), 『밤이 깊으면』(한국문학영역총서3), 답게, 1998.

김현창(스페인어 역), 『80먹은 어린 방랑자의 시, 그리고 다른 시들』, 베르붐사, 2000.

김상헌(유고슬라비아어 역), 『정오의 언덕』, 취고야사, 2003.

최성은(폴란드어 역. 김소월, 윤동주, 서정주), 『비단안개』, 베타보그스사, 2005.

연구 목록

▌박사학위 논문▐

강영미, 「한국 현대시의 전통과 시형에 관한 연구:이병기, 김영랑, 서정주를 중심으로」,
    고려대 박사, 2002.
김경란, 「현대시의 탈식민지주의 페미니즘:김소월, 한용운, 서정주의 시를 중심으로」,
    동국대 박사, 2006.
김선영, 「서정주 시 연구」, 성신여대 박사, 1998.
김수이, 「서정주 시의 변천 과정 연구:욕망의 변화 양상을 중심으로」, 경희대 박사,
    1997.
김옥성, 「한국 현대시의 불교적 시학 연구:한용운, 조지훈, 서정주의 시를 중심으로」,
    서울대 박사, 2005.
김은자, 「한국현대시의 공간의식에 관한 연구:김소월, 이상, 서정주를 중심으로」, 서울대
    박사, 1986.
김점용, 「서정주 시의 미의식 연구:'죽음 환상'과 '모성 환상'을 중심으로」, 서울시립대
    박사, 2003.
김정신, 「서정주 시의 변모과정 연구」, 경북대 박사, 2000.
김종호, 「서정주 시의 영원지향성 연구」, 상지대 박사, 2001.
김진희, 「생명파 시의 현대성 연구」, 이화여대 박사, 2000.
남진우, 「미적 근대성과 순간의 시학 연구」, 중앙대 박사, 2000,
문정희, 「서정주시연구:물의 심상과 상징체계를 중심으로」, 서울여대 박사, 1993.
박명자, 「한국 현대시의 눈물의 시학 연구:한용운, 김현승, 서정주 시를 중심으로」, 원
    광대 박사, 1999.
박선영, 「서정주 시의 공간 은유 연구」, 숭실대 박사, 2008.
박소유, 「서정주 시의 공간의식 연구」, 대구가톨릭대 박사, 2006.
박순희, 「미당 서정주 시 연구」, 성신여대 박사, 2005.

박혜숙, 「백석과 서정주의 서술시 비교 연구: 시집 『사슴』과 『질마재 신화』를 중심으로」, 아주대 박사, 2008.

배영애, 「현대시에 나타난 불교의식연구: 한용운, 서정주, 조지훈 시를 중심으로」, 숙명여대 박사, 1999.

서덕주, 「현대 선시 텍스트의 생성과 해체성 연구: 한용운, 서정주, 조지훈, 고은의 현대 선시를 중심으로」, 서강대 박사, 2004.

손진은, 서「정주 시의 시간성 연구」, 경북대 박사, 1996.

심재휘, 「1930년대 후반기 시 연구: 백석, 이용악, 유치환, 서정주 시의 시간의식을 중심으로」, 고려대 박사, 1997.

안현심, 「서정주의 후기시 연구」, 한남대 박사, 2011.

양금섭, 「미당 서정주 시 연구」, 고려대 박사, 1996.

엄경희, 「서정주 시의 자아와 공간, 시간 연구」, 이화여대 박사, 1998.

연은순, 「서정주 시 연구」, 청주대 박사, 2000.

오 준, 「『화사집』 분석을 통해 본 서정주 시의 이원성: 은유와 은폐」, 중앙대 박사, 2008.

오용기, 「한국 현대시의 한에 대한 연구: 김소월, 서정주, 박재삼의 시를 중심으로」, 우석대 박사, 2001.

오태환, 「서정주 시의 무속적 상상력 연구」, 고려대 박사, 2006.

유지현, 「서정주 시의 공간 상상력 연구: 『화사집』에서 『질마재 신화』까지」, 고려대 박사, 1997.

유혜숙, 「서정주 시 연구: 자기실현 과정을 중심으로」, 서강대 박사, 1994.

육근웅, 「서정주 시 연구」, 한양대 박사, 1991.

윤재웅, 「서정주 시 연구」, 동국대 박사, 1996.

이경수, 「한국 현대시의 반복 기법과 언술 구조: 1930년대 후반기의 백석, 이용악, 서정주 시를 중심으로」, 고려대 박사, 2004.

이명희, 「한국 현대시에 나타난 신화적 상상력 연구: 서정주, 박재삼, 김춘수, 전봉건을 중심으로」, 건국대 박사, 2002.

이몽혁, 「한국근대시와 무속적 구조연구: 김소월, 이상화, 이육사, 서정주를 중심으로」, 동아대 박사, 1988.

이송희, 「서정주 시 텍스트의 인지시학적 연구」, 전남대 박사, 2008.

이수정, 「서정주 시에 있어서 영원성 추구의 시학」, 서울대 박사, 2006.

이영광, 「서정주 시의 형성 원리와 시의식의 구조」, 고려대 박사, 2006.

이영희, 「한국 현대시에 나타난 삶의 인식방법 연구: 한용운, 김소월, 서정주의 시를 중심으로」, 경희대 박사, 1986~87 추정.

이진흥, 「서정주 시의 심상연구:『화사집』에서『동천』까지」, 영남대 박사, 1989.

임도한, 「한국 현대 생태시 연구」, 고려대 박사, 1999.

장정렬, 「한국 현대 생태주의 시 연구」, 한남대 박사, 1999.

장창영, 「서정주 시 연구」, 전북대 박사, 2002.

전미정, 「한국 현대시의 에로티시즘 연구:서정주, 오장환, 송욱, 전봉건의 시를 중심으로」, 서강대 박사, 1999.

정유화, 「서정주 시의 기호논적 연구:이항대립과 매개항을 중심으로」, 중앙대 박사, 1997.

정형근, 「서정주 시 연구－판타지와 이데올로기를 중심으로」, 서강대 박사, 2005.

차호일, 「미당 시에 나타난 여인상 연구」, 경남대 박사, 1999.

최정숙, 「한국 현대시의 민속 수용양상 연구:백석, 서정주를 중심으로」, 경희대 박사, 2003.

최현식, 「서정주와 영원성의 시학」, 연세대 박사, 2003.

허윤회, 「서정주 시 연구:후기시를 중심으로」, 성균관대 박사, 2001.

▌석사학위 논문 ▌

간호익, 「서정주 시 연구:『질마재 신화』를 중심으로」, 한양대 석사, 1998.

감태준, 「미당과 목월의 초기시 대비연구」, 한양대 석사, 1982.

강명순, 「서정주 초기시 연구:시집『화사집』을 중심으로」, 한양대 교육대학원 석사, 2002.

강성자, 「서정주와 윤동주의 자의식 비교:서정주의 초기시와 윤동주의 시를 중심으로」, 한국교대 석사, 1993.

강우식, 「서정주 시의 상징연구:초기 시집을 중심으로」, 한양대 석사, 1983.

강지정, 「서정주 시의 여성 이미지 연구」, 원광대 석사, 2002.

강혜경, 「서정주 시의 어휘 연구:『화사집』과『귀촉도』를 중심으로」, 조선대 교육대학원 석사, 2004.

강희경, 「서정주 시의 이미지 연구」, 호남대 석사, 1996.

강희근, 「미당 서정주 연구:한국적 전통의 체현을 중심으로」, 동아대 석사, 1974.

고은숙, 「서정주의『질마재 신화』에 나타나는 그로테스크 연구」, 부산대 석사, 2003.

고지형, 「서정주 시의 형태론적 연구:『화사집』에서『동천』까지」, 건국대 교육대학원 석사, 1995.

구자성, 「한국 현대시에 나타난 불교사상: 만해와 미당의 시를 중심으로」, 연세대 석사, 1984.

권희철, 「서정주 시의 에로티시즘 연구」, 서울대 석사, 2004.

김경희, 「미당 시에 나타난 설화적 모티브 연구」, 동아대 석사, 1981.

김기인, 「서정주 시에 나타난 여성 이미지 연구」, 충북대 교육대학원 석사, 2001.

김동일, 「서정주 시 연구: 화자를 중심으로」, 성균관대 석사, 1988.

김명숙, 「서정주 시의 역동적 상상력 연구」, 경북대 석사, 2003.

김미숙, 「질마재 신화에 나타난 신화적 삶의 양상 연구: 서정주 시집 질마재신화 考」, 원광대 석사, 1995.

김민경, 「서정주 시에 나타난 에로티시즘 연구」, 숙명여대 석사, 2006.

김민성, 「서정주 시의 교수·학습 방안 연구」, 부산외대 석사, 2008.

김석준, 「서정주 초기시 연구: 사상적 변화를 중심으로」, 서울대 석사, 1994.

김순자, 「『화사집』의 공간기호에 관한 연구」, 명지대 사회교육대학원 석사, 1997.

김순주, 「서정주 詩 연구: 신라정신을 中心으로」, 연세대 교육대학원 석사, 1988.

김신중, 「서정주 시에 나타난 물의 의미」, 영남대 석사, 1992.

김연숙, 「서정주 『화사집』의 공간 의식 연구」, 목포대 교육대학원 석사, 2005.

김영수, 「서정주 시의 상징성에 관한 연구」, 경북대 석사, 1980.

김영숙, 「서정주론」, 전북대 석사, 1982.

김영천, 「서정주 시 연구: 음양의 이항대립을 중심으로」, 목포대 석사, 2001.

김왕노, 「서정주 식물적 이미지 연구」, 아주대 석사, 2004.

김용균, 「일제 식민지시대 시에 나타난 유랑의식 연구: 김소월, 박목월, 서정주, 류치환을 중심으로」, 공주대 석사, 1994.

김윤옥, 「시의 형식론적 접근: 서정주의 시 「화사」를 중심으로」, 연세대 교육대학원 석사, 2004.

김은영, 「백석의 사슴과 미당의 질마재 신화 대비 연구: 백석의 낭만성과 미당의 현실성을 중심으로」, 서강대 석사, 1999.

김은진, 「서정주 시의 설화 수용 양상과 교육적 활용 방안에 대한 연구─『신라초』를 중심으로」, 고려대 교육대학원 석사, 2011.

김은희, 「미당 서정주 시 연구: 전통성을 중심으로」, 중앙대 교육대학원 석사, 2003.

김익균, 「『서정주시선』 연구: 서술성을 중심으로」, 동국대학교 석사, 2010.

김잔디, 「서정주 시의 생명 의식 연구」, 아주대 교육대학원 석사, 2005.

김장선, 「미당 서정주 시의 원형적 고찰」, 조선대 교육대학원 석사, 1986.

김재석, 「미당 서정주의『질마재 신화』연구」, 목포대 석사, 2000.

김재옥, 「서정주 시의 불교적 상상력 연구」, 배재대 석사, 2008.

김정수, 「서정주 초기 시의 연금술적 상징 연구」, 울산대 석사, 2005.

김정신, 「미당 시에 나타난 '피'의 심상 연구」, 경북대 석사, 1994.

김지연, 「서정주 시의 상징에 관한 연구:『화사집』을 중심으로」, 제주대 석사, 1993.

김진설, 「미당 서정주 중기 시 연구:불교적 상상력을 중심으로」, 군산대 석사, 2007.

김태현, 「서정주 시의 극성 연구」, 상명대 석사, 2002.

김행숙, 「서정주와 유치환의 초기 시 비교 연구」, 고려대 석사, 1996.

김홍진, 「서정주 시의 원형 이미지 연구」, 한남대 석사, 1993.

나진희, 「미당 서정주 시 연구:서정주의 생명의식을 중심으로」, 경원대 교육대학원 석사, 2008.

나희덕, 「서정주의『질마재 신화』연구:서술시적 특성을 중심으로」, 연세대 석사, 1999.

남궁경현, 「친일문학작품 교육방법에 대한 연구:서정주의 작품을 중심으로」, 동국대 석사, 2010.

노은지, 「서정주의 후기 시에 나타난 회귀의식」, 조선대 교육대학원 석사, 2007.

류근희, 「서정주 시에 나타난 사랑의 양상 연구」, 대전대 석사, 2007.

류경순, 「미당 시에 나타난 여성상:여성주의를 중심으로」, 인하대 석사, 1985.

류동현, 「『화사집』의 심층 심리 분석」, 서울대 석사, 2000.

류명희, 「서정주 시의 설화 수용 양상 연구」, 충북대 석사, 2002.

류옥연, 「서정주 시 연구」, 원광대 석사, 1996.

류현미, 「서정주 초기 시의 문체적 특성 연구:품사·어휘·종결법을 중심으로」, 연세대 석사, 2004.

문영석, 「현대시에 나타난 거울의 상징성 연구:이상, 윤동주, 서정주 시를 중심으로」, 서강대 석사, 2001.

문혜진, 「서정주 초기 시에 나타난 에로티시즘 연구」, 한양대 석사, 2003.

박경임, 「서정주 시 연구」, 성신여대 석사, 1999.

박계림, 「서정주 시에 나타난 성적 이미져리 연구」, 원광대 석사, 2000.

박나리, 「교과서에 수록된 서정주 시 분석과 교육적 의의 연구」, 고려대 교육대학원, 2011.

박미경, 「서정주 시의 극성 연구」, 동국대 문화예술대학원 석사, 2004.

박병춘, 「미당 서정주 시에 나타난 생태주의적 특성 연구:『질마재 신화』를 중심으로」, 동국대 교육대학원 석사, 2002.

박상렬, 「서정주 작품 연구:초기시를 중심으로」, 고려대 석사, 1977.

박소유, 「서정주의 시적 상상력에 의한 공간연구」, 대구효성가톨릭대 석사, 1998.
박순옥, 「서정주 초기 시의 심상연구:'피', '꽃', '여성'을 중심으로」, 충남대 석사, 2009.
박순희, 「미당 서정주 시 연구」, 성신여대 석사, 2005.
박순희, 「서정주 시 연구」, 성신여대 석사, 1994.
박영희, 「서정주 시에 수용된 설화 수용 연구」, 충북대 석사, 2009.
박재승, 「생명파 연구」, 충북대 석사, 1981.
박준희, 「서정주 시의 미적 특성 연구:『질마재 신화』와 『학이 울고간 날들의 詩』의 해학성을 중심으로」, 아주대 석사, 2010.
박지혜, 「서정주 시 연구:서정주시선 연구」, 한국교원대 석사, 2007.
이영주, 「서정주의 『화사집』에 나타난 자아 인식」, 충북대 교육대학원 석사, 2007.
박진옥, 「미당 시의 상상력과 이미지의 변이과정 연구」, 건국대 석사, 2001..
박형준, 「서정주 초기 시에 나타난 동물 이미지 연구:『화사집』, 『귀촉도』, 『서정주 시선』을 중심으로」, 명지대 석사, 2003.
방지연, 「서정주 시에 나타난 사랑의 변모 양상 연구」, 공주대 석사, 2008.
백현숙, 「서정주의 『화사집』 연구」, 충남대 석사, 2010.
변재남, 「서정주 시에 있어서의 바람 이미지 연구」, 충북대 석사, 1997.
변해숙, 「서정주 시의 시간성 연구」, 이화여대 석사, 1987.
서동인, 「서정주와 유치환 시의 생명성 연구」, 성균관대 석사, 2004.
서민경, 「서정주 시의 바다 이미지 연구」, 경희대 교육대학원 석사, 2001.
서정주, 「서정주 초기 시 연구:시집 『화사집』을 중심으로」, 한양대 교육대학원 석사, 2002.
서화신, 「서정주 초기 시 연구:『化蛇集』을 중심으로」, 한양대 교육대학원 석사, 2004.
석태정, 「시를 통한 무용공연 예술로서의 표현 연구:서정주 시 귀촉도를 중심으로」, 세종대 공연예술대학원 석사, 2002.
설숙련, 「서정주 시의 불교적 이미지 연구」, 중앙대 예술대학원, 2009.
송명규, 「서정주론:'미당 담론'의 형성과정에 대한 비판적 고찰」, 강원대 석사, 2005.
송승환, 「『질마재 신화』의 시간의식 연구」, 중앙대 석사, 2000.
송정란, 「현대시의 삼국유사 설화 수용에 관한 연구:미당 서정주의 시를 중심으로」, 동국대 석사, 1999.
송하선, 「서정주 연구」, 고려대 교육대학원 석사, 1977.
신광호, 「한국현대시와 꽃의 심상연구:김소월, 한용운, 서정주의 시에서 꽃을 표제로 한 시를 중심으로」, 경희대 석사, 1982.
신수경, 「서정주 시의 여성 이미지 연구」, 순천대 석사, 1997.

신혜정, 「시를 통한 상상력 교수법 연구 – 서정주의 『질마재 신화』를 중심으로」, 성신여대 석사, 2005.

심혜련, 「서정주 시의 화자 청자 연구」, 이화여대 석사, 1992.

안동주, 「미당 서정주 연구: 그 시 정신을 중심으로」, 조선대 교육대학원 석사, 1982.

안정희, 「프랑스 상징주의 이입과 수용양상: 서정주 초기 시에 미친 보들레르 영향」, 고려대 석사, 2006.

안현심, 「서정주 시의 인물에 대한 원형적 고찰」, 충북대 석사, 2007.

양연희, 「서정주 시에 나타난 '벽'의 유형에 관한 연구: 서정주의 초기 시 『화사집』을 중심으로」, 동덕여대 석사, 2006.

양인호, 「서정주의 시세계 고찰」, 조선대 석사, 1986.

양혜령, 「서정주 시의 원형 연구: 그림자, 아니마를 중심으로」, 건국대 석사, 2002.

여영순, 「서정주 시 연구」, 호남대 석사, 2009.

오 준, 「한국 현대시에 나타난 물의 양상: 김소월, 서정주, 박목월의 시를 중심으로」, 중앙대 석사, 1991.

오시열, 「서정주의 「화사집」 연구」, 제주대 석사, 1996.

오형엽, 「서정주 초기 시의 의미구조 연구: 이원성과 그 융합의 의지를 中心으로」, 고려대 석사, 1989.

유경순, 「미당 시에 나타난 여성상: 여성주의를 중심으로」, 인하대 석사, 1985.

유근조, 「서정주 연구: Ethos적 사랑과 시간과 영원의 명상」, 충남대 석사, 1995.

유동완, 「서정주 『질마재 신화』의 원형 연구」, 원광대 석사, 2000.

유막희, 「서정주 시의 설화 수용 양상 연구」, 충북대 교육대학원 석사, 2002.

유옥연, 「서정주 시 연구」, 원광대 석사, 1996.

유하영, 「서정주 시의 이미지 기법과 미적 체험 양상 연구」, 숙명여대 석사, 2001.

유현미, 「서정주 초기시의 문체적 특성 연구: 품사. 어휘. 종결법을 중심으로」, 연세대 교육대학원 석사, 2004.

유혜숙, 「서정주 시 연구: 자기실현 과정을 중심으로」, 서강대 석사, 1995.

윤미화, 「서정주 시 연구: 꽃과 여인의 심상규명 중심으로」, 성균관대 교육대학원 석사, 2003.

윤석호, 「서정주 연구: 특히 불교정신의 영원성을 중심으로」, 세종대 석사, 1984.

응웬티히엔, 「서정주와 응오 수언 지에우 초기시에 나타난 생명 이미지 비교 연구: 보들레르와의 관계를 중심으로」, 서울대 석사, 2006.

이경희, 「서정주 시의 전통성 연구: 문학사상을 중심으로」, 경희대 석사, 2000.

이계윤, 「서정주의 『질마재 신화』 연구: 구연의 방식과 구연자의 태도를 중심으로」, 고려대 석사, 2002.

이광수, 「지훈과 미당의 시론 비교」, 고려대 석사, 1984.

이남호, 「윤동주와 서정주의 자화상 비교분석」, 고려대 석사, 1980.

이미자, 「서정주 시론 연구」, 동국대 석사, 2001.

이병숙, 「서정주 시 주제의 교수법 연구:설화 모티프 시를 중심으로」, 성신여대 교육대
학원 석사, 2004.

이성우, 「서정주 시의 영원성과 현실성 연구」, 고려대 석사, 2000.

이성희, 「서정주 시의 설화 수용에 관한 연구:『신라초』를 중심으로」, 동국대 교육대학
원 석사, 2003.

이순옥, 「서정주의『질마재 신화』연구」, 영남대 석사, 1992.

이영주, 「서정주의『화사집』에 나타난 자아 인식」, 충북대 석사, 2007.

이원구, 「서정주 연구」, 동국대 석사, 1978.

이종윤, 「서정주 초기 시의 연구:피의 심상을 중심으로」, 경희대 석사, 1984.

이해도, 「미당 서정주 연구」, 연세대 교육대학언 석사, 1984.

이현정, 「서정주 시에 나타난 〈바람〉의 상승의지 연구:초기 시를 중심으로」, 연세대 석
사, 1994.

인선민, 「서정주의『질마재 신화』에 대한 연구」, 건국대 석사, 2000.

임재서, 「서정주 시에 나타난 세계 인식에 관한 연구:비극적 세계관과 시간성의 관련
양상을 중심으로」, 서울대 석사, 1996.

임종연, 「미당 서정주 시 연구:벽·문·꽃의 심상을 중심으로」, 안동대 교육대학원 석사,
2002.

장민경, 「『질마재 신화』의 해학성 연구」, 동국대 석사, 2006.

장보광, 「서정주의 자연 연구:서정주 시선의 해방후 시를 중심으로」, 한양대 교육대학
원 석사, 1983.

전은정, 「서정주 시에 나타난 여성 원형 연구」, 인제대 석사, 2007.

전재수, 「서정주의 시세계」, 숭전대 석사, 1983.

전정구, 「서정주 연구:「동천」을 중심으로」, 전북대 석사, 1977.

전종대, 「서정주 초기 시의 시적 자아 지향성 연구」, 대구가톨릭대 석사, 2003.

전희영, 「서정주 시의 설화 수용 연구:종교적 측면을 중심으로」, 충북대 석사, 2008.

정신재, 「미당 시의 공간의식」, 동국대 석사, 1982.

정영진, 「서정주 자전적 텍스트와『화사집』의 관계 연구」, 인하대 석사, 2007.

정영호, 「서정주의 「떠돌이의 시」연구」, 동아대 석사, 1983.

정준영, 「서정주 소설 「석사 장이소의 산책」 연구」, 동국대 석사, 2006.

정치희, 「서정주의 시 정신 연구:인간애 사상을 중심으로」, 전북대 석사, 1989.
정형근, 「『질마재 신화』 연구:상호텍스트와 텍스트의 충돌:집단체험과 개인체험의 결합」,
　　　서강대 석사, 1998.
정혜자, 「 서정주의 시집 『노래』연구」, 동국대 석사, 2010.
조규미, 「서정주 시의 병렬법 연구」, 이화여대 석사, 1994.
조승식, 「서정주 시의 여성 이미지 변천 과정 연구」, 서울산업대 산업대학원 석사, 2008.
조연정, 「서정주 시에 나타난 '몸'의 시학 연구」, 서울대 석사, 2002.
조영주, 「서정주 시의 아니마 심상 연구:여인과 꽃을 중심으로」, 고려대 석사, 2000.
조형순, 「현대시에 나타난 시적화자와 청자의 연구:유치환과 서정주의 초기시를 중심으
　　　로」, 경남대 석사, 1985.
주　옥, 「서정주 시의 설화수용양상 연구」, 서강대 석사, 1982.
주세훈, 「서정주 시의 감탄어 연구:감탄어의 표출성격을 중심으로」, 한국교원대 석사,
　　　1994.
차민정, 「상호텍스트성에 의한 고등학교 시 교수법 연구:김소월, 서정주 시를 중심으로」,
　　　성신여대 석사, 2006.
채명식, 「미당시와 정념통어의 방법:『서정주 시선』을 중심으로」, 동국대 석사, 1989.
천성순, 「서정주 시 연구:「신라초」, 「동천」을 중심으로」, 중부대 교육대학원 석사, 2003.
최동현, 「서정주시 연구:빛의 이미져리를 중심으로」, 전북대 교육대학원 석사, 1982.
최라영, 「서정주 초기 시 텍스트의 의미화 과정 연구:여성과의 관련 양상을 중심으로」,
　　　서울대 석사, 1999.
최현식, 「서정주 초기 시의 미적 특성 연구」, 연세대 석사, 1995.
최호빈, 「서정주 시의 서술시적 특성 연구」, 고려대 석사, 2009.
최훈주, 「미당 서정주 시 연구:떠돌이 의식을 중심으로」, 목포대 석사, 2001.
하재봉, 「서정주 시에 나타난 물질적 상상력 연구」, 중앙대 석사, 1981.
한양순, 「서정주 시에 나타난 성(性)과 선(禪)의 의미 연구」, 배재대 석사, 1999.
허윤회, 「서정주 시 연구:후기 시를 중심으로」, 성균관대 석사, 2000.
허　탁, 「미당 시와 존재론적 상상력의 역정」, 부산대 석사, 1980.
홍명희, 「『질마재 신화』의 서술시적 특성 연구」, 대전대 석사, 2002.
홍예영, 「서정주 시의 시어 연구」, 동국대 문화예술대학원 석사, 2000.
홍은정, 「서정주 시에 나타난 여성 이미지 연구」, 부산외대 석사, 2002.
홍흥기, 「미당 서정주의 시에 나타난 모더니티 연구:『화사집』을 중심으로」, 동국대 문
　　　화예술대학원, 1996.
황복수, 「서정주 시의 구술성과 미적특질:「화사집」을 중심으로」, 동국대 석사, 2008.

황숙희, 「서정주의『질마재 신화』연구 : 패러디 양상을 중심으로」, 강원대 석사, 2000.
황인교, 「서정주 시의 상상력 연구」, 이화여대 석사, 1982.
황인학, 「서정주 시의 기호학적 연구 :『화사집』에서『동천』까지」, 중앙대 석사, 2000.
황주연, 「미당 시에 나타난 시적 주체의 변모 양상」, 서강대 석사, 2004.

▌학술지 수록 논문 ▌

강경화, 「미당의 시정신과 근대문학 해명의 한 단서」,『반교어문연구』제7집, 1996.
강영미, 「서정주론 - 화자의 갈등과 시 형태의 상관성을 중심으로」,『민족문화연구』, 고려대학교 민족문화연구원, 2003.
강우식, 「부조화 사이의 조화 - 미당 서정주의『산시』를 중심으로」, 인문과학, 성균관대학교 인문과학연구소, 1994.
고현철, 「서정주『질마재 신화(神話)』의 장르 패러디 연구」,『현대문학의 연구』, 한국문학연구학회, 2007.
구모룡, 「한국 근대시와 불교적 상상력의 양면성」,『한국시학연구』9, 2003.
권양현, 「서정주 시론 연구」,『문예시학』, 문예시학회(구. 충남시문학회), 2009.
김동근, 「서정주 시의 담론 원리와 상상력」,『국어국문학』제128호, 국어국문학회, 2001.
김석회, 「미당 시의 문둥이 이미지와 그 변용 양상의 의미 해석」,『국어교육』, 131집, 한국어교육학회(구 - 한국국어교육연구학회), 2010.
김승구, 「일제 말기 서정주의 자전 기록에 나타난 행동의 논리와 상황」,『대동문화연구』, 65집, 2009.
김승종, 「사향의 질곡과 박하의 윤리 - 미당 서정주의 화사론」,『우리어문연구』, 33집, 우리어문학회, 2009.
김시태, 「서정주의 낭인의식 (浪人意識)」,『한양어문』, 한국언어문화학회 (구 한양어문학회), 1997.
김신정, 「시적 순간의 체험과 영원성의 성 - 정전(正典)으로서의 서정주 시에 대한 고찰」,『여성문학연구』, 한국여성문학학회, 2001.
김열규, 「속신과 신화의 서정주론」,『서강어문』, 서강어문학회, 1982.
김옥성, 「김달진 시의 선적 미의식과 불교적 세계관」,『한국언어문화』28, 2005.
김옥성, 「서정주 시의 윤회론적 사유와 미학적 의미」,『종교문화비평』, 한국종교문화연구소 (구 한국종교연구회), 2006.
김옥성, 「서정주의 생태사상과 그 시학적 양상」,『한국문학이론과 비평』34, 2007.

김용희, 「서정주 시의 시어와 이데올로기」, 『한국시학연구』, 한국시학회, 2005.

김점용, 「미당 시의 나르시시즘과 미적근대성」, 『어문학』 98집, 2007.

김종호, 「'귀신' 모티프와 '영원' 상징 체계—서정주 시를 중심으로」, 『한국문예비평연구』, 한국현대문예비평학회, 2000.

김종호, 「서정주 시에 나타난 '영원' 모티프의 상징체계 연구—원초적 육욕의 영원 상징 '여인' 을 중심으로」, 『한국문예비평연구』, 한국현대문예비평학회, 1999.

김종훈, 「서정주의 「멈들레꽃」 분석」, 『어문논집』, 민족어문학회, 2009.

김진희, 「1930년대, 서정주의 시와 화단(畵壇)의 관련성 연구—여성 이미지를 중심으로」, 『비교문학』, 한국비교문학회, 2006.

김춘식, 「친일문학에 대한 윤리와 서정주 연구의 문제점」, 『한국문학연구』34, 한국문학연구소, 2008.

김현자, 「서정주 시의 은유와 환유」, 『기호학 연구』, 한국기호학회, 1999.

남진우, 「서정시 이론의 새로운 고찰—서정성의 층위를 중심으로」, 『우리말글』40, 우리말글학회, 2007.

동시영, 「서정주의 「화사」 분석」, 『한양어문』, 한국언어문화학회(구 한양어문학회), 1999.

문송화, 「서정주 중기시의 불교의식 연구 —『신라초』, 『동천』을 중심으로」, 『문예시학』, 문예시학회(구. 충남시문학회), 2010.

박경수, 「구비설화의 현대시 수용 양상 연구—서정주 시의 여성인물 설화 수용을 중심으로」, 『배달말』, 배달말학회, 2010.

박덕은, 「서정주 (徐廷柱)의 「동천(冬天)」 연구」, 『국어문학』, 국어문학회, 1983.

박명자, 「미당시와 체념의 미학—6.25 전쟁체험을 중심으로」, 『한국언어문학』, 37집, 한국언어문학회, 1996.

박선영, 「서정주 시의 구심적 공간 메타포 연구」, 『어문론총』, 한국문학언어학회(구 경북어문학회), 2008.

박성현, 「화사집에 나타난 도시의 담론 연구」, 『겨레어문학』, 38집, 겨레어문학회, 2007.

박소유,「서정주 시에 나타난 결핍과 그 변용—「가시내」에서 「신부」까지」, 『한국사상과 문화』, 한국사상문화학회, 2007.

박수연, 「친일과 배타적 동양주의」, 『한국문학연구』34, 한국문학연구소, 2008.

박수연, 「일제 말 친일시의 계보」, 『우리말글』36, 우리말글학회, 2006.

박진숙, 「한국 근대문학에서의 샤머니즘과 '민족지'의 형성」, 『한국현대문학연구』19, 한국현대문학회, 2006.

배경열, 「서정주 시의 상징 연구—초기 시집 『화사집』을 중심으로」, 『관악어문연구』, 서울대학교 국어국문학과, 1997.

배경열, 「서정주 초기 시에 나타난 〈상징〉의 비교문학적 연구」, 『비교문학』, 한국비교문
　　　학회, 1994.
배영애, 「서정주 시에 나타난 불교의식」, 『수련어문논집』, 수련어문학회, 1999.
서지영, 「서정주 시의 산문성과 근대성, 시학과 언어학」, 시학과 언어학회, 2004.
손진은, 「문학교육과 제재 선정의 문제」, 『경주대학교 논문집』17, 경주대학교, 2004.
손진은, 「서정주시의 반근대성 연구」, 『새국어교육』, 한국국어교육학회, 2002.
손진은, 「서정주 시와 '신라정신'의 문제」, 『어문학』73, 한국어문학회, 2001.
송영순, 「『질마재 신화』의 신화성과 카니발리즘」, 『한국문예비평연구』, 한국현대문예비
　　　평학회, 2006.
송외숙, 「생명파 시인 연구 1-서정주를 중심으로」, 『사림어문연구』, 사림어문학회, 2000.
송주성, 「'전통'과 '근대성'-1950년대 미당 시의 근대성과 초근대성 문제」, 『반교어문
　　　학』, 반교어문학회, 1997.
신범순, 「반근대주의적 혼의 시학에 대한 고찰-서정주를 중심으로」, 『한국시학연구』,
　　　한국시학회, 2001.
안현심, 「서정주의 『학(鶴)이 울고 간 날들의 시(詩)』 연구」, 『한국언어문학』, 한국언어문
　　　학회, 2010.
안현심, 「서정주 후기시의 인물에 대한 원형적 고찰」, 『한국문예비평연구』, 한국현대문
　　　예비평학회, 2008.
엄경희, 「서정주 시에 나타난 성애의 희극적 형상화 방식과 시적 의도」, 『한국언어문화
　　　(구 한양어문)』, 40집, 한국언어문화학회, 2009.
엄경희, 「서정주 시에 나타난 보수 지향적 의식의 토대」, 『한국언어문화』, 한국언어문화
　　　학회 (구 한양어문학회), 2005.
연은순, 「서정주 시 연구」, 『한국문예비평연구』, 한국현대문예비평학회, 2001.
오성호, 「시인의 길과 국민의 길-미당의 친일시에 대하여」, 『배달말』32, 배달말학회,
오용기, 「서정주 시와 한(恨)『화사집』을 중심으로」, 『국어문학』, 국어문학회, 2000.
옥경숙, 「서정주 시에 있어서의 설화적 요소-「질마재 신화」를 중심으로」, 『새얼어문논
　　　집』, 새얼어문학회, 1988.
원자경, 「미당 시에 나타난 '아버지' 존재 양상 연구」, 『비교한국학』, 국제비교한국학회,
　　　2009.
유지현, 「서정주의 『질마재 신화』에 나타난 신체적 상상력의 미학」, 『현대문학이론연구』,
　　　현대문학이론학회, 2005.
육근웅, 「서정주 시의 정체성」, 『한민족문화연구』, 한민족문화학회, 2001.
육근웅, 「시와 원형-서정주 시의 한 해석」, 『동아시아문화연구(구 한국학논집)』, 한양대

학교 동아시아문화연구소(구 한양대학교 한국학연구소), 1995.

육근웅, 「서정주 시의 자기원형상」, 『동아시아문화연구(구 한국학논집)』, 한양대학교 동아시아문화연구소 (구 한양대학교 한국학연구소), 1993.

윤은경, 「서정주 초기 시의 "영원성 지향"과 "도"의 상상력」, 『문예시학』, 문예시학회(구 충남시문학회), 2010.

윤재웅, 「서정주의 줄포공립보통학교 학적 기록에 대한 고찰」, 『한국시학연구』27호, 한국시학회, 2010.

윤재웅, 「에코뮤지엄으로서의 미당시문학관의 발전 가능성에 대한 고찰」, 『한국문학연구』36집, 한국문학연구소, 2009.

윤재웅, 「서정주 번역 『석전 박한영 한시집』(2006)에 대하여」, 『한국문학연구』32집, 한국문학연구소, 2007.

윤재웅, 「1941년, 정지용과 서정주, 상이한 재능의 두 국면─『백록담』과 『화사집』의 비교 검토를 중심으로」, 『한국시학연구』14호, 한국시학회, 2005.

윤재웅, 「서정주 시에 나타난 삶과 죽음의 문제─꽃의 상상력을 중심으로」, 『한국문학이론과비평』26집, 한국문학이론과 비평학회, 2005.

윤재웅, 「『질마재 신화』의 내러티브 연구」, 『내러티브』8호, 한국서사학회, 2004.

윤재웅, 「심미적 인간과 제의적 인간─『질마재 신화』의 캐릭터에 대하여」, 『내러티브』9호, 한국서사학회, 2004.

윤재웅, 「서정주 시의 지방색 문제」, 『국어국문학』130, 국어국문학회, 2002.

윤재웅, 「미당 미수록 시 연구 Ⅰ─시작노트 1권을 중심으로」, 『동악어문논집(현 한국어문학연구)』37집, 2001.

윤재웅, 「『화사집』 자세히 읽기 1」, 『한국문학연구』 22집, 동국대 한국문학연구소, 2000.

윤재웅, 「인물기행:바람의 시인 서정주(徐廷柱)」, 『한국논단』, 한국논단, 1995.

윤태수, 「서정주 연구(1)─「화사집」의 작품들」, 『한국학연구』, 상명대학교 한국학연구소, 1996.

이경수, 「서정주 초기 시의 구성 원리」, 『우리어문연구』, 우리어문학회, 2001.

이경재, 「'김윤식, 민병수, 고영근' 교수 정년퇴임 기념호:서정주의 『질마재 신화』 고찰」, 『관악어문연구』, 서울대학교 국어국문학과, 2001.

이상숙, 「서정주 「꽃밭의 독백」 재론─"사소"와 "꽃"을 중심으로」, 『한국시학연구』, 한국시학회, 2002.

이상오, 「서정주 시의 무속적 상상력 연구」, 『인문연구』, 영남대학교 인문과학연구소, 2006.

이상오, 「서정주의 시의 보들레르 수용─영원성의 상징과 의미를 중심으로」, 『인문과학

』, 성균관대학교 인문과학연구소, 2006.

이송희, 「인지시학적 관점으로 본 서정주 시의 형상성」, 『현대문학이론연구』, 현대문학이론학회, 2007.

이수정, 「서정주 초기 시의 "영웅적 자아"와 "자기애적 그리움"」, 『어문론총』, 한국문학언어학회(구 경북어문학회), 2009.

이인영, 「전통의 시적 전유―서정주의 "신라정신"을 중심으로」, 『동방학지』, 연세대학교 국학연구원, 2009.

이진홍, 「서정주의 「국화 옆에서」에 대한 존재론적 해명」, 『한민족어문학』, 한민족어문학회, 1984.

이창민, 「서정주 향가 취재 시편의 동기와 작법」, 『민족문화연구』, 고려대학교 민족문화연구원, 2010.

이희중, 「『화사집』의 다중진술 연구」, 『한국언어문학』, 한국언어문학회, 2003

임문혁, 「서정주 시의 설화수용과 시적효과」, 『청람어문학』, 청람어문교육학회 (구 청람어문학회), 1991.

임문혁, 「서정주(徐廷柱) 시와 설화수용(說話受容)과 시적 효과」, 『국제어문』, 국제어문학회 (구 국제어문학연구회), 1991.

임현순, 「서정주 시의 상징성 연구―보들레르 시와의 영향관계를 중심으로」, 『비교문학』, 한국비교문학회, 2002.

장창영, 「서정주(徐廷柱) 시의 시간특질 연구―영원의식을 중심으로」, 『현대문학이론연구』, 현대문학이론학회, 1997.

장창영, 「서정주의 「국화(菊花) 옆에서」 분석 시론」, 『현대문학이론연구』, 현대문학이론학회, 1997.

장창영, 「미당(未堂) 서정주(徐廷柱)의 「동천(冬天)」 연구」, 『현대문학이론연구』, 현대문학이론학회, 1996.

전봉관, 「서정주 시에서 "영원성"의 문제」, 『한성어문학』, 한성대학교 한성어문학회, 2003.

정효구, 「서정주(徐廷柱) 시의 거울 이미지 고찰」, 『인문학지』, 충북대학교 인문학연구소, 1994.

주세훈, 「서정주 시에 나타난 감탄어의 표출성격」, 『청람어문학』, 청람어문교육학회(구 청람어문학회), 1994.

진창영, 「현대시의 신라정신과 그 생태주의적 요소 고찰―서정주, 김춘수, 정일근의 시를 중심으로」, 『어문학』74, 2001.

천이두, 「시인에 있어서의 이디엄고―서정주(徐廷柱)의 시세계를 중심으로」, 『한국언어문학』, 한국언어문학회, 1973.

최라영, 「서정주 시에 나타난 여성 이미지의 변모양상」, 『관악어문연구』, 서울대학교 국어국문학과, 2004.

최현식, 「시적 자서전과 서정주 시 교육의 문제」, 『국어교육연구』48집, 국어교육학회(Since1969), 2011.

최현식, 「서정주 시 텍스트의 몇 가지 문제」, 『상허학보』11, 2003.

최현식, 「신라적 영원성의 의미―서정주의 『신라초』에 나타난 "신라" 이미지를 중심으로」, 『현대문학의 연구』, 한국문학연구학회, 2002.

최현식, 「타락한 역사의 구원과 '질마재'―서정주의 『질마재 신화』론」, 『한국언어문학』, 한국언어문학회, 1998.

최현식, 「추천석사논문:서정주 초기시의 미적 특성에 대하여」, 『민족문학사연구소』, 민족문학사연구, 민족문학사학회, 1996.

최현식, 「서정주의 시집 미수록시 연구 1―해방이전 작품을 중심으로」, 『현대문학의 연구』, 한국문학연구학회, 1996.

한수영, 「미당의 친일시와 해방 이후의 활동」, 『청산하지 못한 역사2』, 반민족문제연구소, 1994.

허윤회, 「해방 이후의 서정주 1945~1950」, 『민족문학사연구』, 민족문학사학회, 2008.

허윤회, 「1940년대 전반기의 서정주―그의 친일이 의미하는 것」, 『한국문학연구』34, 한국문학연구소, 2008 .

허윤회, 「미당 서정주의 시사적 위상―그의 시론을 중심으로」, 『반교어문연구』, 반교어문학회, 2000.

홍용희, 「전통지향성의 시적 추구와 대동아공영권―서정주 친일시의 논리」, 『한국문학연구』34, 한국문학연구소, 2008.

▌비평(잡지류)▌

강우식, 「절망의 길, 조화의 길」, 『서정주 문학앨범』, 웅진출판, 1993.

강우식, 「서정주 시의 상징연구―초기 시집을 중심으로」, 『한국문학』, 1984.7.

강우식, 「신라정신의 고찰과 서정주 시」, 『성균』17호, 1963.11.

강윤후, 「미완의 사랑을 위하여―서정주의 연시세계」, 『현대시학』, 1993.3.

강준만, 「미당 서정주를 이용하는 사람」, 『한국문학의 위선과 기만』, 개마고원, 2001.

강희근, 「서정주 시 연구」, 『우리 시문학 연구』, 예지각, 1985.

강희근, 「서정주 시의 서술성에 대하여」, 『월간문학』, 1984.1.

고　은, 「미당 담론-「자화상」과 함께」, 『창작과 비평』, 2001. 여름.

고　은, 「서정주 시대의 보고-『서정주문학전집』(서평)」, 『문학과 지성』, 1973.3.

고　은, 「실내작가론-서정주」, 『월간문학』, 1969.3.

고　은, 「서정주-현대 한국의 유아독존」, 『세대』, 1967.9.

구연식, 「시집 떠돌이의 시에 나타난 범인론적 연구」, 『동아대 국어국문학회 논문집』,
　　　1978.

구중서, 「서정주와 현실 도피」, 『청맥』, 1965.6.

권영민, 「시적 체험과 이야기조-서정주 연재시 「안 잊히는 일들」을 읽고」, 『현대문학』,
　　　1982.12.

김　현, 「서정주 혹은 불교적 인생관의 천착」, 『한국문학사』, 민음사, 1973.

김　훈, 「오줌통 속의 형시상학-질마재」, 『풍경과 상처』, 문학동네, 1994.1.

김동리, 「서정주의 「추천사」」, 『문학과 인간』, 청춘사, 1952.10.

김동리, 「시집 『귀촉도』 발사」, 선문사, 1948.

김동일, 「서정주 시 연구-화자를 중심으로」, 성균관대, 1989.8.

김병걸, 김규동 편, 『친일문학 작품선집2』, 실천문학사, 1986.

김봉군, 「서정주론」, 『한국현대작가론』, 민지사, 1984.

김상일, 「「국화옆에서」의 기적-시인에의 요망」, 『현대문학』, 1964.4.

김선영, 「미당산, 광할한 정신의 숲」, 『서정주 문학앨범』, 웅진출판, 1993.

김선영, 「미당 서정주론-시적 〈가다〉의 의식을 통한 꽃과 영원의 의미」, 『세종대 논문집』
　　　16집, 1990.4.

김선학, 「설화의 시적 수용-「질마재 신화」를 중심으로」, 『한국문학연구』, 동국대 한국
　　　문학연구소, 1981.2.

김성욱, 「「상리과원」 해도」, 『현대문학』, 1970.9.

김시태, 「시인의 초상-서정주론」, 『시문학』, 1980.2.

김시태, 「서정주의 역설적 의미」, 『현대문학』, 1975.4.

김양수, 「서정주의 영향」, 『현대문학』, 1955.10~11.

김연숙, 「레비나스, 타자의 윤리학」, 『인간사랑』, 2001.

김열규, 「속신과 신화의 서정주론」, 『서강어문』, 1982.

김열규, 「중력을 벗어난 공간-서정주의 「학」」, 『문학사상』, 1976.

김영수, 「피의 상징성과 그 기능-서정주 초기 시에 있어서」, 『안동대 논문집』, 1986.
　　　12.

김영수, 「서정주 시의 상징성 고찰」, 『안동대 논문집』, 1984.12.

김옥순, 「서정주 시에 나타난 우주적 신비 체험-「화사집」과 「질마재 신화」의 공간구조

를 중심으로」, 『이화어문논집』, 1992.3.

김요섭 외, 「내가 읽은 「화사집」1-7」, 『현대시학』, 1991.7.

김용태, 「미당 시의 실상성과 무애적 성격 考」, 하서 김종우 박사 회갑 기념 논총, 1977.

김용태, 「서정주론」, 『현대문학』, 1977.3.

김용희, 「서정주 시의 욕망 구조와 그 은유의 정체-『서정주 시선』을 중심으로」, 『이화 어문논집』, 1992.3.

김우창, 「구부러짐의 形而上學-徐廷柱, 「떠돌이의 詩」」, 『궁핍한 시대의 시인』, 민음사, 1977.

김우창, 「미당 선생의 시」, 떠돌이의 시(해설), 민음사, 1976.7.

김우창, 「한국시와 형이상」, 『세대』, 1968.7.

김운학, 「한국 현대시에 나타난 불교사상」, 『현대문학』, 1964.10.

김윤식, 「문협 정통파의 정신사적 소묘-서정주를 중심으로」, 펜문학, 1993.

김윤식, 「서정주 「질마재 신화」고-거울화의 두 양상」, 『현대문학』, 1976.3.

김윤식, 「전통과 예의 의미-서정주」, 『한국근대작가논고』, 일지사, 1974.

김윤식, 「문학에 있어서의 전통계승의 문제」, 『세대』, 1973.8.

김윤식, 「역사의 예술화-신라정신이란 괴물을 폭로한다」, 현『대문학』, 1963.10.

김인환, 「서정주의 시적 여정」, 『문학과 지성』, 1972.6.

김장선, 「미당 서정주 시의 원형적 고찰」, 『조선대 교육대학원 교육논총』, 1987.2.

김재용, 「전도된 오리엔탈리즘」, 『협력과 저항』, 소명출판, 2004.

김재용, 「전도된 오리엔탈리즘으로서의 친일문학」, 실천문학, 2002.

김재홍, 「미당 서정주-대지적 삶과 생명에의 비상」, 『미당연구』, 민음사, 1994.

김재홍, 「미당 서정주」, 『한국현대시인연구』, 일지사, 1986.11.

김재홍, 「생애사와 역사적 순응주의-서정주 연재시 「안 잊히는 일들」을 읽고」, 『현대문학』, 1982.12.

김재홍, 「서정주의 「화사」」, 『한국현대시 작품론』, 문장, 1981.

김재홍, 「미당 서정주(서정주의 화사)」, 『한국현대시 작품론』, 문장, 1981.

김재홍, 「미당 서정주론」, 『동서문화』, 1972.7.

김재홍, 「하늘과 땅의 변증법」, 『월간문학』, 1971.5.

김정설, 「풍류정신」, 정음사, 1986.

김종길, 「「추천사」의 형태」, 『사상계』, 1966.3.

김종대, 「한국시에서의 민족 수용 양상-서정주의 「질마재 신화」를 중심으로」, 돌곶 김상선 교수 화갑 기념 논총, 1990.11.

김종철, 「소나기를 보는 눈-『떠돌이의 시』(서평)」, 세계의 문학, 1976.9.

김주연, 「신비주의 속의 여인들……시? 시」, 『작가세계』, 1994. 봄.

김주연, 「서정주 시집 『동천』」, 『월간문학』, 1969.7.

김주연, 「시의 현실과 매체-『동천』, 『경상도의 가랑잎』」, 현대문학, 1969.3.

김준오, 「시와 설화」, 『시론』, 문장사, 1982.

김준오, 「인간 탐구와 미당의 신화」, 심상, 1978.11.

김지하, 「미당과 동리에 대한 재해석」, 『사이버 시대와 시의 운명』, 북하우스, 2003.

김지향, 「서정주 시에 나타난 무속신앙적 특성-그 신화적 접근 사고」, 『한양여전 논문집』, 1985.2.

김진석, 「초월적 서정주의에 스민 파시즘적 탐미주의: 서정주 시에 대한 초월주의적 비평의 비판」, 『주례사 비평을 넘어서』(김명인 외), 한국출판마케팅연구소, 2002.

김진송, 「현대성의 형성: 서울에 딴스홀을 許하노라」, 현실문화연구, 1999.

김창근, 「현대시의 원형적 상상력에 관한 연구-미당시를 중심으로」, 『동의어문논집』, 1987.4.

김철진, 「서정주 회고 특집-자네 유명해지지 말게」, 『문학세계』, 2005.1.

김춘수, 「소묘(素描)·미당(未堂)의 삶과 시」, 『작가세계』, 2001. 봄.

김학동, 「신라의 영원주의」, 『어문학』24, 1971.4.

김학동, 「현대 시인 논고-서정주의 시를 중심으로(상)」, 『동양문화5』, 대구대동양문화연구, 1966.6.

김해성, 「서정주의 시세계-불교와 국문학」, 『불광』, 1983.2.

김해성, 「서정주론-그의 불교 사상을 중심으로」, 『월간문학』, 1981.8.

김해성, 「서정주론-불심경수의 「동천」세계고」, 『한국현대시인론』, 1973.1.

김화영, 「봉산산방의 화창한 웃음」, 『작가세계』, 1994. 봄.

김화영, 「미당 서정주의 시에 대하여」, 민음사, 1984.

김환희, 「국화꽃의 비밀」, 새움, 2001.

남진우, 「집으로 가는 먼 길-서정주의 「자화상」을 중심으로」, 『그리고 신은 시인을 창조했다』, 문학동네, 2001.

남진우, 「뱀, 미지의 부름-서정주, 김형영, 채호기를 중심으로」, 『작가세계』, 1993. 겨울.

남진우, 「남녀 양성의 신화-서정주 초기시에 있어서 심층탐험」, 시운동, 1987.3.

문덕수, 「서정주론」, 금정 최원규 박사 화갑 기념 논총, 충남대출판부, 1993.10.

문덕수, 「신라정신에 있어서의 영원성과 현실성」, 『현대문학』, 1963.4.

문정희, 「서정주의 시에 나타난 물의 이미지」, 심상, 1985.10.

문혜원, 「서정주 시의 주제적 특징」, 『현대시와 전통』, 태학사, 2003.

문혜원, 「서정주의 시를 읽는 몇 가지 단상」, 『포에지』, 2000. 겨울.
민　영, 『서정주 신작시집 '늙은 떠돌이의 시'』, 창작과 비평, 1994.3.
민용태, 「세계 사랑시 순례―사랑지상주의 데카당」, 서정주 시인, 문학바탕, 2008.7.
박덕근, 「서정주의 『동천』연구」, 『국어국문학』, 1983.2.
박민영, 「사향은 방초다·서정주의 「화사」」, 시안, 2010년 봄호.
박성룡, 「서정주 작 「무등을 보며」」, 『문예수첩』, 1966.7.
박재삼, 「내 경험 위에서―서정주의 「무제」」, 심상, 1974.9.
박재삼, 「미당을 찾아서」, 『서정주시선: 눈이 부시게 푸르른 날은』, 열음사, 1985.
박재삼, 「자유자재한 것―서정주 연재시 「안 잊히는 일들」을 읽고」, 『현대문학』, 1982.
　　　12.
박재승, 「서정주 시의 변모과정―「화사집」에서 「동천」까지」, 동천 조건상선생 고희 기
　　　념 논총, 형설출판사, 1986.10.
박정환, 「서정주 시인 연구」, 『공주전문대논문집』, 1985.1.
박종철, 「언어학과 시학(1)―미당의 「뻐디기」를 중심으로」, 이정 정연찬 선생 최갑 기념
　　　논문집, 1989.12.
박진환, 「심교의 혼용과 샤먼의 신화 창조」, 『현대시학』, 1974.12.
박진환, 「「속 질마재 신화」고」, 『현대시학』, 1974.4.
박철석, 「미당 시학의 변천고」, 『한국문학논총』, 1980.12.
박철석, 「서정주론」, 『현대시학』, 1980.5.
박철희, 「서정주와 민간전승」, 화강 송복주 선생 회갑 기념논총, 1994.5.
박철희, 「신화적 체험과 시적 구현」, 현대시, 1993.8.
박철희, 「「속 질마재 신화」고」, 『현대문학』, 1972.4.
박철희, 「현대 한국시와 그 서구적 잔상―(5)서정주와 자극시」, 『예술원 논문집』10, 1971.
　　　7.
박희선, 「시와 선, 그리고 작품―『한국불표시선』(서평), 풀과 별 12, 1973.6.
배영애, 「영원주의와 '영통(靈通)'의 시학」, 김학동 외, 『서정주 연구』, 새문사, 2005.
배호길, 「진주 촉석루와 주논개」, 한양, 1965.
백수인, 「미당 서정주 시의 인물 고찰―초기의 시를 중심으로」, 『인문과학연구』9집, 조
　　　선대, 1988.2.
백수인, 「미당 서정주의 시에 나타난 정통성 추이」, 『인문과학연구』6, 7합집, 조선대,
　　　1985.9.
변종태, 「미당 초기시의 연구―화제, 초점, 거리를 중심으로」, 『교육논총』, 제주대 교육
　　　대학원, 1992.8.

서굉일, 「일제하 서북간도에서의 민족해방을 위한 역사교육」, 『한신논문집』8집, 한신대
　　　학교출판부, 1991.
서우석, 「서정주－리듬의 완만한 대립」, 『시와 리듬』, 문학과 지성사, 1981.
송　욱, 「서정주론」, 『문예』18, 1953.11.
송재소, 「시적 방법으로서의 신화－서정주 씨에 보내는 각서」, 아한, 1968.5.
송하선, 「미당 서정주 연구」, 선일문화사, 1991.7.
송하선, 「〈자유인〉과 만보의 산책정신－미당의 후기시」, 『국어국문학연구』13집(홍대표
　　　교수 회갑 기념), 1990.10.
송하선, 「백석의 「사슴」과 미당의 「질마재 신화」 대비고」, 『한국어문학』28호, 1990.5.
송하선, 「미당의 「질마재 신화」고찰」, 『한국언어문학』14, 1976.12.
송효섭, 「「질마재 신화」의 서사구조 유형－삼국유사와의 비교를 통한 시론」, 김열규 편,
　　　『삼국유사와 한국문학』, 학연사, 1983.
송희복, 「서정주 초기 시의 세계」, 『현대시학』, 1991.7.
신동욱, 「「국화옆에서」의 율격미」, 『우리 시의 역사적 연구』, 새문사, 1981.
신동욱, 「시를 읽는 법－「추천사」의 해석」, 『현대문학』, 1971.2.
신범순, 「샤머니즘의 근대적 계승과 시학적 양상－김소월을 중심으로」, 『시안』18, 2002.
신범순, 「서정주 시에서 ‘심오한 어머니’의 의미」, 『포에지』, 2001. 봄.
신범순, 「미당시의 여인과 바다」, 『시안』, 2001. 봄.
신범순, 「질기고 부드럽게 걸러진 영원－미당 서정주의 「떠돌이의 시」」, 『현대시』, 1994.
　　　1~3.
신상철, 「「화사집」의 〈님〉, 현대시와 〈님〉의 연구」, 시문학사, 1983.
신채호, 『단재 신채호 전집(상)』, 형설출판사, 1977.
심재휘, 「1930년대 후반기 시와 시간, 한국 현대시와 시간, 월인, 1998.
엄해영, 미당시에 나타난 신화적 세계」, 『세종어문연구』5, 6집, 1988.12.
염무웅, 「서정주 소론」, 『민중시대의 문학』, 창작과 비평사, 1979.
오규원, 「대가의 멋과 한계『떠돌이의 시』(서평)」, 『문학과 지성』, 1976.12.
오세영, 「영원과 현실－서정주론」, 『한국현대시인연구』, 월인, 2003.
오세영, 「설화의 시적 변용」, 『미당연구』, 민음사, 1994.
오세영, 「상상력과 개인사의 시화－서정주 연재시 「안 잊히는 일들」을 읽고」, 『현대문학』,
　　　1982.12.
오시열, 「「화사」의 기호학적 접근을 통한 미당의 초기시 연구」, 『백록어문』, 제주대,
　　　1989.2.
원형갑, 「서정주의 신화」, 『현대문학』, 1968.9.

원형갑, 「서정주」, 『현대문학』, 1967.1.

원형갑, 「서정주론-속 서정주의 신화」, 『현대문학』, 1965.11.

유성호, 「서정주 『화사집』의 구성원리와 구조」, 『상징의 숲을 가로질러』, 하늘연못, 1999.

유종호, 「미당 시세계 마땅히 기려야」, 『중앙일보』, 2001.6.

유종호, 「서라벌과 질마재 사이」, 『서정적 진실을 찾아서』, 민음사, 2001.

유종호, 「소리 지향과 산문 지향」, 『작가세계』, 1994. 봄.

윤대석, 「일본의 그늘」, 『내일을 여는 작가』, 2002.

윤석호, 「서정」주, 『현대문학』, 1978.3.

윤재근, 「인생 유전과 진언-『안 잊히는 일들』(서평)」, 『현대문학』, 1983.6.

윤재웅, 「한국문학과 미당」, 『서정시학』47호, 2010.

윤재웅, 「나는 시인이다, 오직 시인일 뿐」, 『출판저널』, 2010년 2월호.

윤재웅, 「우주학교의 젊은 시인·서정주의 「밀어」」, 『시안』 2009년 가을호.

윤재웅, 「서정주의 「자화상」」, 『시안』 2009년 여름호.

윤재웅, 「바람과 풍류」, 『미당연구』(민음사), 1994.

윤지영, 「'여자' 모티프와 시적 화자와의 관계」, 김학동 외, 『서정주 연구』, 새문사, 2005.

윤태수, 「미당 서정주론」, 『자하어문학』1호, 상명여사대, 1981.

이　상, 「산책의 가을」, 『이상문학전집』3권, 문학사상사, 1993.

이　청, 「서정주의 시와 무속과의 연관성에 관한 소고」, 청천 강용권 박사 송수 기념 논총, 1986.10.

이경희, 「서정주의 시 「알묏집과 계피떡」에 나타난 신비체험과 공간-달, 바다(물)-여성원형론」, 『이화어문논집』, 1992.3.

이광호, 「영원의 시간, 봉인된 시간-서정주 중기시의 영원성」, 『작가세계』, 1994. 봄.

이남호, 「겨레의 말, 겨레의 마음」, 『미당연구』, 민음사, 1994.

이남호, 「자포자기와 자존심」, 『현대시학』, 1994.1.

이명원, 「기이한 예찬: 하늘의 무책임-서정주와 '시적 기만'의 멘탈리티」, 『파문』, 새움, 2003.

이선영, 「서정주 『국화옆에서』-작품해설」, 『월간문학』, 1970.6.

이성교, 「서정주 초기시 연구-시적 발전과정과 향토성을 중심으로」, 평시민제 선생 환갑 기념 논문집, 1990.10.

이성부, 「시의 정도-서정주 시집 『떠돌이의 시』」, 창작과 비평, 1977.3.

이성부, 「서정주의 시세계-『서정주 전집』을 읽고」, 창작과 비평, 1972. 겨울호.

이성부, 「삶의 어려움과 시의 어려움-『동천』, 『청록집』이후를 중심으로」, 창작과 비평,

1969.6.

이수정, 「'심리적 거리'와 설화 수용」, 『현대문학연구』제23집, 2007.

이숭원, 「공중으로 날아올라 기화되고 싶은 마음·서정주의 「멈둘레꽃」, 『시안』, 2011년 봄호.

이승훈, 「서정주의 초기 시에 나타난 미적 특성」, 『미당연구』, 민음사, 1994.

이어령, 「피의 순환과정-미당 시학」, 『문학사상』, 1987.10.

이어령, 「한국 현대시의 두 갈래 길」, 『지성의 오솔길』, 1967.8.

이영희, 「서정주 시의 시간성 연구」, 『국어국문학』95호, 1986.5.

이용훈, 「미당 시의 설화 소재 작품고-「신라초」를 중심으로」, 『학술논총』, 1978.9.

이용훈, 「미당 시의 설화 수용의 양상」, 『해양대 논문집』13, 1978.

이윤기, 「한국신화기행 11-문 열어라 꽃아 문 열어라 꽃아」, 『문화일보』, 2001.5.

이진홍, 「닫힌 세계의 갇힌 바람-미당의 「화사집」해명」, 『영남어문학』15집, 1988.8.

이진홍, 「서정주의 「국화옆에서」에 대한 존재론적 해명」, 『영남어문학』, 1984.12.

이철범, 「신라정신과 한국 전통론 비판」, 『자유문학』, 1959.8.

이태준, 「喫茶와 악수」, 별건곤, 1929.1.

임문혁, 「서정주 시의 설화 수용과 시적 효과」, 『청람어문학』, 1991.11.

임우기, 「오늘, 미당 시는 무엇인가?」, 『문예중앙』, 1994.

임종욱, 「미당 서정주 시에 나타난 불교의식」, 『동원논집』3호, 동국대 대학원 학생회, 1991.2.

임종찬, 「미당의 산문시와 그 시성 Poeticity」, 『부산대 인문논총』, 1986.6.

전상열, 「서정주론-그의 시사적 공과」, 『문화비평』, 1978.2.

전상열, 「서정주론」, 『시문학』, 1971.10.

정금철, 「「화사집」의 심리분석적 접근-「화사」장의 시를 중심으로」, 『서강어문』 1981.6.

정봉래, 「시인 마당 서정주」, 좋은 글, 1993.

정봉래, 「서정주론 서설」, 『비평문학』4집, 1990.10.

정신재, 「서정주론」, 『한국현대시인연구』, 태학사, 1989.8.

정신재, 「미당 시의 공간의식-초기시를 중심으로」, 『동악어문논집』, 1983.10.

정신재, 「미당 시에 나타난 신화적 의미」, 『시문학』, 1983.1.

정영일, 「반신 미당 서정주의 귀의」, 풀과 별, 1974.5.

정영자, 「원형의 재생-서정주론」, 『현대문학』, 1979.4.

정의홍, 「꽃을 통한 육성의 몸부림-서정주의 꽃」, 『현대문학』, 1974.5.

정한모, 「미당 시의 이미저리와 방법」, 『현대시론』, 민중서관, 1973.

정현종, 「식민지시대 젊음의 초상-서정주의 초기시 또는 여신으로서의 여자들」, 『작가세계』, 1994. 봄.

조명제, 『미당 서정주 문학 연구의 한 결정−송하선 저『미당 서정주 연구』를 중심으로」, 『시문학』, 1991.11.

조병무, 「영원성과 현실성−미당 「질마재 신화」고」, 『현대문학』, 1975.5.

조연현 외, 『서정주 연구』, 동화출판공사, 1975.5.

조연현, 「서정주」론, 『주간서울』71호, 1950.1.

조연현, 「원죄의 형벌」, 『문학과 사상』, 세계문화사, 1949.12.

조운제, 「1950년대의 시맥−서정주의 시사적 위치」, 풀과 별, 1973.7.

조화선, 「서정주의 시에 보이는 누님의 모습」, 『현대시학』, 1991.12.

천경록, 「『화사집』의 이미지 연구」, 『선청어문』, 서울대 사범대학, 1986.10.

천경화, 「대종교의 민족교육운동에 대한 연구−중국동북지방(만주)를 중심으로」, 『백산학보』27, 1983.5.

천이두, 「서정주의 「동천」」, 『한국현대시 작품론』, 문장, 1981.

천이두, 「지옥과 열반−서정주론」, 『시문학』, 1972.6~9.

최광열, 「서정주 시의 변질과 정서 충동의 미학」, 『현대한국시비판(하)』, 1969.7.

최광열, 「언어의 책사, 마신의 미학」, 『현대한국시비판(상)』, 1967.7.

최두석, 「서정주론」, 『선청어문』, 서울대 사범대학, 1992.9.

최원규, 「서정주와 불교정신」, 『한국현대시사연구』, 일지사 1983.

최원규, 「서정주의 「화사」」, 『한국대표시평설』, 문학세계사, 1983.

최원규, 「미당 시의 불교적 영향」, 『현대시학』, 1977.12.

최원규, 「서정주의 시정신 연구」, 『충남대 논문집』9, 1970.12.

최원규, 「서정주 연구」, 『국어국문학』49~50, 1970.10.

최일남, 「「고향에 살자」의 서정주 선생」, 『현대문학』, 1960.5.

최하림, 「신화와 시의 세계」, 『문예중앙』, 1980.3.

최하림, 「체험의 문제−서정주에 있어서의 시간성과 장소성」, 『시문학』, 1974.1~2.

최현식, 「서정주와 만주」, 『미네르바』, 2010 여름.

최현식, 「민족, 전통, 그리고 미−서정주의 중기문학」, 『말 속의 침묵』, 문학과 지성사, 2002.

최현식, 「전통의 변용과 현실의 굴절−1945~1955년 서정주의 시집 미수록 시 연구」, 『한국문학평론』, 1997.

하현식, 「미당 또는 존재의미의 변증법」, 『현대시학』, 1984.1~3.

한만수, 「서정주 「자화상」을 보는 한 시각」, 『연구논집』17집, 동국대 대학원, 1987.12.

한흑구, 「미당의 술과 시」, 『현대문학』, 1971.6.

허영자, 「현대시에 나타난 신화의 세계(하)」, 『연구논문집』9, 성신여사대, 1976.
홍신선, 「여성, 천상적 의미와 성당—서정주의 시」, 『현대시학』, 1974.10.
황동규, 「탈의 완성과 해체—서정주의 정신과 시」, 『현대문학』, 1981.9.
황종연, 「신들린 시 떠도는 삶」, 『작가세계』, 1994. 봄.
황현산, 「서정주 시세계」, 창작과비평, 2001.
황현산, 「시적허용과 정치적 허용」, 『포에지』, 2000. 가을.
황현산, 「서정주, 농경사회의 모더니즘」, 『미당연구』(조연현 외), 민음사, 1994.

필 자(가나다순)

김승종 안양과학대학 교양과 교수
김옥성 단국대학교 국어국문학과 교수
김종훈 상명대학교 한국어문학과 교수
김춘식 동국대학교 국어국문학과 교수
박경수 부산외국어대학교 한국어문학부 교수
박성현 서울교육대학교 강사
박현수 경북대학교 국어국문학과 교수
엄경희 숭실대학교 국어국문학과 교수
유지현 국립한경대학교 미디어문예창작학과 교수
윤재웅 동국대학교 국어교육과 교수
이상숙 경원대학교 교육대학원 교수
이수정 서울대학교 전임대우강의교수
최현식 경상대학교 국어국문학과 교수

편 자

윤재웅

동국대학교 국어국문학과 졸업.
동국대학교 대학원 국어국문학과 박사. 동국대학교 사범대학 국어교육과 교수. 사단법인 미당기념사업회 사무총장. 재단법인 미당시문학관 이사.
저서 『문학비평의 규범과 탈규범』, 『미당 서정주』, 『시론』(공저), 『판게아의 지도』 외 다수.

글누림 작가총서

서정주

초판1쇄 인쇄 2011년 8월 12일 | **초판1쇄 발행** 2011년 8월 22일
엮은이 윤재웅
펴낸이 최종숙

책임편집 이태곤
편집 임애정 · 전희성 | **디자인** 안혜진 · 이홍주 | **마케팅** 박태훈 · 안현진 | **관리** 이덕성
펴낸곳 글누림출판사
등록 제303 - 2005 - 000038호(등록일 2005년 10월 5일)
주소 서울 서초구 반포4동 577-25 문창빌딩 2층(우137-807)
전화 02-3409 - 2055 | FAX 02-3409 - 2059
이메일 nurim3888@hanmail.net
홈페이지 http://www.geulnurim.co.kr
ISBN 978-89 - 6327 - 137 - 8   93810
　　　978-89 - 6327 - 084 - 5(세트)

정가 23,000원

* 잘못된 책은 교환해 드립니다.